W0303312

TRESS DE LA MER ÉMERAUDE

Né en 1975 dans le Nebraska, Brandon Sanderson a commencé à publier en 2005 et s'est imposé auprès du public comme l'un des meilleurs auteurs de fantasy de ces dernières années, grâce à son cycle des *Fils-des-Brumes* et à celui des *Archives de Roshar*. Auteur de best-sellers traduits en plus de quinze langues, il a vendu plus de vingt millions d'exemplaires à travers le monde. En mars 2022, il lance un financement participatif afin de publier en 2023 quatre ouvrages inédits écrits durant la pandémie de Covid-19 et récolte près de 42 millions de dollars, pulvérisant ainsi le précédent record toutes catégories confondues de la plateforme Kickstarter (20 millions de dollars).

Paru au Livre de Poche :

ALCATRAZ
1. Alcatraz contre les infâmes Bibliothécaires
2. Alcatraz contre les Ossements du Scribe
3. Alcatraz contre les traîtres de Nalhalla
4. Alcatraz contre l'Ordre du Verre Brisé

ALCATRAZ SMEDRY. L'INTÉGRALE ! (coll. « Majuscules »)

L'ÂME DE L'EMPEREUR

LES ARCHIVES DE ROSHAR
1. La Voie des rois (2 tomes)
2. Le Livre des Radieux (2 tomes)
3. Justicière (2 tomes)
4. Rythme de Guerre (2 tomes)

CŒUR D'ACIER
1. Cœur d'acier
2. Brasier
3. Calamité

ELANTRIS

LES ENFANTS DE L'INNOMMÉ

FILS-DES-BRUMES
1. L'Empire ultime
2. Le Puits de l'Ascension
3. Le Héros des Siècles
4. L'Alliage de la justice
5. Jeux de masques
6. Les Bracelets des larmes

LÉGION
1. Légion
2. À fleur de peau

LÉGION (intégrale)

SIXIÈME DU CRÉPUSCULE *et autres nouvelles*

SKYWARD
1. Vers les étoiles
2. Astrevise
3. Cytonique

WARBREAKER

BRANDON SANDERSON

Tress de la mer Émeraude

TRADUIT DE L'ANGLAIS (ÉTATS-UNIS) PAR SÉBASTIEN GUILLOT

LE LIVRE DE POCHE

Titre original :
TRESS OF THE EMERALD SEA
Publié aux États-Unis en 2023
par Dragonsteel Entertainment, LLC, American Fork, Utah.

Édité par Peter Ahlstrom.

brandonsanderson.com

Éléments graphiques, illustrations (intérieur et couverture) : Howard Lyon.
© Dragonsteel Entertainment, LLC, 2023.

© Dragonsteel Entertainment, LLC, 2023.
© Librairie Générale Française, 2023, pour la traduction française.
ISBN : 978-2-253-93723-4 – 1re publication LGF

Pour Emily
Qui peut compter sur tout mon amour

SOMMAIRE

REMERCIEMENTS

Quelle aventure !

Quand je me suis assis pour écrire ce livre sur un coup de tête, je n'avais aucune idée de la tournure que prendrait tout ce projet. (N'oubliez pas de lire le post-scriptum que vous trouverez à la fin du livre ; j'y parle de mes inspirations d'une manière sans doute un peu trop révélatrice pour être présentée d'emblée.)

J'avais envisagé quelque chose de spécial pour les quatre ouvrages de la campagne Kickstarter « Secret Projects 2022 », mais mon équipe s'est surpassée. Ce bouquin s'avère absolument magnifique. Je sais que nombre d'entre vous vont écouter le livre audio, qui a lui aussi pu compter sur d'incroyables talents – mais si vous en avez le loisir, assurez-vous de feuilleter la version imprimée. Parce que… waouh !

Ce n'est donc que justice de débuter nos remerciements par Howard Lyon. J'ai imaginé ces bouquins comme une sorte de « vitrine d'artistes », l'idée étant d'en choisir un, pour ensuite le laisser s'approprier le livre. Howard a tellement bossé sur celui-là. Il a fait la couverture, les pages de garde, les illustrations intérieures – mais en réalité, c'est tout le design final qui lui doit beaucoup. Merci, Howard, d'avoir accepté de prendre en charge cet énorme projet. Tu as fait un boulot incroyable.

Izaac Stewart, notre directeur artistique chez Dragonsteel, a joué un rôle essentiel dans la réalisation de ce projet. Rachael Lynn Buchanan était notre assistante artistique. Bill Wearne, de l'imprimerie American Print & Bindery, s'est vraiment démené pour que *Tress* finisse bel et bien sur les tables de librairies, malgré les pénuries actuelles. Merci infiniment, Bill. J'aimerais également remercier tous les acteurs de la chaîne logistique, depuis les papetiers jusqu'aux fournisseurs de couvertures et de films, en passant par les imprimeurs, les relieurs et les livreurs.

Chez Dragonsteel, le poste de directrice générale est occupé par Emily Sanderson. Notre département éditorial se compose de Peter Ahlstrom, Karen Ahlstrom, Kristy S. Gilbert et Betsey Ahlstrom. Kristy Kugler était notre relectrice-correctrice. Notre service Gestion se compose de Matt Hatch (« Tu vas faire ça avec tous tes livres, Brandon ? »), Emma Tan-Stoker, Jane Horne, Kathleen Dorsey Sanderson, Makena Saluone et Hazel Cummings. Notre service Publicité et Marketing compte dans ses rangs Adam Horne, Jeremy Palmer et Taylor Hatch.

Toutes ces personnes n'obtiennent pas suffisamment de reconnaissance pour toutes les merveilles – les miracles ? – qu'elles accomplissent afin de réaliser mes projets. Pour cette campagne Kickstarter, tout particulièrement, j'avais vraiment besoin de leur enthousiasme – et de leurs incroyables idées. (Celle d'un champ d'inscription, par exemple, qu'a eue Adam il y a plusieurs années.) L'organisation comme l'exécution de ce projet a demandé beaucoup de travail, aussi n'hésitez pas à remercier mon équipe en personne si d'aventure vous en avez l'occasion.

Et, bien sûr, il nous faut adresser des remerciements appuyés à mon service de traitement des commandes. L'équipe de Kara Stewart a trimé de longues heures pour faire en sorte que vous receviez tous ces bouquins. Ils méritent une salve d'applaudissements – on y trouve entre autres Christi Jacobsen, Lex Willhite, Kellyn Neumann, Mem Grange, Michael Bateman, Joy Allen, Katy Ives, Richard Rubert, Sean VanBuskirk, Isabel Chrisman, Tori Mecham, Ally Reep, Jacob Chrisman, Alex Lyon et Owen Knowlton.

J'aimerais remercier Margot Atwell, Oriana Leckert, et le reste de l'équipe Kickstarter. Ainsi qu'Anna Gallagher, Palmer Johnson, Antonio Rosales, et toute l'équipe de BackerKit.

Nous avions une *sensivity reader* pour nous aider sur ce livre – Jenna Beacom –, que j'ai trouvée rien de moins que fantastique. Si jamais vous avez besoin de quelqu'un capable de vous conseiller sur la représentation des sourds et la façon d'écrire un personnage sourd, allez directement voir Jenna. Elle saura vous éviter de commettre d'éventuels impairs.

Nos alpha-lecteurs sur ce projet étaient Adam Horne, Rachael Lynn Buchanan, Kellyn Neumann, Lex Wilhite, Christi Jacobsen, Jennifer Neal et Joy Allen.

Nos bêta-lecteurs étaient Mi'chelle Walker, Matt Wiens, Ted Herman, Robert West, Evgeni « Argent » Kirilov, Jessie Lake, Kalyani Poluri, Bao Pham, Linnea Lindström, Jory Phillips, Darci Cole, Craig Hanks, Sean VanBuskirk, Frankie Jerome, Giulia Costantini, Eliyahu Berelowitz Levin, Trae Cooper et Lauren McCaffrey.

Il y avait également des gamma-relecteurs : Joy Allen, Jayden King, Chris McGrath, Jennifer Neal, Joshua Harkey, Eric Lake, Ross Newberry, Bob Kluttz, Brian T. Hill, Shannon Nelson, Suzanne Musin, Glen Vogelaar, Ian McNatt, Gary Singer, Erika Kuta Marler, Drew McCaffrey, David Behrens, Rosemary Williams, Tim Challener, Jessica Ashcraft, Anthony Acker, Alexis Horizon, Liliana Klein, Christopher Cottingham, Aaron Biggs et William Juan.

Enfin, je tiens à adresser des remerciements tout particuliers à tous ceux qui ont soutenu le projet Kickstarter. Je ne visais pas la première place, et j'imaginais encore moins collecter le double du record précédent. Je voulais juste faire quelque chose de différent, d'intéressant – et de cool. Votre soutien signifie beaucoup pour moi. Merci.

Brandon SANDERSON

PREMIÈRE PARTIE

LA FILLE

1

Une fille vivait au beau milieu de l'océan, sur un rocher.

Ledit océan n'avait pas grand-chose à voir avec celui que vous vous imaginez.

Le rocher non plus ne ressemblait pas à ce que vous avez sans doute en tête.

La fille, en revanche, était *peut-être* telle que vous vous l'imaginez – à supposer que vous l'imaginiez réfléchie, à la voix douce, et aimant un peu trop collectionner les tasses.

Les hommes la décrivaient souvent comme ayant des cheveux de la couleur des blés. D'autres évoquaient plutôt le caramel, ou occasionnellement le miel. Elle se demandait pourquoi ils utilisaient si souvent des termes liés à la nourriture pour parler des attributs féminins. Il y avait une *faim*, chez ces hommes, qu'il lui semblait préférable d'éviter.

À titre personnel, elle trouvait « châtain » suffisamment descriptif – même si la teinte de ses cheveux n'était pas leur caractéristique la plus intéressante.

Elle-même aurait plutôt mis l'accent sur leur indiscipline. Chaque matin, elle les domptait héroïquement avec une brosse et un peigne, puis les muselait au moyen d'un ruban et d'une tresse bien serrée. Certaines mèches trouvaient pourtant toujours un moyen de s'échapper – pour s'agiter librement dans le vent, et saluer jovialement tous ceux que la jeune femme croisait.

Elle avait reçu à sa naissance le patronyme malencontreux de Glorf (pas de jugement : c'était un nom de famille), mais ses cheveux indisciplinés lui valaient l'appellation que tout le monde lui connaissait : Tress. Ce surnom était, à ses yeux, l'élément le plus intéressant de sa modeste personne.

Tress possédait un certain pragmatisme inaliénable. C'est là un défaut courant chez ceux qui vivent sur des îles austères, apathiques, qu'ils ne peuvent jamais quitter. Quand vous accueille chaque jour un paysage de pierres noires, cela a tendance à influencer votre point de vue sur l'existence.

Ladite île avait vaguement la forme d'un doigt crochu de vieillard, qui aurait émergé de l'océan pour se tendre vers l'horizon. Elle était entièrement faite de pierre salée aussi noire que stérile, et s'avérait assez grande pour accueillir une ville de taille raisonnable ainsi qu'un manoir ducal. Ses habitants l'appelaient le Rocher, mais sur les cartes elle portait le nom d'îlot de Diggen. Plus personne ne se rappelait qui était ce Diggen, mais il avait manifestement été un homme intelligent, ayant quitté le Rocher peu après l'avoir baptisé – pour ne jamais revenir.

Le soir, Tress s'asseyait souvent devant la demeure familiale pour siroter du thé salé dans l'une de ses tasses préférées tout en contemplant l'océan d'un vert profond. Oui, j'ai effectivement dit que l'océan était vert. Je pourrais même ajouter qu'il n'était pas *liquide*, mais nous y reviendrons.

Au coucher du soleil, elle s'interrogeait sur les marins qui venaient faire escale sur le Rocher. Non pas que quiconque un tant soit peu sain d'esprit puisse considérer le Rocher comme une destination touristique. La pierre salée noire imprégnait toute chose et s'incrustait partout. Elle rendait également impossibles la plupart des cultures, et finissait immanquablement par contaminer toute terre importée d'ailleurs. La seule nourriture que produisait l'île provenait de cuves à compost.

Si le Rocher disposait de puits importants, qui tiraient l'eau d'une profonde nappe souterraine – ce dont profitaient les navires de passage –, les équipements des mines de sel crachaient dans l'air un flot constant de fumée noire.

En résumé, l'atmosphère était lugubre, le sol misérable et les panoramas déprimants. Oh, ai-je mentionné *en plus* les spores mortelles ?

L'îlot de Diggen se trouvait à proximité de la Lunagrée Verdoyante. Les lunagrées, comme vous devez le savoir, désignent les endroits où l'une des douze lunes fait du surplace dans le ciel autour de la planète de Tress, sur des orbites stationnaires désagréablement basses. En d'autres termes, elles ne bougent *jamais* – et se révèlent assez grandes pour occuper un tiers du ciel. Où que vous alliez, l'un de ces satellites est toujours visible ; il domine votre vision comme si vous aviez une verrue sur votre globe oculaire.

Les habitants de ce monde vénéraient ces douze lunes comme des dieux, ce qui, nous serons tous d'accord, est bien plus ridicule que ce que vous-mêmes vénérez, quoi que ce soit. Il n'en reste pas moins facile de comprendre d'où sort cette superstition, compte tenu des spores – pareilles à du sable coloré – que les lunes lâchaient sur ces contrées.

Elles se déversaient de la lunagrée, visible depuis l'île malgré la distance d'au moins quatre-vingts kilomètres qui les séparaient. Au demeurant, personne n'a envie de se rapprocher davantage d'une lunagrée – cette grande fontaine scintillante de particules aux couleurs éclatantes et extrêmement dangereuses. Les spores emplissaient les océans du monde, créant de vastes mers non pas d'eau, mais de poussière venue d'ailleurs. Des bateaux naviguaient dessus comme ils le font sur l'eau ici, et vous ne devriez pas trouver cela si insolite. Combien d'autres planètes avez-vous visitées ? Peut-être y trouve-t-on uniquement des océans de pollen, ce qui en fait des lieux bien plus étranges encore.

Les spores n'étaient dangereuses que si on les mouillait. Ce qui peut poser problème, vu le nombre de trucs humides qui s'écoulent des corps humains, même de ceux en bonne santé. La moindre goutte d'eau les faisait germer d'une manière… explosive, avec des résultats allant du désagréable au mortel.

Respirez une bouffée de spores verdoyantes, par exemple, et votre salive fera pousser des lianes de votre bouche – ou, dans des cas plus intéressants encore, dans vos sinus et autour de vos yeux.

Deux choses peuvent les rendre inertes : le sel ou l'argent. Ce qui explique pourquoi les habitants de l'îlot de Diggen ne voyaient pas d'un mauvais œil le goût salé de leur eau ou de leur nourriture. Ils enseignaient à leurs enfants cette règle absolument essentielle : l'argent et le sel jugulent le criminel. Un petit poème acceptable, si vous êtes le genre de barbare à apprécier les rimes défectueuses.

Quoi qu'il en soit, entre les spores, la fumée et le sel, on commence peut-être à comprendre pourquoi le roi, que servait le duc, avait besoin d'une loi contraignant la population à rester sur le Rocher. Oh, il justifiait cela à coups de raisons impliquant d'importantes expressions militaires, telles que « réapprovisionnement stratégique », « mouillage amical » et « maison de vacances potentielle ». L'endroit était si inhospitalier que même le smog le trouvait déprimant. Des navires y passaient périodiquement pour effectuer des réparations, déposer des déchets pour les cuves à compost et faire le plein d'eau. Mais tous obéissaient strictement aux règles royales : aucun autochtone ne devait quitter l'îlot de Diggen. Jamais.

Et donc, le soir, Tress s'asseyait sur les marches de sa demeure et regardait les navires voguer vers l'horizon. Une colonne de spores dégringolait de la lunagrée, et le soleil émergeait de derrière la lune pour glisser en direction de l'horizon. La jeune femme sirotait du thé salé dans une tasse décorée de chevaux peints, et se disait : *J'aime bien cet endroit. Il y a une certaine beauté dans ce spectacle, si fait. Et je me vois parfaitement rester ici toute ma vie.*

LE JARDINIER

2

Peut-être avez-vous été surpris d'entendre ces derniers mots. Tress *voulait* rester sur le Rocher ? Elle s'y *plaisait* ?

Où était passé son sens de l'aventure ? Son désir de découvrir de nouvelles terres, son envie de voyager ?

Eh bien, nous n'en sommes pas encore arrivés au moment de l'histoire où vous posez des questions. Merci, dès lors, de les garder pour vous. Cela dit, vous devez comprendre qu'il s'agit là d'un récit relatif à des gens qui ne sont pas *seulement* ce qu'ils semblent être. D'une histoire de contradictions. En d'autres termes, d'une histoire d'êtres humains.

En l'occurrence, Tress n'avait rien d'une héroïne ordinaire – en cela qu'elle était en réalité *tout à fait* ordinaire. De fait, Tress se considérait comme catégoriquement ennuyeuse. Elle aimait boire son thé tiède. Allait se coucher à l'heure. Aimait ses parents, se chamaillait de temps à autre avec son petit frère, et ne jetait pas de détritus n'importe où. Elle était douée pour la broderie, avait un certain talent pour la pâtisserie, mais ne possédait pas d'autres compétences notables.

Elle ne s'entraînait pas à l'escrime en secret. Ne savait pas parler aux animaux. N'avait pas de sang royal ou divin dans les veines, même si – apparemment – son arrière-grand-mère Glorf avait jadis eu l'occasion de saluer le roi. Depuis le sommet du Rocher, alors que le souverain naviguait à des kilomètres de là, Tress ne pensait donc pas que ça comptait vraiment.

En bref, Tress était une adolescente *normale*. Elle le savait, parce que les autres filles n'arrêtaient pas de répéter qu'elles-mêmes n'étaient pas comme « tout le monde » – au bout d'un moment, la jeune femme avait fini par en conclure que le groupe « tout le monde » ne devait inclure qu'elle. Les autres filles avaient manifestement raison, vu qu'elles savaient toutes comment être uniques ; elles étaient si douées pour ça, en fait, qu'elles le faisaient ensemble.

Tress était globalement plus réfléchie que la plupart des gens, mais n'aimait pas imposer ses désirs à autrui. Elle gardait le silence lorsque les autres filles riaient ou racontaient des blagues à ses dépens. Après tout, elles avaient l'air de *tellement* bien s'amuser. C'eût été impoli de gâcher cela, et présomptueux de sa part de leur demander d'arrêter.

Parfois, les jeunes les plus turbulents parlaient de partir à l'aventure sur des océans lointains. Tress trouvait ces idées effrayantes. Comment aurait-elle pu quitter ses parents et son frère ? Et puis, elle avait sa collection de tasses qui lui permettait de vivre des aventures par procuration.

Tress chérissait ses tasses. Elle possédait des tasses en porcelaine fine recouverte d'un vernis peint, des tasses en argile rugueuses au toucher, et même des tasses en bois robustes qui portaient les marques de bien des propriétaires.

Plusieurs des marins qui passaient fréquemment par l'îlot de Diggen avaient connaissance de ce penchant, et ils lui apportaient parfois des tasses venant d'un bout à l'autre des douze océans : des terres lointaines où d'aucuns prétendaient que les spores étaient pourpres, azur ou même *dorées*. La jeune femme offrait des tartes aux matelots en échange de leurs cadeaux – elle achetait les ingrédients nécessaires avec le salaire de misère qu'elle gagnait en frottant des fenêtres.

Elles étaient souvent abîmées, usées, mais peu lui importait. Une tasse écaillée ou bosselée avait une *histoire*. Et si elle les aimait toutes, c'était parce qu'elles faisaient venir le reste du monde à sa porte. Chaque fois qu'elle buvait dans l'une de ces tasses, elle s'imaginait goûter des aliments et des boissons fabuleusement exotiques. Et, d'une certaine manière, ça lui donnait l'impression de comprendre les personnes qui les avaient confectionnées.

Chaque fois que Tress entrait en possession d'une nouvelle tasse, elle l'apportait à Charlie pour la lui montrer.

Charlie prétendait être le jardinier du manoir du duc, au sommet du Rocher, mais Tress savait qu'en réalité il était le *fils* dudit duc. Il avait des mains aussi douces que celles d'un enfant, nullement calleuses, et il était mieux nourri que quiconque en ville. Ses cheveux étaient toujours bien coupés, et bien qu'il ôtât sa chevalière quand ils se voyaient, celle-ci laissait un cercle de peau légèrement plus clair, signe manifeste qu'il en portait généralement une – au doigt qui désignait un membre de la noblesse.

Et puis, Tress ne voyait pas trop de quels « jardins » Charlie était censé s'occuper. Le manoir se trouvait sur le Rocher, après tout. Il y avait bien eu un arbre sur la propriété, jadis, mais il avait opté pour la solution raisonnable en mourant quelques années plus tôt. Restaient cependant quelques plantes en pot, qui lui permettaient de faire semblant.

Des mottes grises tourbillonnant dans le vent à ses pieds, la jeune femme gravit en hâte le chemin menant au manoir. Les spores grises étaient mortes – même l'air du Rocher s'avérait suffisamment salé pour les tuer –, mais la jeune femme retenait quand même sa respiration. Elle prit à gauche à l'embranchement – le chemin de droite menait aux mines –, puis serpenta dans les lacets jusqu'au surplomb.

Le manoir trônait là comme une grenouille corpulente au sommet de son lys. Tress n'aurait su dire pourquoi le duc appréciait cet endroit, plus proche du smog – peut-être, dès lors, goûtait-il cette compagnie tout aussi ombrageuse. Grimper tout là-haut n'avait rien d'évident – mais, bon, vu la façon dont les vêtements de la famille du duc les boudinaient, peut-être estimaient-ils judicieux de faire un peu d'exercice.

Cinq soldats surveillaient les lieux – bien que seuls Snagu et Lead soient de service actuellement –, et ils s'acquittaient fort sérieusement de leur tâche. Après tout, cela faisait horriblement longtemps qu'aucun membre de la famille du duc n'était mort de la myriade de dangers auxquels un noble devait faire face en vivant sur le Rocher. (Entre autres, et dans le désordre : l'ennui, un orteil qu'on se cogne, et s'étouffer avec une tourte aux fruits.)

Elle leur avait apporté des tartes, bien sûr. Pendant que les deux hommes mangeaient, la jeune femme envisagea de leur montrer sa nouvelle tasse. Entièrement en étain, celle-ci était poinçonnée de lettres – dans une langue écrite de haut en bas, plutôt que de gauche à droite. Mais non, Tress ne voulait pas les déranger.

Ils la laissèrent passer, même si ce n'était pas son jour de lavage des fenêtres du manoir. Elle trouva Charlie derrière le bâtiment, occupé à s'entraîner avec son épée d'escrime. Sitôt qu'il l'aperçut, le garçon se débarrassa de son arme et s'empressa d'ôter sa chevalière.

« Tress ! lui lança-t-il. Je ne pensais pas que tu passerais aujourd'hui ! »

Charlie venait de fêter ses dix-sept ans – il avait donc deux mois de plus qu'elle-même. Il disposait de toute une palette de sourires, que Tress avait tous identifiés. Par exemple, le « sourire toutes dents dehors » dont il la gratifiait présentement indiquait qu'il était sincèrement heureux d'avoir une excuse pour en finir avec ses exercices d'escrime, qu'il n'appréciait pas autant que son père l'aurait voulu.

« Une arme blanche, Charlie ? demanda-t-elle. Est-ce là un outil de jardinier ? »

Il ramassa la fine épée de duel. « Ça ? Oh, mais je m'en sers pour jardiner. » Il s'attaqua sans guère d'enthousiasme à l'une des plantes en pot du patio. La malheureuse n'était pas encore tout à fait morte, mais la feuille que Charlie fendit alors n'allait certainement pas améliorer ses chances de survie.

« Du jardinage, dit Tress. Avec une *épée*.

— C'est comme ça que ça se passe, sur l'île du roi. » Il lui porta un nouveau coup. « C'est toujours la guerre là-bas, tu sais. Donc – si on y réfléchit –, c'est assez logique que les jardiniers apprennent à tailler les plantes avec une épée. Mieux vaut ne pas tomber dans une embuscade, privé de tout moyen de se défendre. »

Il n'était pas particulièrement bon menteur, mais cela faisait partie des choses qu'appréciait Tress chez lui. Charlie était *authentique*. Il mentait même de manière authentique. Et vu à quel point il était mauvais en la matière, on ne pouvait même pas lui en tenir rigueur. Ses mensonges étaient si *évidents* qu'ils valaient davantage que les vérités de bien des gens.

Il fit à nouveau mine de s'attaquer à la plante, puis revint à la jeune femme, un sourcil haussé. Tress secoua la tête. Aussi la gratifia-t-il de son sourire « tu m'as piégé, mais je ne peux pas l'admettre » tout en enfonçant son épée dans la terre du pot, avant de se laisser choir sur le muret du jardin.

Les fils de ducs n'étaient pas censés s'affaler ainsi. On peut donc estimer que Charlie était un jeune homme aux talents extraordinaires.

Tress s'installa auprès de lui, le panier sur ses genoux.

« Qu'est-ce que tu m'as apporté ? » s'enquit-il.

Elle en sortit une petite tourte à la viande. « Du pigeon et des carottes. Avec une sauce au thym.

— Voilà une bien noble combinaison, fit-il.

— Je pense que le fils du duc, s'il traînait dans le coin, ne serait pas de cet avis.

— Le fils du duc n'est autorisé à consommer que des plats dont les noms se prononcent avec des accents étrangers bizarres, dit Charlie. Et il n'est jamais autorisé à interrompre son entraînement à l'épée pour manger. C'est donc une chance que je ne sois pas lui. »

Il avala une bouchée. Tress guetta le sourire à venir. Dont acte : celui de la délectation. Tress avait passé toute une journée à réfléchir à ce qu'elle pourrait cuisiner avec les ingrédients en vente sur le marché du port, dans l'espoir de lui arracher ce rictus particulier.

« Bon, reprit-il, qu'est-ce que tu m'as apporté d'autre ?

— Charlie le jardinier, dit-elle, tu viens de recevoir une tarte *gratuite*, et voilà que tu espères en obtenir davantage ?

— Espérer ? » répéta-t-il, la bouche pleine de tarte. Il tapota le panier de sa main libre. « Je *sais* qu'il y a autre chose. Allez, crache le morceau. »

La jeune femme sourit de toutes ses dents. Elle n'osait pas s'imposer à la plupart des gens, mais Charlie était différent. Elle lui révéla donc la tasse en étain.

« Ahhh, fit le jeune homme, avant de mettre de côté la tarte pour prendre révérencieusement la tasse dans ses deux mains. Eh bien, *ça*, c'est quelque chose.

— Tu as déjà vu cette écriture ? lui demanda-t-elle avec enthousiasme.

— C'est du vieil iriali. Ils se sont volatilisés, tu sais. Tout un peuple : *pouf !* Ils ont disparu du jour au lendemain, laissant leur île inhabitée. Bon, tout ça remonte à trois siècles, donc personne n'en a jamais croisé un seul, mais ils avaient, paraît-il, les cheveux dorés. Comme les tiens – la couleur du soleil.

— Mes cheveux ne sont pas de la couleur du soleil, Charlie.

— Bien sûr que si – si ses rayons étaient châtains. »

On pourrait dire qu'il avait un certain don pour les mots. En ce sens que des paroles avaient souvent le don de lui échapper.

« Je parie que cette tasse a toute une histoire, poursuivit-il. Forgée pour un noble Iriali la veille du jour où les dieux ont pris l'intégralité de son peuple. Abandonnée sur la table, récupérée par la pauvre pêcheuse arrivée en premier sur l'île – pour découvrir l'horreur de cette disparition généralisée. Pêcheuse qui l'a transmise à son petit-fils – qui est devenu un pirate, voire un casse-pipeur. Il a fini par enterrer profondément son trésor mal acquis sous les spores. Trésor qui n'a été retrouvé que récemment, après des années passées dans l'obscurité, et qui se retrouve à présent entre tes mains. » Il leva la tasse pour capter la lumière.

Tress l'écoutait jacter, un rictus aux lèvres. Pendant qu'elle lavait les fenêtres du manoir, la jeune femme entendait à l'occasion les parents de Charlie lui reprocher de parler autant ; ils trouvaient ça idiot, et indigne de son rang. Ils le laissaient rarement terminer – ce qu'elle trouvait dommage. Car, oui, s'il lui arrivait bel et bien de radoter, Tress avait fini par comprendre que ce n'était pas sans raison : Charlie appréciait les *histoires* autant qu'elle-même aimait les *tasses*.

« Merci, Charlie, murmura-t-elle.

— Pour quoi ?

— Pour m'avoir donné ce que je veux. »

Il savait ce qu'elle voulait dire par là. Et ça n'avait rien à voir avec des tasses, ou des histoires.

« Toujours, lui dit-il tout en posant sa main sur la sienne. Toujours ce que tu veux, Tress. Et tu pourras toujours me dire ce que c'est. Je sais que tu n'as pas l'habitude de faire ça, avec les autres.

— Et *toi*, Charlie, qu'est-ce que tu veux ?

— Je n'en sais rien, admit-il. À part une chose, du moins. Une chose que je ne devrais pas vouloir, mais qui me fait terriblement envie. Sauf que je suis censé vouloir de l'aventure, à la place. Comme dans les histoires. Tu les connais, ces histoires ?

— Celles avec de belles jouvencelles qui se font toujours capturer et qui ne font pas grand-chose d'autre qu'*attendre* la suite ? À part appeler à l'aide de temps à autre, peut-être ?

— Ça doit arriver, j'imagine.

— Pourquoi les jouvencelles sont-elles toujours belles ? demanda-t-elle. Y en a-t-il qui soient moches ? Je suis sûre qu'elles savent cuisiner, en plus. Moi aussi je pourrais en être une – je me débrouille bien derrière les fourneaux, après tout. » Elle grimaça. « Je suis contente de ne pas faire partie d'une histoire, Charlie. Je finirais à coup sûr par me faire capturer.

— Et moi, je mourrais sans doute rapidement. Je suis un lâche, Tress. C'est la vérité.

— N'importe quoi. Tu es juste une personne ordinaire.

— Tu as… vu comment je réagis en présence du duc ? »

Elle garda le silence. Plutôt que de le lui répondre par l'affirmative.

« Si je n'étais pas un lâche, reprit-il, je serais capable de te dire des choses qu'il m'est impossible de te révéler. Mais Tress, si tu te faisais capturer, je partirais quand même à ton secours. Je mettrais mon armure, Tress. Une armure *scintillante*. Ou peut-être qu'elle serait terne. Je pense que si une de mes connaissances était prisonnière quelque part, je ne prendrais pas le temps d'astiquer mon armure. Tu crois que ces héros s'amusent à la faire briller, quand il y a des gens en danger ? Pas sûr que ça les aide beaucoup, ces malheureux…

— Charlie, le coupa Tress, tu as une armure ?

— J'en dénicherais une, lui promit-il. Je me débrouillerais pour trouver une solution, n'en doute nullement. Même un lâche serait courageux avec l'armure appropriée, non ? Il y a beaucoup de morts dans ce genre d'histoires. Je pourrais certainement en récupérer une sur un des… »

Un hurlement en provenance des profondeurs du manoir vient interrompre leur conversation. C'était le père de Charlie, occupé à râler. Pour autant que Tress le sache, beugler dans le vide était la seule et unique tâche du duc sur l'île – et il la prenait très au sérieux.

Le garçon se tourna vers la source des sons et se tendit, en même temps – malheureusement – que s'effaçait son sourire. Mais comme les cris ne semblaient pas vouloir se rapprocher, il revint à la tasse. L'instant avait filé, mais un autre prenait sa place, comme ils ont tendance à le faire. Pas aussi intime, mais toujours précieux – parce que c'était du temps passé avec lui.

« Je suis désolé, dit-il doucement, d'avoir évoqué toutes ces choses stupides – les belles jouvencelles, voler des armures sur des cadavres… Mais ça me fait quand même plaisir quand tu m'écoutes parler. Merci, Tress.

— J'adore tes histoires. » Elle prit la tasse, la retourna. « Tu penses qu'il y a un tant soit peu de vrai, dans ce que tu m'as raconté à propos de cette tasse ?

— Possible, répondit Charlie. C'est ça qui est génial, avec les histoires. Mais tu vois ce qui est marqué ici ? Ça dit qu'elle a appartenu à un roi. Son nom est juste là.

— Et tu as appris cette langue à…

— … l'école de jardinage. Au cas où on aurait eu à lire les avertissements inscrits sur l'emballage de certaines plantes dangereuses.

— En plus de la façon de porter un pourpoint et une culotte de seigneur…

— … parce que ça ferait de moi un leurre parfait, si d'aventure des assassins se pointaient pour tenter de tuer le fils du duc.

— J'ai cru comprendre, oui. Mais pourquoi enlèves-tu ta bague, dans ce cas ?

— Euh… » Il considéra sa main, puis regarda la jeune femme droit dans les yeux. « Ma foi, je suppose que j'aimerais pas trop que tu me prennes pour quelqu'un d'autre. Quelqu'un que je n'ai aucune envie d'être. »

Il sourit alors – de son sourire timide. Son sourire « s'il te plaît, Tress, suis-moi là-dessus ». Car le fils d'un duc ne pouvait pas fraterniser *ouvertement* avec la fille chargée de laver les vitres. Mais un noble qui se faisait passer pour un roturier ? Qui feignait d'être de basse extraction pour apprendre à connaître les habitants de son royaume ? Eh bien, ça, on s'y attendait. Ça arrivait dans tellement d'histoires qu'on pouvait presque parler d'une institution.

« Je trouve cela… parfaitement sensé.

— Bon, fit-il en retournant à sa tarte. Racontemoi ta journée. Je veux tout savoir. »

Tress glissa l'une de ses mèches rebelles derrière son oreille. « Je suis allée faire un tour au marché, histoire de trouver des ingrédients pour mes tartes. J'ai acheté une livre de poisson : du saumon, importé de l'île Erik – ils ont tellement de lacs, là-bas. Poloni en avait baissé le prix, parce qu'il pensait qu'il se gâtait, mais en fait c'était le poisson du baril d'à côté qui commençait à puer. J'ai donc eu le mien pour presque rien.

— Fascinant, dit-il. Personne ne pique une crise quand tu leur rends visite ? Ils ne font pas venir leurs enfants pour t'obliger à leur serrer la main ? Allez, dis-m'en plus. S'il te plaît, je veux savoir comment tu t'es rendu compte que le poisson n'était pas avarié. »

Cédant devant son insistance, elle continua à expliciter les détails banals d'une vie ennuyeuse. Il l'obligeait à faire ça à chacune de ses visites. Lui, en retour, lui prêtait attention. C'était la preuve que son penchant pour la parole n'avait rien d'un défaut. Il était tout aussi doué pour écouter. Pour l'écouter *elle*, tout du moins. De fait, sans trop qu'elle comprenne pourquoi, Charlie trouvait sa vie *intéressante*.

Pendant qu'elle parlait, Tress sentit une vague de chaleur déferler en elle. C'était souvent le cas lorsqu'elle lui rendait visite – le manoir se trouvant en altitude, il était proche du soleil, aussi faisait-il plus chaud ici. Qu'est-ce que ça aurait pu être d'autre ?

Sauf que, à cet instant précis, avait lieu une Occultation – quand le soleil se cachait derrière la lune et que tout perdait quelques degrés. Et ce jour-là, la jeune femme commençait à se lasser de certains des mensonges qu'elle se racontait à elle-même. Peut-être y avait-il une autre raison à la chaleur qui l'avait envahie. Une raison qu'elle voyait là, dans le sourire de Charlie – et qu'elle retrouverait dans le sien, elle le savait.

Il ne l'écoutait pas *uniquement* parce qu'il trouvait fascinante l'existence des paysans.

Elle n'était pas venue lui rendre visite *uniquement* parce qu'elle voulait l'entendre lui raconter des histoires.

En fait, fondamentalement, ce n'était pas du tout une question de tasses – ou d'histoires. Mais bien plutôt de gants.

LE DUC

3

Tress avait remarqué qu'une jolie paire de gants rendait son travail quotidien beaucoup plus agréable. Bon, elle parlait des *bons* gants, hein – faits d'un cuir souple qui épousait la forme de la main. Le genre qui – si vous les huilez bien et ne les laissez pas au soleil – ne se rigidifie jamais. Le genre si confortable que lorsque vous allez vous laver les mains, vous êtes surpris de constater que vous les portez encore.

Une paire de gants parfaite est *inestimable*. Et Charlie était comme une bonne paire de gants. Plus elle passait de temps en sa compagnie, et plus ces moments lui paraissaient agréables. Même les Occultations semblaient plus brillantes, et ses propres fardeaux s'allégeaient. La jeune femme adorait les tasses dignes d'intérêt, mais c'était en partie parce que chacune d'elles lui donnait une excuse pour venir le voir.

La chose qui grandissait entre eux était si délicieuse, si merveilleuse, que Tress avait peur d'appeler ça de l'amour. Vu la façon dont les autres jeunes en parlaient, « l'amour » semblait dangereux. *Leurs* amours semblaient se résumer à des histoires de jalousie et d'insécurité. De hurlements passionnés et de réconciliations plus passionnées encore. Il ressemblait moins à une bonne paire de gants qu'à un charbon ardent qui ne manquerait pas de vous brûler les mains.

L'amour avait toujours effrayé Tress. Mais quand Charlie posa à nouveau sa main sur la sienne, la jeune femme *sentit* cette chaleur. Le feu qu'elle avait toujours craint. Le charbon ne manquait pas, après tout, il était juste… maîtrisé – comme dans un bon poêle.

Et elle… brûlait de bondir dans sa chaleur, toute logique mise à part.

Charlie se figea. Ce n'était pas la première fois, bien sûr, que leurs mains se touchaient, mais *là* c'était différent. Cet instant. Ce rêve. Le garçon rougit, mais laissa sa main un peu plus longtemps. Il finit néanmoins par la retirer pour la passer dans les cheveux de Tress, en souriant d'un air penaud. Comme il s'agissait de Charlie, cela ne gâcha pas l'instant, mais ne fit que le rendre plus doux.

Tress chercha la phrase parfaite à prononcer. Il y en avait de nombreuses qui auraient pu convenir. Elle aurait pu dire : « Charlie, tu peux me tenir ça pendant que je me promène dans le parc ? », puis lui tendre à nouveau la main. Elle aurait pu dire : « À l'aide, je n'arrive pas à respirer. Le simple fait de te regarder m'a coupé le souffle. » Elle aurait même pu dire quelque chose de complètement fou, comme : « Je t'aime bien. »

Au lieu de quoi elle dit : « Ouuhhhh. C'est chaud, les mains. » Et d'accompagner cette phrase mémorable d'un petit sourire timide qu'elle étouffa à mi-chemin, avec pour conséquence qu'elle imita exactement – par pur hasard – le cri d'un éléphant de mer.

On pourrait dire que Tress avait un truc avec les mots. En ce sens où ses paroles avaient tendance à se mettre en travers de son chemin.

Charlie la gratifia d'un rictus en réponse. Un sourire merveilleux, de plus en plus assuré à mesure qu'il se prolongeait. Jamais la jeune femme ne l'avait vu en arborer un de ce genre. Il disait : « Je crois que je t'aime, Tress, nonobstant l'éléphant de mer. »

Elle le lui rendit. Pour ensuite, par-dessus l'épaule du garçon, voir le duc posté à la fenêtre juste derrière eux. Grand, le corps bien droit, le père de Charlie portait des vêtements de style militaire qui donnaient l'impression d'avoir été épinglés sur lui à l'aide des multiples médailles qu'arborait sa poitrine.

Lui ne souriait pas.

De fait, Tress ne l'avait vu sourire qu'une seule fois, à l'occasion du châtiment du vieux Lotari – qui avait tenté de quitter l'île en douce à bord d'un navire marchand. Cela semblait être le seul qu'il connaissait – peut-être Charlie avait-il épuisé tout le quota familial. N'empêche : si le duc n'avait qu'un *seul* sourire, il se rattrapait en affichant en quelque sorte beaucoup trop de dents.

Le duc s'était fondu dans les ombres de la demeure, ce jour-là, mais sa présence semblait se dresser au-dessus de Tress lorsqu'elle fit ses adieux à Charlie.

En descendant les marches, elle s'attendit à entendre des cris. Au lieu de quoi le manoir demeura silencieux, même si ce fut là un silence de mauvais augure. Le silence *tendu* qui succède à l'instant où vous voyez un éclair. Et qui la poursuivit jusqu'à sa demeure, où la jeune femme laissa entendre à ses parents qu'elle était fatiguée. Elle se rendit dans sa chambre, pour y attendre que le silence prenne fin. Que les soldats frappent à la porte, puis exigent de savoir pourquoi la fille qui lavait les vitres avait osé toucher le fils du duc.

Comme rien de tel ne se produisait, Tress osa espérer qu'elle avait surinterprété l'expression du duc. Puis elle se souvint de son rictus singulier. Des angoisses la harcelèrent toute la nuit suivante.

La jeune femme se leva finalement tôt le lendemain matin ; après avoir attaché ses cheveux en queue-de-cheval, elle partit d'un pas lourd au marché, où elle passerait en revue les marchandises du jour et les ingrédients *presque* avariés pour trouver quelque chose qu'elle pourrait se payer. Malgré l'heure matinale, cependant, le marché grouillait d'activité. Des hommes balayaient le chemin des spores mortes qui s'y étaient accumulées ; des gens y discutaient, rassemblés en petits groupes.

Tress se prépara à la suite, estimant que rien ne pouvait être pire que l'affreux pressentiment qui l'avait torturée toute la nuit.

Elle avait tort.

Le duc avait envoyé une déclaration : lui et sa famille allaient quitter l'île le jour même.

LE FILS

4

Partir.
Quitter l'île ?
Personne ne quittait l'île.

Tress savait, rationnellement, que ce n'était pas totalement vrai. Les fonctionnaires royaux pouvaient partir. Le duc lui-même allait à l'occasion rendre des comptes à son roi. Et puis, il avait gagné toutes ces médailles prétentieuses en tuant des gens venus d'un endroit lointain, où l'on arborait une apparence légèrement différente. Il avait manifestement fait preuve d'un grand héroïsme lors de ces guerres ; ce qui permettait de le savoir, c'était qu'une bonne partie de ses troupes avait péri, alors que lui-même continuait à vivre.

Jamais par le passé le duc n'avait emmené sa famille avec lui. Cette fois-ci, cependant, ils allaient l'accompagner. « *L'héritier ducal a atteint sa majorité*, annonçait la proclamation, *aussi allons-nous le présenter aux diverses princesses des mers civilisées, afin de le fiancer à l'une d'elles*. »

Bon, Tress *était* une jeune femme *pragmatique*. Elle se borna donc à *envisager* – par pure frustration – de réduire son panier en lambeaux. Ou de jurer à pleins poumons. Ou encore de marcher jusqu'au manoir du duc pour exiger de lui qu'il change d'avis.

Au lieu de quoi elle fit ses courses dans un brouillard engourdi, trouvant dans cette activité familière une façon de donner à sa vie soudainement dévastée un semblant de normalité. Tress dénicha de l'ail qu'elle était certaine de pouvoir sauver, plusieurs pommes de terre pas trop flétries, et même des céréales envahies de charançons assez gros pour qu'on puisse les distinguer.

La veille, pareil butin n'aurait pas manqué de la satisfaire. Ce jour-là, cependant, la jeune femme n'avait qu'un seul sujet en tête : Charlie.

Cela lui semblait si incroyablement injuste. Tress venait *à peine* d'admettre ce qu'elle ressentait pour lui, et tout était déjà chamboulé ? On lui avait certes dit de s'attendre à pareille douleur. L'amour *impliquait* de la douleur. Mais *ça*, c'était du sel dans le thé – n'était-on pas censé y trouver aussi un peu de miel ? Voire – osait-elle espérer – de la passion ?

Elle allait écoper de tous les inconvénients d'une liaison romantique, sans aucun de ses avantages.

Malheureusement, son pragmatisme commença alors à s'affirmer. Tant que tous deux avaient été en mesure de faire semblant, le monde réel s'était retrouvé incapable de s'imposer à eux. Sauf que l'époque des faux-semblants était révolue. Avait-elle *vraiment* cru que leur histoire aurait pu se terminer autrement ? Que le duc allait la laisser épouser son fils ? Que pensait-elle pouvoir offrir à quelqu'un comme Charlie ? Elle n'était rien comparée à une princesse. Pensez à toutes les tasses qu'une aristo pouvait se payer !

Dans un monde idéal, le mariage était une question d'amour. Dans le monde réel, la *politique* venait y mettre son grain de sel. Un mot chargé d'un très grand nombre de significations, même si la plupart d'entre elles se résumaient à : *C'est là un sujet qu'il revient aux nobles – et (à contrecœur) aux très riches – de discuter. Pas aux paysans.*

La jeune femme termina ses achats et reprit le chemin de sa maison, où elle pourrait au moins compter sur la compassion de ses parents. Malheureusement, le duc ne perdait pas de temps, semblait-il, car elle vit une procession serpenter en direction des docks.

Elle fit demi-tour et revint par un autre chemin, arrivant juste après le cortège – qui commençait à embarquer les affaires familiales à bord d'un navire marchand. Personne n'était autorisé à quitter l'île. À moins d'être, de fait, *quelqu'un*. Tress craignait de ne même pas avoir l'occasion de parler à Charlie. Puis elle redouta d'en avoir l'opportunité, mais qu'il ne veuille pas la voir.

Par chance, elle le vit, un peu à l'écart de la foule, manifestement occupé à la chercher parmi la populace rassemblée là. Dès qu'il l'eut repérée, le garçon accourut immédiatement auprès d'elle. « Tress ! Oh, par les lunes. Je craignais de ne pas te revoir.

— Je… » Que dire ?

« Belle jouvencelle, dit-il en s'inclinant, je dois prendre congé.

— Charlie, murmura-t-elle. N'essaie pas d'être quelqu'un que tu n'es pas. Je te *connais.* »

Le garçon grimaça. Il portait un manteau de voyage, et même un chapeau. Le duc estimait qu'il était malséant d'en arborer un, sauf en voyage. « Tress, dit-il plus doucement, j'ai bien peur de t'avoir menti. Tu vois... Je ne suis pas le jardinier. Je suis... euh... le fils du duc.

— Incroyable. Qui aurait pu imaginer que Charlie le jardinier et Charles l'héritier du duc étaient la même personne, sachant qu'ils ont le même âge, se ressemblent comme deux gouttes d'eau et portent les mêmes vêtements ?

— Euh, oui. Tu es en colère contre moi ?

— Pour l'instant, la colère patiente dans la file, fit Tress. Au septième rang, prise en sandwich entre la confusion et la fatigue. »

Derrière eux, les parents du garçon étaient en train de monter à bord du navire, suivis par leurs serviteurs lestés des derniers bagages.

Charlie baissa les yeux. « Il semble bien que je doive me marier. À la princesse d'une quelconque nation. Qu'est-ce que ça t'inspire ?

— Je... » Qu'aurait-elle dû répondre ? *Je te souhaite le meilleur ?*

Il releva la tête et croisa son regard. « Toujours, Tress. Tu te souviens ? »

C'était difficile pour elle, mais elle finit par débusquer les mots cachés dans un coin, et qui faisaient tout pour l'éviter – en vain : « J'aimerais, dit-elle, que tu t'en abstiennes. De te marier. Avec quelqu'un d'autre.

— Ah, ouais ? » Il cligna des yeux. « Vraiment ?

— Je veux dire, je suis sûre qu'elles sont très gentilles. Les princesses.

— Je crois que ça fait partie de la description du poste, fit Charlie. Comme… tu as entendu parler de ce qu'elles font, dans les histoires ? Réanimer des amphibiens ? Faire remarquer aux parents que leurs enfants ont mouillé le lit ? Il faut être plutôt gentil, pour rendre pareils services.

— Oui, dit Tress. Je… » Elle prit une interminable inspiration. « Je préférerais quand même… que tu n'en épouses aucune.

— Ma foi, d'accord – je n'en ferai rien.

— Je doute que tu aies le choix, Charlie. Ton père veut te marier. C'est de la *politique*.

— Ah, mais tu vois, j'ai une arme secrète. » Il lui prit les mains et se pencha vers elle. Derrière eux, son père alla se poster à la proue du navire, pour les foudroyer tous deux du regard.

Charlie, cependant, arborait un sourire en coin. Son sourire « regardez comme je suis sournois ». Le garçon le sortait quand il n'était pas *particulièrement* sournois.

« Quel… genre d'arme secrète, Charlie ? s'enquit-elle.

— Je peux être *incroyablement* barbant.

— Ce n'est pas une arme, ça.

— Peut-être pas dans le cadre d'une guerre, Tress. Mais pour faire la cour à une princesse ? C'est une arme aussi efficace que la plus tranchante des rapières. Tu connais ma capacité à jacasser. Encore. Et encore.

— J'*aime* ta façon de jacasser, Charlie. Même le “encore et encore” ne me dérange pas, en fait. Ça m'arrive même parfois de l'*apprécier*.

— Sauf que toi tu es un cas spécial. Tu es… bon, c'est un peu idiot… mais tu es comme une paire de gants, Tress.

— *Vraiment* ? s'exclama-t-elle, la gorge nouée.

— Oui. Non, ne le prends pas mal. Je veux dire, quand je dois m'entraîner à l'épée, je porte ces gants et…

— Je comprends », murmura-t-elle.

Depuis le pont du navire, le père de Charlie lui hurla de s'activer. Tress s'avisa que, tout comme Charlie avait divers sourires à son registre, son père maîtrisait quantité de regards noirs. Et elle n'aimait pas trop ce qu'impliquait celui qu'il lui lançait en cet instant.

Charlie lui serra les mains. « Écoute, Tress. Je te le promets. Je *ne vais pas* me marier. Je vais me rendre dans ces royaumes, et être si *insupportablement* barbant qu'aucune de ces filles ne voudra de moi.

« Je ne suis pas bon à grand-chose. Je n'ai jamais marqué un seul point contre mon père à l'entraînement. Je renverse ma soupe lors des dîners officiels. Je parle tellement que même mon valet de pied – qui est *payé* pour écouter – invente des raisons créatives pour m'interrompre. L'autre jour, je lui racontais l'histoire du poisson et de la mouette ; eh bien, il a fait semblant de se cogner l'orteil, et… »

Le duc se remit à hurler.

« Je peux y arriver, Tress, insista-t-il. Je *vais* y arriver. À chaque étape, je te choisirai une tasse, d'accord ? Une fois que j'aurai ennuyé à mourir la princesse du moment – et que mon père aura décidé qu'on doit passer à la suivante –, je te l'enverrai. Comme preuve, tu comprends. » Il lui serra à nouveau les mains. « Et ce n'est pas seulement parce que tu m'écoutes que je vais faire ça. Tu me *connais*, Tress. Tu as toujours été capable de voir en moi ce que personne d'autre ne remarque. »

Il commença à se tourner pour enfin répondre aux hurlements de son père. Tress le retint, s'accrochant à ses mains. Refusant que ce moment prenne fin.

Le garçon la gratifia d'un ultime sourire. Et bien qu'il ait visiblement tenté de paraître confiant, elle connaissait par cœur ses rictus. Et celui-là, c'était l'indécis. Plein d'espoir, mais inquiet.

« Toi aussi tu es ma paire de gants, Charlie », lui dit Tress.

Après quoi elle dut le lâcher pour le laisser monter à bord. Elle s'était déjà suffisamment imposée comme ça.

Le duc força son fils à descendre dans les entrailles du navire. Qui se mit en mouvement, s'extirpant des spores grises les plus proches du Rocher pour s'engager sur l'océan verdoyant proprement dit. Du vent gonfla les voiles du navire qui s'élança vers l'horizon, laissant derrière lui un sillage tumultueux de poussière émeraude. Tress retourna chez elle, puis observa le bateau depuis la falaise jusqu'à ce qu'il fasse visuellement la taille d'une tasse. Puis celle d'un point. Puis qu'il finisse par disparaître.

Ensuite l'attente débuta. On dit qu'il s'agit là du plus atroce des tourments de l'existence. « On », dans ce cas, fait référence aux écrivains, qui n'ont rien d'utile à faire – aussi passent-ils leur temps à chercher des choses à raconter. Toute personne *active* vous dira qu'avoir le temps d'*attendre* relève du luxe.

Tress avait des vitres à laver. Des repas à préparer. Un petit frère à surveiller. Son père, Lem, ne s'était jamais remis de son accident dans les mines, et malgré tous les efforts qu'il faisait pour se rendre utile, le pauvre pouvait à peine marcher. Il passait ses journées à aider son épouse, Ulba, à tricoter des chaussettes, qu'ils vendaient aux marins – mais vu le coût de la laine, ils n'en tiraient qu'un maigre bénéfice.

Aussi Tress ne se borna-t-elle pas à attendre. Elle avait de quoi s'occuper.

N'empêche, ce fut un énorme soulagement quand la première tasse arriva, apportée par Hoid le mousse. (Oui, c'est moi. Qu'est-ce qui vous a mis la puce à l'oreille ? Le nom, peut-être ?) Une bien belle tasse en porcelaine, sans la moindre imperfection.

Le monde s'éclaircit, ce jour-là. Tress parvint presque à entendre la voix de Charlie pendant qu'elle lisait la lettre d'accompagnement, qui détaillait les affections de la première princesse. Avec une monotonie héroïque, il lui avait énuméré les bruits que faisait son estomac lorsqu'il s'allongeait dans diverses positions une fois la nuit tombée. Comme cela n'avait pas suffi, le garçon lui avait apparemment fait croire qu'il conservait ses rognures d'ongles de pied et leur donnait de petits noms. *Ça*, ça avait fonctionné.

Continue le combat, mon amour loquace, pensa Tress le lendemain en frottant les carreaux du manoir. *Sois courageux, mon guerrier quelque peu dégoûtant.*

La seconde tasse était en verre – d'un rouge pur, aussi haute que fine, comme pour donner l'impression qu'elle pouvait contenir davantage de liquide que ce n'était le cas. Peut-être provenait-elle de chez un tavernier particulièrement avare. Cette princesse-là, Charlie l'avait découragée en lui expliquant ce qu'il avait mangé au petit déjeuner – l'abreuvant de détails complexes, puisque visiblement le garçon avait compté le nombre de morceaux qu'il y avait dans son œuf brouillé et les avait classés par taille.

La troisième était une chope en étain aussi énorme que solide, d'un poids non négligeable. Peut-être provenait-elle d'un de ces endroits que Charlie avait inventés, où les gens devaient toujours porter des armes. Tress était raisonnablement certaine de pouvoir assommer un agresseur d'un coup de cette « tasse ». La dernière princesse en date n'avait pas résisté à une conversation prolongée sur les avantages de divers signes de ponctuation, y compris ceux que Charlie avait inventés.

Le quatrième paquet ne contenait pas de lettre, mais uniquement un petit dessin : deux mains gantées entrelacées. La tasse était ornementée d'un papillon survolant un océan rouge ; Tress trouva étrange que le lépidoptère ne soit pas terrifié par les spores. Peut-être était-il prisonnier – forcé de voler vers sa perte au-dessus des eaux.

La cinquième tasse… n'arriva jamais.

Tress s'efforça de faire comme si de rien n'était, se disant qu'elle avait dû se perdre pendant le transport. Après tout, bien des choses dangereuses pouvaient arriver à un navire sillonnant les mers de spores. Des pirates ou… vous savez… des spores.

N'empêche : les mois s'étiraient en longueur, chacun plus fastidieux que le précédent. Chaque fois qu'un bateau se mettait à quai, Tress était là pour demander si elle avait du courrier.

Rien.

Elle fit cela pendant des mois, jusqu'à ce qu'une année entière se soit écoulée depuis le départ de Charlie.

Et puis, finalement, un message. Pas de Charlie, mais de son père – adressé à toute la ville, et pas à elle individuellement. Le duc revenait enfin sur l'îlot de Diggen, en compagnie de son épouse, de son héritier… et de sa nouvelle belle-fille.

LA JEUNE MARIÉE

5

Assise sur son perron, appuyée contre sa mère, Tress contemplait l'horizon. Elle tenait la dernière tasse que Charlie lui avait envoyée. Celle avec le papillon suicidaire.

Son thé tiède avait le goût des larmes.

« Ce n'était pas très réaliste, de toute façon, grommela-t-elle à l'intention de sa mère.

— L'amour l'est rarement », répliqua Ulba. C'était une femme bien en chair – mais d'une corpulence *joyeuse*. Cinq ans plus tôt, elle était encore aussi mince qu'un roseau. Puis Tress avait appris qu'elle donnait une part de sa nourriture à ses enfants – à partir de là, sa fille avait pris en charge les courses et fait fructifier leur argent.

Un navire apparut alors à l'horizon.

« J'ai fini par trouver ce que j'aurais dû lui dire. » Tress repoussa ses cheveux de devant son visage. « Quand il est parti. Je l'ai comparé à un gant. C'est moins ridicule que ça n'en a l'air. Il venait d'en faire autant, tu vois. J'ai eu un an pour réfléchir, et j'en suis arrivée à la conclusion que j'aurais pu… ajouter quelque chose. »

Sa mère lui serra l'épaule ; le navire se rapprochait inexorablement.

« J'aurais dû lui dire, murmura Tress, que je l'aimais. »

Ulba suivit sa fille, qui marchait tel un soldat en première ligne face au feu des canons, et toutes deux poussèrent jusqu'aux quais pour accueillir le navire. Son père, avec sa mauvaise jambe, resta chez eux – ce qui était préférable. Tress craignait qu'il ne fît une scène, vu la façon dont il avait râlé contre le duc et son fils ces derniers mois.

La jeune femme, en revanche, n'arrivait pas à trouver en elle la force d'en vouloir à Charlie. Ce n'était pas sa faute s'il était le fils du duc. Cela aurait pu arriver à n'importe qui, vraiment.

Une foule s'était amassée là. La lettre du duc disait qu'il voulait fêter l'événement – et qu'il apportait de la nourriture ainsi que du vin. Quoi qu'aient pu penser ces gens de l'arrivée d'une nouvelle duchesse, ils n'allaient pas laisser passer une occasion de s'enivrer gratuitement. (Il s'agit là d'une règle valable de tout temps : les cadeaux sont le secret de la popularité. Ça, et avoir le pouvoir de décapiter quiconque ne vous apprécie pas.)

Tress et sa mère se retrouvèrent à l'arrière de l'assemblée, mais Holmes le boulanger leur fit signe de se poster sur ses marches de manière à mieux voir ce qui se passait. C'était un homme gentil, qui gardait toujours les quignons de pain rassis, pour les vendre à la jeune femme en échange de quelques piécettes.

Tress était donc aux premières loges lorsque la princesse apparut sur le pont. Elle était magnifique. Des joues roses, des cheveux chatoyants, des traits délicats. Elle était si parfaite que le meilleur peintre des mers de spores n'aurait rien pu améliorer en faisant son portrait.

Charlie était finalement parvenu à faire partie d'une histoire. Non sans efforts, Tress s'en réjouissait pour lui.

Ce fut ensuite au tour du duc de faire son apparition, en agitant la main de sorte que le bon peuple comprenne qu'il devait l'acclamer. « Je vous présente, hurla-t-il, mon héritier ! »

Un jeune homme vint se poster à côté de la princesse sur le pont. Et incontestablement ce n'était pas Charlie.

Il avait à peu près le même âge que lui, mais mesurait un mètre quatre-vingts et possédait une mâchoire si carrée que les autres hommes ne manquaient pas de s'interroger sur leur propre virilité. Il *débordait* de muscles – à tel point que lorsqu'il leva le bras pour faire signe à la foule, Tress eut bel et bien l'impression d'entendre les coutures de sa chemise demander grâce.

Par les douze lunes, qu'est-ce que… ?

« *Après un malheureux accident*, lança le duc à la populace soudain mutique, *j'ai été contraint d'adopter mon neveu Dirk et de le désigner comme mon nouvel héritier.* » Il leur laissa un moment pour assimiler l'information. « *C'est un excellent escrimeur,* poursuivit-il, *et il lui suffit d'une seule phrase pour répondre aux questions qu'on lui pose. Parfois un seul mot ! C'est aussi un héros de guerre. Il a perdu dix mille hommes lors de la bataille de Sibylac.* »

« Dix mille ? répéta la mère de Tress. Mince alors, ça en *fait* du monde. »

« *Nous allons à présent célébrer le mariage de Dirk avec la princesse de Dormance !* » s'écria le duc en levant bien haut les mains.

La foule demeura silencieuse, toujours aussi désorientée.

« *J'ai apporté trente tonneaux !* » ajouta-t-il.

Tout le monde se mit aussitôt à l'acclamer. Et donc, fête il y eut. Les habitants de la ville ouvrirent la marche jusqu'à la salle des festins. La beauté de la princesse les subjuguait, et ils s'émerveillaient de voir Dirk capable de marcher en conservant une telle stabilité, sachant que son centre de gravité devait se situer quelque part autour de son sternum.

La mère de Tress lui promit d'obtenir des explications, et suivit le mouvement. Quand sa fille sortit de son état de choc, cependant, elle découvrit Flik – l'un des serviteurs du duc – qui lui faisait signe depuis le pied de la passerelle. C'était un homme gentil, avec de larges oreilles qui semblaient attendre *le* bon moment pour s'envoler vers les cieux, afin d'y retrouver leurs semblables.

« Flik ? murmura la jeune femme une fois qu'elle se fut rapprochée de lui. Que s'est-il passé ? Un accident ? Où est Charlie ? »

D'un coup d'œil il remonta la file des personnes qui se dirigeaient vers la salle des festivités. Le duc et sa famille s'étaient joints à eux, et se trouvaient désormais assez loin pour que tout regard noir perde de sa puissance en raison de la résistance de l'air et de la chute gravitationnelle.

« Il voulait que je vous donne ceci », dit Flik en lui tendant un petit sac. Qui tinta lorsque la jeune femme le prit. À l'intérieur se trouvaient des morceaux de céramique brisés.

La cinquième tasse.

« Il s'est donné tellement de mal, mademoiselle Tress, reprit le serviteur. Oh, vous auriez dû voir le jeune maître. Il a fait tout ce qu'il pouvait pour décourager ces femmes. Il a mémorisé quatre-vingt-sept types de contreplaqué différents, pour autant d'usages. À toutes les princesses qu'il rencontrait, il évoquait – en long et en large – les animaux de compagnie qu'il avait eus dans son enfance. Il leur parlait même de *religion*. J'ai cru qu'il s'était fait avoir au cinquième royaume, cette princesse-là étant sourde, mais le jeune maître lui a vomi dessus pendant le dîner.

— Il a *vomi* ?

— Sur ses genoux, mademoiselle Tress. » Flik regarda à droite, puis à gauche, après quoi il lui fit signe de le suivre – il avait pour mission de transporter certains bagages dans un endroit plus isolé. « Mais son père a fini par percuter, mademoiselle Tress. Par comprendre à quoi le jeune maître jouait. Le duc s'est mis en colère. Une colère *noire*, si fait. »

D'un geste, il lui désigna la tasse cassée qu'elle transportait dans son sac.

« D'accord, fit Tress, mais qu'est-ce qui est arrivé à Charlie ? »

Flik détourna le regard.

« *S'il vous plaît*, insista la jeune femme. Où est-il ?

— Il est parti sillonner la mer de Minuit, mademoiselle Tress. Sous la lune de Thanasmia, rien que ça. Et la Sorcière l'a kidnappé. »

Un frisson parcourut la jeune femme à l'évocation de ces noms. La mer de Minuit ? Le domaine de la Sorcière ? « Qu'est-ce qui aurait bien pu le pousser à faire une chose pareille ?

— Ma foi, dit Flik, je pense que c'est parce que son père l'y a forcé. La Sorcière n'est pas mariée. Et cela fait longtemps que le roi cherche à juguler la menace qu'elle représente. Et donc…

— Il a envoyé Charlie là-bas pour qu'il épouse la Sorcière ? »

Le serviteur garda le silence.

« Non, reprit Tress, qui commençait à comprendre. Il a envoyé Charlie à la mort.

— Je n'ai rien dit de tel, dit Flik – qui commença à prendre ses jambes à son cou. Si jamais on vous pose la question, je n'ai rien dit de tel. »

Hébétée, la jeune femme alla s'asseoir sur un des piliers du quai. Elle écouta les spores s'agiter – un son comparable à celui que produit du sable quand on le répand par terre. Même sur une île aussi reculée que la sienne, on connaissait l'existence de la Sorcière. Celle-ci envoyait périodiquement des navires attaquer les frontières de la mer Verdoyante, et la combattre s'avérait incroyablement difficile. Sa forteresse était cachée quelque part dans les « eaux » de la lointaine mer de Minuit, la plus dangereuse de toutes. Et pour y accéder, il fallait traverser la mer Pourpre, une étendue inhabitée – et à peine moins mortelle.

Découvrir que la Sorcière avait kidnappé Charlie, cela revenait peu ou prou à apprendre qu'il était parti habiter sur une des lunes. Tress ne pouvait tout simplement pas se contenter de la parole d'un seul homme. Pas pour une affaire de cette importance. Elle n'osait pas déranger qui que ce soit d'autre avec ses questions, mais elle écoutait les domestiques parler à voix basse à des dockers curieux, impatients de décharger le navire de manière à pouvoir se joindre à la fête. Tous donnaient des réponses similaires. Oui, Charlie avait été envoyé sillonner la mer de Minuit. Le duc et le roi en avaient pris la décision ensemble – c'était donc *forcément* une bonne idée. Après tout, il fallait bien que quelqu'un essaie de mettre fin aux raids de la Sorcière. Et Charlie, plus que tout autre, était… eh bien… le choix évident… pour… certaines raisons…

Les implications horrifiaient Tress. Le duc et le roi avaient pris conscience du petit jeu de Charlie, et leur solution avait ni plus ni moins été de se débarrasser de lui. Dirk avait été nommé héritier quelques heures seulement après l'annonce de la disparition du bateau de Charlie.

Aux yeux des nobles, c'était là une solution… élégante. Le duc récupérait un héritier dont il pouvait enfin être fier. Le roi obtenait une alliance avantageuse via la fiancée de Dirk, originaire d'un autre royaume. Et tout ce beau monde pouvait mettre une autre mort sur le dos de la Sorcière, préparant au passage l'opinion publique à une nouvelle guerre.

Au bout de trois jours, Tress osa enfin aller trouver Brunswick – l'intendant du duc – pour le supplier de lui fournir davantage d'informations. Comme il appréciait ses tartes, il admit qu'ils avaient reçu une lettre de rançon envoyée par la Sorcière. Mais le duc, dans sa grande sagesse, avait estimé qu'il s'agissait là d'une ruse destinée à attirer davantage de navires sur la mer de Minuit. Le roi avait donc déclaré Charlie officiellement mort.

Les jours passaient. Tress les vivait dans un état second, s'étant avisée que tout le monde s'en fichait. Tout cela, c'était de la *politique*, à leurs yeux, aussi étaient-ils déjà passés à autre chose. Bien que le nouvel héritier possédât l'intelligence d'un morceau de pain mou, il était populaire, beau garçon, et *très* doué pour faire tuer autrui. Alors que Charlie avait été… eh bien, Charlie.

Tress passa des semaines à rassembler assez de courage pour aller demander au duc de bien vouloir payer la rançon. Une démarche aussi audacieuse n'avait rien d'évident pour elle. La jeune femme n'était nullement une lâche, mais s'imposer aux gens… eh bien, ce n'était pas quelque chose dont elle avait l'habitude. N'empêche : encouragée par ses parents, elle parcourut les nombreux kilomètres qui la séparaient de la demeure ducale et présenta timidement sa requête.

Le duc, pour sa part, la traita de « catin aux cheveux noisette » et lui interdit de laver la moindre vitre en ville. Elle se retrouva donc contrainte de tricoter des chaussettes avec ses parents, pour un salaire de misère.

Au fil des semaines, Tress tomba dans une espèce de léthargie. Elle se sentait moins un simple être humain qu'une humaine qui se bornait à être.

La vie sur le Rocher revint à la normale pour tous les autres, aussi simplement que ça. Personne ne s'en souciait. Personne n'allait faire quoi que ce soit.

Jusqu'à ce que, deux mois après le retour du duc, Tress prenne sa décision. Il *y avait* quelqu'un qui se sentait concerné. Et, bien sûr, c'était à *cet* individu qu'il revenait de faire quelque chose. Tress ne pouvait imposer ça à personne d'autre.

Elle allait devoir aller secourir Charlie elle-même.

DEUXIÈME PARTIE

L'INSPECTRICE

6

Une fois que Tress eut pris sa décision, un poids s'enleva de sa poitrine – comme si elle était enfin parvenue à démêler un nœud récalcitrant dans ses cheveux.

Elle allait y arriver. Le *comment* restait à déterminer, mais elle *allait* trouver un moyen de quitter l'île, de traverser la terrible mer Pourpre, puis de s'engager sur la mer de Minuit et de secourir Charlie. Oui, chacun de ces trois problèmes semblait pareillement impossible à surmonter. Mais d'une certaine manière, cela lui paraissait *moins* impossible que d'imaginer le reste de sa vie sans lui.

Avant cela, cependant, Tress alla parler à ses parents. (Une initiative que davantage de personnages devraient prendre dans les histoires, si vous voulez mon avis.) Elle les pria de s'asseoir, puis leur fit part de l'amour que lui inspirait Charlie, de sa prise de conscience que personne n'allait l'aider, et de sa détermination à le retrouver – tout en admettant redouter que son absence ne leur impose certaines épreuves.

Tous deux l'écoutèrent sans mot dire – en partie parce qu'elle leur avait préparé des tartes aux œufs de caille. S'opposer à la folie passagère de sa fille s'avère plus difficile quand on a la bouche pleine…

Une fois qu'elle eut fini de parler, Lem lui en demanda une deuxième. On avait donc affaire à un problème à deux tartes. Ulba ne termina que la moitié de son repas ; elle s'adossa à son siège sans toucher au reste. C'était donc également un problème à demi-tarte.

Lem mangea sa deuxième tarte avec un soin circonspect, commençant par le centre avant de progresser vers l'extérieur, de manière à garder la croûte pour la fin. Lorsqu'il l'eut terminée, le père de la jeune femme resta là, à fixer l'assiette pendant un long moment terriblement pesant.

Était-ce peut-être… un problème à *trois* tartes ?

« Je pense, dit-il enfin tout en se tournant vers son épouse, que nous allons devoir la laisser faire.

— C'est de la folie ! s'exclama la mère de Tress. Quitter l'île ? Voyager jusqu'à la mer de Minuit ? Soustraire un prisonnier à la Sorcière ? »

Lem passa sa serviette sur les poils de sa moustache, pour en nettoyer les restes du repas. « Ulba, dirais-tu que notre fille est plus pragmatique que nous ?

— Oui, en temps normal, je dirais ça.

— Et dirais-tu également qu'elle est plus réfléchie que nous ?

— Elle est toujours en train de cogiter, convint-elle.

— Lui arrive-t-il souvent d'imposer son point de vue, ou d'exposer ce qui lui fait envie ?

— Presque jamais.

— Compte tenu de tout cela, dit le père de Tress, alors partir doit être pour elle la bonne décision. Elle a certainement envisagé toutes les autres options possibles. Quitter l'île pour secourir l'homme qu'elle aime, ça peut passer pour de la folie, mais si d'autres options ont été considérées comme irréalisables, alors la folie pourrait se révéler être – dans ce cas précis – une solution *réaliste.* »

La jeune femme ressentit un petit frisson en son for intérieur. Il acceptait ?

« Tress », reprit Lem tout en se penchant en avant. Il posa ses bras jadis puissants sur le plateau de la table. « On peut s'occuper de ton frère – et de nous-mêmes – si jamais tu te décides à partir. S'il te plaît, ne t'inquiète pas pour nous ; tu es trop… accommodante à cet égard. Mais aucun de nous ne pourra t'accompagner. Tu comprends cela ?

— Oui, père.

— Je me suis toujours demandé si cette île ne finirait pas par devenir trop petite pour quelqu'un dans ton genre. »

Tress fronça aussitôt les sourcils.

« Ça veut dire quoi, ça ? lui demanda-t-il.

— Je ne veux pas être impolie.

— Alors, j'exige que tu m'expliques, sans quoi ça ressemblera encore plus à de l'impolitesse. »

Sa grimace s'accentua. « Eh bien, pourquoi cette île serait trop petite pour moi, père ? Je n'ai absolument rien d'extraordinaire. Je me trouve plutôt trop petite pour elle.

— Tout est extraordinaire chez toi, Tress, intervint sa mère. Ce qui explique pourquoi rien de particulier ne ressort. »

Bon, tous les parents se doivent de dire des trucs pareils. Ils sont tenus de voir le meilleur chez leurs enfants – sinon ça les rendrait tarés de vivre avec ces petits sociopathes.

« J'ai votre bénédiction, alors ? leur demanda Tress.

— Je persiste à trouver cette idée *très* mauvaise », fit remarquer Ulba.

Lem opina du chef. « Si fait. Mais une mauvaise idée brillamment exécutée sera forcément meilleure qu'une idée brillante mal exécutée. Je veux dire, regardez les pélicans…

— Exact, admit son épouse. Mais sommes-nous capables de l'un ou l'autre de ces coups de génie ?

— Non, fit Tress. Mais peut-être qu'on peut faire tout un tas de petits pas qui, considérés dans leur ensemble, peuvent paraître géniaux aux yeux de quelqu'un qui ne nous connaît pas. »

Aussi tous trois se mirent-ils à l'ouvrage. Tress était douloureusement consciente des souffrances que Charlie devait endurer, mais elle se résolut néanmoins à prendre son temps. Si elle *comptait* faire quelque chose d'aussi stupide que de quitter l'île, il lui fallait certainement se montrer totalement méticuleuse. Peut-être cela diluerait-il la stupidité, avec le temps – tout comme on coupe de la farine périmée avec de la bonne pour améliorer la cuisson.

Elle se mit à tricoter des chaussettes au bord de la falaise, de manière à pouvoir observer les allées et venues des bateaux. Sa mère commença à tisser des bas sur une table non loin du quai, de manière à pouvoir prendre des notes. Chaque soir elles comparaient leurs observations, sous l'oreille attentive du père de Tress – qui n'hésitait pas à donner son avis.

Bien que Tress ait toujours cultivé une certaine curiosité pour les systèmes d'expédition, elle avait à présent une bonne raison d'en apprendre tous les détails. Il y avait deux types de gens qui quittaient régulièrement l'île. Le premier, bien sûr, c'étaient les équipages des divers navires. À leur arrivée, ils descendaient à terre pour faire des courses ou écluser les tavernes du coin. Le Rocher ne possédait pas beaucoup d'établissements renommés, doux euphémisme, mais la bière de Brick avait la réputation d'être l'une des meilleures de la région. Sans compter qu'après suffisamment de ce breuvage, le reste des commodités devenait bien plus avenant.

Quant au deuxième type de personnes autorisées à quitter le Rocher, il s'agissait des fonctionnaires gouvernementaux. Pas seulement le duc et sa famille, mais aussi d'autres administrateurs royaux – des collecteurs d'impôts, des messagers, ainsi que des inspecteurs de cargaison. Et tous avaient le droit de partir quand ils le jugeaient bon. Les membres de la noblesse en visite touristique le pouvaient également – ce qu'ils s'empressaient généralement de faire, lorsqu'ils prenaient conscience d'avoir commis une terrible erreur.

Le plus grand défi de Tress allait être l'actuelle inspectrice de cargaison. Cette femme austère authentifiait les documents des marchands qui allaient et venaient, puis examinait les cargaisons en quête d'éventuels passagers clandestins. Pour un endroit où personne ne voulait vivre, le Rocher suscitait assurément beaucoup de convoitises : le sel des mines, la bière de Brick, voire le duvet et les plumes des mouettes.

Ses habitants ne pouvaient pas vendre ces articles, sauf aux navires disposant d'un mandat royal. Et il revenait aux inspecteurs de cargaison de superviser tout cela. À son arrivée un peu plus tôt dans l'année, l'actuelle avait refusé de donner son nom, insistant pour qu'on l'appelle simplement « inspectrice ». À l'en croire, elle n'allait pas rester assez longtemps sur le Rocher pour que se pose pareille question.

Si Tress devait ajouter foi à ses souvenirs, aucun de ses prédécesseurs n'avait fait preuve d'autant d'inflexibilité. Cette femme était toujours à l'affût, toujours à agiter sa cravache, cherchant la moindre excuse pour infliger un châtiment. Elle semblait trop sévère pour être pleinement humaine. Comme si, au lieu de naître, elle avait été pondue – et plutôt que de grandir, elle s'était métastasée.

Tress et sa mère passaient des heures à étudier à la dérobée ses méthodes d'inspection des cargaisons en partance. Les sacs de plume étaient pesés, les barils de sel lardés de coups de couteau – au cas où s'y cacheraient des passagers clandestins. Sauf que certaines marchandises exportées – les grands fûts de bière locale, par exemple – ne pouvaient être ouvertes sans que cela ne les détériore. Et si quelqu'un se cachait à l'intérieur d'un tonneau ? Des complices pourraient-ils le remplir de quelque substance, du sel par exemple, de sorte qu'il ait le poids adéquat ?

Malheureusement, l'inspectrice avait une réponse à de tels plans d'évasion potentiels. Afin d'examiner les fûts, elle utilisait un appareil auditif spécial, similaire à ceux dont les médecins se servaient pour écouter le cœur de leurs patients. Elle s'attardait sur chaque tonneau, à l'affût du plus petit mouvement, de la moindre respiration à l'intérieur. La rumeur courait que l'inspectrice possédait une ouïe extrêmement fine, qui la rendait capable de percevoir jusqu'aux pulsations cardiaques des passagers clandestins.

Existait-il un moyen de contourner le problème ? D'exploiter la situation ?

Une nuit, deux semaines après avoir pris la décision de partir, Tress se redressa, avec en main un cahier noirci d'idées. La Lune Émeraude brillait, comme toujours – stoïque et immobile dans le ciel. Des spores dégringolaient au loin, tel un clair de lune cristallin.

Son père la rejoignit d'un pas claudicant, s'installa auprès d'elle, puis lui fit signe de lui montrer ses plans. Il les étudia attentivement, puis opina du chef. « Ça pourrait fonctionner.

— Ça *pourrait*, répéta Tress avec force bâillements. Mais ça m'étonnerait beaucoup. Je serais peut-être capable de berner une bande de marins, mais jamais je ne duperai Brick, Gremmy ou Sor. Ils *sauront* que quelque chose ne va pas. » La jeune femme se frotta les yeux. Elle n'avait pas dormi, tant elle était nerveuse. (L'inquiétude est, pourrait-on dire, la charogne des émotions. Attirée par d'autres émotions plus nobles, comme des corbeaux par un champ de bataille.)

« Peut-être, répliqua son père, n'as-tu pas *besoin* de les duper. Peut-être qu'ils seraient *disposés* à te venir en aide.

— Je ne peux pas leur demander ça, fit Tress. Imagine que l'inspectrice m'attrape ? Les autres auraient bien trop d'ennuis. »

Son père opina à nouveau du chef. C'était, bien sûr, le genre de discours typique de sa fille. Aussi lui suggéra-t-il d'aller se coucher. La jeune femme semblait à deux doigts de s'endormir au beau milieu de la conversation – ce qui n'était pas peu dire, vu le nombre d'histoires auxquelles elle avait survécu sans même un bâillement lors des visites qu'elle rendait à Charlie.

Après qu'elle fut montée, Lem récupéra sa canne, enfila son manteau, et sortit faire un peu de paternage avancé.

LE PÈRE

7

Lem n'était pas un homme pauvre.

Bon, vous pourriez me rétorquer : « Hoid, toute cette histoire nous a montré le contraire. La famille de Lem n'arrête pas de se serrer la ceinture pour survivre. » Et moi je vous répondrais : « S'il vous plaît, arrêtez de m'interrompre. »

Lem n'était pas pauvre ; il n'avait simplement pas beaucoup d'argent.

Cette nuit-là, pendant que Tress dormait, il arpenta d'un pas boitillant la longue route menant à la taverne de Brick, certain que Gremmy et Sor s'y trouveraient. La taverne, après tout, ne fermait pas avant deux heures.

Lem y fit une entrée clopinante. Il était encore assez tôt pour que l'endroit demeure joyeux, animé. Les soirées à la taverne, vous ne l'ignorez pas, sont comme des flammes dans l'âtre. Elles vivent deux existences.

Il y a la partie rugissements, festoiements et autres joyeusetés. Puis la soirée commence à partir à la dérive. La taverne devient plus froide, plus sombre

– et plus silencieuse. Ceux qui la hantaient durant sa seconde vie n'avaient pas vraiment envie de camaraderie. Ils voulaient juste de la compagnie.

Mais cela n'arriverait que dans quelques heures, aussi Lem passa-t-il devant des mineurs rieurs occupés à se payer des tournées tout en se plaignant de leurs existences ennuyeuses. Il repéra Gremmy et Sor qui étaient ensemble, comme souvent. À eux deux, le docker et le contremaître évoquaient les deux parties d'une punaise. Gremmy – avec son corps trapu et sa tête plate – arborait une sorte de coupe au bol. Sor était soi-disant le patron de Gremmy, mais il abordait rarement le sujet, de peur de donner l'impression qu'il se proposait de payer l'addition. Assis bien droit, il sirotait une bière pour éviter d'être vu en train de boire le vin qu'il aurait pu s'offrir.

Brick se trouvait bien sûr derrière le bar, posté sur son tabouret de manière à rester à la hauteur des yeux de ses clients. Tress avait besoin de l'aide des trois hommes à la fois, mais Lem ne rejoignit aucun d'eux. Au lieu de quoi il prit position à proximité de la cible de fléchettes. Jule, qui était en train de jouer, lui proposa de l'affronter lors de la partie suivante, ce qu'il accepta volontiers.

Son premier projectile se planta dans le mur à presque un mètre de la cible, se fichant dans le bois entre deux nœuds déjà constellés d'un grand nombre de trous.

Jule regarda cela d'un air approbateur, puis effectua son propre lancer – la fléchette se planta tout près de celui de Lem.

« J'ai entendu dire, fit le père de Tress en jouant à son tour, que tu avais encore aidé Gremmy avec sa note. C'était bien gentil de ta part, vraiment. »

Hochement de tête appréciateur.

La partie suivante l'opposa au vieux Rod, l'aubergiste. Lem loupa ses deux premiers tirs, malheureusement – l'un d'eux était si mauvais qu'il atteignit la cible. Le troisième finit bien en dessous, en revanche.

« Joli, fit Rod. Cette canne t'aide à garder l'équilibre, Lem ? Je jurerais que tu t'es amélioré aux fléchettes, depuis l'accident.

— Avoir une canne n'est pas d'un grand secours en la matière, Rod. Mais bon, comme je n'ai rien d'autre à faire… »

L'aubergiste lâcha un grognement.

« Tu aides toujours Brick pour le brassage, le week-end ?

— Plus souvent qu'à mon tour », répondit Rod, avant de récupérer ses fléchettes. Pour ensuite se pousser, et laisser d'autres joueurs prendre sa place. Chaque fois qu'un homme venait affronter Lem, il lisait sur son visage les questions que le père de Tress se refusait à formuler.

Ils se souvenaient de la fois où Rod avait trop bu – Lem l'avait aidé à rentrer chez lui. Et Jule, quand il avait perdu son toit pendant la tempête : Lem l'avait aidé à en construire un nouveau. Et il y avait des dizaines d'autres histoires similaires. Lem était l'équivalent humain d'un puits aussi pur que profond, toujours plein d'eau quand on avait soif. Il vous offrait ce dont vous aviez besoin sans rien demander en retour. En fait, il n'abordait plus jamais le sujet.

Sauf si c'était urgent.

Sauf si c'était important.

Auxquels cas Lem était peut-être modestement pourvu en monnaie qui servait à payer les impôts. Mais il était sacrément riche lorsqu'on parlait de la monnaie qui comptait vraiment.

Le bruit courut cette nuit-là. Lem avait besoin de quelque chose, spécifiquement de la part de Gremmy, de Sor et de Brick. Lem – l'homme sans dettes – avait tellement besoin de cette faveur qu'il était à la limite de demander. Dans le langage de tels hommes, c'est là l'équivalent de la mendicité.

Lem continua à jouer aux fléchettes, avec un succès remarquable. Si vous vous interrogez sur les cibles bizarres qu'ils utilisaient, sachez qu'un soir, quelques années plus tôt, quelqu'un avait remarqué qu'une concentration de nœuds en haut du mur ressemblait énormément à un visage. Celui du duc, en l'occurence – si vous imaginiez le grain de ce bois comme ses cheveux, et la cible proprement dite comme l'insigne familial qu'arborait sa poitrine.

Eh bien, un peu plus bas il y avait deux nœuds bien visibles dans le mur. Juste au-dessus de l'endroit où les jambes auraient rejoint le…

Lem effectua son lancer, arrachant une grimace à tous les hommes situés à proximité. « Joli », remarqua l'un d'eux.

À mesure que la nuit avançait, on consulta des registres invisibles. Des décisions furent prises, sans pour autant être énoncées. Pas besoin, car le lendemain matin – trop tôt pour le bien de ces malheureux –, Tress découvrit sur le pas de sa porte le tavernier, le contremaître et le docker. Qui exigèrent de l'aider dans ces projets.

Ce fut ainsi qu'un peu plus d'une semaine plus tard, un gros fût se retrouva sur les quais pour inspection, déposé là par Gremmy. Qui l'avait fait rouler à côté de cinq autres.

Le navire parfait pour l'exécution des plans de Tress était arrivé – un vaisseau baptisé *Le Rêve d'Oot*. Il lui fallait absolument un bâtiment dont l'équipage ne passait pas souvent par l'îlot de Diggen, et qui était nanti d'une ordonnance royale autorisant l'achat de la bière de Brick.

Les marins du *Rêve d'Oot* faillirent bel et bien embarquer les fûts sans inspection, mais malheureusement, leur capitaine avait lu les termes de son mandat. « Une inspection est *censée* avoir lieu, pas vrai ? insista-t-il. On ne peut pas quitter le port tant qu'elle n'aura pas été réalisée. »

L'inspectrice fut donc convoquée. L'air renfrogné qu'elle arborait à son arrivée aurait pu tuer des spores – sans parler de sa baguette, fin prête à rendre la justice. Elle examina le premier fût, puis employa son dispositif d'écoute dessus.

Sor, posté tout près, avait les yeux fixés sur sa montre à gousset ; il comptait les secondes, le cœur tambourinant. Le front en sueur, Gremmy regardait l'inspectrice passer devant l'alignement de fûts.

Brick lui donna un petit coup de coude, histoire de l'exhorter à ne pas avoir l'air aussi suspect.

Finalement, l'inspectrice s'intéressa à l'ultime fût. Juste assez grand pour une fille recroquevillée à l'intérieur, si fait. Elle écouta attentivement, et ne trouva… rien.

Elle autorisa donc le chargement de la cargaison. Les trois conspirateurs échangèrent des regards. Jusqu'à ce qu'elle marque une pause et se retourne. Pour, d'un geste brusque, renverser le dernier tonneau d'un coup de pied.

Un bruit sourd.

Puis un *aïe*.

« C'est bien ce que je pensais ! » s'exclama-t-elle, avant d'attraper un pied-de-biche posé sur le quai de déchargement, puis de forcer le couvercle du fût pour révéler la vérité : une jeune femme aux cheveux noir corbeau, cachée à l'intérieur, essayant de filer en douce de l'île. « Des plumes comme isolant ! s'écria l'inspectrice. Vous pensiez que ça étoufferait suffisamment les sons pour duper mon oreille ? »

Ma foi, après ça, les choses dégénérèrent à toute vitesse. « Elle n'a pas pu faire ça sans aide ! cracha l'inspectrice à l'adresse du contremaître. Nous sommes en présence d'une *conspiration* ! »

Incapable d'en supporter davantage, le pauvre Gremmy se mit à brailler sur place. Brick essaya de le faire taire, tandis que Sor se demandait à voix haute s'il ne pourrait pas ordonner à Gremmy de recevoir sa punition à sa place…

L'inspectrice les gratifia d'un rictus méprisant. « Le roi s'inquiétait de votre déloyauté. Il m'a mise en garde contre les habitants de cette ville. Il sera informé de ceci – de votre *collusion* à tous pour contourner ses lois. Ne payez que pour cinq fûts, capitaine. »

Les cinq autres furent chargés à bord du navire, qui appareilla en direction du continent, afin de livrer la bière à l'Archipel Central. L'inspectrice les accompagna elle-même – laissant son assistant surveiller les quais, et déclarant qu'elle allait personnellement relater au roi la trahison de l'îlot de Diggen.

Bon, sans doute avez-vous remarqué que la jeune femme cachée dans le tonneau n'était pas Tress ; vous pourriez donc croire que celle-ci se trouvait dans l'un des quatre autres fûts. Eh bien, non.

Pas plus qu'elle ne se cachait dans un autre tonneau, ni même une caisse.

Tress ne se cachait *pas du tout.*

Tress *était* l'inspectrice.

LA PASSAGÈRE CLANDESTINE

8

Tress crut voir au loin la véritable inspectrice arriver sur les quais. Une minuscule silhouette irascible, qui lançait des gestes de colère en direction du navire en fuite. On allait lui expliquer que le capitaine avait insisté pour partir sans inspection. À l'heure qu'il était, Gret – la fille du contremaître – avait dû s'extraire du fût vide et prendre ses jambes à son cou. Il ne resterait plus le moindre témoin sur le Rocher, à l'exception de Brick, Gremmy et Sor – dont la dette était désormais payée.

Ainsi donc, aussi simplement que ça, Tress se retrouvait libre. C'était l'îlot de Diggen qui, cette fois, rapetissait de plus en plus dans le lointain. Pratiquement tout – vivant ou pas – ce que la jeune femme avait connu se trouvait sur cette île. Et bientôt, elle ne serait même plus capable de la voir.

Partir n'avait rien d'excitant. C'était une sensation de *lourdeur* qui prédominait. Chaque enfant attendait avec impatience le jour où il pourrait choisir un chemin différent de celui de ses parents. Tress espérait sincèrement ne pas en avoir pris un qui menait directement à une falaise.

Mais elle *était* libre. Elle s'était enfuie sans encombre. Elle se demanda si le reste de sa mission allait se dérouler avec la même facilité. Et si elle pouvait se demander ça, c'était parce que – dénuée qu'elle était de toute formation d'usage en matière d'arts –, Tress n'avait aucune notion d'ironie dramatique.

Elle leva les yeux. Les cieux étaient si *bleus* ici, loin du smog minier. Cela lui semblait… immoral, d'une certaine façon – comme si elle les voyait sans leurs vêtements. L'air ne sentait plus le sel, désormais. Il était… pur, propre. Et dangereux. Pas de sel, ça voulait dire des spores *partout*.

Heureusement, le bastingage du pont était doublé d'argent. Et puis bon, personne ne s'amuserait à sillonner la mer Émeraude si ce n'était pas *raisonnablement* sûr. Les voiles du navire ondulaient et tremblaient chaque fois que le navire virait, les marins s'apostrophant les uns les autres pendant qu'ils travaillaient. Ils avaient été forcés de la prendre à bord ; les édits royaux contraignaient les capitaines à transporter les fonctionnaires gouvernementaux qui demandaient à quitter le Rocher.

L'équipage laissait donc Tress tranquille sur le pont arrière du navire, près du gouvernail – derrière lequel le capitaine bavardait avec le timonier. La jeune femme portait un uniforme d'inspectrice, avec un manteau rouge vif et or qui lui descendait jusqu'aux genoux. Ils l'avaient volé la nuit précédente ; c'était un uniforme de rechange, déniché dans l'armoire de l'inspectrice. La mère de Tress l'avait retouché pour qu'il tombe parfaitement sur le corps de sa fille. Et, bien sûr, une « erreur » sur le registre des quais que l'inspectrice gardait dans sa chambre indiquait une mauvaise heure de départ pour *Le Rêve d'Oot*, aussi était-elle arrivée en retard.

Les seules affaires que Tress avait prises avec elle se résumaient à un petit paquet de vêtements et à un sac rempli de tasses. Sa préférée était la quatrième que Charlie lui avait envoyée. Celle avec le papillon dessus. Quelque chose la frappait dans ce motif d'une charmante simplicité.

Elle n'était pas malheureuse que les marins l'ignorent, ayant bien du mal à dissimuler à quel point la laissait bouche bée l'océan de spores vertes. Tress ne savait rien de la science qui faisait flotter le navire, mais c'est en réalité quelque chose de franchement intéressant. Les évents naturels qui parsemaient le plancher océanique commençaient à relâcher des geysers d'air. Pareille agitation avait pour effet de rendre les spores comme liquides. Le phénomène se révèle possible sur n'importe quel monde, même le vôtre. On appelle ça la fluidification. Insérez de l'air sous une caisse de sable, et vous verrez quelque chose de similaire à ce que Tress était en train d'observer.

Des bulles jaillissaient des spores tout autour, faisant bouillonner et onduler l'océan. Qui giflait la coque du navire avant de le laisser passer, dans un méli-mélo de vagues et d'embruns. Ce n'était pas tout à fait comme de l'eau ; la substance s'avérait trop épaisse, et le sommet des vagues se brisait en bouffées de spores vertes. En fait, la mer semblait anormale, uniquement dans le sens où elle était *presque* normale. Familière, et pourtant étrangère. Comme s'il s'agissait de quelque cousin irrespectueux d'un liquide, qui raconterait des blagues inappropriées à l'enterrement de grand-mère.

Le navire voguait comme l'aurait fait n'importe quel bateau sur de l'eau. Il ne pouvait se déplacer qu'aussi longtemps que de l'air remontait des profondeurs ; les habitants du monde de Tress appelaient ce phénomène « l'ébullition ». Elle allait et venait de manière aléatoire, fluidifiant des océans entiers pendant des jours d'affilée. Périodiquement, cependant, elle prenait temporairement fin – stoppant au passage tous les bâtiments qui naviguaient dessus. Ces interruptions s'avéraient généralement brèves, mais elles duraient parfois des heures, voire davantage.

Une vague se brisa contre le flanc du bateau, projetant vers le ciel une volée de spores. Tress battit en retraite en lâchant un cri involontaire, mais les spores virèrent alors au gris – signe qu'elles étaient en train de mourir.

« Z'avez pas beaucoup navigué, hein ? » lui lança le capitaine posté non loin. Il avait une haleine épouvantable, un teint bronzé rayonnant, et des cheveux filasse fort emmêlés. Imaginez-le comme la réponse à la question : « Et si les saletés qui obturent votre conduit de douche prenaient vie ? »

Il n'en restait pas moins la meilleure option qui s'était présentée à Tress au cours de ses semaines d'observation, aussi n'allait-elle pas se plaindre. Même s'il se moquait à nouveau d'elle au prochain déferlement de spores.

« Nous avons assez d'argent », reprit-il en désignant d'un geste les ornements du bastingage et le métal intégré au bois du pont. Il y en avait même une ligne qui remontait le mât. « Ça tue toutes les spores qui s'avisent de trop s'approcher, magistrate. Vous êtes en sécurité. »

Tress hocha la tête, s'efforçant de jouer les blasées. Ce qui ne l'empêchait pas de garder son manteau boutonné jusqu'en haut, de se surprendre à respirer par petites bouffées, et de crever d'envie de se procurer un masque salé.

Au lieu de quoi elle sortit son carnet et travailla sur les détails de son plan. Elle était parvenue à quitter l'île. Ne lui restait donc plus qu'à attendre. Le vaisseau allait l'emmener jusqu'à l'île du roi, dans l'Archipel Central. Après quoi il lui faudrait trouver comment pénétrer dans le palais afin d'obtenir une copie de la demande de rançon que la Sorcière réclamait pour délivrer Charlie.

Cela lui semblait être le moyen le plus facile de le libérer. Oui, s'acquitter elle-même d'une rançon relevait peu ou prou de l'impossible, mais cela lui paraissait moins difficile que de traverser en douce la mer de Minuit et d'affronter la Sorcière. Avec un peu de chance, si elle parvenait à trouver une façon de la payer – ou de *persuader* le roi de la payer –, Charlie lui serait rendu, sain et sauf.

Le pont craqua sous les pas du capitaine. « Vous avez de beaux cheveux, inspectrice, dit-il. Une si belle nuance – la couleur d'un bon verre d'hydromel ! »

Tress referma aussitôt son livre. « J'aimerais me retirer dans ma cabine, maintenant. »

Il sourit. Cet homme était exactement le genre de personne à croire que toutes les femmes de la pièce n'avaient d'yeux que pour lui. Ce qui était le cas, d'une certaine manière : chacune d'elles espérant désespérément le voir partir dans l'autre direction. D'un signe il invita Tress à quitter la plage arrière du bateau et à l'accompagner dans les entrailles du navire.

Le capitaine la quitta, fort heureusement, sans qu'elle ait besoin d'insister. La cabine était petite, mais privée, et la porte disposait d'un verrou. Tress se sentit beaucoup mieux une fois en sécurité à l'intérieur. Elle versa un peu d'eau dans sa tasse papillon et s'installa sur la couchette pour réfléchir.

Tout semblait tellement plus *réel*, à présent. Était-elle vraiment en train de faire ça ? Avait-elle *vraiment* quitté son foyer ? Et ces étranges pigeons multicolores, qu'est-ce qu'ils foutaient là, et pourquoi lui parlaient-ils ?

Ce dernier point étant un effet secondaire du poison que le capitaine avait ordonné de mettre dans la boisson de Tress. Malheureusement, il n'y a pas de pigeons parlants dans cette histoire. Uniquement des rats un peu trop loquaces pour leur bien.

LE RAT

9

Tress se réveilla. Une bonne chose.

Elle voyait effectivement d'un fort bon œil le fait de ne pas mourir empoisonnée le premier jour de son aventure. Malheureusement, elle souffrait d'une horrible migraine, et tout ce qu'elle pouvait voir autour d'elle se résumait à de l'obscurité. Est-ce qu'on pouvait voir le noir, ou bien cela indiquait-il l'absence de vision ? Peut-on entendre le silence ? Ne rien goûter ?

Bon, à en juger par les craquements du bois, elle se trouvait dans la cale du bateau. La jeune femme se redressa en grognant, puis tâtonna autour d'elle, jusqu'à rencontrer des barreaux. Elle était dans une cage.

« Vous n'allez pas trouver d'issue », lui lança alors une voix parfaitement calme – a priori masculine, mais avec un côté pincé. Comme si quelqu'un avait pris les mots de l'inconnu pour en presser tout le jus.

« Qui êtes-vous ? chuchota Tress.

— Un compagnon de captivité. Je les ai entendus parler de vous. Vous êtes une inspectrice ?

— Oui, mentit la jeune femme. Pour le roi. Je n'arrive pas à croire qu'ils aient *osé* m'agresser. »

En son for intérieur, Tress était en train de paniquer. Le capitaine avait dû percer sa ruse à jour. Le navire allait rebrousser chemin jusqu'à l'îlot de Diggen pour y trouver la vraie inspectrice, et tout s'écroulerait.

Non. Tout s'était *déjà* écroulé.

Elle s'assit par terre, le dos contre des barreaux.

« C'était de la démence, inspectrice, reprit la voix. Monter seule à bord du navire ? Comment croyiez-vous que les choses allaient tourner ? Vous comptiez tous les arrêter sans la moindre aide extérieure ?

— Les arrêter ? répéta Tress. Pourquoi ça ?

— Vous… n'êtes pas au courant ? »

Au cas où vous seriez novice en la matière, rien de bon ne suit jamais une question pareille.

« C'est un vaisseau de contrebandiers, expliqua l'inconnu. Ils ont *contrefait* des actes de commerce royaux. Ça leur permet d'acheter et de vendre des marchandises sans payer de droits de douane. »

Tress gémit, tout en se cognant la tête contre les barreaux. « Et ils ont cru que je les soupçonnais. Que c'est pour *ça* que je suis montée à bord de leur navire.

— Tel n'était pas le cas ? » fit la voix, avant d'éclater de rire. Du moins Tress avait-elle *l'impression* qu'il s'agissait d'un rire. Ça ressemblait à une série de couinements aigus, comme le bruit que produirait un âne en hyperventilation. « C'était une pure coïncidence ? Oh, pauvre femme. »

Tress croisa les bras dans l'obscurité, endurant les moqueries de l'inconnu. Au moins, personne n'allait la ramener sur l'îlot de Diggen pour la livrer au duc. Non, les contrebandiers se contenteraient sans aucun doute de l'assassiner et de se débarrasser du corps.

Elle décida de ne pas pleurer. Pleurer serait tout à fait malvenu. Affaire réglée, donc. Absolument aucune larme.

Ses yeux mirent leur veto à sa résolution.

« Hé, fit la voix. Hé, tout va bien. Vous avez quand même réussi à quitter le Rocher, pas vrai ?

— Vous êtes au courant pour le Rocher ? » s'enquit Tress en s'essuyant les yeux. Stupides globes oculaires. Qui voulaient sans doute avoir quelque chose à faire, rien de plus, avec ces histoires de noir complet qui les empêchaient de faire leur truc habituel.

« J'allais y faire escale, répondit son compagnon d'infortune. Avant que les marins ne me découvrent. Et m'enferment ici.

— Pourquoi feriez-vous *escale* sur l'îlot de Diggen ? s'étonna la jeune femme.

— J'ai mes raisons. Mon espèce est du genre mystérieux.

— Votre *espèce* ? répéta Tress.

— Bon, laissez-moi vous montrer. Vous feriez peut-être mieux de vous protéger les yeux. »

Quelques instants plus tard, de la lumière se répandit dans la pièce, s'y déversant par un petit trou dans la coque. La jeune femme cligna des yeux, repoussant ses cheveux ébouriffés de ses yeux de manière à mieux distinguer ce qui l'entourait. Elle était enfermée dans une cellule nichée dans un coin de la cale du navire – un volume d'environ un mètre de côté, et guère plus haut.

Face à elle, attachée au sommet de quelques caisses, se trouvait une cage beaucoup plus petite. Dans laquelle était assis un rat noir ordinaire. Qui avait extrait un bouchon du trou avec ses petites pattes.

« Je garde ce truc dedans, expliqua-t-il, pour les empêcher de le découvrir. Pas envie qu'ils déplacent la cage, vous comprenez ? Je… »

Le rat se tourna, la découvrant pour la première fois ; il inclina alors la tête, sans terminer sa phrase.

« Quoi ? » demanda Tress.

Le rongeur garda le silence. Seuls leur parvenaient les sons produits par le roulis du navire et des bruits de bottes en provenance du pont supérieur. La jeune femme recula. Elle n'aimait pas la façon dont le rat la fixait de ses petits yeux perçants.

« Quoi ? insista-t-elle.

— Je ne vous avais pas bien vue quand ils vous ont descendue ici. Je ne m'étais pas rendu compte… Je ne m'attendais pas à ce que vous soyez si jeune. Vous n'êtes pas une inspectrice royale.

— Je fais plus jeune que mon âge.

— En effet. » Il se rapprocha du bord de sa cage, s'assit sur son arrière-train et se pencha en avant, ses minuscules pattes jointes. C'était là une pose très « ratesque » – ce qui, supposa Tress, était somme toute logique.

« Vous avez quitté l'île en douce, reprit-il. Pourquoi, par les lunes, feriez-vous une chose pareille ?

— Je vous l'ai dit, répondit Tress d'un ton sec. Personne n'a *envie* de vivre sur l'îlot de Diggen. Quoi qu'il en soit, les marins ont gobé mon numéro, alors inutile de me fixer comme ça. Mon plan d'évasion a fonctionné.

— Sauf la partie "effrayer accidentellement une bande de contrebandiers", je suppose. »

Tress s'essuya à nouveau les yeux. « Est-ce qu'on peut revenir un peu en arrière dans cette conversation ? J'ai comme l'impression qu'on a manqué l'essentiel. Loin de moi l'idée de me montrer impolie, mais *vous… tu es un rat.*

— Voilà qui me semble évident.

— Mais tu *parles*.

— Là encore, l'évidence même.

— Oui, mais… mais *comment* ?

— Avec ma bouche. Voir également la réponse précédente. »

Elle se mordit la lèvre. C'était là une preuve de son état d'esprit actuel, qu'elle ait déjà tant insisté. Demander à un rat qui parle pourquoi il peut parler, était-ce impoli ? Sans doute aurait-elle trouvé offensant que quelqu'un lui demande la même chose à elle.

Le rongeur se déplaça jusqu'au bouchon. « Il y a une histoire derrière ma capacité à parler, j'imagine. Mais ça ne m'intéresse nullement de la raconter.

— Mmh, mmmh, fit Tress.

— Quoi ?

— C'est juste que… Je n'ai pas l'habitude d'entendre des gens dire des trucs pareils. »

Il grignota un peu le bouchon, puis le ramassa et commença à le rapprocher du trou.

« Tu pourrais le laisser ouvert ? lui demanda Tress. Encore un peu ? »

Le rat soupira, ayant déjà presque repositionné le morceau de liège. Mais il ne le reposa pas moins sur le sol de la cage. Les bruits de bottes s'étaient multipliés au-dessus de leurs têtes. Peut-être étaient-ils en train de changer de cap ?

« Et donc… fit la jeune femme, des contrebandiers.

— Des contrebandiers, confirma le rongeur, en reniflant l'air. Je me suis fait attraper alors que je boulottais leurs rations, et soit je renonçais à mon secret, soit ils me jetaient par-dessus bord comme un nuisible quelconque. Le truc, c'est qu'ils semblent penser qu'un rat parlant pourrait bien valoir quelque chose sur le marché. J'ai songé à les prévenir que je n'avais rien d'intéressant à dire, et puis je me suis dit qu'il serait peut-être malavisé de leur donner la moindre raison de douter de ladite valeur. » Il entama un peu plus le bouchon. « À cause de la guerre imminente, un capitaine sur deux est un contrebandier, de nos jours. Tu ne devrais donc pas tant culpabiliser d'être tombée sur l'un d'eux.

— La guerre ? répéta Tress.

— Contre la Sorcière. Elle envoie toujours plus de navires effectuer des raids, et le roi a renforcé ses forces – réquisitionnant des navires marchands comme un enfant en quête de friandises. Vu la facilité avec laquelle on peut se retrouver enrôlé ces derniers temps, il n'est pas étonnant que tant de marins aient des poussées de prolapsus moraux, pour ainsi dire.

— Tu penses que je pourrais… m'entendre avec eux ? s'enquit Tress. Leur expliquer que je ne suis pas vraiment une inspectrice ?

— Oh, parce que tout d'un coup tu n'en es plus une ?

— Peu m'importe ce que je suis, tant que ça peut me faire sortir de cette cage. Un de mes amis a des ennuis, et je dois lui porter secours.

— *Lui* ? répéta le rat. Tu as quitté ton foyer pour un *homme* ? »

Tress garda le silence.

« Pfft, reprit-il, aucun homme ne vaut la peine de se faire tuer. Si tu parviens à t'évader, tu devrais rentrer chez toi, sur ton rocher.

— Ce n'est pas n'importe quel homme, répliqua Tress. Et… »

Elle ne termina pas sa phrase, un gros *boum* venant de retentir quelque part à l'extérieur. La jeune femme inclina la tête. Quel bruit étrange à entendre ici, sur l'océan. Qu'est-ce que ça pouvait bien être ?

Le destin lui répondit en envoyant un boulet de canon, livraison prioritaire, en plein dans la coque du navire.

LE GERMEUR

10

Le boulet éventra le mur du fond et poursuivit sa course dans la cale. Juste avant de percuter le côté opposé de la coque, il explosa en éclats de céramique humide et de morceaux métalliques évoquant des perles. Qui rebondirent sur le bois avant de tomber par terre, s'y mélangeant aux fragments de bois. Le pont supérieur, au-dessus de sa tête, résonnait de hurlements et de bruits précipités de pas.

Tress se tourna vers le rat. « Qu'est-ce qui se passe ? » hurla-t-elle.

Il s'était recroquevillé au fond de sa cage, tout frissonnant. « Nous sommes attaqués !

— Je veux dire, précisa la jeune femme, qu'est-ce qui se passe *là-dehors* ? Va jeter un œil par ton trou ! »

Bien que le passage du boulet en ait ouvert un assez large, ce dernier se trouvait à l'autre bout de la cale – et ne permettait donc pas à Tress de voir grand-chose du monde extérieur. Chaque fois que le navire franchissait une vague, cependant, le nouveau trou descendait suffisamment bas pour laisser des spores se répandre dans la cale. *Celles-là*, la jeune femme n'avait aucune peine à les voir.

« J'aperçois un autre bateau, dit le rat. Aucun drapeau visible, par contre.

— Des pirates ? demanda Tress.

— Des pirates n'auraient pas fait feu – pas avant d'avoir exigé notre reddition, tout du moins. À quoi bon envoyer par le fond tout un butin potentiel ? Ça doit être un navire royal, qui aura découvert que ces gens étaient des contrebandiers, et qui a décidé de s'occuper d'eux d'une façon civilisée.

— *Civilisée* ? » hurla Tress alors même qu'à l'extérieur sifflait un autre boulet. Qui, par chance, parut manquer sa cible.

« Fabriquer un canon, ça demande un minimum de civilisation. Quoi ? Tu penses qu'il y a des forêts là-dehors dans lesquelles ils poussent spontanément ? »

Chaque tir la faisait grimacer – sauf que c'étaient ces *spores* qui constituaient le danger immédiat. À chaque embardée du navire, il y en avait davantage qui envahissaient la cale en formant une flaque de vert sur le sol. Certaines mortes, d'un gris terne, mais l'argent du pont supérieur était suffisamment loin pour que beaucoup aient survécu. Et se rapprochent de sa cage chaque fois que le bateau faisait l'ascension d'une vague et se penchait dans sa direction.

Bien qu'elles soient parfois décrites comme de la poussière, la consistance des spores d'éther se rapproche en réalité davantage du sable fin. Aussi ne se retrouvent-elles généralement pas disséminées dans les airs – pas sans une forte brise, en tout cas. Tress se recouvrit quand même la bouche avec le col de sa chemise, terrorisée.

Car les spores progressaient en direction des fragments du boulet – et de l'eau qu'il avait projetée un peu partout sur le mur. En cet instant, Tress reçut un cours accéléré sur la guerre navale en milieu infesté de spores. Oui, l'ennemi *aurait pu* utiliser des projectiles métalliques parfaitement inintéressants. Au lieu de quoi il se servait de boulets conçus pour éclater et déverser de l'eau – rendant chaque tir bien plus… *intéressant*. (À supposer que vous-mêmes, tout comme moi, trouviez les morts créatives intéressantes.)

Quelques spores vivantes finirent par atteindre l'eau de la cale.

Elles poussèrent en une fraction de seconde. Imaginez un éclair, mais composé de lianes. Qui bourgeonnèrent, s'enroulèrent les unes autour des autres et prirent presque instantanément l'aspect d'un motif dentelé de trois mètres de haut. En quelques instants, tout un réseau de lianes – ayant vaguement la forme d'un arbre – s'était développé dans la cale, avec des « racines » qui fissuraient le bois du plancher et des « branches » assez solides pour déformer le plafond.

Tress ne pouvait s'empêcher d'imaginer certaines de ces spores occupées à pousser à l'intérieur de sa bouche ou de son nez. La jeune femme se trompait là sur quelques détails, mais elle comprenait l'essentiel.

Au cas où vous auriez une imagination plus limitée, vous commencez par avoir l'impression que des mains vous forcent à écarter les mâchoires. Puis des lianes vous saturent la gorge, se développant partout où elles peuvent trouver de l'espace, serpentant jusque dans vos poumons. Elles délogent des dents, allant même jusqu'à percer votre palais pour accéder à vos sinus. En général elles n'atteignent pas le cerveau, par contre, ce qui vous donne l'occasion de suffoquer à mort tout en les sentant vous expulser les yeux de leurs orbites.

Non, surtout, ne me remerciez pas.

Heureusement pour elle, un marin équipé d'une lanterne dévala bientôt les marches, affublé d'un masque en tissu et d'un équipement passablement bizarre – qui comptait entre autres un étrange dispositif appelé une rapiéceuse (dispositif qui – je le sais par pure coïncidence – a exactement la bonne taille pour accueillir une tête humaine).

Le marin souleva la rapiéceuse au niveau du trou percé dans la coque, puis versa précautionneusement quelques gouttes d'eau dessus. Une feuille de pierre rose rougeâtre se mit aussitôt à pousser et à sortir de la boîte. Translucide, évoquant quelque cristal opalin, ladite pierre fusionna avec le bois de chaque côté, ce qui eut pour effet de reboucher le trou.

Le marin entreprit de découper la feuille avec un couteau en argent. Chaque navire sur le monde de Tress avait à son bord au moins un membre d'équipage formé à la manipulation et à l'utilisation des spores ; dans le langage courant, on les appelait des germeurs.

Tress n'en croyait pas ses yeux. Elle avait entendu parler de cette substance, la roséite. Celle-ci poussait à partir des spores rougeâtres de la mer Rose, qui bordait sa propre mer Émeraude. Contrairement à la mer Pourpre ou à la mer de Minuit, la Rose était habitée – ce qui signifiait que les spores n'étaient pas *tout à fait* aussi mortelles qu'ailleurs. Ce que la jeune femme voyait présentement n'en avait pas moins l'air extrêmement dangereux. Des lianes qui poussaient dans votre bouche, ce n'était déjà pas franchement génial. Mais ces énormes cristaux…

Et pourtant, le marin ici présent venait de s'en servir nonchalamment pour *réparer* le navire, laissant le patch de roséite sur le trou – comme un bandage.

On pouvait donc *utiliser* des spores ? À des fins pratiques ?

Et comme ça, l'air de rien, la leçon de guerre navale laissa place à un cours d'économie utilitariste.

Sa tâche terminée, le germeur se dépêtra de l'appareil qu'il portait à l'épaule. L'objet ressemblait à une perche munie d'une plaque à l'extrémité inférieure et, lorsqu'on l'agitait au-dessus du sol, le vert des spores restantes passait au gris. Cette plaque, s'avisa Tress, devait être en argent.

Il jeta un rapide coup d'œil à la liane, mais estima apparemment qu'elle ne ferait pas davantage de dégâts dans l'immédiat ; aussi la laissa-t-il, pour rejoindre les marches qui menaient au pont supérieur.

« Attendez ! lui lança Tress tout en s'agrippant aux barreaux de sa cage. Ça doit être un vaisseau royal là-dehors, non ? S'il nous tire dessus, plutôt que d'exiger une rançon ou notre reddition ? Ils sont là pour exterminer des contrebandiers.

— Mieux vaut espérer qu'ils n'en fassent rien ! lui répondit le marin. Inspectrice ou pas, tu coulerais avec nous. » Il la gratifia alors d'un geste grossier – sur leur planète, cela consistait à agiter ses doigts dans sa direction, comme pour lui jeter de l'eau au visage.

« C'est *exactement* ce que je veux dire ! s'exclama la jeune femme. S'ils savaient qu'il y avait une inspectrice royale à bord, vous croyez qu'ils seraient si pressés de nous tirer dessus ? »

Le germeur la dévisagea un long moment, puis s'empressa d'aller récupérer les clés de sa cellule.

LE VOLEUR

11

La vue qui s'offrit à Tress lorsqu'elle émergea de la cale aurait même pu déconcerter un dragon. Le vaisseau qui leur tirait dessus était bien plus proche qu'elle ne l'avait imaginé – suffisamment pour qu'elle parvienne à distinguer les marins qui se trouvaient sur le pont.

Le navire ennemi possédait deux canons, un sur le pont avant, l'autre à l'arrière. Bon, vous avez peut-être entendu des histoires sur de grands voiliers équipés d'une douzaine – ou davantage – de canons, saillant de chacun de leurs flancs. Or, le monde de Tress n'avait pas atteint de tels sommets ; nombre de bâtiments ne possédaient qu'un seul canon, installé sur une plateforme pivotante. Souvent, l'équipage comptait un maître-canonnier, chargé de contrôler la visée.

De fait, *Le Rêve d'Oot* n'en possédait qu'un seul, de taille plutôt réduite, sur le pont avant. Et actuellement, le vaisseau contrebandier gîtait fortement pour effectuer une manœuvre d'évitement, plutôt que de faire feu.

Tress ne connaissait rien aux arcanes de la navigation ; elle vit simplement le navire ennemi se profiler et regarda, bouche bée, le canon avant lancer un projectile en direction du *Rêve d'Oot*. Il percuta la mer de spores à tribord du navire, et – contrairement au boulet qui avait transpercé la coque un peu plus tôt – celui-là se brisa au premier impact, libérant dans les spores sa cargaison d'eau.

Une espèce d'arbre de lianes explosa à quelques mètres de la jeune femme. Noueux, plus tordu que la vie amoureuse d'un bibliothécaire (croyez-moi, ces gens-là sont étranges), il fourmillait de vrilles enchevêtrées. À dire vrai, le spectacle évoquait à Tress celui de ses cheveux au réveil, avant qu'elle ne les brosse.

Les lianes noueuses s'agrippaient au vaisseau, s'accrochant à son plat-bord. Celles qui s'approchaient de l'argent ne tardaient pas à mourir, comme les spores, mais elles ne s'en accrochaient pas moins à sa coque. Argent ou pas, pareille méthode de bombardement lui semblait en mesure de mettre en pièces un navire. Soit ça, soit les lianes immobilisaient sur place le bâtiment, le laissant vulnérable à une prise facile.

Tress fut écartée sans ménagement par des marins munis de haches qui se lançaient à l'assaut des lianes pour tenter de libérer le navire. « C'est tombé bien trop près ! hurla le capitaine au timonier. Continue à slalomer, Gustal ! » Il se tenait tout près, ce qui permit – malheureusement – à Tress de sentir son haleine lorsqu'il se tourna vers le marin qui l'avait tirée en haut des marches. « Par les lunes, qu'est-ce que tu fous avec cette femme, Dorp !

— C'est une inspectrice royale, cap'taine, répliqua celui-ci tout en la désignant d'un geste. Je me suis dit que s'ils la voyaient, ils seraient p'têt' un peu moins enclins à nous couler, cap'taine ! »

L'expression de son supérieur passa de la colère à l'exaltation. « Dorp, tu viens d'avoir la première bonne idée de toute ton existence. Traîne-la sur la plage arrière. Hisse-la bien haut, s'il le faut, et prions les lunes que cela convainque ces hystériques de se calmer un peu ! »

Tress supporta le traitement avec autant de dignité que possible. Elle ne tarda pas à se retrouver à l'extrémité du pont arrière, à s'agiter de son mieux dans l'espoir que le manteau rouge les persuade de cesser de tirer.

Malheureusement, soit le navire attaquant ne la vit pas, soit peu lui importait – car le boulet de canon suivant atteignit la cloison du gaillard d'arrière, le traversant de part en part – et causant un certain désordre dans la cabine du capitaine.

Le germeur jura. « Quelle idée stupide », grogna-t-il en redescendant dans les entrailles du bâtiment – sans un instant lâcher Tress – pour vérifier s'il y avait d'autres fuites et remettre la jeune femme dans sa cage. Une seconde après qu'ils eurent atteint la cale, le navire fit une embardée inattendue.

La secousse fut telle que Tress trébucha, tombant tête la première dans les spores mortes qui recouvraient le sol de la cale. Le souffle coupé, elle se redressa et, totalement paniquée, les épousseta d'un mouvement frénétique. Et s'il en restait quelques-unes de *vivantes* ?

Le germeur avait lâché son collier. « Non, dit-il tout en se retournant vers l'escalier. Non, non, *non.* »

Le navire gémit autour d'eux, s'immobilisant au terme d'une glissade modérément maîtrisée. Puis sombra dans le silence. Même les bruits de pas avaient cessé – et Tress mit un moment à comprendre ce qui s'était passé. L'ébullition – qui fluidifiait les spores – s'était interrompue.

Le navire s'était échoué *sur* l'océan, ni plus ni moins. Jusqu'à ce que l'ébullition recommence, ils allaient rester piégés. Coincés là, impuissants.

« Non-non-non-non ! » se lamenta le germeur – qui, oubliant la jeune femme, s'empressa de regravir les marches.

La raison de sa panique apparut presque immédiatement à la jeune femme. Le canon ennemi était déjà pointé sur eux. Et ils ne bougeaient plus.

Une seconde plus tard, un boulet transperçait la coque arrière, perforant le bois d'un large trou. Une Tress hurlante se couvrit la tête, tandis que le projectile passait au-dessus de sa tête pour aller s'écraser directement sur la proue du navire, sans se briser comme il était censé le faire.

La jeune femme se recroquevilla par terre, dans l'attente de l'inévitable tir suivant. Et puis, à travers la terreur, son sens pratique s'affirma. Elle se tourna, faisant tomber au passage les débris de bois qui parsemaient son dos, et regarda dehors par l'énorme ouverture qu'avait faite le boulet dans la coque. À plusieurs centaines de mètres se trouvait le navire ennemi, lui aussi figé sur place.

La mer s'était de facto *solidifiée*. Devenant aussi dense qu'une dune de sable. Elle était faite de spores mortelles, mais on pouvait marcher dessus. Et si l'équipage du vaisseau ennemi risquait fort de vouloir du mal à Tress, la question ne se posait même pas pour celui du *Rêve d'Oot*.

La jeune femme ne mit pas longtemps à prendre sa décision : elle se releva d'un bond, et entreprit de se frayer un chemin à travers les lianes qui avaient envahi la cale en direction du trou.

« Attention ! » lui lança le rat dans son dos, alors même que quelque chose lui tombait dessus depuis les hauteurs. La voyant bouger, le germeur avait sauté des marches brisées qui la surplombaient pour la plaquer au sol.

« Mais dis donc, fit-il. Voilà une très bonne idée. Tu vas me donner ce manteau, et je vais aller supplier ces types de m'épargner. » Il entreprit de déchirer les vêtements de Tress, qui se mit frénétiquement en quête d'une arme quelconque. Ses doigts se refermèrent sur quelque chose de métallique, dont elle se servit pour frapper le marin à la tempe. L'homme tomba comme le pantalon d'un pervers.

Tress s'employa à reprendre son souffle, puis regarda ce qu'elle avait attrapé. Une tasse en étain.

Attendez, *sa* tasse en étain.

Ben, tiens, songea-t-elle. *Je ne m'attendais pas à avoir raison là-dessus*.

Elle balaya du regard ce qui l'entourait, et repéra non loin son sac d'affaires, ainsi que d'autres objets ayant été dispersés par l'explosion. Mais l'impact d'un autre boulet de canon un peu plus loin lui arracha alors un cri, auquel firent écho les hurlements de l'équipage.

Elle récupéra son sac de tasses, puis trébucha jusqu'à la cage du rat. « J'ai failli t'oublier, lui lança-t-elle. Désolée.

— C'est là un défaut humain des plus communs, répliqua-t-il. Ne me lance pas sur la façon dont votre peuple parle de mon espèce.

— Attention, lui dit Tress. Je n'ai rien pour couper les barreaux de cette cage, donc… » Elle souleva sa lourde tasse métallique, et l'abattit sur le petit verrou – qui ne résista pas à l'impact.

Le rongeur poussa la porte de son museau, puis bondit sur son bras, pour ensuite grimper sur son épaule. La jeune femme supposait qu'avec ces spores répandues un peu partout par terre, elle ne pouvait guère lui reprocher de prendre un peu d'altitude.

« Je m'appelle… » Il toussa. « Je m'appelle… Huck. Cela fera l'affaire, mon vrai nom ne risquant guère de convenir.

— Un truc imprononçable par un humain, peut-être ?

— En gros, oui », répondit-il, alors même que la jeune femme faisait volte-face pour se rapprocher du trou à la proue. « Et toi ?

— Tress.

— Bon, Tress, tu es prête à faire quelque chose d'absolument dément ?

— J'ai comme l'impression que ça commence malheureusement à devenir un leitmotiv de mon existence », fit la jeune femme, avant de s'aventurer sur la mer de spores.

LA CORNEILLE

12

Les spores crissaient sous ses pieds.

Tress s'efforçait de respirer lentement, par petites bouffées. Même avec sa chemise remontée sur sa bouche, elle se sentait exposée. Une *seule* spore suffirait à…

Un autre boulet de canon siffla alors au-dessus de sa tête, pour finir sa course dans les entrailles du navire. La jeune femme n'en continua pas moins de progresser lentement, *prudemment*, pour éviter de faire voler des spores dans l'air. Doucement, posément – c'était la bonne méthode. Même si l'intégralité de son corps était tendue d'anxiété, sachant qu'à tout moment, l'ébullition pouvait reprendre – faisant sombrer Tress vers son trépas.

« Eh bien, *ça*, c'est du spectacle », murmura Huck depuis son épaule.

Tress risqua un regard en arrière. Pour une quelconque raison, une volée de mouettes commençait à se rassembler autour du navire. Le dernier tir avait blessé plusieurs marins, et un homme était tombé du flanc du *Rêve d'Oot*.

Blessé.

Le pauvre se débattait avec force hurlements, projetant du sang sur les spores – qui poussaient par bouffées, ondulant et s'accrochant aux flancs du navire, tels les énormes tentacules de quelque léviathan invisible. Le marin disparut dans l'explosion convulsive de lianes, mais Tress entendit ses hurlements lorsqu'il finit écrasé, répandant au passage encore plus de sang sur l'océan affamé. Des mouettes descendaient en piqué pour les attaquer, avec un enthousiasme manifeste.

Elle détourna la tête et reprit sa progression, un pas après l'autre, en direction du vaisseau ennemi. S'il lui avait paru proche depuis la cale, des kilomètres semblaient l'en séparer maintenant qu'elle se trouvait là-dehors.

« C'est la première fois que je fais un truc pareil, dit alors Huck. Tu sais. Marcher directement là-dessus.

— Pas mieux », fit Tress, qui faisait son possible pour s'empêcher d'hyperventiler.

Continue. À. Avancer.

« Loin de moi l'idée de t'alarmer, reprit le rongeur, mais l'ébullition va sans doute reprendre d'une minute à l'autre… »

Tress hocha la tête. Il ne s'agissait pas là d'un sujet auquel elle avait particulièrement prêté attention sur son île, mais elle connaissait l'essentiel. Il y avait de temps à autre, peut-être tous les deux jours, voire davantage, de longues périodes de stase, pendant lesquelles l'ébullition s'interrompait plusieurs heures d'affilée. Il arrivait qu'elle s'arrête un jour durant, parfois plus, mais cela restait rare.

La plupart des stases ne duraient que quelques minutes. Comme si l'ébullition était un chanteur des profondeurs, ayant besoin de faire des pauses pour reprendre son souffle.

Elle essaya d'accélérer le pas, mais arpenter les spores s'avérait plus difficile qu'il n'y paraissait. Ses pieds glissaient et, par les lunes, la jeune femme n'avait pas lacé ses bottes assez serré. Elle pouvait *sentir* des spores pénétrer dans ses chaussures, s'insinuer entre les fibres de ses chaussettes, se frotter à sa peau.

Quelle quantité de sueur fallait-il pour en activer une ?

Continue à avancer.

Pas. Après. Pas.

Des crissements dans son dos – en approche. La jeune femme fit volte-face. Un des contrebandiers avait compris ce qu'elle avait en tête, et courait en direction du navire ennemi. Il soulevait tellement de spores… Tress se figea, se préparant au pire, persuadée que…

Plop. Un chaos de lianes jaillit des yeux du malheureux, qui s'écroula en se tordant en tous sens – ce qui eut pour effet de faire pousser de nouvelles lianes autour de lui. Tress continua d'avancer, mais un autre marin la dépassa alors, marchant d'un pas aussi sûr que régulier. Plus vite qu'elle-même n'osait progresser.

Ils avaient parcouru plus de la moitié de la distance qui les séparait de l'autre navire.

S'il vous plaît, Lune Émeraude, pria-t-elle. *S'il vous plaît. Juste un peu plus de temps.*

Elle pouvait voir des marins se rassembler sur le pont avant de l'autre bâtiment. Ils avaient cessé de tirer – ils n'avaient plus besoin d'armes. Le bateau des contrebandiers se désagrégeait au loin, un nombre impressionnant de lianes prenant d'assaut le côté où le matelot en sang était tombé.

Tress sentait sur elle les yeux des marins ennemis. Une silhouette en particulier – debout à la proue du navire, affublée d'un chapeau surmonté d'une grande plume noire – semblait de mauvais augure. De fait, elle souleva un long mousquet et prit la jeune femme pour cible.

Après quoi elle pivota légèrement. Le mousquet tressaillit, et le coup retentit une fraction de seconde plus tard. Le marin qui se rapprochait d'un pas assuré du navire devant Tress tomba, son sang faisant naître une nouvelle spirale fantasmagorique de lianes contorsionnées.

La jeune femme s'arrêta sur place, puis se prépara à la suite – à savoir un deuxième tir. Comme il n'arrivait pas, elle se remit en marche. Il était trop tard pour rebrousser chemin – et puis, une mort certaine l'attendait dans cette direction, de toute façon.

Elle continua à avancer, en proie à une tension terrible, comme une corde d'arc qu'on tire toujours davantage en arrière. Sans cesser de redouter ce craquement, ou que le sol se mette à trembler sous ses pieds. Ou bien qu'une spore s'insinue dans son nez ou touche un de ses yeux.

Quand elle finit par atteindre l'ombre du vaisseau ennemi immobilisé, la jeune femme eut l'impression d'avoir marché une éternité durant avec un couteau sur la gorge.

Des marins s'étaient rassemblés derrière le bastingage pour la regarder. Elle ne repéra aucun uniforme, à part peut-être celui de la silhouette postée au centre du navire. Avec leur chapeau à plume noire, leur visage se perdait dans les ombres projetées par le soleil qui brillait juste au-dessus de l'horizon.

Personne ne disait rien. Ils ne semblaient pas prêts à accueillir Tress sur leur bâtiment, mais ils ne l'abattaient pas non plus. Faute d'autres options, la jeune femme attacha donc son sac de tasses à sa ceinture et se mit en quête d'un moyen de monter à bord. Malheureusement, la quille comme la coque du navire étaient faites d'un bois brun particulièrement lisse ; après quelques tentatives, Tress comprit qu'il lui serait impossible d'y trouver la moindre prise.

« Je suis désolé, dit Huck. J'ai dû me tromper, je pense. Ces gens là-haut n'ont pas l'air d'être au service du roi, Tress. J'aimerais… J'aimerais pouvoir… »

La jeune femme réfléchit un instant à leur situation. Après quoi elle s'essuya le doigt pour en retirer d'éventuelles spores avant de le porter à sa bouche. Elle déposa un peu de salive sur son ongle, prit une longue inspiration, et la projeta à quelques mètres sur le sol.

Un « arbre » de lianes de taille moyenne jaillit aussitôt des spores, s'enroulant sur lui-même tout en s'élevant en direction du ciel. Tress s'empressa de l'attraper, sentant sous ses doigts les circonvolutions rugueuses, qui n'étaient pas sans évoquer de la corde.

Puis elle entreprit de *grimper*.

« Bien joué ! s'exclama Huck, qui descendit en hâte de son épaule pour entreprendre lui-même l'ascension de la liane. Allez, Tress. Dépêche-toi ! »

Elle fit de son mieux, se hissant à presque trois mètres de la surface de manière à pouvoir atteindre – tout juste – un des hublots du vaisseau. Une fois le rongeur revenu se poster sur son épaule, elle poursuivit sa lente progression, accrochée au flanc du navire. D'ici elle voyait son nom, peint en lettres d'or : *Le Chant de la Corneille*.

Certains marins riaient sur le pont, commentant ses efforts avec une nonchalance joviale. Des spores ruisselèrent de ses bottes lorsqu'elle finit par prendre appui sur un petit rebord qui longeait l'extérieur du navire sous les hublots.

« Et c'est reparti, fit alors Huck. Écoute. »

Ça débuta par un faible bourdonnement, qui fit vibrer le bâtiment. Quelques instants plus tard, des spores commencèrent à s'agiter en contrebas, remuées par l'air qui les traversait. Le bateau fit une embardée – qui faillit faire tomber Tress. Du pont lui parvint alors l'ordre de déployer les voiles.

Son échelle improvisée sombrait peu à peu dans l'océan soudainement fluidifié. Tress jeta un coup d'œil au *Rêve d'Oot* qui s'inclinait sur le côté, entraîné dans les profondeurs par les innombrables lianes qui l'enveloppaient. Le navire tout entier vacilla, puis chavira, avant de finir par couler entièrement.

Des lianes poussaient tels des champignons autour de l'épave au son des hurlements d'hommes condamnés à faire don de leur eau à l'océan. La volée de mouettes ne tarda pas à se disperser. Le bateau sur lequel se trouvait désormais Tress se rapprocha peu à peu du *Rêve d'Oot*, mais celui-ci avait disparu avant même qu'ils ne l'aient rejoint. Seuls trois membres d'équipage esseulés étaient encore en vie. Deux sur divers morceaux d'épave, un dans une petite chaloupe. Tous trois avaient la bouche protégée par un foulard ; leurs yeux se résumaient à des fentes.

Deux coups de feu furent alors tirés du pont, tuant les deux survivants de l'épave. Étrangement, *Le Chant de la Corneille* laissa en vie l'homme réfugié dans le canot de sauvetage. Le seul vestige de l'équipage du vaisseau contrebandier. Voilà qui mettait fin de manière… ignoble au premier voyage de Tress. Qui s'agrippait de son mieux à la coque du *Chant de la Corneille*. Ses doigts commençaient à la brûler, ses bras à lui faire mal. Mais il n'y avait aucune poignée à laquelle s'accrocher – sans compter que le plat-bord du pont faisait saillie vers l'extérieur. Elle doutait d'avoir assez de force – ou d'habileté – pour franchir cet obstacle, en admettant qu'elle parvienne d'abord à l'atteindre.

Aussi faisait-elle en sorte de tenir bon, du mieux qu'elle le pouvait, pour résister au tangage du navire. Des visages apparaissaient périodiquement au-dessus de sa tête, histoire de voir si elle était toujours là. Après quoi ils tenaient informés leurs camarades de l'évolution des événements.

Elle était toujours là.

Toujours là.

« Vas-y, chuchota-t-elle à Huck. Tu es un rat. Tu peux atteindre le pont.

— J'en doute, répliqua-t-il.

— Tu pourrais *essayer.*

— C'est un fait. Je pourrais. »

Ils restèrent donc là, ensemble. Pendant ce qui leur parut une éternité. Finalement, la jeune femme commença à glisser. Ses muscles endoloris *hurlaient*, et…

Une corde claqua contre le bois à côté d'elle. Tress la fixa, engourdie, se demandant si elle allait avoir la force de grimper. Elle s'en saisit, s'y suspendit et colla sa tête contre son bras.

Fort heureusement, la corde se mit à bouger, remontée par plusieurs des marins qui surplombaient la jeune femme. Une fois celle-ci presque à leur niveau, un homme énorme aux noirs cheveux tressés se pencha pour l'attraper par les aisselles, puis la jeter sur le pont. Les dernières spores collées à ses vêtements périrent aussitôt, tuées par l'argent du navire.

« La capitaine Corneille nous a autorisés à te hisser à bord si tu tenais quinze minutes, lui lança un autre marin – une femme plus petite. Ça me défrise que tu y sois arrivée. Tu es sacrément forte, toi. »

Tress toussa, allongée sur le pont, ses bras épuisés repliés contre son corps. Quinze minutes ? Cela n'avait duré que *quinze minutes* ? Ça lui avait paru s'éterniser des heures.

« Pas forte, répliqua-t-elle d'une voix rauque. Juste têtue.

— C'est encore mieux », fit son interlocutrice.

Huck garda judicieusement le silence, bien qu'il ait quand même tenté de mordre un des hommes qui essayait de lui mettre la main dessus.

« Vous êtes quoi, exactement ? demanda Tress aux marins. Des hommes du roi ? Des corsaires ?

— Ni l'un ni l'autre, répondit l'un d'eux. On va bientôt arborer les couleurs du roi, mais c'est une façade – pour la galerie. Doug est en train de nous coudre un drapeau approprié, qui sera prêt la prochaine fois. Noir sur rouge. »

Noir sur rouge ? C'étaient donc des pirates, finalement. S'agissait-il d'une amélioration, ou d'une dégradation par rapport aux contrebandiers ? Et pourquoi avaient-ils coulé l'autre navire, sans même réclamer le moindre butin ?

Une silhouette corpulente se fraya alors un chemin parmi les marins. La capitaine Corneille, à en juger par la plume qu'arborait son chapeau. Elle avait un visage aux traits durs, une peau bronzée et un regard noir aussi profond que l'océan. Corneille était… eh bien, j'ai connu bien peu de gens dans son genre. Elle semblait… trop *dure*. Trop dévorée par la colère. Elle évoquait le premier jet d'un être humain, avant que des effets adoucissants – comme l'humour et la compassion – n'aient été ajoutés.

« Jetez-la par-dessus bord, dit-elle.

— Mais vous avez dit qu'on pouvait la remonter sur le pont ! objecta la femme courtaude.

— Dont acte, non ? Bon, virez-moi ça de là, maintenant. »

Personne ne bougea.

« Regardez comme elle est maigrichonne, grogna la capitaine. Une inspectrice ? J'ai croisé quelques-uns de ses collègues au fil du temps – ils choisissent ce boulot pour sa facilité. Elle n'a jamais dû travailler de toute son existence, et on ne peut pas se permettre d'avoir la moindre personne inutile à bord du *Chant*. »

Les pirates ne semblaient toujours pas pressés de s'exécuter. Pourquoi se soucieraient-ils d'elle ? Mais bon, leur hésitation constituait une opportunité. Tress, étourdie d'épuisement, se força à traverser le pont et s'agenouilla tant bien que mal. Ayant repéré un seau et une brosse, elle s'employa méthodiquement – aussi vite qu'elle pouvait faire travailler ses bras endoloris – à frotter le pont.

La capitaine Corneille la mesura du regard. Un silence presque complet les entourait, uniquement rompu par le bouillonnement des spores et le bruit de la brosse.

Finalement, la capitaine détacha une gourde de sa ceinture et but une longue rasade du liquide que celle-ci contenait. Ladite gourde était fort belle, avec ses motifs de plumes frappés sur le cuir. Même épuisée, Tress appréciait les récipients de qualité.

Après quoi Corneille s'éloigna d'un pas raide – sans avoir ordonné à nouveau qu'on s'occupe du cas de Tress. Les pirates retournèrent à leurs postes, et personne ne la balança par-dessus bord.

Elle continua quand même à travailler, frottant encore et encore, pendant que Huck lui chuchotait des encouragements à l'oreille. La jeune femme s'y tint une bonne partie de la nuit – jusqu'à ce que, engourdie de fatigue, elle finisse par se rouler en boule dans un coin du pont, et s'endorme.

TROISIÈME PARTIE

LE MOUSSE

13

À son réveil le lendemain matin, Tress avait des cheveux devant le visage. La jeune femme se sentait raide, comme un gant de toilette qui aurait dû depuis longtemps faire un tour à la blanchisserie. Elle se leva avec difficulté, essaya d'attacher sa chevelure, et se souvint vaguement d'avoir reçu des coups de pied pendant la nuit ; des marins lui avaient dit de bouger, pour ne pas l'avoir dans les pattes. Elle s'était exécutée – mais s'était fait réveiller à deux reprises, toujours pour la même raison. Il ne semblait pas y avoir un seul endroit sur le pont où elle ne gênât personne.

Ce ne fut pas la faim, ni la soif, ni aucun autre besoin biologique qui occupa alors ses pensées.

Elle pensa à Charlie.

Jamais Tress ne s'était sentie aussi naïve. *Elle*, quitter son foyer pour partir au secours de quelqu'un ? Alors qu'elle n'avait *jamais*, de toute son existence, mis un pied sur un navire ? Elle se sentait stupide. Pire, elle avait mal pour Charlie, qui devait se trouver quelque part, effrayé, seul – et prisonnier. La douleur du garçon, elle la faisait sienne.

On pourrait penser qu'une personne qui compatit avec autrui est condamnée à une vie malheureuse. Sa propre douleur n'est-elle pas suffisante ? Pourquoi Tress aurait-elle dû porter sur ses épaules celle de ses congénères ? Pourtant, j'ai découvert que, dans la vie, les gens qui vivent le plus heureux sont ceux qui apprennent le mieux à *ressentir*. Ça demande de la pratique, vous savez. Des efforts. Et ceux qui (tard dans la vie) ont compati avec deux, trois ou un millier de personnes différentes… eh bien, ils ont une longueur d'avance sur tout le monde depuis le début.

L'empathie est un produit d'appel émotionnel. Elle finit toujours par s'amortir.

Ce qui, à ce moment-là, ne lui était pas d'un grand réconfort, tant elle se sentait pitoyable sur ce pont, à comprendre que, avant même de ne fût-ce que *songer* à porter secours à Charlie, elle allait devoir trouver un moyen de sauver sa propre peau. La jeune femme se blottit contre le plat-bord, et entendit quelqu'un crier depuis les entrailles du navire que le « premier quart » pouvait venir au mess.

Huck lui chuchota quelque chose, puis fila enquêter. Des gargouillis d'estomac rappelèrent alors à Tress qu'elle n'avait rien mangé – ni bu – depuis le thé qui lui avait fait voir des pigeons. Tout endolorie, elle s'employa donc à se lever. « Mess » signifiait *nourriture* sur un navire, non ? Peut-être ne remarqueraient-ils rien si elle…

Un personnage dégingandé, vêtu d'un manteau militaire déboutonné, vint alors se poster devant elle. Chauve, le menton recouvert d'une barbe de trois jours, il portait une épée au côté et deux pistolets à sa ceinture. Laggart, le maître-canonnier, était le second du navire. Il était sec et musclé, mais son long cou et son crâne dégarni laissaient entendre qu'il y avait peut-être eu une buse quelque part dans son arbre généalogique.

Il toisa Tress de pied en cap. « Le premier quart peut manger, dit-il. À savoir les hommes et les femmes qui se préparent à prendre la relève pour la journée. Est-ce que tu vas t'occuper des voiles ou du gréement aujourd'hui, cheveux-de-miel ?

— … Non, répondit à voix basse la jeune femme.

— La deuxième équipe mangera ensuite, poursuivit-il. Ils ont travaillé toute la nuit et pourront se restaurer dès l'arrivée de leurs remplaçants.

— Et… je suis de quel quart, moi ? s'enquit doucement Tress.

— Le troisième, dixit la capitaine », fit Laggart, avant de partir en affichant un large sourire.

Le deuxième quart finit par être appelé, et les marins échangèrent leurs places. Toujours aussi groggy, le corps raide, Tress attendit. Encore. Et encore. Elle aurait fait une sacrée reine de la patience, ce matin-là.

Le « troisième quart » ne fut jamais appelé. Personne d'autre qu'elle ne devait y être… « assigné », soupçonnait la jeune femme. Elle fit donc de son mieux pour ignorer son estomac, en se concentrant sur les tâches effectuées par les pirates. Si Tress assimilait leurs faits et gestes, peut-être serait-elle capable d'éviter de se retrouver dans leurs pattes.

Elle passa la matinée ainsi occupée et, par chance, la plupart d'entre eux ne semblaient pas dérangés par sa présence. Ce n'était pas un équipage jovial, mais au moins paraissait-il dévoué. À plusieurs reprises, Tress surprit la capitaine Corneille à lui lancer des regards de biais tout en buvant à sa gourde – regards qui lui donnaient l'impression d'être une tache tenace sur une vitre.

Le mieux était encore de se mettre à l'ouvrage. Elle fouilla dans son sac, jeta un œil sur ses tasses, puis sortit sa brosse à cheveux. Après s'être employée à les dompter en les tressant, elle ramassa ses instruments de travail – pour se rendre compte qu'elle n'avait plus d'eau ni de savon.

La jeune femme resta là, l'air un peu stupide, jusqu'à ce que quelqu'un vienne lui apporter un seau rempli. Elle le remercia, puis – à sa grande surprise – s'avisa qu'elle le reconnaissait. C'était Hoid, le mousse du *Coup de sifflet*. Impossible de se tromper sur son identité, avec sa silhouette dégingandée et sa chevelure d'un blanc pur. Tout le monde l'appelait « le garçon », mais il donnait l'impression d'avoir une trentaine d'années, et semblait sain d'esprit – jusqu'à ce qu'il ouvre la bouche.

« Mes gencives raffolent d'un bon coup de langue ! » lui lança-t-il, avant de s'éloigner d'une démarche arquée qui le faisait vaciller comme un pingouin éthylisé.

Oui, c'est moi.

Non, je n'ai *aucune* envie d'en parler.

Pendant que je partais me remplir le nez de lacets, Tress se rendit sur la plage arrière, un peu moins bondée, pour s'y remettre à l'ouvrage. Il apparut qu'elle était plutôt douée pour frotter des ponts. Ça ne différait guère du lavage de fenêtres, sauf qu'on n'avait pas besoin de voir à travers à la fin. En fait, elle trouvait même ça trop facile, peut-être dévalorisant pour ses talents de nettoyeuse. Un peu comme si vous engagiez un chirurgien de classe mondiale pour vous enlever la croûte de votre sandwich.

Pendant ses pauses, la jeune femme observait l'équipage. Tress parvint à repérer d'autres visages – outre Hoid – qu'elle connaissait, ne serait-ce que vaguement. Les navires qui faisaient escale au Rocher débarquaient souvent quelques membres d'équipage. Ceux-ci obtenaient un laissez-passer de l'inspecteur du moment et se faisaient recruter par un autre vaisseau de passage.

Ils ne lui donnaient pas l'impression d'être une clique particulièrement fruste – il s'agissait en fait d'un équipage mixte, avec toute une variété d'ethnies et presque autant de femmes que d'hommes. Chose qui n'avait rien de rare sur les mers de spores. On engageait quiconque le voulait bien. Le sexisme ne faisait pas bon ménage avec les profits.

Comment des gens aussi *normaux* avaient-ils pu finir par devenir des pirates ? Et pas simplement des pirates ordinaires : des types sanguinaires, capables de couler un navire sans même demander de butin ?

Ils n'ont même pas camouflé le nom de leur vaisseau, songea-t-elle. *Et ils ont laissé la vie sauve à un marin.* Il y avait vraiment quelque chose d'étrange à propos de ce navire.

« Je voulais me gargariser avec mes chemises ! » m'exclamai-je en passant devant elle. Je la désignai des deux mains et lui fis un clin d'œil. « Mais je les ai mangées la semaine dernière. »

Tête inclinée, Tress me regarda m'éloigner. Pendant ce temps, Huck traversa en hâte le pont pour grimper sur son épaule.

« C'est quoi le problème de ce mec ? s'enquit à voix basse le rongeur.

— Je ne saurais le dire avec certitude, murmura la jeune femme. Cela dit, je l'ai déjà rencontré. Il est gentil, en général. Mais toujours un peu… bizarre.

— Les collectionneurs de timbres sont bizarres, Tress. Ce type, il lui manque clairement quelques cases – et il n'en a même pas conscience. »

Soupir.

Bon, d'accord, alors voilà le truc. J'avais croisé – ou plutôt percuté – la Sorcière quelques années auparavant. Disons simplement qu'elle avait quelque chose dont j'avais besoin, mais le récupérer s'est révélé plus… difficile que je ne l'avais escompté. Pour quel résultat, au final ? Eh bien, elle m'a… gratifié d'une de ses célèbres malédictions. Oh, ça va – même le plus gracieux des danseurs trébuche de temps à autre.

Ladite malédiction m'avait privé du sens du goût et… bon, de mes quatre autres sens également.

« Qu'est-ce que tu as découvert ? demanda Tress au rat.

— J'ai piqué de la nourriture, répondit Huck, mais je n'ai pu chouraver que des portions pour rat. Désolé. Sinon, ils sont *bel et bien* en train de coudre un drapeau pirate. Ils viennent vraiment de s'y mettre, j'imagine. Ça explique peut-être pourquoi ils ont accidentellement coulé l'autre bateau.

— Non, chuchota Tress tout en se remettant à son récurage. Ils ont laissé un marin vivant délibérément, et n'ont pas camouflé le nom de leur navire. Ce n'est pas l'inexpérience qui explique pourquoi ils n'ont pas coulé ce navire…

— … C'était une *déclaration*, convint le rongeur. La version pirate d'un crieur envoyé dans la rue pour annoncer une vente chez le cordonnier. Par les lunes. Ils ont tué presque *trente personnes.* »

D'un regard, la jeune femme balaya l'équipage occupé à vaquer à ses occupations. Précédemment, elle avait perçu de la détermination et de la concentration dans leurs mouvements. À présent, elle voyait autre chose. Une sorte de désir intense de se perdre dans le travail. Peut-être pour éviter d'avoir à se remémorer ce qui s'était passé la veille.

Il y a vraiment *un problème* à bord de ce navire, se répéta-t-elle.

Malheureusement, avant qu'elle ne puisse y réfléchir davantage, d'autres questions – d'une nature plus scatologique – requirent son attention.

LES DOUGS

14

Le *Chant de la Corneille* était un navire beaucoup plus grand que le précédent vaisseau de Tress, *Le Rêve d'Oot* – un deux-mâts, similaire à ce que vous appelleriez un brigantin sur votre planète. *Le Chant de la Corneille*, de son côté, était un puissant quatre-mâts, construit pour la vitesse mais doté d'une soute spacieuse et de multiples ponts. Il correspondait peu ou prou à un petit galion chez vous – et y servait un équipage plutôt substantiel pour le monde de Tress, composé de soixante personnes.

Je ne vais pas vous demander de tous vous les rappeler. Essentiellement parce que *moi-même* j'en serais bien incapable.

Voilà pourquoi, histoire de faciliter tant la narration que notre santé mentale collective, je vais me borner à nommer les marins les plus importants du *Chant de la Corneille*. Les autres, hommes comme femmes, je les appellerai « Doug ».

Vous seriez surpris de voir à quel point ce nom est commun sur quantité de mondes. Oh, certains l'écrivent « Dug », ou « Duhg », mais il n'en reste pas moins toujours dans le coin. Quelle que soit la linguistique locale, des parents commencent inévitablement à appeler leur enfant Doug. Jadis, j'ai passé dix ans sur une planète où la seule vie sentiente consistait en un groupe d'êtres évoquant des pancakes qui s'exprimaient par des flatulences. Et je ne vous charrie pas : l'un d'eux s'appelait Doug. Même si, il faut l'admettre, émanait de lui une odeur très particulière quand son prénom était « prononcé ».

Doug est l'équivalent prénomique de l'évolution convergente. Et une fois qu'il débarque, il n'est pas du genre à repartir. Un Grand Filtre linguistique ; un appel à ouvrir les yeux. Dès lors qu'une société a atteint le pic de Doug, il est temps pour elle de s'asseoir dans un coin et de réfléchir à ce qu'elle a accompli.

Bref, il y avait bel et bien au moins *une* femme prénommée Doug à bord du *Chant de la Corneille*, sauf que je ne me souviens plus de laquelle c'était – dans le cadre de cette histoire, par conséquent, tout le monde s'appellera Doug.

Tress aborda l'un d'eux pour lui demander – d'un ton hésitant – où se trouvaient les toilettes. Le Doug lui indiqua les marches menant vers les entrailles du navire, tout en lui expliquant que, pour les marins de base, il y avait les « chiottes du pont intermédiaire ».

Huck toujours sur son épaule, la jeune femme entama son exploration. Le bateau possédait quatre niveaux. Les Dougs appelaient celui du haut – qui était à ciel ouvert – le « pont supérieur ». Le « pont intermédiaire » accueillait des endroits comme la cambuse et l'armurerie, plus de petites cabines réservées aux officiers. Le « pont inférieur » était une zone exiguë, où la plupart des marins installaient leur couchette.

En dessous se trouvait la cale, un espace caverneux censé recevoir tout le copieux butin que les pirates ne manqueraient pas de récupérer une fois qu'ils auraient trouvé un moyen d'arrêter de tout faire couler au fond de l'océan.

Il y avait plusieurs lieux d'aisances, avec une plomberie fonctionnelle – les lunes en soient remerciées. Tress jeta un coup d'œil à l'intérieur de l'un d'eux, inoccupé, et y découvrit des toilettes, mais pas de baignoire. Comment l'équipage faisait-il pour se baigner ? La jeune femme souhaitait désespérément se laver, car elle n'arrêtait pas de trouver des spores mortes dans les plis de ses vêtements. Sa peau se couvrait de chair de poule à l'idée de la quantité de spores qui devait la parsemer.

Elle fit son affaire dans la petite pièce exiguë, à la lumière d'un seul hublot minuscule. Huck attendit poliment dehors sans que Tress n'ait eu besoin de le lui demander, se révélant être un parfait gentleman – pour un rat. Se sentant un peu mieux, la jeune femme quitta les lieux et le laissa remonter sur son épaule. Que faisaient-ils des déchets humains, ici, sur l'océan ? Les mettaient-ils de côté pour qu'ils servent de compost sur les îles ? Et pendant les longs voyages ? Les jeter par-dessus bord semblait plutôt dangereux, et répugnant avec ça. Répugereux ?

Alors qu'elle remontait sur le pont supérieur, Tress entendit une voix en provenance d'une pièce située non loin des toilettes. Elle ralentit pour jeter un coup d'œil à l'intérieur, et y découvrit un plan de travail derrière lequel se tenait le colosse aux dreadlocks qui l'avait hissée sur le pont. Bon, quand je parle de « colosse », vous pourriez l'imaginer corpulent, ou peut-être baraqué. Il était les deux, certes – sauf qu'aucun de ces mots ne rendait justice à Fort, le quartier-maître du navire.

Fort n'était pas le genre de type énorme auquel on lancerait « Hé, mange une salade », ou même « Hé, tu fais du sport ? ». Son énormité appelait plutôt une question du style : « Comment tu as fait pour passer la porte ? » Ce n'était pas qu'il était gros, même s'il avait effectivement quelques kilos de trop. Il avait plutôt l'air d'une personne bâtie à une échelle différente de ses congénères. Au point d'imaginer les Éclats, après l'avoir créé, en train de se dire : « On a peut-être un peu exagéré par endroits » et décider de réduire de dix pour cent la taille de tous les humains, histoire de préserver les ressources.

Fort tenait un boulet de canon en céramique, qui paraissait incroyablement petit entre ses mains – lesquelles se terminaient toutes deux par des doigts *tordus*, à cause soit d'une vieille blessure, soit d'une maladie congénitale. Son état devait affecter sa dextérité.

Il était en train de parler avec une femme dégingandée – aux cheveux coupés très court – vêtue d'un gilet et d'un pantalon. Ann (la charpentière du navire) avait un nez en forme de fléchette et portait non pas un, ni deux, mais *trois* pistolets sanglés à divers endroits de sa personne.

Fort lui tendit le boulet de canon, qui paraissait si léger dans sa main – sauf que la façon dont elle le souleva indiquait le contraire. Puis il ramassa ce qui ressemblait à une ardoise en bois, avec une face avant totalement noire. Peut-être soixante centimètres de large, et un peu moins en hauteur.

« Vous avez examiné tous ceux de l'armurerie ? » s'enquit Ann.

Fort hocha la tête, les yeux fixés sur le dos de son ardoise.

« Vous n'en avez pas trouvé d'autres qui soient défectueux ? » ajouta la charpentière.

Le quartier-maître tapota l'arrière de l'appareil, et des mots apparurent à l'avant. **Pas un seul**, indiquait l'ardoise. **Tous ceux que j'ai inspectés avaient une mèche conforme, prévue pour qu'ils explosent AVANT DE couler un navire, de sorte qu'il puisse être capturé et pillé.**

Ann reposa – bruyamment – le boulet sur le plan de travail. « Bon, si aucun autre n'est défectueux, on ne devrait pas avoir à craindre de couler quelqu'un d'autre par accident. »

Fort se remit à taper quelque chose sur l'ardoise avec son index. De nouveaux mots apparurent presque simultanément.

Je n'aime pas ça, Ann. Nous étions censés tirer des boulets qui se bornaient à immobiliser un navire, sans le couler. Ça me hérisse, qu'on ait fini par tuer ces gens, et je n'apprécie vraiment pas la façon dont la capitaine s'est comportée ensuite. Ça n'a pas de sens.

« Qu'est-ce que vous dites ? » demanda Ann.

Je dis que ça ne m'amuse pas DU TOUT. Ce n'est pas le genre de piraterie pour lequel nous avons signé.

« Je n'aime pas ça non plus, fit la charpentière. Mais il est trop tard pour changer d'avis. C'est toujours mieux que de se faire enrôler dans l'armée royale, au moins. »

Ah ouais, tu trouves ? VRAIMENT ? Je n'avais aucune envie d'avoir la mort de ces gens sur la conscience, Ann.

Celle-ci garda le silence. Pour finalement se redresser et se rapprocher de la porte. Envahie d'une soudaine vague de panique à l'idée d'être découverte en train d'écouter aux portes, Tress retourna précipitamment à l'intérieur des chiottes.

Elle écouta Ann monter les marches à l'extérieur. Puis : « Qu'est-ce que tout cela t'inspire, Huck ? chuchota-t-elle.

— J'en sais trop rien. On dirait bien qu'ils n'avaient pas l'intention de couler *Le Rêve d'Oot*, ce qui paraît logique. Mais une fois que le premier boulet a transpercé la coque et commencé à envoyer le bateau par le fond, les pirates ont simplement dû décider de terminer le boulot. »

La jeune femme hocha la tête, même si toutes ces histoires lui passaient en grande partie au-dessus de la tête.

« Ils n'en sont pas moins coupables, ajouta le rongeur. Comment croyaient-ils que ça allait se terminer ? On ne devient pas des pirates sans… casser des œufs. Ils ne peuvent pas simplement *décider* d'être tristes d'avoir tué quelqu'un *après* avoir essayé de le détrousser. Ces gens sont désormais des *hors-la-loi*, Tress.

— Ça ne me semble pas juste, répliqua celle-ci. Le roi ferait pendre le quartier-maître même si ce n'est pas lui qui a tiré le boulet ?

— La loi est claire. La règle de l'homicide involontaire, pour être précis. Tu commets un crime, et quelqu'un passe l'arme à gauche ? C'est un meurtre. Même si tu n'avais pas *l'intention* de le tuer. La marine royale va pourchasser ces gens – et on ferait mieux de ne pas être à bord quand ils se feront prendre. Au cas où les officiels ne croiraient pas que tu es leur prisonnière. »

Ce qui sonnait comme une sage suggestion. Ce vaisseau était un piège mortel – soit la capitaine se lasserait d'elle, au bout du compte, soit la jeune femme finirait par périr lors d'une prochaine bataille navale. Elle avait du pain sur la planche pour sauver Charlie, et ne pouvait se permettre de perdre du temps.

Mais comment s'échapper ? Sauter par-dessus bord n'était pas franchement une option. Et puis, sa gorge sèche l'avertissait qu'elle avait d'autres préoccupations plus immédiates. Si la capitaine persistait à lui refuser l'accès au mess, Tress ne vivrait pas assez longtemps pour prendre la fuite.

Elle retourna furtivement devant la cabine du quartier-maître, jeta un coup d'œil dedans – pour découvrir que le colosse avait tourné le dos à la porte. Il était occupé à ranger divers objets dans ses nombreuses malles et autres boîtes entreposées derrière le plan de travail. Arriverait-elle à voler quelque chose à manger ? À moins que Huck ne soit plus à même d'y parvenir ? Elle lui lança un coup d'œil appuyé.

« Quoi ? » demanda-t-il d'une voix forte.

Tress le foudroya du regard, l'exhortant d'un geste à se taire.

« Je pense qu'il est sourd, dit Huck. Pendant mes déambulations, un peu plus tôt, j'ai surpris une conversation à propos du handicap du quartier-maître. »

Effectivement, Fort poursuivait sa tâche, sans se tourner vers eux. Il ne remarquait même pas qu'ils étaient en train de parler.

« J'ai croisé une humaine sourde, dans le temps, reprit le rongeur. C'était une danseuse, l'une des meilleures à avoir vécu sous les lunes – la meilleure que j'aie connue, en tout cas. Je profitais de ce moment en sa compagnie, mais il a fini par être interrompu d'une manière assez… abrupte. Ce qui est bien dommage, mais ça arrive. Je ne pouvais pas non plus me permettre de lui parler, puisque – comme tu le sais – j'ai certaines… particularités. Je ne voulais pas me trahir.

— Peut-être, suggéra Tress, que *maintenant* serait également un bon moment pour la fermer. À moins que ça ne te dérange pas qu'un des pirates s'avise qu'ils ont un rat loquace potentiellement vendable à bord…

— Ouais, bien vu. C'est juste que j'ai passé toutes ces semaines caché à bord du bateau des contrebandiers avant qu'ils ne m'attrapent. On se sent un peu seul, à force. Ça fait du bien d'avoir quelqu'un avec qui discuter… »

Elle lui lança un regard.

« … ce que je vais arrêter de faire immédiatement. »

Tress se mit en mouvement pour partir – mais, ce faisant, elle fit craquer une des planches sous ses pieds. Fort tournoya aussitôt sur lui-même, puis plissa les yeux en la découvrant là. Il n'était peut-être pas capable d'entendre, mais tous les quartiers-maîtres que j'ai eu l'occasion de croiser possédaient une sorte de sixième sens leur permettant de savoir quand des gens traînaient un peu trop près de leurs possessions.

Le regard du colosse donnait à Tress une envie presque irrépressible de déguerpir. Sauf que c'était *lui* qui l'avait hissée sur le pont. Elle resta donc figée sur place jusqu'à ce qu'il lève son étrange ardoise.

Approche, gamine, pouvait-on lire dessus.

Ça ne lui servirait à rien de fuir. Aussi pénétra-t-elle dans la cabine, avec l'impression d'entrer dans l'antre d'un dragon.

LE QUARTIER-MAÎTRE

15

Fort la toisa de pied en cap tout en se frottant le menton de ses doigts épais. Finalement, il tapota le dos de son ardoise, et des mots apparurent face à la jeune femme.

Tu as un nom ?

« Tress, monsieur. »

Et tu es vraiment une inspectrice royale ?

« Je… » Tress déglutit. « Non. Le manteau ne m'appartient pas. Je l'ai volé. »

Tu es une pirate, à présent, écrivit Fort. **Ce que tu voles EST ce qui t'appartient.**

« Je ne suis pas une pirate », répliqua-t-elle.

Oh, que si – tant que tu veux continuer à respirer. Ne dis à personne que tu n'as pas l'intention de te joindre à nous. Avec ce genre de propos, on a tôt fait de se retrouver jeté par-dessus bord.

Tress opina du chef. « Merci, monsieur. »

Ne m'appelle pas MONSIEUR. J'ai renoncé à ce titre il y a bien longtemps. Mon nom est Fort. Quelqu'un t'a nourrie, depuis ton arrivée parmi nous ?

Son estomac grogna en réponse. Elle secoua la tête.

Fort se pencha sous son plan de travail, puis réapparut avec une assiette, dont il avait glissé le rebord en céramique entre son index et son majeur. Un peu plus tôt, elle avait estimé qu'il manquait de dextérité à cause de ses doigts – qui semblaient avoir été cassés en plusieurs endroits, puis laissés à guérir sans attelles. Pourtant, il s'en sortait plutôt bien. Certains gestes lui demandaient davantage d'efforts, ses mains tremblaient bel et bien, mais il était manifestement adroit, même s'il devait procéder différemment de ses congénères.

Après l'avoir placée devant Tress, il alla récupérer une marmite, en gratta le fond, puis finit par déposer sur l'assiette des pommes de terre rissolées. Auxquelles il ajouta des œufs par trop baveux.

Des restes du petit déjeuner, songea la jeune femme. *Ce que les autres n'ont pas mangé.*

Elle attendit, non sans mal, avant de goûter quoi que ce soit. Il la considéra, puis laissa tomber une fourchette dans l'assiette. Prenant cela pour une permission, la jeune femme s'y attaqua.

C'était infect.

Le hachis trop cuit avait la consistance d'une carapace de scarabée – accompagnant ainsi parfaitement les œufs, qui évoquaient ce qu'on aurait pu trouver à l'intérieur de ladite carapace. Pas besoin d'être un grand cuisinier pour se rendre compte du caractère exécrable de cette bouffe, mais c'était pire encore pour quelqu'un comme Tress. Lui donner à manger des restes froids et rassis – les portions qui n'avaient pas été épicées –, ça revenait à enfermer un maître pianiste tout seul dans une pièce, puis à lui faire écouter des interprétations au mirliton désaccordé de grands chefs-d'œuvre.

Tress se garda bien de se plaindre, pourtant. Elle avait besoin de manger, et n'allait pas rejeter la seule chose qu'on lui avait offerte. Même si ça avait moins le goût de la nourriture que celui de ce en quoi ladite nourriture finit par se transformer.

Histoire de penser à autre chose, Tress désigna d'un signe de tête l'ardoise que Fort utilisait pour communiquer. « Quel appareil étrange. »

Il lui tendit une tasse d'eau (un beau modèle en bronze, qui manquait d'ornements mais scintillait à la lumière), qui – au moins – avait un goût pur, *propre*. Elle la but avec empressement.

Oui, hein ? Tes paroles m'apparaissent derrière pendant que tu t'exprimes. Il peut même distinguer différentes voix, et mettre une marque spécifique devant chacune pour m'indiquer qu'une nouvelle personne a rejoint la conversation.

« Ouah », fit Tress.

Bon, vous vous demandez peut-être pourquoi Fort ne se bornait pas à lire sur les lèvres. Comme nombre de personnes entendantes, je supposais jadis qu'il s'agissait de la solution magique pour les personnes naviguant dans le monde du bruit. Mais au cas où vous n'auriez pas *entendu* – attention, jeu de mots –, lire sur les lèvres ne fonctionne pas comme on peut parfois le… *voir* dans les histoires. C'est une activité compliquée, pétrie de conjectures, et extrêmement pénible. Même pour des experts.

Fort dépendait de sa maîtrise pour communiquer, jadis, malgré sa précision limitée. Jusqu'à ce qu'il parvienne à dénicher cet appareil. Celui-ci possédait de nombreuses fonctions – qu'il n'avait même pas encore découvertes, pour certaines d'entre elles. Par exemple, les mots apparaissaient plus grands s'il en écrivait moins, prenant ainsi toute la place sur l'ardoise. Mais quand il en ajoutait, ils rétrécissaient pour que l'écran en accueille davantage.

C'est un objet merveilleux, reprit-il. **Je l'ai obtenu d'un magicien il y a quelques années.**

« Un magicien ? » répéta Tress.

D'au-delà les étoiles. Un type pour le moins étrange. Il s'en servait pour traduire des mots dans notre langue. J'ai négocié dur pour me le procurer. Cela a semblé le surprendre, quand il s'est rendu compte à quel point cet objet me serait utile. C'est difficile pour moi d'écrire de la manière habituelle pour les personnes entendantes, vu que je n'arrive pas à tracer certaines formes.

Ce « magicien » venu des étoiles, soit dit en passant, ce n'était pas moi. Je me suis toujours demandé qui lui avait refilé cet appareil. C'est de la technologie nalthienne, avec des circuits de Lien prédictif Éveillés.

Le quartier-maître retourna l'ardoise pour lui en montrer l'arrière, où il pouvait taper des lettres et faire défiler des listes de mots courants. L'instrument anticipait ses besoins, lui proposant les choix les plus probables. Il fonctionnait à une vitesse surnaturelle, au point de presque donner l'impression d'anticiper ses pensées.

Une fois par semaine, je dois le laisser au soleil pendant toute une journée, sans quoi il cesse de marcher. Et sa magie ne réagit à personne d'autre que moi. Ce n'est donc même pas la peine d'envisager de me le voler.

La jeune femme sursauta. « Je n'oserais jamais faire une chose pareille. Je veux dire… vous vous êtes montré si gentil avec moi. »

Ce n'est pas de la gentillesse, écrivit Fort. **Mais un échange.**

« Contre quoi ? »

Ça reste encore à décider. Retourne à ta nourriture, gamine.

Ce à quoi elle s'employa. Hélas.

Alors qu'elle s'efforçait vaillamment de continuer à manger, un autre marin fit son entrée. C'était la femme courtaude aux cheveux noirs bouclés qui avait tenu tête à la capitaine la veille. Sitôt à l'intérieur, elle jeta quelque chose sur le plan de travail, sans accorder à Tress autre chose qu'un bref regard.

Comment décrire Salay, la timonière ? Elle appartenait à la même ethnie que Fort, et tout comme lui était originaire des îles de Lobu, un endroit où les spores zéphyr libèrent une bouffée d'air lorsqu'on les arrose. Elle avait des traits délicats, mais n'était pas le moins du monde fragile.

« D'accord, Fort, dit-elle. Je t'en donne trois. »

Elle avait déposé sur la table trois petites boucles d'oreilles.

Au risque de me répéter, Salay, je n'ai pas l'usage de boucles d'oreilles. En porter m'irrite les lobes.

« Quatre, alors, répliqua la timonière en en posant une autre sur le plan de travail. Je les ai gagnées aux cartes contre un Doug, mais c'est tout ce que j'ai. C'est de l'or pur. Tu n'auras nulle part de meilleure *affaire*. »

Au mot « affaire », le quartier-maître se requinqua visiblement. Il entreprit d'inspecter les bijoux.

« Allez, Fort, reprit Salay. Il faut que je retourne bosser. »

Il se frotta le menton, puis passa une main dans ses dreadlocks. Pour finir par récupérer quelque chose sous le plan de travail et le mettre à sa disposition : une montre de gousset.

« Enfin », fit la timonière, avant de s'en emparer et de se hâter de filer.

Fort étudia l'une après l'autre les boucles d'oreilles, un large sourire aux lèvres. À vrai dire il n'en avait aucune utilité, mais… eh bien, c'était une bonne affaire. Et les bonnes affaires, pour Fort, étaient une récompense en soi.

Tress parvint finalement à avaler ce qui restait de nourriture, tout en se disant qu'elle méritait une médaille pour ça. Fort se borna à lui donner un autre verre d'eau, puis la chassa – non sans avoir au préalable écrit : **Reviens quand tout le monde aura fini de dîner. Peut-être que j'aurai autre chose à te donner.**

La jeune femme le remercia d'un hochement de tête. En sortant, elle croisa votre serviteur, qui d'un pas sautillant alla s'installer sur un tabouret devant le plan de travail de Fort. Le quartier-maître alla chercher un peu de « nourriture » supplémentaire et me la donna. Ça ne ressemblait pas à des restes, plutôt à quelque chose qu'il aurait spécifiquement gardé à l'intention de quelque heureux élu.

« Mon plat préféré ! » m'exclamai-je.

S'il te plaît, écrivit Fort, **cette fois n'essaie pas de manger l'assiette.**

Je me jetai dessus, fredonnant, tant la saveur m'enivrait.

Quoi ? Oui, je pouvais en percevoir le goût. Pourquoi n'aurais-je pas…

Oh, les cinq sens ? Oui, la malédiction de la Sorcière m'avait fait perdre celui du goût. Vous pensiez… vous pensiez que je parlais de *ce* sens du goût ? Genre, pour déguster ce qu'on mange ? Oh, espèces d'idiots innocents.

Elle m'avait privé de l'*autre* sens du goût. Celui qui comptait vraiment.

En même temps que mon sens de l'humour, mon sens de la bienséance, mon sens du devoir et mon sens de l'identité. C'était celui-là qui me manquait le plus, vu qu'il semblait directement lié à ma présence d'esprit. Ce qui, vous l'admettrez, peut parfois poser problème…

Dès lors, laissez-moi vous présenter Hoid, le mousse.

Voilà qui résume les personnes dont vous devez vous souvenir pour l'instant. La capitaine Corneille. Le second (et maître-canonnier) Laggart. Fort, le quartier-maître, Ann la charpentière, et Salay la timonière. Tous les autres sont des Dougs, je crois…

Oh, c'est vrai. J'ai failli oublier Ulaam. Mais bon, vu qu'il était mort, il ne comptait pas vraiment.

LE CADAVRE

16

L'estomac rempli de « nourriture », Tress fut en mesure de retourner sur le pont supérieur et de reprendre son récurage avec une vigueur renouvelée. Elle ignorait combien de temps s'était écoulé depuis la dernière fois que quelqu'un avait correctement lavé ce pont, mais celui-ci était recouvert d'une couche de spores mortes devenues noires de crasse. Cela lui demandait beaucoup d'efforts pour atteindre le bois proprement dit, aussi ne progressait-elle que lentement.

« Ouah », fit Huck depuis son épaule, occupé à comparer la sombre surface crasseuse à la section brune éclatante qu'elle avait nettoyée – elle était étincelante, avec de nombreuses lignes argentées qui la parcouraient. « Ça fait vraiment une *sacrée* différence.

— L'écume de spores adhère à presque tout, expliqua-t-elle sans cesser de frotter. Je n'ai jamais rien trouvé de mieux que le savon et l'huile de coude pour l'éliminer. Par contre, ce bois va avoir besoin d'un peu de poix, quand j'en aurai fini. »

Tress en connaissait un rayon sur les marins, pour quelqu'un qui n'avait pratiquement aucune notion de navigation. Elle avait écouté plus d'un homme – ou d'une femme – se plaindre de cette existence, qui – à les entendre – se résumait peu ou prou à une succession de corvées. La jeune femme savait donc que mettre de la poix sur les planches aurait pour effet de colmater les entailles – et de les rendre également beaucoup moins glissantes. Et il fallait toujours frotter *perpendiculairement* aux planches, jamais dans le sens de la longueur, pour éviter d'user les rainures centrales.

Elle avait la tête pleine de savoirs de ce genre : la sagesse des plaintes. Qui l'éclairait aussi sur la hiérarchie définissant la place de chacun sur un navire. La plupart des marins étaient égaux, à part les officiers. Tress les avait tous croisés, à part deux : le chirurgien de bord et le germeur. Elle n'avait jamais compris la signification de ce dernier terme, jusqu'à ce qu'elle voie cet homme manipuler les spores à bord du premier bateau.

Passé midi, elle s'efforça d'ignorer son estomac qui recommençait à grogner. Il aurait pourtant dû savoir ce qui l'attendait, après ce qu'elle lui avait fait subir au petit déjeuner. Par chance, la jeune femme découvrit où dégoter de l'eau fraîche : dans les barils de la cale – et elle était autorisée à en boire l'équivalent d'une tasse chaque fois qu'elle allait remplir son seau.

À part ça, elle *frottait*. Tragiquement, pareil labeur – tout comme laver des vitres – incitait lourdement à la réflexion. Et son esprit était – un fait que nous avons déjà établi, je crois – souvent plein de pensées.

C'est là une des grandes erreurs que commettent les gens : supposer que quelqu'un qui s'acquitte d'un travail subalterne n'aime pas réfléchir. De fait, les tâches physiques s'avèrent excellentes pour l'esprit, car elles laissent le temps de s'interroger sur le monde. D'autres besognes, comme la comptabilité ou l'écriture, exigent bien peu du corps – mais siphonnent votre énergie spirituelle.

Si vous souhaitez devenir écrivain, voilà un conseil : vendez votre travail, mais pas votre esprit. Donnez-moi dix heures par jour à récurer un pont – et, oh, toutes les histoires que je pourrais imaginer… Donnez-moi dix heures à faire des additions, et tout ce que j'imaginerai ensuite sera un lit chaud et une soirée zombifiée.

L'esprit de Tress tournait autour de ce que le quartier-maître avait dit à propos des boulets de canon. Qu'est-ce qui avait mal tourné ? La jeune femme était tellement intriguée que lorsqu'elle choisit une nouvelle section à nettoyer, elle se positionna à proximité du canon avant.

« Hé, toi ! lui lança un Doug quelques instants plus tard. La nouvelle ! Oui, toi. Approche, j'ai besoin de ton aide ! »

Un peu inquiète, mais trop polie pour émettre la moindre objection, Tress rangea son seau et sa brosse. Elle s'épousseta les genoux, puis suivit le Doug jusque dans la cale. Où celui-ci entreprit d'extraire d'un gros panier quelques boulets de canon.

« Rapporte-moi ça », dit-il tout en lui indiquant un petit tonneau posé près du mur.

Tress s'y employa avec hésitation, le découvrant plus léger qu'escompté. « Qu'est-ce que c'est ? s'enquit-elle.

— Des spores zéphyr, répondit le marin. De la mer Saphir. »

Le choc faillit lui faire lâcher le fût. Des spores ? Un baril entier ? Maintenant elle *comprenait* pourquoi il lui avait demandé son aide. Lui-même avait choisi – avec un empressement manifeste – de se charger des boulets de canon, beaucoup plus lourds, lui laissant la tâche de transporter les spores.

« Pourquoi, demanda-t-elle, avons-nous à bord un petit baril de spores ?

— Pour le tir au canon, expliqua le Doug. On ne peut pas se borner à laisser tomber un boulet dedans ! Il faut bien quelque chose pour provoquer l'explosion, et l'envoyer dans les airs. »

Des spores ? Ils utilisaient des *spores* pour tirer au canon ? Elle resserra précautionneusement sa prise autour du tonneau avant d'entreprendre la montée des marches.

« En temps normal, dit le Doug, ce serait un boulot pour le vieux Weev, vu que ça implique des spores et tout le toutim.

— Weev ? C'est le germeur de bord ?

— C'*était*. » Le visage du Doug se referma. « Un type sympa. J'aimais bien l'avoir dans le coin. Il était nul en bluff, tu sais, du coup je le battais toujours aux cartes.

— Qu'est-ce qui s'est passé ?

— Il voulait pas devenir pirate.

— Donc, il est descendu au port ?

— Oh, il est descendu, fit le Doug. Sauf qu'il n'y avait pas de port… » Il jeta un coup d'œil en direction de la capitaine Corneille, occupée à siroter sa gourde sur le pont arrière, la plume noire de son chapeau agitée par le vent.

« La capitaine l'a tué ? murmura Tress.

— Il a été le seul à lui tenir tête, répondit le marin. Quand elle nous a proposé cette nouvelle… *orientation professionnelle*. Eh bien, Weev essaie de s'orienter au fond de l'océan, désormais. Les germeurs sont des tarés – toujours à passer plus de temps que nécessaire avec les spores. Mais il ne méritait pas ça. Surtout pour avoir posé des questions qu'on avait tous en tête. »

Et il se tut. Au moins savait-elle à présent pourquoi elle n'avait pas encore croisé le germeur de bord. Et maintenant vous savez pourquoi je ne vous ai pas exhorté à vous souvenir de son nom. Et sinon, non, ce n'est pas le cadavre. Enfin, c'est un cadavre. Mais ce n'est pas *le* cadavre du navire. Il y en a un autre.

Essayez de suivre. Ce n'est quand même pas si compliqué.

Le Doug ramena Tress au poste du maître-canonnier. Laggart ne s'y trouvait pas en ce moment même, et le canon avant était attaché à sa place avec tout son attirail. Le marin entreprit de décharger les boulets dans un panier prévu à cet effet.

« Bon, lança-t-il à Tress. Je vais aller chercher quelques boulets supplémentaires histoire de refaire le stock. Tu vois ce gros baril là-bas ? Il est doublé, comme celui que tu tiens, d'une matière qui protège les spores de notre argent. On a besoin de spores *vivantes* pour tirer des boulets sur d'autres navires.

« Le maître-canonnier, par contre, il lui faut ces spores dans de petits sachets qu'il peut facilement fourrer dans le canon lors d'un combat. Tu en trouveras des vides dans le tonneau. Ce que j'attends de toi, c'est que tu verses ces spores – sans en renverser – dans les sachets, que tu noueras ensuite. Tu peux également les verser *à l'intérieur* du grand tonneau, à cause du revêtement qui les protège. »

Il s'agitait inconfortablement sur le pont, mains dans les poches, sans cesser de regarder Tress.

« D'accord, dit celle-ci.

— Aucune protestation ? » demanda-t-il.

Elle secoua la tête. La jeune femme aurait préféré ne pas accomplir cette tâche, bien sûr, car les spores la terrifiaient. Mais elle ne pouvait pas non plus laisser cette peur déranger les autres. Après tout, elle était la recrue la plus récente à bord du navire. Ça semblait logique qu'elle hérite des tâches dangereuses dont personne d'autre ne voulait se charger.

Tress se rapprocha du tonneau et en ôta le couvercle. Au fond se trouvaient quelques sachets déjà remplis ; un petit filet attaché à l'extérieur en accueillait d'autres, vides.

« Tu… ne vas *vraiment* pas te plaindre ? insista le Doug. Moi je ne m'en privais pas, quand ils m'obligeaient à faire ça.

— Vous êtes sans doute plus intelligent que moi, dit Tress. Des conseils ?

— Il y a un entonnoir, des lunettes de protection, et un masque. À part ça… essaie de ne pas te faire trop de bile. Des spores, il en existe de bien plus dangereuses que celles-ci. Tu devrais t'en sortir. »

Bien des périls pouvaient s'insinuer entre les deux syllabes que contenait ce « devrait ». Sauf que si Tress respirait encore, c'était uniquement parce que l'équipage avait refusé de la jeter par-dessus bord quand la capitaine le leur avait ordonné. Mieux valait donc rester dans leurs bonnes grâces, estimait-elle. Aussi se borna-t-elle à opiner du chef – et à se mettre au travail.

LA CHARPENTIÈRE

17

Les spores bleues fascinaient Tress. C'étaient les premières d'une autre lune, d'une autre mer, qu'elle voyait d'aussi près. Elles étaient belles, presque cristallines. Le fait qu'elles soient susceptibles de la tuer facilement ne les rendait que plus captivantes. Telle une épée expertement façonnée, travaillée avec amour, dévouement et sueur par un forgeron de sorte qu'un jour, vous puissiez faire les choses les plus horribles qui soient de la plus belle des manières.

La jeune femme congédia Huck d'un petit chuchotement, histoire d'éviter de le mettre en danger. Après quoi elle murmura une prière aux lunes, et pensa à Charlie. Gagner la confiance de l'équipage lui semblait être le meilleur moyen d'atteindre son objectif. Accomplir le travail qu'eux-mêmes se refusaient à faire allait lui ouvrir certaines opportunités, elle le sentait. Même laver des vitres lui en avait ouvert certaines – faire la connaissance de Charlie, en premier lieu.

Toutes ces choses à l'esprit – et avec un masque sur la bouche, plus des lunettes sur les yeux –, elle ne se sentait que légèrement terrifiée lorsqu'elle descendit le petit tonneau dans le plus grand. Il y avait des crochets sur le côté auxquels elle pouvait le fixer, et le robinet situé au fond – comme dans un fût de bière – laissait les spores s'écouler à un rythme prudent. Sa main tremblait encore quand elle mit l'entonnoir en place et remplit le premier sachet de spores, qui étaient d'un bleu vif.

Tress l'attacha et le posa soigneusement au fond du tonneau, près des autres. Elle prit peu à peu le rythme, les remplissant en prenant soin de ne pas renverser une seule spore. C'était là une tâche stressante, bien moins propice à la réflexion que de nettoyer le pont. Sauf que Tress – par nature – ne pouvait s'empêcher entièrement de penser.

Elle se demanda ce que faisaient les spores, précisément, pour déclencher le tir d'un boulet. Se demanda s'il y avait d'autres types de spores dans l'armurerie du vaisseau – et qui s'en occupait, si le germeur de l'équipage était mort.

Elle se demanda également pourquoi le grand tonneau disposait d'un double fond.

La jeune femme n'eut guère de peine à le repérer. Après tout, elle venait de passer plusieurs semaines à devenir une experte en matière de tonneaux – et de dissimulation d'objets dedans. Sur l'un des dispositifs qu'elle avait préparés pour quitter le Rocher, ils avaient installé un loquet secret, caché à peu près… là.

Elle le trouva à proximité de la culasse du canon. Un petit morceau de métal qu'elle pouvait remuer. Lorsque Tress s'y employa, un trou – à peine plus grand qu'un poing – s'ouvrit au fond du tonneau. Quelques sachets de spores tombèrent dedans, ce qui lui coupa le souffle. Quand elle tendit la main pour les retirer, ses doigts effleurèrent autre chose.

Un boulet. Dissimulé dans la cavité sous le double fond du tonneau. Trois ou quatre semblaient pouvoir tenir à l'intérieur.

Elle s'empressa de récupérer les sachets et de remettre en place l'espèce de fermoir. Ses mains tremblaient encore plus lorsqu'elle retourna à son travail. Son esprit sprintait si vite qu'il allait bientôt avoir besoin d'une nouvelle paire de chaussures.

Tout était clair, désormais. Elle savait ce qui s'était passé.

Le maître-canonnier était responsable du chargement, du réglage et de la mise à feu. Il avait à disposition un porte-boulets – mais qui vérifiait qu'il en prenait bien un dessus, plutôt que dans ce compartiment secret ? Sans doute personne.

Ces projectiles n'auraient certainement jamais franchi avec succès les inspections de Fort – ils n'étaient pas réglés pour neutraliser une cible avec des lianes. Laggart, le maître-canonnier, avait *délibérément* coulé l'autre navire.

Mais pourquoi ? Rien dans toute cette situation n'avait de sens, et ce pour une multitude de raisons. Pas seulement la question du butin auquel, ce faisant, ils renonçaient. Pourquoi se donner la peine de *cacher* leur intention de couler le bateau ? Pourquoi pareil subterfuge ?

Cela n'avait de sens que si…

« Et donc tu es de corvée de spores zéphyr, lança une voix dans son dos. Je me demandais qui les Dougs allaient forcer à s'y coller, maintenant que Weev est mort. »

Tress se retourna, pour découvrir la femme dégingandée aux cheveux courts, au nez pointu, qui avait parlé à Fort un peu plus tôt. Ann, la charpentière du navire.

Chaque bateau a besoin d'un bon charpentier. Oh, un germeur est certes capable de rafistoler une coque avec une décharge de spores –, mais, avec le temps, l'argent érode jusqu'à la roséite la plus durcie. On ne met pas longtemps, en mer, à commencer à s'inquiéter de la minceur de la barrière qui vous sépare d'une mort certaine. Quelques planches, rien de plus. Si d'aventure vous voulez un jour vous faire un bon face-à-face avec votre mortalité, vous en aurez l'occasion sur le pont d'un navire, la nuit, en vous tournant vers l'obscurité sans fin qui se déploie dans votre dos – alors même que vous vous rendez compte que l'obscurité en contrebas est d'une certaine manière *encore* plus pesante, plus vaste, et bien plus terrifiante.

C'est là que vous prenez conscience qu'avoir un bon charpentier à bord vaut la peine de lui verser une double part de gages. Il s'agit même d'une excellente affaire.

« Ça ne me dérange pas, dit Tress tout en préparant un autre sachet. En fait, je rempilerais sans problème, s'ils me le demandaient. » En son for intérieur, elle s'inquiétait de la façon dont Ann longeait le canon, en laissant traîner ses doigts sur le métal. Elle avait évoqué la question des boulets avec Fort. De quel côté était-elle ? Combien de côtés y avait-il ? Dans quoi Tress s'était-elle fourrée ?

Malheureusement, elle n'était pas encore au bout de ses surprises – loin de là.

« Ne dis pas des choses pareilles, Tress, fit Ann. Les marins ne se portent pas volontaires pour des tâches pareilles. C'est tout sauf conventionnel.

— Vous connaissez mon nom ? s'étonna Tress.

— Les informations circulent, sur un navire. Je m'appelle Ann. Charpentière du navire. Apprentie maître-canonnière. »

Apprentie de Laggart ? Tress s'humecta les lèvres, nerveuse – puis s'arrêta. Humecter quoi que ce soit n'était pas une bonne idée lorsqu'on manipulait des spores. Elle prépara un nouveau sachet.

Ann l'avait-elle vue découvrir le compartiment secret ?

« Qu'est-ce que tout cela t'inspire ? » fit Ann en s'installant sur une caisse toute proche, la main sur un de ses pistolets – comme si elle y trouvait quelque réconfort. « Tu es une *pirate* maintenant, Tress. Une… réorientation inattendue de ton existence, j'imagine.

— C'est toujours mieux qu'une chute inattendue d'un pont.

— Aye, convint la charpentière. Si fait. »

Tress voulait lui poser davantage de questions, mais ça lui aurait vraiment donné l'impression d'abuser.

Ces gens l'avaient épargnée. Qui était-elle, pour exiger quoi que ce soit d'eux ? Aussi se borna-t-elle à dire : « Vous m'avez tous l'air de bien vous adapter au fait d'être des pirates.

— Bien s'adapter ? C'est quoi ces conneries ? » Elle se pencha en avant. « Tu veux savoir pourquoi, pas vrai ? Comment on en est arrivés là ?

— Je… Oui, mademoiselle Ann. J'aimerais bien.

— Pourquoi ne pas simplement demander ?

— Je ne voulais pas me montrer impolie.

— Impolie ? Devant des pirates ? »

Tress rougit.

« Ça ne me dérange pas d'en parler », reprit Ann, qui s'était mise à contempler la mer. Devant elles, la proue du navire traçait un chemin à travers les spores. « La capitaine nous a bien baratinés. On pouvait soit participer à la guerre à venir du roi, soit mettre les voiles seuls, en bazardant toutes les lois relatives aux décrets et autres droits de douane. En plus, elle nous a dit qu'on accomplirait là une tâche aussi noble qu'importante – qu'on ferait notre *devoir*, en somme.

— … importante ? répéta Tress.

— Un rôle vital dans l'économie.

— … Hum, je vois.

— Vraiment ?

— En fait, non, admit Tress.

— Alors, pourquoi ne pas le dire, gamine ? » Elle secoua la tête. « Bref, notre boulot est important. Tu sais comment sont les riches – s'ils se font tout cet argent, c'est grâce aux gens qui naviguent, vendent et achètent pour leur compte. Et qu'est-ce qu'ils vont foutre de ce fric, ensuite ? Le planquer. À quoi peut bien servir de l'argent enfermé dans un coffre ? Personne ne va en profiter s'il est coincé là-dedans avec l'alliance de mamie.

« Donc, on doit en récupérer une partie. La réinjecter dans l'économie, comme un stimulus. Histoire d'aider les commerçants du coin, les petites gens qui essaient simplement de survivre. On rend un service *important*.

— En… volant.

— Tout juste. » Ann se laissa choir sur la caisse, une main sur son pistolet. « En… théorie, tout du moins. Nous n'étions pas censés devenir des casse-pipeurs. On savait tous que ça nous pendait au nez, j'imagine. N'empêche : je ne m'attendais pas à échouer si lamentablement dès notre premier acte de piraterie. »

Tress inclina la tête, résistant – tout juste – à l'envie de se gratter là où les lunettes touchaient son visage. Même avec l'argent qui striait le pont, les spores sur ses doigts pouvaient survivre assez longtemps pour faire de sacrés dégâts. « Je suis… perdue, dit-elle. Des casse-pipeurs ?

— Tu ne sais pas ce que c'est ? s'étonna la charpentière. Quel genre de marin es-tu donc ?

— Le genre qui… ignore ce qu'est un casse-pipeur ? » Elle se sentait profondément contrariée d'être réprimandée pour avoir étouffé des questions, puis de se voir tournée en ridicule lorsqu'elle en posait.

« Il y a deux sortes de pirates, Tress, expliqua Ann. Il y a la variété ordinaire, et puis il y a les casse-pipeurs. Les pirates *normaux* détroussent, mais ne tuent pas – sauf si on leur tire dessus. Tu navigues suffisamment bien pour prendre à l'abordage le navire que tu poursuis, et ils te remettent l'équivalent du prix de leur rançon. Après quoi ils mettent les voiles, toujours vivants, pendant que toi tu repars plus riche.

« C'est comme ça que c'est censé marcher. Ça devient une espèce de compétition, tu vois. Une course, avec un peu d'extorsion pour que ça reste intéressant. Les maréchaux du roi, ils tiennent des dossiers. Tant que tu laisses les gens filer, tant que tu ne tues pas les équipages… si tu te fais prendre, ils se contentent de t'enfermer. Mais ils ne te pendent pas.

— Voilà qui me semble remarquablement civilisé », fit Tress.

La charpentière haussa les épaules. « La civilisation existe parce que tout le monde veut garder ses entrailles à l'intérieur de son ventre. On ne frappe pas un type la première fois qu'on le rencontre parce qu'on ne veut pas être frappé chaque fois qu'on rencontre quelqu'un. Le roi sait tout cela. Tant qu'il donne aux pirates une raison de se réfréner, ils se tiennent un minimum à carreau.

« Et puis, qui ne *préférerait* pas une bonne poursuite à une bataille navale ? Les pauvres bougres, à bord des navires marchands – ils n'ont aucune envie de perdre la vie pour l'argent de leurs maîtres. Ces derniers ne veulent pas davantage que leurs navires soient sabordés, ou pillés. Et on ne fait pas long feu comme pirate si on doit nettoyer le pont avec son sang à chaque prise. Sauf, tu sais, si on tue quelqu'un par accident.

— Ou l'intégralité d'un équipage », répliqua Tress.

Ann opina du chef. « Auquel cas tu deviens un casse-pipeur. Aucune pitié pour toi si jamais tu te fais prendre. Même les autres pirates te détesteront. Personne n'enrôlera un marin ayant servi sur un navire casse-pipeur. Tu en seras réduit à te débrouiller seul, tel l'unique haricot dans une soupe de pauvre. »

Par les lunes, ça paraissait sensé. Tress révisa son opinion sur la charpentière. Cet air désolé, ces regrets… cela signifiait que, quelle qu'ait été la conspiration ourdie pour couler le bateau des contrebandiers, elle n'en avait pas fait partie.

Contrairement à Laggart, en revanche. Et à la capitaine, probablement. Ces deux-là voulaient devenir des casse-pipeurs. D'où les boulets de canon cachés, et la destruction du *Rêve d'Oot*. Pourquoi Corneille aurait-elle laissé un des marins en vie, sinon pour répandre la nouvelle ?

Tress était tellement absorbée par ces pensées qu'elle s'y perdit un instant, et gratta distraitement le côté de ses lunettes. Pour aussitôt se figer. Par les lunes…

Eh bien, au moins…

Ce fut alors que son visage *explosa*.

L'AUTRE CADAVRE

18

Tress se retrouva allongée sur le pont, les lunettes de protection éjectées de sa tête. C'était quoi, ce son ? Des cris de douleur ?

Non. Des rires.

Ann s'esclaffait à gorge déployée. Tress leva immédiatement sa main, pour découvrir sa joue – endolorie mais, par chance, toujours attachée à son visage. Une ou deux particules de spores zéphyr s'étaient insinuées sous le rebord de ses lunettes, où elles avaient touché une goutte de sueur. Ce qui par chance, n'avait pas suffi à la tuer.

« Ce n'est pas drôle », dit-elle tout en se redressant.

(Elle avait raison. C'était *hilarant*.)

« Viens, petite germeuse, lui lança la charpentière en lui prenant le bras pour l'aider à se relever. Allons demander au chirurgien de t'examiner. » Elle engueula le Doug qui avait forcé la jeune femme à accomplir cette tâche, lui intimant de tout nettoyer. Après quoi elle aida Tress, toujours désorientée, à rejoindre le pont intermédiaire.

« Vous travaillez vraiment avec ces trucs ? lui demanda la jeune femme. En tant qu'assistante-canonnière ?

— Eh bien, quand ils m'y autorisent.

— Pourquoi les canons n'explosent-ils pas ?

— Oh, mais c'est précisément ce qu'ils font. La détonation propulse les boulets dans le ciel. »

Tress décida d'y réfléchir plus tard, car cela ne lui évoquait rien pour l'instant. Laveuse de vitres, il convient de le noter, n'est pas une profession qui offre une formation approfondie en balistique.

En face du mess, à proximité de la proue, se trouvait une pièce qui était fermée lorsque Tress avait mené ses investigations un peu plus tôt. Ann en poussait la porte, présentement, tout en faisant signe à la jeune femme d'entrer. Elle y découvrit un homme vêtu d'un costume noir, d'une coupe soignée. Elle ne l'avait jamais croisé auparavant. L'habit était en quelque sorte moins ostentatoire, mais plus élégant, que les uniformes du duc et de Charlie. D'un noir pur, avec des lignes fort chics, et sans boutons sur le devant.

Il avait des cheveux d'un noir de jais, et des traits qui paraissaient trop acérés pour être réels. Comme s'il s'agissait d'une peinture, ou d'un dessin. Sa peau était d'un gris cendré, ses yeux rouge sang. Si la pègre avait un avocat, il ressemblerait clairement à ça.

Tress aurait dû le trouver effrayant, au lieu de quoi son apparence la subjuguait. Qu'est-ce que faisait une créature pareille à bord d'un bateau pirate ? Il s'agissait sûrement de quelque être divin venu d'outre-espace, au-delà du temps et de la réalité.

D'une certaine manière, elle avait raison.

Et non, il ne m'a toujours pas rendu mon costume.

« Mazette ! s'exclama le docteur Ulaam d'une voix raffinée, mais fébrile. Que m'as-tu apporté là, Ann ? De la viande fraîche ?

— Elle remplissait des sachets de spores zéphyr, expliqua la charpentière tout en emmenant Tress jusqu'à un siège placé sur un côté de la petite cabine, et quelques spores sont passées par-dessous ses lunettes.

— Pauvre enfant, dit Ulaam. Nouvelle à bord, mmmmh ? Tu as de très beaux yeux.

— S'il te propose de les acheter, chuchota Ann, *marchande*. Généralement, on peut obtenir le double de sa première offre.

— Mes yeux ? répéta Tress, d'une voix qui avait pris plusieurs octaves. Il veut me prendre *mes yeux* ?

— Après ta mort, bien sûr », fit Ulaam. La pièce était remplie d'armoires et de tiroirs. Il en déverrouilla un, en sortit un petit pot de pommade, puis se tourna vers elle. « À moins que tu ne préfères qu'on s'en occupe maintenant ? J'ai plusieurs substituts de qualité que je pourrais te proposer… Non ? Pourquoi pas un seul ?

— Qu'est-ce… Qu'est-ce que vous êtes ? demanda Tress.

— C'est notre zombie, intervint Ann.

— Un terme si *grossier*, répliqua Ulaam. Et pas franchement précis, au risque de me répéter.

— Vous n'avez pas de pouls, répliqua la charpentière. Et votre peau est aussi froide qu'un poisson frais.

— Deux adaptations qui réduisent l'apport calorique dont j'ai besoin, lui rappela Ulaam. Ma méthode est parfaitement efficace. Je pense qu'un jour tout le monde déambulera sans cœur – une fois que j'aurai résolu le problème que pose l'absence de muscle cardiaque chez les humains. » Il tendit la pommade à Tress. « Applique ça sur ta peau, mon enfant ; ça aidera à soulager la douleur. »

La jeune femme la prit, et s'en mit timidement une goutte sur le doigt.

« Elle n'a pas beaucoup rechigné, doux euphémisme, remarqua le chirurgien. Est-elle courageuse, ou stupide ?

— C'est encore sujet à débat parmi nous, répondit Ann.

— J'imagine que ça doit être un genre de bizutage, fit Tress, vu le large sourire qu'Ann ne cesse d'arborer. Autant en finir le plus vite possible, dans ce cas. Si l'un de vous voulait ma mort, il pourrait aisément me jeter par-dessus bord de toute façon.

— Oooh, fit Ulaam. Je l'aime bien, celle-là. Je vais devoir garder un œil sur toi, gamine. Tiens, prends ça. » Et il laissa tomber quelque chose dans son autre main.

Un œil humain.

Elle poussa un cri et le lâcha, mais Ulaam le rattrapa d'un geste vif. « Fais attention ! C'est l'un de mes préférés. Regarde cette belle couleur bleu foncé. Il serait splendide à la place de ton œil gauche – tu deviendrais hétérochrome, bleu et vert. Tout à fait remarquable.

— Je… Non merci ?

— Ah, d'accord, fit le médecin en s'employant à ranger l'œil. Une autre fois, peut-être. Utilise le baume ; l'idée n'est nullement de te jouer un mauvais tour. Je suis sans doute la chose la moins dangereuse à bord de ce navire.

— Vous mangez littéralement des gens, Ulaam, intervint Ann.

— Des morts. Mazette ! Comme c'est dangereux ! Autant que le puissant ver de terre ou la si dangereuse bactérie de la décomposition. Des collègues à moi, l'un comme l'autre. »

Non sans hésitation, Tress entreprit d'appliquer la pommade sur sa joue. La douleur disparut immédiatement. Surprise par l'efficacité du produit, elle entreprit de l'étaler un peu. Quand Ulaam lui tendit un miroir, sa peau n'était même pas rouge et il n'y avait pas la moindre trace de blessure.

« Ce n'est pas pour rien qu'on le garde dans les parages, intervint Ann. Même s'il est aussi bizarre qu'un serpent à deux têtes.

— En tant que seule source véritable de médecine moderne sur cette terre reculée, répliqua-t-il, je trouve ta saisissante comparaison passablement imprécise ; la bifurcation axiale incomplète est en réalité bien plus probable chez les reptiles que chez les autres animaux, donc si tu souhaites me qualifier de bizarre, pour un effet optimal tu ferais mieux d'opter pour un oiseau ou un mammifère à deux têtes. »

Les deux femmes le dévisagèrent, s'efforçant d'analyser cette phrase.

« J'ai mangé plusieurs serpents bicéphales au cours de mon existence, poursuivit Ulaam. Et j'ai imité leurs formes. Donc, plutôt que d'être aussi bizarre qu'eux, j'en suis littéralement devenu un. Hélas, je ne suis pas parvenu à diviser ma conscience et à penser deux fois plus vite. Cela n'aurait-il pas été amusant ? » Il récupéra son baume. « Quoi qu'il en soit, Tress, essaie d'éviter de te faire exploser à l'avenir, mmmmh ? Ça bousille le cadavre, et ça lui donne un goût métallique… »

Si d'aventure vous vous posez la question, je sais de source sûre qu'Ulaam s'amusait comme un petit fou pendant ma regrettable période d'indisposition. Il ne fit absolument rien pour tenter de briser ma malédiction, préférant écrire des comptes rendus extrêmement embarrassants de mes faits et gestes – et les envoyer à plusieurs de nos bons amis.

D'accord, les règles de la malédiction m'empêchaient d'expliquer directement à mes interlocuteurs comment la briser. Mais j'attendais *vraiment* davantage de lui. En l'état, après être venu me trouver et avoir découvert ma… maladie, il s'était borné à élire domicile à bord du navire. Il avait toujours rêvé de devenir un explorateur. « Pour l'esprit d'aventure, mmmmh ? » avait-il déclaré.

Dans un premier temps, l'équipage n'avait pas su quoi faire de lui. À dire vrai, je crois même que la capitaine Corneille lui avait tiré dessus à quelques reprises – une expérience qu'il qualifiait de « revigorante » dans ses comptes rendus. L'espèce à laquelle il appartient est quasiment intuable. Outre le fait qu'ils mangent des cadavres, les avoir dans le coin peut se révéler très utile – ainsi que l'équipage n'avait pas tardé à le découvrir.

À partir de là, ils avaient simplement fait avec. Un peu comme une éruption cutanée qui sauve à l'occasion quelqu'un de blessures engageant son pronostic vital. En guise de paiement, il ne demandait rien d'autre qu'un cadavre de toute façon inutile. C'est horrible, oui, mais vous ne manquerez pas de vous découvrir capables de supporter une pointe d'excentricité chez une personne qui peut *littéralement* faire des miracles en votre faveur.

Tress – hébétée par ses premières interactions avec le chirurgien de bord, ce qui semblait compréhensible – fut ramenée sur le pont, près de son seau et de sa brosse. Ann repartit s'atteler à d'autres tâches, et la jeune femme – qui continuait à tripoter sa joue complètement guérie – se résolut à simplement se remettre à frotter.

Elle n'avait pas beaucoup progressé quand Huck arriva à tout berzingue. « Il se passe quelque chose.

— Quoi ? s'enquit Tress. Une attaque ?

— Non, non. Tu te rappelles que tu m'as congédié, hein ? Du coup je me suis dit que j'allais essayer de chiper un peu de nourriture. Bon, d'accord, j'avais déjà mangé – mais mieux vaut faire envie que pitié, non ? J'étais en bas, dans la cale, où – sache-le – il n'y a rien de vraiment accessible sans grignoter des sacs. Et les gens *détestent* qu'on grignote des sacs. Mais bon, si ça les énerve à ce point, pourquoi ne pas les laisser ouverts ? Comme ça, rien n'est endommagé, tu vois, et…

— Qu'est-ce que tu voulais me dire, Huck ? demanda Tress. Qu'est-ce qui se passe ?

— Ah oui, j'allais y venir. Laggart était en bas, à fouiller dans les réserves. Et Tress, il a récupéré deux boulets de canon. Je l'ai vu les glisser dans son sac. »

Intéressant. Il était temps de mettre sa théorie à l'épreuve.

La jeune femme se positionna de manière à poursuivre sa tâche à proximité du poste d'artillerie avant. Pas trop près, mais suffisamment pour observer ce qui s'y tramait. Elle redevint alors un court instant la Tress patiente, à l'affût du moindre geste de Laggart.

Elle n'eut pas à attendre bien longtemps.

LE MAÎTRE-CANONNIER

19

Laggart fondit sur le canon et tendit son long cou, pour passer en revue les sachets de spores. Il finit par déclarer que le travail était bien fait, tout en portant aux nues les Dougs.

Ce fut ainsi que ceux-ci découvrirent les merveilles de l'externalisation, aussi simplement que ça : le luxe de s'attribuer tous les mérites, sans rien faire soi-même, tout en se réservant quelqu'un à blâmer, juste au cas où. Tress s'en fichait. Elle préférait que le maître-canonnier ne lui prête pas attention.

Les Dougs filèrent s'atteler à d'autres tâches, et Laggart s'employa ostensiblement à nettoyer lui-même le canon – une activité qu'il se réservait de manière systématique.

Tress frottait le pont à proximité, invisible à la vue de tous. Chaque fois que Laggart se tournait dans sa direction, elle baissait discrètement la tête. Ce qui ne l'empêchait pas de l'observer attentivement, et lui permit de le voir sortir en catimini de son sac un boulet de canon de la taille d'un poing et le cacher dans le double fond du tonneau.

Elle avait raison, aucun doute là-dessus. Il gardait des boulets modifiés dans le compartiment secret – des boulets conçus pour couler des navires. Mais pourquoi ? Il y avait tellement plus de dangers à vivre comme des casse-pipeurs, et ça les privait de butin. N'était-ce pas là *le* truc essentiel qui définissait les pirates ? À part, vous savez, les bateaux et le reste ?

Il voulait que les membres de l'équipage deviennent des casse-pipeurs. Contre leur gré, ou à leur insu.

Laggart acheva sa tâche, traita de paresseux les quelques Dougs qui traînaient à proximité, puis mit le sac sur son épaule. Il se pavana jusqu'à la cabine de la capitaine, qui le laissa entrer – tout en postant une sentinelle à la porte avant de la refermer. Le Doug corpulent qu'elle avait choisi n'avait pas l'air d'un garde, bien sûr, mais sa façon de s'attarder là rappelait par trop à Tress la façon dont Brick demandait à son cousin de faire le guet à la porte de la taverne les nuits où l'on s'attendait à ce qu'il y ait un peu de grabuge.

« J'ai besoin de savoir de quoi ils parlent là-dedans, dit Tress.

— Ouais, ce serait super, pas vrai ? fit Huck depuis son épaule. Je parie que c'est très mystérieux.

— Il faudrait, ajouta la jeune femme, que quelqu'un de discret aille voir de quoi il retourne.

— Peut-être qu'on pourrait demander à l'un des Dougs ?

— Quelqu'un, conclut Tress, de petit, de rapide, et que personne ne remarquera.

— Bon sang, dit le rongeur. Pas sûr que les Dougs correspondent à cette description. Tu les as entendus se déplacer sur le pont ? J'essayais de dormir la nuit dernière, et j'aurais juré qu'ils avaient du plomb dans leurs chaussures. C'était… » Il s'interrompit, remarquant qu'elle lui lançait des regards noirs. « Oooooohhhhh. Un rat. D'accord, d'accord. Message reçu. »

Il descendit de son épaule et rejoignit en hâte le plat-bord, qu'il longea dans l'ombre jusqu'à la cabine de la capitaine. Le Doug de garde ne le vit pas avancer en douce sur le petit rebord qui faisait le tour du navire, et pénétrer chez Corneille par la fenêtre.

Peut-être vous demandez-vous pourquoi Huck s'était si vite rangé à la suggestion de Tress. Eh bien, il y a beaucoup de choses que je pourrais vous raconter là-dessus – mais je me contenterai de dire qu'au cours de la brève existence de Huck le rat, tous les humains qu'il avait croisés jusque-là avaient essayé de le tuer, de le capturer ou de le vendre. Tous les humains, sauf Tress. Il n'avait pas une grande expérience des gens, ayant passé seul l'essentiel de sa vie, mais il appréciait bel et bien la jeune femme. Il préférait qu'elle reste en vie. Et donc, va pour l'espionnage.

Tress commença à frotter énergiquement pour évacuer son anxiété. Plus les minutes passaient, aussi lourdes que des heures, plus elle s'inquiétait d'avoir envoyé Huck affronter le danger pour satisfaire sa curiosité. Ce n'était pas là quelque chose qu'elle aurait fait en temps normal. À croire que la vie de pirate commençait déjà à l'affecter.

Et pourtant, Charlie se trouvait là, quelque part – effrayé, en souffrance. Elle *devait* trouver un moyen de s'échapper, puis de poursuivre sa quête. Apprendre à s'imposer un peu aux gens était donc peut-être une bonne chose.

« Hé, dit Huck en arpentant le bastingage à côté d'elle, tu as quelque chose à manger ? Ça ouvre l'appétit, d'espionner. »

Tress le foudroya du regard ; son propre estomac criait famine.

« C'était *juste* une question. Par les lunes, gamine, pas besoin de me zieuter comme si j'avais bouffé la mie du pain et ne t'avais laissé que la croûte.

— Tu as entendu quelque chose ? » lui demanda-t-elle.

Huck remua quelques instants son museau, un signe qu'il semblait la croire capable de comprendre, puis il bondit à terre et s'élança vers une section plus abritée du pont. La jeune femme suivit le mouvement, le dos tourné aux Dougs. Pour quiconque l'observait, elle était simplement en train de faire son boulot – récurer des planches. Il leur était impossible de repérer le rongeur.

« D'accord, fit celui-ci, posté à quelques pas de la jeune femme. Je vais te répéter ce qu'ils ont dit. Laisse-moi entrer dans le personnage.

— … le *personnage* ? » répéta Tress.

Huck se dressa sur ses pattes arrière, le museau en l'air. « Je suis la capitaine Corneille, dit-il – dans une approximation étonnamment bonne de son accent aristocratique. Hop, hop, obéissez-moi. Mazette, l'eau de cette gourde est savoureuse. Laggart, quelles nouvelles des canons ? Tout est prêt ? »

Tress attendit, tête inclinée.

« Toi, tu joues Laggart, siffla le rongeur.

— Je n'étais même pas présente ! s'exclama-t-elle. Je ne sais pas ce qu'il a dit.

— Tu vas t'en sortir à merveille, répliqua Huck en bougeant une patte dans sa direction. Vas-y. *Sois* Laggart.

— Euh… Les canons sont… prêts ?

— Plus d'*audace* dans la voix, chuchota Huck. Et étire ton cou, comme le sien. Ça t'aidera à entrer dans le personnage.

— Mais…

— Excellent, Laggart, reprit le rat de sa voix de capitaine. Mais j'ai reçu de mauvaises nouvelles de mon contact à Port-Réal, via un corbeau. Les restes du navire que nous avons coulé ont été découverts, mais il n'y avait aucun survivant – rien qu'un unique cadavre. L'homme que nous avons laissé en vie semble avoir rejeté ma magnanime générosité, et m'a fait l'affront de mourir de blessures que nous n'avions pas remarquées.

— Elle a dit ça ? chuchota Tress. Précisément *ces* mots ?

— C'est une reconstitution *dramatique*, siffla Huck. Quoi, tu penses que j'ai tout écrit ? Avec *ça* ? » Il agita ses pattes devant elle. « J'ai mémorisé la scène au mieux de mes capacités. Bon, joue le rôle de Laggart, maintenant.

— Euh… C'est triste ? tenta la jeune femme.

— Tress, ce n'est pas ce qu'il a dit. Il a dit : "Tous ces efforts pour *rien* ? On va devoir en couler un autre, dans ce cas !" » D'un geste de la patte, il lui fit signe de continuer.

Elle poussa un soupir. « Tous ces efforts pour rien. On va devoir en couler un autre, dans ce cas.

— Par les lunes, tu pourrais y mettre encore *moins* d'émotion, peut-être ? J'ai comme l'impression que tu ne prends pas ton rôle au sérieux, Tress.

— Je ne…

— C'est un problème, Laggart, poursuivit Huck de son timbre de capitaine, avant de se mettre à quatre pattes et d'aller et venir d'un pas raide, le museau en l'air. L'équipage est contrarié. Je m'inquiète d'en voir certains mettre les voiles.

— Mais *pourquoi* ? s'enquit la jeune femme.

— On y arrive, dit le rongeur. Écoute, pourquoi ne jouerais-je pas *aussi* le rôle de Laggart ? Toi, prends une pause. Et mémorise ton texte la prochaine fois, d'accord ?

— Mais… »

Huck tendit le cou, puis se mit à parler d'une voix aussi éraillée que sinistre : « Et sans doute à raison, capitaine. Fort mijote un mauvais coup – tout comme Salay, peut-être. Nous avons besoin que du sang les lie à ce navire si nous voulons obtenir ce que vous voulez. »

Il changea de place pour redevenir la capitaine, ses pattes avant posées sur le plat-bord, comme pour imiter Corneille postée à la fenêtre. « Ils n'accepteront jamais de nous suivre sur des mers dangereuses à moins de ne pas avoir d'autre choix. À moins d'être *désespérés*. Nous allons couler un autre navire, Laggart – et laisser *deux* marins en vie, cette fois. »

Huck se tourna vers elle, et adopta une posture plus conforme à sa nature de rongeur. « Et voilà, c'est tout.

— Des mers dangereuses », répéta Tress. La Verdoyante était l'une des plus sûres ; or, apparemment, la capitaine Corneille voulait la quitter pour se diriger vers un endroit où l'équipage n'accepterait d'aller que s'il n'avait pas d'autre choix.

« Et donc, reprit le rat, qu'est-ce que ça t'inspire ? Elle a en tête un genre de malédiction *spéciale* pour l'équipage, hein ? Du sang qui les lie au navire ?

— Elle ne parlait pas d'une malédiction, murmura Tress sans cesser de frotter le sol, histoire d'éviter d'éveiller le moindre soupçon.

— Mais Laggart a dit…

— C'était une *métaphore*, Huck. Tu ne comprends donc pas ? La capitaine doute de la loyauté de son équipage. Elle veut naviguer sur des mers dangereuses, mais redoute qu'ils l'abandonnent si elle essaie de les y contraindre. Et donc…

— Donc, elle les transforme en pirates, et coule "accidentellement" quelques navires. Histoire de faire d'eux des casse-pipeurs. Devenus des hors-la-loi, ostracisés par leurs pairs, ils n'auront d'autre choix que de suivre ses ordres. » Huck remua son museau, ce qui semblait être sa version de l'acquiescement. « Je vois le tableau. Ouais, tu as sans doute raison. Tu as l'air… morose, par contre.

— Pas morose, dit Tress. Juste… distraite.

— Pourquoi ?

— Parce que, fit-elle, je viens de trouver le moyen de prendre la fuite. »

LA TIMONIÈRE

20

La capitaine Corneille ne tarda pas à sortir de sa cabine, laissant Laggart se pavaner jusqu'à la proue tandis qu'elle-même rejoignait le pont arrière. Tress descendit remplir son seau, pendant que Huck se mettait en quête d'un peu plus de nourriture. Retourner sur le pont supérieur lui donnait une excuse pour changer d'emplacement, elle rejoignit la plage arrière, près de l'endroit où la capitaine se tenait à côté de Salay – la timonière qui avait obtenu de Fort les boucles d'oreilles un peu plus tôt.

La jeune femme ne voulait pas paraître suspecte, aussi patienta-t-elle avant de mettre son plan à exécution. Tout en frottant, elle sentait le bateau tanguer sur la mer de spores. Écoutait les Dougs se héler, et les planches grincer. Il y a une certaine *liberté* qui émane des sons que produit un bateau en mer. Un sentiment de mouvement, d'aller quelque part. Sur un océan – même un océan de spores, tant que l'ébullition perdure –, il est plutôt difficile de rester assis à ne rien faire. Soit vous pliez les vagues et le vent à votre volonté, soit ils vous plient à la leur. Ça se résume en général à une bagarre prudente entre les deux.

Quand Tress se leva pour s'étirer, elle lança un regard en direction de la mer d'un vert vif. Une scène étrange, parce que la lune ne se trouvait pas au bon endroit – elle les surplombait presque, d'habitude, sauf qu'ils avaient navigué assez loin pour qu'elle soit descendue de quelques degrés.

Elle ne pouvait s'empêcher de remarquer la beauté du spectacle qui se déployait devant ses yeux. Les spores bouillonnantes scintillaient au soleil. Une étendue sans fin de mort luxuriante, qui attendait d'*exploser* de vie. Tout comme les spores zéphyr un peu plus tôt, cette magnificence la subjuguait. Notre esprit s'attend à ce que les choses dangereuses soient laides, or Tress trouvait ces eaux houleuses *attirantes*. En cet instant, la jeune femme imagina ces spores ondulantes sur sa peau, sans que cela ne la fasse grimacer – c'était plutôt de la curiosité qu'elle ressentait.

Le danger ne rend pas une chose moins belle – bien au contraire, en réalité. Comme une bougie qui semble plus brillante au beau milieu d'une nuit noire. La beauté mortelle se révèle être la variété la plus frappante. Et vous ne trouverez jamais une meurtrière plus grisante, plus envoûtante, que la mer.

« Cap au nord, dit Corneille, qui tenait un compas. Cap au nord, Salay. En direction des Sept Détroits.

— Dans les voies de navigation ? demanda la timonière.

— Il n'y a pas de meilleur endroit pour dénicher notre prochaine cible », répondit la capitaine tout en rangeant son instrument.

Tress sentit qu'il y avait là une opportunité. Elle prit une longue inspiration, sans cesser de frotter, puis grommela : « Vous allez en tuer d'autres, pas vrai ? »

Elle entendit Corneille se rapprocher dans son dos. Tress garda la tête baissée. Après quelques instants, cependant, la jeune femme ajouta : « Vous avez tué des gens bien. Le pauvre Kaplan. Et Marple. Et Mallory. Donnés en pâture aux spores. »

Le pont grinça sous les chaussures de la capitaine Corneille. C'était là un stratagème dangereux, mais… eh bien, Tress était entourée de pirates, qui sillonnaient la mer de spores. Elle n'avait pas grandi au contact du danger, mais s'y habituait rapidement.

« Tu marmonnes quelque chose, gamine ? s'enquit Corneille. Un peu d'ingratitude, peut-être, vis-à-vis de cet équipage – malgré toute la gentillesse dont il a fait montre à ton égard ? »

Tress se figea, comme effrayée, et laissa tomber sa brosse tout en levant la tête. « Capitaine ! J'ignorais que vous… Je veux dire…

— Es-tu *ingrate* ? insista la capitaine.

— J'apprécie ma vie, murmura Tress, les yeux baissés.

— Mais ?

— Mais ce bateau transportait ma famille, capitaine. Je les aimais.

— Tu es une inspectrice royale. Pourquoi voyageais-tu avec ta famille ?

— Ça ? » Tress lâcha un petit rire. « J'ai fauché ce manteau à une inspectrice qui l'avait oublié dans une auberge, et j'ai commencé à le porter parce que ma famille trouvait ça amusant. Et maintenant… maintenant ils sont tous morts… »

La jeune femme laissa l'instant s'éterniser. Puis elle leva les yeux, pour découvrir de la prévenance dans l'expression de la capitaine. De la compréhension.

Non, vous n'avez pas tué tout le monde *à bord du* Rêve d'Oot, pensa Tress. *Vous avez épargné* une *personne. Et si elle devait s'échapper, et raconter à tout le monde ce que* Le Chant de la Corneille *a fait à sa famille…*

La capitaine revint à Salay et dévissa sa gourde. Qui contenait de l'eau ordinaire, à en croire ce que disait l'équipage – ce qui expliquait pourquoi cette femme n'était pas ivre en permanence.

« J'ai changé d'avis, timonière, dit Corneille, avant de s'octroyer une bonne rasade. Conduisez-nous à l'est, vers Havrefeu. Il faut qu'on se réapprovisionne en eau.

— Si vous le dites, capitaine. Je pensais qu'on en avait assez, pourtant.

— On n'a *jamais* assez d'eau, rétorqua Corneille. On ne va quand même pas laisser ma gourde se vider, pas vrai ? En plus, on a des rats à bord. J'ai besoin d'un chat qui ait le pied marin. »

En un clin d'œil, Salay lança des ordres aux matelots postés sur le gréement et fit tourner le gouvernail du bateau, pour mettre le cap vers la liberté. Tress sentit une bouffée d'excitation l'envahir.

Bon, la plupart des gens conviendraient que les humains ne sont pas télépathes. Nous ne pouvons pas envoyer *directement* nos pensées ou nos émotions dans l'esprit d'autrui. N'empêche : vous êtes *capables* d'entendre mon histoire, d'imaginer les choses que je décris – de la même manière que je me les représente dans mon esprit. De quoi s'agit-il, sinon d'une forme de télépathie ?

Par ailleurs, il y a ceux parmi nous qui possèdent l'étrange capacité de déchiffrer les émotions d'autrui. Pas par magie, ni par Lien mystique ou par quelque charabia du même genre. Non, ces gens-là sont juste des étudiants de la nature humaine. Ils savent déceler l'humeur de leurs interlocuteurs via les subtils indices que révèle leur langage corporel – dans la façon dont les yeux bougent, dont les muscles se contractent.

Certains d'entre eux sont des médecins, intéressés par la guérison de l'esprit. D'autres trouvent leur voie dans le clergé, en quête de moyens d'aider l'âme humaine. Et puis il y a ceux – comme la capitaine Corneille – à qui cette fabuleuse capacité fournit un… autre type d'avantage.

À ce moment-là, sur le pont, une partie du cerveau de Corneille détecta l'exaltation de Tress. Celle-ci se *réjouissait* de voir le vaisseau prendre la direction d'Havrefeu. La capitaine n'était pas consciente de ce qu'elle savait, pas plus qu'elle ne comprenait *comment* elle le savait, mais – tout comme on peut sentir arriver une indigestion imminente – elle se savait mécontente, et ce *à cause* de Tress. Si vous voulez gâcher la journée de la capitaine Corneille, faites-lui remarquer qu'elle a rendu quelqu'un heureux. Si vous voulez ruiner l'intégralité de sa semaine, dites-lui qu'elle a fait cela par *accident*.

Elle ne reconsidéra pas pour autant sa décision. Elle n'était pas du genre à se remettre en question. Corneille se borna donc à ramener son pied en arrière et à planter un méchant coup de botte dans l'estomac de Tress.

L'impact inattendu lui arracha un grognement ; les yeux emplis de larmes, la jeune femme se recroquevilla dans une flaque d'eau savonneuse. Corneille s'en alla nonchalamment en sifflotant, tout en revissant le bouchon de sa gourde. Elle était, il convient de le noter, l'illustration parfaite du besoin qu'on éprouve à trouver autant de synonymes douteux pour le mot « connard » – ou « connasse », dans son cas. On pourrait épuiser toutes les options disponibles, en inventer de nouvelles, et ne toujours pas être capable de la décrire complètement. Vraiment, quelle inspiration pour le poète vulgaire…

Salay, en revanche, c'était une autre histoire. Les gens trouvaient la timonière sévère, mais elle-même avait reçu son lot de coups de pied immérités. Après à peine quelques instants de réflexion, elle verrouilla la position du gouvernail – quelque chose qu'elle n'était pas censée faire, sauf en cas d'urgence – et vint jeter un œil sur Tress.

« Hé, lui dit-elle doucement en la faisant rouler sur le côté. Laisse-moi vérifier ça. Si tu t'es fêlé une côte, il va falloir t'emmener voir le chirurgien de bord.

— Non ! Il veut me charcuter !

— N'importe quoi. Ulaam ne ferait pas de mal à une colombe.

— … Ah bon ?

— Nan. Elles n'ont pas de mains qu'il pourrait embaumer. » Elle fit un clin d'œil à Tress, qui – après un moment – parvint à sourire malgré la douleur.

Salay palpa les côtes inférieures de la jeune femme, tout en l'écoutant expliquer où ça lui faisait mal. Une fois toutes deux convaincues que le coup de pied n'avait rien cassé d'autre que l'humeur de Tress, la timonière retourna à son poste et déverrouilla le gouvernail.

Elle continua à observer Tress – assise en tas, morose, sur le pont. Pour finalement lui lancer : « Tu as déjà tenu la barre d'un navire ? »

Tress se leva, hésitante, puis lui lança un regard perplexe. Salay recula d'un pas, puis d'un geste lui désigna le gouvernail.

Bon, je sais que sur votre planète, gouverner un navire n'a rien de particulièrement compliqué. En maints endroits, on confie la barre à n'importe quel gamin doté d'un nombre normal de doigts – et qui a l'habitude d'en laisser au moins un hors de son nez assez longtemps. Mais sur les mers de spores, on gérait ça différemment. Tenir un gouvernail relève du privilège, et le barreur est un officier, chargé d'une tâche tout sauf accessoire.

Ainsi donc, même si Tress s'était souvent retrouvée à bord de navires – ainsi qu'elle le prétendait –, il n'y avait guère de chances qu'elle se soit retrouvée à la barre. Elle se rapprocha, impressionnée, attendant la confirmation de Salay avant de fixer ses mains dessus selon les directives de la timonière.

« Parfait, dit celle-ci. Bon, tiens-le fermement. Tu sens ces vibrations ? C'est l'ébullition, qui secoue le gouvernail – pas la barre, celui qui se trouve à l'arrière. Tu dois faire attention à ce que ces vibrations ne s'étendent pas à l'intégralité du navire. Ne le lâche surtout pas, et contente-toi de gestes *extrêmement* doux.

— Et si l'ébullition s'interrompt ? s'enquit la jeune femme.

— Redresse la barre pour remettre le gouvernail bien droit, histoire d'éviter que les spores ne l'arrachent. Mais là encore, il faut rester *prudent*. Un mouvement brusque risque de faire tomber des marins du gréement. »

Tress hocha la tête, se demandant si c'était vraiment une bonne idée de lui confier une tâche aussi importante. Salay, cependant, ressemblait un peu à la capitaine Corneille – en ce sens qu'elle était son opposé, comme seule pouvait l'être une personne très semblable.

La timonière aussi savait d'instinct ce que les gens ressentaient, et elle avait remarqué le dévouement que Tress mettait dans son travail. Une femme qui accomplissait une tâche aussi simple avec une telle rigueur... Eh bien, si Salay devait en croire son expérience, ce genre de choses attestait d'une personnalité digne de confiance. De la même façon que vous seriez plus enclins à prêter votre meilleur luth à quelqu'un qui traite sa propre flûte fatiguée avec respect.

Tress s'accrochait fermement au gouvernail ; elle sentait le bouillonnement chaotique des spores se diffuser le long des cordes de la barre, à travers le bois, et dans ses bras. Elle ressentait une connexion plus intense avec la mer en se tenant là, et – sinon du pouvoir sur elle – une… capacité à voguer dessus. Il y avait de la *force* à être celui qui manœuvrait un navire. C'était là une liberté qu'elle n'avait jamais connue auparavant, et dont elle n'avait jamais ressenti le besoin. L'une des grandes tragédies de l'existence, c'est de savoir combien de personnes de par le monde sont faites pour voler, peindre, chanter ou barrer – mais n'ont jamais l'occasion de le découvrir.

Chaque fois qu'on vit un moment de joie, de la beauté s'immisce dans le monde. L'effervescence d'un but qu'on découvre, d'une joie nouvelle. Les êtres humains que nous sommes ne peuvent pas créer d'énergie – il nous est simplement possible de l'exploiter. Nous ne pouvons pas créer de la matière, uniquement la façonner. Nous ne pouvons même pas créer la vie, mais juste la faire pousser – ou grandir.

Mais nous *pouvons* créer de la lumière. Et c'est là un des moyens d'y parvenir.

Puis Tress vit Corneille traverser le pont d'un pas raide, et la douleur dans le ventre – qui n'était pas entièrement due au coup de pied qu'elle avait reçu – fit son retour. « La capitaine va être furax si elle me voit ici, non ?

— Pas impossible, répondit Salay. Mais elle ne pourrait rien y faire. Des traditions aussi vieilles que les mers elles-mêmes donnent au timonier le pouvoir de décider qui manœuvre le navire. Même Corneille n'oserait pas s'y opposer. Si ça me chantait, je pourrais l'empêcher de tenir la barre. »

Comme pour confirmer ses propos, elle montra à Tress la boussole du navire et la carte céleste, toutes deux conservées dans un petit meuble installé juste à côté du gouvernail. Elle lui fit corriger le cap du bateau de quelques degrés, afin de les faire passer à l'est d'un groupe de grands rochers comme plantés dans l'océan.

« Il revient à la timonière, poursuivit-elle – l'expression distante –, de protéger le navire. De garder la main ferme pour l'éloigner de tout danger : tempêtes, explosions de spores… D'assurer sa sécurité, d'une manière ou d'une autre… »

Tress suivit le regard de Salay. Qui fixait durement la capitaine Corneille.

« Elle pousse l'équipage, dit la jeune femme – en choisissant prudemment ses mots –, à aller plus loin que ce qu'il souhaite.

— On a tous décidé ça ensemble, répliqua la timonière. Nous sommes responsables de nos actes.

— Sauf qu'elle est plus… téméraire que vous autres. Elle… » Tress faillit lui raconter ce qu'elle avait découvert à propos de la capitaine et de Laggart, mais elle se ravisa. Porter pareille accusation ne semblait guère prudent. Elle connaissait à peine Salay, sans même parler du reste de cet équipage.

« Corneille est quelqu'un de sévère, admit la timonière. Je ne prétendrai pas le contraire. Mais peut-être est-ce ce dont cet équipage a besoin. Maintenant que nous sommes des casse-pipeurs. »

C'était là ce que disait Salay, du moins. Sa façon de foudroyer la capitaine du regard n'était pas aussi respectueuse.

« C'est juste que je ne comprends pas pourquoi vous avez tous fait ça, reprit Tress à voix basse. Devenir… ce que vous êtes devenus.

— Une question tout à fait pertinente, répliqua la timonière. Chacun de nous a ses raisons, j'imagine. Pour moi, c'était soit ça, soit abandonner la navigation. Peut-être que c'est ce que j'aurais dû faire, au demeurant. Sauf que… il y a quelque chose de… spécial à sentir ses pieds sur le pont d'un navire, à tenir la barre. Vraiment. Par les lunes, je passe pour une démente à parler comme ça, j'imagine. Je…

— Non, dit Tress. Je comprends. »

Salay la dévisagea, puis hocha la tête. « Quoi qu'il en soit, j'ai quelqu'un à retrouver ici, sur ces mers. Tôt ou tard, j'entrerai dans un port et je découvrirai que mon père s'y trouve. Je pourrai payer ses dettes et le ramener chez nous. Le prochain port, sûrement… » Elle souleva son compas, puis fixa l'horizon lointain.

Tress sentit soudain l'envahir une bouffée de honte, sans trop qu'elle en comprenne l'origine. Certes, elle avait capté quelque chose dans la voix de Salay – cette envie d'aider quelqu'un qui avait des ennuis. Cette détermination à vouloir y faire quelque chose, puisque personne d'autre ne s'y collerait. Mais il n'y avait aucune raison d'avoir *honte* de…

Le gouvernail vacilla entre ses mains, et le navire tout entier se mit à trembler. Tress resserra sa prise, puis – terrifiée à l'idée de faire tomber les marins du gréement – s'employa à redresser la barre. *Le Chant de la Corneille* cessa de vibrer et – comme sensible aux efforts de la jeune femme – s'immobilisa progressivement. L'ébullition s'était interrompue.

Toute transpirante, haletante, la jeune femme se tourna vers Salay. La timonière, toujours aussi stoïque, se borna à opiner du chef. « Ça aurait pu être pire », dit-elle. Puis, remarquant que l'arrêt soudain avait fait paniquer Tress, elle ajouta : « Va prendre une petite pause, peut-être. »

LA PIRATE

21

Laggart envoya dîner les membres du quart de l'après-midi en attendant le retour de l'ébullition. Préférant éviter de s'attirer davantage l'ire de la capitaine, Tress retourna à sa tâche – à savoir frotter le pont pendant que le reste de l'équipage se détendait.

Comme toujours, la jeune femme *réfléchissait* pour faire passer le temps. Je qualifierais bien ce don d'épée à double tranchant, mais j'ai toujours trouvé cette métaphore médiocre. L'immense majorité des épées en possèdent deux, et je n'ai jamais constaté qu'elles étaient plus susceptibles de blesser leur propriétaire que celles à un seul tranchant. C'est l'esprit acéré de celui qui manie l'arme, et non la lame elle-même, qu'il faut craindre.

L'esprit de Tress était aussi tranchant qu'une épée – ce qui, en cet instant, se révélait fort fâcheux. Car alors même qu'elle avait trouvé un moyen de recouvrer sa liberté, la jeune femme ne put s'empêcher d'écouter Ann, appuyée contre le mât avoisinant, parler à Laggart.

« La personne qui a chargé des spores pour votre canon… ? disait la timonière, en jetant un coup d'œil à Tress par-dessus son épaule, ce n'était pas un Doug. C'était *elle*. J'ai pensé que vous devriez le savoir. »

S'il vous plaît, songea Tress, envahie d'un nouvel accès de culpabilité, *ne prenez pas ma défense. S'il vous plaît, ne me rappelez pas à quel point vous êtes gentille.*

La nuit tomba et l'ébullition recommença, remettant le navire sur le cap de sa prochaine destination. Tress s'efforça de récurer sa frustration – sauf que la culpabilité ne se nettoie pas aussi facilement que de l'écume de spores. Je me décidai bientôt à marcher jusqu'à elle, d'un pas tranquille.

« Ton manteau est joli, lui chuchotai-je, mais il serait encore plus beau si tu en peignais la moitié en orange.

— En orange ? répéta Tress. Ça risque de… jurer un peu, non ?

— Jurer est à la mode, crois-moi. Oh, Fort t'a mis de côté un peu de nourriture – n'hésite pas à passer le voir. » Je lui fis un clin d'œil. « Moi il faut que j'aille grignoter mes orteils un moment. Ils ont un goût de *destin*. »

Tress tenta d'ignorer la proposition, mais Huck ne tarda pas à la rejoindre d'un pas sautillant. « Hé ! T'as faim ? Moi, oui. On essaie de se dégoter un peu de bouffe, ou quoi ? »

Avec un soupir, la jeune femme le laissa grimper sur son épaule, puis se rendit d'un pas lourd au bureau du quartier-maître. Où, à la lumière d'une petite lanterne, Fort lui tendit une autre assiette de nourriture. Qui n'avait pas un goût aussi déplaisant que la fois précédente – mais peut-être était-ce dû au fait qu'une bonne partie de ses papilles gustatives avaient commis un suicide rituel suite au petit déjeuner apocalyptique.

Tress s'installa sur un tabouret face à Fort, qui insista – via son incroyable ardoise d'écriture – sur le fait qu'il ne lui faisait pas de faveur, et qu'il s'agissait simplement d'une transaction. Sauf que la jeune femme voyait clair dans son jeu : sa façon de remplir à nouveau sa tasse (celle en bronze, là encore) quand elle se vidait, le petit morceau de gâteau qu'il lui avait gardé pour le dessert... Une pâtisserie infecte, aussi vieille et rassise que le reste – mais l'attention n'en restait pas moins signifiante.

Par les lunes, ça faisait *mal*. Non pas la nourriture, mais sa propre trahison. Tress ne connaissait ces gens que depuis quelques heures, mais elle souriait encore quand Ulaam fit son entrée d'un pas nonchalant pour marchander les os de mouette du dîner – que Fort lui avait mis de côté. Ce n'était pas le marchandage en lui-même qui l'attendrissait, mais l'affection qui émanait de ces deux-là en cet instant. Ce navire était une *famille*. Une famille de réprouvés, dirigée par une mère qui n'aimait pas tant que ça ses enfants.

Tress *devait* y faire quelque chose.

« Fort », dit-elle, les yeux fixés sur son assiette. La jeune femme renonça au dernier morceau de ce qu'elle espérait être de la viande de mouette. « Je ne crois pas que la capitaine Corneille ait les intérêts de l'équipage à cœur. »

Le quartier-maître se figea, une main serrée autour de la tasse qu'il était en train de polir. Un joli mug en étain, avec de délicieuses entailles le long du rebord dues à un usage répété. Tress n'aurait su dire s'il était issu de la tradition Horgondelle du septième siècle, ou si ce n'était qu'une copie conforme, mais il s'agissait là d'un excellent spécimen.

« Je… J'ai espionné sa conversation, dit-elle. Avec Laggart, quand… »

Ça suffit, écrivit-il. **Continue sur cette voie, Tress, et tu finiras jetée par-dessus bord. C'est de la mutinerie.**

« Mais, Fort, répliqua-t-elle un peu moins fort. La question des boulets de canon vous inquiétait, et j'ai découvert que… »

Il frappa le plan de travail pour l'interrompre. Puis, fort posément, il écrivit en grosses lettres : **IL SUFFIT**.

Par les lunes… il avait l'air proprement *terrifié* – ses doigts cassés tremblaient sur son ardoise.

La capitaine m'a rendu visite, pour me demander pourquoi je fourrais ainsi mon nez partout. Je n'aurais rien dû lui répondre. Et toi, ne T'AVISE pas de dire quoi que ce soit. C'est trop dangereux. ELLE est trop dangereuse.

Il s'empressa d'effacer ces mots, puis, le visage en sueur, jeta un coup d'œil vers la porte – tout en secouant l'ardoise, pour s'assurer que rien de compromettant ne restait inscrit dessus.

Finis ton repas, écrivit-il.

« Pourquoi la craignez-vous tous autant ? s'enquit Tress. C'est juste un être humain. »

Les yeux de Fort s'écarquillèrent. **Tu n'es pas au courant. Bien sûr que non. Et je me refuse à te l'expliquer ; ce n'est pas à moi de le faire. Mais elle pourrait tuer jusqu'au dernier membre de cet équipage, Tress. Aussi simplement que ça. Alors, surveille ta langue et LAISSE TOMBER.** Et, histoire de bien lui montrer que le sujet était clos, il reposa l'ardoise et se remit à polir sa tasse.

Eh bien, c'était loupé pour prévenir l'équipage des plans de la capitaine. La jeune femme se força à avaler la dernière bouchée de nourriture, puis s'éclipsa du bureau du quartier-maître. Elle retourna d'un pas traînant sur le pont supérieur, le ventre plein, les pieds comme enchaînés.

« Par les lunes, murmura Huck depuis son épaule. Il faut qu'on se tire d'ici avant que tout tourne *vraiment* mal. Comment allons-nous prendre la fuite ? Tu ne me l'as jamais expliqué. »

En réponse, Tress leva un doigt et le pointa droit devant elle. La Lune Verdoyante déversait des spores au loin, mais n'en restait pas moins assez proche pour illuminer le pont d'une lueur vert foncé. Devant le navire, des lumières mouchetaient une ombre de grande taille. La terre ferme, et la ville portuaire d'Havrefeu. La liberté.

« Moi, je pourrais filer en douce sans problème, reprit le rongeur. Mais *toi*, ils vont te surveiller. La capitaine va poster des gardes un peu partout, Tress. Ils ne te laisseront pas partir.

— Oh ! que si », répliqua-t-elle, écœurée.

La capitaine ordonna à l'équipage de rejoindre ses quartiers pour la nuit, en leur disant qu'ils n'allaient faire qu'une courte escale – et que quiconque tenterait de s'éclipser en douce serait fouetté. Après quoi elle confia le quart à nul autre que Laggart. Sauf que Tress dormait sur le pont, comme la nuit précédente – et vu qu'il n'y avait pas de voiles à gréer, il ne s'y trouvait personne pour trébucher sur son corps.

Vers minuit, Laggart s'absenta pour se rendre aux toilettes. Il s'assura de descendre les marches d'un pas bien lourd, histoire de réveiller Tress – qui ne dormait pas, mais n'en apprécia pas moins l'attention. Elle se leva, récupéra son sac de tasses, puis traversa le pont vide.

« Mouais, fit Huck. S'ils voulaient empêcher qui que ce soit de descendre… pourquoi ont-ils fait glisser une passerelle jusqu'au quai ?

— Parce que, chuchota Tress sans bouger, Corneille espère que je vais aller raconter un peu partout ce qui est arrivé au *Rêve d'Oot*. Rappelle-toi : la capitaine *veut* que les membres de cet équipage deviennent des casse-pipeurs. Si je suis… *autorisée* à m'éclipser, elle s'attend à ce que j'en parle à tout le monde.

« Et alors, l'équipage se retrouvera à sa merci. Ils ont trop peur d'elle pour se mutiner, et tant que le risque de se retrouver devant la justice les dissuadera de prendre la fuite, il leur faudra obéir. Et sillonner des mers de spores dangereuses, de facto réduits en esclavage.

— Pauvres fous, fit Huck. Eh bien, tirons-nous avant de finir comme eux. »

La jeune femme hésita devant la passerelle. Havrefeu se trouvait à bonne distance de Port-Réal, mais s'y rendre ne semblait pas être de l'ordre de l'impossible. Elle allait s'en tenir à son plan – découvrir ce que la Sorcière avait prévu pour Charlie, puis trouver un moyen de le libérer.

« Tress, dit Huck, je ne peux m'empêcher de remarquer que tu ne bouges pas.

— Je devrais rester, murmura la jeune femme. Et aider l'équipage.

— Quoi ? s'exclama le rongeur. Non, certainement pas.

— Ils ont été si gentils avec moi.

— Tu viens à peine de les rencontrer ! Tu ne leur dois rien.

— Je t'ai sauvé, alors que je venais à peine de te rencontrer, lui fit remarquer Tress. Et que je ne te devais rien.

— Enfin, je veux dire… » Il se frotta les pattes. « Je veux dire, ouais, d'accord, mais… Eh bien… Pfff… »

Tress ignorait si elle serait capable de secourir Charlie. C'était son vœu le plus cher, bien sûr, mais la douleur du garçon – si poignante fût-elle pour la jeune femme – n'était pas quelque chose qu'elle pouvait empêcher dans l'immédiat.

Alors que pour les membres de cet équipage, c'était différent…

« Peut-être que si je peux les aider, dit Tress, ils me conduiront jusqu'à la mer de Minuit, où se trouve Charlie.

— Ce sont des pirates.

— Qui forment une *famille* », répliqua Tress, dans le cerveau de laquelle un plan commençait à se former. Un moyen d'arrêter Corneille en secret. « Et je… Huck, je dois faire mon possible. Pour eux. »

Sa décision prise, un poids énorme s'envola de ses épaules. Ça ne revenait nullement à abandonner Charlie. Mais c'était quelque chose dont elle *devait* s'acquitter.

« Oh, bon sang, fit le rat, voyant la jeune femme faire volte-face pour retourner dormir.

— Tu devrais partir, lui dit Tress. T'enfuir. Je ne te le reprocherai pas, Huck. C'est ce que tu as de plus intelligent à faire. »

Il claqua des dents – peut-être une version ratesque, songea-t-elle, d'un haussement d'épaules. « Tu me fais bonne impression, dit-il. Rester ne présente aucun danger pour moi – même s'ils se dégotent bel et bien un chat. Mais, je veux dire, tu es vraiment sûre *de* toi ? »

Bien sûr que non, pensa Tress. *Je ne suis sûre de rien depuis l'instant où j'ai quitté le Rocher*.

Quelque chose flamba dans la nuit. Une allumette. Tress sentit une vague d'inquiétude l'envahir en voyant la lumière éclairer une silhouette assise sur les marches de la plage arrière : celle de la capitaine Corneille, occupée à allumer sa pipe – ce qui soulignait son visage d'une lueur orangée.

Avait-elle tout vu ? Avait-elle *entendu* Tress parler à Huck ? La capitaine tira sur sa pipe, puis éteignit l'allumette. Ses traits replongèrent dans l'obscurité, que seul venait tempérer le clair de lune.

« Capitaine ? demanda Tress.

— Tu devrais fuir, gamine, dit Corneille. Tu as fait tes preuves ces deux derniers jours, et je te juge digne de vivre. Alors, vas-y. Glisse-toi dans la nuit.

— Je… » Tress prit une longue inspiration. « Je veux rejoindre votre équipage.

— Nous rejoindre ? » Corneille éclata de rire. « Un peu plus tôt dans la journée, tu nous vouais aux gémonies pour avoir tué ta famille.

— J'ai menti, capitaine. Je voulais que vous ayez de la peine pour moi, histoire que vous me preniez en pitié et me donniez à manger. Je sais que ça ne vous a pas abusée – votre coup de pied en a été une preuve… manifeste. Je n'aurais pas dû mentir.

— Et donc, ce n'était pas ta famille, sur le bateau ?

— J'étais une passagère clandestine, expliqua Tress. Je n'avais pas davantage ma place à bord qu'à Havrefeu. Je pense que ma place est peut-être *ici*. »

Corneille commença par ne rien répondre. Elle dévissa le bouchon de sa gourde, emplissant le silence nocturne de cliquetis sinistres. Tress se sentait capable de suivre ses pensées. Si cette gamine n'avait perdu personne, en réalité, si elle n'était pas en colère contre l'équipage…

La capitaine se leva, une ombre dans la nuit. « Va-t'en quand même. Tu n'as rien à faire à bord de ce navire. On n'a aucune envie de t'avoir dans les pattes toute la journée, pendant que tu frottes le pont. Cette tâche, je la réserve en principe aux marins que je veux punir, et en te laissant l'accomplir je me prive d'un de mes outils de discipline. Tout le monde doit avoir une *fonction* sur ce navire pour y rester, et toi tu n'en as aucune. À moins que tu ne veuilles prendre le rôle de notre ancre. »

Elle se tourna vers sa cabine ; de la fumée s'échappait de sa pipe. Tress faillit bel et bien prendre ses jambes à son cou. Et pourtant…

Une partie de sa personnalité détestait être bousculée – suffisamment pour vaincre sa répugnance à s'imposer aux autres. Elle avait détesté voir le duc tyranniser Charlie. Elle avait détesté voir les inspecteurs persécuter les dockers. Et elle détestait encore plus ça *ici*, face à une femme qui pensait pouvoir faire tout ce qu'elle voulait, à la victime de son choix.

« Vous n'avez pas de germeur de bord », dit Tress.

La capitaine Corneille se figea devant la porte de sa cabine.

« Il est mort, poursuivit la jeune femme. Vous avez besoin de quelqu'un pour accomplir cette tâche, mais les Dougs refusent de s'en charger. Sans quoi vous auriez déjà poussé l'un d'eux à s'y coller. C'est à *moi* qu'ils ont fait remplir les sachets de zéphyr. Les spores les terrifient.

— Et pas toi ? lui demanda Corneille depuis les ténèbres.

— Bien sûr que si. Mais je pense que les respecter un minimum doit permettre à un germeur de rester en vie. »

Silence. Corneille se résumait à une ombre dans la nuit, qui l'observait, la *jaugeait*. De la fumée s'élevait dans le ciel émeraude.

« Aye, dit Corneille. Tu as raison sur ce point. Peut-être qu'il y a une place pour toi ici, finalement. Tu as traversé les spores à pied. Tu as pris une explosion de zéphyr en pleine figure. Et ça ne te dissuade pourtant pas de travailler avec les spores, hein ? Oui, effectivement… je pourrais te trouver une utilité. En fait, j'ai peut-être même l'endroit *parfait* pour toi. »

Tress fronça les sourcils. Participaient-elles *vraiment* à la même conversation ?

« Bienvenue sur *Le Chant de la Corneille*, dans ce cas, germeuse de bord, lui lança la capitaine, avant de la pousser à l'intérieur de sa cabine. Tu vas renoncer à ta part de butin sur nos trois prochains pillages, mais après ça tu pourras recevoir la part d'un officier. Par ailleurs, tu ne pourras pas manger avec les autres. Tu iras demander des restes à Fort. Les germeurs sont des gens étranges, et je n'ai guère envie que tu mettes des spores dans la nourriture.

— Je… Oui, capitaine.

— Et ne me mens plus jamais. Sans quoi nous découvrirons ce qui arrive à un humain lorsqu'il avale un sachet de spores zéphyr. Le docteur Ulaam s'est toujours posé la question. » Corneille porta sa gourde à ses lèvres tout en fermant la porte de sa cabine.

Les genoux aussi mous que du saindoux, Tress s'affala sur le pont, puis resserra autour de son corps son manteau rouge d'inspectrice. Ce qu'elle venait de faire la terrifiait, mais elle n'en restait pas moins déterminée. Elle se savait dans le vrai, elle le *sentait*.

Pour le meilleur ou pour le pire, Tress était une pirate désormais.

QUATRIÈME PARTIE

L'IDIOT

22

Le lendemain, la capitaine Corneille la réveilla d'un hurlement. Cela aurait dû être son premier indice qu'il se passait quelque chose d'étrange, vu qu'il ne fut accompagné d'aucun coup de pied. Corneille laissait passer des occasions d'infliger des douleurs physiques aussi souvent que les banques offrent des prestations gratuites. Au lieu de quoi elle lui fit traverser le pont intermédiaire jusqu'à une pièce dont la porte était munie d'un énorme cadenas. Du genre dont on se sert pour adresser un *message*.

« Tu n'as vraiment pas peur des spores, gamine ? lui lança-t-elle tout en passant en revue les clés de son trousseau.

— Je vous ai dit que si, capitaine. C'est juste que, ces derniers temps, absolument tout – vivant ou pas – semble enclin à essayer de me tuer. Les spores ne font que s'ajouter à la liste, j'imagine, sans être plus notables que le reste.

— Pas plus notables ? répéta Corneille, qui venait de sélectionner la bonne clé. Eh bien, voilà une attitude encourageante – pour le moins, ma petite germeuse au manteau rouge… »

Un bruit sinistre accompagna le déverrouillage de la serrure. Le son d'un piège qui se referme. Après quoi Corneille tendit la clé à la jeune femme. « À présent elle te revient, gamine. »

Tress la prit, mais n'avait pas manqué de remarquer que l'anneau accueillait une seconde clé identique. Elle considéra les quelques Dougs postés au fond du couloir, occupés à les observer tout en faisant des messes basses. Lorsque la porte s'ouvrit, ils reculèrent d'un pas.

Se préparant au pire, Tress suivit la capitaine à l'intérieur de la pièce. Qui ne lui parut pas effrayante au point de justifier pareille réaction. La petite cabine, plus longue que large, ne comptait qu'un seul hublot, tout au fond. La progression du navire projetait dans les airs des nuées de spores, parfois assez haut pour qu'elles recouvrent ledit hublot – ce qui plongeait brièvement les lieux dans l'obscurité.

S'y trouvait une couchette à une extrémité – un pur *luxe* aux yeux de Tress, avec sa couverture, son matelas et son oreiller. Bien sûr, le matelas avait l'air usagé, l'oreiller était petit, et la couverture n'avait sans doute pas été lavée depuis l'invention des voyelles. Mais bon, quand on dormait sur le pont, on apprenait à modérer ses attentes.

Contre le mur qui faisait face à la couchette se trouvait une petite table de travail, surplombée de tiroirs intégrés au mur. Le seul autre élément notable était le grand miroir suspendu au-dessus du bureau, qui conférait à la pièce une sensation d'espace – et révéla à Tress à quel point ses cheveux étaient en bataille. Ils lui donnaient l'air de quelque horreur surnaturelle, qui se serait échappée de son long sommeil pour déployer des tentacules dans toutes les directions, désintégrant au passage la réalité, en quête de vierges à dévorer, et exigeant le sacrifice d'une centaine de bouteilles d'après-shampoing coûteux.

Corneille se rapprocha d'une porte nichée dans le coin, près de la tête de la couchette. Après l'avoir ouverte, elle désigna d'un geste l'intérieur, où se trouvait une cabine de douche – à peine assez haute pour qu'on s'y tienne debout, avec un sol qui s'enfonçait de soixante centimètres dans une cuvette. Avec un conduit d'évacuation ? Et un robinet dans les hauteurs du mur ?

Une *baignoire* ? Si la couchette était un luxe, la perspective d'un bain avait des airs de paradis.

« On garde ce robinet connecté à un baril rempli d'eau, expliqua Corneille. Fais-nous savoir quand tu voudras qu'on le remplisse. Weev avait toujours besoin d'une grande quantité pour ses expériences.

— … ses *expériences* ? »

La capitaine poussa un soupir. « Avec des spores. Tu vas devoir te mettre à la page, gamine, si tu veux devenir notre germeuse. *Chaque* fois que tu travailles avec des spores, fais-le à l'intérieur de cette pièce – sauf autorisation *expresse* de ma part. Pour tout te dire, je préférerais aussi que tu prépares les charges de spores zéphyr ici.

— Je comprends, fit Tress.

— Sois-en bien sûre, insista Corneille. Toute cette pièce est renforcée d'aluminium, mais il y a un revêtement d'argent derrière, au cas où quelque chose passerait à travers. Même avec toutes ces protections, tu risques quand même de mettre mon navire en pièces si tu te montres imprudente. »

La jeune femme hocha la tête.

« Tu ne sais absolument pas de quoi je parle, pas vrai ? ajouta la capitaine. Tu n'as aucune idée de ce que tu es en train de faire. De ce qu'on attend de toi. Tu n'imagines même pas la dangerosité de ta tâche. Tu tiens vraiment à t'imposer ça ?

— Est-ce que je vais dormir dans ce lit ?

— Oui.

— Alors, je suis partante. »

Corneille sourit. Tress aurait trouvé moins contre nature de voir une véritable corneille arborer ces dents brillantes et ces lèvres retroussées. « Je vais envoyer Ulaam te briefer. Mais avant de tomber vraiment amoureuse de ton nouveau logement, assure-toi bien de jeter un coup d'œil au sol. »

Et la capitaine s'en fut d'un pas nonchalant, tout en s'abreuvant à sa gourde. Tress s'installa sur le matelas, s'efforçant de comprendre ce que le dernier commentaire de Corneille pouvait bien signifier. Le sol semblait normal. De simples planches de bois, bien qu'un peu poussiéreuses – personne ne semblait avoir nettoyé la pièce depuis la mort de Weev.

À la réflexion, en fait, cela ne manquait pas de la troubler. Pourquoi personne n'avait-il revendiqué cette cabine ? Un lit, un miroir et de l'eau courante ? À l'instant où Weev avait rendu l'âme, les marins auraient dû se battre pour avoir une chance de…

Puis ça la frappa. Il n'y avait pas d'argent par terre.

La jeune femme l'aurait vu plus tôt, si elle avait eu davantage d'expérience de la vie en mer. À l'exception d'une petite section à proximité du canon, tous les ponts – à part la cale – du *Chant de la Corneille* étaient incrustés d'argent. C'était là un beau et coûteux navire marchand (ils pouvaient même s'offrir de l'aluminium, qui n'était pas aussi cher à ce stade qu'autrefois, mais n'en restait pas moins onéreux), bâti pour le confort de ses occupants – et surtout pour leur sécurité.

Sauf ici. Où le germeur devait travailler avec des spores. Tress jeta un coup d'œil au hublot, derrière lequel ondulaient des spores verdoyantes. Chaque fois que le vaisseau était secoué par la houle, et que la pièce plongeait dans l'obscurité, le rythme cardiaque de la jeune femme s'accélérait un peu.

Par les lunes, pas étonnant que personne d'autre n'ait voulu de cette pièce. Il fallait être fou pour dormir ici.

Huck la trouva peu après occupée à ronfler. On ne devrait pas l'en blâmer. Dormir sur le pont n'avait pas franchement inclus beaucoup de sommeil.

« Tress ? murmura Huck. C'est quoi, ça ? Ta propre cabine ? »

Elle se redressa, à moitié vaseuse. « Ouaip. C'est un piège mortel, mais confortable. Où étais-tu passé ?

— Ils ont récupéré un chat, Tress, grommela le rongeur tout en fixant la porte. Un véritable chat. C'est là une insulte de la pire espèce. Du genre à me mener à ma tombe…

— Reste collé à moi, dit la jeune femme. Je vais essayer de t'en protéger. »

Huck frissonna visiblement. « Je *déteste* les chats, murmura-t-il, d'une voix sincèrement apeurée. Sans compter l'idée même qui sous-tend sa présence ici. À quel point faut-il être stupide pour prendre un chat à cause d'un seul rat ? Qui va manger le plus de nourriture, à ton avis ? Moi, ou une créature qui fait dix fois mon poids ? Idiots d'humains. Enfin, les autres humains. Qui ne s'appellent pas Tress.

— Tu peux aussi me compter dedans, Huck. Vu que je me trouve toujours à bord de ce navire… »

Dans un soupir, elle se leva et monta chercher son sac de tasses. Pour ensuite retourner dans la cabine, où elle entreprit de disposer sa collection sur son bureau, la tête remplie des histoires que Charlie lui racontait quand elle les lui montrait.

Elle se donnait l'impression d'être une traîtresse. Rester là, pour aider des gens qu'elle connaissait à peine ? Plutôt que de chercher un moyen de le sauver ? Aussi murmura-t-elle des prières aux lunes tout en agençant les tasses, se promettant de le trouver, ce moyen. Si elle parvenait à aider cet équipage, et qu'en retour ils acceptaient de la conduire jusqu'à la mer de Minuit, peut-être pourraient-ils lui être utiles d'une autre façon ? Genre, en réunissant assez d'argent pour la rançon ?

Ça la rendait malade. Elle n'avait aucune envie de détrousser des gens pour sauver Charlie. À ce moment-là, alors qu'elle tenait la tasse décorée d'un papillon entre ses mains, la jeune femme admit quelque chose : jamais elle ne pourrait payer la rançon de son ami – pas plus qu'elle n'aurait recours à la piraterie pour y parvenir. Il lui fallait donc trouver un *autre* moyen d'aider Charlie.

Mais *comment* ? Que faire ?

Alors même qu'elle réfléchissait à sa présente situation, tout en retenant – non sans mal – ses larmes, une voix joyeuse lui parvint du couloir.

« Besoin d'une main charitable ? Mmmmmh ?

— Vous ne m'avez pas *littéralement* apporté une main, pas vrai, Ulaam ? » demanda Tress.

Ulaam glissa furtivement un bras derrière son dos. « M'imagineriez-vous à ce point grossier, mademoiselle Tress ?

— Euh… oui ? D'où ma question ! »

Un large sourire aux lèvres, l'homme (personne ? créature ?) pénétra alors dans la cabine. Posté derrière lui, je jetai un coup d'œil à l'intérieur – mais comme Tress n'avait pas de marmouset, mon intérêt restait pour l'heure fort limité.

« Vous êtes au courant pour tout ça, docteur ? s'enquit Tress, en désignant d'un geste la petite pièce avec la bassine et le robinet. La capitaine m'a expliqué que ça servait à réaliser certaines… expériences ?

— Oui, Weev adorait l'expérience du "Comment puis-je amener – par la ruse – les autres à me laisser prendre des bains chauds". Ils laissent la barrique d'eau au soleil ; je doute fort que tu puisses profiter d'un bain *bien* chaud, mais aucune partie de ton corps ne devrait geler. » Il lui jeta un coup d'œil. « Si ça arrive, en revanche, assure-toi de me les garder, mmmmh ?

— C'est donc *bel et bien* une baignoire, fit la jeune femme.

— Weev avait besoin d'une pièce où il pouvait manipuler des spores – et parfois les activer – sans que cela ne présente trop de danger pour l'équipage. Cela nécessitait un réservoir en céramique pour stocker de l'eau. Il s'est borné à… extrapoler. C'était un malin, celui-là. Sauf sur la fin. » Ulaam secoua la tête. « Quel gaspillage de cadavre…

— La capitaine m'a dit que, si je voulais rester sur le navire, j'allais devoir assumer certaines de ses tâches. Y en avait-il d'autres que son travail avec les spores zéphyr ?

— Tu vas devoir t'entraîner à manipuler la roséite, pour obturer les brèches en cas d'urgence. Et apprendre à faire pousser des verdoyantes sans rien casser, les lianes pouvant servir de nourriture d'urgence. Oui, c'est comestible. J'imagine que tout l'est, avec suffisamment d'optimisme !

— Moi je *suis* optimiste ! m'exclamai-je, en revenant à la cabine. Un jour, j'ai mangé l'intégralité d'un rocher. Il m'a fallu vaincre sa famille d'abord, par contre. » Je poussai un grognement, puis m'éloignai d'un pas furtif.

Tress n'avait peu ou prou rien entendu de cet échange, concentrée qu'elle était sur mes maux. « Savez-vous quel est son… problème, docteur ? s'enquit-elle.

— Hoid a trop de problèmes pour qu'on puisse les compter, répondit Ulaam tout en passant en revue le contenu des tiroirs qui surplombaient le bureau. À ta place, je ne me préoccuperais pas de son état. Il est presque aussi doué pour défaire des nœuds que pour en faire. »

Elle hocha la tête, puis se tourna vers sa couchette. Une fois le médecin parti, allait-elle pouvoir s'accorder une autre sieste ? La capitaine débarquerait-elle pour la fustiger d'avoir flemmardé ?

« Oui… répondit distraitement Ulaam, Hoid aurait dû avoir assez de jugeote pour ne pas se frotter à la Sorcière. En fait, il le *savait* probablement. C'est effrayant de voir à quel point il laisse rarement son jugement influencer ce qu'il *décide* de faire. »

Un sursaut chassa en elle toute perspective de sommeil. « La *Sorcière* ?

— Mmmmmh ? Oui, que croyais-tu qu'il lui soit arrivé ? Il fait bonne figure, joue les idiots ordinaires, mais je t'assure qu'il est plutôt du genre *extraordinaire*. Remarquable, vraiment. Comme je ne cesse de le répéter : quand tu as des problèmes, garde la tête froide ! Ou plusieurs.

— Il y a quelqu'un à bord de ce navire, dit Tress prudemment, en choisissant ses mots, qui sait comment se rendre chez la Sorcière ? Qui lui a déjà… rendu visite et qui en est revenu vivant ?

— Techniquement, oui. Quant à savoir comment Hoid s'y est pris… je n'en ai pas la moindre idée – je l'ai trouvé comme ça après mon arrivée sur cette planète en réponse à sa lettre.

— Sur cette… planète ? répéta-t-elle. Vous êtes en train de me dire que vous… venez des étoiles. » La jeune femme avait entendu des histoires à propos de visiteurs venus de l'espace, mais elle ne les avait pas prises au sérieux. Même si lesdites histoires semblaient se multiplier ces derniers jours, parmi les marins.

« Mmmmh ? Oh, oui. Pas d'une étoile, en vérité, mais d'une planète qui gravite autour. Je doute fort que tu puisses tirer quoi que ce soit d'utile de Hoid avec cette malédiction qui pèse sur lui. »

Tress s'employa à chasser pour l'instant de son esprit les images de mondes lointains – et de tasses incroyablement exotiques – qui l'avaient envahi. Il y avait… quelqu'un ici qui pouvait l'aider à retrouver Charlie ! Hoid pouvait résoudre tous ses problèmes ! La jeune femme sentit déferler en elle une énorme vague de soulagement, puis un soudain accès de panique. Si elle avait quitté le navire, elle n'en aurait jamais rien su.

Elle se laissa tomber sur le lit, hébétée, prenant conscience que j'étais, de facto, la clé dont elle avait besoin. Tress élabora enfin un vrai plan, susceptible d'aboutir : me soutirer le chemin menant à la Sorcière, et peut-être le moyen de la vaincre.

Ça n'en restait pas moins une perspective intimidante. Mais c'était toujours mieux que sa situation précédente. Assise là, la jeune femme se demanda si cet équipage – et les personnes gentilles qui en faisaient partie, piégées dans leur propre prison – n'était pas *exactement* ce qu'il lui fallait pour sauver Charlie.

L'APPRENTIE CANONNIÈRE

23

« Il y a douze mers, expliqua Ann, installée sur le bastingage du navire – elle frappait rythmiquement le bois de ses talons. Et donc, douze sortes de spores. Comment peux-tu ignorer ça ?

— J'ai vécu toute ma vie dans la même petite ville minière, se justifia Tress. Bon, j'ai effectivement toujours entendu dire qu'il existait douze mers et douze lunes. Mais j'ai tant appris ces derniers jours que ça me semblait… judicieux d'avoir confirmation de ce genre de choses. »

Elle a raison de poser la question, Ann, écrivit Fort sur son ardoise. **Après tout, il existe TREIZE sortes de spores.**

« Non, c'est faux, répliqua Ann. Ne t'avise pas de répandre ce mensonge. »

Ce n'est pas un mensonge, la corrigea-t-il. **C'est une légende. Ça n'a ABSOLUMENT rien à voir.**

« *Absurde* me semble le terme approprié, fit la timonière. Les gens n'arrivent même pas à se mettre d'accord sur la couleur "spores osseuses". Blanche ou noire ? Ou les deux ? Écoute, Tress. Il y a *douze* sortes de spores. »

La jeune femme hocha la tête. Ils discutaient à proximité de la proue du navire, sur le pont supérieur, près du canon avant. Tress n'avait pas été surprise de trouver Ann ici – la charpentière dégingandée semblait souvent traîner aux alentours du canon, à lui lancer des regards d'adolescente transie. En revanche, Tress avait été surprise de découvrir Fort sur le pont ce matin-là, occupé à repriser des chaussettes. Ça ne l'aurait pas étonnée outre mesure qu'il fasse partie intégrante des meubles de sa cabine.

Tress, pour sa part, comptait soigneusement les sachets de spores zéphyr rangés dans le baril de munitions. Elle avait posé la question à Laggart, qui lui avait répondu qu'ils devaient en conserver quarante sous la main. Elle se disait que les compter lui donnait une bonne excuse pour les sortir du baril et les mettre dans une boîte en aluminium, où elles seraient à l'abri de l'argent du navire.

« Douze mers, répéta Tress. Combien en as-tu vu, Ann ?

— Trois, répondit-elle fièrement. La mer Émeraude, la mer Saphir et la mer Rose. »

Impressionnant, écrivit Fort.

« Plutôt, hein ? »

Moi j'en ai sillonné dix.

« Quoi ? » Ann se redressa aussitôt. « Menteur. »

Pourquoi mentirais-je ?

« Vous êtes *littéralement* un pirate, fit Ann. Tout le monde sait qu'on ne peut pas faire confiance à cette engeance. »

Fort leva les yeux au ciel d'une manière expressive, puis retourna à ses chaussettes. Tress hésita, les yeux fixés sur sa boîte de sachets. Était-ce le vingt-deuxième ou le vingt-troisième qu'elle venait de compter ? Avec un petit gémissement, elle les remit tous dans le baril et recommença depuis le début.

« Lesquelles ? s'enquit Ann tout en tapotant l'épaule de Fort pour l'inciter à la regarder. Lesquelles n'avez-vous pas encore sillonnées ? »

Pas difficile à deviner.

« La mer de Minuit et la Pourpre ? »

Il hocha la tête.

« La mer de Minuit, intervint Tress tout en comptant ses sachets. C'est là que vit la Sorcière.

— Ouaip, confirma Ann. Et la mer Pourpre est le domaine du dragon. Mais ce n'est pas pour ça que les gens évitent de les parcourir. C'est à cause des spores, Tress. Il faut vraiment que tu te mettes à la page, si tu veux faire profession de germeuse. La plupart des types de spores sont mortels, mais il y en a deux qui sont carrément catastrophiques. Tiens-toi à l'écart des spores pourpres et des spores de minuit, d'accord ?

— D'accord, fit Tress. Mais il faut traverser la Pourpre pour atteindre la mer de Minuit, non ? Ça ne risque donc guère de me concerner un jour. » Elle fronça les sourcils. « D'ailleurs, pourquoi faut-il traverser l'une pour atteindre l'autre ? Ne peut-on pas simplement *contourner* la première ?

— Non, répondit Ann, à part si tu as un navire capable de franchir plusieurs chaînes montagneuses. Tu pourrais faire le tour du monde, j'imagine, histoire de rejoindre la mer de Minuit *par-derrière*. »

C'est une des raisons pour lesquelles la Sorcière s'est installée là-bas, expliqua Fort. **Elle contrôle le commerce dans toute la région – à savoir le passage principal de la planète. Seuls SES navires peuvent sillonner la mer de Minuit.**

« Ça fait des années, fit remarquer Ann, qu'il n'y a plus d'échanges commerciaux. Le roi ne veut pas payer de droits de douane, et donc à la place on a la guerre. »

Fort secoua la tête. **Comme s'il pensait pouvoir la battre. Il n'arrive même pas à faire passer une vraie flotte par la Pourpre. Trop dangereux.**

Tress opina du chef. C'étaient là des choses qu'elle aurait sans doute déjà dû savoir. Elle était en train de rattraper son retard mais, pour la deuxième fois, la jeune femme se réjouissait de ne pas avoir quitté ces gens. Peut-être qu'un seul membre de l'équipage avait une expérience personnelle avec la Sorcière – mais chacun d'eux possédait des informations susceptibles de l'aider dans sa quête.

« Il y a vingt-cinq sachets ici, dit-elle juste après en avoir terminé. Je dois donc en préparer quinze de plus.

— Sans te faire exploser le visage, cette fois, répliqua la timonière.

— Il n'a pas explosé.

— Techniquement, dit Ann, je suis sûre que tu en as perdu certains morceaux. Dommage qu'Ulaam t'ait refilé cette pommade. Une ou deux cicatrices sur le visage, ça t'aurait donné des airs de dure à cuire. »

Ce à quoi Tress répondit par un haussement d'épaules évasif. Puis, tandis que la timonière retournait enquiquiner Fort, la jeune femme tira doucement sur le loquet qui ouvrait le double fond du tonneau. Cinq boulets de canon s'y trouvaient dissimulés, chacun un peu plus grand que son poing.

Avec l'aide de Huck, qui avait joué les guetteurs, elle en avait récupéré des ordinaires dans la cale du bateau. Personne ne les gardait. Qui les aurait volés ? Mais pour le moment, tout en s'efforçant de ne pas trahir son subterfuge en transpirant par trop abondamment, elle entreprit de les extraire de son sac et de les intervertir avec ceux nichés dans le double fond.

Elle s'attendait à se faire choper à tout moment. Sauf que les gens vous épient rarement autant que vous le pensez ; ils sont trop occupés à se demander si vous les épiez. Tress fut donc en mesure, un par un, de remplacer les boulets secrets de Laggart par des projectiles ordinaires. Après quoi elle referma la trappe et remit dessus les vingt-cinq sachets de spores zéphyr.

Une fois l'interversion réalisée, elle se sécha les mains et se garda bien de toucher à son masque. Tout le monde peut s'exploser le visage par accident – je veux dire, à qui n'est-ce pas arrivé ? –, mais si ça vous arrive deux fois de suite, vous aurez l'air vraiment stupide.

Tress referma son sac. Elle ne savait toujours pas ce qu'elle allait faire de ces boulets sabotés. Les cacher dans sa cabine ? Les jeter en catimini par-dessus bord ?

« Hé ! Tress, lui lança Ann. Quand tu t'occuperas des charges, tu pourrais penser à m'en préparer quelques-uns de plus ? Histoire que je puisse m'entraîner un peu ?

— Je ne vois pas ce qui m'en empêcherait. Dès lors que la capitaine n'y voit pas d'inconvénient.

— Ouais, bien sûr. » Sauf qu'il y avait dans son ton quelque chose qui rappelait la façon dont vous pourriez parler de ce projet que vous avez prévu de terminer « demain ». La charpentière s'éloigna, non sans avoir au préalable promené ses doigts sur toute la longueur du canon.

Fort, qui se concentrait sur sa tâche, avait par conséquent loupé leur conversation. Sa condition engendre certes de nombreuses difficultés, mais je dois avouer que j'ai toujours envié sa capacité – simplement en détournant le regard – à exclure complètement de son existence la plupart des inepties que ses congénères déblatèrent.

Tress s'installa sur le pont face à lui pour attirer son attention. « Qu'est-ce qui se passe avec Ann et les canons ? s'enquit-elle. Il y a quelques jours, elle m'a dit qu'elle était l'apprentie du maître-canonnier du navire. »

Et ça doit toujours être le cas, j'imagine, écrivit Fort. **Personne ne l'a jamais officiellement révoquée du poste. Elle n'effectuera pas de nouveaux tirs de sitôt, par contre.**

Tress en eut le souffle coupé. « Qu'est-ce qu'elle a fait ? » murmura-t-elle tout en se penchant.

Je rêve ou tu CHUCHOTES ? répliqua Fort.

« Euh… oui. »

Comme c'est mignon.

« Ann. Allez-vous me parler d'elle, oui ou non ? »

Qu'est-ce que tu vas me donner en échange de cette information ?

« On est *vraiment* obligés de négocier chaque fois, Fort ? demanda Tress. On ne peut pas simplement discuter, comme des amis ? »

Mais la négociation est la partie la plus amusante ! écrivit-il. **C'est ce qui te renseigne sur ton interlocuteur. Ce sur quoi il est prêt à céder, ce à quoi il tient VRAIMENT. Allez. Ça ne t'exalte pas, d'essayer de faire la meilleure affaire possible ?**

« Je… n'en sais trop rien. »

Qu'est-ce que tu vas me dire pour me convaincre de te parler d'Ann ? Une information contre une autre. Tu me distrais du raccommodage de ces chaussettes, tu sais. Je ne peux pas coudre ET regarder l'ardoise en même temps. Tu m'es donc redevable.

« Mais je n'ai rien d'intéressant à échanger. »

Ah bon ? Et pourquoi te trouves-tu ici, déjà ? Qu'est-ce qui a bien pu pousser une gentille fille d'une petite île perdue à voler le manteau d'une inspectrice et à se faire passer pour une pirate ?

Elle se pencha, parlant doucement malgré ce qu'il avait dit un peu plus tôt. « Mon ignorance est-elle *à ce point* évidente ? »

Gamine, si tu sillonnais la mer de spores depuis plus d'une semaine avant qu'on te trouve, je serais

prêt à bouffer ma propre cuisine. Et donc, qu'est-ce que tu fais ici ?

« Je cherche quelqu'un, répondit-elle. Quelqu'un qui m'est cher. »

Ah, écrivit Fort, qui avait soulevé l'ardoise face à Tress, de sorte qu'elle puisse lire au fur et à mesure que les mots apparaissaient. **Donc, tu parcours les mers, tout comme Salay. Avec l'espoir qu'à chaque nouveau port, tu retrouveras enfin la chaussette qui...** Il supprima ce passage. **Désolé. Ce truc n'est pas toujours très bon en matière de prédiction. Tu espères retrouver la PERSONNE que tu as perdue.**

Tress jeta un coup d'œil en direction de la timonière – aussi *solide* que le mât lui-même, comme collée à son poste sur la plage arrière, les deux mains agrippées au gouvernail du navire. Comme d'habitude, ses yeux sombres fixés sur l'horizon arboraient le genre d'expression intense que la plupart des gens réservaient aux tâches les plus importantes – comme dénicher le dernier bonbon encore enveloppé dans un sac rempli de papiers.

Salay cherchait sans relâche son père. Face à la détermination assurée de cette femme, la propre quête de Tress semblait passablement risible.

« Ce n'est… pas vraiment comparable, dit-elle à Fort. Salay ignore complètement où se trouve son père. Moi, par contre, je sais exactement où est Charlie. »

Un instant plus tard, Fort la gratifia d'un petit coup de coude. **Ah bon ?** avait-il écrit. **Tu as juste besoin d'économiser un peu d'argent pour parvenir jusqu'à lui, dans ce cas ?**

« C'est pire que ça, j'en ai peur. La Sorcière le détient captif. Elle a attaqué son vaisseau et l'a fait prisonnier – lui et tous ceux présents à bord. »

Les épaules du quartier-maître s'affaissèrent. **Oh,** écrivit-il. **Je suis désolé.**

« Ouais. Je n'ai à peu près aucune idée de ce que je fais, Fort. Mais je *dois* le retrouver. » Elle grimaça. « Tout à l'heure, j'ai dit que je n'atteindrais sans doute jamais la mer de Minuit. C'était plus ou moins un mensonge. Je suis *déterminée* à y arriver. D'une manière ou d'une autre. »

Si la Sorcière a attaqué son navire, il est mort. Je suis désolé. Tu devrais probablement passer à autre chose.

« Il est *vivant*, répliqua-t-elle. Elle a envoyé une demande de rançon au roi. Je me suis dit… que je pourrais peut-être me faire un pécule suffisant pour le convaincre de la payer ? »

Tress, écrivit Fort, **la Sorcière ne demande pas à se faire payer en argent. Elle réclame des ÂMES, généralement de lignée royale. Quelques pièces ne suffiront jamais à la satisfaire.**

La jeune femme rougit de lire cela, se sentant complètement folle. Elle avait déjà pris acte qu'elle ne serait pas capable d'acheter la liberté de Charlie, mais bon, la profondeur de son ignorance n'en restait pas moins troublante. Tel un poisson s'appliquant de toutes ses forces à sortir de son aquarium pour s'échapper, elle avait essayé de résoudre un problème avant de se demander si elle comprenait *vraiment* sa situation.

Écoute, s'il y a une histoire de rançon en jeu, ce Charlie doit sans doute être un noble. Exact ?

« Oui », murmura Tress.

Cette engeance n'a que faire des gens comme nous. Je suis désolé, mais c'est la vérité. Tu ferais vraiment mieux de passer à autre chose.

« Peut-être. »

Bon, tu m'as fourni des informations. Ce n'est que justice que je te donne ce que tu voulais en échange. Je peux te parler d'Ann.

« Je ne vous ai rien dit d'important, Fort, répliqua Tress. Rien ne vous oblige à me dévoiler quoi que ce soit. »

Oh, mais ce que je sais à son propos ne vaut presque rien. C'est de notoriété publique. Tu n'aurais pas tardé à le découvrir, de toute façon.

« Vous vous êtes comporté comme si c'était un grand secret ! » s'exclama Tress.

Non. Je t'ai juste demandé ce que tu voulais en échange. Un large sourire aux lèvres, il la gratifia d'un petit coup de poing dans le bras, puis continua à écrire. **Ne prends pas cet air indigné. Révéler tes émotions donne à tes interlocuteurs un excellent levier de négociation. Ce conseil-là était gratuit.**

Si Ann a obtenu le poste d'assistante du maître-canonnier, c'est parce qu'elle l'a demandé après la mort du précédent. Mais personne n'a pensé à lui demander de TIRER une de ces saloperies avant.

« Et… ? » demanda Tress.

Cette femme vise plus mal qu'un homme ivre chevauchant un lama à trois pattes, écrivit Fort. **Un**

jour, elle a tiré au pistolet sur une cible, mais c'est MOI qu'elle a failli toucher – alors que je me tenais à côté d'elle. La première fois qu'elle a manœuvré le canon, elle a tellement mal visé que la seule chose qui n'était PAS en danger était sa cible.

« Par les lunes, dit Tress. Peut-être… qu'elle a simplement besoin d'un peu plus de pratique. »

Je vais te laisser lui servir de professeur, dans ce cas. Moi je resterai en sécurité dans ma cabine – vêtu d'une armure, peut-être. Il la dévisagea. **Certaines choses ne sont pas censées se réaliser, gamine. Parfois, il faut juste l'accepter.**

« Vous êtes en train de parler de moi. Et de Charlie. »

Peut-être. Écoute, Tress. Même s'il est encore en vie, la Sorcière l'aura maudit, tout comme elle l'a fait avec ce pauvre vieux Hoid. Elle a des sorts de toutes sortes à sa disposition, mais elle en jette toujours un sur ses captifs, histoire de les garder malléables.

« Comment se fait-il que vous en sachiez autant à ce sujet ? » s'enquit Tress.

La capitaine m'en a parlé, expliqua Fort. **Quand elle m'a demandé de négocier pour intégrer Hoid à notre équipage.**

« La capitaine voulait *spécifiquement* Hoid à bord de ce navire ? Pourquoi ? »

Je n'en sais rien. Elle a entendu parler de sa malédiction et de sa rencontre avec la Sorcière. Le récupérer n'avait rien d'une bonne affaire, ses compagnons de bord précédents étant RAVIS de se débarrasser de lui. La capitaine n'en a pas moins insisté.

Le quartier-maître secoua la tête, considérant les dommages causés à sa réputation une fois que le reste du monde aurait découvert ce qu'il avait dû céder pour qu'un fou devienne leur mousse.

L'intérêt de Tress grandit, néanmoins. La capitaine Corneille avait manipulé les membres de son équipage pour les forcer à devenir des pirates, puis des casse-pipeurs – parce qu'elle voulait qu'ils sillonnent des mers dangereuses. Et elle avait *spécifiquement* recherché une personne maudite par la Sorcière ?

C'était à se demander si elle ne cherchait pas à rendre elle-même visite à la Sorcière…

Tress lança un regard en direction de Corneille. Pour ensuite accomplir l'acte singulier qui la distinguait des protagonistes de la plupart des histoires. L'acte, pourrait-on dire, qui la définissait comme une héroïne. Elle fit quelque chose de si incroyable, d'une majesté telle que cela me laisse quasiment sans voix.

Il faudrait que j'y réfléchisse davantage, se dit-elle, *histoire ne pas tirer trop vite de conclusions*.

LE MAUDIT

24

Vous ne comprenez peut-être pas pourquoi moi, votre humble conteur, j'en fais une telle histoire. Tress avait simplement marqué une pause pour se demander si elle n'avait pas tiré de conclusion hâtive, et décidé de revoir sa position. Rien de spécial, pas vrai ?

Faux. *Tellement* faux que ça vous en écraserait l'âme.

Les Avènementistes dans mon genre consacrent des décennies à passer au peigne fin les contes populaires, légendes, mythes, récits et autres chansons de bar en quête d'histoires proprement *uniques*. Nous traquons la bravoure, l'intelligence, l'héroïsme. Et on ne se retrouve jamais en pénurie de telles vertus. Les légendes en *débordent*, presque littéralement.

Mais la personne prête à revoir sa position ? Le héros capable de prendre un tant soit peu de recul sur sa propre existence ? Eh bien, *ça*, chers amis, c'est une véritable pierre précieuse infiniment brillante.

Peut-être préféreriez-vous une histoire dans laquelle quelqu'un affronte un dragon. Eh bien, ceci n'est pas ce genre d'histoire. (Ce qui rend encore plus remarquable le fait que Tress finisse par le faire. Mais ayez la gentillesse d'arrêter de me devancer.) Je peux comprendre pourquoi vous réclamez des histoires parlant de personnages tels que Linji, qui a essayé de faire le tour du monde sans Aviar.

Personnellement, cependant, j'échangerais sans hésiter une douzaine de Linji contre une personne disposée à prendre une fichue minute de pause pour réfléchir à ses agissements. Vous savez combien de guerres auraient pu être évitées si une seule personne aux commandes avait pris un instant pour penser : « Bon, peut-être qu'on devrait y réfléchir à deux fois. Peut-être que cligner à deux reprises des yeux n'est pas une insulte dans leur culture » ?

Vous savez combien de grandes histoires d'amour auraient pu éviter une fin tragique si le héros avait pensé : « Bon, je devrais peut-être commencer par lui demander si elle m'apprécie, non… ? »

Vous savez combien d'interminables aventures se seraient vues écourtées si l'héroïne avait marqué une pause pour se demander : « Bon, je devrais peut-être fouiller une dernière fois, histoire de vérifier que l'objet de ma quête n'est pas resté avec moi tout ce temps… ? »

Je me noie presque littéralement dans la bravoure, l'intelligence et l'héroïsme. Alors, s'il vous plaît, donnez-moi un peu de bon sens pour changer. Et pour le moment, Tress était rien de moins que majestueuse.

J'ai besoin de davantage d'informations, décida-t-elle. *Avant de m'autoconvaincre que j'ai percé à jour les plans de la capitaine. Je dois trouver un moyen de l'espionner. Peut-être en refaisant appel aux… talents de Huck.*

Elle acquiesça mentalement et, à ce moment-là, Tress s'épargna bien des soucis. Les plans de la capitaine n'avaient rien à voir avec la Sorcière, après tout, mais tout à voir avec la raison pour laquelle l'équipage avait tellement peur d'elle.

La jeune femme récupéra son sac – en s'échinant à faire comme s'il n'était pas rempli de boulets de canon, ce qui s'avérait aussi difficile que vous pouvez l'imaginer –, puis le transporta jusqu'au canon installé sur la plage arrière. Elle y effectua une permutation similaire (plaçant ceux qu'elle prenait dans un sac séparé à l'intérieur du plus grand), tout en faisant mine de compter des charges de spores zéphyr.

Après quoi elle traîna son sac dans les entrailles du navire, pour le ranger dans ses quartiers. Puis de partir à ma recherche. Ce qui, en temps normal, aurait là aussi constitué un brillant exemple de bon sens de sa part. Tout le monde peut avoir l'usage d'un peu plus de présence d'esprit dans sa vie. Sauf moi. Je pourrais supporter de perdre un kilo ou deux.

Malheureusement, je n'étais pas précisément dans le meilleur état d'esprit pendant ce voyage. Elle me découvrit occupé à jouer aux cartes avec un groupe de Dougs. Je portais une chaussure autour du cou, attachée par les lacets, car j'avais décidé que ce serait certainement là l'âme absolue de la mode la saison suivante. J'avais oublié de mettre un pantalon – ce qui se fait, apparemment –, et mes sous-vêtements avaient besoin d'une bonne lessive. Tout comme le reste de ma personne, à vrai dire.

J'essayais de jouer à un jeu que j'avais inventé, « les Rois », où chacun tenait ses cartes à l'envers, de sorte que vous ignoriez quelle main vous aviez, contrairement à tous vos adversaires. Je pourrais lui trouver plusieurs applications intéressantes, désormais – mais à l'époque, le seul point intéressant, ce fut la facilité avec laquelle les Dougs me délestèrent de ma paie, puis de ma pompe.

Aujourd'hui encore, je n'ai toujours aucune idée de ce que j'avais fait de l'autre.

Une fois que les Dougs eurent fini de me dépouiller de mes modestes possessions, ils déguerpirent pour se mettre en quête d'une nouvelle victime. Moi je restai assis là, à me demander si je ne devais pas commencer à porter une chaussette autour du cou, jusqu'à ce que Tress vienne s'installer à mes côtés.

« Ça te dit de jouer aux Rois ? lui demandai-je avec un large sourire. J'ai encore des caleçons à miser !

— Euh, non merci. Hoid, je sais que tu as rendu visite à la Sorcière. Est-ce que tu te rappelles… quoi que ce soit à ce propos ?

— Ouaip ! répondis-je.

— Génial ! Qu'est-ce que tu peux m'en dire ?

— R… R… R… Rien ! m'exclamai-je tout en me frappant la tête. Les mots ne fonctionnent pas comme ça, petite. Elle les transforme… en quelque chose d'autre !

— Je ne comprends pas, dit Tress.

— Moi non plus ! répliquai-je. C'est bien le problème ! Je ne peux rien dire de tout ce que tu pourrais… penser ! C'est p… p… p… » Je haussai les épaules, incapable de prononcer le mot.

« Ta… malédiction t'interdit-elle de parler de ta malédiction ? » hasarda la jeune femme.

Je fis un clin d'œil. Essentiellement parce que j'avais quelque chose dans l'œil. N'empêche : en l'occurrence, Tress avait deviné juste. La Sorcière se montrait pour le moins méticuleuse avec chacun de ses sorts ; si vous essayiez d'en parler, vous vous mettiez à bégayer – ou bien les mots clamsaient à mi-chemin de vos lèvres. Même informer vos interlocuteurs que vous étiez maudit vous était impossible, à moins qu'ils ne le sachent déjà.

« Donc, poursuivit Tress, si je veux que tu me conduises à la Sorcière, il faut que je trouve un moyen de briser ta malédiction – mais sans rien en savoir. De plus, je dois y parvenir sans aucune aide de ta part. »

Je pris alors ses mains dans les miennes. La regardai droit dans les yeux. Inspirai looonguement – tout mon corps tremblait. « Un jour, lui lançai-je, j'ai mangé une pastèque entière en une seule fois. Et ça m'a donné la diarrhée. »

Tress soupira, puis retira ses mains. « D'accord, d'accord. Bon, trouver un moyen de briser ta malédiction semble légèrement moins impossible que d'accéder toute seule à la Sorcière, j'imagine. C'est déjà ça, au moins. »

Il y avait encore une partie de moi – en mon for intérieur – qui comprenait ce qui se passait. Ce genre de cruauté, c'était typique de la Sorcière. Transformer un homme en simple d'esprit est déjà amusant en soi, bien sûr – mais la vraie torture consiste à le laisser juste assez conscient de son état pour en être horrifié.

Cette partie *sensorielle* de mon être se démenait pour trouver un moyen quelconque de se rendre utile. Ulaam n'avait pas levé le petit doigt, bien sûr. C'est le problème, avec les immortels – ils s'habituent à rester plantés là, le temps que les problèmes se résolvent d'eux-mêmes.

Mais il y avait là quelqu'un qui voulait se rendre utile. Que pouvais-je dire ? Que pouvais-je faire ? Seule une fraction de mon être restait éveillée, et elle ne contrôlait à peu près rien. Sans compter que chaque fois que j'essayais de dire quoi que ce soit à propos de ma situation particulière, la malédiction s'activait, s'imposant à moi et me poussant à faire quelque chose de monstrueux, comme porter des chaussettes avec des sandales.

Cette lueur de conscience commençait à s'estomper. Aussi me jetai-je dessus. Quel imbécile je faisais. La malédiction, à l'instar de nombreuses magies de cet acabit, dépendait de la façon dont le sujet pensait – de son Intention. Or je pouvais me servir de ça, je le savais.

L'étincelle jaillit, tel un feu de minuit lorsqu'on remue les charbons. Je tendis la main vers Tress et fis le vide dans mon esprit, tout en me forçant à débiter un chapelet de mots :

« Écoute, lui lançai-je, je vais te dire quelque chose d'important. Promis. Tu dois me conduire sur ta planète, Tress. Répète ça.

— Te conduire… sur ma planète ?

— Oui, oui ! Je peux te sauver si tu fais ça.

— Mais tu te trouves déjà ici !

— Ici quoi ? » répliquai-je, ayant délibérément oublié ce que j'avais dit. « Les planètes n'ont aucune importance. Pour le moment, Tress, mets-toi en quête du groupe de six étoiles ! »

Elle hésita. Six étoiles ? Malheureusement, lâcher cette exclamation avait épuisé mes forces. Je me laissai une nouvelle fois choir, affichai un sourire niais et décidai de procéder à une recherche empirique sur l'arôme de divers orteils.

Avec un soupir, Tress retourna dans ses quartiers. Elle avait laissé la porte ouverte pour Huck, aussi ne fut-elle pas surprise d'y être accueillie par…

Des gémissements ?

Elle fit irruption dans la cabine, pour trouver le chat du bateau – Tyran – occupé à regarder sous le lit, la queue frétillante. Tress le balança dehors et claqua la porte derrière lui ; dans le silence qui s'ensuivit, elle parvint à distinguer les sons produits par un rat qui faisait de l'hyperventilation.

« Huck ? » lança-t-elle tout en se mettant à quatre pattes pour jeter un œil sous le lit. Elle le repéra dans le coin, blotti dans l'espace qui séparait le pied de lit du mur. S'avisant de sa présence, il s'approcha timidement de Tress – qui le souleva, pour le découvrir tout tremblant.

« Il est parti, lui dit-elle. Je suis désolée, Huck. »

Le rongeur garda le silence – pour une fois qu'il était complètement à court de souffle, ou de mots…

Il se borna à rester recroquevillé là, dans ses mains, ressemblant davantage… eh bien, à un rat qu'à n'importe quel autre moment.

Finalement, il se mit à parler, d'une voix chevrotante : « Tu pourrais peut-être laisser la porte verrouillée, à partir de maintenant. Il y a une fente dans le plafond, par laquelle je peux me faufiler – après avoir escaladé le poteau dans le couloir.

— D'accord, fit la jeune femme. Est-ce que… ça va aller ? »

Huck lança un coup d'œil à la porte. « Ouais, bien sûr, murmura-t-il. Donne-moi juste un peu de temps. Je… n'arrive toujours pas à croire qu'ils ont un chat.

— Tu es intelligent, Huck, dit Tress. Tu peux gérer un félin ordinaire.

— Bien sûr. Ouais. Sans problème. Mais Tress, cette… créature, là-dehors ? Elle passe sa vie à tout surveiller. À rôder. Les chats sont censés dormir vingt-six heures par jour. Comment puis-je exploiter mon intelligence, comment puis-je planifier quoi que ce soit en le sachant aux aguets ? »

Au bout de quelques minutes, il parut se détendre. Aussi Tress le posa-t-elle sur le pied de lit, avant de s'allonger à nouveau sur le matelas, les yeux fixés au plafond – à savoir le pont supérieur du navire. Elle entendait des marins l'arpenter lourdement. Le bois grinçait à chaque oscillation du bâtiment. Les spores produisaient des sons étouffés permanents en raclant la coque. Comme un murmure.

Quelqu'un avait entaillé le plafond avec un couteau. Des petits motifs rudimentaires de lignes entrecroisées.

« J'espère que tu as passé une journée meilleure que la mienne », lui lança le rongeur en se perchant sur le pied du lit. Le long du meuble courait une belle rambarde, qui l'empêchait de rouler quand le navire oscillait.

« Elle a été quelque peu frustrante, répondit la jeune femme. Mais rien qui mette ma vie en danger. » Ce qu'elle voulait était presque aussi important que les besoins du rongeur, et Tress se sentait coupable de se concentrer sur ses problèmes à elle. « L'urgence est de régler la question du chat. Peut-être qu'on pourrait le garder très bien nourri, de sorte qu'il n'ait même pas envie de te chasser ?

— Les chats n'arrêtent pas de chasser, même s'ils sont repus, Tress. Ils sont comme les humains, à cet égard.

— Désolée, répéta-t-elle. On n'a pas de chats sur le Rocher.

— Un endroit merveilleux, à t'entendre.

— C'était doux, et tranquille. Et malgré le smog assez horrible qui recouvre la ville, ses habitants ont tendance à bien se comporter les uns envers les autres. C'est un endroit agréable. Un endroit *honnête*.

— J'aimerais m'y rendre, un jour. Je sais que tu as soif d'aventure, mais moi j'en ai déjà eu mon compte.

— Rien ne t'en empêche, fit Tress. Tu n'as pas besoin de rester avec moi, Huck.

— Tu en as déjà assez de moi ?

— Quoi ! s'exclama-t-elle tout en se redressant. Ce n'est pas ce que je voulais dire !

— Tu es trop polie, gamine, dit-il en remuant le museau. Je vais partir du principe que tu en sais moins sur les rats que sur les chats. Essaie d'imaginer ce qu'on ressent quand on fait à peu près la taille d'un sandwich, et qu'une bonne partie du monde qui t'entoure t'estime aussi *savoureux* qu'un sandwich. Crois-moi, tu ferais exactement comme moi.

— À savoir ?

— Dénicher un humain sympathique et rester collé à lui, répondit Huck. Et puis, rappelle-toi, tu me fais... bonne impression.

— Mais tu as forcément une famille quelque part ?

— Ouais, mais ils ne se soucient pas beaucoup de moi.

— Est-ce qu'ils sont... comme toi ?

— S'ils savent parler, tu veux dire ? Oui. » Il marqua une pause, tête inclinée, comme en quête de la bonne façon de poursuivre. « Je viens d'un endroit qui m'a tout l'air de beaucoup ressembler à celui d'où tu viens. Mon espèce y a vécu pendant des générations. Mais les miens ont pensé qu'il était temps de partir. De découvrir le monde. Ils m'ont emmené plus ou moins de force, pour mon propre bien. Eh bien, ça ne s'est pas bien passé.

« Ils n'aimeraient sans doute pas trop que je traîne avec toi. Je ne suis pas censé parler à tes semblables, tu comprends. Mais bon, au risque de me répéter, tu m'as fait bonne impression. Et donc, je reste dans le coin. Cela dit, je ne verrais pas d'inconvénient à ce que tu décides – de ton plein gré – de te rendre en un lieu moins… trépidant. »

Tress essaya de se l'imaginer. Une contrée remplie de rats doués de la parole ? Cela lui semblait exotique, intéressant. Les douze mers étaient des lieux aussi étranges qu'incroyables, pleins de merveilles. Huck continuait de jacter, de lui narrer sa vie de rongeur. Et la jeune femme trouvait quelque chose d'apaisant dans sa voix – au point qu'elle se découvrit capable de se détendre, de suivre plus tranquillement des yeux les marques qui striaient le plafond. Quelqu'un – son prédécesseur, peut-être – s'était manifestement donné beaucoup de mal. En fait… ces lignes entrecroisées ne ressemblaient-elles pas à… des étoiles ?

Tress se redressa, interrompant Huck au passage. Il se hâta de longer la barrière du lit pour venir se poster auprès d'elle. « Quoi ? »

Des étoiles. Gravées en petites pléiades. Une seule étoile ici, puis deux un peu plus loin, côte à côte. Puis trois… d'un bout à l'autre du plafond, comme si quelqu'un s'était tenu sur le lit avec un couteau dont il aurait utilisé la pointe pour les graver.

Pas de groupe de six étoiles, par contre, pensa-t-elle.

« Quoi ? fit Huck. Qu'est-ce que tu regardes ?

— Rien, répondit-elle tout en se laissant une nouvelle fois tomber sur le matelas. Je viens juste de repenser, l'espace d'un instant, à ce que Hoid m'a dit tout à l'heure – une chose importante, à l'en croire.

— Tu l'as écouté ? Tress, je te trouvais futée, pour une humaine. Hoid est… tu sais.

— Il a dit quelque chose à propos d'une constellation de six étoiles. Mais il n'y a rien de tel, ici.

— Effectivement, fit Huck. Je t'ai dit qu'il était fou, Tress. Ça ne sert à rien d'essayer de comprendre ce que ses baragouinages signifient.

— Je suppose que non.

— En outre, lui fit remarquer le rongeur, ces trucs-là ressemblent plutôt à des explosions. Les étoiles sont sous le lit. »

La jeune femme se figea, puis bondit du lit et se glissa dessous. Il y avait également des gravures le long du cadre de lit – des motifs qui ressemblaient effectivement davantage à des étoiles. Dont six qui étaient regroupées. Se sentant elle-même au bord de la folie, Tress appuya ses doigts dessus.

Un déclic, puis un minuscule loquet se souleva sur le côté du cadre. À l'intérieur de cette cachette, elle découvrit un petit récipient en aluminium de la taille d'une boîte d'allumettes. Pendant qu'elle l'ouvrait, Huck s'employa à grimper sur son épaule.

Il y avait des spores noires de minuit, dedans.

LA PROIE

25

Bon, comment ai-je pu le savoir ?

Eh bien, je crois vous l'avoir expliqué. Je suis un expert pour me trouver là où je ne suis pas censé être. Je possède un sixième sens inné pour le mystère. Dans l'état qui me caractérisait à ce moment-là, j'aurais pu voir dans les gilets – sans chemise dessous – le summum de la haute couture, mais je n'en restais pas moins pleinement capable de faire un peu de fouinage constructif.

Tress en eut le souffle coupé. Huck siffla doucement.

Des spores de minuit. D'une manière ou d'une autre, Weev avait mis la main sur des spores de minuit. Cela lui rappela ce que la capitaine avait dit à propos des germeurs, comme quoi ils étaient tous, à un degré ou à un autre, un peu tarés.

Weev, songea-t-elle, *l'était peut-être encore un peu plus.* (Tress faisait là preuve d'une certaine générosité. Personnellement, je l'aurais bien comparé à un smoothie à la nitroglycérine.)

« Remets ces saloperies à leur place, dit Huck. Non, mieux encore : répands-les sur l'argent. Tue-les, Tress. Les spores de minuit sont dangereuses.

— De quelle manière ? s'enquit-elle. Qu'est-ce qu'elles font ?

— Des choses terribles.

— *Toutes* les spores font des choses terribles, répliqua Tress. Qu'est-ce que celles-ci font *spécifiquement* ?

— Je… ne sais pas vraiment, admit Huck. Mais j'ai l'impression que tu les tiens d'une manière beaucoup trop désinvolte. »

Peut-être disait-il vrai. Sauf que le danger, c'est comme de l'eau glacée : on finit par s'y habituer pour peu qu'on y aille doucement. La jeune femme remit la petite boîte de spores dans son compartiment secret. Il lui fallait déterminer si Ulaam était au courant…

La cloche se mit alors à sonner à l'extérieur, ce qui la fit sursauter. Trois carillons rapides – un avertissement pour tout le monde à bord. Un navire avait été repéré au loin, et la capitaine avait décidé de le prendre en chasse.

Tress se précipita hors de sa cabine, mais resta dans le couloir, préférant éviter de gêner les Dougs qui se hâtaient vers le pont supérieur pour répondre à l'appel général. C'était atroce d'attendre ainsi, car la jeune femme ne voulait rien manquer.

En fait, elle n'avait aucune raison de s'inquiéter.

Lorsqu'elle finit par atteindre le pont, Tress découvrit les Dougs regroupés anxieusement près du bastingage, les yeux fixés sur un navire lointain. Comme d'habitude, *Le Chant de la Corneille* battait le pavillon royal des marchands – l'idée étant de ne pas claironner sa nature de vaisseau pirate avant le moment approprié – le plus *dramatique*. Comme le rebondissement du troisième acte d'une pièce de théâtre, avec en prime un vol qualifié.

S'ensuivit une longue poursuite qui dura pas moins de cinq heures.

Le Chant de la Corneille était plus rapide que la plupart des bateaux, surtout après avoir lâché le lest qu'il utilisait pour s'enfoncer davantage dans les spores, imitant ainsi un navire marchand dont la cale serait entièrement remplie de marchandises. Mais la « vitesse » est un terme relatif en mer, en particulier une mer de spores, où l'ébullition peut s'interrompre ou se déclencher à tout moment.

Tress n'avait pas réalisé à quel point il était inhabituel qu'un navire se fasse prendre par surprise, comme ça avait été le cas pour le premier à bord duquel elle avait navigué. Cette deuxième poursuite exigeait de sacrés efforts de la part de l'équipage et de la timonière, qui lentement – mais sûrement – rattrapaient leur proie.

Sa tension montait à mesure que les heures passaient. Le moment était arrivé – l'ultime test que devait passer son plan. Or, échouer lui paraissait de plus en plus probable. Quelqu'un avait certainement découvert ce qu'elle avait fait. Elle n'était sûrement pas assez maligne pour duper des tueurs aussi chevronnés que Laggart et la capitaine.

Son cœur faillit bondir de sa poitrine quand Corneille hurla l'ordre attendu. « Canon avant, prêt à faire feu ! Tous les marins, prenez les armes ! »

Les Dougs se précipitèrent sur leurs mousquets – même si le navire qu'ils poursuivaient demeurait à bonne distance. Tress, pour sa part, n'essaya pas de s'armer. N'ayant jamais tiré au mousquet de toute sa vie, elle estimait que la meilleure façon de garder tous ses doigts était de perpétuer ce bilan parfait.

La jeune femme se positionna néanmoins à proximité de la proue, d'où elle put voir Ann supplier Laggart de la laisser tirer le premier boulet. Le maître-canonnier l'incendia, puis l'envoya rejoindre les autres – l'un des Dougs lui prit alors le pistolet des mains pour y placer un coutelas à la place. La charpentière ne tarda pas à se retrouver avec un autre pistolet en main – celui qu'elle gardait bien en vue dans l'étui à l'arrière de sa ceinture.

« Coup de semonce, maître-canonnier ! » beugla Corneille.

Tress retint son souffle. Laggart fit pivoter le canon à l'aide d'une manivelle, puis visa avec sa longue-vue avant d'utiliser un autre levier pour relever le fût de quelques centimètres. Il poursuivit ce processus, aussi exigeant que précis, en faisant quelques ajustements. Pour, finalement, extraire une tige de tir humide du seau d'eau posé à côté de son poste.

Tige avec laquelle il toucha le dispositif de mise à feu – déclenchant une explosion tonitruante. Le boulet fila directement sur le vaisseau en fuite. Cela n'avait rien d'un coup de semonce ; ça allait être un autre coup au but « accidentel » – destiné à couler, pas à effrayer. Tress entendit Ann grommeler à proximité, manifestement effarée par la trajectoire du boulet.

La jeune femme se prépara à la suite, sa panique allant croissant à l'idée du destin qui attendait les pauvres marins de ce navire.

Et puis, après ce qui ne parut durer qu'une fraction de seconde, le boulet explosa. Réglé pour détoner comme un mortier, il projeta de l'eau sur le flanc de leur proie – mais laissa sa coque intacte. La réaction de la mer fut, bien sûr, immédiate : des lianes pareilles à d'énormes tentacules surgirent aussitôt des spores pour envelopper le flanc humide du bâtiment, l'enserrant dans une étreinte mortelle. Même d'aussi loin, Tress était certaine de pouvoir entendre les planches gémir.

Mais la coque tint bon. Le tir de précision avait immobilisé le bateau plutôt que de le détruire.

Si l'équipage se mit à applaudir – ravi de la perspective d'un pillage facile –, Laggart lâcha quant à lui un juron presque inaudible, tandis que son visage devenait rouge betterave. L'ombre d'une forge juste avant qu'on ne retire le fer, et qu'on commence à donner tout ce qu'on a.

La capitaine Corneille traversa le pont jusqu'au poste d'artillerie. Son regard aurait pu écorcher un chat, mais elle dit à voix haute : « Pas exactement ce que j'appellerais un coup de semonce, maître-canonnier. Mais c'était là une capture… très propre.

— Merci, capitaine, fit Laggart. Veuillez m'excuser de ne pas avoir… répondu à votre demande. » Il ponctuait chaque syllabe, comme pour *fouetter* les sons qui sortaient de ses lèvres.

Tress faillit se mettre à hyperventiler tant elle était stressée. Laggart la regardait-il avec une expression plus revêche que d'habitude ? Était-il au courant ? S'il soupçonnait un acte criminel, il n'y avait rationnellement qu'un seul coupable possible.

La capitaine semblait vouloir ordonner un nouveau tir, mais elle jeta alors un coup d'œil aux Dougs euphoriques. Même dans le morceau de charbon ardent qu'était son cœur, Corneille comprenait qu'elle avait besoin de maintenir un bon moral à bord de son vaisseau. Un coup de filet aussi rapide que facile ne manquerait pas de lui permettre d'atteindre ce but.

« Hissez le drapeau pirate, matelot Doug », dit-elle.

Celui-ci s'exécuta et, en réponse, leur proie tira dans le ciel une fusée éclairante. Reddition. Les Dougs se remirent à applaudir. Tress commença à se calmer. Ça… ça fonctionnait *vraiment*.

Malheureusement, alors que *Le Chant de la Corneille* s'approchait du navire captif, l'ébullition décida de s'arrêter. Le bateau pirate s'immobilisa brusquement dans les spores, ce qui refroidit immédiatement l'enthousiasme général. Tress se tourna vers les Dougs, inquiète. C'était quoi le problème ? De telles interruptions se produisaient tous les jours.

Elle se faufila jusqu'à la charpentière. « Ann ? lui lança-t-elle. Qu'est-ce qui se passe ?

— Le navire s'est rendu, répondit-elle d'une voix tendue, parce qu'ils se savaient battus. Avec ces lianes qui les retenaient, on pouvait manœuvrer, et pas eux. Sauf qu'on est tous les deux coincés à présent. La mer vient de nous mettre sur un pied d'égalité. Et ils doivent se demander si, peut-être, ils ne devraient pas simplement… »

Elle ne termina pas sa phrase, un nuage bleu de spores zéphyr venant de s'élever de l'arrière de l'autre navire. Suivi d'un craquement.

Lui-même suivi d'un sifflement et d'un fracas d'enfer quand un boulet frappa *Le Chant de la Corneille* en pleine proue, là où des spores entraient en contact avec le bois.

LA TIREUSE D'ÉLITE

26

Des Dougs se mirent à hurler et à courir en tous sens. Ann lâcha un juron incroyablement ignoble en rapport avec ce qui sort du fondement d'une mouette.

« Un sacré bon tir, grommela Laggart. Nous toucher du premier coup ? Ils ont un maître-canonnier hors pair. »

Corneille écarta quelques Dougs, puis leva calmement son arme. Qui avait l'air plus… racée que les antiques mousquets de ses subordonnées, et possédait un viseur différent.

Bien que *Le Chant de la Corneille* ait réduit la distance qui le séparait de l'autre navire, Tress n'en regarda pas moins avec stupéfaction la capitaine braquer son arme en direction de l'ennemi, fermer un œil et tirer. Un membre de l'équipage de l'autre navire – celui qui tenait la tige de tir pendant que ses assistants rechargeaient le canon – s'écroula dans une gerbe de sang.

« Ma foi, dit Laggart, je suppose qu'ils *avaient* un maître-canonnier hors pair.

— Charpentière, germeuse », leur lança Corneille tout en s'employant à recharger son mousquet, laissant tomber un petit sachet de spores zéphyr dans la bouche de l'arme. « Nous avons été touchés en pleine proue. Quand l'ébullition fera son retour, on va se manger la moitié de la mer – et tout le monde à bord découvrira le goût des spores. Peut-être voudriez-vous faire votre boulot, et nous épargner un tel destin.

— D'accord, cap'taine ! s'exclama Ann tout en levant son pistolet. Laissez-moi juste tirer une fois avant… »

Au moins une demi-douzaine de Dougs lui attrapèrent le bras, tout en s'efforçant de récupérer le pistolet. Faisant fi de cette distraction, la capitaine pointa à nouveau son arme en direction de l'autre bateau, puis abattit le marin qui s'apprêtait à charger un nouveau boulet dans le canon ennemi.

Jamais Tress n'avait vu de tir aussi précis. Bon, d'accord, jamais elle n'avait vu personne tirer. N'empêche : Corneille, je dois bien l'admettre, faisait partie des meilleurs tireurs que j'avais pu croiser au cours de toute mon existence. Et lorsqu'on sait que ces mousquets primitifs se manipulent comme un serpent qu'on électrocute, ce n'est franchement pas rien.

« Au travail, Ann », lui dit la capitaine, calmement – mais quand même d'un ton quelque peu menaçant, sa voix incrustée de glace. « Ou mon prochain tir n'aura pas à voyager jusqu'à un autre navire.

— Par les lunes, fit la charpentière, après s'être rapprochée de Tress d'un pas trébuchant. Ces Dougs avaient vraiment envie de se servir de mon pistolet, hein ? Bon, faudrait songer à exécuter l'ordre de la capitaine. Arrête de rêver, Tress ! » Et elle se précipita dans les entrailles du navire, la jeune femme sur ses talons.

« Tu as tes outils ? lui demanda Ann alors qu'elles atteignaient le pont intermédiaire.

— Quels outils ? Ann, je suis la germeuse de bord depuis ce matin ! Je suis totalement larguée…

— D'accord, d'accord. » Elle s'essuya le front. Le son d'un tir de boulet leur parvint alors du pont. « On a besoin de spores roses. Il devrait y en avoir en quantité dans la cabine de Weev. »

Tress hocha la tête. Elle conduisit Ann jusqu'à la pièce, mais la charpentière hésita sur le seuil. Sans l'attendre, la jeune femme s'engouffra à l'intérieur, puis retira le couvercle du petit baril rempli de spores roses qu'elle avait déniché quelques jours plus tôt.

« Prends-en quelques-unes, dit Ann, et mets-les dans l'une des boîtes métalliques. Le genre dans lequel on peut transporter des spores ? Ouais, ça. Euh… J'ai vu Weev se servir d'autres équipements, également… Je n'y connais pas grand-chose en la matière, gamine. »

Tress finit de remplir de spores la boîte en question. Puis elle ouvrit l'armoire, révélant ainsi tout un étalage d'outils métalliques variés suspendus à des chevilles à l'intérieur de la porte. Sans voir nulle part *quoi que ce soit* qui ressemblât à la boîte que le germeur avait utilisée sur l'autre navire. Weev, il convient de le noter, était un puriste. Il préférait les outils classiques de sa profession, pas les modernes.

« Tu en vois qui te semblent… appropriés ? s'enquit la jeune femme.

— Oh ! fit Ann. Celui avec la partie plate, comme une assiette. Et cette truelle. Bon, prends les deux. »

Le deuxième ressemblait effectivement à une petite pelle, mais à ses yeux le premier évoquait moins une assiette qu'un bouclier. Un petit bouclier rond – plat à l'avant, avec une poignée derrière.

Ils étaient munis de pinces permettant de les pendre à une ceinture, mais le temps leur manquait pour s'occuper de ça. Tress les récupéra tous les deux, ainsi que les spores et une pipette d'eau, puis fila rejoindre Ann – qui recula, les mains en l'air.

« Bon, reprit la charpentière. En temps normal je laisse le germeur se charger du premier patch pendant que je vais récupérer du bois, mais j'ai comme l'impression que tu ne dirais pas non à un peu d'aide, hein ?

— Merci », dit Tress, laissant Ann ouvrir la marche jusqu'à la cale. Une vive lumière en baignait les profondeurs normalement mal éclairées – elle entrait là par un trou positionné près du plafond. La cale était plus haute que les autres ponts, aussi ledit trou se trouvait-il à presque trois mètres du sol.

« Je vais chercher une échelle, dit la charpentière. Bon, ce qu'on attend de toi, c'est de faire pousser des spores dans ce trou. Ça n'a pas besoin d'être joli – les finitions, je m'en occuperai avec du bois dans les jours à venir. Tout ce qu'on a à faire, c'est reboucher ce trou. Il n'y a pas mieux que la roséite pour résister à l'argent, et elle peut tenir indéfiniment une fois en place. Donc, ça peut faire un super bouchon, à supposer que tu… tu sais… ne te tues pas avant…

— Des… conseils pour m'épargner pareil sort ? s'enquit la jeune femme, d'une voix soudain plus aiguë.

— J'aurais bien aimé, gamine. Ces deux outils sont les bons, mais je restais à bonne distance chaque fois que Weev manipulait des spores. Ce type était plus cinglé qu'une crotte d'écureuil. Avec tout le respect que je lui dois. »

Elle installa l'échelle, puis s'empressa de battre en retraite sans lui proposer de l'aider davantage – ce qui n'empêcha nullement Tress de la remercier intérieurement. Une fois au sommet de l'échelle, elle découvrit une vue imprenable sur l'océan de spores.

Pour le moment, il était calme, étale – stable. Mais dès que l'ébullition reprendrait, le navire se remettrait en mouvement – et les spores verdoyantes déferleraient dedans par la brèche. La cale avait beau posséder un revêtement en argent, le bateau ne tarderait pas à gagner trop de poids et cesserait de flotter.

Plus aucune détonation ne parvenait aux oreilles de Tress. Faisant comme si c'était bon signe, la jeune femme posa son équipement sur une étagère toute proche, prévue pour accueillir des sacs. Enfin, elle ouvrit la boîte en aluminium contenant les spores roses, qui ressemblaient à des grains de sel saumon. D'une main tremblante, elle inclina le récipient de manière à en faire tomber quelques-unes sur le rebord du bois pulvérisé.

Malheureusement, le temps qu'elle ait ouvert le compte-gouttes et que l'eau soit prête à en gicler, les spores étaient devenues gris foncé. Tuées par l'argent parcourant le pont juste au-dessus. Se sentant stupide, la jeune femme s'empressa de refermer la boîte, mais pas avant qu'un certain nombre de celles qui se trouvaient à l'intérieur aient elles aussi péri.

Elle prit quelques longues inspirations. Puis, se forçant à se remettre à l'ouvrage, elle commença par verser un peu d'eau sur le bois – avant de réouvrir la boîte. Penchée en arrière, se protégeant le visage, elle laissa alors tomber quelques spores directement sur l'eau.

C'était là une exécution louable d'un plan tout sauf parfait.

Toutes les spores roses éclatèrent en épais cristaux de roséite, pareils à de gros morceaux de quartz. S'ils n'étaient pas tranchants, certains allèrent transpercer le plafond, tandis qu'un autre passait en diagonale devant la tête de Tress – loupant de peu son visage.

Cela ne boucha pas le trou – les cristaux laissaient bien trop d'espace entre eux, et ils se détachaient du bois sous l'action de leur propre poids : une moitié tombait dans la mer, l'autre au fond de la coque. La jeune femme retint un temps sa respiration.

« Tress ! lui lança Ann. Attention ! »

Par les lunes… Qu'était-elle en train de faire ? L'intégralité du navire comptait sur elle, alors qu'elle en savait autant sur la question que sur la vexillologie militaire. (Attention aux pavillons unis. Ils auront votre peau.)

Tu as vu ce germeur sur Le Rêve d'Oot, se rappela-t-elle. *Il a colmaté le trou. Les outils étaient différents, mais tu sais à quoi le patch est censé ressembler.*

Alors qu'elle bataillait avec les outils, Tress remarqua quelque chose. La roséite continuait à pousser. Quand les cristaux les plus gros s'étaient détachés, ils avaient laissé de petits morceaux attachés à la coque – et ceux-ci, au contact de l'eau, se développaient lentement. Telle une moisissure *rampante*.

S'était-il passé la même chose avec les spores verdoyantes ? Les lianes continuaient-elles à pousser si on ajoutait davantage d'eau ? La jeune femme l'ignorait. Elle remit néanmoins de l'eau sur la roséite. Et oui, bien que la croissance soit lente, elle continuait à se dilater.

Bien trop lentement pour reboucher le trou, pensa-t-elle. N'empêche, tel le proverbial politicien dans sa benne à ordures, c'était un bon début.

Elle prit l'outil qui ressemblait un peu à un bouclier et le pressa contre la roséite. Les cristaux réagirent immédiatement, se rapprochant du métal qui (à en croire sa couleur gris ardoise) devait simplement être du fer. L'autre ustensile, la truelle, semblait les forcer à s'en éloigner. Il était constitué d'un métal argenté poli. (De l'acier, pour ceux qui s'intéressent compulsivement à ce genre de détails.)

D'accord, donc, chacun d'eux influençait la croissance des spores. Logique. Peut-être que…

Un grondement sourd lui parvint alors de l'extérieur de la coque. Une horreur retentissante. Le son de spores occupées à s'agiter. L'ébullition reprenait.

« Tress ! » hurla Ann.

Pas le temps de réfléchir. Si ces spores commençaient à affluer, Tress serait la première à mourir. Elle prit donc l'outil-bouclier de sa main gauche, pour le presser contre le trou. De la droite elle attrapa une minuscule pincée de deux ou trois spores – pas le temps de vérifier que ses mains étaient assez sèches – et les laissa tomber dans l'eau sur le rebord du bois disloqué.

Elles explosèrent aussitôt, mais furent attirées par le bouclier – qui les empêcha de partir dans des directions inattendues. La puissance de la conflagration faillit la faire tomber de l'échelle, qu'Ann, dans un cri de terreur, s'employa à stabiliser en s'accrochant à sa base.

Tress attrapa alors la truelle, des cristaux de roséite commençant à pousser autour du bouclier, puis s'en servit pour les repousser. Elle parvint à les orienter vers les côtés du trou, comme si elle utilisait du mortier capable de s'étendre selon ses instructions.

Du vent dans les voiles fit basculer le vaisseau en arrière, ce qui souleva la proue. Tress parvint tout juste à reboucher complètement le trou avant que le navire ne bascule au creux d'une vague. Son bouchon tressaillit, se fissura. Il y avait eu de l'eau sur l'autre bord, mais les lianes dont elle avait provoqué la croissance ne suffirent pas à le faire sauter – et elles n'en avaient pas assez pour parvenir à piéger le navire, de toute façon.

L'instant s'étira, lourd d'anxiété, tremblant – comme s'il retenait son souffle.

Le patch tint bon.

« Oh, par les lunes, dit Ann. Tu y es arrivée, pour de vrai. Peut-être que tu peux… ajouter une autre couche, ou…

— Ne tentons pas le sort », répliqua Tress en essayant de libérer le bouclier. Il était recouvert de roséite, qui le retenait prisonnier. « Je vais sans doute avoir besoin d'un couteau en argent. Peut-être au demeurant vaudrait-il mieux attendre d'être à quai, en lieu sûr, pour essayer de le détacher.

— Ouais, d'accord, fit la charpentière, qui tint l'échelle jusqu'à ce que Tress en soit redescendue. Tu n'imagines pas à quel point je suis contente de t'avoir eue à mes côtés, sur ce coup-là. Jusqu'à ce que tu prennes le poste, c'est à ma pomme que serait revenue la tâche de réparer ça. J'aurais sans doute utilisé du bois, et avec la brièveté de cette ébullition je n'aurais certainement pas eu le temps de… »

Un autre craquement leur parvint alors du pont. Des coups de feu.

« Ce n'est pas encore fini, dit Ann. Par les lunes miséricordieuses, j'espère que ce patch tiendra. Allez, viens. »

LA MANGEUSE DE SPORES

27

Tress fit un bref arrêt dans sa cabine pour ranger la boîte de spores et son outil restant – rassurant au passage Huck, qui s'était à nouveau caché sous le lit –, puis se hâta de monter les marches. Le temps qu'elle arrive, *Le Chant de la Corneille* se rapprochait dangereusement de sa cible.

Trois cadavres ensanglantés gisaient sur le pont du navire marchand. Le reste de l'équipage avait les bras en l'air, manifestement sans armes. Laggart avait apparemment tenté un autre tir, car une nouvelle masse de lianes recouvrait la partie arrière du bateau, nombre d'entre elles ayant envahi le canon ennemi proprement dit.

Un autre des boulets intervertis par ses soins avait explosé au lieu de couler le navire, mais cela risquait de ne pas suffire. Ce pauvre vaisseau marchand avait donné à Corneille maintes excuses pour sortir de ses gonds ; Tress craignait qu'elle n'ordonne à l'équipage de massacrer tout le monde à bord. Les pirates auraient leur trésor, et leur capitaine y gagnerait sa réputation de casse-pipeur.

Lorsque *Le Chant de la Corneille* eut suffisamment ralenti, plusieurs Dougs lancèrent des cordes munies de crochets en direction du navire marchand. Un autre jeta l'ancre. Nerveuse, Tress se tourna vers la capitaine, qui se tenait là, son mousquet prêt à faire feu.

« À tout l'équipage, lança Corneille, sabres sortis ! Préparez-vous à l'abordage. »

Tress se sentit gagnée par une soudaine poussée de panique. Non ! Après tout ce qu'elle avait fait pour protéger ces…

« Cap'taine ! » lança alors une voix. Tranchante, impérieuse.

Tout le monde se tourna aussitôt vers la plage arrière, où se tenait Salay, la timonière, une main sur le gouvernail. Qu'elle verrouilla, maintenant que le navire était immobile, avant de se diriger vers les marches.

« La tâche d'aller discuter avec leur capitaine des termes de leur reddition me revient par tradition, pas vrai ? » poursuivit-elle.

Les Dougs gardaient leurs armes braquées sur le navire marchand, mais aucun ne parlait. Ils savaient que quelqu'un risquait fort de se faire abattre dans les quelques minutes à venir, et préféraient éviter d'avoir l'air de se porter volontaires.

Corneille se tourna face à Salay en tenant son mousquet d'une main nonchalante. La timonière ne céda pas, et Tress se surprit à adresser une prière aux lunes.

« Nous les avons maîtrisés, reprit Salay d'une voix forte. Ils se sont rendus. C'est pour la liberté que nous sommes devenus des pirates. Rien de plus. » Elle faisait preuve de fermeté, et sa posture rendait ses intentions parfaitement claires. Elle n'allait pas laisser l'équipage du vaisseau marchand se faire massacrer.

Si Corneille voulait une boucherie ce jour-là, elle allait devoir commencer par tuer Salay. La capitaine en était capable – elle l'avait prouvé avec Weev. Mais combien d'hommes pouvait-elle se permettre de perdre sans mettre en péril le bon fonctionnement de son navire ?

« D'accord, annonça-t-elle finalement. Informez-les que je n'ai pas… apprécié ce qu'ils ont fait à mon navire après avoir lancé la fusée de capitulation. Ce genre… d'indiscrétion coûte des vies.

— Ils paieront davantage que la prime normale, dit la timonière. Je vais m'en assurer, capitaine. »

Tress laissa s'échapper un souffle longtemps retenu. Les marins se remirent à l'ouvrage, lançant de nouveaux crochets d'abordage pour empêcher les deux navires de s'éloigner l'un de l'autre. Salay fut la première à sauter à bord du vaisseau marchand.

Tress s'assit sur les marches menant à la plage arrière, épuisée, se sentant cette fois-ci comme une serpillière au fond d'un seau.

Une ombre s'abattit alors sur elle. « On n'a pas coulé, dit Corneille. J'en conclus que tu as bel et bien accompli ta tâche. »

La jeune femme hocha la tête.

« Elle a été géniale, capitaine, intervint Ann dans son dos. Une germeuse-née, je dirais. Elle a colmaté ce trou à son deuxième essai. Sans avoir l'air plus terrifiée que ça par les spores.

— Effectivement », convint Corneille, qui gratifia Tress d'une expression indéchiffrable. « Ann, tu ne crois pas que tu devrais poser des planches ? Au cas où le… travail d'expert de notre nouveau germeur ne se révèlerait pas aussi durable qu'il y paraît ?

— Je suppose que si. » Et elle commença à s'éloigner.

« Ann », lui lança alors la capitaine, main tendue.

Dans un soupir, la charpentière lui remit un pistolet qu'elle avait déniché on ne sait où, puis disparut dans les entrailles du bâtiment.

Corneille revint alors au vaisseau marchand ; des Dougs commençaient à émerger de sa cale, lestés de tapis roulés – la cargaison du navire. Le reste de l'équipage s'était rassemblé sur le pont, où leur capitaine discutait à voix basse avec Salay. Il avait un visage difforme, avec trop de front et de menton – comme si on voyait son reflet dans une cuillère.

Tout le monde semblait s'être calmé, à part un homme : un marin agenouillé sur le pont, à l'écart des autres. Quelque chose dans sa posture dérangeait Tress, qui monta donc les marches pour s'offrir une meilleure vue à travers la jungle de lianes. Oui, le malheureux berçait le corps d'une des personnes que Corneille avait abattues. Un ami ? Un membre de sa famille ?

Il était en larmes. Et semblait sur le point de faire quelque chose d'imprudent, de dangereux. Tress ouvrit la bouche pour lui lancer un avertissement, mais l'homme se leva d'un bond et tira de sa ceinture un pistolet. Qu'il pointa sur Corneille d'une main tremblante.

Là encore, tout le monde se figea. Tout le monde à part Corneille, qui se retourna pour fixer l'arme avec indifférence.

« Smocke ! hurla le capitaine du vaisseau marchand. Ne fais rien d'insensé, mon garçon ! Tu vas tous nous faire tuer ! »

L'homme, Smocke, se redressa – maculé du sang de son ami – sans pour autant baisser son arme. Ni appuyer non plus sur la détente. La capitaine Corneille leva le pistolet qu'elle avait pris à Ann et le pointa en direction du malheureux.

Après quoi elle le retourna contre elle et se tira une balle dans la tempe.

Des lianes jaillirent immédiatement de sa peau, fendant sa joue, se déployant autour de ses yeux, sans cesser de se tordre en tous sens. L'une d'elles intercepta la balle. La peau de son visage et de ses mains se mit à onduler, comme si elle avait des serpents à la place de ses muscles. Les lianes se tortillèrent encore un peu, puis commencèrent à se retirer, pour retourner à l'intérieur de son corps.

Corneille avait du sang qui suintait d'une entaille à sa joue, une autre goutte – unique – s'écoulait du coin de l'œil, mais à part ça son visage semblait parfaitement intact. Elle abaissa son pistolet, puis s'abreuva longuement à sa gourde. Pour enfin adresser un geste de défi à Smocke – comme pour l'inviter à essayer lui aussi de la tuer. Plusieurs membres de son propre équipage le plaquèrent au sol, et le projectile se perdit dans les airs.

« Je m'attends, lança alors Corneille d'une voix forte, à ce que mon navire reparte dans moins d'une heure, chargé de davantage de richesses qu'il ne devrait raisonnablement en transporter. » Ses yeux s'attardèrent sur le capitaine de l'autre bateau, qui se tenait toujours près de Salay. « Dans le cas contraire, je viendrai rendre visite à votre beau navire – et là, je montrerai à chacun d'entre vous ce que ça signifie *vraiment* de croiser la route de la capitaine Corneille. Si vous doutez de ma sincérité, demandez à l'équipage du *Rêve d'Oot* à quel point ils apprécient leur vie au fond de la mer Verdoyante. »

Après quoi elle disparut dans sa cabine. Tress se recroquevilla au pied de l'escalier, toute tremblante, accablée par la terrible vision de ces lianes *jaillissant* du corps de Corneille.

Elle était quoi, exactement ?

L'OREILLE HYPER-ATTENTIVE

28

« La capitaine est porteuse de l'éther verdoyant, expliqua le docteur Ulaam, en soulevant une étroite bouteille contenant quelque chose qui évoquait inconfortablement un rein flottant dans quelque solution.

— Elle est *quoi* ? s'enquit Tress, assise dans sa salle d'examen.

— Porteuse. Ça veut dire que Corneille est l'hôte d'une souche agressive du parasite verdoyant. Dans la tradition de ton peuple, on appelle ces gens-là des mangeurs de spores – même si je trouve personnellement ce terme imprécis. Dis-moi : d'où viennent les spores, déjà ?

— Des lunes, répondit Tress.

— Ah, oui ! fit Ulaam. Les lunes. Tout comme la nourriture vient de la cuisine, ou la poterie des îles Zéphyr. Ne pourrait-on imaginer que cela implique une autre étape, mmmh ? Ces choses se bornent-elles à apparaître comme par magie ?

— Donc… Vous vous attendez à ce que je vous demande comment les spores arrivent sur les lunes ?

— Plutôt, répliqua le médecin, qu'est-ce qui les *produit* sur les lunes ? Mmmmmh ?

— Je… n'en ai aucune idée. » C'était là une prise de conscience qui ne l'avait jamais effleurée avant.

Ulaam s'agenouilla auprès d'elle, et positionna le rein à la hauteur de son bassin. Il l'agita, puis haussa un sourcil. « Un échange ? proposa-t-il. Avec celui-ci, ton urine sentira le lilas.

— Euh… non, merci.

— Tu m'en vendrais un ?

— Au risque de me répéter : non.

— Quel égoïsme, dit Ulaam. Tu n'as pas besoin de deux reins.

— Et vous, combien en avez-vous ? »

Il sourit de toutes ses dents. « Touché.

— Pardon ?

— C'est un terme d'escrime, qui signifie que tu as réussi à me moucher. » Il se redressa, secoua la tête. « Quoi qu'il en soit, sur chacune de vos lunes vit un groupe d'entités voraces connues sous le nom d'éthers. Alors que sur d'autres mondes les véritables éthers vivent en symbiose avec les gens, ceux de vos lunes sont devenus insatiables, agressifs – et *féconds*.

— Je ne suis pas autorisée à prononcer ce mot, répliqua Tress.

— Non, ça veut dire… Bon, ce mot signifie quelque chose de très proche de ce que tu as en tête, mais il s'agit là d'une façon plus polie de l'exprimer. Bref, les éthers là-haut s'autopropagent d'une manière fulgurante, et chacun est relié à un élément primitif. Végétation, atmosphère, silicate…

« Ce qui suffit à les rendre dangereux, mais vos variétés se trouvent aussi être hautement instables. Exposées à la moindre bribe de catalyseur – l'eau, dans le cas qui nous intéresse –, elles tirent l'Investiture directement du Royaume Spirituel et germent de manière… explosive. C'est là un processus remarquable. »

Tress réfléchit un instant, et se retrouva avec une douzaine de questions supplémentaires. Sans doute aurait-elle été trop polie pour les poser, jadis, Ulaam ne lui devant après tout aucune explication. Sauf qu'il y avait quelque chose chez le médecin qui invitait à une telle conversation. C'était forcément ça, et pas quelque chose qui aurait… changé en elle.

« Et donc… fit-elle, comment la capitaine s'est-elle retrouvée avec ce truc à l'intérieur de son corps ?

— Je n'ai pas réussi à trouver une réponse satisfaisante à cette question. » Ulaam sortit alors un casier plein de reins en bouteille, puis rangea celui qu'il tenait. « D'aucuns pensent que ça arrive de façon aléatoire aux personnes qui tombent dans l'eau, tandis que d'autres prétendent qu'il faut pour cela ingérer une variété très spéciale de spores.

— Donc, elle les a bouffées, dit Tress. Peut-être.

— Peut-être », répéta Ulaam tout en relevant la manche de son costume, révélant un avant-bras grisâtre.

Duquel saillait une *oreille*.

« Vous avez une oreille sur le bras ! s'exclama Tress.

— Mmmmh ? Ah, oui.

— Mais… pourquoi ?

— Parce que, quand je l'ai greffée sur l'intérieur de ma cuisse, dit Ulaam, je n'arrêtais pas d'entendre mes vêtements se frôler d'une manière fort gênante.

— Votre tête ne serait-elle pas un meilleur emplacement pour ça ?

— J'en ai déjà deux, là-haut. Tu ne les as pas remarquées, peut-être ? Oreilles mises à part, l'affliction de votre capitaine n'a rien de bénin. Corneille est connectée *directement* à l'éther verdoyant primordial qui pousse sur la lune. Il a besoin d'eau pour survivre, ce dont votre lune est dépourvue. Aussi infecte-t-il – sans trop que je sache comment – des habitants de cette planète.

« Les lianes nichées à l'intérieur de la capitaine Corneille sont exceptionnellement assoiffées, et elles la vident en permanence de ses fluides. Ne me demande pas comment, mais elles utilisent ce liquide – et il en est de même pour tous les hôtes mangeurs de spores de par le monde – pour nourrir l'énorme éther envahissant qui vit sur la lune. Je ne suis pas parvenu à découvrir par quel processus, en revanche.

— N'empêche que les lianes la maintiennent en vie, lui fit remarquer Tress. Elles l'ont sauvée de cette balle.

— Effectivement, dit Ulaam. L'éther se protège en la protégeant, mais il est enragé. Insatiable. Incapable de la moindre pensée rationnelle, il l'*assèche* littéralement. L'affliction est progressive, elle consomme toujours un peu plus le corps de son hôte.

Je me suis laissé dire que c'était exceptionnellement douloureux, et toujours fatal.

— Par les lunes miséricordieuses, chuchota Tress. J'ai presque de la peine pour elle.

— Oui, enfin, la plupart des pires meurtriers de masse dans le genre de Corneille ont tendance à bien s'y connaître en matière de tragédie. C'est à se demander qui est le véritable monstre : le tueur, ou la société qui l'a créé ? »

Tress hocha la tête.

« C'était une question piège, reprit Ulaam. Le véritable monstre est celui qui se trouve à côté de toi, dans ce tiroir. Je lui ai donné sept visages différents. »

La jeune femme jeta un coup d'œil à la petite table basse qui jouxtait son siège – et qui *tremblait*. Tress fit mine de ne rien remarquer.

« Au moins, dit-elle, maintenant je sais pourquoi l'équipage a peur d'elle. S'ils n'osent pas se mutiner, c'est parce que cette… chose à l'intérieur d'elle la protégerait d'eux.

— Si fait, confirma le chirurgien. Je n'ai guère de doutes sur son aptitude à tuer jusqu'au dernier membre de cet équipage sans en subir le moindre effet nocif. À part, tu sais, le fait de ne plus avoir d'équipage. L'immortalité temporaire ne rend personne capable de réduire les voiles tout seul, comme le dit le bel adage.

— C'est un bel adage, ça ?

— Vieil, dit Ulaam. Je voulais dire *vieil*. J'ai bien peur que la langue que j'utilise actuellement ne commence à s'user. Avant, j'arrivais à la faire rouler merveilleusement bien. Tu sais qu'il s'agit d'une aptitude génétique ? Une langue sur quatre n'y arrive pas. » Il observa attentivement la bouche de la jeune femme.

Qui s'employa ostensiblement à ne pas faire rouler sa langue, préférant concentrer ses efforts sur le décryptage des objectifs de la capitaine Corneille. Cette femme voulait pousser l'équipage à bout, le rendre prêt à tout. Naviguer sur des eaux dangereuses, parce qu'elle était mourante ? Et qu'elle voulait vivre aussi longtemps que possible avant de tirer sa révérence ?

« Combien de temps pensez-vous qu'il reste à Corneille ? s'enquit la jeune femme.

— Difficile à dire, répondit Ulaam. J'ai entendu dire que la maladie tuait généralement en moins d'un an, mais je pense qu'elle en souffre depuis plus longtemps que ça. Elle tient remarquablement longtemps – mais je doute qu'il lui reste des mois, à ce stade. Des semaines, peut-être des jours. J'ai remarqué qu'elle devait boire presque constamment pour éviter de se déshydrater et de dépérir. »

C'était là une autre pièce du puzzle. Tress, malheureusement, n'avait aucune idée du nombre de pièces dont elle avait besoin – ou de l'apparence du puzzle une fois celui-ci terminé.

« Il te fallait autre chose ? demanda Ulaam. J'ai fait l'acquisition d'un huitième visage, vois-tu, et je pense qu'il reste peut-être de la place pour le greffer sous mon thorax.

— Quel est l'effet des spores de minuit ? » demanda Tress.

Ulaam fronça les sourcils. Il remonta nonchalamment sa manche, puis s'approcha de Tress, se penchant pour l'étudier d'un œil. « Hoid ! » lança-t-il.

Le mousse entra d'un pas tranquille. La jeune femme ne s'était même pas rendu compte que j'attendais dehors.

« As-tu donné à Tress des spores de minuit ? me demanda Ulaam.

— Nan ! répondis-je.

— Bien, répliqua Ulaam. Je craignais que…

— Je les ai données à Weev ! » le coupai-je, tout excité. (Pour ma défense, je les avais prises pour un genre de réglisse.)

Dans un soupir, Ulaam croisa les bras. Tress ne put s'empêcher de se demander si cela écrasait l'oreille greffée sur son avant-bras, et quel effet ça faisait.

« Gamine, dit le chirurgien, les spores de minuit n'ont pas leur pareil en matière de danger. Elles ont besoin d'une source d'eau vivante, continuelle – sous la forme de son hôte, celui qui les fait germer.

— Comme ce qui est arrivé à la capitaine ?

— Oui. Mais de manière temporaire, dans ce cas.

— Mais qu'est-ce qu'elles font ?

— Elles produisent de l'éther de minuit, répondit Ulaam. Aussi appelé Essence de Minuit : un petit fragment de matière visqueuse qui va imiter un objet ou une entité se trouvant à proximité. L'éther restera sous ton contrôle aussi longtemps que tu l'alimenteras. Il est plus utile que la plupart des autres créations sporiques – mais aussi plus malfaisant. Si tu t'exerces à le manipuler… »

Il marqua une pause, sans la quitter des yeux. Puis : « Quand tu t'entraîneras avec, garde toujours une grande quantité d'eau à boire dans le coin, ainsi qu'un couteau en argent. La plupart des germeurs utilisent l'éther de minuit à des fins d'espionnage, mais fais attention à ne pas créer une entité plus grande que la taille approximative de ton poing. Donc, quatre ou cinq grains maximum. Si ta création est trop grande, elle risque davantage d'échapper à ton contrôle.

— J'ai… à peine compris la moitié de ce que vous venez de dire, Ulaam.

— La moitié ? Eh bien, je savais que tu étais intelligente. Ton cerveau…

— … n'est pas à vendre, le coupa Tress.

— Oh ! intervins-je alors. Vous pouvez avoir le mien ! Il n'arrête pas de me répéter que les chaussettes sales ne font pas une passoire acceptable pour les pâtes, et s'il dit vrai je n'ai aucune envie de le savoir. »

Ulaam sourit de toutes ses dents, puis sortit un petit carnet de la poche intérieure de son costume et commença à écrire. « Je note les plus embarrassantes, dit-il – histoire de répondre à la confusion qu'exprimait le regard de Tress –, pour les partager avec lui une fois qu'il ira mieux. Je pense pouvoir exploiter ça pendant des décennies. »

Ce qu'il fit. Et plutôt deux fois qu'une.

« Hoid, dit Tress, il faut que je découvre un moyen d'accéder à la Sorcière. Tu te trouvais là-bas, avec elle. Est-ce que tu peux me guider jusqu'à elle, ou me dire comment traverser la mer de Minuit ?

— Il ne te sera d'aucune aide tant qu'il subira l'influence de cette malédiction, Tress, dit Ulaam. Tu vas donc devoir la briser.

— Mais comment ? s'enquit-elle. Vous-même n'en savez rien. À qui pourrais-je m'adresser ? »

Mon visage se fit pensif. À l'époque, ça voulait généralement dire que je me demandais si le fait de me mordre la joue de temps à autre faisait de moi un cannibale. Mais ce jour-là, je réfléchissais bel et bien à ce que Tress était en train de dire.

Et, pour une fois, la compréhension se fit en moi.

« Je peux parler, lui lançai-je doucement, mais je ne peux rien dire. Il m'est possible de te conseiller de toujours porter du blanc au mariage de quelqu'un d'autre.

— Bref, ça revient à parler pour ne rien dire. Rien de pertinent, du moins, sur la malédiction.

— Exact ! Bon, ça, c'est important. Tu dois trouver quelqu'un qui soit capable de parler *et* de dire des choses.

— Cela s'applique à beaucoup de gens », répliqua Tress.

C'était une véritable lutte. La malédiction faisait des nœuds à ma langue et à mon cerveau. Je ne pouvais littéralement pas trop en dire.

« Trouve… une personne… qui n'est pas… une personne, repris-je. Et qui peut parler… alors même… qu'elle ne le devrait pas. »

Tress inclina la tête. Ulaam, cependant, se rapprocha alors de nous. « C'est la chose la plus cohérente que je l'ai entendu parvenir à formuler depuis des mois, Tress. M'est avis qu'il dit là quelque chose d'important.

— Ça sonne comme du charabia, à mes oreilles. Je crois qu'il se moque de moi.

— Mmmh… Si tel est le cas, alors, ça ressemble remarquablement au Hoid d'avant. Une personne qui n'est pas une personne ? Et qui peut parler alors qu'elle ne le devrait pas… »

Tress me jeta un regard noir – je voyais presque des rouages tourner dans son esprit merveilleusement affûté. Puis elle eut un déclic. « Un animal doué de parole ? » hasarda-t-elle.

Je me laissai tomber par terre tout en lâchant un soupir de soulagement. Pour ne pas tarder à me perdre dans d'intenses réflexions, du genre « les cordonniers savent-ils aussi faire de bons desserts, ou cela n'est-il qu'une simple coïncidence ? ».

« Ah ! s'exclama Ulaam en frappant dans ses mains – ce qui lui arracha une grimace, tant le son avait résonné près d'une de ses oreilles. C'est certainement ça. Il t'exhorte à trouver un familier.

— Un quoi ?

— Les plus puissants utilisateurs d'Investiture – de magie, si tu préfères – sont souvent associés à des animaux parlants. J'ai remarqué que vous aviez des traditions similaires, sur votre monde. N'est-ce pas le cas ?

— J'imagine que si », répondit Tress, qui se remémorait des histoires entendues à la crèche, dans sa prime enfance.

« Je veux bien admettre, poursuivit Ulaam – en remontant sa manche, puis en sortant un scalpel –, que sur certains mondes ma propre espèce est à l'origine de ces rumeurs. Je ne pense pas que ce soit le cas ici, cependant, pas plus que je ne les crois procéder des arts d'un Éveilleur. Il est probable que la Sorcière, comme d'autres représentants de son engeance, ait trouvé des moyens d'Investir des animaux communs pour améliorer leurs capacités cognitives.

— Parlez-vous seulement le klisien ? lui demanda Tress.

— Techniquement, oui, même si j'utilise le Lien pour traduire mes pensées, qui à la base sont dans une langue dont tu n'as jamais entendu parler. Quoi qu'il en soit, Hoid semble t'estimer capable de dénicher un familier – un animal parlant, si tu préfères. Pareille créature aurait de grandes chances d'entretenir une relation quelconque avec la Sorcière. Les familiers sont généralement de petites créatures, auxquelles on a recours pour des activités d'espionnage. Des oiseaux. Plus rarement un félin…

— Ou un rat, dit doucement Tress.

— Tout à fait. » Ulaam entreprit de sectionner l'oreille greffée à son avant-bras.

Tress avait atteint la porte avant même qu'il n'ait eu le temps de la lui proposer.

LE FAMILIER

29

Tress trouva Huck dans sa cabine, sur son lit, alternant la mastication d'un morceau de pain grillé rassis et la lecture d'un des livres de Weev : un carnet détaillant l'usage des spores verdoyantes. La jeune femme l'avait laissé sur le matelas, et il semblait que le rongeur en avait grignoté le coin entre deux bouchées de toast – quant à savoir si c'était intentionnel ou dû à quelque instinct propre à son espèce…

« Tu m'as menti », lui lança-t-elle tout en fermant la porte.

Huck se recroquevilla sur lui-même, regardant de tous côtés en quête de la meilleure cachette possible.

« Pourquoi ne m'as-tu pas dit que tu étais un familier ? lui demanda Tress d'une voix impérieuse.

— Euh…

— Étais-tu un des compagnons de la Sorcière ? Qu'est-ce que tu sais à son propos ? Comment atteindre son île ? Est-ce que tu m'as caché ça tout ce temps ?

— Oh oh. » Huck se redressa sur son arrière-train, tout en remuant le museau. « Je suis… oui, je suis un familier, ce qui explique pourquoi je peux parler. Comment l'as-tu découvert ?

— Hoid, répondit Tress en désignant d'un large geste la cabine du chirurgien de bord. Ça n'a pas été facile pour lui de parler, avec sa malédiction, mais il m'a donné assez d'indices pour que je fasse le rapprochement. Huck, *pourquoi* tu ne me l'as pas dit ?

— Je ne voulais pas te mettre en danger. La Sorcière est une personne horrible, Tress. Tu ne devrais pas chercher à en découvrir davantage sur elle, et tu ne devrais certainement pas essayer de te rendre sur son île. »

La jeune femme se dirigea vers le lit et s'agenouilla à côté, de manière à positionner sa tête à la hauteur des yeux du rongeur. « Toi, tu vas me dire *tout* ce que tu sais sur la Sorcière. Sinon…

— Sinon quoi ? couina-t-il.

— Sinon… » Elle prit une interminable inspiration, nerveuse, car jamais de toute son existence elle n'avait proféré de menace aussi terrible. « … J'arrêterai de te parler.

— … Tu ne vas pas me jeter par-dessus bord, ou un truc dans le genre ?

— Quoi ? s'exclama-t-elle, horrifiée. Non ! Ce serait affreux !

— Tress, tu fais une pirate pathétique.

— S'il te plaît, Huck, dis-moi juste ce que tu sais. Est-ce que tu peux me guider jusqu'à l'île de la Sorcière ? »

Il réfléchit un instant, commença à parler, mais s'interrompit aussitôt. Il se gratta la tête. « Non, répondit-il. Ça m'est impossible, Tress. Je ne suis pas ce que tu penses. Je ne suis pas… un familier. Enfin, si, d'une certaine manière, mais pas dans le sens où tu l'entends. Toute ma famille peut parler. J'ai grandi sur une île isolée, loin, très loin du royaume de la Sorcière.

— Et tu es quoi, dans ce cas ? Un *descendant* de familiers ?

— En quelque sorte, oui. » Il lâcha un soupir. « Si tu veux vraiment atteindre le repaire de la Sorcière, ta meilleure chance d'y arriver est de briser la malédiction de Hoid. Moi, je ne peux pas te conduire à elle. Là-dessus, je te dis la vérité. Promis.

— Peux-tu au moins m'aider à la briser ? »

Il réfléchit un moment. Puis : « Je… Peut-être ? Je veux dire, je ne suis pas censé parler de ça. Mais tant que c'est à propos de Hoid… Bon, alors, voilà le problème. La magie de la Sorcière empêche ses victimes de parler des détails de leur malédiction.

— Ça, dit-elle, je le savais déjà.

— Mais j'ai entendu dire – par ma famille, vois-tu – qu'on peut parfois… forcer une personne maudite à quand même révéler certaines choses. Les malédictions ne sont pas *vivantes* ; elles sont statiques, comme les règles d'un contrat. Cela signifie que, malgré la peine que la Sorcière se donne pour les peaufiner, elles ont toutes des failles.

— Je ne comprends pas », fit Tress, toujours à genoux devant le lit.

« D'accord, dit Huck, imaginons que tu aies un ami qui soit maudit. Si tu vas le voir et que tu lui demandes “Es-tu maudit ?”, il ne pourra pas te répondre par l'affirmative. Mais le fait qu'il en soit incapable devient en soi une sorte de confirmation, tu comprends ? Donc, d'une certaine manière, tu viens de gruger la malédiction, et d'obtenir des informations à son propos.

— Mais en quoi cela est-il lié au fait d'annuler la malédiction ?

— Chaque personne maudite entend le sort lorsqu'il est prononcé, ce qui fait qu'elle connaît la méthode de son salut. La Sorcière… Tress, elle est maléfique. Sadique. Quand elle maudit quelqu'un, elle veut qu'il connaisse le chemin de sa liberté, sans pour autant être en mesure d'en parler à qui que ce soit.

— Ça a l'air horrible », dit la jeune femme, qui jeta un nouveau regard en direction de l'endroit où elle avait laissé Hoid.

« Ouais, confirma Huck. Je t'avais prévenue. Écoute, le simple fait de parler d'elle est dangereux. Tu devrais renoncer à essayer d'atteindre son antre.

— Ma décision est prise, répliqua-t-elle. Donc, soit j'y vais armée de tes informations, soit je m'y rends sans rien savoir – ce qui multipliera mes risques de mourir. Le choix te revient, Huck.

— Aïe ! Inutile de retourner le couteau dans la plaie, Tress. J'essaie de t'aider, ma belle ; c'est juste qu'il n'y a pas grand-chose que je puisse dire pour te prêter main-forte. Il faut que tu trouves un moyen de contourner la malédiction. Disons… disons que tu demandes à ton ami : “Comment puis-je faire pour annuler ta malédiction ?” une fois que tu sais qu'il est maudit. Eh bien, il sera incapable de te répondre.

« Mais peut-être que si tu lui racontes l'histoire de quelqu'un d'autre, qui aurait été guéri de sa malédiction, et que tu lui demandes : “Qu'est-ce que tu en penses ?”, il sera peut-être en mesure de te parler de ladite histoire, puisqu'il s'agit de quelqu'un d'autre – et donc pas de sa situation spécifique. Ce qui te permettrait potentiellement d'obtenir certaines infos en douce.

— Cela me semble impliquer beaucoup de conjectures, fit la jeune femme. Et de confusion.

— Et de frustration. Et de douleur. Ouais. Mais c'est tout ce que j'ai pour toi, Tress. Je suis peut-être un familier, mais je n'ai rien d'un expert. Je pense que tu devrais te concentrer sur ta survie, pas sur cette quête insensée supposée te conduire à la Sorcière. Corneille a une dent contre toi. Je le sens.

— Je me disais la même chose, au début », fit Tress, se laissant distraire par le changement de sujet. Elle avait besoin de temps pour assimiler ce que Huck lui avait expliqué avant de le pousser dans ses retranchements, de toute façon. « Mais les choses ont changé, dernièrement. Corneille est heureuse de m'avoir à bord.

— Et ça ne t'inquiète pas encore plus ? lui demanda Huck.

— Maintenant que tu le dis… Je devrais me méfier, pas vrai ?

— Par les lunes, et comment ! s'exclama le rongeur. Je veux dire, Corneille mange des balles, déteste tout le monde, elle est déterminée à condamner à mort son *propre* équipage. Et pourtant – comme par hasard –, elle a décidé qu'elle voulait bien de toi à bord de son navire. Sans véritable raison. »

Tress frissonna. « On risque d'avoir à nouveau besoin de tes petits talents d'espion…

— Euh… » Huck se tordit un peu les pattes, puis recommença à grignoter le livre.

« Arrête ça !

— Désolé, dit-il une fois qu'elle le lui eut arraché. Mâcher me détend. Je vais retourner l'espionner si c'est ce que tu veux, Tress. Mais… Je veux dire, je ne pense pas être très bon à ça. Je suis sûr qu'ils m'ont repéré, la dernière fois. Ce hublot est resté *hermétiquement* fermé depuis. Et puis, il y a le chat… »

Tress tapota d'un doigt l'ouvrage. La capitaine était maligne, et même Hoid – un idiot manifeste (aïe) – avait compris que Huck était un familier. Une fille qui passait du temps avec un rat apparemment trop bien dressé ? Cela avait sans doute aussi éveillé les soupçons de Corneille.

Mais peut-être existait-il un autre moyen. Qu'est-ce qu'Ulaam lui avait dit à propos des spores de minuit, déjà ? Qu'elles étaient bien pratiques pour l'espionnage…

Des coups à la porte interrompirent alors ses réflexions. Tress jeta aussitôt un coup d'œil à Huck, qui – avec force précautions – prit son pain dans sa bouche et fila se cacher sous le lit. La jeune femme allla ouvrir, pour se retrouver face à Salay.

« Tress, lui lança la timonière, il faut qu'on parle de qui tu es *vraiment*. »

LE MASQUE DU ROI

30

Salay voulait savoir qui Tress était vraiment. Malheureusement, cela donnait lieu à une certaine confusion, même pour Tress. Dans sa jeunesse, elle avait cru comprendre qui elle était. À présent elle se retrouvait à naviguer avec des pirates et à apprendre à utiliser des spores. À exiger des réponses d'Ulaam, sans se soucier de se montrer polie.

Elle n'était même plus certaine d'être encore Tress, ou d'avoir laissé place à quelqu'un d'autre. On pourrait dire, en d'autres termes, qu'elle était passablement perdue, pour le moment.

« Alors ? » insista Salay.

La jeune femme n'avait pas beaucoup d'expérience en matière de mensonge mais, paradoxalement, ceux qui s'en sortent le mieux sont ceux qui n'en disent pas très souvent. Dès lors, quand Tress garda le silence, mais recula d'un pas tout en invitant d'un geste la timonière à entrer, c'était exactement la bonne chose à faire.

Salay hésita. Malgré son caractère globalement terre à terre, même *elle* était nerveuse devant la perspective de pénétrer dans la cabine d'un germeur. On s'habitue à l'idée de la présence de l'argent. Cela vous permet d'ignorer, dans une certaine mesure, celle des spores – tout comme en général, on peut sans trop de problème ignorer que votre nez reste toujours à portée de vue. Ou ignorer l'horreur existentielle qui découle du fait de savoir que leur corps se détériore un peu plus chaque jour, le temps lui-même les emmenant à marche forcée vers le néant au rythme des battements de leur cœur.

Quoi qu'il en soit, Salay avait beau ne pas forcément… faire le poids en matière de taille ou de capacité à s'emporter, elle ne manquait pas de courage. La timonière entra dans la pièce et referma la porte derrière elle, endurant héroïquement le frisson qui lui parcourait l'échine et la chair de poule qui envahissait ses bras.

« Un peu de thé ? lui demanda Tress tout en sortant deux tasses en porcelaine claire – une paire joliment assortie, aux rebords argentés. Il est délicieusement tiède.

— Euh, non, répondit Salay. Écoute, je sais que tu n'es pas la personne que tu prétends être.

— Je suis juste une fille qui essaie de ne pas se faire jeter par-dessus bord.

— Ouais, mais non. » La timonière croisa les bras. « Je ne gobe plus ce petit numéro, Tress. »

Ce qui agaça un peu celle-ci. Qu'est-ce qu'il n'y avait pas à « gober » dans ce qu'elle venait de dire ?

« Qu'est-ce que tu veux que je réponde à ça ? répliqua-t-elle, dans un rare accès de colère. J'ai déjà admis que j'avais volé ce manteau. La vérité, c'est que je ne suis qu'une fille insignifiante originaire d'une île tout aussi insignifiante. Il n'y a rien de remarquable en moi.

— Ah, ouais ? Une fille "ordinaire" qui, *comme par hasard*, n'aurait pas peur des spores ? Qui, *comme par hasard*, serait devenue notre germeuse après seulement quelques jours à bord ?

— Les spores me terrifient ! s'exclama Tress, sans se soucier – pour une fois – de savoir si c'était discourtois. J'avais juste besoin de me trouver un travail à bord de ce navire, et c'était le seul vacant ! »

Salay se pencha en avant, comme pour l'étudier. « Par la lune des voiles, tu es si douée à ce petit jeu. Je ne vois pas l'ombre d'un indice prouvant que tu es en train de mentir.

— Parce que je ne mens pas ! Écoute, si tu ne crois pas ce que je te raconte, alors qu'est-ce que je suis, à ton avis ?

— Une inspectrice royale, répondit Salay. Sous couverture.

— Et donc, ceci, dit Tress – tout en lui désignant d'un geste son manteau volé –, serait un déguisement ?

— C'est un plan astucieux, je dois bien l'admettre. Tu savais qu'on allait immédiatement suspecter un nouveau venu. Et qu'une inspectrice serait la dernière personne à porter un de ces trucs ! Sauf si elle était une inspectrice. Donc, tu savais qu'en le portant, tu nous inciterais à croire que tu n'en étais pas une.

— Eh bien, fit Tress, voilà un cheminement de pensée intéressant…

— Oui. J'avoue que je n'aurais pas fait le rapprochement si je n'avais pas découvert que Corneille t'avait donné une chance de fuir le navire – une chance que tu n'as pas saisie. »

Oh ! « Puisqu'on parle de ça, dit la jeune femme, c'est juste que je me refusais à tous vous abandonner. Écoute, je ne mens pas. Je ne suis pas une inspectrice. »

Salay plissa les yeux. « Ah, ouais ? Et si on parlait de ce tu as fait aux boulets de canon ? »

Tress se figea.

« Ahaaa ! reprit la timonière. Tu ne t'attendais pas à ce que je sois au courant, pas vrai ? J'ai observé la réaction de Laggart quand ce bateau n'a pas coulé, aujourd'hui. Il *voulait* tuer ces gens. Je n'ai pas compris pourquoi, mais je *sais* que tu es la seule personne à avoir eu accès à ses munitions – et donc à pouvoir saboter sa tentative. »

Par la lune de la miséricorde, pensa Tress. *Si elle a compris… peut-être est-ce également le cas de Laggart et de la capitaine*. Duper un équipage aussi expérimenté… Elle aurait dû se douter que c'était là chose impossible.

La jeune femme s'assit sur son lit, troublée. Salay avait tort à son propos, mais la timonière… elle avait tenu tête à la capitaine Corneille. Elle avait empêché un massacre. Si Tress devait faire confiance à quelqu'un sur ce vaisseau, décida-t-elle, ce serait Salay.

« J'ai découvert que la capitaine voulait couler des navires, dit-elle, pour faire de vous tous des casse-pipeurs. Elle veut que vous lui obéissiez indéfectiblement. Même avec ses pouvoirs, elle doit craindre une mutinerie. »

Salay se pencha ; de petites boucles épaisses de cheveux noirs tombèrent de chaque côté de son visage. « Une fille ordinaire – comme tu prétends l'être – a *découvert* un des complots de Corneille ?

— Par accident, répliqua Tress. *Vraiment*, Salay. Je n'ai aucune idée de ce que je fais.

— Supposons que je te croie, fit la timonière. Et acceptons le fait que tu n'es pas une inspectrice. Est-ce que tu peux *prouver* tes dires, à propos de la capitaine ?

— Il y a des doubles fonds dans les barils de munitions, expliqua Tress. Laggart y garde un certain nombre de boulets sabotés. J'en ai mis des normaux à la place, de sorte qu'il ne puisse plus couler le moindre navire. J'ai encore ceux que j'ai retirés, mais j'ignore si ça prouvera quoi que ce soit. C'est ma parole contre la sienne.

— Je ne te demande pas de l'attaquer là-dessus, dit Salay, qui commença à faire les cent pas. On doit simplement obtenir l'accord des autres membres de l'équipage pour passer à l'action. J'ai organisé une réunion secrète avec Ann et Fort plus tard dans la soirée. Si tu apportais un de ces boulets, ça pourrait constituer une preuve suffisante à leurs yeux. Ils ont déjà des doutes sur les motivations de la capitaine, et… »

Elle s'interrompit, puis revint se poster devant Tress. « Et tu viens de me manipuler pour que je te parle de notre réunion secrète ! Bon sang, tu es *vraiment* douée. »

La jeune femme se borna à soupirer.

Salay soutint à nouveau son regard. « Aussi froide que de la glace. Avec un cœur d'acier inflexible.

— Vraiment ? C'est ça que tu déduis de mon expression ?

— Absolument. Derrière la peur et la confusion simulées que tu essaies d'utiliser pour me distraire. Mais je te crois sur une chose : tu n'es pas une inspectrice royale.

— Ah, bon ?

— Tu es bien trop intelligente pour en être une. Tu dois être un *Masque du Roi* ! »

Oh ! Voilà qui expliquait tout. Enfin, sûrement – vu que, par les douze mers, elle ignorait complètement ce qu'était un « Masque du Roi ».

« Tout le monde sait que les Masques du Roi *doivent* mentir quand on leur demande ce qu'ils sont, reprit la timonière, les mains sur les hanches. Histoire de protéger leurs missions secrètes. Aussi n'essaierai-je même pas de te forcer à le confirmer. Est-ce que tu vas nous apporter un de ces boulets, ce soir ?

— Si tu penses que ça convaincra les autres, répondit Tress, alors, oui – tu peux compter sur moi. » Elle n'aurait su dire ce que cet assortiment hétéroclite pouvait bien faire contre quelqu'un dans le genre de Corneille, mais ça n'en resterait pas moins une bonne chose de discuter avec eux de ses diverses découvertes.

« Parfait, dit Salay. La réunion se tiendra dans la cabine du quartier-maître après le deuxième repas du soir, quand le quart de nuit sera appelé. » Elle se prépara à prendre congé, puis hésita. « S'il te plaît, n'assassine personne avant. »

Ce sur quoi elle franchit la porte. Tress se laissa à nouveau choir sur son lit, stupéfaite ; Huck ne tarda pas à émerger de sa cachette.

« Et donc, un Masque du Roi, hein ? lui lança-t-il. Tu m'as bien eu, pour sûr.

— Je…

— C'était une blague, fit-il avant de se remettre à grignoter sa croûte de pain rassis. M'est avis que tu ne sais même pas de quoi il s'agit.

— Aucune idée.

— Un groupe d'assassins secrets. Entretenu par le roi pour effectuer des missions importantes. Il n'y en aurait jamais plus de cinq à la fois, paraît-il. C'est l'élite de l'élite.

— Et elle pense qu'une fille de dix-huit ans en fait partie…

— Les Masques sont censés prendre des potions de jeunesse pour dissimuler leur âge, expliqua Huck. Mais… il est *possible* qu'ils n'existent même pas, et que le roi se borne à encourager les rumeurs pour attiser la peur parmi son peuple.

« N'en veux pas à Salay. Les marins dans son genre vivent en marge de la loi, même quand ce ne sont pas des pirates. Quelqu'un comme Salay passe l'intégralité de son existence dans la suspicion. Elle n'est pas idiote ; c'est juste qu'elle n'a pas l'habitude de faire face à quelqu'un d'aussi… authentique. C'est comme si tu parlais une langue complètement différente.

— Je vais devoir la *convaincre* de la vérité, dit Tress. D'une manière ou d'une autre. » Elle trouvait physiquement douloureux de savoir que quelqu'un la prenait pour un assassin.

« Si j'étais toi, fit le rongeur, j'hésiterais à me rendre à cette réunion. La capitaine se méfie de Salay et des autres. Je pense qu'elle a peut-être l'intention de les tuer.

— Quoi ? Qu'est-ce qui te fait dire ça ?

— Quand je les ai espionnés pour toi, l'autre jour, j'ai surpris quelques mots sur des "réunions secrètes" et le fait d'être "enfin débarrassée de ces parasites". Avant qu'ils n'en viennent aux détails croustillants que je t'ai racontés. »

Cela ne lui disait rien qui vaille, tout en restant bien trop vague. Elle se releva et commença à arpenter ses petits quartiers, au son du raclement des spores contre la coque à l'extérieur. « On manque d'informations, Huck. Nous ignorons *pourquoi* la capitaine veut faire des autres des casse-pipeurs. Je veux dire, elle veut les pousser à faire quelque chose de dangereux, mais pourquoi ?

— Ouais, fit le rat. Moi aussi ça me laisse perplexe. Ça me rappelle un de mes amis. Un rat que j'ai connu dans ma jeunesse. Un sacré numéro, celui-là. Un jour, on lui a offert du fromage – on n'aime pas ça autant que les humains l'imaginent, soit dit en passant. Je me demande comment la rumeur a émergé. Bref…

— Je pense, murmura Tress, qu'on devrait essayer de rester concentrés, Huck. Il nous faut davantage d'informations sur la capitaine. »

Le rongeur laissa tomber son morceau de pain. « D'accord – j'imagine. Je veux dire, si tu veux *vraiment* que je me remette à jouer les espions… »

Tress se sentit immédiatement coupable, se rappelant ses objections antérieures. Elle n'avait aucune justification pour lui demander de mettre sa vie en danger.

« C'est bon, dit-elle tout en glissant une mèche de cheveux indisciplinée derrière son oreille. Je pense qu'il existe un autre moyen. » Elle inspecta le compartiment secret caché sous le lit, puis en sortit la petite boîte remplie de spores de minuit.

« Tress… dit le rat. Qu'est-ce que tu fais ?

— Je suis complètement hors de mon élément, Huck. Je suis juste une fille qui a un penchant pour les tasses. Je n'ai pas de formation spéciale, pas d'expérience particulière. Je ne peux pas déjouer les plans de Corneille à moins d'utiliser les ressources à ma disposition. » Elle souleva la boîte. « Il semble que je n'aie qu'un seul avantage : le fait que je suis *légèrement* moins terrifiée par les spores que les autres.

— Ouais, mais des *spores de minuit* ? Ne devrions-nous pas plutôt… tu sais… gravir un à un les barreaux de l'échelle avant de se servir d'un truc comme ça ? On ne commence pas par courir un royalthon complet. On fait d'abord un peu de jogging.

— Un quoi ?

— Un royalthon. Une course de soixante-cinq kilomètres, organisée chaque année pour l'anniversaire du roi.

— Soixante-cinq kilomètres ? » répéta Tress tout en fouillant les divers tiroirs du petit placard de Weev. N'avait-elle pas vu un couteau en argent là-dedans ? « Ils finiraient par tomber de l'île s'ils couraient aussi loin, faute de *sol*. À moins qu'ils ne tournent en rond ?

— Oh, Tress, la plupart des îles ne sont pas aussi modestes que le Rocher, tu sais.

— Vraiment ? » Elle sortit le couteau du tiroir. « Tu veux dire que certaines font *soixante-cinq* kilomètres de large ?

— Voire davantage. Je crois que l'une d'elles, dans les eaux de la mer Zéphyr, dépasse les cent kilomètres.

— Par les lunes ! » s'exclama-t-elle, s'efforçant d'imaginer autant de terres en un seul endroit. Eh bien, au centre, on ne pouvait peut-être même pas voir la mer du tout ! Elle secoua la tête pour en chasser cette idée insensée, puis sortit quelques outres.

Après quoi, elle s'agenouilla devant le lit, sélectionna trois spores noires et les posa sur le matelas. Huck recula, emportant son croûton de pain.

Tress prit une longue inspiration, et pensa à Charlie. Elle *pouvait* y arriver. Pour lui, mais aussi pour l'équipage du *Chant de la Corneille*. Elle allait résoudre les mystères de ce navire, protéger son équipage – qui la conduirait jusqu'à lui.

Elle prit le compte-gouttes et fit délicatement tomber un peu d'eau sur les spores.

L'ESSENCE DE MINUIT

31

Je suppose que vous n'avez aucune idée de ce qu'est un lien de Luhel. Ne culpabilisez pas. À ce stade de l'histoire, personnellement, je m'efforçais de découvrir combien de nuances différentes d'orange je pouvais porter en même temps. On a donc tous nos priorités.

La plupart des spores d'éther – les verdoyantes et les zéphyr, par exemple – n'impliquent aucune sorte de lien. Leur utilisation se résume à une simple histoire de cause à effet. L'éther comprimé tombe sur la planète sous forme de spores, et un peu d'eau l'encourage à pousser d'une manière… explosive.

Les spores de minuit sont différentes – en fait, elles se rapprochent de la façon dont les éthers sont censés fonctionner. Leur donner vie crée un lien temporaire, une sorte de symbiose entre l'hôte et l'éther. Contrairement au lien de Nahel, qui s'appuie sur la conscience et l'ancrage à la réalité, le lien de Luhel s'appuie sur de la matière *physique*. L'eau, dans le cas qui nous intéresse.

Tress ressentit comme une soif soudaine, un assèchement de sa bouche. Elle tendit la main vers l'outre, puis marqua une pause, fascinée par les mouvements des spores.

Celles-ci glougloutaient et ondulaient, fusionnant puis se dilatant comme un ballon. En quelques secondes, la flaque de matière visqueuse – qui se résumait au départ à trois spores minuscules – devint aussi grande qu'un poing humain. Par chance, sa croissance s'arrêta là, mais elle continua à se tortiller et à se déformer. Pendant un moment, un visage miniature apparut – s'extrayant progressivement du pus noir. Avant de redisparaître.

Une pensée s'imposa alors à l'esprit de la jeune femme : *Proposition. Échange. De l'eau. Donner de l'eau.*

Sans trop savoir ce qu'elle faisait, Tress accepta. Et l'Essence de Minuit, sous toutes ses formes, se mit en quête d'une apparence, d'un modèle. Elle s'inspire souvent de son créateur ou de son hôte – en l'occurrence, la jeune femme jeta un coup d'œil à Huck, qui avait battu en retraite jusqu'au coin le plus éloigné du lit – il brandissait devant lui son bout de pain tel un bouclier légèrement grignoté.

L'Essence de Minuit se mit à pulser avec davantage de détermination, à prendre une forme allongée. Pour qu'enfin apparaisse une queue noire. Puis quatre pattes. Puis un visage et un museau… un corps évoquant un tubercule déformé. Bientôt, Tress se retrouva face à une petite créature qui ressemblait *presque* à un rat trempé dans de la peinture noire. Sauf que les poils évoquaient davantage une texture cutanée que des poils individuels, et que les orteils comme le visage ne comportaient pas assez de détails.

Cette… chose était trop lisse. D'un noir de jais, luisante – on l'aurait dite faite de goudron. Elle détalait d'avant en arrière sur le lit, histoire de tester ses pattes – et là encore, les mouvements évoquaient *presque* ceux d'un rat.

Malgré sa soif qui ne faisait qu'empirer – étrangement, même ses yeux commençaient à être secs –, Tress ne pouvait s'empêcher de regarder. Elle finit par se décider à prendre un peu d'eau – et se retrouva à engloutir l'intégralité de l'outre. Jamais elle n'aurait imaginé que son estomac pouvait contenir autant de liquide, mais une fois qu'elle eut étanché sa soif, le lien de Luhel se renforça. La jeune femme lui avait donné ce qu'il voulait et, ce faisant, avait obtenu un certain contrôle sur lui. Elle perdit de vue le monde qui l'entourait, sa vision commençant à se brouiller.

Et puis elle *devint* le non-rat. Tress pouvait le diriger, voir à travers ses yeux, et même sentir ce qu'il sentait. Elle fit immédiatement bondir la chose en direction de Huck, qui lâcha un couinement avant d'aller se réfugier sous le lit. Ce qu'elle trouva amusant, sans trop savoir pourquoi.

Mais non – elle avait une tâche à accomplir. Oui, une tâche importante, qui impliquait de parcourir le lit en sautillant et de bondir par terre. Lorsqu'elle toucha le sol, ses pieds se recroquevillèrent à l'intérieur de son corps, ce qui la contraignit à les faire pousser à nouveau. Après quoi elle fila jusqu'à la porte et se laissa *suppurer* dessous, pour ressortir de l'autre côté sous la forme d'une substance gluante qui ne tarda pas à reprendre son apparence.

Des ombres. Elle appréciait les ombres. Ici, dans ces couloirs situés sous le pont, elle pouvait passer pratiquement inaperçue. Même sur les marches, les ombres étaient profondes. Mais là-haut, le soleil était sorti de la zone du ciel occupée par la lune. Un soleil détestable, même s'il était en train de glisser vers l'horizon, somnolent, inconscient de sa dérisoire personne. Minuitress se tapit sur les marches, à l'écoute des bruits des pas, ses narines pleines de l'odeur de vieux cuir des chaussures.

Là-bas. Une ombre projetée par le mât, qui suivait le virage effectué par le navire. Elle sauta dedans, puis la suivit sur toute sa longueur – sautant par-dessus les zones du pont recouvertes d'argent. Cela lui ferait du mal si elle marchait dessus, elle le savait, mais elle était plus résistante sous cette forme que des spores ordinaires. Une simple proximité ne présentait aucun risque.

Elle atteignit la cabine de la capitaine, qui occupait l'espace situé directement sous la plage arrière. Elle n'aurait certainement pas dû être capable de se faufiler sous la porte et, pourtant, elle y parvint. Retrouver son apparence initiale lui prit davantage de temps, cette fois, mais ses yeux réapparurent plus vite que le reste de son corps, ce qui lui permit de balayer la pièce du regard.

Corneille, assise à son bureau près du hublot, écrivait quelque chose à la lumière déclinante du soleil couchant. Son chapeau était suspendu à une patère à proximité de la porte, sa gourde ouverte à côté d'elle, et elle portait sa veste déboutonnée.

Dès que ses pieds eurent fini de repousser, Minuitress s'empressa d'aller se réfugier sous un banc, dans les ombres plus profondes. À présent, elle se trouvait assez près pour *sentir*. Oui… il émanait de Corneille une odeur désagréable. Un mélange de mauvaises herbes pourries, de chair brûlée, et d'autre chose que Minuitress ne parvenait pas à identifier. Les autres humains sentaient la sueur et la chair sucrée. Pas Corneille. Corneille n'était pas une personne – pas entièrement. Le parasite était en train de prendre le dessus.

Minuitress s'avisa alors qu'elle aurait dû attendre. Attendre que Corneille et Laggart se retrouvent en tête à tête. Elle aurait dû planifier davantage. Mais les plans… les plans concernaient les gens qui n'existaient pas encore. Or Tress *existait*, à présent.

C'était quoi, ce petit livre dans lequel Corneille écrivait ? Minuitress se rapprocha doucement. Lui était-il possible de le lire tout en restant suffisamment dans les ombres ? Elle tendit le cou, levant les yeux du sol pour essayer d'en voir davantage. Sauf qu'elle avait bien mal choisi son poste d'observation. Pourrait-elle…

Non. Non, elle allait devoir se positionner juste *à côté* de Corneille pour regarder le livre. Elle se sentait surexcitée, impatiente dans ce corps, mais… mais même dans l'obscurité, elle n'était pas invisible.

Encore un peu plus près. Elle pouvait se rapprocher encore un peu plus…

Non sans efforts, Tress parvint à se maîtriser. Autant essayer de se retenir de manger quand on est affamé. Elle *voulait* faire ce qu'elle *voulait*. N'est-ce pas ?

Non. Non…

Corneille n'allait pas tarder à partir. Le repas du soir. Elle allait s'y rendre, comme d'habitude, prendre à manger, puis revenir. Mieux valait donc attendre.

Attendre.

ATTENDRE.

La cloche retentit alors. Corneille referma son livre, s'abreuva longuement à sa gourde, puis se leva. La capitaine récupéra son chapeau sur la patère, ferma la porte, puis verrouilla derrière elle.

Maintenant !

Minuitress jaillit alors des ombres. Elle escalada le pied de la table au moyen de griffes qui semblaient trop acérées pour son corps par ailleurs doux et malléable. Puis elle se *projeta* dessus, si impatiente d'atteindre l'ouvrage que ses pieds se déformèrent dans sa course, des pattes noueuses supplémentaires émergeant de ses flancs telles des tumeurs.

Elle mordit dedans sitôt devant lui, l'ouvrant à la page que Corneille avait laissée marquée. Et à l'intérieur, il y avait… des mots ?

Des mots qui sentaient la poussière. Des mots d'un noir d'encre – poussiéreux, sales, ennuyeux, stupides, *fondants*. Pourquoi des mots ? Pourquoi avait-elle fait preuve d'une telle impatience ?

Des mots. Lis les mots.

Elle n'en avait pas envie, mais s'y employa néanmoins, faisant pousser ses yeux jusqu'à ce qu'ils sortent de son visage – et assimilent davantage d'informations visuelles, en rendant les détails plus précis. La plupart des mots semblaient avoir été imprimés par un appareil quelconque. Mais dans les marges, sans doute écrites de la main de Corneille, il y avait des notes.

Un moyen de se débarrasser d'elles, enfin ? disait l'une d'elles. *Un moyen d'expulser les spores de mon sang ?*

Curieux. Minuitress se concentra sur le texte.

> Il est tout à fait évident que Xisis a le pouvoir de guérir n'importe quelle maladie. En 1104, un quémandeur a rapporté avoir été guéri de tumeurs cancéreuses à un stade plus qu'avancé. Cet individu, Delph des îles Zéphyr, est un érudit connu et respecté – et sa parole est digne de confiance.
>
> Nous avons un exemple encore plus extrême. En 1123, la reine Bek la Quinzième a même été guérie de sa gestation de spores, et reste la seule personne – en des milliers d'années d'histoire officielle – à avoir survécu à une telle infestation. Xisis était impliqué dans le processus.

Des mots stupides. Aussi stupides que le fait de se mettre de la sciure dans les yeux. Pourquoi ? Il lui fallait trouver quelque chose à mordre, quelque chose qui suintait de la chaleur et du sel liquide.

Elle se battait contre elle-même, se tordant en tous sens, sa forme bouillonnant presque littéralement.

De colère elle faillit se mettre elle-même en pièces. Mais elle finit par l'emporter, se forçant à reprendre une apparence approximative de rongeur. Elle mordit des pages pour revenir progressivement au début du livre, croisant d'autres notes de la main de Corneille sans que la plupart n'attirent son attention – jusqu'à ce qu'elle tombe sur deux mots qui s'imprimèrent dans son esprit, tant ils résonnaient avec ce que Huck avait dit un peu plus tôt.

> De mes rencontres secrètes avec Weev, je conclus qu'il devrait y avoir un moyen de trouver l'emplacement que je recherche. Dommage qu'il ait eu recours au chantage. Enfin… Au moins a-t-il fait montre d'un peu de cran avant que je le tue.

Cela n'expliquait pas ce qu'était Xisis. Elle feuilleta d'autres pages, revenant au début du chapitre. C'était quoi, cette chose capable de guérir des maladies ? Une herbe ? Une potion ?

Non, un être.

> Xisis, lut-elle, réside sous les spores dans un palais bâti – d'une manière ou d'une autre – au fond de la mer Pourpre. Bien que d'un âge inconnu, il vit au même endroit depuis au moins trois siècles.
>
> Beaucoup le qualifieraient, très rationnellement, de mythe. Ce chapitre établira néanmoins qu'il est indubitablement réel, comme le prouvent les témoignages de quémandeurs dignes de confiance. Sillonner la mer Pourpre n'est certes pas à réserver aux âmes sensibles. De fait, nombreux sont ceux qui remettraient en cause la santé mentale de *quiconque* navigue sur ces spores. Cela a souvent été le

raisonnement permettant de rejeter les témoignages qui attestaient de l'existence du dragon.

Mes propres efforts pour le localiser n'ont rien donné jusqu'à présent, sauf que je peux prouver que ce n'est pas la folie qui les a conduits sur cette voie, mais le désespoir. Leurs paroles *sont* dignes de confiance. Aussi incroyable que cela puisse paraître, Xisis le dragon est réel.

Le dragon.

Corneille pensait que le dragon était réel.

Et elle voulait sillonner la mer Pourpre – en forçant son équipage à l'y emmener – pour guérir son affliction.

C'était la première chose qu'elle découvrait sur Corneille qui soit parfaitement sensée. Minuitress avait besoin d'en savoir plus. Comment dénicher le dragon ? Elle avait entendu dire qu'il exauçait les vœux – tout le monde avait eu vent de ces histoires –, mais ça ne se résumait certainement pas à ça. Trouver le dragon était-il suffisant, ou bien fallait-il lui donner quelque chose en échange ?

Non. Ces mots étaient comme des échardes dans ses yeux. Des mots stupides, inutiles, exsangues, sans sel, sans saveur, muets – il suffisait. Assez.

Le combat recommença, et sa forme se désintégra. Le bureau accueillait à présent une espèce de bouillie informe, qui s'agitait en tous sens.

Des bruits de pas.

La lutte opposait celle qui voulait d'autres mots et celle qui ne pensait qu'à les dévorer.

Des bruits de pas *à l'extérieur*.

Non non non non non non non non non, obéis.

Corneille était de retour. Une clé dans la serrure.

Il faut que tu…

Un éclair, un crépitement de fumée noire – et Tress se retrouva renvoyée dans son propre corps. Pour découvrir sa bouche desséchée, comme pleine de sable. Elle ne reconnaissait pas sa propre langue, qui avait la texture d'un morceau de tissu, et ses mains semblaient comme flétries devant elle. La jeune femme s'était effondrée sur le lit, et sa bouche n'émit qu'un croassement lorsqu'elle essaya de parler.

« Tress ! lui lança Huck tout en s'accroupissant juste devant son visage. Tress ! » Il tenait maladroitement le couteau en argent entre ses pattes. « Il y avait cette ligne de ténèbres qui émanait de toi, invisible à part autour de ta bouche. Je ne savais pas quoi faire, mais tu toussais, et…

— De l'eau », parvint-elle à articuler. Elle tendit la main vers la deuxième outre.

Huck bondit par-dessus son corps pour l'attraper entre ses dents et la tirer dans sa direction. La jeune femme parvint à la fourrer dans sa bouche – qui se mit aussitôt à brûler, du moins en eut-elle l'impression, à son contact. Tress continua à boire malgré la douleur, s'étranglant avec l'eau, la forçant à couler dans une gorge aussi sèche que du parchemin.

Après quoi elle s'allongea sur le matelas mouillé, le souffle court. Si un aléa normal l'avait déshydratée à ce point, elle serait sans nul doute morte – sauf qu'il ne s'agissait pas là d'un effet *normal*. L'absorption à point nommé de liquide inversait le processus. Les brindilles qui lui servaient de bras reprirent du volume, et la sensation de brûlure dans sa bouche et sa gorge finit par s'estomper.

Elle s'écroula sur le lit, savourant la sensation de ne pas avoir mal, et songea à ce qu'elle avait appris. Ce qui l'amena à s'inquiéter. Corneille allait-elle découvrir des restes de spores de minuit ? Lorsque Huck avait rompu le lien, Tress pensait avoir senti son corps s'évaporer en fumée noire. Mais cela laissait-il des résidus ?

« Tress ? s'enquit le rongeur. Est-ce que… tu vas bien ?

— Oui », répondit-elle, la voix rauque. Elle repoussa ses cheveux de son visage – ses ruades avaient eu raison de sa queue-de-cheval. « Tu m'as peut-être bien sauvé la vie, Huck. Merci.

— Bon, je suppose que nous sommes quittes, désormais. Je pourrirais au fond de la mer Verdoyante si tu ne m'avais pas laissé sortir de cette cage. »

Comme il se tordait encore les pattes, Tress se força à se redresser et à le gratifier d'un sourire. Mais par la lune de la menace, elle sentait poindre une migraine monstrueuse. Peut-être ferait-elle mieux de ne pas toucher aux spores de minuit, à l'avenir.

Elle savait ce que la capitaine Corneille voulait, néanmoins. Et – bien que la jeune femme ne puisse en être certaine – il semblait que les choses que Huck avait entendues ne concernaient pas Salay et les autres. Les « réunions secrètes » s'étaient déroulées avec Weev, et « se débarrasser de ces parasites » faisait référence aux spores présentes dans son sang.

Peut-être que Salay, Ann et Fort sauraient quoi faire. Tress se redressa et attendit de voir si Corneille allait débarquer, furieuse d'avoir été espionnée. Comme cela ne semblait pas être le cas, la jeune femme prit un bain luxueux, puis s'habilla et se prépara à assister à la réunion secrète. Avec un peu de chance, ils ne seraient pas trop en colère contre elle lorsqu'ils découvriraient qu'elle n'était pas un Masque du Roi.

Tress, bien sûr, sous-estimait la capacité de l'esprit humain à croire *uniquement* ce qu'il veut.

LA LIBÉRATRICE

32

« J'ai trouvé un moyen de nous sortir de l'impasse dans laquelle nous nous trouvons, dit Salay, avant de désigner Tress d'un geste. Voici notre libératrice. »

La jeune femme se figea, une main toujours sur la porte du bureau du quartier-maître, qu'elle venait de fermer. Elle ne s'était pas attendue à être mise sur la sellette au moment même où elle pénétrait dans la cabine. « Euh… commença-t-elle.

— Elle ne peut pas le confirmer, bien sûr, poursuivit la timonière – dans un murmure de conspiratrice. Mais je suis sûre qu'elle fait partie des Masques du Roi. »

Fort leva alors son panneau. **Sans vouloir avoir l'esprit de contradiction, Salay, je doute sincèrement que tel soit le cas.**

« Ouais, fit Ann. Je pense comme lui. Tress est géniale, et tout, mais c'est manifestement une simple fille originaire d'une île paumée.

— La raison d'être des Masques du Roi est d'avoir l'air innocent, rétorqua Salay. Combien de filles d'îles paumées avez-vous vues marcher sur des spores ? Puis s'accrocher au flanc d'un navire en mouvement ? »

Fort et Ann se tournèrent vers Tress, la scrutant au point de la faire rougir. « J'étais désespérée, dit-elle. J'ai juste fait ce qu'il fallait pour survivre. »

La façon dont tu t'es presque immédiatement retrouvée germeuse de bord, écrivit Fort, **c'est un peu suspect.**

« N'est-il pas ? enchérit Salay. Elle n'a pas peur des spores.

— J'ai *très* peur des spores, la corrigea Tress.

— Et elle aurait pu fuir le navire à Havrefeu, ajouta la timonière. Mais elle a choisi de rester pour pouvoir garder un œil sur Corneille. Elle l'a admis devant moi plus tôt dans la journée. »

Tress soupira. « Je… ne veux pas m'imposer, Salay. Mais je pense que tu as mal interprété ce que je t'ai dit.

— Attendez, intervint Ann. Salay, tu te comportes comme si c'était une *bonne* chose. Si elle *était* un Masque du Roi, elle pourrait se borner à tous nous tuer. On est des hors-la-loi, à présent.

— Ah, fit Salay tout en levant un doigt. Sauf qu'elle *sait* que nous n'avons participé au meurtre de personne. »

Techniquement si, écrivit un Fort morose. **Nous sommes devenus des pirates, ET PUIS des gens sont morts. Peu importe que nous n'ayons pas tiré le boulet. Nous sommes responsables de la mort de ces pauvres gens.**

Un lourd silence s'abattit sur la petite cabine. Fort était assis sur son tabouret derrière le plan de travail, ses épaules suffisamment larges pour qu'elles touchent presque les deux murs en même temps. Il portait des bretelles, les sept dernières ceintures qu'il avait essayées ayant abdiqué sur-le-champ – et je sais de source sûre qu'un mandat judiciaire lui impose de rester à au moins dix mètres de toute autre personne en raison de brutalités passées.

Ann trônait quant à elle sur le plan de travail situé près du mur, ses jambes se balançant en rythme. Un nœud dans les lattes semblait littéralement la captiver, sauf qu'en réalité les mots de Fort la hantaient. Ils étaient tous coupables. Tous, sauf Tress.

Salay se rapprocha des autres, s'éloignant de la porte par laquelle Tress était entrée. « Vous voyez, voilà pourquoi c'est si important qu'elle soit un Masque. La seule façon pour nous de survivre après avoir reçu le sobriquet de casse-pipeurs, c'est d'avoir un agent du roi qui se porte garant de nous. » Elle se tourna vers Tress, pour fixer sur elle des yeux suppliants. « Voilà pourquoi elle pourrait tout à fait être notre libératrice. Elle pourrait dire au roi qu'on pensait bien faire. Qu'on a essayé d'*arrêter* Corneille. Cette gamine est notre porte de sortie. Pas vrai ? »

Tress voyait jusque-là Salay comme quelqu'un de sévère, mais de direct. Comme une ferme poignée de main ayant pris forme humaine. Sauf qu'en cet instant, il y avait de la peur dans ses yeux sombres. Et de la douleur. Par la lune de la miséricorde, comme il lui était difficile d'écouter son plaidoyer et de le démentir.

Fort et Ann la regardèrent à leur tour, leurs prunelles scintillant également d'une étincelle d'espoir. Peut-être existait-il une porte de sortie, après tout.

Huck avait raison. Ces gens n'étaient pas des imbéciles. Ce n'était pas de la stupidité, d'espérer trouver en Tress quelque chose de plus que la fille qu'elle semblait être. Ils voulaient simplement avoir une chance de se sortir de ce mauvais pas.

Sa bouche s'assécha à nouveau, mais pas à cause de l'abus d'éthers, cette fois. Elle avait un moyen de leur prouver qu'elle n'était pas un Masque. Il lui suffisait d'affirmer qu'elle en *était un*. Paradoxalement, cela démontrerait qu'elle n'en était pas un, à supposer que Salay ait raison – et que les Masques ne soient pas autorisés à se dévoiler.

Mais cela éradiquerait leur dernière lueur d'espoir. Faire ça… c'était cruel. Autant que frapper un chaton.

Non. Autant qu'attacher de la dynamite à un chaton, pour ensuite voir jusqu'à quelle altitude sa tête pouvait s'envoler.

Tress n'arrivait pas à le dire. Ils en avaient tellement envie. Et elle aussi, en retour, souhaitait qu'ils obtiennent ce qu'ils voulaient. Aussi préféra-t-elle changer de sujet. La jeune femme fourra une main dans sa sacoche et en sortit un boulet de canon.

« J'ai récupéré ça, dit-elle, dans un compartiment secret d'un des barils de munitions de Laggart. »

Salay regarda les deux autres et croisa ostensiblement les bras, comme pour dire : « *Vous voyez ?* »

Fort souleva le boulet, l'équilibrant dans sa paume entre ses doigts recourbés. Il le fit rouler d'une main à l'autre, puis le reposa sur le plan de travail. Après quoi le quartier-maître sortit un burin et un marteau, les tenant chacun de sa manière unique, et frappa précautionneusement le boulet à quelques endroits précis. Ce qui lui permit de le garder dans une seule paume et de le faire pivoter de sorte que ses deux moitiés se séparent.

À l'intérieur, on aurait normalement dû trouver une charge explosive de spores zéphyr ainsi que l'amorce qui faisait éclater le boulet (pour les détails, nous y viendrons plus tard). Chaque boulet arborait un numéro à l'extérieur, correspondant aux secondes précédant la détonation secondaire – qui expulsait un jet d'eau.

Dans ce cas, la charge avait été remplacée par un tissu ouaté, le centre creux étant rempli de grenaille de plomb en lieu et place d'eau.

« Trafiqué, fit Ann, pour couler un navire, pas pour le capturer. Par la lune de la justice, Salay. Tu as raison. La capitaine a *intentionnellement* fait de nous des casse-pipeurs ! »

Je SAVAIS que quelque chose clochait, écrivit Fort sur son ardoise. **Tout comme toi, Ann.**

« Ouais, mais le fait de le *voir*… Comment t'es-tu débrouillée pour récupérer ça sans te faire prendre, Tress ?

— Ce n'était pas difficile, répondit-elle. Personne ne veut s'approcher des charges.

— Mais comment les as-tu trouvés ? insista la charpentière, sans un instant quitter des yeux le boulet disséqué.

— J'ai, euh, de l'expérience avec les barils et les compartiments secrets. »

Salay la gratifia d'un sourire entendu – et d'un regard espiègle.

Ma question est : POURQUOI ? écrivit Fort. **Qu'est-ce que la capitaine gagne à faire une chose pareille ? Nous étions déjà des pirates. Tuer des gens plutôt que de les piller… ça n'a aucun sens.**

« Ouaip, fit Salay. C'est bien ça, l'énigme. »

Tress hésita, puis poussa un soupir. Elle devait tout leur dire. « J'ai surpris une conversation entre la capitaine et Laggart. Elle avait peur qu'à moins d'être des criminels recherchés – et de risquer la mort sur n'importe quelle île où vous tenteriez de vous réfugier –, vous ne vous montriez pas assez loyaux.

— Eh bien, dit Ann, elle a raison à ce sujet. Jusqu'à ce que ce bateau coule, je réfléchissais à un moyen de déguerpir. »

Tu as « entendu » la capitaine parler à Laggart ? écrivit Fort. **Comment ? Ils n'évoquent jamais leurs secrets au grand air.**

« Ils n'étaient pas au grand air, fit Tress. Ils se trouvaient dans sa cabine. » Tous trois la dévisagèrent aussitôt, et elle prit conscience de son erreur. Par la lune de la miséricorde. Elle n'aurait jamais dû se pointer à cette réunion avec un mal de tête aussi carabiné.

« Tu as réussi à espionner la capitaine, dit Ann. Dans sa cabine, pendant qu'elle jouait aux conspirateurs avec son premier officier et qu'ils parlaient de ses plans secrets pour trahir son équipage ?

— Euh… Oui. »

Ses mots restèrent suspendus un moment dans les airs avant qu'Ann ne les attrape et ne les avale. « Tu es sacrément douée en espionnage pour une fille d'une île paumée, pas vrai ?

— Chanceuse, rien de plus. » Après quoi la jeune femme s'employa à rapidement passer à autre chose. « Écoutez, je crains que la capitaine n'essaie de couler d'autres navires. En permutant les boulets de canon, je l'ai empêchée de tuer des gens aujourd'hui, mais je pense qu'elle veut assassiner au moins un autre équipage pour tous vous avoir à bord. *Métaphoriquement* à bord, je veux dire. Avec son plan. Vu que… enfin, vous comprenez… » D'un geste, elle désigna le bateau qui les entourait.

« Je suis d'accord avec le Masque, dit Salay. C'est passé tout près, aujourd'hui. On a assez de sang sur les mains comme ça. On doit trouver un moyen de régler définitivement le compte de Corneille. »

Ça risque de prendre du temps, écrivit Fort. **Je pense qu'on devrait d'abord trouver un moyen d'étancher sa soif de sang.**

« Elle n'est pas vraiment du genre *étanchable*, lui fit remarquer Ann, si tu n'as pas remarqué. Je crois qu'on doit l'éloigner de tout lieu où elle est susceptible de faire des dégâts. »

Et si on parvenait à la persuader de sillonner une autre mer ? Qui serait moins fréquentée ? De cette façon, nous croiserions moins d'innocents qu'elle risquerait de blesser.

« Exact, dit Salay, mais pour ça il faudrait rejoindre la mer Pourpre ou – pire – la mer de Minuit. Mais je ne vois *vraiment* pas comment on pourrait la persuader de faire un truc pareil. Les bateaux marchands, elle les aime bien remplis.

— En fait, intervint Tress, je suis presque sûre qu'elle accepterait de voguer sur la mer Pourpre.

— Nan, fit Ann. La capitaine possède un instinct de conservation trop développé. On ne parviendrait jamais à la persuader de… » Sa voix s'éteignit ; elle considéra Tress, puis plissa les yeux. « Du moins, aucun membre d'équipage *normal* ne pourrait lui faire avaler une idée aussi folle.

— Ce sera facile, je pense, dit une Tress mal à l'aise. Salay, tu devrais aller le lui suggérer.

— Après ce que j'ai fait tout à l'heure ? La capitaine *rêve* de trouver le moindre prétexte pour me pendre sur-le-champ. Si je lui demandais de sillonner la Pourpre, elle me jetterait par-dessus bord – aucun doute là-dessus.

— Tu te crois vraiment capable de la convaincre, Tress ? » lui demanda Ann.

Bon, Tress *voulait* leur faire part de ce qu'elle avait appris : que Corneille avait prévu de rejoindre la Pourpre et d'obtenir là-bas sa guérison. Et… il lui vint à l'esprit que, si la capitaine se remettait, tout le monde serait gagnant. L'équipage n'aurait plus à avoir peur d'une mangeuse de spores, Corneille resterait en vie, et peut-être que tout le monde pourrait tirer un trait sur cette existence de pirate.

Sauf que si Tress s'avisait de leur expliquer comment elle savait ce qu'elle savait, elle ne doutait pas que ça les convaincrait définitivement de son statut de Masque du Roi. Surprendre une conversation, c'était une chose. Mais admettre d'avoir, par quelque moyen invraisemblable, *volé* ses écrits privés ?

Et donc, plutôt que d'en dévoiler davantage, la jeune femme se borna à hocher la tête. « Je vais m'en charger. Je suis certaine de pouvoir lui faire accepter de naviguer sur la Pourpre. Vous autres, concentrez-vous sur le plan à long terme : un moyen de lui reprendre le navire. »

Tant que ces spores seront dans son sang, écrivit Fort, **elle sera immunisée contre tout ce qu'on pourrait lui faire subir.**

« Euh, partez du principe qu'ils ne s'y trouveront plus, dit Tress. Que ses pouvoirs seront neutralisés dans un futur proche. Par… hum… quelque chose qui n'a *absolument* rien à voir avec moi… »

Tous trois trouvèrent là une nouvelle occasion de la dévisager.

« Bien, bien, fit Salay en poussant Tress hors de la cabine. C'est ce que nous allons faire. Toi, tu la persuades de rejoindre la Pourpre. Si elle y consent, je suis sûre de pouvoir convaincre les Dougs de nous suivre – la plupart d'entre eux digèrent aussi mal que nous les tueries que nous avons perpétrées. » Après quoi la timonière ajouta, dans un filet de voix : « N'oublie pas notre accord, par contre. Parle en notre faveur au roi. Convaincs-le qu'on ne voulait rien de tout cela, et dis-lui bien qu'on t'a aidée à y mettre fin. D'accord ?

— Salay, dit Tress. Je ne suis *vraiment* pas…

— Mais oui, mais oui. Je sais. Tu ne peux pas l'admettre. Que penses-tu de ça : si tu as *l'occasion* de parler au roi pour notre compte, peux-tu me promettre de la saisir ? Dans cette hypothèse ?

— Je suppose que oui, répondit Tress.

— Ça me suffit. » Elle lui ouvrit la porte. « Et bonne chance. »

LA MENTEUSE

33

Tress trouva la capitaine sur le pont supérieur, appuyée contre le bastingage à la proue du navire – occupée à remplir d'eau une jolie tasse en étain, les yeux fixés sur le soleil couchant qui brûlait l'horizon. Alors même que la jeune femme s'approchait, l'ébullition s'interrompit. Doug, le timonier de nuit, demanda que les voiles soient enroulées, et le navire ralentit peu à peu jusqu'à l'arrêt complet. Devenant une bête silencieuse, qui somnolait au doux son du vent sur les spores et la toile.

Chaque fois que le bateau s'arrêtait, le monde semblait soudain comme en décalage avec sa propre musique. Il n'y avait plus de mouvement à compenser, et l'air était trop calme. Le doux grincement des spores était si permanent, en temps normal, que son absence devenait *anormale*. Même le pont sombra dans le silence quand les Dougs descendirent prendre une collation et jouer aux cartes jusqu'au retour de l'ébullition.

La capitaine ne prêta aucune attention à la jeune femme. Elle vida sa tasse, puis la laissa pendre au bout de son index, sans un instant quitter des yeux le soleil – tel quelque bourreau céleste envoyé là pour s'assurer que le jour expirait correctement.

Tress ne prit pas immédiatement la parole. Au cours des jours passés, Corneille lui avait bien fait comprendre qu'il ne fallait pas l'interrompre lorsqu'elle étanchait sa soif. La jeune femme espérait simplement qu'elle ne jetterait pas la tasse dans l'océan ensuite. D'accord, l'objet était d'une conception utilitaire, mais il en était de même pour Tress. Elle aurait détesté qu'il arrive quoi que ce soit à l'un ou l'autre – ça aurait été du gâchis.

La Lune Verdoyante surplombait leurs têtes, couvrant un bon tiers du ciel. J'ai souvent trouvé étrange que les insulaires des mers de spores regardent si peu leurs lunes. À mon arrivée sur cette planète, je passais mon temps à les contempler. Il y a comme une… malveillance dans leur proximité même. Alors que la plupart des lunes planétaires restent collées aux murs, dans l'attente d'une invitation à danser, celles-ci occupent déjà la piste – constellées de paillettes.

« Qu'est-ce que tu fais là, Tress ? » finit par s'enquérir Corneille.

La jeune femme réfléchit. Si elle lui *demandait* de but en blanc de rejoindre la mer Pourpre, cela éveillerait certainement sa méfiance. « Eh bien, répondit-elle, je souhaitais vous parler de quelque chose.

— Ce n'est pas ce que je voulais dire. Je veux savoir pourquoi tu te trouves *ici*, sur ces océans. Qu'est-ce que tu cherches à obtenir ? »

Comme s'il y avait une réponse *simple* à pareille question. En général, les gens ne savent pas ce qu'ils veulent, même s'ils détestent presque tous s'entendre dire en quoi ça devrait consister. Et puis, Tress avait vécu toute son existence à estimer qu'elle n'avait pas à imposer ses désirs à autrui.

« J'ai quitté mon île pour découvrir le monde, répondit-elle.

— C'est ce que disent souvent ceux qui aspirent à devenir marins, fit Corneille. Quel joli petit aphorisme, pas vrai ? Avec une petite révérence ? Arpenter les mers, découvrir une centaine d'îles différentes. Le problème, c'est que les bars qu'on trouve à quai se ressemblent tous terriblement – et que tu n'auras guère l'occasion de pousser plus loin tes explorations.

— Je vais pouvoir rencontrer beaucoup de gens différents, au moins.

— Ma foi, oui. Exact. Le problème, c'est que leurs entrailles *aussi* sont toutes effroyablement similaires. En tant que casse-pipeur, c'est à peu près tout ce que tu auras l'occasion de voir d'eux. »

Tress se détourna de la capitaine. Elle n'attendait qu'une chose : que le bateau se remette en mouvement. Toute cette immobilité lui donnait la nausée.

« Et donc, ça se résume à ça ? reprit Corneille. À un désir enfantin d'aller… ailleurs ?

— Oui », confirma la jeune femme.

La capitaine parut déçue. Au loin, le soleil finit par sombrer dans la mer, totalement éteint. Seules persistaient d'ultimes lueurs pour témoigner du crime.

Ça ennuyait Tress d'avoir dû mentir autant ces derniers temps. Certes, on ne devrait pas culpabiliser de mentir à quelqu'un dans le genre de Corneille. On ne devrait pas non plus frapper ses congénères, sauf que de telles conventions sociales ne s'appliquent pas au tigre qui vous ronge la jambe.

Ce n'était donc pas spécifiquement ce mensonge-là qui inquiétait la jeune femme. Elle était davantage préoccupée par la densité générale des mensonges qui émanaient d'elle. Ils avaient tous vocation à servir le bien commun, certes, mais le tigre susmentionné aurait également pu faire valoir que ledit rongement servait aussi le bien commun. Le *sien*, plus précisément.

Tress commençait à prendre conscience d'un fait désagréable : qu'il est impossible de cataloguer les gens dans des groupes basiques de menteurs et de non-menteurs. C'est souvent la situation, l'éducation ou bien la génétique, qui produisent les mensonges – et donc, les menteurs.

« En réalité, se surprit-elle à dire, il y a autre chose. Quelqu'un que j'aime a été enlevé par la Sorcière. J'ai l'intention de me rendre sur son île et de l'affronter pour le libérer. »

Corneille faillit faire tomber la tasse. Tress tendit la main, anxieuse.

« La mer de Minuit, dit la capitaine. *Toi*, tu as l'intention de sillonner la mer de Minuit.

— Eh bien, avec un peu de chance, pas seule, répliqua Tress. Idéalement, j'aimerais faire ça à bord d'un navire. »

Corneille éclata d'un rire qui n'avait pas grand-chose de joyeux. Hostile, moqueur, il était au rire ordinaire ce qu'un chien de garde est à un chiot. « *Toi* ? répéta-t-elle. Une astiqueuse aux cheveux hirsutes venue de nulle part ? Tu vas… Je n'arrive même pas à le dire ! »

Quelque chose en Tress changea à ce son. Une chose qui ne se brisa pas tout à fait, mais qui ploya assurément – et se découvrit capable d'une souplesse inédite. La jeune femme fixa la capitaine droit dans les yeux, puis : « Je ne trouve pas ça juste. J'ai déjà fait tout ce chemin. Ma mère m'a toujours dit que la partie la plus difficile de n'importe quelle tâche, c'était souvent de s'y mettre.

— Ayant personnellement escaladé plusieurs montagnes, fit Corneille, je peux affirmer en toute certitude que ta mère est une idiote. »

Tress se sentit rougir de colère. Certaines paroles étaient déplacées, même chez les pirates.

« Qui, reprit la capitaine, pensais-tu embarquer dans cette mission impossible ?

— Ma foi, je ne connais de facto que l'équipage d'un seul vaisseau, actuellement. J'espérais un peu… »

Bien entendu, un nouvel éclat de rire vint l'interrompre. Celui-là, elle l'avait prévu. Elle l'avait même provoqué délibérément. Parce qu'elle se sentait de moins en moins gênée par ses mensonges, du moins ceux qu'elle servait à Corneille.

Et le plus grandiose d'entre eux venait de lui traverser l'esprit.

« Et si je trouvais un moyen de vous payer ? » proposa la jeune femme.

Cette fois la capitaine faillit s'étrangler, s'esclaffant si fort qu'elle fut prise d'une quinte de toux. Ulaam monta même jeter un coup d'œil sur le pont en entendant ce bruit, car la seule fois où il avait entendu Corneille rire de la sorte, c'était quand l'un des marins avait réussi à se planter tout seul un crochet d'abordage dans l'entrejambe.

« Même si je voulais rejoindre les eaux de la mer de Minuit, fit-elle en s'essuyant les yeux, et même si *tu* pouvais *me* payer, l'équipage n'accepterait jamais de faire une chose pareille.

— Vous avez sans doute raison. » Tress fit mine de réfléchir. « Il faudrait que j'apaise leurs craintes. Qu'on les emmène dans un endroit moins dangereux, pour commencer, mais quand même menaçant. Pourquoi pas… la Pourpre ? Pour atteindre la mer de Minuit, après tout, il me faudrait traverser la Pourpre. Ça pourrait donc être la… première étape de notre voyage.

— Ils n'accepteront jamais, gamine. Cet équipage est aussi lâche que le roi en personne.

— Mais imaginons que je *parvienne* à les convaincre. Accepteriez-vous de vous y rendre ? Très peu de bateaux naviguent sur la Pourpre ; ceux qu'on y trouve accueillent donc certainement dans leurs cales le plus de richesses à piller. »

Cela avait autant de sens, il convient de le noter, que de supposer que les personnes vivant dans des royaumes éloignés devaient être les plus en forme – vu que ça prenait beaucoup de temps pour s'y rendre à pied.

Corneille se borna à hausser les épaules. « Si tu arrives à les persuader, d'accord. Mais sache que j'ai déjà essayé de mon côté. Ils ne voudront pas. Pas encore. Ils ne sont pas assez… désespérés. »

Tress remercia la capitaine et prit congé. Elle préférait ne rien ajouter – non pas qu'elle en ait eu besoin. Parce que la capitaine venait en réalité d'être dupée par une astiqueuse aux cheveux hirsutes venue de nulle part.

Encore une fois.

LE BOUSEUR

34

Il y a une histoire originaire du pays de Tress que j'aime beaucoup raconter. Voyez-vous, dans le palais du roi, le serviteur le plus subalterne est le bouseur – l'homme chargé de contrôler les eaux usées du château pour s'assurer que rien d'utile n'y a été perdu, ou balancé.

Personne ne voulait remplir ce rôle, pour d'évidentes raisons odoriférantes. Pire encore, personne n'écoutait le bouseur, parce que, partout où il allait, les gens étaient trop occupés soit à se positionner sous le vent par rapport à lui, soit à essayer de se rappeler comment enlever du vomi d'un tapis (savon, vinaigre et eau chaude).

Le bouseur de notre histoire avait bien des motifs de se plaindre, certaines liées au manque de fibres dans le régime royal. Une chose dont il ne se plaignait pas, par contre, c'était son dîner. Chaque jour, on lui servait la même chose. Une pomme de terre au four, avec du saindoux.

Il adorait les pommes de terre au four. Tellement qu'il décida, un jour, d'en demander une deuxième. Ce qu'il obtint, essentiellement pour qu'il débarrasse le plancher, après quoi cela devint une habitude. Deux pommes de terre. Chaque jour.

Cela continua jusqu'à ce que, un jour, les petits serviteurs les plus humbles voient leurs dîners remplacés par quelque chose de différent. Du pain de maïs avec du saindoux. Et le bouseur *détestait* le pain de maïs. Aussi attendit-il le retour des pommes de terre – en vain.

Un jour, alors qu'il s'attelait à sa besogne quotidienne – il venait de remarquer que quelqu'un avait une fois encore dû teindre le punch en vert lors du dernier bal –, une pensée lui traversa l'esprit. Sa vie au palais était misérable, mais il pouvait certainement faire *quelque chose* pour améliorer sa condition. Aussi décida-t-il d'aller demander à la cuisinière de remettre des pommes de terre au menu du dîner.

Le bouseur partit par conséquent en quête. Il dénicha la cuisinière, s'excusa de faire cailler le lait, et lui exposa sa requête. Des pommes de terre, s'il te plaît. Moins de pain de maïs.

La cuisinière était compatissante, à en juger par les larmes qui faisaient briller ses yeux. Malheureusement, cependant, il ne lui revenait pas de changer le menu. Elle lui expliqua que c'était le majordome du palais qui établissait le planning des repas ; elle-même se bornait à préparer la nourriture.

Le bouseur alla donc parler au majordome. Pour le découvrir affairé à une étrange activité : il essayait de découvrir combien de mouchoirs ses narines pouvaient contenir. Le bouseur lui exposa son problème, et le majordome parut compatir, à en juger par la façon dont il se mordait la lèvre. Malheureusement, ledit majordome expliqua qu'il ne pouvait rien changer au planning des repas – parce que les denrées alimentaires lui étaient allouées par la ministre du Commerce, qui ne fournissait plus de pommes de terre.

Bon, il se trouva que la ministre du Commerce avait laissé tomber sa bague dans le domaine du bouseur. Qui, au terme de recherches assidues, parvint à remettre la main dessus – se demandant au passage pourquoi une personne aussi chic mangeait elle-même autant de maïs. Il alla lui rendre la bague, et la ministre lui fit l'honneur de le recevoir en personne. Dehors. Par grand vent. Sous une pluie battante. Pendant la saison des allergies.

Le bouseur lui expliqua ses malheurs. La ministre du Commerce se montra compatissante, à en juger par la façon dont elle faillit s'évanouir à son approche. Elle écouta ses doléances, mais s'avoua incapable de l'aider, car à l'en croire c'était le roi *en personne* qui avait décrété qu'il fallait nourrir les domestiques uniquement avec du maïs.

Bon, le roi n'était pas le genre de personne qu'on pouvait croiser tous les jours. Parce qu'il n'était pas du genre… régulier, on parlait plutôt d'un jour sur deux le concernant. Le jour J, le bouseur – parapluie en main – s'adressa à lui depuis son lieu de travail. Il était bien placé pour savoir que le souverain serait en mesure de l'entendre.

Il demanda au roi de *bien vouloir* leur redonner des pommes de terre. Il les aimait tellement qu'il en mangeait toujours deux. Le souverain parut compatir, à en juger par la façon dont il cessa de fournir du travail au bouseur l'espace de quelques instants, afin de lui répondre : « Cela m'est impossible. Des parasites ont décimé l'intégralité de la récolte de pommes de terre. Oh, et fais attention, également. »

Le bouseur apprit deux leçons importantes ce jour-là. Premièrement, il n'est pas nécessaire de baisser son parapluie pour parler à quelqu'un. Deuxièmement, personne – pas même le roi – n'avait le pouvoir de leur fournir des pommes de terre à ce moment-là.

« C'est toi, dit le souverain après avoir fait ses besoins, qui as démarré cette histoire de deux pommes de terre, hein ?

— Euh… oui ? répondit le bouseur, qui regretta aussitôt d'avoir ouvert la bouche.

— Amusant, expliqua le roi d'une voix résonnante. Avant même que la récolte ne meure, j'ai dû arrêter d'acheter des pommes de terre. Une fois que tu t'es mis à en prendre deux, tout le monde en voulait deux. Elles sont donc devenues trop chères, à cause de l'augmentation de la demande. Nous n'avions dès lors plus les moyens d'en acheter pour les domestiques. »

Ainsi donc, en vérité, il y avait là une troisième leçon.

Même les plus petites actions ont des conséquences. Et si on peut souvent décider de nos actions, il nous est rarement possible de choisir nos conséquences.

Alors même que Tress descendait dans les entrailles du navire, elle ressentait un certain… malaise d'avoir parlé à la capitaine. C'était là un phénomène courant. Converser avec Corneille avait tendance à vous laisser une certaine… crasse résiduelle. Des reliquats de savon émotionnel.

Voyant Ulaam s'éloigner – déçu que les rires n'aient rien à voir avec quelque entrejambe empalé –, la jeune femme se hâta de le rejoindre.

« Docteur, lui lança-t-elle, j'avais une question à vous poser. À propos… des spores que je n'ai certainement pas testées.

— Chut », dit-il – tout en vérifiant qu'il n'y avait personne dans le couloir. Il la poussa jusqu'à sa cabine et, une fois à l'intérieur, l'inspecta de pied en cap. « Oui… Je crois que tu es toujours en vie.

— Euh, je suis en train de vous parler, non ? Et de déambuler.

— Ce n'est pas là un ensemble de preuves aussi concrètes que tu pourrais le supposer, rétorqua-t-il. Mais bon, qu'est-ce que tu voulais me demander ?

— Est-ce que les spores de minuit… laissent des traces quelconques après la rupture du lien ? s'enquit-elle. Dans l'hypothèse, par exemple, où l'on s'en servirait pour entrer en douce dans une pièce où l'on n'aurait rien à faire.

— Ça va généralement avec le fait d'entrer en douce quelque part. Mmmmh ?

— Exact. Mais disons que, euh, vous auriez été interrompu, et que quelqu'un l'aurait brisé pour vous éviter de mourir.

— Ce n'est pas un sort, mais une relation symbiotique complexe entre deux entités. Quoi qu'il en soit, j'achèterais un très beau cadeau à la personne qui m'a sauvé. Peut-être une épaule de rechange.

— Euh…

— On peut *toujours* avoir l'utilité d'épaules supplémentaires. Tu sais, à trois reprises des gens m'en ont promis en cadeau, mais ils n'ont jamais tenu parole. Les humains sont parfois tellement impénétrables…

— À qui le dites-vous… Euh, ça vous dérange qu'on s'en tienne au sujet ? S'il vous plaît ? »

Ulaam sourit, ses doigts entrelacés devant lui. Étrange, à quel point sa peau grise et ses yeux rouges pouvaient sembler… pittoresques une fois qu'on avait appris à le connaître. Moins démoniaques. Plus… excentriques. « Tu ne risques rien, dit-il, à moins que quelqu'un ait *activement* vu l'Essence de Minuit aller et venir pendant que tu la contrôlais. Une fois le lien rompu, elle s'évapore en une fumée noire qui se disperse rapidement. Sans laisser derrière elle le moindre résidu. »

Tress hocha la tête, soulagée.

« Pourquoi cette question t'inquiète-t-elle à ce point ? lui demanda Ulaam.

— Eh bien, je viens d'avoir une conversation avec la capitaine. J'ai l'impression qu'elle m'a à la bonne. Et donc…

— Et donc, tu supposes – judicieusement – qu'en réalité elle te manipulait peut-être secrètement. Peut-être parce qu'elle n'était pas totalement dupe de ton petit manège, mmmmh ? Curieux. Dis-moi, qu'est-ce que tu l'as convaincue de faire ?

— De nous emmener jusqu'à la mer Pourpre, répondit Tress. Attendez, je sais ce que vous allez dire. Mais j'ai également parlé à Fort, Salay et Ann. Eux aussi sont prêts à se rendre là-bas – et ils pensent pouvoir convaincre les Dougs d'en faire autant.

— Je ne doute pas qu'ils y parviennent, dit Ulaam. À eux trois, ils peuvent se montrer très persuasifs. Mais pourquoi sillonner la Pourpre ? Qu'est-ce qui pourrait bien te pousser à vouloir qu'une telle chose arrive ?

— Oh ! s'exclama Tress. D'accord. Eh bien, c'est ce que j'ai découvert en espionnant la capitaine. Elle projette de rendre visite à ce dragon et de le forcer à la guérir.

— Xisis, dit Ulaam. Elle compte marchander avec Xisis ?

— Oui, et c'est ce qui m'a permis de la persuader de rejoindre la Pourpre.

— Soit quelque chose qu'elle voulait déjà faire ?

— Eh bien, oui – techniquement. Disons que je l'en ai persuadée sans qu'elle s'en rende compte.

— De faire, là encore, quelque chose qu'elle voulait faire.

— C'est compliqué. Mais bon, j'ai peur de ne pas être aussi intelligente que je le pensais.

— Cela me semble évident, mon enfant, dit le médecin.

— Quand même, fit-elle tout en s'asseyant sur son lit, n'était-ce pas au moins *un peu* intelligent ?

La capitaine allait couler au moins un autre navire. Donc, convaincre tout le monde d'y aller, à la place… tout le monde est gagnant, non ? À supposer qu'on déniche le dragon, Corneille aura sa guérison. Plus besoin de couler d'autres bateaux. Peut-être qu'une fois qu'elle ne sera plus mourante, elle laissera tout le monde partir. Et moi… »

Eh bien, elle aurait atteint la mer Pourpre – à mi-chemin, chose incroyable, de la mer de Minuit. Ce qui la rapprocherait davantage de Charlie qu'elle ne l'aurait raisonnablement imaginé.

« Mon enfant, dit Ulaam en mettant un genou à terre à côté du lit. Xisis est un *dragon*. Il n'offre pas de faveurs. Il propose des *échanges*.

— Contre quoi ? Un trésor ? Vous voulez dire qu'on doit *d'abord* piller d'autres navires ?

— Xisis n'a pas besoin de lucre, Tress. Il n'aspire qu'à une chose pour poursuivre ses expériences : des serviteurs capables de s'acquitter de ses corvées. Mais vu qu'il vit *sous* les spores, il a besoin d'un type de serviteur très *particulier*.

— Particulier… de quelle manière ? s'enquit la jeune femme.

— Ils ne peuvent pas avoir peur des spores, répondit Ulaam. C'est là un invariant de ses transactions. Une faveur raisonnable – une guérison rentrerait dans ce cadre, j'imagine – en échange d'un esclave qui travaillera pour lui sa vie durant. Le truc, c'est de lui dénicher une offrande qui ne panique pas lorsqu'on lui fait traverser un tunnel de spores. »

En cet instant horrible, Tress se remémora les yeux de la capitaine lorsqu'elle avait décidé de rester à bord. Quand elle s'était portée volontaire pour devenir la germeuse du navire.

« Tu n'as vraiment pas peur des spores, gamine ? » lui avait-elle demandé.

Oh, par les lunes... songea Tress.

L'ébullition reprit à l'extérieur. Le navire se remit en mouvement peu après, et la jeune femme entendit la capitaine donner de nouveaux ordres. Ils allaient faire un stop et embarquer des provisions supplémentaires. Étant donné qu'ils allaient très bientôt partir pour un long voyage... sans escales...

Corneille avait l'intention de la vendre au dragon. Et Tress, dans toute son ignorance, avait grandement accéléré la course du vaisseau en direction de cette conclusion. Peut-être avait-elle dupé Corneille, mais elle était également parvenue à se berner elle-même.

Elle n'allait hériter d'aucune pomme de terre proverbiale. Mais elle avait assurément les deux pieds enfoncés dans la matière qui servait de base à la profession de bouseur.

CINQUIÈME PARTIE

L'AMATRICE DE THÉ

35

Tress passa les trois jours suivants à essayer d'échafauder un plan pour s'échapper. Sans nul doute avait-elle fait tout ce qu'on pouvait attendre d'elle. La jeune femme avait protégé l'équipage tout entier d'un navire marchand. Elle était parvenue à mettre *Le Chant de la Corneille* sur la voie d'une réconciliation généralisée, qui allait assurer leur sécurité à tous – sauf la sienne. Sa conscience accepterait sans nul doute de la laisser filer, désormais.

Le bateau allait devoir faire escale pour embarquer de l'eau avant de s'engager sur la Pourpre. Il lui *fallait* trouver un moyen de le quitter à cette occasion. Après quoi Tress pourrait se concentrer sur sa véritable quête, et laisser le *Chant* repartir sans elle.

Sauf que…

Installée dans sa cabine, appuyée sur son bureau, elle contemplait les tasses que Charlie lui avait envoyées au cours de ses voyages. Il lui était resté fidèle, tout ce temps, allant jusqu'à s'aventurer sur la mer de Minuit parce qu'il refusait de prendre le chemin le plus facile – à savoir épouser l'une des femmes que son père lui destinait. Il avait couru à sa perte à cause de… à cause de l'amour. Qu'elle-même lui inspirait.

Tress pouvait-elle vraiment fuir ? Hoid restait sa meilleure piste pour trouver comment atteindre la Sorcière. Et puis ici, sur ce bateau, elle avait un équipage capable de naviguer sur la Pourpre. En outre, pouvait-elle *vraiment* abandonner ses amis ? Alors même qu'ils lui accordaient une telle confiance ? Si elle mettait les voiles, qui la capitaine allait-elle offrir au dragon ? Cela ne laisserait-il d'autre choix à Corneille que de retourner sur la mer Verdoyante pour y poursuivre ses pillages meurtriers ?

Pareilles questions ne manquaient pas de l'accabler. L'inquiétude possède un poids, et constitue une ressource infiniment renouvelable. On pourrait dire qu'elle est la seule chose qu'on peut rendre plus lourde simplement en y pensant.

Le jour où *Le Chant de la Corneille* finit par accoster, Tress se trouvait sur le pont, crinière au vent. Elle pensait encore à Charlie. Qui lui manquait terriblement. Jamais la jeune femme ne s'était rendu compte, au cours des années qu'ils avaient passées ensemble, à quel point elle en était venue à dépendre de sa présence dans les moments difficiles.

Non pas qu'il ait fait quoi que ce soit de particulier pour l'aider. Charlie n'était pas vraiment le genre de personne à *faire* – plutôt du genre à *être*. Prendre des décisions s'avérait plus facile lorsqu'il se trouvait dans les parages – comme s'il faisait office de lubrifiant émotionnel, qui apaisait la machinerie du cœur lorsqu'il œuvrait sur des tâches difficiles.

Ces derniers temps, Tress avait du mal à se le représenter. Elle se souvenait parfaitement d'un portrait de lui, accroché au-dessus de la cheminée du manoir. Mais lui ? Pas facile – alors même qu'elle *l'aimait* bel et bien. Ce n'est pas là un phénomène si étrange. Une image est un objet, facile à définir et à circonscrire, tandis qu'une personne est une âme – et donc irréductible à l'un comme à l'autre.

L'île apparut devant nous, brisant les eaux de la Verdoyante. Les Dougs poussèrent des cris, surexcités à l'idée de prendre un peu de bon temps sur la terre ferme. Même la démarche de Hoid, qui déambulait de-ci de-là, semblait être plus légère. Ce jour-là, il portait… Eh bien…

D'accord, je portais un pantalon noir avec des chaussettes de sport blanches. Voilà. J'ai bu toute ma honte. Mon rapport à la mode était, à l'époque, analogue à celui qu'entretient une lourde masse à pointes avec un front dénué de toute protection.

Avant que Tress n'ait pu décider si elle voulait mettre à exécution son embryon de plan d'évasion, Laggart s'approcha d'elle d'un pas nonchalant et lui tapota l'épaule. D'un geste, il lui désigna les quartiers de la capitaine. « Corneille veut te voir, gamine. »

Un soupir – mais la jeune femme n'en obéit pas moins. Elle trouva la capitaine à son bureau, munie d'une exquise tasse en porcelaine décorée d'un motif floral peint. Tout en en sirotant le contenu,

Corneille lui fit signe de s'installer sur le siège situé face à elle.

La jeune femme s'exécuta, remarquant – mais s'efforçant de ne pas le fixer – le livre qu'elle lisait précédemment. Corneille gardait une main dessus, le tapotant négligemment de son index sans quitter du regard le spectacle qui s'offrait à elle à travers le hublot.

Sur le pont, Laggart ordonna aux Dougs de se préparer à l'accostage. Le navire ralentit, puis pivota sur lui-même dans un concert de doux grincements émis par les poutres de bois.

Tress osa finalement parler en premier : « Voilà… une bien belle tasse, capitaine.

— Je l'ai prise à ces marchands, fit Corneille. Ma première pièce de pillage *officielle*.

— On est en train d'accoster, remarqua Tress – comme si cela avait besoin d'être précisé. J'ai, euh, l'intention de me rendre à terre…

— Non.

— Non ? »

Corneille secoua la tête, puis avala une nouvelle gorgée. « Tu vas me faire la conversation pendant que l'équipage décharge les cargaisons et refait le plein de provisions. Je devrais… apprécier ta compagnie. »

Un frisson parcourut le corps de Tress, contrecoup des paroles de la capitaine. Fallait-il y voir la preuve qu'elle avait découvert ses petites activités d'espionnage ?

Ou bien… non, peut-être faisait-elle simplement preuve de prudence avec l'offrande qu'elle destinait au dragon. À son grand dam, la jeune femme s'avisa alors qu'elle n'aurait pas à faire le choix de fuir ou non. La capitaine ne savait probablement pas ce que Tress avait en tête, mais elle n'allait pas non plus prendre le moindre risque…

« Tu aimes le thé, gamine ? s'enquit Corneille.

— J'adore ça, oui.

— Celui-ci te plairait certainement. Du thé Zapriel, des îles Dromatores. Hors de prix. Au poids, ça vaut plus cher que de l'or. »

Tress ne put s'empêcher de noter qu'elle s'était bien gardée de lui en proposer une tasse.

« C'est ainsi que vit un casse-pipeur, poursuivit la capitaine. Des flambées frénétiques d'opulence. Mieux vaut en profiter rapidement, car nos vies ont vocation à être courtes. Ça me réjouit, que vous autres puissiez en faire l'expérience.

— Se faire pourchasser ? répliqua Tress. Devenir des hors-la-loi ?

— Se tenir à deux pas de la mort, répliqua Corneille. La plupart des gens ne vivent jamais, Tress, parce qu'ils ont peur de perdre les années qui leur restent… des années qui seront également passées à ne pas vivre. L'ironie d'une existence *prudente*… » Elle but une autre gorgée de thé, puis dévisagea Tress. « Est-ce que tu te sens plus vivante, maintenant ? Maintenant que tu t'es jointe à nous dans nos activités de tueurs, au risque de finir toi-même tuée ? »

Tress avait envie de répondre. Parce que… c'était quelque chose qu'elle avait remarqué. Qu'elle n'était plus aussi… pusillanime à propos du bien et du mal, ou de la bienséance, qu'autrefois. Quelque chose était-il en train de se… briser en elle à cause de cette existence ?

Parviendrait-elle un jour à le réparer ?

« Vous avez tort, dit-elle. Beaucoup de gens ordinaires mènent des vies intéressantes, qui comptent, sans avoir besoin de quelqu'un comme vous pour les pousser. Vous ne devriez pas vous montrer aussi insensible, lorsqu'il est question de tuer des gens bien.

— Je ne suis pas plus insensible que les lunes, fit Corneille. Après tout, elles prennent les jeunes comme les vieux, les vertueux comme les vicieux. Une épidémie ici, une famine là. Un accident fortuit dans la quiétude d'une maison réputée sûre. Pourquoi *devrais-je* éviter de tuer des gens bien ? Je m'inscris sur le chemin des dieux eux-mêmes en donnant la mort sans distinction. Faire autrement, ça reviendrait à me considérer comme plus puissante qu'eux.

— Vous auriez pu obtenir ce que vous vouliez sans tuer.

— Certes, mais *pourquoi* ? Je suis une pirate. Tout comme toi, même si j'en ai rarement connu d'aussi mauvais. Trop miséricordieuse. Toujours à essayer de protéger les navires marchands qui ont le malheur de croiser notre route alors que c'est de *toi* que tu devrais te préoccuper. »

Tress se tut, le souffle coupé.

Corneille se remit à siroter un peu du contenu de sa tasse. « Oui, je suis au courant pour les boulets de canon », dit-elle, sans détour. Pourquoi tourner autour du pot, alors qu'elle avait toutes les cartes en main ? « Laggart n'a pas encore compris, mais il possède l'intelligence relative d'une noix. Il n'y a véritablement qu'une *seule* personne qui aurait pu permuter ces boulets. »

Tress aurait voulu faire montre de davantage de sang-froid, mais son front était couvert de sueur.

« Ne prends pas cet air effrayé, lui dit Corneille en s'adossant à son siège. C'était audacieux de ta part, bien que malavisé. Tu ferais une excellente serviteur – *marin*, plutôt – si on pouvait te mater convenablement. Mais bon, ce n'est plus d'actualité, de toute façon. Nous allons sillonner la Pourpre, comme tu le voulais. Tu te crois vraiment capable de tirer ton ami des griffes de la Sorcière ?

— Je ne l'ai pas fait uniquement pour lui, répliqua Tress, agacée par son incapacité à empêcher Corneille de la blesser verbalement. Je voulais aussi protéger l'équipage, vous empêcher d'en faire des casse-pipeurs. »

La capitaine s'esclaffa. « Protéger l'équipage ? En les persuadant de naviguer sur la Pourpre ? Mon enfant, je craignais que tuer Weev ne me prive de ma source d'amusement préférée, mais tu as bel et bien pris la relève ! »

Tress piqua un fard et baissa les yeux. Elle essaya de se rappeler l'immense fierté qu'elle avait ressentie à peine quelques jours plus tôt – mais cette émotion lui semblait remarquablement naïve, à présent.

« Attends, reprit la capitaine. Ne me dis pas que tu n'es pas au courant. Tu *sais* ce qu'est la mer Pourpre, au moins ?

— Je… Je sais que ce n'est pas un endroit très fréquentable… »

Corneille lâcha un rire rugissant, suffisamment sonore pour que même les lunes puissent l'entendre. Sa main s'abattit sur la table, au grand dam de la soucoupe de son thé. « C'est toi qui nous as mis sur ce chemin, et tu *ne sais même pas* vers quoi nous naviguons ! »

Il vint à l'esprit de Tress qu'elle aurait certainement dû poser cette question avant. « J'ai cru comprendre, dit-elle, qu'il y avait des spores plus dangereuses que les verdoyantes. Mais je ne vois pas comment une mer peut s'avérer beaucoup plus dangereuse – on fait déjà attention à ne pas renverser d'eau, et il y a de l'argent d'un bout à l'autre du navire. Donc, tant que nous restons prudents, tout devrait bien se passer pour nous, non ? »

Corneille s'autorisa un petit gloussement. « Oh, gamine, ce ne sont pas les spores qui posent problème. C'est la pluie. »

Ah, oui. La pluie.

Je ne vous ai pas parlé de la pluie.

Les plus férus de météorologie parmi vous s'interrogent peut-être sur les régimes climatiques et le cycle hydrologique de cette planète. Si vous faites partie de ceux pour qui ces questions revêtent une importance extrême, vous avez toute ma sympathie. Il n'est jamais trop tard pour se construire une personnalité. Je ne saurais trop vous suggérer de vous rendre à une fête, peut-être. Essayez simplement d'éviter d'aborder ce genre de sujets. Sauf, bien sûr, si vous pouvez en parler d'une manière aussi *intéressante* que moi.

La pluie tombe en petits rubans localisés sur la planète de Tress. Ces bandes d'eau tonitruantes zigzaguent comme des serpents dans le ciel. La pluie apporte la mort et la vie, main dans la main – une compagnie idéale pour les dieux.

Pas vraiment des tempêtes, plutôt des grains isolés – ces spectacles resplendissants se révèlent encore plus beaux une fois la nuit tombée. Ils décomposent le clair de lune en un millier de couleurs différentes. Vous ne savez rien de la grandeur potentielle d'un arc-en-ciel tant que vous n'en avez pas vu un *exploser* en anneaux sur la mer Verdoyante, auréolant une lune assez grosse pour avaler le ciel.

Naturellement, des éthers poussent avec la pluie, juste derrière ces rubans d'eau. Un peu comme si quelque être céleste dessinait des lignes sur la carte, et que des fortifications apparaissaient spontanément à leur gré. Ces murailles résistent tant bien que mal, *s'étouffent* peu à peu, puis s'effondrent dans la mer, dévorées par les spores possessives.

Seul quelque chose de parfaitement terrifiant peut inspirer un tel sentiment de beauté – beauté qui, d'une certaine manière, *exige* d'inspirer pareille terreur. Par chance, ces pluies sont parfaitement prévisibles. Elles suivent toujours le même itinéraire, avec une constance telle que les cartes des précipitations établies un siècle plus tôt demeurent d'actualité.

Sauf dans les « eaux » de la mer Pourpre.

« La pluie tombe de manière imprévisible là-bas, gamine, dit Corneille. Oui, les spores sont dangereuses – elles génèrent de fines épines rouges, aussi pointues que des aiguilles. Mais le *vrai* danger, c'est la pluie. Des averses peuvent te tomber dessus à tout moment, à l'improviste – serpenter dans le ciel et prendre la direction de leur choix. Naviguer sur la Pourpre, ça se résume à une question de chance. Aucune préparation ne suffit à te protéger, car la pluie tue les intelligents aussi bien que les fous. Tout comme moi. »

Tress entendit alors des bruits sourds à l'extérieur de la cabine – les Dougs commençaient à revenir avec des barriques d'eau. De nombreuses îles habitées étaient situées sur le trajet d'une ou plusieurs bandes de pluie. « Je… vois, dit la jeune femme, la bouche sèche. Et la mer de Minuit ? C'est la même chose ? Des pluies aléatoires ?

— Oh, non », répondit Corneille tout en se levant. Elle s'étira avant de reprendre : « Mais peu importe, vu que les spores de minuit donnent naissance à des monstres qui servent la Sorcière. La pluie peut bien tomber à vingt lieues de toi, tu verras quand même déferler sur toi un véritable essaim de monstres. Impossible de leur échapper – sur la Pourpre, au moins, tu peux avoir de la chance. Personne ne sillonne la mer de Minuit sans subir une attaque. » Elle sourit. « Personne. » Après quoi elle hocha la tête – signe que Tress pouvait disposer.

Les Dougs étaient de retour, et le navire approvisionné. Toute chance de s'échapper appartenait au passé, désormais.

L'EXPLORATEUR

36

Corneille suivit Tress sur le pont. Ce ne fut qu'une fois le navire à bonne distance du port – sur un cap censé les conduire directement sur les eaux de la mer Pourpre – que la jeune femme fut autorisée à descendre dans les entrailles du bâtiment.

Piégée. Elle était *piégée* à bord de ce navire.

Ils naviguaient en direction d'une mer démente, où la pluie tombait de manière imprévisible. Et si d'aventure ils survivaient, la jeune femme finirait vendue comme esclave à un dragon.

Avait-elle vraiment pensé avoir le dessus ? S'était-elle *vraiment* crue capable de sauver Charlie ?

Elle ? Quelle plaisanterie…

Le pire dans tout ça, c'était qu'il n'aurait sans doute jamais connaissance de ce qui était arrivé à son amie. Il allait croupir seul dans la prison de la Sorcière. Et si, par quelque miracle, il retrouvait la liberté, ce serait pour découvrir que Tress avait quitté le Rocher – mais que son navire avait été coulé par des casse-pipeurs.

Elle dévala les marches, puis le couloir. Des Dougs travaillaient joyeusement dans son dos. Ce qui ne l'empêchait nullement de se sentir seule. Comme si elle avait avalé de travers au dîner, sans que personne ne se rende compte qu'elle s'étouffait. Voire ne s'en *soucie*.

Ses yeux commençaient à s'embuer lorsque la jeune femme atteignit ses quartiers. Pleurer toutes les larmes de son corps n'était sans doute pas une activité de pirate *convenable*, aussi se félicitait-elle d'être parvenue à refermer la porte avant de perdre tout contrôle.

« Houla, fit Huck, qui se précipita au pied du lit. Hé, Tress. Qu'est-ce qu'il y a ? Que s'est-il passé ?

— Je… je… » Elle secoua la tête, incapable de parler tant elle haletait. Soudain, c'en était trop pour elle. Les gens sont comme des estomacs, vous savez. Ils peuvent digérer jusqu'à un certain point ce que vous leur donnez à manger, mais lorsqu'on s'empiffre trop, et trop vite, ça finira forcément par remonter.

« Qu'est-ce qu'ils t'ont fait, Tress ? Je vais leur rendre la monnaie de leur pièce. Promis. Je vais leur mordre les orteils.

— Les… orteils ? répéta-t-elle entre deux sanglots, la scène ridicule s'imposant à son esprit.

— Ouaip. C'est là quelque chose de très noble à tenter, les orteils étant la troisième zone la plus puante d'un corps humain. Eh bien, je le ferais *quand même* – pour toi. »

La jeune femme s'allongea sur le lit, puis elle fixa le plafond de ses yeux emplis de larmes.

« Tress ? fit Huck. Sérieusement. Qu'est-ce qui s'est passé ?

— Rien du tout, murmura-t-elle. Et personne ne m'a rien fait. C'est *moi* qui suis à blâmer. Pour tout. La capitaine projette de me vendre au dragon de la mer Pourpre – en échange d'une guérison.

« Je savais que tout cela me dépassait, alors pourquoi est-ce que ça me surprend ? *Bien sûr*. Pourquoi ne finirais-je pas piégée à bord d'un bateau commandé par un démon, à naviguer droit vers ma propre perte ? C'est ce que je mérite. »

Alors qu'elle se frottait les yeux avec ses paumes, Tress sentit distinctement qu'on lui *mordillait* le gros orteil gauche.

« Hé ! lança-t-elle tout en se redressant – pour ensuite lancer un regard en direction du pied du lit, où se trouvait Huck.

— Désolé, fit celui-ci. Mais j'ai promis de mordre la personne responsable de tes pleurs. D'ailleurs… hum, ne le prends pas mal… mais *beurk*. »

Elle se laissa retomber sur le matelas. « Ne me fais pas rire. Je crois que je vais me briser, comme un verre froid plongé dans l'eau chaude. »

Il se hâta de rejoindre l'oreiller, pour contempler ses larmes. Qui coulaient moins abondamment, désormais, mais n'en restaient pas moins là, présentes, comme la douleur proprement dite.

« Je… me suis rendu à terre, dit Huck. En me cachant dans une des balles de tissu que les Dougs ont déchargées – avant de m'échapper pendant que Fort les vendait. Il est doué, au demeurant. Je n'ai jamais vu quelqu'un marchander aussi bien que ce type. Bref, indépendamment de ça, la ville était vraiment intéressante. Peut-être que tu aimerais que je t'en parle ? »

Elle haussa les épaules.

« Je sais, fit le rongeur en se tordant les pattes. Je ne me crois pas *vraiment* capable de dire quoi que ce soit d'intéressant. Mais quand je me sens mal, c'est agréable de penser à autre chose. Alors, n'hésite pas à me dire si ça t'aide, ou si tu veux que je la ferme. Il est parfois préférable que les gens – ou les rats – se taisent. Je sais cela. Du moins, quelqu'un me l'a dit jadis…

« Bref, j'ai regardé Fort marchander, mais de trop loin pour qu'il me soit possible de lire ce qu'il écrivait sur son ardoise. Tout ce que je sais, c'est qu'il a obtenu bien plus pour ces balles de tissu qu'il n'aurait dû, considérant le fait que l'acheteur devait savoir d'où elles provenaient. Oh ! Et ensuite il est allé retrouver un groupe de personnes sourdes vivant sur l'île. Il y en avait beaucoup, et Fort a beaucoup souri – il a même commencé à utiliser ses mains pour parler, plutôt que son ardoise. Je me demande s'il y a des groupes de ce genre sur les autres îles – je n'en ai jamais remarqué, en tout cas.

« Quoi qu'il en soit, la ville n'arborait pas le drapeau royal. Intéressant, non ? Je sais que nous sommes aux frontières de la mer Émeraude, mais quand même. Le roi a toujours laissé entendre qu'il n'existait *aucune* île rebelle. Or, on vient de débarquer sur l'une d'elles ! Les gens semblent normaux.

Je m'attendais à beaucoup de jambes de bois et de cache-œil, mais ils avaient juste l'air… normal.

— On est des pirates maintenant, dit Tress, et il n'y a pas un seul cache-œil parmi nous. Nous aussi on est normaux, j'imagine.

— C'est assez drôle à imaginer, pas vrai ? Que tous les pirates du monde étaient jadis des gens normaux. » Et le rongeur se tut, comme s'il ne savait pas trop s'il devait continuer.

Tress, bizarrement, découvrit que ça l'aidait *bel et bien* de l'écouter parler. Elle n'avait jamais vraiment eu la bougeotte, mais elle avait quand même rêvé d'endroits lointains débordant de tasses exotiques. Cette partie d'elle-même voulait sincèrement entendre parler de l'île.

« Tu as dit que la ville était intéressante, reprit-elle tout en se tournant vers Huck. À quel niveau ?

— Oh ! s'exclama-t-il. Ils ont un *clocher*, Tress ! J'ai toujours voulu voir un clocher. J'ai surpris une conversation où il était mentionné, et si j'ai bien compris celui-ci posséderait cinquante-trois cloches. Quel nombre étrange, tu ne trouves pas ? J'ai toujours pensé qu'un clocher n'avait qu'une cloche. Ne me demande pas pourquoi.

« Eh bien, j'en ai fait le tour complet, j'ai même jeté un coup d'œil par la fenêtre – et ils ont des *cordes* pour faire sonner les cloches ! Tu te bornes à tirer dessus, et ça résonne d'un bout à l'autre de la ville. Bon, je doute fort qu'ils laissent des rats tirer les cordes, par contre. Même si on en était capables. »

Tress sourit. Ce n'était pas grand-chose, mais quelques instants plus tôt, ça lui aurait semblé aussi impossible que de voler. Ou que de trouver une rime avec « goinfre ». (Non, vraiment. Essayez.)

Les clochers ne la captivaient pas particulièrement, mais il y avait quelque chose d'attachant dans la façon dont Huck continuait à lui narrer ses aventures sur l'île. Il lui parlait de choses infiniment banales. Un jardin empli de fleurs à l'odeur enivrante. Un sentier où tous les pavés s'emboîtaient pour former une spirale. Une fontaine qu'on actionnait avec une pédale.

Le fait qu'il trouve ces choses suffisamment intéressantes à évoquer était captivant en soi. Le sujet importait moins que son enthousiasme. Aussi Tress souriait-elle. Cela ne chassa ni ses inquiétudes ni son chagrin, mais ça poussa ses sombres pensées à se transformer en quelque chose d'autre, moins… oppressant.

« … et puis la fille a éclaboussé son frère, poursuivait le rongeur, en écrasant la pédale lorsqu'il s'est penché pour boire. N'est-ce pas charmant ? Ça me rappelle ma jeunesse. Quand je n'étais pas à bord d'un bateau pirate, loin de chez moi.

— Tu pourrais retourner là-bas, fit la jeune femme. Si c'est ce que tu veux, Huck. Tu pourrais partir. C'est même ce que tu as de mieux à faire.

— Impossible, répliqua-t-il à voix basse. Je ne pourrai jamais retourner sur mon île, Tress. Parce que mon… *foyer* ne s'y trouve plus. »

Cela portait les marques de quelque tragédie, aussi Tress se garda-t-elle d'insister. Sans compter qu'elle-même ne voulait pas penser au fait que – selon toute vraisemblance – elle *non plus* ne retournerait jamais chez elle.

« Tu as l'impression que la vie était plus belle, quand tu étais plus jeune ? lui demanda Huck. Est-ce qu'elle avait vraiment plus de sens, à l'époque ?

— Ouais, chuchota Tress. Je me souviens… de nuits paisibles, passées à regarder les spores tomber de la lune. De tièdes tasses de thé au miel. De l'excitation qu'il y avait à cuisiner quelque chose de nouveau.

— Moi, je me rappelle l'absence de peur, fit le rat. Je me souviens de me réveiller chaque jour les narines remplies d'odeurs familières. De penser que je *comprenais* comment ma vie allait se dérouler. De la même manière que celle de mes parents. Simplement. Rien de merveilleux, peut-être, mais rien non plus de terrifiant.

— Je ne pense pas que c'était vraiment mieux avant, néanmoins, dit doucement Tress qui continuait à fixer le plafond, si on s'en souvient de cette façon, c'est juste parce que ça a quelque chose de réconfortant.

— Et parce qu'on n'avait pas conscience des problèmes d'alors, convint Huck. Mais bon, peut-être qu'on ne *voulait* pas les voir. Quand on est jeune, il y a toujours quelqu'un d'autre qui se charge de les résoudre pour nous. »

Tress hocha la tête. Outre cette vérité, les souvenirs ont également une façon bien à eux de changer. De s'aigrir ou de s'adoucir avec le temps – comme une bière que l'on descend, avant de se la remémorer plus tard via le goût, mais en se trompant *subtilement* sur les ingrédients. On ne peut pas goûter à un souvenir sans que la personne qu'on est devenu ne vienne le dénaturer.

Tout cela m'inspire. Chacun de nous crée ses propres traditions, ses propres légendes, chaque jour. Nos souvenirs sont nos ballades, et si nous les modifions un peu à chaque représentation… eh bien, l'art dramatique justifie bien quelques petits arrangements. Le passé s'avère ennuyeux, de toute façon. On fait toujours comme si les idéaux et la culture du passé vieillissaient comme le bon vin, alors qu'en vérité, les idées du passé ont davantage tendance à vieillir comme des biscuits. À *rassir*, tout simplement.

Tress passa mentalement en revue quelques-unes de ses ballades favorites, qui résonnaient de miel, d'amour et d'autres douceurs.

Elle se sentait bel et bien mieux. Par les lunes, entendre parler de clochers et de fontaines lui avait *bel et bien* remonté le moral. Toujours aussi pragmatique, elle se redressa et décida d'affronter ses problèmes. Pour certaines personnes, se sentir mieux aurait servi d'excuse pour ignorer leur situation – mais la jeune femme préférait transformer ses sautes d'humeur en armes. Et donc, avec son pragmatisme coutumier, elle se redressa et affronta ses problèmes.

« J'ai besoin, murmura-t-elle, d'un moyen de me défendre. D'un moyen de vaincre Corneille avant qu'elle ne me vende à un dragon. »

Aussi cela tombait-il bien qu'il y ait, dans sa cabine, cinq variétés différentes des substances les plus dangereuses de la planète.

L'ÉRUDIT

37

Tress avait déjà procédé à une inspection sommaire de sa cabine lorsqu'elle avait emménagé. Elle avait trié les affaires que Weev y avait laissées, principalement pour s'assurer que rien de vraiment dangereux ne s'y dissimulait. Ces explorations préliminaires avaient été le fait d'une fille jouant un rôle.

À présent, elle recommençait à explorer les lieux. Comme une fille bien décidée à rester en vie.

Là où précédemment elle avait lu, désormais elle *étudiait*. Là où elle avait agencé, maintenant elle *organisait*. Et là où elle avait accepté, dorénavant elle *expérimentait*. Rien ne motive autant qu'une date butoir. Surtout lorsqu'on risque bel et bien de se faire *buter*.

Tress ne se borna pas à mettre tout son cœur dans cette activité : elle lui consacra l'intégralité de son corps, car un cœur ne peut pas accomplir grand-chose sans une belle paire de mains. Weev n'avait pas été quelqu'un d'ordonné, de son vivant. La jeune femme avait espéré qu'il ait laissé derrière lui des manuels d'instruction. Au lieu de quoi elle dénicha des bouts de papier et des notes gribouillées, encombrés d'infos collectées ici ou là et d'idées à moitié développées. Le genre de détritus mentaux que les gens qui ne connaissent rien au véritable génie attribuent souvent à une intelligence débridée.

En vérité, il n'y avait aucune logique à trouver dans un tel désordre, autre que le subtil chaos de la frustration. On voyait là des signes d'un esprit s'étirant au-delà de ses limites pour approcher d'idées *tout juste* hors de sa portée. Cela peut arriver à un idiot aussi bien qu'à un génie ; ce n'est pas là une preuve de compétences, pas plus que le fait d'avoir trop mangé pour s'offrir un dessert ne donne d'indication sur le poids de quelqu'un. Dans le cas de Weev, ces notules étaient symptomatiques d'un entasseur mental compulsif : une personne qui collectionnait les idées comme une grand-mère collectionne des cochons en céramique.

Ce fut au beau milieu de cette prise de conscience – alors qu'elle commençait à comprendre qu'elle n'allait pas trouver de solution miracle – que Tress tomba sur le premier élément prometteur : le schéma détaillé d'un boulet de canon, avec un gribouillage en bas de page indiquant que la capitaine avait demandé à Weev de trouver un moyen de les fabriquer lui-même, de sorte que le navire n'ait plus à continuer de les acheter au prix fort aux maîtres-zéphyr.

Cela intriguait Tress. Elle s'intéressait de loin à la mécanique des boulets de canon, comme on peut trouver intéressante la cuisine d'une culture dont on a appris la langue. Ce qui retint son attention, en revanche, c'était l'utilisation complexe de spores à l'intérieur.

Weev s'était retrouvé dans une impasse. C'était en tout cas ce que la jeune femme déduisait de ses notes griffonnées, qui ne faisaient que dénaturer et embrouiller le diagramme par ailleurs ordonné. Il n'en décrivait pas moins une technique propre aux germeurs dont elle n'avait pas connaissance jusque-là.

Vous savez à présent qu'un boulet de canon sur le monde de Tress ne se résumait pas à un morceau de métal, mais qu'il s'agissait d'une pièce d'artillerie – un point que j'ai promis de vous expliquer plus en détail. Voyez-vous, chacun d'eux possède une minuterie intégrée qui, une fois déclenchée, entraîne une explosion secondaire ainsi qu'une projection d'eau. Oui, vous connaissiez déjà cette partie. Mais saviez-vous *comment* les minuteries étaient fabriquées ?

Cela semblait assez simple, au bout du compte : la mèche était une *liane*. Les notes apprirent à la jeune femme qu'elle n'était pas la première à découvrir qu'en versant de l'eau sur un éther, celui-ci continuait à se développer après l'éruption initiale. L'émergence explosive était erratique, mais après ça tout devenait beaucoup plus prévisible. *Précis*, même. Une liane verdoyante, mesurée avec exactitude, poussait à un rythme extrêmement fiable lorsqu'on lui fournissait une quantité d'eau donnée.

(Oui, pour ceux d'entre vous qui s'intéressent à des sujets comme les régimes climatiques, cette croissance finissait par s'arrêter – et une liane donnée par épuiser l'intégralité de son potentiel de pousse. Sans quoi on aurait eu bien du mal à les consommer. Il était essentiel de les amener au bout dudit potentiel pour les transformer en nourriture d'urgence.)

Quoi qu'il en soit, l'explosion initiale qui provoquait l'éjection du boulet de canon brisait *également* un petit récipient en verre contenant de l'eau, trempant ainsi un fragment d'éther verdoyant. Cette liane se développait – poussant au passage un bouchon possédant une extrémité en argent – à travers un court tube menant au mécanisme central du boulet de canon. À savoir une charge de spores zéphyr entourant une sphère creuse en roséite. Roséite dont l'intérieur était recouvert de cire – ce qui lui permettait de contenir une charge d'eau tout en laissant celle-ci confinée.

La pointe en argent passait au travers des spores zéphyr, en tuant un petit nombre mais laissant la plupart indemnes, puis atteignait la sphère de roséite – qui se fissurait sous la pression de l'argent. De l'eau en jaillissait, entrait en contact avec les spores zéphyr et déclenchait leur détonation – qui faisait violemment exploser l'intégralité du mécanisme, projetant au passage de l'eau et de la mitraille.

J'ai vu les concepts modernes, disait une note de bas de page – Tress ne pensait pas qu'elle était de la main de Weev, mais de celle du créateur original du diagramme. *Et je suis d'accord. Les charges à détonation par impact sont l'avenir de l'artillerie.*

La jeune femme ignorait ce que signifiait ce dernier point, mais elle n'en trouvait pas moins le diagramme ingénieux. Il y avait là trois éthers différents qui œuvraient de concert. Des verdoyants pour la mèche. De la roséite pour le réservoir d'eau. Des zéphyr pour l'explosion. Le tir initial du boulet ne brisait pas la sphère centrale parce qu'elle était beaucoup, beaucoup plus résistante que le verre – mais elle n'en avait pas moins une faiblesse intrinsèque : l'argent pouvait l'endommager. Tress découvrit également au passage le fait intuitif – mais peut-être pas évident – que la cire pouvait isoler un éther de l'eau.

Elle en resta bouche bée – déjà, la possibilité de certaines expériences lui traversait l'esprit. Bon, il faut savoir que faire des expériences avec des spores zéphyr constitue généralement un excellent moyen de rentrer chez soi à l'intérieur de plusieurs petits cercueils, plutôt que dans un seul. Mais, comme nous l'avons démontré précédemment, Tress possédait un bon sens rarissime pour quelqu'un de son rang.

La profession de germeur attire un public qui de facto s'autorégule. Il s'agit en général d'individus hors du commun qui ont, d'une manière ou d'une autre, survécu à leur tendance naturelle à sauter d'une hauteur insensée dans une eau peu profonde, à dévaler des versants montagneux à vélo ou à manger des baies non identifiées de couleur un peu trop vive.

L'espèce humaine a besoin d'une certaine dose de témérité. Sans quoi les gens se seraient montrés trop raisonnables pour accomplir des choses effrayantes – comme s'aventurer près de ce truc orange très chaud qui noircit le bois et fait fumer la barbe de Tharg. Sauf que l'évolution n'est pas un mécanisme de précision, et qu'elle a entraîné l'apparition dans la population d'un certain nombre de personnes possédant davantage de nerfs que de neurones. Faire germer des spores n'était que la dernière en date d'une série d'activités de plus en plus décalées destinées à éliminer soigneusement – et violemment – de tels individus du pool génétique.

Sauf que Tress n'avait pas *cherché* à exercer cette profession. Elle était… tombée dedans. Elle était assez intelligente pour comprendre les diagrammes, et assez réfléchie pour en extrapoler certaines idées. Et ce qui lui manquait en termes de formation théorique, elle le compensait largement en étant le genre de personne qui utilisait des gants de cuisine pour ne pas se brûler même lorsque la casserole avait eu le temps de refroidir.

C'était, à ce moment-là, la combinaison exacte que l'innovation requérait. À dire vrai, alors que d'aucuns pourraient qualifier ce qui se passa ensuite de coup de chance, j'y verrais personnellement quelque chose d'inévitable.

Il n'y a absolument rien, songea Tress en étudiant le schéma, *qui m'empêcherait de fabriquer quelque chose de portable*.

Pas seulement une arme. Les armes à feu étaient banales et, bien qu'utiles, pas particulièrement flexibles. Lui serait-il possible de perfectionner le concept ? À quoi ressemblerait un *pistolet à spores* modulaire ?

Une note au bas du schéma – là encore ajoutée par le créateur original – lui donna le dernier élément dont elle avait besoin.

Cf., disait-elle, *mon schéma pour des fusées, qui reproduit ce design.*

Par la lune des significations… des pistolets lance-fusées. Les premières étapes avaient déjà été franchies. Ne lui restait donc plus qu'à…

Quelqu'un frappa alors à la porte.

Une interruption minuscule. *Polie*, même, du type que Tress associait à son ancienne existence. Mais qui n'en brisa pas moins sa concentration comme le tonnerre d'un millier de canons se déchaînant tous en même temps. Elle se leva d'un bond et alla ouvrir la porte, inhabituellement prête à déverser un flot d'injures sur celui ou celle qui l'avait si grossièrement dérangée.

Elle se retrouva face à Fort, qui bouchait le couloir, avec dans la main une assiette recouverte d'un couvercle de casserole pour en garder le contenu au chaud. Il brandit son ardoise.

Tu n'es pas passée au mess, ce soir. Tout va bien ?

La jeune femme cligna des yeux, puis lança un regard à l'extérieur par le hublot de sa cabine. Il faisait si sombre désormais que sans s'en rendre compte elle avait commencé à plisser les yeux pour lire. Bientôt elle allait devoir allumer sa lampe – un luxe accordé au germeur, mais refusé aux marins ordinaires. Tress repoussa ses cheveux en arrière, tout en essayant de faire le compte des heures écoulées. Avait-elle vraiment été *à ce point* captivée ?

Par la lune de la miséricorde… Le quartier-maître avait eu la gentillesse de lui apporter de quoi dîner, et elle avait failli lui aboyer dessus. Que lui était-il arrivé ? Un genre de sort lié à ces papiers avait-il fait *disparaître* le temps ? Ou tout cela l'avait-il *à ce point* intéressée ? Remarquable. Alors qu'il n'était nullement question de tasses, en l'occurrence, ou de fenêtres…

« Merci, Fort », fit-elle tout en prenant l'assiette. Elle jeta un coup d'œil sous le couvercle, pour y trouver les restes habituels de bouillie cramée. Le menu du jour aurait pu être – jadis – de la mouette accompagnée de purée de pommes de terre, même si la couche carbonisée rendait difficile toute identification. La jeune femme doutait fort que les repas soient bel et bien composés de sciure et de pierres, en dépit de leur goût, vu qu'elle n'était pas encore morte de malnutrition.

Tu m'es toujours redevable pour tout ça, lui fit-il remarquer. **La capitaine ne m'a jamais donné l'ordre de te laisser manger, malgré ton nouveau poste.**

« Quand on se sera mis d'accord sur un paiement adéquat, marmonna-t-elle, vous pourrez peut-être commencer à me laisser un peu de ce qui n'a *pas* été raclé au fond de la casserole ? »

Fort fronça les sourcils. **Quoi ? Tress, je vous ai mis de côté une part pour Hoid et toi AVANT de laisser les Dougs se ruer dessus.**

« Vous… quoi ? »

Ça la frappa comme un coup de marteau sur le crâne.

Ce n'étaient pas là des restes !

C'était ce que *tout le monde* mangeait.

« Oh… oh ! là, là », fit-elle.

Fort eut la décence de baisser les yeux et de hausser les épaules d'un air confus. **On s'est relayés derrière les fourneaux, après la mort de Weev,** écrivit-il. **Et il s'avère que c'est moi qui me débrouille le mieux. La préparation d'Ann a rendu malade la moitié de l'équipage pendant trois jours.**

« Vous m'en direz tant. Eh bien, je pense avoir découvert un moyen de vous… remercier – vous et le reste de l'équipage – pour la gentillesse que vous m'avez témoignée. »

Cuisiner à bord n'a rien d'évident, l'avertit-il, en levant la paume à côté de l'ardoise après avoir écrit ces mots. **Nous n'avons que des rations de mer – la plupart rassises, en conserve ou séchées. C'est difficile à rendre appétissant.**

« M'est avis, fit Tress, que vous risquez d'être surpris. Passez me chercher demain avant de commencer à cuisiner pour le repas du soir… » Elle s'interrompit alors, ayant entendu la cloche du pont sonner l'alarme.

Ce n'étaient pas les trois coups lourds indiquant qu'un autre navire avait été repéré. Mais ce n'était pas non plus l'appel au mess, qui consistait en une sonnerie constante. Il y avait eu deux coups, puis un silence, puis deux autres.

« Ça veut dire quoi, ça ? » s'enquit-elle.

Terre en vue, écrivit Fort d'une main empressée, alors même qu'il bondissait pratiquement sur place d'excitation. **La mer Pourpre a été repérée. Tu veux assister au franchissement de la frontière ?**

« Absolument ! » s'exclama-t-elle tout en le rejoignant dans le couloir, malgré l'étrange réticence qui l'avait envahie à l'idée d'abandonner ses recherches. C'était stupide. Elle n'avait aucune formation académique sérieuse ; sa scolarité s'était limitée à l'apprentissage de la lecture et de l'arithmétique de base. Tress n'était pas *secrètement* une érudite, en aucune manière. Une laveuse de vitres ? Si la jeune femme avait eu le moindre penchant pour la recherche, elle s'en serait rendu compte depuis longtemps.

En vérité, elle n'était tout simplement jamais tombée sur un sujet suffisamment intéressant – ou assez *dangereux* – pour l'intéresser.

L'APPRENTIE

38

Je ne suis pas sûr de pouvoir vous recommander de partir à la découverte des mers de spores. S'il existe bel et bien des endroits plus mortels dans le Cosmère, peu sont aussi dangereux. D'autres vous tueront en accompagnant cela d'un rugissement, ou de quelque cataclysme. Mais les spores, elles, s'y emploieront sans faire autre chose que chuchoter. À un moment donné, vous êtes en train d'apprécier un bon bouquin. Puis vous prenez une inspiration malencontreuse, quelques spores pourpres pénètrent dans votre organisme – et soudain, votre crâne s'est transformé en passoire.

Ça n'arrive pas souvent, mais quand tel est le cas cela peut paraître d'une certaine manière plus injuste que de mourir d'un éclair ou d'un ouragan. La nature est *censée* s'annoncer avant de vous assassiner. Question de fair-play, tout simplement.

Cela dit, les mers de spores ont de sacrés panoramas à offrir.

Fort fit de la place pour Tress à la proue, envoyant au passage un couple de Dougs monter la garde depuis le gréement. La nuit n'allait pas tarder à tomber, et aussi loin de la Lunagrée, le dôme de Lune Verdoyante descendait presque au niveau de la surface dans leur dos – un dôme vert derrière le navire, telle une image miroir de la Lune Pourpre qui en illuminait la proue. Une immense sphère rouge dans le ciel, juste au-dessus de l'horizon – avec derrière le soleil couchant qui faisait scintiller ses contours, tel un jumeau envieux.

Plus près du navire, juste devant, les spores verdoyantes se mêlaient progressivement aux pourpres pour former un gradient dont le centre était d'un brun profond. Le rouge chatoyant au-delà de la proue évoquait un océan de sang, comme si la Lune Pourpre avait été abattue et que *Le Chant de la Corneille* naviguait en direction de son cadavre.

Tress n'avait pas réfléchi à l'impression *erronée* que lui ferait cette couleur. La Lune et la mer Émeraudes avaient, *littéralement*, coloré tout ce qu'elle avait jamais vu. Cela l'intimidait de s'aviser qu'elle quittait cela pour pénétrer sur cet océan rouge sang. Toute son existence, elle l'avait vécue sous la surveillance de la Lune Verdoyante, et une minuscule part d'elle-même – si irrationnelle fût-elle – craignait de disparaître à l'instant où l'astre cesserait de penser à elle.

Alors qu'ils réduisaient la distance, puis franchissaient la frontière, Fort s'appuya sur le bastingage et souleva son ardoise. **Quel large sourire.**

« Désolée, dit Tress, s'avisant du rictus qu'elle arborait en effet. C'est juste que je trouve ça *terrifiant.* »

Tu souris face à ce qui te terrifie ?

« Ce n'était pas dans mes habitudes jusque-là, répondit-elle. Je pense que mon cerveau est intimidé par la folie qui règne ici, en mer, et qu'il essaie de s'adapter. »

Fort se frotta le menton, mais n'ajouta rien d'autre. Il croyait qu'elle faisait partie des Masques du Roi, elle le savait – aussi n'était-ce pas forcément surprenant qu'elle ne redoute pas autant les spores qu'elle l'aurait dû. Sauf que bon, au risque de me répéter, il n'en était rien. Elle *avait* peur.

En même temps, rien n'aurait pu la préparer à découvrir une scène aussi magnifique. Ni à quel point ça lui ferait bizarre de quitter la mer Émeraude. C'étaient là de nouvelles émotions, qui pouvaient se révéler – telles de nouvelles saveurs – *à la fois* terrifiantes et enivrantes.

Qu'aurait-elle pu continuer à ignorer d'autre sur elle-même, si elle n'avait pas quitté son île natale ? Pire encore, combien de personnes dans son genre vivaient-elles dans l'ignorance, sans l'expérience nécessaire pour explorer pleinement leur propre existence ? C'est là une des ironies les plus amères qu'il m'ait été donné d'accepter : il existe incontestablement des génies musicaux au talent incomparable qui sont morts comme balayeurs de rue parce qu'ils n'ont jamais eu l'opportunité de poser la main sur un instrument.

Le Chant de la Corneille poursuivit en ligne droite sa course vers la mer Pourpre jusqu'à ce qu'un des Dougs postés sur le gréement ne donne l'alerte. Le ciel s'était ouvert, et la mort serpentait dans leur direction.

Tress n'avait jamais vu de pluie auparavant. Sur son île, l'eau provenait des puits. Bien qu'on lui ait parlé de précipitations tombant des cieux, cela lui avait toujours paru magique, *mystique*. Digne d'un conte de fées.

Or, l'un de ces contes voulait apparemment la dévorer, car la pluie se dirigeait droit sur eux : un nœud de nuages rapides traversant les cieux en traînant derrière eux une ligne d'éther qui explosait sur l'océan. Un vaste mur de pointes pourpres qui grandissaient et s'imbriquaient avec une telle force que le claquement était audible à grande distance.

Tress se tenait là, comme hypnotisée. Salay, par chance, avait davantage d'expérience en la matière – elle était donc déjà en train de faire pivoter le navire lorsque la capitaine lui en donna l'ordre. Ils virèrent violemment à bâbord, faisant une embardée – léthargique – qui les remit sur le chemin de la Verdoyante.

La bande de pluie ne leur donna pas la chasse, mais changea de cap à la frontière qui séparait les deux mers – y laissant des épines pourpres entremêlées de dix mètres de haut. Elles finirent par sombrer dans la mer, qui redevint bien vite aussi calme qu'immaculée. Tel un enfant qui aurait fourré le pot de biscuits cassé au fond d'un placard, dans l'espoir que tout soit oublié.

« Par les lunes, haleta Tress. Et si… et si l'ébullition s'était interrompue juste à ce moment-là ? Si on s'était retrouvés incapables de bouger… »

Fort lui lança un regard, pour ensuite lire sur son ardoise ce qu'elle venait de dire. Sa seule réponse fut de hausser les épaules. C'était là le genre de risques qu'ils allaient prendre, en naviguant sur la Pourpre.

La jeune femme se tourna alors vers la plage arrière, où Corneille se tenait à proximité du gouvernail, sa gourde collée à la bouche. L'air pensif, elle finit néanmoins par arrêter de s'abreuver.

Elle n'allait pas oser pousser plus loin, pas vrai ? Avec cette bande de pluie qui parcourait la région ?

« Timonière, dit-elle finalement, en projetant sa voix de sorte que tout le monde puisse entendre. Emmenez-nous tranquillement au sud, le long de la frontière. S'engager sur la Pourpre ne me semble pas très… prudent, pour l'heure.

— À vos ordres, capitaine », fit Salay.

Corneille descendit alors en hâte sur le pont principal, puis s'enferma dans sa cabine. Laggart dévala précipitamment les marches, manquant de trébucher au passage, puis s'empressa de camoufler sa glissade en hurlant aux Dougs de se remettre au travail. Quelques minutes plus tard, ils naviguaient tranquillement le long de la frontière. Fort prit congé pour aller récurer quelques marmites, laissant Tress appuyée contre le bastingage du navire.

« Toi », lui lança Laggart en passant devant elle. Il hésita un instant, puis : « Qu'est-ce que tout ça t'inspire, *maintenant* ?

— Honnêtement, répliqua-t-elle, je n'en sais rien. J'essaie encore de m'en *imprégner* l'esprit.

— Moi, je peux t'y aider ! » lui lança alors la voix toute proche du docteur Ulaam.

Laggart grogna. Puis lui fit signe de le suivre. Sa curiosité piquée, la jeune femme l'accompagna jusque sur le pont. Derrière la barre et le perchoir de la capitaine se trouvait un canon, installé sur une plateforme équipée de son propre garde-fou, tel un balcon lourdement renforcé dépassant de l'arrière même du vaisseau.

Il s'agissait là d'une partie particulièrement dangereuse du navire, éloignée qu'elle était des protections en argent. Les spores qui parvenaient à franchir l'espace séparant la mer du pont y mettaient davantage de temps à mourir. Ce qui, bien sûr, était important pour les spores zéphyr utilisées comme charges.

Laggart entreprit de fouiller le baril de munitions – une action qui, par chance, l'obligea à baisser les yeux. Parce que, s'il avait vu le visage de Tress à ce moment-là, il aurait fort bien pu remarquer son soudain coup de stress. Qu'est-ce qu'il avait en tête ? Allait-il lui mettre sous le nez l'un des boulets intervertis ?

Par les lunes… elle aurait vraiment fait une espionne pathétique. Comment Salay et les autres pouvaient-ils ne fût-ce qu'imaginer qu'elle puisse faire partie des Masques du Roi ? Malheureusement, Tress ne comprenait pas qu'il est tout à fait possible d'être tellement mauvais à quelque chose que cela en devient invraisemblable. En l'occurrence, ça crève les yeux qu'une telle personne est en réalité très compétente, car il faut *vraiment* l'être pour feindre une *incompétence* aussi spectaculaire. C'est ce qu'on appelle la propriété transitive de l'incompétence, et cela explique absolument tout ce que vous m'avez vu mal faire.

L'inaptitude transitive de Tress n'entrait pas en jeu dans le cas qui nous intéresse, car Laggart ne se rendit pas compte à quel point elle était nerveuse – pas plus qu'il ne lui mit sous le nez un boulet de canon contrefait. Bien au contraire : il sélectionna un boulet normal, puis le brandit devant lui, comme s'il admirait un beau tableau. Ou – vu l'allure que lui donnait sa tête chauve plantée au bout du cure-dent qui lui servait de cou – peut-être se demandait-il si les deux avaient quelque lien de parenté.

« Maintenant que nous sommes de *véritables* pirates, lança-t-il à Tress, je me dis qu'on devrait avoir quelqu'un à bord – outre la capitaine et moi – qui sache tirer au canon. Ça ne sert à rien de former le reste de l'équipage – ils deviennent de véritables bons à rien dès lors qu'ils se retrouvent à proximité des spores. Félicitations. »

La jeune femme remarqua que, malgré ces paroles audacieuses, il plongea avec maintes précautions une main dans le baril de munitions pour choisir un sachet de spores zéphyr – qu'il tint pincé entre deux doigts. Il se hâta de l'insérer dans le canon par une trappe située à son sommet.

« La charge zéphyr va là-dedans, déclara-t-il tout en refermant le couvercle métallique. Il faut les introduire rapidement, parce que même ici, l'argent du pont est assez près pour commencer à tuer les spores. Le revêtement intérieur est doublé d'aluminium, pour contrebalancer l'influence de l'argent. »

Il fourra un morceau de tissu dans le fût et l'enfonça plus profondément avec une tige. « Ce chiffon, expliqua-t-il, remplit le calibre du canon, empêche l'explosion de passer *autour* du boulet – et concentre dessus toute la force du tir. » Il fit glisser un boulet dans la bouche de la pièce d'artillerie. La sphère produisit un bruit sourd en trouvant sa place. « L'inclinaison ne doit pas être trop faible, sans quoi le boulet n'irait pas très loin – doux euphémisme.

— D'accord, fit Tress. Mais… euh, la capitaine est-elle au courant que vous me faites faire ça ?

— C'est *moi* le maître-canonnier, répliqua-t-il d'un ton sec. La capitaine n'a pas son mot à dire sur les apprentis que je me choisis. Contente-toi d'obéir aux ordres. Et puis, un homme doit savoir prendre soin de sa propre personne. Je ne veux pas finir blessé, ou au fond de l'océan, parce que personne d'autre à bord de ce foutu navire n'a le cran de manipuler des zéphyr. »

D'accord. Donc, Laggart ignorait qu'elle devait être vendue au dragon. Ce qui lui parut quelque peu étrange, vu qu'il semblait connaître le reste du plan. Mais… elle s'avisa alors qu'il y avait de fortes chances que la capitaine le considère comme un sacrifice de secours, juste au cas où. Après tout il *faisait partie* des membres de l'équipage qui avaient le moins peur des spores.

Laggart ramassa un petit engin en bois posé près du bastingage, puis le jeta par-dessus bord. Il s'agissait en réalité d'une sorte de petite bouée équipée d'un drapeau, reliée au navire par une corde.

Pendant qu'ils naviguaient, elle suivait loin derrière – tel le plus consciencieux des harceleurs.

« Effectue cinq tirs par jour, ordonna-t-il à la jeune femme. La meilleure façon de se familiariser avec un canon, c'est encore de s'entraîner. » Et il commença à s'éloigner.

« Attendez ! lui lança Tress. Ma formation ne va quand même pas se résumer à *ça* ?

— Te former davantage ne servirait à rien tant que tu n'en sais pas plus sur le sujet, répliqua-t-il. Je suis occupé. Débrouille-toi toute seule, et ne m'importune pas avec des questions stupides. Si tu coules une bouée, félicitations. Il y en a d'autres dans la cale. Viens me déranger quand tu y arriveras en maximum deux tirs, et *là* on discutera d'une véritable formation.

— D'accord, dit Tress – qui sentait une idée lui traverser l'esprit. Mais peut-être que je devrais débuter avec quelque chose de moins coûteux que des boulets complets, histoire de ne pas gaspiller inutilement nos ressources. Nous n'avons pas de pistolet lance-fusées, par hasard ? Je pourrais commencer avec ça. »

Le maître-canonnier fit les yeux ronds. « Quel genre de question stupide est-ce là ? »

C'était, effectivement, *ce* genre de question stupide. Ce qui reste toujours mieux qu'une déclaration redondante.

« Un pistolet lance-fusées n'a *rien* à voir avec un canon, poursuivit-il. Alors borne-toi à faire ce que je t'ai dit, idiote. » Et il commença à s'éloigner, sans cesser de grommeler dans sa barbe.

Tress croisa les bras. Elle avait *projeté* de passer la soirée à étudier ou à essayer de trouver un moyen de briser la malédiction de Hoid. C'était là une intrusion fort malvenue. Qui présentait néanmoins peut-être certains avantages. Si elle prévoyait, chose étonnante, de fabriquer sa propre arme à base de spores pour affronter la capitaine, il y avait pires usages de son temps que de faire des expériences avec un canon.

C'est juste que Laggart, en refusant de lui offrir la moindre formation un tant soit peu utile, s'était assuré qu'elle allait perdre des heures à comprendre les principes de base du tir au canon. Même avec le bref répit que lui accordait la frontière, elle savait que son temps était compté. Selon l'endroit où se trouvait l'antre du dragon dans la mer Pourpre, il lui restait entre quelques heures et quelques semaines pour se préparer.

Une solution lui traversa néanmoins l'esprit un peu plus tard. La jeune femme poussa le canon en avant sur son rail, comme elle avait vu Laggart le faire. Puis, un sourire aux lèvres, elle prit une tige de mise à feu humide – à l'extrémité recouverte d'un morceau de tissu trempé – et l'enfonça dans la culasse. Une seconde plus tard, une explosion l'ébranlait – tout en faisant reculer le canon le long de ses rails.

La tête d'Ann mit moins d'une minute à apparaître derrière ; ses yeux écarquillés brillaient *littéralement* d'impatience.

L'ÉLEVEUSE DE POULETS

39

« Tu utilises ces deux manivelles, lui expliqua Ann tout en faisant pivoter une poignée – qui n'était pas sans évoquer un hachoir à viande – située à la base du canon. Celle-ci le fait tourner à bâbord ou à tribord. L'autre le soulève dans l'air. Tu comprends, un boulet *tombe* lorsqu'il vole. Donc, il faut viser vers le haut, et faire une sorte de lob en arc de cercle. »

Elle se redressa, un doigt pointé vers le lointain. « La partie délicate, c'est d'évaluer la distance. Il existe beaucoup de boulets différents, avec des longueurs de mèche variables. Pour immobiliser convenablement un navire, il faut que le boulet explose juste avant de le toucher, de manière que ça fasse gicler de l'eau. »

Tress, assise sur le baril de munitions, fit une petite moue. « Tout cela m'a l'air bien compliqué. Pourquoi ne pas imaginer un boulet qui exploserait quand il *touche* quelque chose ? Il suffirait alors de viser le bateau, sans avoir à évaluer la distance.

— Je suppose que oui, admit Ann. Je n'ai jamais rien entendu de tel, par contre. »

Moi si, songea la jeune femme, qui comprenait – enfin – la signification du diagramme qu'elle avait trouvé dans ses quartiers. Il mentionnait des « charges à détonation par impact ». *Quelqu'un prépare des armes de ce type. Peut-être en a-t-il déjà construit.*

Ce ne serait pas trop difficile, si ? Et si on parvenait à fabriquer des boulets en forme de cônes, plutôt que ronds, de manière à pouvoir les tirer pointe en avant, comme une flèche ? On pourrait alors faire en sorte que lorsqu'il toucherait quelque chose, son extrémité se retrouve poussée en arrière jusqu'au centre et provoque l'explosion.

Mais un boulet qui ne serait *pas rond* ? La chose relevait-elle simplement du *possible* ? C'était quand même un peu dans le nom, après tout…

La charpentière finit de redresser le canon, puis se tint là, une main affectueusement posée sur l'arme. Messieurs, ce à quoi vous devez aspirer, c'est à une femme qui vous regarde comme Ann couvait des yeux cette pièce d'artillerie. Parce que si une telle femme existe, vous allez vouloir déménager dans un royaume complètement différent, informer les autorités et surveiller l'arrivée de colis contenant des doigts privés du reste de leur corps.

« Désolée d'avance si tu trouves ça indiscret, fit Tress. Mais pourquoi te comportes-tu si… heu…

— *Bizarrement* avec les armes à feu ? »

Tress piqua un fard, puis hocha la tête.

« Et *toi*, répliqua la charpentière, pourquoi est-ce que tu rougis si bizarrement quand tu poses des questions ?

— C'est juste que je déteste m'imposer aux gens.

— Tu devrais le faire plus souvent, si tu veux mon avis. Comment comptes-tu obtenir ce que tu veux, sinon ?

— Eh bien… comment dire, les autres ne devraient pas avoir à se préoccuper de ce que je veux. C'est juste que… » Elle prit une grande inspiration. « Est-ce que tu vas m'expliquer, Ann, pourquoi tu es si bizarre en présence d'armes à feu ?

— Pourquoi, à ton avis ? Des idées, peut-être ?

— Non. J'ai… demandé à Fort, un jour, et d'après lui tu as dû être esclave ou quelque chose dans le genre dans ton enfance. Il pense qu'une arme à feu te donne l'impression de contrôler ton environnement. D'avoir accès au pouvoir.

— Mouais. » La charpentière s'installa sur une caisse de boulets additionnels. « Et dire qu'il est si bon pour décrypter les gens, en temps normal.

— Donc tu n'as pas été esclave dans ton enfance, j'imagine ?

— Fermière. J'élevais des poulets. C'était une vie géniale, en réalité. Tu sais, les poulets sont très intelligents, et ils font d'excellents animaux de compagnie…

— Vraiment ?

— Ouais. C'est franchement déplorable qu'ils soient si délicieux. D'autres hypothèses me concernant ?

— Eh bien, quand j'ai posé la question à Salay, elle m'a répondu qu'à son avis tu voyais les canons et les armes à feu comme des symboles d'autorité – qu'il te fallait *maîtriser*, pour la simple et bonne raison que les gens n'apprécient pas la menuiserie à sa juste valeur. Tu voulais donc qu'on te confie une tâche plus importante.

— Ben, tiens, c'est *exactement* ce à quoi je m'attendais de sa part. Elle a toujours été terriblement mauvaise pour jauger les gens. Genre, *vraiment* mauvaise.

— Ça… euh… ne m'a peut-être pas échappé…

— S'il te plaît, dis-moi que tu as demandé à Ulaam de te parler de moi. »

Le fard de Tress s'accentua encore.

« Tu l'as fait ! s'exclama Ann en la pointant du doigt. Qu'est-ce qu'il a dit ?

— Je n'ai pas vraiment compris son explication. Ça avait, hum, un rapport avec la forme des armes à feu… Et là, il m'a parlé de cigares, sans trop que je comprenne pourquoi… »

Ann éclata aussitôt de rire. Un son rauque, sauvage, gorgé d'une sincère hilarité. Tress ne put s'empêcher de sourire à son tour. Ce genre de rire a tôt fait de *saturer* celui qui le produit – et de chercher un autre logement à proximité.

« Et donc, reprit Tress une fois que la charpentière se fut calmée, c'est quoi la véritable raison ?

— Eh bien… » Ann haussa les épaules. « Je les trouve classe, voilà tout.

— C'est tout ?

— Tout ? On peut fondamentalement définir quelqu'un par les choses qu'il aime, Tress. C'est ce qui nous différencie *vraiment*, tu vois ? On parle de l'importance de la culture, mais c'est *quoi*, la culture ? Ce n'est ni le gouvernement, ni la langue, ni aucune de ces fadaises. Non, c'est ce qu'on *aime*. Des pièces de théâtre, des histoires, des collections de marbres…

— Des tasses ? suggéra Tress.

— Je suppose que oui. Bien sûr, pourquoi pas ? Des tasses. Je parie qu'il y a une tonne de gens qui collectionnent les tasses. Mais ce n'est pas une tasse *seule* qui est intéressante.

— C'est la façon dont une tasse se *distingue* des autres.

— Ouais ! Exactement. » Ann tapota le canon. « Et moi je suis une tasse qui apprécie les armes à feu. J'aime l'odeur de zéphyr qui s'en échappe. Tu vois de quoi je parle ? L'odeur électrique de la foudre ? J'adore le *défi* que représente le fait d'essayer d'atteindre une cible éloignée. N'importe quel abruti peut atteindre un type qui se trouve juste à côté. Mais en toucher un à bord d'un autre bateau pendant qu'il sirote son thé – complètement inconscient de ce qui va lui tomber dessus ? Bam, ça, c'est du style. »

Elle regarda au loin. « J'avais l'habitude d'écouter les coups de feu, en ville. À chaque festival de Douzenuit. Enfin, ça et les rares fois où des pilleurs tentaient d'attaquer le port. Chaque fois que ces tirs retentissaient, résonnant contre les collines, je me disais : "Un jour, ce sera moi."

— Je suis désolée, dit doucement Tress, que tu n'en aies jamais eu l'occasion.

— Jamais eu l'occasion ? répéta Ann. Je me suis enrôlée dans la milice le jour où je suis devenue majeure ! Pour intégrer *directement* les équipes de canonniers – et tenir rien de moins que *vingt-quatre* jours ! Jusqu'à ce que… » Elle dévisagea son interlocutrice. « Tu savais que les boulets de canon peuvent *rebondir* ? C'était complètement dément. Je dois être la seule cadette de la milice à avoir jamais réussi à tirer sur son propre sergent… alors qu'il se tenait *derrière* moi… à l'intérieur de la caserne…

— Ouah », fit Tress.

La timonière soupira, puis se mit sur la pointe des pieds. « Bref, tu devrais écouter Laggart et t'entraîner au tir. Essaie de faire passer les boulets au-dessus de la bouée, en utilisant des mèches longues pour l'instant. Ensuite, tu ajustes en conséquence. Même les meilleurs canonniers effectuent un premier tir exploratoire – ça leur permet de se faire une idée du vent, de prendre du recul, ce genre de choses. »

Tress se leva à son tour – pour se découvrir saisie d'un certain sentiment de culpabilité, qu'elle trouva quelque peu insensé. « Tu veux faire un essai, genre… *maintenant* ? »

C'est là probablement la proposition la plus folle, la plus *imprudente* que j'aie jamais entendue – et j'ai *littéralement* fait partie d'une conspiration secrète visant à tuer Dieu.

« Ah, ah ! fit Ann. Tu… Attends, tu es sérieuse ? »

Tress hocha la tête. « Ça a l'air de tellement te manquer. »

La charpentière se pencha vers elle pour l'inspecter de plus près. « Tu n'as même pas l'air d'avoir peur. Tu es *vraiment* l'une des leurs. »

Propriété transitive de l'incompétence. Croyez-moi sur parole.

Ann s'approcha du canon pour poser une main dessus, puis revint à la jeune femme. « Laggart va être fou de rage.

— Il m'a dit de me débrouiller toute seule. Et de ne pas le déranger. C'est exactement ce que je suis en train de faire : je demande conseil à un expert. »

La charpentière se tourna à nouveau vers le canon. Pour ensuite revenir à Tress. « *Vraiment ?*

— J'ai… perdu des choses, murmura celle-ci. Et ça… ne va pas être facile de les récupérer – de *le* retrouver. Mais ce que toi tu veux se trouve ici, devant tes yeux. Alors, allons-y, réalisons tes rêves. »

Ann sourit de plus belle, puis jeta un coup d'œil à la bouée. Elle fit pivoter le canon latéralement. Encore. Et encore.

« Euh, Ann ? intervint Tress, le doigt pointé. La bouée est *par là.* »

La charpentière suivit la direction qu'elle désignait, puis regarda le canon, dont le fût faisait un angle d'au moins *trente* degrés avec sa cible. « Ça me semble parfait.

— Fais-moi confiance, dit Tress. Rectifie-moi ça. »

Ann s'y résolut à contrecœur. Elle attrapa la tige de tir dans son seau. Puis, souriant à la manière d'un croque-mort dans une zone de guerre, fit feu.

Toutes deux attendirent, anticipant le pire. Et – de fait – une odeur métallique caractéristique envahit *bel et bien* les narines de Tress. Le boulet de canon frappa la mer Verdoyante derrière le navire, puis disparut. Sans blesser personne.

Je vais être honnête : moi-même je trouvai ça quelque peu surprenant.

« Merci, murmura Ann. *Merci*.

— Ce n'était vraiment pas grand-chose.

— Bien au contraire. Je commençais à y croire, Tress. À ce qu'ils disaient. Que j'étais *maudite*. Il n'en est rien. C'est juste… eh bien, que je vise mal. » Elle contempla un instant l'océan, puis s'essuya les yeux. « Pas maudite. Tu n'imagines pas à quel point j'avais besoin d'en avoir la confirmation.

— Retrouve-moi ici tous les jours, dit Tress. Tente le coup avec moi. On peut s'améliorer *ensemble*.

— Marché conclu.

— Oh, ajouta la jeune femme. Autre chose : est-ce que tu sais s'il y a un pistolet lance-fusées à bord de ce bateau ?

— Bien sûr, répondit Ann. On en a besoin en cas de naufrage, ou pour se rendre à des pirates. Oh ! Je suppose qu'on n'a plus besoin de s'inquiéter pour ça. Pour nous, se rendre est synonyme de mort. Quoi qu'il en soit, Fort devrait pouvoir t'en fournir un. »

Ann s'empressa de prendre congé après cela – les larmes de joie ne font pas exactement bon ménage avec une partie exposée du navire. Quant à Tress elle s'installa là, à réfléchir aux gens, et aux *vides* qu'il y avait en eux – des vides susceptibles d'être comblés par des choses aussi simples que le temps, ou quelques mots prononcés au bon moment. Ou, apparemment, un boulet de canon. À part une *personne*, qu'est-ce qu'on pouvait réparer simplement en en… prenant soin ?

Au bout du compte, la jeune femme tira à son tour quelques boulets. (Aucun n'atteignit sa cible.) Alors qu'elle s'était remise à nettoyer le sol, la capitaine finit par donner l'ordre de virer de bord. Cette fois, ils pénétrèrent dans la mer Pourpre, et aucune pluie ne les prit en chasse.

LE CHEF

40

Le lendemain soir, Tress fit l'inventaire des ingrédients de cuisine présents à bord. Sans rien trouver de particulièrement inspirant. De la farine périmée, très peu d'assaisonnements exploitables, de l'huile rance. Et le four ? Alimenté par des spores ensoleillées qui faisaient de lui une espèce de fourneau produisant une chaleur *incroyablement* erratique. Ce que vint démontrer un test rapide pratiqué avec de la farine humide sur une plaque de cuisson.

Pas étonnant que Fort ait du mal à cuisiner quoi que ce soit sans tout faire brûler. De fait, Tress se demandait s'il ne le faisait pas exprès afin de dissimuler le goût horrible des ingrédients. Elle le regarda, les bras croisés ; il se borna à hausser les épaules. Son ardoise n'avait aucune utilité pour cet échange.

« Bon, lança-t-elle en lui tendant la bouteille d'huile rance, jetez-moi ça par-dessus bord. Il n'y a rien à en attendre, de toute façon. »

Il la dévisagea pensivement ; la bouteille avait l'air bien plus petite entre ses énormes doigts difformes.

Il était si massif que Tress ne pouvait s'empêcher de se demander s'il était entièrement humain – une question parfaitement compréhensible, mais toute plaisanterie mise à part, Fort *était* cent pour cent humain. Plus ou moins vingt pour cent de quelque chose d'autre que je n'ai pas réussi à identifier.

« Faites-moi confiance, ajouta la jeune femme. On peut encore tirer quelque chose de la farine, mais il est impossible de faire un bon usage de l'huile. »

À TA connaissance, écrivit-il. **Tu serais surprise de voir ce que les gens sont prêts à échanger.** Il s'empressa de la ranger. Tous deux occupaient la petite cuisine du navire, guère plus grande que son bureau de quartier-maître – même si les murs étaient intégralement couverts de placards et de plans de travail, sauf là où il y avait la porte et le four.

« Tenez, dit Tress, en poussant vers lui un petit tas de noix de kulu. Écrasez-les. »

Les ÉCRASER ?

« Oui, et faites ça dans le mortier pour éviter de perdre du liquide. Les noix de kulu contiennent beaucoup de graisse, et on va en avoir besoin – vu l'état de l'huile. »

Nouveau haussement d'épaules – après quoi il s'exécuta, pendant que Tress procédait à quelques petites modifications sur des casseroles pour transformer le four en cuiseur vapeur. « Pour une cuisson plus uniforme, expliqua-t-elle, voyant l'expression d'incompréhension qu'il arborait. La vapeur est un bon conducteur. »

Mais je croyais qu'on faisait du pain ?

« Du pain aux noix », répliqua-t-elle tout en tamisant la farine pour y traquer la moindre trace de moisissure. De la vieille farine, elle pouvait travailler avec – mais de la farine moisie ? C'était *bien* pire. Par chance, celle-ci semblait sèche – et exploitable. « Mieux vaut éviter les pains de base. La vieille farine a mauvais goût, mais elle ne nous rendra pas malades. Il nous faut donc quelque chose dont le goût ne sera pas trop perceptible. Heureusement, le pain aux noix de kulu devrait être faisable – et on peut le cuire à la vapeur. »

La croyant sur parole, il se remit à sa tâche. Au cours de l'heure suivante, Tress se surprit à retrouver certains automatismes. Combien de fois avait-elle préparé à manger pour ses parents, en se servant de ce qu'ils pouvaient s'offrir ou récupérer ? Il y avait quelque chose d'apaisant et de familier dans le fait de se remettre à cuisiner, même si c'était maintenant pour beaucoup plus de monde.

La jeune femme espérait que tout se passait bien pour eux en son absence. Elle avait prévu de leur écrire, mais avec tout ce qui était arrivé… Soudain, elle se sentit coupable d'avoir souhaité recevoir davantage de lettres de Charlie. Si ce qu'il avait vécu en mer était comparable à ses propres expériences, c'était un miracle qu'il ait déjà trouvé le temps de lui en envoyer autant.

Fort ne perdait pas son temps en bavardages inutiles, et cela n'était pas dû à sa surdité – j'ai connu bon nombre de personnes sourdes qui étaient de véritables pipelettes. Il observait attentivement tout ce que faisait Tress – qui se demandait ce que cachait ladite attention. Essayait-il d'apprendre de son savoir-faire ? Ou bien se *méfiait*-il d'elle ?

Guère rassurée, elle sortit du four le premier de ses gâteaux tests, en coupa un morceau et le lui offrit. Fort le saisit tant bien que mal entre ses doigts amochés. Il l'inspecta. Le renifla. Le goûta. Puis se mit à pleurer.

Ce qui, bien sûr, aurait tendance à faire paniquer n'importe quel artiste. Les larmes ont tendance à éliminer le juste milieu. Toutes les permutations infinies du médiocre disparaissent, pour ne laisser que deux interprétations : le sublime et le catastrophique. L'espace d'un instant, l'un comme l'autre coexistèrent en Tress dans une sorte d'état quantique. Et les gens se demandent pourquoi les artistes abusent si souvent de l'alcool…

Le quartier-maître attrapa une nouvelle bouchée.

Le soupir de soulagement que lâcha Tress aurait pu gonfler les voiles du navire. Elle se remit à hacher la mouette – fraîche, elle, fort heureusement – pour les tourtes à la viande. Mais Fort lui tapota alors l'épaule.

Comment as-tu fait ? écrivit-il. **J'étais à l'affût du moindre tour de passe-passe.**

« À quoi aurait bien pu me servir un tour de passe-passe ? »

Des ingrédients secrets. Ou un gâteau préparé à l'avance, que tu aurais mis à la place de l'autre.

« Vous êtes toujours aussi suspicieux ? »

Je suis quartier-maître sur un bateau pirate.

« Eh bien, fit-elle, il n'y a pas eu d'échange de gâteaux. Et pas d'autres ingrédients secrets que la pratique et la débrouillardise. »

Il prit une troisième bouchée.

« Combien, dit-elle – en tournant la tête, de sorte qu'il continue à voir sa bouche –, diriez-vous que vaudrait un repas pareil chaque jour ? »

Fort se redressa, puis la dévisagea, un sourire narquois aux lèvres. **Oh, j'imagine que c'est là une question à débattre, pas vrai ?**

« La troisième bouchée que vous venez de prendre me laisse accroire que le débat est *déjà* clos. »

Il hésita, un doigt à moitié enfoncé dans la bouche. Puis tapa : **Tu ne m'avais pas dit que tu ne cherchais pas à me berner ?**

« Étrange, fit-elle, je ne me souviens pas d'avoir dit ça. Tout ce que j'ai affirmé, c'était que le pain était *authentique*. Pas que je n'allais pas essayer de vous duper. Un quatrième morceau, peut-être ? »

Bon, il faut noter que Tress poursuivit cette conversation lestée d'un léger poids de culpabilité. Elle voulait que Fort l'apprécie, et n'était généralement pas du genre à exiger quoi que ce soit de ses amis.

N'empêche : elle avait observé sa manière d'interagir avec les autres. Fort n'était pas un homme égoïste. Non content de l'avoir hissée à bord le premier jour, il lui avait donné à manger quand elle crevait de faim. Il semblait toujours avoir à disposition ce dont ses interlocuteurs avaient besoin, leur fournissant discrètement médicaments, chaussures, ou même un jeu de cartes pour un Doug nécessiteux. Et il prenait rarement quelque chose d'une valeur égale en échange.

Et pourtant, avec des gens comme Ann ou Salay, il marchanderait férocement le moindre article. Même ceux qu'ils *auraient dû* pouvoir se procurer aisément dans les réserves du vaisseau. Il évoquait donc un peu à Tress sa tante Glorf, qui s'était toujours démenée pour faire la meilleure affaire au marché – elle avait peur de passer pour une idiote en se faisant rouler.

Pareille supposition était, malheureusement, aussi fausse que de terminer une phrase par une préposition. Mais elle n'en fonctionna pas moins. Comme terminer une phrase par une préposition. Parce que cela convainquit la jeune femme de négocier, malgré sa réticence à s'imposer.

Fais-moi ça une fois pour chaque jour où je t'ai nourrie, écrivit le quartier-maître, **et ta dette sera réglée.**

« Euuh, voilà qui *pourrait* ressembler à un accord équitable, répliqua Tress, s'il se trouvait que j'utilisais un des cerveaux de remplacement pourris qu'Ulaam a déterrés de son tiroir du bas. La bouffe que vous m'avez fournie, Fort, était pratiquement immangeable. À mes yeux, *un* bon repas devrait en compenser quelques *douzaines* de mauvais. »

Ma nourriture n'était PAS immangeable, rétorqua le quartier-maître tout en écrasant d'autres noix. Il tenait assez facilement le pilon entre ses mains contrefaites, marquant de temps à autre une pause pour taper sur son ardoise avec les jointures de ses doigts – posé sur le plan de travail, l'appareil affichait présentement une série de mots. **Les aliments ont un seuil minimum d'utilité, à supposer qu'ils ne soient pas toxiques.**

« Ils n'étaient pas toxiques, fit la jeune femme, mais ce n'était pas faute d'essayer. »

Ils t'ont maintenue en vie, et à MES yeux une vie est inestimable. Tout comme l'était la nourriture que je t'ai fournie à un moment où tu crevais de faim.

« Mouais, répliqua Tress sans cesser de hacher sa mouette. Sauf que la capitaine n'a cessé de répéter que ma vie ne valait rien. Il en est donc de même pour votre nourriture. »

Si tu n'as aucune valeur, écrivit Fort d'une main – l'autre continuant à écraser des noix, **alors il en est certainement de même pour ton travail. Aussi devrais-je être en mesure de t'employer pour des clopinettes.**

« Bon, dit Tress. Si tel est bien le cas, je vais donc devoir trouver un autre moyen de vous rembourser, j'imagine. Dommage. » Elle prit le dernier morceau du gâteau test avant qu'il ne parvienne à l'attraper, puis le laissa tomber dans sa bouche.

Oh, par les lunes, elle avait oublié ce que c'était de manger sans avoir à réprimer un haut-le-cœur.

Fort se frotta le menton, puis sourit de toutes ses dents. **Bon, d'accord. Chaque jour où tu me fourniras des repas ACCEPTABLES, comme celui-ci, remboursera deux jours de bouffe que je t'ai donnée.**

« Cinq », dit Tress.

Trois.

« Marché conclu, répliqua-t-elle, à condition que vous ne révéliez pas aux autres que je suis derrière les fourneaux. Je ne peux pas me permettre d'avoir à préparer *en plus* le petit déjeuner et le déjeuner. J'ai d'autres tâches à accomplir. »

L'équipage va se poser des questions, s'il y a deux repas mauvais et un incroyable.

« Et donc, mon plat *est* incroyable, hein ? »

Il se figea, puis sourit de plus belle. **Je t'ai sous-estimée.**

« Espérons que ce soit contagieux, répliqua-t-elle. Vous êtes un homme plein de ressources, Fort. Je ne doute pas que vous parveniez à trouver une excuse pour dissuader l'équipage de pousser plus loin ses investigations. Dites-leur que vous essayez de nouvelles recettes, mais que vous n'avez le temps d'en tester qu'une seule par jour. Sans compter que si on arrive à faire fonctionner correctement ce four, vos propres préparations pourraient fort bien ne pas être aussi… »

Uniques ? écrivit-il.

« Méconnaissables. »

Marché conclu, j'imagine. Pour peu que tu acceptes également de faire un dessert chaque jour après le repas. Les Dougs en ont demandé un qui ne fasse pas fondre les assiettes avant qu'on puisse le manger.

« Ils vous ont demandé du rab ? Par les lunes, combien de ces cerveaux à prix cassés Ulaam avait-il ? »

Fort éclata aussitôt de rire. C'était un rire *plein*, mais différent de celui d'Ann – beaucoup plus rauque. Plus débridé qu'incontrôlé. C'était le rire de quelqu'un qui ne se souciait pas du regard ou du jugement d'autrui.

Je l'ai mal jugé, s'avisa-t-elle alors. *Peu lui importe de passer pour un idiot face à quelqu'un qui veut jouer au plus malin*.

Alors ? écrivit-il. **Le dessert ?**

« Je veux, dit-elle tout en faisant glisser le résultat de sa découpe dans un moule à tarte, un pistolet lance-fusées. *Avec* des fusées. Sans qu'aucune question ne me soit posée. »

Il la dévisagea. **Affaires de Masque ?**

« Peut-être. »

Est-ce que cela va nous aider à nous sortir de ce mauvais pas ? D'un geste du doigt, il désigna le plafond – au-dessus duquel se trouvait la cabine de la capitaine.

« Je l'espère. »

Alors, d'accord. En échange de desserts pour le reste du voyage.

« Jusqu'à ce qu'on ait atteint notre destination – à savoir la mer Pourpre », répliqua Tress.

J'ignorais que nous en avions une. Curieux. Ma foi, qu'il en soit ainsi. Il s'essuya la main, puis la tendit.

Elle la serra pour conclure l'accord.

Merci, écrivit Fort. **Sincèrement.**

« Pour la nourriture ? » s'enquit-elle.

Pour la transaction.

« Pourquoi aimez-vous tant ça, Fort ? » lui demanda-t-elle en s'appuyant contre le plan de travail.

Je suis chasseur de profession, dit-il en guise d'explication. **C'est une marque de fierté parmi mon peuple – et ma famille tout particulièrement – de mener à bien une excellente chasse.**

« … une *chasse* ? »

Eh bien, développa-t-il, **nous en avons élargi la définition au fil des ans. Il s'avère qu'une société totalement tournée vers la chasse peine à évoluer. Qui va fabriquer les chaussures ? Faire cuire le pain ? Organiser les mariages ?** Il tapa quelques mots, les effaça, puis reprit : **Et donc, nous choisissons notre chasse quand on atteint notre majorité. Voilà la mienne. Une noble chasse, comme celle de ma mère. Je note chaque grande victoire, et j'envoie le tout chez moi, dans une lettre qui sera accrochée dans l'entrée de notre demeure familiale.**

« Ouah », fit Tress.

Tu es VRAIMENT impressionnée ? Ann s'est esclaffée, elle.

« Mais oui, absolument. Et puis, j'ai un ami qui *adorerait* entendre cette histoire. J'espère que vous pourrez faire sa connaissance, un jour. Est-ce que notre… petit accord commercial d'aujourd'hui va se retrouver dans l'une de vos lettres ? »

Il se remit à rire. **Tress, cela t'embarrasserait de découvrir à quel point cette chasse a été couronnée de succès. Est-ce que tu as MANGÉ ma bouffe ? La première bouchée de pain que tu m'as donnée valait tous les repas que je t'ai fournis depuis ton arrivée parmi nous. Et non seulement**

tu m'as promis davantage, mais tu vas EN PLUS me laisser m'en attribuer tout le mérite ? Il lui fit un clin d'œil. **Je vais me VANTER de cette chasse sur au moins trois pages ! Bon, dépêche-toi maintenant. Je crève d'envie de goûter une de ces tartes…**

LA PHILOSOPHE

41

Disséquer une fusée remplie de spores tout en étant distraite n'avait rien d'une excellente idée – mais il faut reconnaître que Tress n'avait pas *décidé* d'être distraite. C'était arrivé… naturellement, comme une crise de hoquet ou l'inévitable – et implacable – déclin entropique de l'univers.

Alors qu'elle ôtait la coiffe de la fusée en papier paraffiné – un genre de papier ciré rigide –, la jeune femme se remémora la joie intense que Fort avait retirée de leur négociation. Cela l'avait toujours rendue nerveuse de marchander, car elle ne voulait pas que les vendeurs aient l'impression que leurs produits – ou leurs services – n'étaient pas appréciés à leur juste valeur. Or Fort, lui, trouvait cela *délectable*.

Quant à Ann, c'était tirer au canon qu'elle adorait. Tress pensa à elle tout en vidant délicatement la fusée des spores qu'elle contenait. Avait-elle déjà vu quiconque d'aussi… surexcité que la charpentière ?

Même Charlie n'avait jamais eu l'air aussi ravi devant une tarte sortant du four.

Elle tapota soigneusement la fusée éclairante, puis jeta un coup d'œil à Huck, qui avait insisté pour rester près d'elle – mais qui se cachait sous un grand bol à soupe, qu'il soulevait de quelques centimètres pour jeter des coups d'œil aux expériences en cours. C'étaient surtout les spores qui lui faisaient peur actuellement, même si elle l'avait souvent surpris à se cacher ces derniers temps. Que le chat soit dans le coin ou non.

« C'est quoi, ça ? s'enquit-il lorsqu'une sphère de pierre rose s'échappa en roulant du centre de la fusée.

— La charge d'eau », expliqua-t-elle, avant de la positionner devant le hublot pour observer la lumière à travers la pierre. Une ombre d'eau clapota à l'intérieur lorsqu'elle la secoua. « Quand elle se brise, l'eau s'en écoule et… réveille les spores. En l'occurrence, des spores ensoleillées qui brûlent en émettant une chaude lumière vive.

— Oh, fit-il tout en soulevant un peu plus le bol. Et donc celles-là n'explosent pas ?

— Nan, répondit Tress. Mais on risque quand même une belle brûlure, à cause du flash intense et de la chaleur. » Elle posa – sans guère de douceur – un boulet sur la table. « Bon, l'un d'eux est rempli de spores zéphyr. Il va donc bel et bien exploser, lui. »

Huck redescendit ostensiblement son bouclier. Tress fit rouler la petite boule de roséite remplie d'eau sur la table. Elle se souvenait des sermons prononcés, tout en haut de son île, lors des divers Jours lunaires. Seuls les Jours lunaires verdoyants permettaient d'observer l'alignement du soleil et de la lune. La jeune femme avait toujours eu l'impression de manquer quelque chose lors de ces offices, car l'alignement – de leur point de vue – ressemblait à n'importe quelle autre Occultation, qui se produisait tous les jours. Mais, apparemment, le soleil ne se retrouvait *exactement* derrière la lune qu'une fois par an.

Pendant une telle éclipse, les prédicateurs parlaient du respect dû aux lunes et péroraient sur le sens de la vie. Sauf que lesdits prédicateurs ne s'accordaient pas sur cette dernière question. Chacun de ceux qui passaient par son île semblait avoir une vision différente de la finalité de l'existence. Même deux représentants de la même école lunaire peinaient à défendre la même ligne.

Ce point-là ne manquait pas de réconforter la jeune femme. Si la *religion* ne parvenait pas à s'y retrouver, alors elle-même pouvait être pardonnée de pédaler autant dans la semoule.

Ce qui ne l'empêchait pas, en cet instant – alors même qu'elle cherchait la minuterie dans les restes de la fusée – de s'interroger. Chacun de ces prêcheurs se comportait comme s'il *avait* la réponse, comme s'il n'y avait qu'un seul but dans l'existence. Dans *toute* existence. Tress comprenait cette propension. Une réponse unique rendait sans nul doute les choses plus *ordonnées*. Deux plus deux font quatre. L'eau bout à une température précise. Sinon, le sens de la vie est d'apprendre à imiter le cri d'un marmouset. Affaire suivante.

Pour Fort, cela consistait à faire de bonnes affaires. Alors que pour Ann, c'était d'apprendre à tirer au canon sans faire exploser ses amis au passage, par accident. Dès lors, existait-il plusieurs réponses ? Ou bien n'y en avait-il qu'une seule, avec des applications différentes ?

Il convient de noter que Tress aurait fait une excellente philosophe. En ce sens qu'elle avait déjà compris que la philosophie n'était pas aussi précieuse qu'elle l'avait supposé – une conclusion à laquelle la plupart des grands philosophes mettent au moins trois décennies à aboutir.

Elle retira finalement la minuterie, puis la posa sur la table. Le pistolet lance-fusées, nota-t-elle, fonctionnait comme une arme de poing ordinaire. On y insérait une charge séparée pour le tir.

« Et donc… qu'est-ce qu'on fait ? s'enquit Huck.

— Regarde ça », lui dit-elle, tout en retirant de la minuterie un morceau d'argent. Conique, fuselé d'un côté, comme la pointe d'un crayon. « C'est ce qui fait que la fusée finit par s'éteindre. L'argent transperce le noyau de roséite, qui est rempli d'eau.

« Ce que *moi* je vais faire, c'est intervertir ces deux éléments. Je vais mettre ce morceau pointu au *sommet* de la fusée, mais tourné vers l'arrière. Comme ça, quand la fusée frappera quelque chose, l'argent sera repoussé en arrière, brisera la boule de roséite et libérera l'eau.

— Euh, évidemment, fit le rongeur. Ça m'a tout l'air de pouvoir marcher. Mais pourquoi ?

— Je dois trouver un moyen d'arrêter Corneille, expliqua Tress. Mais, comme nous l'avons vu lorsqu'on a attaqué ce navire marchand, une arme normale ne lui fera aucun mal.

— Et tu espères qu'une fusée y parviendra ?

— Pas exactement », répondit-elle, avant de commencer à reconstruire la fusée. Non seulement la jeune femme inséra le détonateur d'argent sous la coiffe au lieu de le mettre à la base de la fusée, mais elle remplaça aussi les spores ensoleillées par du sable et quelques particules de verdoyantes. Elle remonta le dispositif sans la minuterie, puis inspecta le tout. « J'ai posé la question à Ulaam plus tôt dans la journée, et il m'a répondu que les spores présentes dans le sang de Corneille la protégeront de toute arme qui essaierait de transpercer sa peau. J'envisage donc de la mettre hors d'état de nuire sans la blesser.

— Et comment, par toutes les mers, parviendrais-tu à faire une chose pareille ?

— De la même façon qu'on immobilise des bateaux sans les couler. Je construis une fusée qui libère en explosant des lianes verdoyantes, que j'utiliserai ensuite pour la *coller* contre le mur, ou par terre. Si j'arrive à la faire fonctionner, je n'aurai pas à tuer Corneille – ni même à la blesser. Je peux l'immobiliser, puis laisser Salay prendre le contrôle du navire.

— C'est génial ! s'exclama Huck en lui jetant un nouveau coup d'œil depuis les profondeurs de son bol. Tu penses *vraiment* que ça va marcher ? »

Tress chargea la fusée – ainsi que quelques spores zéphyr – dans le pistolet, au canon aussi épais que surdimensionné. Elle le pointa vers le bas, mais se garda bien d'appuyer sur la détente – ce qui aurait injecté de l'eau dans le canon et éjecté le projectile. Tester ce genre de dispositif dans ses quartiers ne lui semblait pas très avisé.

Mais *comment faire*, dans ce cas ? Il lui fallait tirer sur quelque chose de solide pour briser la cartouche d'eau – elle ne pouvait donc pas se borner à faire feu par le hublot. Mais elle ne voulait pas non plus que Corneille découvre ce qu'elle était en train de fabriquer.

Elle allait devoir trouver une alternative. La jeune femme posa le pistolet, puis tourna la tête alors même que Huck – se décidant finalement à abandonner sa cachette – s'approchait lentement d'elle.

« Hé, lui lança-t-il, tu as l'air triste. Tout va bien, Tress. Tu vas trouver une solution. Tu es douée, et intelligente. Tu vas y arriver.

— Si j'y parviens, murmura-t-elle, cela aura pour conséquence de condamner Corneille à mort. Sa maladie va la ronger de l'intérieur si elle n'obtient pas ce qu'elle veut du dragon. »

Huck se tordit les pattes, fronça le museau. Il se garda bien d'exprimer l'évidence : que la capitaine ne méritait absolument *aucune* compassion. Tress le savait *déjà* – ça ne servait donc à rien d'enfoncer des portes ouvertes.

Malheureusement, la compassion n'est pas une valve que l'on peut fermer lorsque l'eau commence à inonder la cour. De fait, le chemin qui mène à une vie sans empathie s'avère long et douloureux, pétri d'humanité troquée ou vendue au rabais.

Histoire d'oublier un instant ce qu'elle comptait faire à Corneille, Tress inspecta la minuterie qu'elle avait laissée de côté lors de la reconstruction de la fusée. Le petit dispositif ressemblait exactement à ce que le schéma avait décrit : un bout de liane verdoyante en guise de mèche, déjà mature, ainsi qu'une petite fiole en verre, qui – étant beaucoup plus fragile que la perle de roséite – se briserait lors de la mise à feu.

Elle retira la liane, puis – au grand dam de Huck, qui battit en retraite – versa un peu d'eau dessus. La petite liane s'enroula aussitôt sur elle-même, toute tremblante. Tress l'observa un moment, puis se dit qu'elle ferait bien de se familiariser avec ses outils.

La liane se tortilla un peu plus vigoureusement.

Tress hésita un instant, puis se pencha plus près. L'éther poussait avec régularité, mais ne dépassait toujours pas la longueur de son doigt. Et puis son extrémité – la partie en croissance – se tourna dans sa direction. Et commença à *ramper* vers elle.

La jeune femme battit en retraite. La liane suivit le mouvement.

De plus en plus perplexe, Tress fit bouger son siège dans l'autre direction. Là encore la liane se transforma ; son extrémité suivit en zigzaguant les mouvements de la jeune femme.

La voyant bientôt à court d'eau, Tress décida de la réhumidifier. Après quoi elle s'accroupit, et la regarda progresser tant bien que mal vers elle. La liane était-elle… en quête de quelque chose ? Sur son île, la jeune femme avait un jour trouvé dans une cabane mal éclairée des mauvaises herbes qui avaient – sans trop qu'elle sache comment – survécu au sel. Elles avaient toutes poussé en direction de l'unique trou de lumière dans les planches.

« Qu'est-ce que tu fais ? » lui lança Huck en s'approchant prudemment.

Elle tendit un doigt, et l'extrémité de la liane s'orienta vers lui, pour ensuite former un petit tire-bouchon lorsque la jeune femme fit un mouvement en spirale. Cette… chose réagissait à Tress, pas à Huck.

Parce que c'est un rat ? se demanda-t-elle. *Ou… parce qu'il a peur d'elle ?* Sauf que la jeune femme aussi avait peur des spores, pas vrai ?

Mais bon, cette petite liane n'avait rien de dangereux. Et donc… non, elle n'éprouvait aucune peur. Pas dans l'immédiat, en tout cas.

Lorsqu'elle avait utilisé les spores de minuit, Tress s'était… connectée à l'entité. Curieusement, elle ressentait actuellement quelque chose de similaire pour la liane. Un Lien. Elle avait l'impression d'être capable de la sentir… *chercher*. Cette entité était vide, mais à l'affût. En manque de quelque chose.

Je comprends, lança-t-elle mentalement à la liane, la laissant lui toucher le doigt et s'enrouler doucement autour. Fort avait ses transactions, Ann ses armes. Mais *elle*, qu'est-ce qu'elle avait ? Elle voulait sauver Charlie, mais ce n'était pas là sa raison d'être. Uniquement son objectif.

Elle jeta un coup d'œil en direction de ses tasses. Même si elle les aimait toujours autant, la jeune femme devait reconnaître que ces derniers temps elle ne les regardait que parce qu'elles lui rappelaient Charlie. Les tasses elles-mêmes n'avaient plus à ses yeux le charme d'autrefois. Tress avait vécu trop de choses, désormais. Elle avait… vu du pays.

La liane se retrouva une fois encore à court d'eau ; elle s'immobilisa, sans pour autant lâcher le doigt de Tress – mais sans rien de menaçant. Un toucher léger. Curieux, pas dangereux.

Tress trouvait cela remarquable. Comment était-ce possible ? Le monde entier interagissait avec des spores – du moins des mortes – tous les jours. Les gens les craignaient, à juste titre. Mais celle-ci lui évoquait davantage un chiot qu'une force de destruction mortelle.

Le *monde* entier aurait-il pu méjuger quelque chose d'aussi commun ? Tress avait beau trouver cela fort improbable, ça n'en restait pas moins exact – et pas si surprenant que ça. On passe sa vie à se méprendre, après tout. (D'autres personnes me viennent à l'esprit.)

Tress ne découvrait pas là quelque chose de complètement inconnu. De fait, elle était en train de comprendre pourquoi les spores et les éthers fascinaient tant les germeurs. Et ça avait un rapport avec la *peur*.

Une bonne dose de témérité poussait nos ancêtres à jouer les explorateurs, mais c'était la peur qui les maintenait en vie. Si la bravoure est le vent qui nous fait planer comme des cerfs-volants, la peur est la corde qui nous empêche de partir trop loin. Nous en avons *besoin*, mais il n'en demeure pas moins que notre héritage nous a appris à craindre les choses potentiellement néfastes.

Pour nos aïeuls, par exemple, les étrangers et les nouveaux venus étaient souvent synonymes de maladies inconnues – et d'un coup de lance occasionnel dans leurs entrailles. Aujourd'hui, la seule chose que les étrangers sont susceptibles de nous lancer, ce sont de nouveaux jurons intéressants – qu'on peut mettre à profit pour impressionner nos amis.

La peur d'une chose telle que les éthers ? Eh bien, elle est aussi naturelle que des mamelons, mais presque aussi vestigiale que leur pendant masculin. Et quand on abandonne certaines peurs et conjectures, tout un monde s'ouvre à nous.

LE GUIDE

42

J'adore les souvenirs – ce sont nos ballades, les mythes fondateurs qui nous définissent. Mais je dois reconnaître que la mémoire *peut* se révéler cruelle si personne ne s'emploie à la questionner.

Elle constitue souvent notre seul lien avec notre propre passé. Les souvenirs sont des fossiles, les os laissés par des versions défuntes de nous-mêmes. Plus puissamment encore : notre esprit se comporte comme un public affamé, qui se nourrit avidement des pics et des vallées de l'expérience. L'insipide finit par s'éroder, pour ne laisser que certains points saillants dont on se souvient encore et encore.

Douloureux ou passionnés, surréels ou sublimes, nous chérissons ces petits cailloux de temps forts, les polissant à coups de tranches d'existences vécues par procuration. Ce faisant – tels des païens priant quelque sculpture de terre –, nous faisons de nos souvenirs les dieux qui jugent nos existences actuelles.

J'adore ça. La mémoire n'est peut-être pas le cœur de ce qui nous rend humains, mais elle n'en reste pas moins un organe *vital*. Il nous faut néanmoins veiller à ne pas laisser la félicité du présent s'estomper lorsqu'on la compare à des jours prétendument meilleurs. Nous sommes heureux, certes, mais l'étions-nous *davantage* à l'époque ? Si nous lui laissons les rênes, la mémoire peut faire de l'ombre au présent, car rien ne peut égaler les légendes étayées de notre passé.

C'est là une chose à laquelle je réfléchis beaucoup, car mon boulot *consiste* à vendre des légendes. À les empaqueter, à les transformer en marchandises. Pour un prix modique, je vous laisserai partager mes souvenirs – qui, je vous le promets solennellement, sont parfaitement authentiques, ou le seront tant que vous accepterez de ne pas les inciser trop profondément.

Ne laissez pas vos souvenirs vous pourchasser. Suivez le conseil de celui qui a disséqué la bête, puis l'a reconstruite en la dotant d'un visage plus effrayant – que j'ai ensuite utilisé pour soutirer quelques pièces supplémentaires à un public en état avancé d'ébriété. Appréciez-les, oui, mais ne soyez pas esclave de la personne que vous auriez aimé devenir jadis.

Ces souvenirs ne sont pas *vivants*. Vous si.

Personnellement, je ne pense pas avoir accordé suffisamment d'attention à la beauté du monde de Tress. À mes yeux, il s'agissait d'une planète paumée noyée sous des scories d'éthers, qui s'avèrent plus utiles dans d'autres incarnations – et bien plus faciles à récolter directement sur les lunes, de toute façon.

Et pourtant, nulle part au cours de mes voyages je n'ai rien vu de tel que ces spores. Alors même que nous sillonnions la Pourpre, j'avais l'impression d'être une feuille flottant sur le sang de quelque géant tombé. Plus loin nous progressions, et plus la Lune Pourpre s'élevait – sombre et sinistre dans la journée, souvent auréolée de soleil. Comme un caillot sur la lumière.

Une fois la nuit tombée, elle s'enflammait d'une lueur surnaturelle, par réflexion des rayons de l'étoile. Dans un premier temps, nous nous trouvions trop loin pour voir la trombe de spores, mais une fois la distance réduite, la lunagrée finit par apparaître. Une fontaine dont les « eaux » seraient tombées du ciel, pour se déverser au centre de la mer. Les spores verdoyantes avaient toujours ressemblé à du pollen flottant dans l'air, mais *cela* évoquait une coulée de lave. Qui aurait jailli des cieux pour se disperser sur la planète.

Je n'avais pas toute ma tête pendant ce voyage, mais ça ne m'empêchait pas de *voir*. Et les fragments polis de cette contrée demeurent des images frappantes dans ma mémoire. Des images surréelles, envoûtantes, d'une magie si prééminente qu'elle tombait *littéralement* du ciel.

Je crois que Tress n'aurait pas vu d'un mauvais œil que ce spectacle ne soit pas aussi éblouissant. Elle aurait eu davantage de chances de garder mon attention.

« Tu veux bien te *concentrer* un peu, Hoid ? » me demanda-t-elle.

D'un doigt je lui désignai la lointaine lune rouge, depuis laquelle les spores venaient emplir la mer. « On dirait qu'elle est en train de vomir. »

Tress soupira.

« Imagine un instant que la mer soit un chiotte, ajoutai-je. Et la lune le visage d'un dieu, qui nous gerbe dessus après une longue nuit passée à faire des tours sur lui-même le cul posé sur un tabouret de bar. »

Il s'avère que j'ai bel et bien composé un poème sur un dieu occupé à vomir. Je vais vous l'épargner, même si c'est la seule fois où j'ai eu une très bonne excuse pour employer le mot *dégobiller*.

Finalement, au terme de quelques encouragements, je me détournai de ma toute nouvelle muse pour m'installer sur le pont auprès de Tress. Elle aurait préféré travailler avec moi dans les entrailles du navire, à l'abri des regards, mais je m'étais entêté. Je voulais regarder la lune… dégobiller. Rien d'extraordinaire à cela, non ?

« Il faut qu'on brise la malédiction, me lança-t-elle.

— Oh, oui. » Pour ensuite me pencher plus près, en arborant un air de conspirateur. « Moi aussi j'en ai une, tu sais.

— Une malédiction ?

— Tout juste.

— Je sais, Hoid.

— Vraiment ?

— Oui. C'est pour ça qu'on peut en parler. Si je ne le savais pas, tu ne pourrais même pas l'évoquer.

— Je ne peux pas te dire quelque chose que tu ignores – uniquement des trucs que tu sais déjà ?

— Oui, à cause de la malédiction.

— Oh ! Une malédiction comme celle dont je suis…

— … victime, oui. Je sais. Je dois briser la tienne pour que tu puisses me conduire à la Sorcière. Personne ne sait où la trouver dans la mer de Minuit. »

Je sombrai dans le silence.

« Hoid ? Tu as compris ?

— Je crois que oui. Mais c'est… difficile, tu vois. » Je me rapprochai encore un peu plus d'elle. « Je peux te dire…

— Oui ?

— Quelque chose d'important…

— Oui ?

— Des chaussettes avec des sandales, murmurai-je. C'est la nouvelle tendance. Fais-moi confiance. Ça va faire *fureur.* »

Elle lâcha un soupir, de plus en plus exaspérée.

J'ai l'habitude de provoquer ce genre de réaction, même si je préfère être *intentionnellement* irritant. C'est une faute professionnelle de frustrer des gens par accident. Imaginez un ouvrier spécialisé qui travaillerait sur une nouvelle route en état de somnambulisme. Le contremaître ferait une crise. Comment diable peut-on obliger un somnambule à prendre sa pause syndicale ? Est-ce qu'on le réveille ?

« Écoute, reprit Tress. J'ai ce papier ici, tu vois ? Et j'ai écrit dessus beaucoup de mots qui, je pense, ont un rapport avec les malédictions. Y en a-t-il certains dont tu ne peux pas me parler ? Si oui, ça me donnera un indice. »

C'était là une idée réalisable. Qui n'aurait pas manqué de m'impressionner, si je n'avais pas été en train de me demander si quelqu'un avait déjà confectionné des vêtements avec des serviettes de table.

Tress me tendit la liste de mots. Je les étudiai, tête inclinée sur le côté, puis hochai la tête.

« Et donc ? demanda-t-elle.

— Apparemment, déclarai-je, j'ai oublié comment on fait pour *lire*. »

Puisant dans sa patience légendaire, Tress reprit la liste et me lut les mots inscrits dessus. Je m'employai à les répéter.

« Alors ? s'enquit-elle.

— J'en ai assurément déjà entendu certains, lui répondis-je. Bon, j'ai oublié les règles. C'est le jeu où je dessine le mot, ou celui où je le mime ? »

Elle gémit et s'allongea sur le pont, laissant sa tête heurter le bois. « Pourrais-tu, je sais pas, me conduire à la Sorcière *sans* que ta malédiction ne soit brisée ? »

Je gardai le silence.

« Hoid ? »

Je lui souris. J'avais noirci une de mes dents pour donner l'impression qu'elle était tombée, estimant que ça devait être super à la mode. Pas mal de Dougs arboraient ce look, après tout.

« Peut-être, reprit-elle, pourrais-je te les épeler, pendant que *toi* tu réfléchis à la façon de briser ta malédiction. Je pourrais te demander : "Cette lettre se trouve-t-elle dans le mot ?" Théoriquement, il te serait impossible de répondre par l'affirmative si tel est le cas. »

Ce tour-là, jamais il n'aurait pu fonctionner. C'était une dérobade suffisamment évidente pour que la

Sorcière y ait pensé, et ait simplement « programmé » la malédiction de manière à empêcher la personne concernée de donner ce genre de confirmation.

En outre, dans ce cas précis… Eh bien…

« Bon, fis-je, des lettres. Épeler des mots. Lire…

— D'accord, dit Tress. D'accord. Mais tu n'as pas répondu à ma question. Est-ce que tu pourrais me conduire à la Sorcière ? Même sans être maudit ? »

Ma bouche resta close.

Et une partie de moi *espérait* qu'elle remarque à quel point ce silence était bruyant.

« Attends, dit-elle tout en se redressant. Chaque fois que je parle de sillonner les mers pour aller voir la Sorcière, tu te tais.

— Vraiment ?

— Ce n'est qu'à ces occasions-là que tu te retrouves sans rien à dire… » Ses yeux s'écarquillèrent. « Hoid, tu ne peux pas parler de ta malédiction ! Ce qui fait que tu ne peux pas parler de la Sorcière ou de son île, pas vrai ? »

Je me retrouvai – chose notable – incapable de répondre.

« Hoid, dit-elle, est-ce que tu peux parler de l'île du roi ?

— J'y suis allé un jour ! Tu as déjà entendu l'histoire du bouseur royal ? Je ne m'en souviens pas avec précision, mais ça parle de caca, alors elle doit *forcément* être drôle !

— Donc, évoquer ton séjour sur l'île du roi ne t'a pas fait taire, dit-elle, mais parler de l'île de la Sorcière, si… » Elle se leva. « J'ai besoin d'une carte. »

Et voilà. Après seulement quelques jours d'efforts, elle avait découvert davantage de moyens de m'aider qu'Ulaam pendant l'intégralité de l'année qu'on venait de passer ensemble. Ce stupide métamorphe se *délectait* de mon état. Je vous jure, ceux-là sont tous devenus franchement bizarres depuis que Sazed les a libérés.

Quoi qu'il en soit, Salay se trouvait à son poste habituel, d'où elle nous emmenait toujours plus loin dans les « eaux » de la Pourpre. La timonière n'avait pas de carte de la mer de Minuit, là-haut, mais – à la demande de Tress – elle envoya un Doug en chercher une dans ses quartiers. Elle n'était pas particulièrement détaillée – aucune des cartes de la mer de Minuit ne l'est. Par chance, le *dessin* se trouvait être à peu près correct, puisque toutes les mers se présentaient peu ou prou sous la forme de pentagones.

Tress commença à désigner des emplacements dessus, et à demander : « Hoid, j'aimerais que tu nous guides jusqu'ici. Tu en serais capable ? »

À chaque fois, je lui racontais une anecdote incroyablement intéressante dessus – du genre, j'avais arpenté ces lieux avec du beurre à la place de mes chaussures. Jusqu'à ce qu'elle me montre du doigt un point précis.

Quand elle m'interrogea sur celui-là, je sombrai dans le silence.

Quand j'arrête de parler, les gens arborent souvent un air heureux. C'est là un des risques de ma profession. Sauf que c'était différent, cette fois. Tress porta la carte à sa poitrine, les yeux larmoyants.

Elle *savait* où se trouvait l'île de la Sorcière. Juste au-delà de la frontière séparant la mer de Minuit et la Pourpre, peut-être à une demi-journée de navigation.

Il s'agissait là de la première information *substantielle* sur laquelle Tress mettait la main. Le premier pas *concret* vers la libération de Charlie. Ce fut un beau moment – que vint gâcher l'apparition soudaine d'une bande de pluie à l'horizon, qui se… précipita sur notre navire.

LA MUSICIENNE

43

Je sais que les marins craignent les tempêtes sur votre planète. C'est là un trait commun à toutes les cultures maritimes que j'ai côtoyées. Il est intéressant de noter que la plupart d'entre elles leur attribuent – ou attribuaient, pour celles qui ont évolué sur ce point – également une volonté propre. Les tempêtes ne se bornent jamais à *être*. Elles *veulent quelque chose*.

Les régimes climatiques du monde de Tress ne sont pas spécifiquement Investis – aussi ne sont-ils pas *vraiment* conscients d'eux-mêmes. Mais vous auriez pu en douter, vu la façon dont cette tempête-là se dirigeait droit sur *Le Chant de la Corneille*.

Tress la fixait, de plus en plus engourdie, alors même que s'estompait la joie que lui avait value sa grande découverte. Tout allait peut-être s'arrêter ici même, pas vrai ? Toutes ses luttes, tous ses préparatifs… ça pourrait simplement prendre fin dans quelques instants. La pluie risquait d'avoir raison du *Chant de la Corneille*, qui finirait transpercé par des centaines de gigantesques dards, puis entraîné dans les profondeurs.

Sans que la jeune femme ne puisse y faire quoi que ce soit.

Pareils moments semblent donner vie au vent et à la pluie. Nous avons besoin d'une raison d'être ; c'est la conjonction *spirituelle* qui cimente l'existence et la volonté humaines. Le sens fait à tel point partie intégrante de notre existence que nous en voyons partout.

Les dieux du ciel, qui engendrent le tonnerre par leurs cris ou font tomber des éclairs du ciel à chacun de leurs pas. Les vents, qu'on nomme et qu'on dote d'intentions et de motivations différentes, selon la direction dans laquelle ils soufflent. Les pluies, retenues, accordées ou envoyées détruire, au gré des humeurs célestes.

Une tempête n'est pas un *objet*, contrairement à une boîte ou à un arbre. Même les esprits les plus scientifiques voient dans les orages davantage des notions que des chiffres. À quel moment un crachin devient-il une averse ? À quel moment une averse se transforme-t-elle en tempête ? Il n'y a pas de délimitation précise. C'est juste une question de ressenti.

Une tempête est une idée, ce qui la rend *tellement* plus puissante. Tress, qui regardait la pluie s'abattre sur elle – suivie de piques pourpres pareilles aux lances croisées de gardes royaux –, *voulait* qu'il s'agisse là d'un acte délibéré des lunes. Elle refusait que sa mort soit dénuée de sens.

Le navire s'inclina si fort sur le côté que Tress faillit tomber. Elle s'agrippa au bastingage, puis attrapa en hâte la carte de la mer de Minuit avant qu'elle ne s'envole. Une nouvelle embardée la fit trébucher dans l'autre direction. Tout cela lui semblait aléatoire, mais en réalité Salay lançait des ordres à proximité – et les Dougs obéissaient, imposant leur volonté aux voiles.

Salay ne se souciait pas particulièrement de savoir si sa mort était dénuée de sens ou intentionnelle – du moment qu'elle prenait son temps pour arriver. Je l'ai déjà mentionné mais, sur votre planète, vous êtes peut-être habitués à ce que le poste du barreur sur un navire n'ait qu'une importance relative. Dans certains endroits, on laisse n'importe quel marin un tant soit peu expérimenté tenir le gouvernail.

Pas sur les mers de spores. Le navire se remit à tanguer, dans un concert de bois gémissant et de toile claquante. Un voilier ne se comporte pas comme la plupart des véhicules ; ça prend du temps – et maints efforts – pour modifier sa trajectoire. Les yeux écarquillés, Tress vit la capitaine Corneille attraper une corde tombée et la tendre. Même elle obéissait aux ordres de Salay, à ce moment-là.

Non loin, trois Dougs se hâtèrent de rejoindre le gouvernail, pour aider la timonière à virer de bord, pliant à sa volonté des centaines de tonnes de boisé. *Le Chant de la Corneille* obéit aussitôt, longeant la bande de pluie, passant si près du mur d'éther que quelques lances pourpres éraflèrent *la* coque. Salay hurla aux marins de stabiliser le bâtiment et de ralentir, pour une raison que Tress ne comprit pas – jusqu'à ce qu'elle voie sombrer les gigantesques pointes entrelacées.

Les éthers qui émergeaient de leurs spores avaient fait onduler la mer, et leur immersion ne faisait qu'accroître ce phénomène, y provoquant des tourbillons et autres séismes. On ne croise pas de véritables vagues sur les mers de spores, normalement – contrairement aux océans liquides –, mais quand cela arrive, elles se révèlent être extrêmement dangereuses.

Le Chant de la Corneille trémula telle de la glace dans un bon cocktail, puis s'affaissa sur le côté comme quelqu'un qui aurait trop bu. Tress se sentit immédiatement prise d'un haut-le-cœur, puis paniqua à l'idée de ce que ferait du vomi sur un pont envahi par des spores. Elle parvint à dénicher un seau – son premier poste à bord du navire s'avérant finalement utile, d'une manière inattendue.

Et pendant tout ce temps, Salay ne cessait de hurler des ordres – à croire qu'elle empêchait le bateau de chavirer par la seule force de sa volonté. Elle l'orientait parfois contre les vagues, mais à d'autres moments elle faisait tourner le gouvernail pour suivre leur mouvement. Le vaisseau se transformait alors en instrument de musique géant, dont elle jouait en virtuose pour nous conduire vers la sécurité.

Malheureusement, au tout dernier moment, une dernière vague vint se briser contre le flanc du navire. Ce qui eut pour effet de répandre des spores sur le pont – violentes, écarlates, *assoiffées*. Suffisamment pour l'emporter sur les protections en argent pendant quelques secondes. Sachant que Tress n'était pas la seule à avoir été malade.

Un éclat de rouge sur du rouge. Un surgissement de pointes sur le pont principal, juste à côté des marches menant à la plage arrière. En un clin d'œil, un des Dougs s'était retrouvé empalé sur le bois devant la cabine de la capitaine. Je vais vous épargner toute comparaison malvenue avec des pelotes à épingles et me borner à dire ceci : je n'ai jamais vu un homme se vider aussi vite de son sang. Mais bon, je n'avais jamais vu *non plus* un homme transpercé d'autant de trous d'où pouvait s'échapper du sang.

Tout le monde suivit la terrible scène ; Tress gémit, retournant à son seau pour une seconde séance de dégobillage. Puis les Dougs – se rappelant leur entraînement – se précipitèrent sur les serviettes d'urgence pour éponger le sang et l'empêcher de s'écouler le long du flanc du bâtiment. Dans les « eaux » de la Verdoyante, cela aurait pu les immobiliser. Ici, ça aurait mis le vaisseau en pièces.

Par chance, les vaisseaux qui sillonnent les mers de spores sont conçus pour éviter pareil désastre ; on empoisse toutes leurs jointures de manière à les imperméabiliser. L'argent finit par remplir son office – et tout le monde foula bientôt des spores grises mortes, les écrasant sur le bois.

Au beau milieu de cette scène lugubre, le navire s'immobilisa. La stase avait fait son retour.

J'admets me sentir mal à l'aise, aujourd'hui encore, à propos de ces jours de traversée. Je connais plutôt bien la cosmologie et l'arcanum de la planète de Tress, et je suis certain qu'aucune entité ne dirige ses tempêtes.

N'empêche. Savoir n'est pas toujours croire.

Les deux douzaines de marins – j'étais du compte – présents sur le pont se tournèrent comme un seul homme pour regarder les pluies faire demi-tour et s'abattre à nouveau sur nous, inexplicablement. Sans relâche. L'eau qui tombait menait une violente charge d'éthers, aussi large que trois navires naviguant côte à côte.

Une tempête est une créature vivante, même lorsqu'elle n'est pas spécifiquement Investie. Parce que la « vie », en tant que concept, est une construction humaine, que nous définissons. La nature s'en fiche ; à ses yeux, tout se résume à un processus chimique. Elle ne se soucie pas le moins du monde qu'un tas de carbone, d'hydrogène et d'oxygène ait décidé un jour qu'il préférait *vraiment* s'asseoir dans un canapé plutôt que sur un banc.

Par conséquent, quelque chose vit si nous le décidons. Sur ce bateau, ce jour-là, les pluies étaient vivantes – pour nous, en tout cas. Elles *devaient* l'être. Et je sais fort bien que Tress était secouée, pas seulement physiquement, mais aussi émotionnellement, lorsqu'elle leva les yeux de son seau pour voir la pluie revenir. La capitaine Corneille était totalement impuissante. Même Salay ne pouvait pas sauver le navire pendant la stase.

La bande de pluie nous manqua de quelques centaines de mètres à peine.

Ce qui, à nos yeux horrifiés, donnait l'impression d'être une tentative directe de nous tuer n'avait au contraire été que pur hasard. Aussi la regardâmes-nous disparaître au loin, laissant derrière elle un mur persistant d'épines rouges. Celles-ci formaient une haute barricade, qui ne s'effondrerait pas avant que l'ébullition ne recommence.

Les pluies dansèrent en cercle au loin, puis se dissipèrent. Un dieu capricieux, qui s'amusait à nous narguer ? Un processus naturel, à l'autonomie uniquement conférée par nos cerveaux en quête de constantes, de sens et de volonté ?

Je *sais* ce que je crus, ce jour-là.

LE DÉFUNT

44

J'ai laissé entendre que je ne me souvenais pas du nom des Dougs. C'était un mensonge – je voulais que vous restiez concentrés sur les acteurs principaux de cette extraordinaire histoire.

Mais chaque personne a une histoire, y compris les Dougs. Celui qui avait péri s'appelait Pakson ; lui comme sa sœur servaient à bord du *Chant de la Corneille*. Pakson était un grand échalas maladroit sur la terre ferme – le genre de type qui semblait avoir vu le jour avec des jambes un poil trop longues pour son torse. Il était chauve, malgré sa relative jeunesse, et son cou se confondait plus ou moins avec son menton – au point qu'après l'avoir rencontré, on avait inexplicablement envie d'une baguette.

Il était aussi d'une gentillesse inexplicable. C'était lui qui avait continué à garder un œil sur Tress alors qu'elle s'accrochait désespérément au flanc du navire, quelques semaines plus tôt. Il avait tenu la corde avec plusieurs de ses camarades pendant que Fort hissait la jeune femme à bord.

Il riait toujours pendant les repas, et remerciait le quartier-maître pour la bouffe, si mauvaise fût-elle. Il adorait la musique, mais ne savait pas en jouer, et avait toujours secrètement regretté de ne jamais avoir appris. J'aurais aimé être dans l'état d'esprit de lui donner des leçons.

Et maintenant, il était mort. Nous confiâmes son cadavre aux spores, et poursuivîmes notre périple.

Tress se sentait responsable. Si le navire avait attendu quelques mois supplémentaires dans les eaux de la Verdoyante, peut-être n'auraient-ils pas croisé la route des pluies ce jour-là. L'idée que Pakson ne soit pas la seule victime de son imprudence la terrifiait. Aussi aspirait-elle à la solitude de sa cabine – et au réconfort distrayant de ses spores.

Comme toujours, Huck se trouvait là, à ses côtés. À lui parler de sa vie de rongeur. Sa voix la distrayait de ses problèmes. Les histoires de rats étaient relaxantes ; même lorsqu'il évoquait les peurs et les défis qu'affrontait sa communauté, elle se surprenait à éprouver de l'apaisement. Parce que ces événements s'étaient produits loin de chez elle – d'une façon personnelle, et pourtant quelque peu abstraite : les deux à la fois.

« C'est vraiment intéressant, lui disait-il, toutes les odeurs qu'on peut sentir et qui semblent vous échapper. Les *chaussures* ont toutes une odeur différente, par exemple – tu le savais ?

— J'aurais pensé qu'elles puaient toutes pareil.

— Pas pour un rat ! » s'exclama Huck, assis sur la table à côté de l'endroit où la jeune femme travaillait. Il se lança alors dans une histoire abracadabrante, se vantant d'être parvenu à suivre un humain dans une foule en reniflant l'odeur distinctive de ses bottes.

Tress l'écoutait à moitié, occupée qu'elle était à bricoler d'autres fusées pour son pistolet amélioré. Dans chacune, elle ajustait les quantités des divers types de spores, puis les notait dans un carnet, afin de pouvoir vérifier quelle expérience fonctionnait le mieux.

Des mouettes saturaient le ciel de leurs cris dans les hauteurs. Les Dougs, qui avaient peut-être besoin de se changer les idées après ce qui était arrivé à Pakson, faisaient de la pêche aérienne, afin d'attraper de la viande pour les repas à venir. D'autant que les oiseaux se faisaient fort rares dans le ciel de la Pourpre – il ne fallait donc pas hésiter à passer à l'action quand l'occasion se présentait.

Tress se retrouva bientôt avec quatre fusées différentes, pour autant de charges spécifiques. Chaque fusée devait théoriquement libérer de l'éther verdoyant au moment de l'impact, mais dans des quantités toujours distinctes, ce qui lui permettait de renouveler le concept. Et les charges contenaient chacune des quantités précises de spores zéphyr.

La jeune femme se disait que ces tests allaient aider les autres membres de l'équipage. Plus vite elle trouverait un moyen de mettre Corneille hors d'état de nuire, plus tôt ils pourraient tous pointer la proue dans une autre direction que celle de la Pourpre. Malheureusement, cet argument trouva un public hostile, même lorsque Tress ne le formula que pour elle-même. Après tout, elle projetait d'essayer de convaincre l'équipage de sillonner la mer de Minuit – réputée pour être encore plus dangereuse.

Combien de vies était-elle prête à risquer pour sauver un seul homme ? À partir de quel moment le bien de son équipage l'emportait-il sur celui de Charlie ?

Vous pourriez estimer qu'il s'agit là d'un problème moral *injuste* à imposer à une simple laveuse de vitres, mais il y a une certaine arrogance dans ce type de raisonnement. Les laveurs de carreaux sont capables de réfléchir, comme n'importe qui d'autre, et leurs vies ne sont pas moins complexes. Et – au risque de me répéter – un labeur « simple » laisse souvent beaucoup de temps pour gamberger.

D'accord, intellectuels et érudits sont payés pour élaborer de profondes pensées – sauf que lesdites pensées s'avèrent souvent appartenir à d'autres personnes. Je trouve cela fort ironique, que la société ait tendance à prendre de haut ceux qui vendent leur corps, mais pas ceux qui louent leur esprit.

Alors que Tress posait la dernière fusée dans la rangée, Huck commença à s'agiter.

« Et donc… dit-il, je suppose qu'on va devoir les tester, maintenant. Des idées sur la façon de procéder ?

— Eh bien, les Dougs passent une bonne partie de leur temps sur le pont supérieur, dernièrement. Et la cale est vide de toute marchandise. »

Le rongeur opina du chef ; c'était là le choix le plus évident. Tress l'installa sur son épaule, puis fourra ses fusées, son pistolet et son carnet de notes dans son sac. Après quoi elle alla expliquer à Laggart qu'elle voulait descendre inspecter le rafistolage qu'Ann avait réalisé pour réparer la coque. Cela pourrait l'aider, expliqua-t-elle, à comprendre comment faire de meilleurs patchs de roséite à l'avenir.

C'était là un mensonge assez peu subtil, mais si Laggart vit clair dans son jeu, il pensa probablement qu'elle essayait de trouver de quoi s'occuper. Le maître-canonnier lui donna sa permission, ajoutant qu'il empêcherait quiconque de la déranger. L'échange fut si agréable – toutes proportions gardées – que la jeune femme se demanda brièvement si quelque chose n'allait pas chez lui.

Pendant qu'elle descendait, un Doug poussa un cri d'avertissement depuis le gréement. Une autre ligne de pluie avait été repérée. Tress en eut le souffle coupé, mais la pluie – cette fois – s'écarta du navire et disparut peu après.

Tress s'arracha à ce sinistre spectacle et se hâta de descendre dans la cale caverneuse du bateau. Elle verrouilla la trappe donnant sur les marches, histoire de se garantir un peu plus de sécurité, puis alluma ses trois lampes à huile – ce qui était interdit aux marins ordinaires. Il n'était guère recommandé de laisser brûler trop de choses lorsqu'on vivait de fait dans un morceau de bois de chauffage géant, aussi sec que creux.

La cale était à moitié vide, les marchandises qu'elle contenait ayant été débarquées lors de la dernière escale avant la Pourpre. Avec pour seul public des vivres et des réserves d'eau, elle s'employa à insérer une charge, puis une fusée, dans son arme. Après quoi la jeune femme se retourna, pour braquer le pistolet en direction de la partie arrière – vide – de la cale.

Huck – et ce fut tout à son honneur – ne prit pas la fuite, mais il se recroquevilla en se cachant un peu dans ses cheveux, qu'elle avait commencé à laisser détachés ces derniers temps – les tressant moins souvent. Ils le lui faisaient payer le soir venu, mais elle trouvait ça… libérateur. Chez elle, sa chevelure lui avait toujours posé problème. Mais ici, à bord de ce navire, elle avait tellement d'autres sujets d'inquiétude…

Tress appuya sur la détente – ce qui força le marteau du pistolet à frapper la fusée avec assez de force pour briser la minuscule fiole de verre intégrée dans la charge. Des spores zéphyr explosèrent, libérant de l'air légèrement bleuté. La fusée jaillit par l'avant du pistolet… puis vola sur environ trente centimètres avant de piquer du nez en direction du sol. La jeune femme aurait sans doute dû utiliser un peu plus de zéphyr.

Mais Tress s'était montrée méticuleuse sur le reste. Elle avait fondamentalement saisi la nature des mécanismes en jeu à partir des schémas. Son concept fonctionnait donc parfaitement : lorsque la fusée percuta le pont pointe en premier, le choc poussa une pointe d'argent à l'intérieur de la sphère de roséite, libérant au passage de l'eau.

Des lianes verdoyantes en jaillirent aussitôt, pour s'emparer de Tress et l'envelopper à une vitesse vertigineuse. Une bouffée de peur l'envahit dans un premier temps, suivie d'un certain inconfort lorsque les lianes commencèrent à la comprimer, avant de la soulever d'un bon mètre. Le tout sans véritable douleur, cependant, et au terme de l'expérience, elle se sentit davantage humiliée qu'effrayée.

« Tress ! lui lança Huck. Oh, Tress ! Tu vas bien ? » Il se laissa glisser de son épaule, pour atterrir sur les lianes.

Elle remua ses doigts, puis s'esclaffa bruyamment.

Le rire de Tress était un peu ridicule – un mélange de grognements et de hoquets. C'était un rire honnête, entériné par sa nature ridicule.

À ce moment précis, les ultimes vestiges de sa peur des spores s'éteignirent définitivement. Elle avait commis une erreur, et ferait attention lors de ses futures expériences. Mais ce jour-là, son impair ne lui avait coûté qu'un peu de dignité – pas grand-chose, vu ce qu'elle y avait gagné : le plaisir de savoir ce que ça faisait d'être un treillis de raisin.

« Dans mon sac, fit la jeune femme toujours hilare. Va me chercher le couteau en argent. »

Alors que Huck s'empressait de s'exécuter, Tress remarqua que les extrémités des lianes continuaient à pousser. Comme avant, quand la jeune femme se les représentait mentalement, elles se tournaient dans sa direction. Dans ce cas précis, elle ne voulait pas qu'elles la compriment davantage, aussi les exhorta-t-elle à se retirer. Ce qu'elles firent, à sa grande surprise.

Il ne s'agissait nullement d'un contrôle parfait. En outre, Tress ne pouvait rien faire contre les lianes qui avaient déjà poussé – ce qui la contraignit à utiliser le couteau pour se libérer. Mais cela la laissa curieuse de découvrir jusqu'où ledit contrôle s'exerçait.

Elle ajouta soigneusement davantage de spores zéphyr à chacune de ses charges. Les expériences suivantes se révélèrent moins amusantes. Toutes trois volèrent comme demandé, mais l'une des fusées rebondit sans libérer de lianes.

Les deux autres si, par contre – exactement comme elle l'avait espéré. Lors de la dernière expérience, la jeune femme s'efforça de penser aux lianes pendant qu'elles poussaient, de les contraindre à ne s'agripper à rien. Cette fois, au lieu de s'accrocher au mur et aux nervures de la cale, lesdites lianes s'étirèrent dans sa direction – jusqu'à ce que toute leur masse finisse par s'effondrer par terre.

Tress passa le reste de l'après-midi à les couper et à les jeter par sa fenêtre pour s'en débarrasser. Elle dissimula dans sa cabine toutes les preuves potentiellement incriminantes – se réprimandant au passage d'avoir oublié de verrouiller la porte en sortant plus tôt dans la journée –, et se hâta d'aller aider Fort à préparer le dîner du jour. Le quartier-maître la trouva distraite – et, de fait, elle avait l'esprit ailleurs. Pourquoi une de ses fusées avait-elle échoué à libérer des lianes ? Et que se passerait-il si elle en tirait une défaillante au moment de faire face à Corneille ?

Tress allait avoir besoin d'effectuer davantage de tests avant d'envisager une confrontation. Mais elle avait enfin une arme. Une *surprise*.

La capitaine cherchait quelqu'un qui n'avait pas peur des spores. Et c'était *exactement* ce qu'elle allait obtenir.

LA PROTECTRICE

45

La capitaine autorisa l'ouverture d'un tonneau de quelque chose d'enivrant après dîner ce soir-là, ce que Tress considéra comme un beau geste. Cela prouvait que Corneille n'était pas complètement sans cœur. (D'accord, cela signifiait aussi qu'elle avait une conscience, mais se bornait à l'ignorer la plupart du temps. Ce qui est indubitablement pire.)

Tress se garda bien de participer aux agapes. Elle n'avait été ivre qu'une seule fois de toute son existence, deux ans auparavant, lors d'une réunion de vacances où elle ne s'était pas rendu compte de la quantité de punch qu'il y avait dans le punch. Ce jour-là, elle avait jacassé sans fin sur ses recettes préférées, ce que Charlie avait trouvé mignon – mais en cet instant elle craignait qu'un peu de graisse alcoolisée ne fasse gentiment déraper ses plans.

Aussi préféra-t-elle se faire une assiette avec ce qui avait été servi ce soir-là : des biscuits et des légumes accompagnés d'une sauce à la viande bien relevée.

Un simple ragoût, qu'on mangeait avec les doigts, mais qui au moins donnait l'illusion de la variété. On ne pouvait guère faire mieux avec les ingrédients disponibles.

L'équipage n'en trouva pas moins cela délicieux. Après des mois de repas entretenant une parenté malencontreuse avec du béton, on n'allait pas se plaindre d'une petite variation sur un thème délicieux. Et – bien qu'on puisse trouver cela sujet à caution, après avoir fait l'expérience des façons bigarrées dont les Dougs pouvaient prendre d'assaut le vocabulaire de leur langue –, ces gens n'étaient nullement stupides. Ils voyaient bien que Tress prêtait main-forte au quartier-maître. Et voilà que, soudain, leurs repas contenaient de la véritable nourriture, plutôt qu'un truc – selon la définition la plus stricte du monde – comestible. Lorsqu'ils l'acclamèrent à son départ, ce n'était donc pas seulement parce qu'ils étaient légèrement ivres.

La jeune femme ne se sentait pas digne d'une telle attention – d'autant que ses récents agissements les avaient tous mis en danger. Elle se hâta donc de se rendre à la cabine de Salay, chargée d'une assiette de nourriture. La timonière n'avait pas fait d'apparition au dîner, et Tress s'inquiétait pour elle.

La jeune femme connaissait la bonne porte uniquement grâce au numéro inscrit dessus ; elle n'avait jamais rendu visite à la timonière. Après avoir frappé avec hésitation, elle crut entendre quelqu'un se moucher de l'autre côté. Quelques instants plus tard, Salay ouvrait la porte – et si sa peau foncée parvenait à dissimuler un nez ou des joues rouges, ses yeux montraient clairement qu'elle avait pleuré.

« Oh, Tress, fit-elle d'une voix aussi sèche et sévère que d'ordinaire. Un problème ?

— Je t'ai apporté à manger », lui répondit celle-ci, mal à l'aise. Elle n'avait jamais vu Salay autrement que vêtue de sa tenue de marin, avec un pantalon rigide et un manteau. Ça lui semblait… incorrect, d'une certaine manière, de débarquer dans ses quartiers privés alors qu'elle portait une robe de chambre par-dessus une chemise de nuit.

Salay, pourtant, lui fit signe d'entrer et de poser l'assiette sur le bureau. Tress se glissa donc à l'intérieur, choquée de découvrir à quel point la cabine était petite – elle faisait à peine la moitié de la taille de la sienne. En sa qualité de timonière, Salay était le troisième officier du navire. Elle méritait certainement davantage d'espace que ce placard.

« Merci pour le repas, dit-elle. C'était "improductif" de ma part de te forcer à me l'apporter. J'ai besoin de garder la forme, bien sûr. S'il y a quelque chose que les événements d'aujourd'hui ont démontré, c'est bien ça… »

Elle passa devant Tress et s'installa à son bureau, l'assiette à la main. La jeune femme se demanda si elle devait partir, mais comme Salay continuait à parler, elle décida de s'attarder.

« Je persiste à penser qu'il doit y avoir un moyen d'éviter les pluies », expliqua la timonière. Elle écarta distraitement le plat, puis pointa du doigt la carte déroulée devant elle. « Elles n'ont pas l'air de suivre le moindre *modèle*, en revanche. Ça fait des siècles qu'on sillonne ces mers, et on ne connaît *toujours* pas de passage sûr pour traverser la Pourpre. Et si personne n'en a trouvé jusqu'à ce jour... »

Elle s'interrompit, puis revint à Tress. « Tu en connais un, pas vrai ? Un moyen de protéger l'équipage ? Tu ne nous aurais jamais fait venir ici si tu n'avais pas connaissance d'une... combine, pas vrai ?

— Je... fit Tress, avant de déglutir. Je suis désolée, Salay. Pour ce qui est arrivé à Pakson.

— C'est *mon* boulot de me taper ce que la capitaine et le second ne peuvent pas faire. Ou... ou ne veulent pas. Quelqu'un *doit* veiller sur l'équipage. » Elle abattit un poing sur la table, puis porta sa main à sa tête, sans cesser de contempler la carte.

Tress s'installa sur l'étroit lit installé près du mur, les mains sur les genoux, se sentant dans la peau d'une intruse. La pièce était remarquablement dépourvue de toute personnalisation. Un panier contenant quelques cartes glissées dans des tubes, près du mur. Des coffres sous le lit, parfaitement ordonnés. Et une image accrochée au-dessus du hublot, éclairée par une lampe de bureau qui diffusait une lumière vacillante.

C'était un dessin – ces gens n'avaient pas encore découvert la photographie. Mais un *bon* dessin, réalisé d'une main experte – quoique pressée – par un artiste de rue de la capitale zéphyrienne. Il représentait un homme aussi grand que souriant et une jeune fille qui ressemblait furieusement à Salay.

« Ton père ? » s'enquit Tress en le désignant du doigt.

Salay leva les yeux, puis hocha la tête. « Je lui ai promis de payer ses créanciers. Mais le temps que je revienne, il était parti. Réquisitionné par les percepteurs du roi. Et le temps que je rattrape le bateau, ils l'avaient confié à la prison pour débiteurs de quelque port, mais ne se rappelaient plus laquelle.

— C'est horrible.

— Le problème, c'est que quand les navires royaux ont besoin de bras supplémentaires, ils peuvent toujours forcer ces prisonniers à intégrer leurs équipages. Le localiser s'est donc révélé impossible. Il a dû rebondir d'une île à la suivante, et changer de bateau une bonne douzaine de fois.

« Je n'arrête pas de me dire – et de promettre à Mère par lettre – que notre seul espoir réside dans ma capacité à continuer de naviguer. De visiter de nouveaux ports et de… poser des questions. Il est quelque part là-dehors, Tress. Soit ça… soit il a trouvé la mort dans un conflit… forcé de rejoindre l'équipage d'un navire de guerre… Auquel cas j'arriverai trop tard, j'imagine. Je l'ai déjà laissé tomber, tout comme j'ai laissé tomber Pakson.

— Salay, dit Tress, tu ne dois pas perdre espoir. »

La timonière se tourna vers elle. « Pourquoi ? C'est vrai, alors ? Tu as un moyen de tous nous sortir de là ? Un secret, confié par le roi, qui va nous permettre de survivre à la Pourpre ? S'il te plaît. *S'il te plaît*, dis-moi que tu as un plan.

— Je… » Que pouvait-elle répondre à ça ? Devait-elle s'employer à répéter qu'elle n'était pas ce que

Salay croyait ? *Maintenant*, alors qu'elle venait d'exhorter la timonière à garder espoir ?

L'espoir mensonger – l'espoir en moi – n'est pas un véritable espoir, songea-t-elle.

À moins qu'elle ne puisse faire quelque chose. À moins qu'il n'existe *bel et bien* un moyen de leur venir en aide. Tress se souvenait très clairement de ce court instant, sur le pont, alors qu'elle regardait les pluies approcher tout en se sachant impuissante à les arrêter. En sachant que sa vie était soumise au pur hasard, désormais.

Elle avait presque commencé à se sentir maîtresse de la situation. À se croire capable de façonner sa propre destinée. Et puis la pluie était arrivée, tel un marteau envoyé par les lunes pour lui donner une leçon d'humilité – via un coup vigoureux sur le front.

Salay lui tourna le dos. « Ce n'est pas juste de ma part de te demander de les protéger, pas vrai ? Je ne connais pas ta mission, ici – ta *véritable* mission. Ta tâche consistait peut-être simplement à nous faire sortir du royaume. Nous étions devenus des casse-pipeurs, dangereux pour tous ceux qu'on croisait. Je ne peux pas te reprocher de nous avoir conduits vers notre mort, pour protéger les innocents. Je n'ai rien fait pour t'en empêcher – là *aussi*, j'ai échoué. » Elle entreprit de dérouler sa carte de la mer Pourpre. « Si nous savions où la capitaine nous emmène… Au moins cela me permettrait-il de déterminer le temps que nous allons passer ici.

— Oh, répliqua Tress. Salay, ça, je le sais.

— Vraiment ?

— Oui. Euh, j'aurais sans doute dû te le dire plus tôt. La capitaine nous emmène voir le dragon.

— Xisis ? fit la timonière, tout en faisant repivoter son siège. Il existe donc *vraiment* ?

— Ulaam prétend que oui. Et la capitaine a des livres qui affirment que les légendes… n'en sont pas. »

Salay se frotta le menton. « Ma foi, ce serait sans doute quelque chose qu'Ulaam saurait, effectivement. Mais pourquoi rendre visite au dragon… Oh, elle cherche un moyen de se soustraire à son affliction, pas vrai ? Pour tout te dire, j'ai cru qu'elle avait forcé les spores présentes dans son sang à se soumettre, tellement elle est entêtée. Elle a vécu plus longtemps qu'un mangeur de spores ne le devrait. Mais contre quoi échangerait-elle sa… »

Leurs yeux se rencontrèrent.

« Oh », fit la timonière. Avant d'éclater de rire. « Elle pense que tu vas la laisser t'échanger, *toi*, contre sa vie ? Ha !

— Oui, euh, c'est *vraiment* très drôle.

— Eh bien, il y a de quoi, en effet, être impatient. Ça va être grandiose, de la voir découvrir ce que tu es vraiment. Mais dis-moi. Je sais que tu ne peux ni confirmer ni même *évoquer* ta véritable mission, mais j'aimerais quand même bien avoir une petite idée de ce qui nous attend une fois que Corneille aura été éliminée…

— Eh bien, dit Tress, je vais avoir besoin de ton soutien. *Si* je m'occupe bel et bien de Corneille, alors mieux vaudra… éviter que l'équipage la libère.

Il faudrait que je… hum… l'emmène devant la justice, tu comprends.

— Bien sûr ! s'exclama Salay – et pour la première fois il y avait de l'espoir dans ses yeux. Oui, je peux arranger ça. Et donc, une fois que tu lui auras mis la main dessus, nous quitterons la Pourpre – c'est bien ça ?

— Absolument. Sauf que… bon, c'est un peu gênant… mais j'ai des choses à régler avec la Sorcière de la mer de Minuit, ensuite. Et j'espérais… »

Les yeux de la timonière s'écarquillèrent. Puis elle s'esclaffa de plus belle. Et le rire de Salay était comme une cloche, qui appelait aux armes les marins. Aiguisé, enthousiaste, et pourtant sous contrôle. « Bien sûr. Je vois vraiment pas pourquoi je m'inquiétais… Si tu entends sillonner la mer de Minuit… eh bien, te farcir la Pourpre, c'est une broutille pour quelqu'un dans ton genre. »

Salay retrouva alors tout son sérieux. « Mais pourrais-tu quand même m'aider à protéger l'équipage ? Je sais qu'aux yeux du roi, une bande de pirates ne vaut pas un clou, mais personne d'autre ne va prendre soin d'eux. Même leur capitaine n'en a rien à foutre, de ce qu'il peut leur arriver. S'il te plaît, *s'il te plaît*, ne nous laisse pas perdre un autre ami. »

À ce moment précis, Tress se sentait comme un de ces trucs que Fort avait fait cuire. Crasseuse, rassise, et à peine capable de remplir sa fonction. Elle avait l'impression de se ratatiner sous le poids de l'espoir de Salay. Que pouvait-elle faire ? Elle était un imposteur. Une menteuse. Une…

Attendez.

Une idée aussi étrange que désespérée lui traversa alors l'esprit. Sans doute n'était-ce rien. Probablement un caprice malvenu.

Il convient de le noter : le désespoir *étrange* est précisément l'état qui mène souvent au génie.

« Tiens-toi prête, lui dit Tress. Il y a quelque chose que je peux tenter. »

L'INFORMATEUR

46

Tress passa les jours suivants dans une ferveur d'étude paniquée et de panique studieuse. Son plan naissant était bien, bien plus dangereux que ses recherches sur les fusées éclairantes. Et cette fois, elle n'avait pas de schémas préexistants sur lesquels s'appuyer.

La jeune femme consacra une grande partie de ce temps à faire des expériences avec des spores verdoyantes. Le fruit de la mer Émeraude elle-même, ce qu'elle n'avait jamais compris dans sa jeunesse. Elle n'était pas seule – et plus elle apprenait, moins elle avait peur, ce qui n'avait rien non plus de surprenant. Il en est ainsi de la plupart des sujets, la peur et la connaissance ne jouant que rarement du même côté du filet.

Il y a des exceptions, évidemment. Certains humains, tout comme certaines saucisses, brisent ces codes. Si aucun des deux groupes auxquels ils appartiennent n'est collectivement terrifiant, ils contiennent des individus remarquables qui devraient vraiment vous effrayer. Plus vous en apprenez sur eux, et plus vous devriez vous inquiéter. Mais pour l'humanité dans son ensemble, la connaissance conduit généralement à l'empathie, et l'empathie mène à la compréhension.

Tress découvrit que l'éther verdoyant était presque *joueur*, empressé de répondre à ses ordres mentaux en échange d'eau. Au fil des jours, elle devint très habile pour faire pousser les lianes en spirale, pour les forcer à gagner en vigueur, ou même à ralentir leur croissance de manière à conserver une grande partie de leur force.

Elle parvenait à percevoir, comme toujours, une *sensation* au-delà des lianes. Rien d'aussi net qu'un esprit. Une impression. Qui provenait, pensait-elle, de la lune – ou des lianes maternelles toujours en croissance qui vivaient à sa surface.

En dehors de certaines nécessités – dormir, par exemple –, Tress n'interrompait ses recherches que lorsqu'il lui fallait aller aider Fort à préparer les dîners. Et chaque fois, voir les visages des membres de l'équipage ne faisait qu'aggraver ses inquiétudes.

Trois jours après son face-à-face avec Salay, Tress se trouvait dans sa cabine, à encourager quelques lianes verdoyantes à pousser délicatement autour de ses doigts sans les serrer trop fort. Comme le vaisseau était en train de virer de bord, elle pouvait voir la trombe de spores par son hublot. Ladite trombe se faisait plus visible de jour en jour, au point que Tress ne doutait plus guère qu'il s'agissait là de la destination de la capitaine. L'antre du dragon devait se trouver non loin d'elle. Ou peut-être même, à l'intérieur.

Ce n'est pas immédiatement évident sur la plupart des mers, mais au niveau de la lunagrée, les spores qui tombent forment un amas – comme des grains au fond d'un sablier. La mer était en réalité une montagne de la taille d'un royaume, quand bien même l'inclinaison resterait incroyablement faible, et donc imperceptible. N'empêche : plus ils se rapprochaient, plus il leur fallait *monter*.

Les objets posés sur le bureau de Tress risquaient à tout instant de glisser, et tout donnait l'impression d'être de guingois par rapport à l'horizon – comme vu à travers les lunettes d'un étudiant qui vient de découvrir le cinéma expérimental.

Huck versait régulièrement un peu d'eau sur les lianes, en utilisant une cuillère et une tasse d'eau (en bois, avec une belle patine due à de longues années d'utilisation) collée au bureau avec de la cire.

« Et si, dit Tress, j'apprenais à manœuvrer le navire moi-même ?

— Le navire tout entier ? s'enquit le rongeur.

— Peut-être pas celui-là. Un plus petit. Il existe certainement des voiliers qu'une seule personne est capable de gouverner. Je pourrais en prendre un pour sillonner la mer de Minuit, histoire de ne risquer aucune autre vie.

— Et combien de temps penses-tu qu'il te faudra pour apprendre à naviguer toute seule ? Surtout sur des mers aussi dangereuses ? Ça risque de te prendre des années.

— C'est peut-être ce qu'il faut que je fasse.

— Ou alors, répliqua-t-il, peut-être dois-tu admettre quelque chose de bien plus désagréable, Tress. Que ton ami est hors de ta portée. Que tu devrais renoncer à cette quête et faire attention à toi. »

Elle ne répondit rien, mais la colère qu'elle ressentait se manifesta par un resserrement des lianes autour de ses doigts – comme si elles aussi étaient frustrées.

Elle se força à se calmer pendant que Huck versait lentement une autre cuillerée d'eau sur les lianes. Il parvenait de mieux en mieux à se maintenir en équilibre sur deux pattes pour l'assister – leurs présentes expériences l'avaient contraint à réaliser de sacrés progrès en la matière.

« Tress, reprit-il. Je n'aime pas te voir triste, mais je *détesterais* qu'il t'arrive quoi que ce soit. Ce que tu as accompli ici, à bord du *Chant de la Corneille*… c'est vraiment incroyable, mais ça n'en reste pas moins encore *très loin* des dangers auxquels tu aurais à faire face sur la mer de Minuit.

— Vraiment ? Personne ne le sait ! J'ai demandé à Fort, à Salay, et même à Ulaam. Tous m'affirment que la mer de Minuit est dangereuse, mais personne ne peut m'expliquer pourquoi. Tout ce qu'ils savent, c'est que la Sorcière "contrôle" ces spores. Les vaisseaux qui s'y rendent disparaissent. Ça a peut-être un rapport avec des monstres ? Personne ne peut le dire avec certitude. »

Huck versa un peu d'eau. Puis lâcha un petit soupir. « Tu te souviens quand je suis descendu à terre, au dernier port ?

— Comment pourrais-je l'oublier ? Tu m'as raconté six histoires différentes là-dessus depuis ton retour à bord.

— J'ai… omis la plus importante. »

La jeune femme leva les yeux. Les quatre lianes enroulées autour de ses doigts firent pivoter leurs extrémités, comme des têtes, pour observer Huck.

« Je me suis mis en quête de la population de rats, expliqua celui-ci tout en reposant la cuillère, avant de se tordre les pattes. Il y en a sur la plupart des îles, de nos jours. Des rats doués de parole, je veux dire. Au prix de quelques efforts, j'ai fini par en dénicher un qui s'était rendu sur l'île de la Sorcière. Avant que tu ne me le demandes : non, il ne connaissait pas le chemin pour y aller. C'est juste qu'il se trouvait à bord d'un bateau qui s'y est rendu. Mais… il m'a relaté les dangers auxquels ils avaient dû faire face.

— Et tu ne comptais pas m'en parler ? lui lança Tress, ses quatre lianes se redressant d'un mouvement aussi vif que soudain, telles des pointes.

— Je ne voulais pas t'encourager ! Je m'inquiète pour toi, Tress. Mais je viens de me rendre compte que, peut-être, si tu connaissais ces dangers, tu verrais à quel point ça va être difficile. »

(Conseil amusant : s'entendre dire « Je ne t'ai rien dit pour te protéger » n'est pas seulement frustrant, mais aussi condescendant. C'est une façon vraiment… économique de rabaisser quelqu'un ; si vous cherchez à intégrer davantage de dénigrement dans un emploi du temps déjà chargé, n'hésitez pas à tenter le coup.)

Tress parvint, non sans efforts, à appréhender ce que Huck ressentait. Et heureusement – telle la fille qui demande à la salle soudainement silencieuse s'ils veulent voir son tatouage –, celui-ci s'avisa qu'il n'y avait plus de retour en arrière possible.

« Il y a trois épreuves à affronter pour atteindre la Sorcière, reprit-il. Elle doit avoir un penchant pour le théâtral, j'imagine. Bref, la première est la plus évidente : il faut traverser la mer de Minuit.

— Ce que nous pouvons accomplir, dit Tress, maintenant que Hoid nous a indiqué le cap à suivre.

— Tu sais où aller, oui mais, Tress, ne comprends-tu donc pas ? La pluie tombe dans la mer de Minuit, comme partout ailleurs. La Sorcière a élaboré un moyen de nourrir en continu les créatures qui jaillissent des spores. Elles parcourent les océans – des monstres de Minuit de la taille d'un bateau. Tu te souviens de cette chose que tu as créée pour surveiller Corneille ? Tu penses pouvoir en combattre une centaine, si elles s'avisent d'attaquer le navire ? »

Une perspective… intimidante. Les lianes qui entouraient les doigts de Tress commencèrent à se tortiller, pour finalement aller se réfugier dans sa main.

« Et si tu survis à cela, poursuivit-il, tu auras à affronter les gardiens de la Sorcière : une force d'hommes métalliques qui vivent sur son île. Ils sont complètement indestructibles, résistants à toutes sortes d'armes, et impitoyables.

« Ils capturent tous ceux qui mettent un pied sur l'île, puis les emprisonnent. Les captifs n'ont même pas l'occasion de rencontrer la Sorcière – n'y vois donc pas un moyen d'attirer son attention. On m'a dit qu'à ses yeux, quiconque est assez fou pour se faire prendre par les gardiens ne mérite pas son intérêt. »

Zut. Se faire capturer délibérément était, en fait, l'un des plans que la jeune femme avait envisagés.

« Et si tu parviens je ne sais trop comment à leur échapper, continua le rongeur, tu n'atteindras jamais la Sorcière. Elle vit dans une tour faite d'un métal complètement indestructible. Une tour si lisse qu'on ne peut pas l'escalader – absolument rien n'adhère à sa surface. La Sorcière va se poster à son sommet chaque soir pour communier avec les lunes, mais il n'existe que deux façons d'entrer dedans. En passant des portes verrouillées par des moyens mystérieux, ou via la petite fenêtre par laquelle ses corbeaux entrent et sortent pour exécuter ses ordres.

« Tress, si tu tentes de te rendre sur cette île, tu te feras dévorer par des monstres de Minuit. Et si par quelque miracle tu parviens à survivre, tu seras enfermée à jamais par les gardiens. Et même si tu leur échappes, tu finiras assise devant la tour, à crier en vain jusqu'à ce que tu aies perdu ta voix. Il n'y a *aucun moyen* d'accomplir ce que tu as en tête.

— Hoid y est parvenu, rétorqua-t-elle. Il l'a vue. Tout comme Charlie.

— Charlie, répliqua Huck, a été *expressément* enlevé parce qu'elle espérait pouvoir forcer le roi à payer sa rançon ! Quant à Hoid, qui sait ce qui s'est passé avec lui ? La même chose, si ça se trouve. »

Elle se laissa tomber sur son siège, et – dans une certaine mesure – les informations de Huck eurent l'effet escompté. À savoir révéler à quel point sa tâche s'annonçait difficile.

Enfin, Tress ne pouvait pas se concentrer là-dessus pour le moment. Elle avait d'autres problèmes à régler en priorité. Pour être maudite par la Sorcière, il lui fallait d'abord éviter de se retrouver prisonnière d'un dragon. Ce qui n'arriverait jamais si elle se faisait tuer par des précipitations tombant sur la mer Pourpre.

Aussi Tress retourna-t-elle à ses expérimentations.

LE POÈTE

47

La fusée éclata aux pieds d'Ulaam. Une masse de lianes tortillonnantes engloutit aussitôt le chirurgien, l'enveloppant jusqu'au cou. À titre expérimental, il tenta de se libérer, mais parvint seulement à faire un geste convulsif doublé d'un haut-le-cœur.

« Vous en pensez quoi ? lui demanda Tress, en se hâtant de traverser la cale pour venir se poster auprès de lui. Est-ce que ça va marcher pour capturer Corneille ? »

Ulaam s'efforça de hausser les épaules. « D'après ce que je comprends de sa maladie et de ses pouvoirs, cela devrait suffire. Ses lianes interceptent tout danger physique, mais peu leur importe qu'elle se retrouve immobilisée. Leurs besoins ne s'alignent pas entièrement sur les siens, mmmh ? Tant qu'elle continue à vivre pour leur fournir de l'eau, elles ne se soucient pas vraiment de ce qui lui arrive.

— Vous trouvez ça… exagéré ? Si ce que vous dites est vrai, on pourrait *simplement* lui sauter dessus une fois la nuit tombée, pendant qu'elle dort.

— Ses propres lianes réagiraient *certainement* à cela, répliqua le médecin. Les spores que contient son corps n'ont aucun moyen de déterminer tes intentions. Elles supposeraient le pire, et ne manqueraient pas de te repousser.

« Le génie du mécanisme que tu as conçu, c'est que tu n'as pas besoin de tirer *directement* sur la capitaine. Les lianes estimeront ton tir raté, et ne réagiront donc pas. Une fois qu'elle sera fermement immobilisée, assure-toi bien de ne faire aucun mouvement menaçant, et les spores devraient s'en satisfaire.

— Merci, fit Tress. Oh ! Laissez-moi vous libérer. » Elle fit un mouvement pour prendre son couteau en argent.

« Pas besoin, dit Ulaam. Je trouve cela plutôt agréable. Mais, dis-moi, où as-tu trouvé ces fusées éclairantes ?

— Je les ai fabriquées », répondit la jeune femme tout en fouillant dans son sac – posé sur le sol de la cale, non loin de l'endroit où je me trouvais. Elle en avait profité pour nous expliquer son plan en détail, à Ulaam et à moi.

J'avais, bien sûr, répondu par une question : en lui demandant ce qu'elle pensait de ma coupe au bol.

S'il vous plaît, n'essayez même pas d'imaginer pareil spectacle. Ce serait mieux pour tout le monde.

« Tu les as *fabriquées* ? s'étonna Ulaam. Toute seule ?

— J'avais à disposition certains des schémas de Weev, qui expliquaient le fonctionnement des boulets de canon. Ce n'était pas si difficile de faire quelques extrapolations.

— Remarquable. Vraiment, jeune damoiselle, il me faut ton cerveau. Une fois que tu en auras fini avec lui, naturellement. Mmmmh ?

— Je suis désolée, Ulaam », dit-elle, sans cesser d'explorer son sac. Où donc avait-elle rangé son carnet de notes ? Elle voulait y mentionner que ce concept fonctionnait mieux que le précédent. Dix tirs, et pour l'instant aucun raté. « Parler ainsi continue à me donner la nausée.

— Tu n'as pas encore les nerfs d'un pirate, j'en ai peur.

— Je sais.

— Je pourrais t'en insérer quelques-uns. C'est une procédure à trente-cinq pour cent sans douleur !

— Non, merci », répliqua-t-elle tout en se retournant, ayant enfin mis la main sur le carnet. Découvrir qu'Ulaam se tenait à ses côtés la fit sursauter. Les lianes gisaient en tas à l'endroit où il se trouvait jusque-là.

« Comment ? s'enquit-elle.

— Je les ai digérées, expliqua-t-il, via quelques endroits clés.

— … *digérées* ? répéta la jeune femme.

— Il est super dégueu ! intervint Hoid. Comme je l'envie.

— À raison, mon ami, dit Ulaam. Par définition, je peux faire tout ce dont un humain est capable – et davantage encore. Je vois que tu prends des notes sur tes expériences, Tress. Intéressant, intéressant. Tu sais, je pourrais certainement…

— Mon cerveau n'est PAS à vendre.

— À dire vrai, j'allais plutôt te demander tes mains, cette fois. Quelle écriture magnifique. Mazette, mazette. » Il sourit, dévoilant au passage un nombre littéralement inhumain de dents. À l'entendre, s'il fait ça, c'est parce qu'il pense que les humains devraient trouver un large sourire extrêmement réconfortant. Je n'arrive jamais à savoir s'il plaisante ou non.

« Mes mains, répliqua-t-elle. Pas à vendre. Pas plus que mes genoux. Ou que mes oreilles. *Aucune* partie de mon corps n'est à vendre, Ulaam. Ni maintenant ni jamais.

— Eh bien, voilà qui est fort définitif. Tu es devenue plutôt… énergique, mmmmh ? Je me rappelle encore ton arrivée à bord – tu semblais presque gênée de décliner mes offres.

— Je n'ai pas changé d'un iota depuis. Je suis juste un peu plus… désespérée.

— Davantage que les premiers jours que tu as passés avec nous ? » s'enquit-il.

Tress hésita, se remémorant cette horrible période. Eh bien, oui, à ce moment-là *aussi* elle avait été désespérée. Aussi désespérée que *possible* – du moins en avait-elle eu l'impression.

Peut-être était-ce comme soulever des poids – son aptitude au désespoir augmentait avec le temps. Ce qui ne laissait tout simplement plus de place pour d'autres émotions – la gêne, par exemple.

« Peu importe, reprit Ulaam. Passons à autre chose. Plus de nouvelles propositions pour l'instant. Revenons à ce que tu as prévu pour la capitaine. Tu es certaine que les autres vont se joindre à ta petite mutinerie ?

— Assez, oui, répondit Tress. J'ai… peut-être laissé Salay et les autres officiers supposer que j'étais un Masque du Roi…

— Mazette, fit le chirurgien. Et comment y es-tu parvenue ? »

La jeune femme grimaça. « Sans le faire exprès… Il semble que je sois plus douée pour mentir quand je dis la vérité, d'une certaine manière.

— De sages paroles, oui, de bien sages paroles, intervins-je. Mais dis-moi, est-ce que tu as entendu mon dernier poème ?

— Excusez-moi, dit Ulaam, je vais débrancher mes oreilles pour les deux prochaines minutes.

— Quoi ? » fit Tress. Qui, malheureusement, était limitée par son anatomie. Elle-même ne pouvait pas débrancher ses oreilles, à moins d'accepter que ce soit permanent.

« Il était une fois un fermier nanti d'un bulbe de tulipe, commençai-je. Qui n'avait nulle part où le planter. Jusqu'à ce qu'il se trouve un endroit où habiter. Pour alors se faire un mauvais trip. Et écraser accidentellement sa fleur bien-aimée. Fin. »

Oh, par les dieux.

Oh, par les Éclats.

Qu'étais-je devenu ?

« C'est… joli », dit Tress. Et pour une fille qui prétendait être mauvaise menteuse, elle s'en sortit fort honorablement.

Ulaam récupéra peu après son ouïe. « Ah ! s'exclama-t-il. Tu ne saignes pas des oreilles, Tress ?

Remarquable. Auras-tu encore besoin de mes services, aujourd'hui ?

— Je pense que non. Mais… vous êtes sûr de ne pas vouloir nous aider ? À mener à bien notre mutinerie ?

— Hélas, je ne puis offrir que des soins médicaux, pour peu que vous en ayez besoin. Interférer davantage ne serait pas… approprié.

— Si nous ne quittons pas rapidement la Pourpre, lui fit remarquer Tress, le vaisseau pourrait fort bien finir par couler. Ce qui vous tuerait *également*.

— Suppositions, suppositions, répliqua le docteur tout en se rapprochant de l'escalier. Hoid est immortel, et moi je n'en suis si pas loin. Bien que je n'apprécie guère l'idée d'avoir à marcher au fond de la mer de spores pour parvenir en lieu sûr – surtout avec celui-là, dans son état actuel –, cela n'outrepasse nullement mes capacités. »

Je me levai aussitôt pour le suivre, alors qu'une partie de mon cerveau – celle qui gardait encore un soupçon de conscience d'elle-même – continuait à essayer de lui tendre une embuscade de mauvais poèmes.

Pour finalement m'immobiliser à côté de Tress – qui était restée assise, son pistolet lance-fusées sur les genoux. Les yeux baissés. Le doux sifflement des spores sur la coque à l'extérieur nous accompagnait constamment. Un rappel que nous nous rapprochions inexorablement de l'antre du dragon.

Seuls deux jours de navigation nous en séparaient, désormais, à en croire l'estimation de la capitaine Corneille.

Tress leva les yeux vers moi. « Je suis inquiète, murmura-t-elle. Je suis… Je suis terrifiée. »

Je posai ma main sur son épaule et parvins – non sans mal – à m'empêcher de vomir un nouveau poème. Elle dut voir quelque chose dans mon regard, le fragment de lucidité que je possédais encore.

« Je suis terrifiée, répéta-t-elle. Pas seulement pour les autres, même si c'est là également. J'ai peur pour *moi*, peur de ce que Corneille va me faire. Je ne peux pas la battre. Au plus profond de moi-même, je le *sais*. »

Je levai mon autre main, l'index dressé. « Tu as, chuchotai-je en retour, tout ce dont tu as besoin, Tress.

— Le pistolet lance-fusées ? Mais imagine que j'échoue ?

— Tu as tout ce dont tu as besoin. » Je lui serrai le bras, puis me lançai aux trousses d'Ulaam. Pour aussitôt ralentir. Quelque chose clochait, pas vrai ? Hormis le fait que je n'étais pas en train de me lancer dans une ode épique à la beauté des callosités ?

Oh ! Le sifflement sur la coque avait cessé. L'ébullition s'était interrompue, et le navire était en train de ralentir. Ma foi, rien à craindre de ce côté-là. Ça arrivait tout le temps, et ce n'était pas dangereux.

À moins que la pluie ne soit toute proche…

Sans doute devinez-vous ce qui arriva ensuite.

LE CAUCHEMAR

48

Je fais des cauchemars. Ma condition unique n'empêche nullement cela, même si je n'ai pas besoin de dormir autant que les humains ordinaires.

Mon cauchemar le plus récurrent – celui qui me prend à la gorge et me secoue jusqu'à ce que je me réveille, les nerfs à vif, étouffant dans ma propre sueur – n'est pas celui où un monstre me poursuit. Ni celui où je me perds, ou que personne ne m'aime.

Non, mon pire cauchemar, c'est celui où je découvre que je me répète depuis des années, que je raconte les mêmes blagues fatiguées, les mêmes histoires – que je trace énergiquement un chemin à travers la patience et l'affection des gens jusqu'à ce que même les mauvaises herbes qui le recouvrent aient péri.

Aussi vais-je m'abstenir de rabâcher mes soupçons et mes craintes, concernant les pluies qui s'abattaient sur la Pourpre. Mais s'il y avait une preuve que le Destin lui-même avait parié gros contre *Le Chant de la Corneille*, ce serait le fait que lorsque Tress atteignit le pont supérieur – où régnaient un chaos sans nom parmi l'équipage et une terrible immobilité à la surface des spores –, elle découvrit que non pas une, mais *deux* bandes de pluie distinctes se dirigeaient droit sur le navire.

Deux d'un coup. Avec le navire échoué sur les pentes de la vaste montagne pourpre, sa proue pointée en direction de la colonne de particules qui ruisselait de la lune en colère.

La jeune femme découvrit Salay postée sur le pont supérieur, à tenir fermement la barre, au cas où l'ébullition recommencerait – ce qui lui donnerait une chance de tous les emmener en lieu sûr. Or, le navire restait désespérément immobile. Toutes ses compétences, toute sa passion ne servaient à rien tant que les spores l'immobilisaient. Elle était impuissante.

Les Dougs se beuglaient des idées, plusieurs d'entre eux suggérant de descendre sur les spores pour y trouver un semblant de sécurité. Ce qui, bien sûr, relevait de la stupidité. Si le bâtiment était détruit, ils périraient à l'instant même où l'ébullition reprendrait. Il y avait deux canots de sauvetage à bord, d'accord, mais qu'est-ce que ça leur apporterait ? Une mort lente par déshydratation. Ils se trouvaient sur la Pourpre. Rares étaient ceux à naviguer ici.

Sans une très, très bonne raison.

Le regard de la timonière parcourut les Dougs jusqu'à croiser celui de Tress.

Le moment est venu, articula-t-elle en silence. *S'il te plaît*.

Tress agrippa un des Dougs, une femme dégingandée aux longs cheveux rassemblés en queue-de-cheval. « Va voir Salay ! lui hurla-t-elle. Dis-lui que j'ai besoin de deux cordes très longues et du baril d'eau du poste d'artillerie. Allez ! Vas-y ! »

Après quoi elle fila en direction de sa cabine, bousculant au passage Laggart sur les marches. Le maître-canonnier lui cria dessus, mais elle n'était pas d'humeur à écouter. La timonière disposait de quelques minutes, peut-être, avant l'arrivée de la pluie – qui ne manquerait pas de mettre fin à leur histoire. À moins qu'elle ne parvienne à ajouter un autre chapitre par la seule force de sa volonté.

L'héroïsme est une chose remarquable, souvent mal comprise. Si on pense saisir ce concept, c'est parce qu'on a tous envie de voir sa *graine* en nous-mêmes. Ne cherchez pas plus loin, vraiment.

Si vous collectez des histoires de héros – ceux qui ont risqué leur vie pour autrui, ceux qui ont fait face à des obstacles insurmontables, ceux qui ont foncé sur le danger avec l'aplomb d'un champion de plongée sautant de la plus haute des plateformes –, vous finirez par trouver des récurrences. Deux, pour être exact.

La première, c'est que les héros peuvent être formés. Non pas par un gouvernement, ou une armée, mais par les gens eux-mêmes. Les héros sont ceux qui ont réfléchi à ce qu'ils vont faire, et qui se sont entraînés pour y parvenir. L'héroïsme est souvent le résultat apparemment spontané de toute une vie de préparation.

Mais si vous demandez à ces héros pourquoi ils ont risqué leur vie, ne le faites pas sur une tribune devant une foule, alors que vous leur donnez leur médaille. Parce qu'en vérité, ils ne l'ont sans doute pas fait pour leur pays. Ou même pour leurs idéaux. Invariablement, dans toutes les cultures, époques et idéologies, les héros de guerre font état de la même motivation – d'une simplicité élémentaire. Ils ont agi pour leurs amis.

Dans l'anarchie frénétique de la destruction, la loyauté envers les causes et les royaumes a tendance à céder au chaos. Mais les liens entre les gens, eh bien – ils s'avèrent plus résistants que de l'acier. Si vous voulez créer des héros, ne leur donnez pas une raison de se battre. Donnez-leur *quelqu'un* pour qui se battre.

Tress déverrouilla la porte de ses quartiers puis l'ouvrit sans ménagement – au grand dam de Huck, qui fila se réfugier sous le lit. Elle se rua vers son bureau, pour y trouver une grosse boule de roséite, qu'elle avait fait pousser au cours des derniers jours de manière à lui conférer cette forme. De la taille d'une tête d'enfant, elle présentait une surface cirée – bien qu'elle soit remplie d'une énorme charge de spores verdoyantes, la roséite qui l'entourait lui conférait une teinte légèrement violacée.

La jeune femme eut à peine le temps de remarquer qu'apparemment elle avait répandu quelques spores de minuit sur le bureau – une négligence de sa part. Elle récupéra le « boulet de canon » en roséite, puis retourna précipitamment dans le couloir.

Sur le pont, les Dougs s'étaient rassemblés autour de Salay. La capitaine Corneille, qui était sortie de sa cabine et se trouvait à l'arrière du bateau, s'abreuvait à sa gourde, pénétrée d'un certain sentiment de fatalisme. Elle avait espéré ne pas mourir ici, bien sûr, sauf qu'elle était en phase terminale. Pas même une nouvelle forme de trépas ne peut faire bouger l'aiguille proverbiale, une fois que vous avez quotidiennement fait face à votre propre mortalité pendant plus d'un an.

Tout en se frayant un chemin à travers les Dougs, Salay désigna d'un geste la corde et le baril d'eau. « On est prêts, Tress. Et maintenant ?

— Attachez une corde au baril, répondit la jeune femme, et descendez-le *précautionneusement* jusqu'aux spores. » Elle prit une longue inspiration. « Puis passez l'autre corde autour de mon corps et faites de même avec moi. »

Le groupe entier se tourna ostensiblement vers elle pour la dévisager.

Puis Salay aboya des ordres, et l'équipage s'exécuta. Ann s'occupa personnellement du canon, pendant que Fort et quelques Dougs se chargeaient de Tress. Bientôt celle-ci sentit à nouveau le doux crissement des spores sous ses pieds. À être si proche de la Pourpre, elle avait l'impression d'avoir atteint quelque terre mythologique, où le sol avait en quelque sorte rouillé – ce qui, par contraste, conférait au ciel une étrange nuance bleutée.

Le bruit familier des spores qui grincent contre le bois accompagna l'arrivée du tonneau à côté d'elle.

Ann lui fit signe du pont, et des dizaines d'yeux regardèrent Tress détacher le baril et le faire rouler jusqu'à la coque du navire.

Elle en ôta alors le couvercle – les mains tremblantes – et fixa l'eau sombre. Ce qu'elle s'apprêtait à faire allait à l'encontre de tout ce qu'on lui avait appris.

« La pluie est presque sur nous, Tress ! lui hurla Salay depuis le pont. Oh, par les lunes. Elle arrive ! »

La jeune femme pouvait entendre le crissement des spores pourpres occupées à pousser frénétiquement. Comme des milliers de lances qui se seraient dressées. Toute flageolante, elle plongea une main dans la poche de son manteau rouge et en sortit une espèce de pic, à embout d'argent. L'autre tenait le boulet en roséite.

Enveloppez-le, lui lança-t-elle mentalement. *Contentez-vous de l'envelopper. Ne détruisez pas le tonneau.*

Elle se servit du pic pour faire un trou au sommet de la sphère, révélant ainsi les spores vertes qui se trouvaient à l'intérieur. Puis elle le laissa tomber dans le baril.

Des lianes en jaillirent aussitôt, aussi épaisses que des bras, s'enroulant en spirale les unes autour des autres. Une petite charge de verdoyantes pouvait générer suffisamment de lianes pour enserrer une personne – et Tress en avait emporté beaucoup, beaucoup plus. Des tentacules surgirent du baril pour aller percuter le navire. S'abreuvant avidement à l'eau qui leur était offerte, les lianes continuaient à pousser – toujours plus épaisses, plus fortes.

La masse fulminante secoua *Le Chant de la Corneille*, le faisant basculer – au grand dam de l'équipage, qui se mit à hurler. Le premier réflexe de Tress fut de reculer, mais non. Non, c'était *elle* qui avait créé cette chose. Elle ne pouvait pas la fuir. Toutes deux ne faisaient qu'*une*, d'une certaine manière.

Elle appuya ses deux mains sur les lianes encore en phase de croissance, les sentit onduler – aussi contractées qu'un tendon – sous ses doigts. *Vers le haut*, pensa-t-elle. *S'il vous plaît*, S'IL VOUS PLAÎT. *VERS LE HAUT*.

Le navire tangua un peu plus. Puis il commença à s'élever dans les airs. La masse de lianes verdoyantes se réorienta et se souleva, telle une main dotée d'innombrables doigts. Sans l'ébullition, la surface de l'océan formait une fondation suffisamment solide, tant que les lianes – ayant complètement jailli du tonneau – se déployaient.

Le mouvement ascendant emporta Tress, qui avait gardé la corde enroulée autour de sa poitrine. Elle espéra un instant que Fort ne la lâcherait pas, mais concentra son attention sur les lianes occupées à pousser. Car elle pouvait entendre les bandes de pluie se rapprocher, annonçant leur venue d'un bruit de liquide heurtant quelque chose de dur : les enchevêtrements d'épines pourpres qu'elles généraient, puis arrosaient.

J'ai parlé à bien des marins au cours de mon existence, et cela – pour nombre d'entre eux, sur des dizaines de mondes – était leur cauchemar. Le bruit de la pluie, le hurlement du vent et l'étreinte de l'abîme. Sur la planète de Tress, ce n'est pas l'eau sous vos pieds qui constitue le danger, mais l'eau qui provient du ciel. Le cauchemar n'en reste pas moins le même, né de la certitude que ce sur quoi vous naviguez, la chose même qui vous porte et donne un sens à votre vie, va un jour essayer de vous tuer.

Deux bandes de pluie jumelles se croisèrent au niveau du *Chant de la Corneille*, nettoyant le pont des spores mortes qui le parsemaient, détrempant les marins – du plus petit mousse au chapeau à plumes de la capitaine. Un cauchemar caractérisé. Un navire surpris seul dans une tempête, la pluie *martelant* le bois.

Dans n'importe quelle histoire, conte ou chanson, cela signifiait la mort.

Sauf ce jour-là. À bord de ce bateau.

Corneille attendait ce moment terrible – attendait que les pointes viennent broyer son navire, empalant son équipage, brisant jusqu'à la dernière de ses planches. Ce qui n'arriva jamais. Elle ne sentait que la pluie, qui la frappait comme un millier de petits coups de poing. L'eau était plus froide qu'elle ne l'avait imaginé.

Les Dougs s'étaient regroupés d'un côté du vaisseau ; Corneille se frayait un chemin à travers son équipage, en leur hurlant de faire de la place. Qu'était-il en train de se passer ? La capitaine avait vu Tress passer volontairement par-dessus bord et supposé qu'elle prenait la fuite – où ça ? elle n'en avait pas la moindre idée. Le vaisseau avait tangué, oui, mais…

Elle ne comprit que lorsqu'elle baissa les yeux, pour découvrir qu'un *arbre* colossal avait poussé sous le navire. Il n'y avait pas d'autre mot pour le définir correctement : un arbre fait de lianes entrelacées. Soutenu par un éventail de racines et de branches de lianes qui s'étaient agrippées au *Chant de la Corneille*.

L'arbre avait soulevé le bateau à une douzaine de mètres dans les airs – juste au-dessus du fourré de pointes qui avait poussé en dessous. Lesdites pointes avaient transpercé le tronc, mais les lianes verdoyantes possédaient une certaine élasticité. Et puis, elles avaient continué à pousser. De fait, le réseau de pointes avait aidé à *stabiliser* le tout.

Suspendue dans les airs au bout de la corde que Fort tenait fermement, se trouvait une jeune fille trempée et frissonnante – au visage dissimulé par un enchevêtrement de cheveux humides.

Ce fut alors que, avec quelque retard, les Dougs commencèrent à l'acclamer. Je ne les blâme pas d'avoir tardé à réagir. Ils étaient passés à ça de mourir, et ce genre de coup de fouet existentiel requiert quelques battements de cœur – qui résonnent dans vos oreilles pour vous confirmer que oui, c'est bien réel – pour s'en remettre.

« Aidez-nous à la remonter, bande de butors ! » leur lança Salay, qui aidait Fort avec la corde. Le contremaître, un pied collé contre le bastingage, tenait la corde avec des mains qui – bien qu'amochées – étaient aussi solides que des briques. Sa présence d'esprit – hisser Tress de quelques mètres alors même que les lianes continuaient à pousser – avait sauvé la vie de la jeune femme. En l'état, les pointes des épines pourpres avaient effleuré ses chaussures.

Tout le monde accourut à leur rescousse et, à n'en pas douter, beaucoup parmi eux se dirent qu'ils avaient déjà fait cette manœuvre – des semaines plus tôt, la première fois qu'ils l'avaient montée à bord. Une nouvelle salve d'applaudissements salua son arrivée sur le pont, dans les bras du quartier-maître.

Corneille regardait tout cela sans piper mot. Elle n'osait rien dire face à un sauvetage aussi remarquable. De fait, les lianes ne semblaient pas avoir causé le moindre dommage au navire. Des haches au tranchant recouvert d'argent allaient permettre aux Dougs de desserrer l'étreinte qui retenait le vaisseau – puis de le libérer une fois que l'ébullition aurait fait son retour, et que l'arbre aurait coulé. Ils s'y étaient entraînés de manière à pouvoir gérer ce genre de situation lors d'un combat au canon.

La capitaine n'était donc pas inquiète pour le navire. Pas plus qu'elle ne redoutait de louper son rendez-vous avec le dragon, dont l'antre était très proche à présent. Elle avait fait croire à tout le monde qu'il leur restait encore deux jours de navigation, histoire d'éviter de les paniquer à l'idée de pénétrer à *l'intérieur* de la trombe de spores. Ce qui ne serait pas nécessaire, au demeurant.

En ce jour, la peur de Corneille était d'une nature complètement différente. Bien qu'elle ait passé l'intégralité de son existence à inspirer de la terreur à son équipage de manière à s'en faire obéir, elle savait qu'il existait une autre émotion qui rendait les gens encore plus loyaux. Une émotion, malheureusement qu'elle n'avait jamais vraiment comprise.

Et si la capitaine avait un cauchemar de son cru, il se tenait devant elle en cet instant. Sous la forme d'une petite damoiselle toute frissonnante, qui avait d'une manière ou d'une autre *gagné* l'amour qu'elle-même n'avait jamais connu.

LE MARTYR

49

Quelques heures plus tard, Tress était assise dans le bureau du quartier-maître avec Salay, Ann, et Fort – qui parlaient à voix basse, à l'exception bien sûr du quartier-maître.

La jeune femme ne s'exprimait pas beaucoup, se bornant à tenir une tasse (celle décorée du papillon) remplie d'un thé provenant de la réserve personnelle de Fort. Cela en disait long, qu'il n'ait même pas mentionné de transaction en lui tendant la tasse. Après ce que Tress venait d'accomplir, tous avaient contracté une dette que Fort craignait de ne jamais pouvoir rembourser.

Il comptait bien essayer, néanmoins.

Nous devons agir rapidement, écrivit-il. **Si ce que dit Tress est vrai, si la capitaine prévoit BEL ET BIEN de la vendre au dragon, nous n'avons pas beaucoup de temps. Notre destination ne se trouve qu'à deux jours de navigation, à en croire Corneille.**

« Elle a dit ça ce matin, confirma Ann. Je suppose qu'on a couvert une bonne partie de la distance aujourd'hui, avant la pluie. »

Tress sirota un peu de son thé. Elle n'avait pas cessé de trembler depuis les récents événements, et elle appréciait bel et bien la chaleur du breuvage, qui délogeait le froid de son âme.

À l'extérieur, le son apaisant des spores sur le bois avait repris. Bien qu'elle ait craint que sa petite combine ne cause des dommages permanents au navire, l'équipage avait efficacement coupé les lianes une fois l'ébullition réapparue. Le tronc avait été aspiré dans les profondeurs par les épines des innombrables éthers pourpres, laissant *Le Chant de la Corneille* flotter sereinement à la surface.

Était-ce étrange que Tress se sente *coupable* d'avoir tiré parti de cet arbre improbable, pour ensuite l'abandonner ? Les éthers allaient-ils éprouver de la tristesse, au fond de l'océan ? Qu'arrivait-il à ceux qui sombraient, au demeurant ?

Peut-être qu'au lieu de ruminer de pareilles pensées, elle aurait dû se préoccuper davantage de son rendez-vous imminent avec un dragon. Elle se sentait complètement à nu, comme un balai usé jusqu'à ses derniers poils à force d'avoir servi. Après la tension de la journée, il lui était difficile de mobiliser davantage de peur.

« Dans ce cas, nous devons frapper, lança Salay, postée à proximité de la porte. Demain matin. D'accord ?

— D'accord », répondit Ann.

Pareil, écrivit Fort sur son ardoise. **Avec un Masque du Roi de notre côté, nous ne pouvons pas échouer.**

Tous se tournèrent vers Tress. Face à de telles attentes, elle aurait simplement voulu s'évaporer. Après quoi ils pourraient se servir de son âme flétrie pour infuser du thé.

« Peut-être devrions-nous renoncer, dit-elle dans un souffle.

— Quoi ? s'étonna Ann. Gamine, elle va te vendre à un *dragon*.

— Hors de question que je perde un autre membre d'équipage », enchérit Salay.

Quant à Fort il se bornait à l'étudier, pensif.

« C'est un miracle que l'équipage soit encore vivant, dit Tress. Je m'inquiète de ce qui va vous arriver si on essaie de combattre Corneille. Elle est dangereuse. Je le *sens*. »

Et donc tu la laisses te refourguer ? écrivit Fort. **De ton plein gré ?**

« Ce n'est pas la mort de servir un dragon, répliqua la jeune femme. J'imagine que non, en tout cas. Et peut-être parviendrai-je à trouver un moyen de m'échapper. Ou… de racheter ma liberté… »

Tress savait que sa déclaration n'avait pas beaucoup de sens. Elle avait passé une semaine frénétique à tenter de mettre au point une arme contre la capitaine. Elle voulait *vraiment* s'échapper. Et franchement, n'aurait-elle pas dû se sentir… impatiente ? Optimiste ? Son plan de sauvetage du *Chant de la Corneille* avait fonctionné, après tout.

C'est juste que les mensonges ont le don de… *diluer* une personne. Plus longtemps vous vivez dedans, et plus vous ressemblez à un seau de peintures mélangées, qui virent peu à peu au brun marronnasse. Personnellement, ça ne m'a jamais arrêté – mais bon, je ne suis pas la personne que Tress était alors.

« On ne peut pas perdre contre Corneille tant qu'on t'a à nos côtés, fit la timonière. Tu es un M…

— Je n'en suis pas un, Salay, répliqua une Tress épuisée. Je ne suis pas un Masque du Roi. Je ne savais même pas de quoi il s'agissait avant que tu m'en mentionnes l'existence. » Elle secoua la tête. « S'il vous plaît, croyez-moi. »

Ils n'en firent rien, bien entendu. Une vérité sans intérêt aura toujours du mal à rivaliser avec un mensonge palpitant.

« Écoute, Tress, dit Ann. Tu crois que nos problèmes disparaîtront quand la capitaine aura parlé au dragon ? On sera toujours sous sa coupe.

— Vous devriez être en mesure de la combattre, rétorqua la jeune femme. Elle n'aura plus les spores pour la protéger. Si vous la laissez m'échanger contre ce qu'elle veut, ça va multiplier vos chances de réussir. »

Fort posa sa main sur la sienne, puis inclina son ardoise dans sa direction. **Sauf qu'on devrait vivre avec ça sur la conscience, Tress. Corneille nous a forcés à embrasser cette existence. Nous ne savions pas qu'elle avait l'intention de tuer. Mais si nous ne lui tenons pas tête MAINTENANT, c'est là une excuse derrière laquelle on ne pourra plus se cacher. On SAIT ce qu'elle est, à présent.**

Tress parcourut ces mots à deux reprises. Et... même si protester demeurait son premier réflexe... quelque chose d'autre émergeait en elle. De l'arrogance, peut-être, et cela l'effrayait. Sauf que l'arrogance et l'amour-propre sont les deux faces d'une même pièce, qu'on dépensera de toute façon.

Ce jour-là, son regard croisa celui de Fort – et elle hocha la tête. « D'accord.

— Mutinerie, dit Salay. Demain matin. Je vais m'assurer que les Dougs suivent le mouvement.

— Moi, je vais distraire Laggart, dit Ann. Si je tire au canon, il viendra encore me houspiller. »

J'ai une clé des quartiers de la capitaine, écrivit Fort. **Chose qu'elle ignore. On va s'y rendre pendant qu'elle dort et la faire prisonnière. Après quoi nous mettrons le cap sur la mer Verdoyante, et livrerons Corneille aux fonctionnaires du roi en échange de nos vies.**

Tress prit une interminable inspiration. « La capturer ne va pas être si facile, Fort. Les spores que contient son corps ne manqueront pas de réagir si quelqu'un essaie de la maîtriser. Par chance, j'ai conçu une arme susceptible de nous aider. Elle... »

Qu'est-ce que...

« Elle... »

Un frisson la parcourut. Elle sentait quelque chose. Une démangeaison familière, aussi distincte que l'odeur du pain de sa mère. Sans réfléchir, elle plongea une main dans les ombres produites par le rebord du plan de travail de Fort.

Une zone d'obscurité résista à ses doigts. La sensation lui évoquait une outre pleine.

De l'Essence de Minuit.

Un autre esprit la soumettait, apparemment – de loin, et malgré la proximité de Tress. Laissant parler son instinct, elle s'employa à en prendre le contrôle. Sa langue s'assécha immédiatement. Elle toussa et – prise de panique – parvint sans trop savoir comment à rompre complètement la connexion. L'Essence de Minuit se volatilisa, se transformant en fumée noire.

Cet autre esprit…

C'était celui de Corneille.

La capitaine les avait écoutés via l'Essence de Minuit.

« Oh… oh, par les lunes, murmura Tress d'une voix rauque. Corneille sait tout. »

LA MEURTRIÈRE

50

La cloche du navire produisit une série incessante de notes aiguës.

« Tout le monde sur le pont, fit Ann, tout en jouant les interprètes au bénéfice de Fort. Comment… comment pourrait-elle être au courant, Tress ?

— Les spores, répondit celle-ci. C'est… difficile à expliquer. »

La cloche continuait à sonner, chaque carillon prenant des airs de menace : *Meurs. Meurs. Meurs.*

« Qu'est-ce qu'on fait ? demanda la charpentière. Elle va nous exécuter, exactement comme elle l'a fait avec Weev.

— On se bat, fit Salay. On allait passer à l'action demain, de toute façon. Il va juste falloir se… jeter à l'eau un peu plus tôt. Tress, tu as bien dit que tu avais une arme dont on pouvait se servir ? »

Bien que n'ayant qu'une envie – dormir –, la jeune femme acquiesça. La partie était lancée désormais. Elle se leva, ouvrit sans ménagement la porte avec l'intention de dévaler le couloir jusqu'à sa cabine pour récupérer le pistolet lance-fusées. Dès qu'elle eut ouvert la porte, cependant, Tress se retrouva nez à nez avec le canon d'un pistolet.

« Parfait ! s'exclama Laggart. C'était *justement* vous quatre que la capitaine voulait voir en priorité. Comme c'est... pratique de vous trouver tous ensemble. »

Tress sentit ses frissons revenir, puis redoubler d'intensité – comme s'ils essayaient de rattraper le temps perdu. La jeune femme considéra l'arme pointée dans sa direction, et s'avisa que sa bouche était à nouveau sèche, mais pour une autre raison. Elle parvint néanmoins à articuler quelques mots :

« Vous ne pouvez pas me faire de mal, dit-elle. La capitaine a besoin de moi.

— Exact, j'en ai peur. » Puis Laggart braqua le pistolet sur la cuisse de Salay, et fit feu.

Ann se mit à hurler, tandis que Fort se jetait en avant pour essayer d'empoigner Laggart – qui sortit alors une deuxième arme de poing et la braqua droit sur lui.

« La capitaine ne m'a pas demandé de lui ramener les *trois autres* en vie, dit-il. Bon, Fort. Est-ce que tu peux lire sur mes lèvres, ou ce pistolet parle-t-il suffisamment... fort – même pour toi ? »

Le colosse se figea ; contrairement à Ann, qui s'agenouilla et se servit de son mouchoir pour panser la blessure de Salay.

Tress se sentait impuissante. La charpentière termina sa besogne, mais leva ensuite les yeux, éperdue. Ils avaient *besoin* d'Ulaam. Ça saignait tellement...

« Allez, sur le pont », leur lança Laggart tout en reculant, avant de leur désigner d'un geste les marches qui y menaient. Quelques Dougs bouche bée s'empressèrent d'obéir, leurs pieds martelant le bois.

« Elle saigne ! s'exclama Tress.

— Pas autant que si je lui faisais *encore* un autre trou, répliqua Laggart. Allez, *en haut.* »

Fort poussa doucement Ann sur le côté, puis souleva Salay, qui passa ses bras autour de son cou. Elle gratifia Tress d'un signe de la tête, en grimaçant à cause de la douleur. Quant à la charpentière, elle foudroya Laggart du regard, les mains ensanglantées. Lui-même se borna à sourire en agitant le canon de son pistolet.

Tress ouvrit la marche à contrecœur, et le petit groupe finit par mettre pied sur le pont. De la Lune Pourpre, menaçante dans le ciel nocturne, se déversait un vaste brouillard de spores – similaire à la nappe de pluie brumeuse qu'on peut trouver sous les nuages sur d'autres planètes. Ici, cependant, le clair de lune les faisait scintiller comme de minuscules gouttes de sang chatoyant.

Corneille se tenait juste sous le satellite – son ombre tranchait avec la lumière rouge. Il y avait des Dougs rassemblés de chaque côté du pont, ce qui laissait de la place au centre pour la capitaine – et les quatre mutins. Fort déposa délicatement Salay, qui compressait sa blessure bandée d'une main ferme. Les trois autres formèrent un cercle autour d'elle. Laggart arriva derrière eux, puis grimpa sur le pont supérieur, d'où il avait une vue imprenable – et une ligne de mire – sur eux tous.

« Et donc, fit Corneille, vous aviez en tête de me prendre mon navire, pas vrai ? De vous mutiner contre les *vôtres* ? »

Aucun des quatre ne répondit.

« Honnêtement, poursuivit-elle, je ne pensais pas que vous aviez ça en vous – vu tout ce que j'ai dû faire pour vous forcer à embrasser cette existence. » Elle fit un signe de la main ; un Doug s'empressa d'approcher, pour installer entre eux une petite table sur le pont.

« Je suis impressionnée », reprit-elle en extirpant de sa ceinture un pistolet, qu'elle posa sur la table. Un deuxième fit son apparition. Puis un troisième. « Considérez-moi comme une… mère emplie de fierté. Mais cela m'incite à m'interroger : combien de personnes à bord de ce navire respectent *vraiment* leur capitaine ? »

Fort, qui avait les yeux fixés sur son ardoise, tapa quelques mots à l'arrière. **PERSONNE ne vous respecte, Corneille. S'ils vous obéissent, c'est uniquement parce qu'ils ont peur des spores que contient votre sang.**

« Et moi qui te prenais pour le plus intelligent de la bande, répliqua Corneille. Ce ne sont pas les spores qu'ils craignent. C'est *moi*. Pas vrai, mon petit équipage ? » Elle balaya du regard les Dougs ; presque tous eurent un mouvement de recul. « Je dois te rendre justice, Tress. Tu n'y es pas allée de main m…

— Une main ? intervint alors le docteur Ulaam depuis l'arrière de la foule, comme s'il venait de se réveiller. J'ai…

— La ferme, Ulaam, grogna Corneille sans même se tourner vers lui – elle ne quittait pas Tress des yeux. Je savais que je finirais par devoir m'occuper de Salay, peut-être de Fort. Mais tu me les as tous livrés dans un joli paquet-cadeau, avec la preuve de leur trahison. » D'un geste, elle désigna la table. « Bon, passons aux choses sérieuses. Un duel à l'ancienne. Trois pistolets. Vous quatre – enfin, *trois*, car je vois que Salay subit les conséquences de son arrogance – contre moi.

— C'est loin d'être juste, dit Ann. Vos spores vont arrêter toutes les balles qu'on vous tirera dessus.

— Eh bien, ne me tirez pas dessus, dans ce cas, répliqua Corneille avant de se tourner vers la plage arrière. Tuez Laggart avant que je ne m'occupe de vous trois, et je renonce à mes fonctions de capitaine.

— Capitaine ? répéta le maître-canonnier, tout en s'apprêtant à rejoindre l'extrémité du bastingage.

— Range ton pistolet, Laggart ! lui hurla Corneille. Et reste là où tu es, comme une bonne cible.

— Mais… » Il s'interrompit en s'avisant que, oui, elle était *à ce point* insensible. Aussi s'exécuta-t-il, *lentement*.

« Alors ? reprit Corneille. Ce n'était pas une négociation. Je ne suis pas en train de vous faire une offre. Je pose un ultimatum. »

Fort fut le premier à réagir, en se jetant sur les armes. Corneille brisa d'un coup le pied de la table

– éparpillant au passage les armes sur le pont –, puis bondit en avant pour *enfoncer* son coude dans le visage du quartier-maître. Jamais Tress n'avait entendu un tel *craquement*, qui mêlait le son de bâtons de cannelle qu'on brise au bruit sourd d'une poitrine de mouette qu'on attendrit.

Cela la choqua, lui fit prendre la mesure des événements en cours. S'extirpant de sa torpeur, elle s'élança sur le pont, pour essayer d'attraper une des armes à feu. Le chaos ambiant me fit perdre le fil desdits événements – alors que j'avais une excellente vue. Corneille sauta par-dessus Fort, qui se tenait le visage, puis gifla la main de Salay – qui elle-même s'employait à ramper en direction d'un des pistolets.

La capitaine ramassa l'arme en question, puis la jeta nonchalamment par-dessus bord. Elle revint sur ses pas pour ficher son poing dans l'estomac de Tress, en y mettant tout son poids et son élan. La jeune femme sentit son souffle, son énergie – et ses espoirs – expulsés par sa bouche en même temps qu'elle-même se pliait en deux autour du poing.

Il n'existe pas de façon *abstraite* de se préparer à recevoir un coup de poing. Pas d'entraînement conceptuel, pas de théorie scolaire. Quand vous recevez un coup, oui, une partie de votre cerveau se met à paniquer. Mais le reste de votre être reste simplement… abasourdi. Votre esprit n'arrive pas à *accepter* qu'une telle chose puisse arriver, car rien dans la vie ne l'a prédisposé à une telle brutalité. Il est difficile d'intérioriser le fait même que quelqu'un est vraiment prêt à vous blesser – voire à vous assassiner.

C'est là un avantage qu'auront toujours les gens comme Corneille sur autrui. Son esprit accepte facilement ce genre de réalité. Elle n'hésitera pas à faire du mal, voire à tuer. L'un comme l'autre lui procure du *plaisir*.

Un sourire dément aux lèvres, elle attrapa la table et l'abattit sur le visage de Fort. Le meuble ne se brisa pas, comme ça arrive parfois dans les histoires de bagarres de bar. C'était du bon bois massif, qui cogna contre ses bras – lesquels protégeaient son nez cassé – et l'envoya au tapis.

La capitaine balança la deuxième arme par-dessus bord, puis se mit en quête de la troisième. Qui se trouvait dans les mains d'Ann, pointée sur Laggart.

Le rictus de Corneille s'élargit, puis elle se fendit d'un petit geste, comme pour dire : « Vas-y, je t'en prie. »

Laggart commença à reculer.

« Quittez votre poste, maître-canonnier, lui lança la capitaine, et je vous abats moi-même. Quelle balle redoutez-vous le plus ? Réfléchissez-y *consciencieusement.* »

Il se figea. Le bras d'Ann commença à trembler. Elle se tourna vers Corneille, vit là une femme qui n'avait rien à perdre. Ce fut la charpentière qui réagit le plus intelligemment, à ce moment-là, car elle comprit que, quoi qu'elle fasse – qu'elle tire ou non –, la capitaine ne laisserait jamais la victoire lui échapper. Elle reviendrait sur sa parole s'il le fallait. Qu'est-ce que les Dougs allaient faire ? Tout raconter aux maréchaux du roi ?

Mais si elle abattait Laggart, au moins cela ferait-il peut-être un ennemi de moins à craindre. Ann stabilisa donc son bras. Visa. Fit feu.

Et le manqua d'au moins un demi-bateau.

Corneille éclata de rire, puis écarta sans ménagement la charpentière. La femme bagarreuse refit son apparition, munie d'un couteau, la mort dans les yeux.

La capitaine gloussa, pour ensuite sortir quelque chose de sa poche. Une arme mastoc, avec un très large canon.

Le pistolet lance-fusées de Tress.

À travers un voile de larmes, pas encore remise du coup de poing qu'elle avait reçu, la jeune femme vit Corneille faire feu et toucher Ann à la poitrine. La fusée produisit un bruit sourd en l'atteignant, mais le corps de la charpentière amortit suffisamment l'impact pour l'empêcher d'exploser. Aussi tomba-t-elle pointe en premier sur le pont, où elle relâcha son explosion de lianes – qui enveloppa immédiatement le corps de la charpentière.

« Ça, c'est pour avoir triché », cracha la capitaine tout en rangeant le pistolet. Elle enfonça distraitement son talon dans la jambe blessée de Salay, lui arrachant au passage un hurlement de douleur. Fort fut le dernier mutin sur lequel elle jeta un regard – son visage était couvert de sang, et il semblait toujours hébété.

Après s'être assurée qu'il ne présentait plus le moindre danger, Corneille se rapprocha de l'endroit où il avait laissé tomber son étrange ardoise magique.

D'un coup de talon, elle s'employa à la briser littéralement en deux.

Le quartier-maître poussa un hurlement déchirant. Jamais je n'entendais sa voix, sauf quand il éclatait de rire. C'était là un cri éploré, sans mots mais chargé d'un chagrin humain primitif. Fort s'effondra en avant, ses mains ensanglantées collées à son visage ensanglanté ; sa poitrine se soulevait à chacun de ses sanglots.

Et là, Tress comprit enfin quel objectif visait la capitaine. Les tuer tous les quatre aurait pu faire souffler un vent de rébellion parmi les Dougs ; elle avait tiré les leçons du sort qu'elle avait réservé à Weev. La mort engendrait des martyrs. L'humiliation produisait des serviteurs.

Les Dougs baissèrent les yeux quand elle se mit à balayer le pont du regard. Le chagrin de Fort se fit mutique, *intérieur*. Un lourd silence s'abattit sur le bateau – mais ce n'était pas le silence d'une nuit de chutes de neige. Plutôt celui d'une chambre d'hôpital après la mort d'un être cher.

Corneille avait vaincu les quatre meilleurs officiers du navire, sans même avoir besoin de son étrange sang grouillant de spores. Par la suite, Ulaam m'avoua que cela l'avait surpris qu'il ne se soit pas manifesté. La capitaine contrôlait mieux sa maladie qu'aucun de nous ne l'avait mesuré. Ce jour-là, elle avait à dessein gardé les lianes à l'intérieur de son corps, de sorte qu'aucun de nous ne se demande plus tard si elle était moins dangereuse sans.

Plus personne n'allait lui chercher des noises, après ça.

« Maître-canonnier, aboya Corneille. Mouillez l'ancre.

— Capitaine ? s'étonna Laggart. Vous ne vouliez pas qu'on continue à naviguer jusqu'à atteindre l'antre du…

— Nous sommes arrivés.

— Mais…

— Un petit conseil, Laggart : si vous flairez une mutinerie, prétendez toujours que le voyage prendra fin quelques jours *après* son véritable terme. La nature humaine contraint toujours les lâches à attendre le tout dernier moment pour tenter quoi que ce soit. »

L'ancre descendit dans un cliquetis de chaîne. Corneille ne bluffait pas – nous nous étions suffisamment approchés, même s'il n'y avait pas d'endroit précis à atteindre pour attirer l'attention du dragon. Il suffisait de se trouver à l'intérieur de la zone qu'il surveillait. Ce dont Corneille fit la démonstration en jetant par-dessus bord une lettre, rangée dans la traditionnelle vitrine, exactement comme l'indiquaient ses livres.

Après quoi elle hissa Tress sur ses pieds, maîtrisant la jeune femme par une prise potentiellement mortelle à l'épaule. « Toi, lui dit Corneille, tu vas me suivre tranquillement et de ton plein gré, ou bien Laggart commencera à exécuter tes amis. Ça *non plus*, ce n'est pas un marché, mais un ultimatum. »

Tress se borna à hocher la tête, n'ayant toujours pas retrouvé son souffle. Son premier vrai combat s'était résumé précisément à un seul coup de poing. Ses yeux étaient *encore* humides, son estomac douloureux. Elle se sentait inutile – du moins, jusqu'à ce qu'elle voie Salay la regarder.

Ce fut alors l'impression d'être une bonne à rien qui l'emporta.

La timonière se tenait la cuisse, à l'endroit où le sang coulait à travers le bandage de fortune. À travers sa douleur, elle fixait des yeux suppliants sur la jeune femme.

Qui se détourna.

Salay finit par comprendre, à ce moment-là. Par la *croire*. « Tu n'en as jamais été un, pas vrai ?

— Non, murmura Tress. J'ai… essayé de vous le dire… »

La timonière s'avachit sur le pont, vaincue.

Les spores se mirent à onduler autour du navire, pour ensuite former un tourbillon, comme si l'océan se vidait dans quelque canalisation. Nous nous précipitâmes au bastingage, les Dougs et moi, pour regarder un immense tunnel apparaître dans les spores, aux parois solides malgré l'ébullition. Il descendait dans les ténèbres. Xisis avait reçu le message.

« Préparez la chaloupe ! » hurla Corneille. Une fois la petite embarcation suspendue à côté du pont, et prête à être descendue, la capitaine força Tress à monter à son bord.

Après l'avoir rejointe, elle adressa un signe de tête à Laggart, qui tenait un pistolet braqué sur Ann. « Si nous ne sommes pas revenues dans une heure, lui cria-t-elle, tue l'un d'entre eux. »

Tress se laissa choir sur son siège. Puis elle sentit une main sur son épaule. Elle se tourna, pour me découvrir de l'autre côté du bastingage.

« Tu as encore, murmurai-je, tout ce dont tu as besoin. »

Un aboiement de la capitaine me fit battre en retraite, et les Dougs s'employèrent à descendre la chaloupe – qui n'était de facto qu'un ascenseur de fortune, censé les amener au niveau de la mer.

Tress mit pied sur des spores étrangement fermes, poussée par Corneille – puis toutes deux entamèrent leur plongée dans le tunnel.

LE DRAGON

51

Les mers de spores ne sont pas si profondes, relativement parlant. Comparées, par exemple, à l'Abyme Chantant sur Thrénodie, elles se résumaient peu ou prou à des mares.

N'empêche : quand vous devez marcher jusqu'au fond – tout en étant menottée, et poussée par une pirate impatiente atteinte d'une maladie incurable –, quelques centaines de mètres peuvent vous paraître beaucoup *beaucoup* plus longs. Ce qui n'en reste pas moins préférable à la méthode traditionnelle qui vous envoie dans le tréfonds d'un océan.

Corneille s'était munie d'une lanterne, et la façon dont la lumière se réverbérait sur le tunnel pourpre leur donnait l'impression de descendre dans le gosier même du dragon. Tress se demanda ce qui arriverait si ces parois rigides étaient exposées à de l'eau. Des pointes en jailliraient-elles ou bien l'étrange pouvoir du dragon empêcherait-il l'éther de s'exprimer ? Le fait qu'elle ait brièvement envisagé de lécher le mur, par simple curiosité, en disait beaucoup sur les changements survenus chez Tress – bien plus que tout ce que je pourrais jamais expliquer.

Le tunnel finit par s'aplanir, puis déboucha sur une vaste pièce – elle aussi entièrement constituée de spores solidifiées. Tress s'était surprise à vouloir atteindre le fond, de manière à découvrir ce qui s'y trouvait. Était-ce de la pierre, de la terre, ou simplement des amoncellements sans fin d'épines d'éther, enfoncées là par des milliers d'années de pluie ? La jeune femme allait peut-être avoir toute une vie ici-bas pour le découvrir.

Ce fut à ce moment-là qu'elle prit conscience de la gravité des événements en cours. Tress allait passer sa *vie* en ces lieux. Elle avait échoué à sauver Charlie. Tout aussi grave, et d'une certaine manière encore plus terrifiant sur le moment : elle s'avisa qu'elle risquait fort de ne plus jamais contempler les lunes. La perspective de ne plus jamais voir le ciel, de ne plus jamais sentir la lumière du soleil, de ne plus jamais se baigner dans l'éclat de la Lune Verdoyante… elle se sentait à deux doigts de défaillir.

Corneille continua néanmoins à la pousser, la faisant trébucher dans l'immense salle pourpre, puis tomber à genoux. Tress refoula ses émotions, les larmes pouvant se révéler fatales si ces spores pouvaient effectivement exprimer leurs éthers. Mais elle ne put s'empêcher de se rouler en boule, toute tremblante. La jeune femme demeura là un moment, insensible aux jurons de Corneille, voire à ses coups de pied modérément délicats.

Tout ça était tellement lourd à porter. Le poids des émotions de la journée s'amoncelait sur ses épaules, aussi écrasant que l'océan lui-même. N'était-ce pas plus tôt dans l'après-midi qu'elle s'était sentie pleine de vie, soulagée, triomphante, alors qu'on la hissait à bord sous la pluie ?

Une journée pouvait-elle contenir *trop* de moments ? Oui, les heures et les minutes n'avaient nullement varié ce jour-là, mais chacun des instants qui l'avaient composée avait paru… pondéreux, comme une outre de vin remplie à ras bord. Tress avait l'impression qu'elle allait tout expulser, vomir des émotions un peu partout – car il n'y avait tout simplement pas *assez* de Tress pour tout contenir.

Tu as encore tout ce dont tu as besoin…

Parlait-il du pistolet lance-fusées ? Corneille en avait apporté un, pas vrai ? Sauf que Tress ne pouvait pas vaincre la capitaine dans une confrontation physique, elle en avait eu une preuve aussi empirique que concluante.

« Debout, gamine », lui lança Corneille tout en la soulevant, avant de la pousser en avant.

La salle qui se déployait devant elles avait l'air vide, à l'exception d'énormes colonnes constituées de spores enveloppées dans de noirs rubans de tissu. Des braseros brûlaient dans les coins – révélant un large couloir donnant sur la droite –, mais ils ne dissipaient pas complètement l'obscurité des lieux. De fait, l'ombre y *dominait*, comme si les lumières n'existaient qu'avec sa permission.

« Dragon ? lança Corneille d'une voix qui se réverbérait sur les murs. Je suis venue, comme stipulé, avec le sacrifice adéquat ! Montrez-vous ! »

Le mot *dragon* s'est frayé un chemin dans presque toutes les sociétés que j'ai fréquentées mais, contrairement au prénom *Doug*, ce n'était pas là le résultat d'une évolution linguistique naturelle. Les dragons ont plutôt fait en sorte qu'on ait vent de leur existence et qu'on se souvienne d'eux – un exploit souvent accompli en interagissant avec lesdites sociétés au cours de leurs années de formation.

Tel un enfant qui apprend son nom, les cultures apprennent à respecter – et à craindre – les dragons. Il s'agit là d'une question de commodité, en réalité. L'immense majorité des habitants du Cosmère ont beau ne jamais croiser de dragons – et encore moins sous leur forme naturelle –, ces créatures aiment bel et bien interagir avec les mortels. À l'instar d'une grand-mère qui met de côté la ficelle ayant servi à envelopper son paquet, ils veulent avoir à disposition un certain nombre de cultures faciles à influencer, pour les jours de pluie proverbiaux.

Tout cela pour expliquer que, lorsque Tress et Corneille virent l'ombre se déplacer vers la droite dans l'immense salle, elles *savaient* – en quelque sorte – à quoi s'attendre. De fait, la créature avait une forme globalement prévisible. Un cou sinueux, un corps reptilien, deux vastes ailes qui semblaient faites pour masquer le ciel.

D'autres détails étaient assez inattendus, en revanche. Par exemple, la crinière de poils argentés qui ornait sa tête pour ensuite se prolonger sous le cou et le menton, un peu à la manière d'une barbe. Ou encore les crêtes métalliques qui transperçaient sa peau d'onyx et soulignaient ses contours. L'argent en question sillonnait ses six membres, son cou, et formait deux cornes polies, accompagnées d'une succession de pointes le long du dos – plus discrètes, tels des sujets soumis à la majesté royale desdites cornes.

Il y avait d'autres mortels dans la demeure du dragon, mais ceux-ci n'étaient pas autorisés à occuper le hall d'entrée quand des quémandeurs arrivaient. Xisis refusait que ses serviteurs soient souillés par des rappels du monde extérieur. Ils avaient un travail important à accomplir, après tout : le servir, lui et ses recherches, dans l'écosystème complexe situé au fond des mers de spores.

Il est communément admis que les dragons collectionnent les trésors, et je me suis souvent demandé si cette légende ne trouvait pas son origine dans le métal d'outre-monde qu'on retrouve sur leurs cadavres. Je n'ai jamais croisé un seul dragon qui soit friand de richesses. Les *idées*, par contre, ils en amassent… et dans ce domaine, ce sont des grippe-sous dignes de leur légende.

Xisis ne faisait pas trembler le sol, malgré sa taille énorme. (Il était aisément aussi grand que trois humains empilés les uns sur les autres.) De fait, il semblait comme glisser en s'approchant, contournant en douceur les colonnes pour pénétrer enfin dans les ombres qui baignaient le centre de la pièce. La lumière du feu se reflétait sur l'acier draconique, qui évoquait du métal liquide lorsque le monstre se dressa au-dessus des deux femmes. Tress en eut le souffle coupé ; même Corneille eut un mouvement de recul.

Comme la créature gardait le silence, la capitaine retrouva son courage – qui ne s'était éloigné que d'un pas ou deux – et prit la parole : « Dragon Xisis, je suis venue enclencher votre antique pacte de promesse. » Elle fit un geste en direction de Tress. « À cette fin, je vous ai amené cette esclave pour qu'elle s'occupe de votre domaine. »

Le dragon se pencha davantage, son souffle pareil à du bois de caryer brûlé, et dévisagea la jeune femme. Celle-ci le regarda droit dans les yeux – qui étaient d'un nacré chatoyant – et crut se retrouver face à l'infini. Après quoi elle se vit elle-même dedans, comme dans un miroir. Ainsi que Corneille.

Tu as tout ce dont tu as besoin…

Le courage de Tress ne lui avait jamais fait défaut, même quand toutes les autres émotions l'avaient écrasée sous leur poids. Alors qu'il commençait à refaire surface, une certaine fantaisie frappa la jeune femme. Corneille n'avait rien à perdre… tandis qu'elle-même avait *tout* à perdre. En cet instant précis, elle misa donc tout sur un stratagème désespéré.

« Dragon Xisis, dit-elle d'une voix éraillée. Je suis venue enclencher votre antique pacte de promesse. À cette fin, je vous ai amené cette esclave pour qu'elle s'occupe de votre domaine. » Après quoi elle fit un geste en direction de Corneille.

LE SACRIFICE

52

« ... Quoi ? dit le dragon.

— ... *Quoi* ! enchérit Corneille.

— Elle fera une bonne esclave, expliqua Tress. Elle est très forte – j'en veux pour preuve les contusions qui me constellent le ventre, je peux vous les montrer si vous voulez. Et elle n'a pas *du tout* peur des spores. Elle a utilisé de l'éther de minuit pas plus tard que ce soir. »

La capitaine agrippa alors Tress, comme pour la faire taire de force. Le dragon l'interrompit en avançant très posément son avant-bras, laissant cinq griffes argentées – chacune aussi longue que la jambe de Corneille – cliqueter sur le sol pourpre.

« Je ne tolérerai pas, lança-t-il d'une voix profonde, que vous vous fassiez du mal dans ma demeure. L'une de vous va entrer à mon service, et je n'apprécie guère les biens endommagés. »

Corneille contempla son reflet dans les griffes en acier draconique, puis lâcha Tress. « Grand dragon, dit-elle, cette fille est la servante que je vous ai amenée en guise de paiement. Moi je suis la *capitaine* du navire !

— Ce qui fait donc de vous le lot le plus précieux, répliqua Tress en se frottant la gorge là où les ongles de la capitaine l'avaient griffée.

— Je préfère effectivement, dit Xisis, que mes serviteurs soient d'une certaine qualité. » Oui, il avait une voix profonde, mais pas au sens musical du terme. Cela évoquait plutôt la résonance caverneuse qui accompagnait les vibrations d'un tremblement de terre.

« Mais vous préféreriez aussi un serviteur *jeune*, n'est-ce pas ? fit Corneille, s'avisant qu'elle allait bel et bien devoir plaider sa cause. Moi je suis vieille et calcifiée, têtue. *Elle* est jeune, facile à modeler. Rien d'étonnant à cela : il y a un mois, jamais encore elle n'avait quitté son île natale ! »

Le dragon s'installa confortablement, bras croisés. À la grande horreur des deux femmes, il avait l'air *amusé*.

« Continue, lança-t-il à Tress. Tu as une réponse à cela ?

— Euh… fit la jeune femme, vous m'avez l'air d'être quelqu'un qui apprécie les défis. Laquelle d'entre nous serait la plus intéressante à former, à votre avis ? Une fille qui ne sait rien, ou une capitaine de navire *énergique*, pétrie de compétences que vous pourriez libérer ?

— Je préfère ne pas faire trop d'efforts pour former mes serviteurs, gamine. Tu plaides là contre tes intérêts.

— Oui, intervint Corneille, sans compter que c'est *elle* qui s'y connaît le mieux en matière de spores. Elle a fabriqué des dispositifs d'une grande ingéniosité. Elle a conçu un genre de bombe verdoyante qui a soulevé notre navire au-dessus de la mer, afin que les pluies ne le détruisent pas ! Et elle a fabriqué un pistolet qui tire des spores. Cette fille est une sorte de prodige, pour ce qui est des spores. Elle vous servira bien.

— Est-ce la vérité ? demanda le dragon à Tress. As-tu réalisé toutes ces choses ?

— Oui, admit la jeune femme. Mais ça n'en fait pas pour autant de moi quelqu'un de très intelligent. Je me suis bornée à m'inspirer de concepts sur lesquels je suis tombée et à les modifier un peu.

— Et *humble* avec ça, fit la capitaine. Qui voudrait d'un serviteur arrogant ?

— Corneille est une meneuse d'hommes – et de femmes – expérimentée, monsieur, dit Tress. Elle ferait une excellente contremaître pour vos serviteurs.

— Ha ! s'exclama sa rivale. Dis-lui honnêtement ce que mon équipage pense de moi ! Ils me *détestent*, pas vrai, Tress ? Admets-le. »

Le dragon, avec sa tête posée sur ses avant-bras, évoquait plus ou moins un chien reposant son museau sur ses pattes avant ; il arborait un large sourire, amusé par ces échanges.

« Puissant Xisis, dit Corneille, tout le monde *adore* cette fille à bord de mon navire. Elle a gagné leurs cœurs après seulement une courte période de navigation en notre compagnie. C'est une excellente cuisinière – et d'un altruisme écœurant, avec ça. Quand elle a découvert que ses amis allaient se mutiner pour m'empêcher de la vendre, elle a proposé de venir de son plein gré, pour les préserver de tout danger.

— Est-ce la vérité ? demanda le dragon à Tress.

— Je… Grand dragon, Corneille a besoin que vous la preniez à votre service. Elle est en train de mourir des spores que contient son sang. Ce n'est qu'en vivant avec vous qu'elle pourra se rétablir. Ce serait magnanime – et sage – de votre part de l'accueillir ici.

— Ha ! s'exclama la capitaine en la montrant du doigt. Il sait que je vais lui demander de me guérir en échange de ta petite personne ! Je vais vivre parfaitement bien, après ça.

— Exact, confirma le dragon. Tu perds rapidement du terrain, mon enfant. » Il désigna Corneille d'un petit geste. « Je ne vois pas pourquoi je voudrais de cette vermine dans mon domaine, alors que je pourrais avoir quelqu'un d'humeur égale, apprécié et compétent.

— Tu aurais dû te forcer à être plus détestable, gamine, dit Corneille. Je t'avais prévenue que cette vie n'était pas faite pour toi.

— Je… » Tress prit une longue inspiration, puis leva les yeux vers le dragon. « Je pense que je ferais une mauvaise domestique, grand dragon. Parce que je n'ai vraiment, mais vraiment *aucune* envie d'en devenir une.

— Parce que moi si ? fit Corneille. Je… »

Le dragon la fit taire d'un claquement de griffes. Il fixa sur Tress des yeux plissés iridescents. « Dis-moi, pourquoi donc ne souhaites-tu pas me servir ? Contrairement à ce qu'on a pu te raconter, mes serviteurs sont bien traités. Tu ne souffriras d'aucune maladie pendant ton séjour ici. Tu auras un travail intéressant, des repas réguliers, et des livres à dévorer à tes heures perdues.

— Mais grand dragon – monsieur, dit Tress, il y a quelqu'un que je dois secourir. L'homme que j'aime est retenu en captivité. Il faut que je le libère.

— Peu m'importent les cœurs des mortels, répliqua le dragon. Sauf s'ils ont bon goût. Aurais-tu un autre argument qui me dissuaderait de te prendre immédiatement à mon service et de te faire travailler aux cuisines ?

— Parce que… Parce que… » La Tress qu'elle était jadis aurait peut-être accepté son destin. Peut-être aurait-elle cherché à lui faire plaisir. Sauf que cette Tress était morte, désormais.

À présent, elle était la Tress qu'elle était devenue.

« Parce que je ne resterai pas, dit-elle. Quoi que vous fassiez, je ne renoncerai pas à ce que je veux pour vous complaire, dragon.

— Personne ne s'est jamais échappé de mon domaine.

— Alors, je serai la première, répliqua Tress, d'une voix de plus en plus assurée. Parce que je peux vous promettre ceci, grand dragon : vous ne pourrez *jamais* me laisser seule. Je consacrerai tout ce que j'ai – chaque pensée, chaque instant, chaque souffle – à vous échapper ! Jamais je ne me calmerai. Jamais je ne me laisserai aller à la complaisance ! Jamais je ne perdrai ma détermination !

« Je *trouverai* un moyen de filer. Quand bien même il me faudrait pour cela détruire l'intégralité de votre grotte ! Ou traverser une mer de spores à pied ! Même si ça me prend cinquante ans, je ne fléchirai jamais. Et vous, dragon, au bout du compte, il vous faudra me *tuer* pour m'en empêcher. Parce que *j'atteindrai* la mer de Minuit, je *trouverai* la Sorcière, et je *sauverai l'homme que j'aime* ! »

Sa voix résonna dans la pièce caverneuse. Le dragon laissa l'écho s'éteindre, sans un instant quitter la jeune femme de ses yeux séculaires.

« La Sorcière ? dit Xisis. Tu vas essayer d'affronter la *Sorcière* ? »

Tress hocha la tête.

« Peut-être que ça serait un service à te rendre de te prendre à mon service, dans ce cas.

— Exactement ! intervint Corneille. Au risque de me répét…

— Oh ! silence, toi. » Le dragon agita une main griffue dans sa direction. Le tissu qui enveloppait le pilier le plus proche commença soudain à s'agiter, comme mû d'une vie propre. Il jaillit en avant tel un fouet, pour s'enrouler autour du visage de Corneille et la bâillonner.

Xisis se mit alors à étudier Tress, fixant sur elle d'incompréhensibles yeux tourbillonnants. « Je te crois, dit-il finalement. Tu es trop déterminée pour devenir une domestique efficace.

— Merci », fit Tress.

Corneille, pour sa part, commença à griffer le bâillon, les yeux écarquillés. L'étrange tissu noir se resserra davantage, puis la tira en arrière tout contre le pilier.

« Elle est vraiment horrible, pas vrai ? dit le dragon.

— J'en ai bien peur, monsieur, répondit Tress.

— Ma foi, sans doute ai-je besoin de quelqu'un pour laver les sols, maintenant que j'ai promu Lili. » Le dragon s'étira, arrondissant le dos à la manière d'un chat – un chat de douze mètres de haut, et couvert d'écailles. « Je mets un point d'honneur à ne pas trop me mêler du fonctionnement de la société d'en haut. Si tu as bel et bien fait les découvertes qu'elle a mentionnées, alors en te prenant à mon service, j'interromprais le progrès technologique de cette planète. Je vais me servir de ça comme excuse pour te laisser repartir.

— Une excuse, monsieur ? s'enquit Tress.

— Oui, une excuse, répéta-t-il, d'un ton qui mettait manifestement fin au débat. Quel paiement vas-tu me demander ?

— … le *paiement* ? » Tress se tourna vers Corneille. « Oh ! Je n'en étais pas encore arrivée là, monsieur. Et… j'ignore si je peux accepter un paiement pour la *vente* d'une personne…

— Si elle est vraiment une mangeuse de spores, dit Xisis, alors tu lui as sauvé la vie. Je peux guérir sa maladie, oui, mais je ne lui aurais pas mentionné que la guérison ne dure qu'un an ou deux, grand maximum. L'infestation reviendra si d'aventure elle s'éloigne de moi. Sa seule chance de survie est de rester ici. »

Tress considéra cette révélation, et pensa que s'il mentait – si la guérison *était* permanente –, ce serait là un excellent moyen de s'assurer que Corneille reste avec lui de son plein gré. Aussi décida-t-elle – sagement – de ne pas creuser davantage la question.

« Quoi qu'il en soit, reprit le dragon, le marché a été conclu. Je dois te payer, même si ce que tu m'offres ne me semble pas être d'une grande valeur. Vas-y, demande-moi ta faveur. Et plus vite que ça.

— Pouvez-vous lever une malédiction que la Sorcière a jetée ?

— Non. Pas plus que je ne ferai quoi que ce soit pour t'aider dans ta quête. Il y a exactement *un* être que je redoute sur cette planète – et non, ton ami Cephandrius ne compte pas. »

Quelle indélicatesse.

« Je ne suis pas sûre de vouloir quoi que ce soit… dit Tress, qui se sentait épuisée. Ma vie me convient ainsi. » Elle hésita. « À moins que…

— Oui ?

— Seriez-vous prêt à envisager trois petites faveurs plutôt qu'une grande ? »

LA SURVIVANTE

53

Peu après, une Tress très fatiguée parcourait les derniers mètres qui la séparaient de la sortie du tunnel, lestée de trois paquets enveloppés dans du tissu – un grand, et deux petits.

Ce fut la vision de Laggart, qui montait la garde devant le bastingage du navire, qui accueillit la jeune femme. Tous deux restèrent là, à se faire face, pendant que le cerveau du maître-canonnier réalisait ce que voyaient ses yeux, puis que son bon sens arrivait en haletant derrière, avec un point de côté. Il abaissa son arme et s'écarta.

Ce qui permit à une foule de visages plus amicaux d'apparaître. Tout le monde acclama la montée laborieuse de Tress à bord de la chaloupe du navire. Le tunnel s'effondra sur lui-même dès que les Dougs eurent commencé à la hisser vers le pont. Ce fut une Ann extatique qui l'y accueillit.

« Comment as-tu fait ? exigea-t-elle de savoir. *Comment* ?

— La capitaine aurait sans doute dû me bâillonner, répondit Tress. Prends-en bonne note, Ann. Si un jour tu comptes conclure une affaire importante, assure-toi bien que ton paiement ne peut pas plaider sa propre cause. »

Vous seriez surpris de découvrir combien de fois ce conseil s'est avéré pertinent au cours de mes voyages.

« Tiens, fit la jeune femme tout en tendant à Ann l'un des petits paquets. Le dragon n'a pas pu m'aider à résoudre mon problème, aussi ai-je obtenu ça pour toi. »

La charpentière le prit, sourcils froncés. Mais Tress était trop fatiguée pour donner le moindre détail dans l'immédiat. L'équipage, s'en rendant compte, lui laissa assez d'espace pour rejoindre l'endroit où le docteur Ulaam s'occupait de Fort et de Salay. L'une de ses fantastiques pommades était déjà en train de soigner leurs blessures – elles n'assuraient pas une guérison immédiate, mais permettaient de se sentir rapidement en bien meilleure forme.

Ulaam était en train d'expliquer les avantages des divers nez qu'il pouvait leur fournir (personnellement, j'ai toujours voulu tester celui qui est insensible aux odeurs de fromage), mais Fort se bornait à rester affalé contre le bastingage, fixant l'horizon d'un air hébété.

Tress s'agenouilla, puis ouvrit délicatement le plus gros des deux paquets restants. À l'intérieur se trouvait une autre ardoise, similaire à celle que Corneille avait détruite. Fort se redressa immédiatement. Son regard passa de la jeune femme au dispositif, puis revint à elle.

Après quoi il la serra dans ses bras. Parler était… inutile, en pareilles circonstances. Ann s'approcha alors, munie de la paire de lunettes qu'elle avait déballée – une branche pendouillant entre ses doigts comme si elle tenait une souris morte par la queue.

« Le dragon, expliqua Tress, dit que tu es atteinte d'un mal appelé micropsie. Il m'en a donné l'explication technique, mais je n'ai rien compris. J'ignore si cette maladie a pu d'une manière ou d'une autre te faire tirer sur quelqu'un qui se tenait *derrière* toi, mais… eh bien, ces lunettes devraient te faciliter la vie. »

Tress tendit alors à Salay le dernier paquet – qui tenait davantage de l'enveloppe –, puis se leva et partit en direction des marches menant à la plage arrière. Elle ne les monta pas, se bornant à s'installer dessus et à essayer de digérer tout ce qui venait d'arriver.

Les autres la laissèrent momentanément tranquille – jusqu'à ce que Salay la rejoigne en boitant, équipée d'une béquille.

« Tu ne devrais sans doute pas prendre appui sur cette jambe », lui fit remarquer la jeune femme.

Salay haussa les épaules, puis s'installa non sans efforts auprès d'elle. Elle avait apporté une feuille de papier pliée. « La ville de Filistrate, dit-elle. Je l'ai *cherché* là-bas, pourtant.

— D'après le dragon, ton père serait arrivé là-bas il y a six mois.

— Merde. Juste après mon départ. J'aurais continué ma traque, sans jamais savoir que je l'avais laissé derrière moi… » Puis elle s'approcha de Tress et la prit dans ses bras.

C'était exactement ce dont celle-ci avait besoin en cet instant. Quand les émotions commencent à exsuder, mieux vaut les presser et les forcer à sortir. Comme lorsqu'on perce un furoncle, tout bonnement.

Une fois toutes deux complètement vidées, Salay se força à se lever. Béquille sous le bras, elle gratifia Tress d'un salut. « Ça va nous prendre à peu près une semaine pour atteindre la mer de Minuit, capitaine. Mais les provisions devraient amplement suffire. On en a acheté plein à notre dernière escale.

— Salay… dit Tress. C'est *toi* qui devrais être capitaine.

— Impossible. Mon boulot consiste à faire en sorte que le capitaine prenne les bonnes décisions. C'est à *ça* que sert un second.

— Mais…

— Vous… essayez de prendre une mauvaise décision, *capitaine*. Tu vois ? Je suis faite pour ce taf.

— La mer de Minuit est dangereuse, fit Tress. Le dragon a refusé de me prêter main-forte. Même *lui* a peur de la Sorcière.

— Eh bien, répliqua la timonière, nous n'avons plus qu'à trouver comment la traverser – tout comme nous l'avons fait avec la Pourpre, capitaine. Bon, on lève les voiles maintenant, ou on attend le matin ? »

D'autres objections s'évanouirent avant que Tress ne soit parvenue à les exprimer.

C'était ce qu'elle voulait.

« On part ce soir, timonière, dit la jeune femme. Et si je suis la capitaine, alors je vais aller réclamer le lit de Corneille. Que personne ne me réveille, sauf si la Mort en personne se pointe. Et même dans ce cas, essayez de gagner du temps. »

SIXIÈME PARTIE

LE VALET

54

Les gens préfèrent s'imaginer un temps cohérent, régulier, stable. Ils définissent ce qu'est une journée, créent des outils pour la mesurer, la découpent en heures, en minutes, en secondes. Font comme si chacune d'elles était égale aux autres – alors que, en réalité, certaines sont manifestement des morceaux de choix, tandis que d'autres ne sont pleines que de cartilage.

Tress comprenait cela, à présent, ayant connu une journée copieuse, riche en viande et en gras. Mais les suivantes furent maigres, légères, passant rapidement – pas aussi vite que des jours de vacances, mais elles n'en restaient pas moins éphémères, malgré la tension croissante qui les envahissait. Le navire se rapprochait progressivement de la mer de Minuit, son avancée n'ayant été interrompue qu'à une seule occasion par une stase – qui avait contraint la jeune femme à les soulever dans les airs.

La pluie leur avait manqué à cette occasion, en réalité, mais aucun membre de l'équipage ne s'était plaint d'avoir à libérer le navire à coups de hache. Cet incident leur avait simplement rappelé que, selon toute vraisemblance, ils auraient déjà dû perdre la vie.

Tress sentait comme un *élan* dans son voyage, un vent arrière fantôme. Encourageant, mais aussi implacable. Après tant d'errances, tant de détours, son but était tout proche. Elle allait bel et bien affronter la Sorcière. Cela expliquait peut-être pourquoi les jours s'écoulaient avec une telle élasticité – si la première partie de son périple pouvait se comparer à l'action de tendre un arc, à présent la flèche avait été tirée.

La jeune femme décida également de larguer un peu de lest émotionnel. Elle en avait soupé des mensonges et des tromperies. Avec une franchise qui est, en toute honnêteté, quelque peu inopportune quand on essaie de raconter une histoire, elle réunit Salay, Ann et Fort – puis les présenta à Huck.

Il avait accepté, à contrecœur, et peut-être uniquement à cause de l'euphorie qui l'avait envahi en voyant Tress, de retour après sa confrontation avec le dragon, entrer en titubant dans la cabine de la capitaine. Tress découvrit Huck enfermé dans une petite cage, autour de laquelle rôdait le chat. Malgré tout ce qui s'était passé, la jeune femme avait trouvé de la place en elle pour se sentir coupable de ne pas avoir pensé à lui. Pour sa défense, elle l'avait imaginé en sécurité dans *sa* cabine – quand bien même le fait de savoir que Corneille l'avait saccagée aurait dû soulever, sinon un drapeau rouge, au moins une banderole fuchsia.

Pourtant, l'excitation qu'il avait ressentie à l'écoute de ses exploits avait balayé cette culpabilité comme de la crasse sur une fenêtre. Et pour le moment, il était posé dans sa paume, se présentant aux officiers du navire, leur expliquant les circonstances de leur rencontre. Après quoi les deux compères attendirent leurs réactions.

Tu as tant fait pour te rendre utile, Huck ! écrivit Fort. **Par les lunes ! Il faut qu'on en parle aux Dougs. On ne peut pas laisser qui que ce soit te marcher dessus ! Tu es un héros !**

Le rat… reprit du poil de la bête.

« Ouais, enchérit Ann. Et il faut qu'on fasse quelque chose à propos de ce chat – on ne peut pas le laisser rôder en liberté ! Je vais lui construire une cage, ou un truc dans le genre, et le garder dans ma cabine jusqu'au prochain port. »

Tous se tournèrent vers Salay, qui faisait de son mieux pour paraître calme et imposante malgré sa béquille. Elle se frotta le menton. « Un rat dans l'équipage, fit-elle. Dis-moi… tu penses quoi des tout petits chapeaux de pirate ? »

Spoiler : il se trouva que le rongeur les appréciait beaucoup. C'était – honnêtement – un peu distrayant.

La deuxième chose que fit Tress au nom de cette satanée honnêteté fut d'expliquer les défis qui les attendaient une fois qu'ils auraient atteint la mer de Minuit. Ce qui, par conséquent, la conduisit à dévoiler qui elle était, pourquoi elle avait quitté sa maison, et ce qu'elle essayait d'accomplir.

Après quoi Ann lui demanda ce qu'il y avait de si extraordinaire chez ce type qu'elle disait aimer. Tress fit de son mieux pour éclaircir les choses, malgré sa certitude que des bourlingueurs dans leur genre allaient trouver son amour aussi banal qu'ordinaire.

Elle sous-estimait le pouvoir de simples mots, prononcés avec passion. Personne ne posa plus la moindre question, ensuite.

Ainsi donc, les jours s'effaçaient derrière elle comme la Lune Pourpre au-delà de l'horizon. Qu'une lune d'un noir de jais venait briser *devant* elle. L'astre ne reflétait aucune lumière, et évoquait davantage un vide qu'un objet. Un tunnel vers le néant. Alors qu'il émergeait de l'horizon, Tress craignait, irrationnellement, qu'il continue indéfiniment à grandir – que la Lune de Minuit ne soit pas de la même taille que les autres, mais se révèle être une vaste obscurité qui consumerait la totalité du ciel.

Pour échapper à ces sombres pensées, la jeune femme passait du temps dans ses nouveaux quartiers. La capitaine disposait de beaucoup plus d'espace que ce qui lui avait initialement été attribué, même si Tress utilisait encore son ancienne cabine pour mener ses expériences sur les spores. Elle noircissait page après page le journal de bord d'idées abandonnées sur la façon de protéger le vaisseau pendant la traversée de la mer de Minuit.

Le problème, c'était que son esprit ne paraissait plus fonctionner correctement. Alors que, jadis, il s'emparait de la moindre idée avec une vigueur prédatrice, il semblait désormais prisonnier de quelque pièce, dont il grattait vainement les murs sans que rien ne vienne récompenser ses efforts.

Qu'était-il arrivé à son ingéniosité ? À la cogitation qui la caractérisait ? Chaque jour qui lui échappait la frustrait un peu plus, n'ayant permis aucun autre progrès que des cheveux en pétard et une nouvelle page griffonnée dans le cahier. Qu'est-ce qui n'allait pas chez elle ?

Rien.

Rien ne dysfonctionnait chez elle. Sans doute n'aurait-elle pas apprécié qu'on le lui dise, mais son esprit marchait correctement. Elle n'avait rien perdu de sa créativité. N'était pas à court d'idées. Elle était simplement… fatiguée.

Nous préférons imaginer que les gens sont cohérents, constants, stables. Nous définissons qui ils sont, créons des descriptions pour les circonscrire sur une page, les classons selon leurs goûts, leurs talents, leurs croyances. Après quoi nous faisons comme si certains – la plupart, peut-être – étaient *meilleurs* que nous, parce qu'ils s'en tiennent à leurs définitions, alors que nous-mêmes ne collons jamais tout à fait aux nôtres.

En vérité, les gens s'avèrent aussi fluides que le temps. Nous pouvons nous adapter à une situation donnée comme de l'eau à une cruche de forme étrange, même s'il nous faut peut-être un peu de temps pour en remplir tous les petits recoins. Parce que si nous sommes capables de nous adapter, nous n'admettons pas toujours à quel point le contenant dans lequel on nous a dit de loger est biscornu, inconfortable – ou carrément inadapté.

On peut continuer un bon moment comme ça. On peut *faire semblant* de tenir dans cette cruche, malgré les recoins bizarres et tout le reste. Mais plus longtemps on fait cela, pire c'est. Plus ça nous tape sur les nerfs. Plus ça nous épuise. Même si l'on reste complètement inerte, ça peut demander tous les efforts du monde. Voire davantage, si l'on essaie d'avoir l'air naturel.

Il y avait beaucoup de choses dans le fait d'être une pirate qui convenaient *bel et bien* à Tress. Elle avait beaucoup appris, beaucoup grandi – mais il s'était malgré tout écoulé relativement peu de temps depuis qu'elle avait quitté le Rocher. L'épuisement de la jeune femme était d'une sorte qu'une bonne nuit de sommeil – ou dix – ne pouvait pas guérir. Son esprit n'avait plus rien à donner. Il lui fallait un peu de temps pour s'acclimater à la personne qu'elle était devenue.

Et donc, ledit esprit n'avait plus rien à donner. Il ne leur restait que trois jours avant d'atteindre la mer de Minuit, et elle n'était pas plus avancée dans sa quête d'un moyen de la traverser. Et se taper la tête contre la page ne lui apportait rien de plus que de l'encre sur le front.

Aussi redoutait-elle ce qui allait se passer ensuite. Et, de fait, cela arriva sous la forme d'un coup poli à sa porte. La jeune femme adressa un signe de tête à Huck, qui avait – pour quelque étrange raison – décidé qu'elle avait besoin d'un valet. Les capitaines avaient-ils des valets ? Tress croyait que ça concernait uniquement les gentlemen possédant tellement de paires de chaussures qu'ils avaient besoin de quelqu'un pour toutes les organiser.

Le rongeur se précipita sur la table qui jouxtait la porte et lança : « La capitaine vous invite à entrer ! »

Tress aurait pu s'en charger elle-même, estima-t-elle. Ce qui montrait qu'elle n'était pas encore habituée aux subtilités de son rôle de chef, qui implique souvent d'être trop… important pour faire les choses de façon sensée.

Salay, Ann, et Fort pénétrèrent dans la pièce. Tress se prépara à recevoir un flot de récriminations. Ici, en ce jour, ils allaient découvrir la vérité. À savoir qu'elle n'avait pas de plan. Qu'elle était une capitaine *inapte*.

Tout ce qu'ils virent, en réalité, c'était qu'elle avait une très belle écriture. Même griffonnée à l'envers sur son front.

« Bon, capitaine, dit Salay. Nous avons un peu réfléchi à ce voyage. Et les protections qui entourent la Sorcière nous semblent presque impossibles à franchir.

— Je sais, admit Tress, de plus en plus tendue. Salay, je… Je ne…

— Voilà pourquoi, poursuivit la timonière tout en produisant quelques papiers, nous avons travaillé dur sur des *moyens* de les franchir. Nous avons d'assez bonnes suggestions ici même, si vous voulez les voir. »

Tress cligna des yeux.

Bon, elle clignait *souvent* des yeux, comme tout un chacun. Dans ce cas, néanmoins, c'était un clignement lourd de sens. Du genre : *Attendez. Qu'est-ce que je viens d'entendre ?*

« Vous avez des… suggestions ? s'enquit-elle.

— Bon, autant s'y mettre », dit Salay, tandis que chacun d'eux attrapait une chaise pour s'installer devant la table de réunion de Tress.

La jeune femme les rejoignit, puis regarda avec stupéfaction la timonière dérouler la première série de plans. « C'était l'idée de Fort, dit-elle. À lui de l'expliquer. »

À en croire Huck, écrivit-il sur son ardoise, **l'île serait protégée par une légion entière d'hommes-machines, qui ne peuvent être blessés d'aucune façon. J'ai commencé par travailler sur un moyen de les distraire, jusqu'à ce que je m'avise que tu avais DÉJÀ résolu ce problème, Tress.**

La nouvelle ardoise semblait plus perfectionnée que la précédente. Les lignes de texte disparaissaient en haut pour être remplacées par de nouvelles en bas, de sorte que le quartier-maître n'avait pas besoin de marquer de pause – il lui suffisait de continuer à taper pour quasiment obtenir une conversation en temps réel.

En plus, on pouvait changer de police de caractères.

« J'ai… résolu le problème ? » répéta Tress, tout en prenant la chaise que Huck essayait de déplacer à son intention. Une fois la jeune femme assise, le rongeur s'épousseta les pattes – comme s'il avait fait de l'excellent travail –, puis fila recompter ses paires de chaussures. Sait-on jamais, après tout.

Absolument. Avec les modifications que tu as apportées au pistolet lance-fusées ! Tu étais DÉJÀ prête à affronter quelqu'un qu'il nous est impossible de tuer. Il nous faut juste... généraliser ce que tu as inventé ! Ce que je me dis, c'est qu'une légion d'hommes mécaniques ne peut pas nous faire de mal s'ils sont enveloppés de lianes.

Regarde, voilà le schéma d'un boulet de canon exploitant les idées que tu as trouvées. On pourrait attirer dehors les hommes métalliques, bombarder la plage de verdoyantes, et tous les entraver. Après quoi tu n'aurais plus qu'à te faufiler entre eux !

La jeune femme prit le diagramme. À plusieurs endroits était marqué : « Charabia de germeur » – il n'avait donc pas saisi les détails les plus subtils de ses réalisations, à l'évidence. N'empêche, l'idée n'en restait pas moins très bonne. Excellente, même. Ils avaient déjà des boulets conçus pour exploser via une minuterie – Tress pouvait en fabriquer qui libéreraient des lianes au lieu de faire jaillir de l'eau.

« C'est génial, Fort ! » s'exclama-t-elle.

Un échange équitable ! tapa-t-il sur l'ardoise. **Une fois que tu auras retrouvé ton ami, ALORS nous serons quittes. Pas avant.**

Tress ne lui fit pas remarquer qu'il avait perdu son ardoise d'origine à cause d'elle – et que lui en redégoter une était *déjà* un échange équitable. Elle était trop stupéfaite pour ça.

Ils avaient résolu son problème. Au lieu de lui en vouloir de ne pas avoir de solution, ils en avaient trouvé une eux-mêmes. Elle… n'avait pas *besoin* de faire ça toute seule. Ce qui n'aurait pas dû être pour elle une telle révélation. Mais après avoir passé des années à voir tout le monde empiler des briques sur vos bras, ça peut vous déstabiliser un peu quand quelqu'un vous en retire une.

« Merci », murmura Tress, qui s'efforçait de garder son sang-froid. Elle n'aurait su dire si les capitaines pouvaient pleurer devant leur équipage. Sans doute existait-il une loi maritime interdisant cela. « Merci infiniment ! J'ai essayé de *toutes* mes forces de trouver un moyen de mener cette mission à bien. »

Tu peux compter sur nous, écrivit Fort. **Nous sommes ton équipage, Tress. Tes amis. Laisse-nous t'aider.**

« Oui, bien sûr. N'empêche… merci. »

Elle les balaya du regard, l'un après l'autre, rayonnante.

« J'essaie juste de comprendre pourquoi il y a écrit “Demander gentiment” sur ton front, Tress », fit Ann.

Techniquement, ajouta Fort, **il est marqué « tnemitneg rednamed ».**

« En fait, intervint Salay, ce n'est ni l'un ni l'autre. Parce que c'est barré. Vous voyez ?

— Oh, ouais, fit la charpentière. Quoi qu'il en soit, on a peut-être également une solution à l'autre problème que nous pose l'île : pénétrer dans la tour. Pour ça aussi, tu nous as pour ainsi dire mis sur la voie.

— Faire pousser un arbre de lianes verdoyantes ? suggéra Tress. Pour en atteindre le sommet, et entrer par là ? J'y ai pensé, Ann, mais la Sorcière garde certainement la porte fermée. »

N'oublie pas la fenêtre, tapa Fort. **Par laquelle elle laisse sortir ses corbeaux.**

« Beaucoup trop petite. »

Pour un humain, écrivit-il.

Tous les regards se tournèrent alors vers Huck, posté devant l'armoire. Il avait fini de compter les chaussures de la jeune femme. Ce qui n'avait rien eu de difficile, celle-ci portant la seule paire qu'elle possédait. Aussi dressait-il une liste mentale des divers styles de pompes qu'elle allait devoir acheter.

Il *sentait* qu'on l'observait. Les rats sentent ces choses-là. Aussi fit-il volte-face, avec l'impression tenace d'être le dernier morceau de fromage dans le garde-manger. « Quoi ? dit-il.

— On a besoin de quelqu'un de petit, dit Salay, pour s'introduire en douce dans la tour de la Sorcière par la fenêtre qu'elle réserve à ses corbeaux.

— Pas évident, répliqua-t-il. Je doute fort qu'un humain y parvienne… Oh. Un rat. D'accord. » Il se tordit les pattes.

On doit faire ça pour la capitaine, écrivit Fort. **Et pour rembourser notre dette.**

« Huck n'a aucune dette envers moi, intervint Tress. Je suis la seule raison de sa présence à bord de ce bateau. »

Ce qui veut dire que, sinon, il pourrirait au fond de la mer Verdoyante.

Je doute fort qu'il ait pu en atteindre le fond. La masse corporelle d'un rat s'avère plutôt faible. Il aurait presque certainement fini enveloppé dans une boule de lianes, à dériver entre deux eaux jusqu'à ce qu'il ait fini de se décomposer. Mais comme personne dans la cabine n'était versé dans la densité des spores en profondeur et la viscosité fluidisée relative, tous prirent pour argent comptant les paroles du quartier-maître.

Tress se tourna vers le rongeur. « Tout va bien. Rien ne t'oblige à accepter si tu n'en as pas envie. Ça me chagrinerait, de te forcer à faire quoi que ce soit. Mais… c'est une bonne solution. Tu as un… certain talent pour te faufiler, Huck.

— Mais comment vais-je atteindre la fenêtre ?

— Via des lianes verdoyantes, que je ferai pousser pour toi.

— Mauvaise idée, dit-il. Tress, la tour est recouverte d'argent. Je ne t'ai pas mentionné ce point, peut-être ? »

Eh bien… non. Et cela allait poser problème. Tress se laissa tomber sur son siège, abattue. Quelque chose dans son expression peina le rongeur. Il la dévisagea, incapable de supporter l'accablement qui l'avait gagnée ces derniers temps. On aurait dit du smog recouvrant une île, songea-t-il. Et donc, il enchaîna :

« Je peux te faire franchir la porte, lui lança-t-il. Je connais… un moyen. Nous autres rats, on est du genre bien informé. Si d'aventure tu parvenais à m'amener à la tour, je pourrais te l'ouvrir. Mais Tress, tout cela n'est-il pas… hors de propos ? Il nous reste encore à traverser la mer de Minuit. Et on ne devrait *pas* faire ça. C'est tout juste si nous avons survécu à la Pourpre ! »

Il disait vrai, malheureusement. Tress se tourna vers ses amis, espérant qu'ils aient une prompte solution pour le problème que leur posait la mer, comme pour les deux précédents. Personne n'ouvrit la bouche. Les trois autres n'avaient peut-être pas été marqués, au propre comme au figuré, par les fruits de leur frustration sur ce point, mais ils n'en étaient pas moins dans une impasse.

Curieusement, néanmoins, il est une caractéristique de la collaboration qui se trouve être souvent mal comprise. Deux têtes ne sont pas nécessairement *meilleures* qu'une seule (quoi qu'en dise le docteur Ulaam). Tout dépend plutôt des têtes en question.

Quand quelqu'un essaie, cependant, cela donne envie aux autres *d'essayer*. Et lorsque vous goûtez à un petit succès – même par procuration –, ça peut agir comme un laxatif mental.

Ou, si vous préférez, un petit succès est le déclencheur métaphorique qu'on porte à notre distributeur automatique mental pour bousculer les idées qui y sont coincées.

Les yeux de Tress s'écarquillèrent.

L'HYPOCRITE

55

Tress déposa exactement deux spores de minuit sur la table. Les autres officiers reculèrent visiblement, malgré le peu de place qu'il y avait dans la cabine de la capitaine, pour battre en retraite. Elle avait passé un certain temps à préparer cette expérience, ce qui avait donné à Huck l'occasion de décamper – il n'était guère désireux de se trouver dans la pièce avec *encore plus* de spores de minuit actives.

La jeune femme posa son couteau d'argent sur la table et sortit un compte-gouttes rempli d'eau.

« Les spores de minuit, leur expliqua-t-elle, se comportent différemment des autres. Les autres réagissent toutes immédiatement, presque *chimiquement*, à l'eau. Mais *ces* spores, elles semblent presque vivantes. Comme si elles *voulaient* quelque chose.

— Qu… qu'est-ce qu'elles veulent, cap'taine ? lui demanda Ann.

— De l'eau, répondit Tress, tout en mettant ses yeux au niveau de la table, sans lâcher son compte-gouttes. C'est comme… un échange. Je leur donne de l'eau, et elles m'obéissent – pendant un temps. » Elle souleva le compte-gouttes, ce qui fit haleter Salay malgré elle. « Tout devrait bien se passer. Mais dans le cas contraire, tenez-vous prêts à rompre le lien qui me connecte aux spores avec ce couteau. »

Comment ça ? demanda Fort en se penchant en avant. Le quartier-maître était la seule personne de la pièce à ne pas *trembler* de terreur. Quelque chose dans toute cette conversation (et si vous avez été attentifs, vous savez de quoi il s'agit) l'intriguait – suffisamment pour avoir le dessus sur sa peur naturelle.

Tress jeta un coup d'œil à son ardoise. « Des lignes noires, répondit-elle. Coupez-les avec le couteau. Mais j'espère que ce ne sera pas nécessaire, cette fois. »

Elle laissa tomber une unique goutte d'eau dessus. Comme les autres fois où elle avait fait ça, les spores de minuit fusionnèrent presque aussitôt, devenant quelque chose qui n'était pas sans évoquer une pustule ondulante. Ou (et s'il vous plaît, pardonnez-moi cette expression) une ébullition bouillonnante.

Comme précédemment, Tress sentit s'établir une connexion immédiate avec cette… entité. Comme une… tension dans son esprit. Elle pouvait initier ladite connexion, offrir de l'eau et créer le lien. Mais pour l'instant, elle résistait.

« Je sens quelque chose, dit Ann. Comme un tiraillement dans mon esprit !

— Cette chose cherche un hôte, expliqua Tress. Ou... un acheteur. Les monstres qui parcourent la mer de Minuit ? *Voilà* ce qu'ils sont. Des créations de la Sorcière, liées à sa personne. Je me demande comment elle parvient à en nourrir autant... »

La gouttelette vacilla en direction de Fort, puis prit la forme d'une tasse – plus précisément, la grosse chope métallique qui était l'objet le plus lourd et le plus grand de la collection de Tress. L'entité se fit alors pousser des jambes et commença à se rapprocher du quartier-maître. Celui-ci s'était lié à elle, par inadvertance, comme en témoignait le fait qu'il porta soudainement sa main à sa bouche – qui devait inévitablement avoir commencé à s'assécher. Une petite ligne noire se mit à se déplacer dans l'air entre Fort et l'entité.

Tress prit alors le relais.

Quand la capitaine Corneille avait utilisé les spores de minuit, Tress était parvenue à prendre le contrôle de l'entité, la détruisant au passage. C'était bien plus facile, cette fois. Elle projeta son esprit en direction des spores, et leur proposa de l'eau. Davantage d'eau. Un pot-de-vin.

La chose préféra immédiatement se déplacer vers elle, et se laissa mettre sous son joug. Tress se trouvait plus près d'elle – sans doute était-ce là le point décisif. Elle prit complètement le contrôle, puis rompit le lien avant de se retrouver attirée *dans* les yeux de l'entité – et d'expérimenter la vie comme si elle-même était une tasse de minuit.

L'entité éclata et s'évapora – ne laissant que de la fumée, puis plus rien.

Fort haleta, puis vida peu ou prou la tasse (en céramique rouge) que Tress lui avait tendue.

« Qu'est-ce qui s'est passé ? s'enquit Salay en s'avançant d'un pas.

— J'en ai pris le contrôle, expliqua Tress. Je l'ai appâtée avec mon eau, la lui offrant plus librement que si elle avait dû la *prendre* à quelque chose de… réticent. Et une fois qu'elle l'a acceptée, je l'ai… congédiée.

— Et… tu penses pouvoir en faire de même avec celles qui gardent la mer de Minuit ? » demanda Ann.

La jeune femme se leva. « On va bientôt le découvrir. Il nous reste combien de temps avant que… »

Des coups à la porte. Tress hésita, puis hocha la tête. Ann alla ouvrir – et ils se retrouvèrent face à Laggart, perché à l'extérieur.

Merde. J'ai oublié de vous parler de Laggart. Bon, eh bien, Tress l'avait gardé à bord du *Chant de la Corneille*, se disant, à juste titre, qu'en l'absence de Corneille, il ne tenterait rien de machiavélique. (Encore aurait-il fallu qu'il en soit capable, cela dit. Le maître-canonnier était à la subtilité ce que l'azote liquide est à une paire de poumons sains.)

Il avait donc passé les derniers jours à se pavaner de long en large sur le pont. Ronchon. Perdu. Désœuvré. « Il faut que je vous parle en privé, capitaine », dit-il.

Tress ne savait trop qu'en penser, aussi posa-t-elle sa main sur son pistolet lance-fusée. D'un signe de tête, néanmoins, elle exhorta les autres à prendre congé. Ce à quoi ils se résolurent, fermant la porte derrière eux, une fois Laggart entré.

Ils se dévisagèrent un court instant. Puis le maître-canonnier se redressa – pareil à une buse qui aurait oublié de mettre ses plumes après son rasage matinal – et croisa le regard de Tress. « J'exige, dit-il, que vous me tiriez dessus.

— Laggart ? Vous *tirer* dessus ?

— Pour me punir de ce que je vous ai fait !

— Je vous ai dit que vous étiez pardonné pour ça.

— Je sais ! » Il commença à faire les cent pas. « Et, capitaine, je ne supporte pas les mensonges. Je *sais* ce que vous avez réellement en tête. Je *sais* que vous attendez que je sois calme, détendu, pour pouvoir me balancer *ensuite* par-dessus bord. C'est cruel, d'attendre pour tuer quelqu'un le moment où il est *sûr* que vous n'en ferez rien. Je ne vous imaginais pas aussi… j'avais une meilleure opinion de vous. »

Il se tourna vers elle. « J'*exige* d'être abattu. Qu'on en finisse. Arrêtez de tourner autour du pot. Tirez-moi dessus. »

Tress soupira tout en se frottant le front. « Laggart, je ne vais pas vous tirer dessus.

— Mais…

— Écoutez, je suis bien trop crevée pour faire semblant de comprendre les tours que vous joue votre esprit en ce moment. Je ne vais pas vous tirer dessus mais, si vous insistez, je peux vous faire mettre aux fers, ou un truc dans le genre. »

Il se requinqua, puis tendit le cou. « Vraiment ?

— Vraiment.

— Vous feriez ça pour moi ? M'emprisonner plutôt que de me tuer ?

— Laggart, je ne vais pas vous tuer. Je n'ai *jamais* eu l'intention de vous tuer. Je n'ai même pas tué Corneille ! »

Il digéra l'information. Non sans mal. C'étaient des mots pleins de cartilage.

Laggart n'était pas un homme intelligent. D'accord, il n'arrêtait pas de faire la morale – ses petits discours auraient aisément pu remplir un dictionnaire, mais ce qu'il savait *vraiment* aurait sans peine tenu sur une simple carte postale. Cela dit, il n'était pas non plus idiot. Il se situait quelque part entre l'intelligence et la stupidité, perché tout au sommet de la courbe en cloche, persuadé qu'il s'agissait du meilleur endroit où se trouver – vu qu'il s'agissait du plus haut.

À ce moment-là, cependant, il *comprit*.

Tress n'avait rien contre l'idée de le mettre aux fers. Mais… elle n'allait pas lui tirer dessus.

Elle n'allait pas le jeter par-dessus bord. Elle ne lui avait pas joué de tours. Cela signifiait qu'elle avait fait preuve d'*honnêteté*.

Elle s'était montrée *bonne* avec lui.

C'était là l'idée la plus difficile qu'il ait jamais eu à avaler. Voyez-vous, Laggart n'avait pas connu beaucoup de gentillesse au cours de son existence, et la triste vérité, c'est que les gens reproduisent souvent ce qu'ils connaissent. Il ne se considérait pas comme méchant, ou insensible. Sa façon d'agir lui semblait normale, car c'était ainsi qu'il avait toujours été traité. Dans une contrée où tout le monde hurle, tout le monde est également un peu sourd.

Bon, il y a *quand même* des gens qui échappent à un tel cycle de cruauté. Quand vous tombez dessus, chérissez-les. Parce que, malheureusement, beaucoup se conduisent comme Laggart, sans jamais se rendre compte du chemin qu'il ont emprunté. Jusqu'à ce que, peut-être, ils vivent un moment comparable à celui qui se produisit à bord de ce navire, en cet instant : Tress faisant preuve d'une pure bonté, et lui pardonnant ses actions passées.

Toute confusion avait quitté Laggart. Qui était *horrifié*, désormais. Parce qu'il venait de prendre conscience, *enfin*, que certaines personnes *éprouvaient* bel et bien ce qu'elles disaient. Il se rapprocha en titubant de la porte, l'ouvrit – et prit la fuite.

Il y avait des gens sincères en ce bas monde. Pour un hypocrite obstiné dans son genre, ça changeait tout. Laggart poussa la porte et s'en fut, tel un pauvre hère.

Tress, pour sa part, le regarda partir, tête inclinée. Parfaitement ignorante de la guerre qui faisait rage dans le cœur de cet homme. Elle ne le fit donc pas mettre aux fers – et s'y refuserait même s'il continuait à insister. Au lieu de quoi elle s'employa à mettre soigneusement de côté sa boîte de spores de minuit.

Et honnêtement, la jeune femme ressentait une exaltation croissante. Elle avait un plan pour affronter les monstres. Si elle parvenait bel et bien à les vaincre, Tress aurait surmonté le dernier obstacle qui se dressait entre elle et la Sorcière.

Elle était proche. *Vraiment* proche. Et elle avait envie de fêter ça.

Un sentiment qui dura à peu près le temps qu'il lui fallut pour découvrir ce à quoi j'avais consacré ces derniers jours.

LE TRAÎTRE

56

Tress s'attendait à ce que les officiers soient plus ou moins dans le même état d'esprit qu'elle lorsqu'elle quitta sa cabine. La jeune femme ressentait de l'enthousiasme, du soulagement, de l'excitation. Elle avait une réponse à chacun des problèmes qu'il leur fallait affronter afin d'atteindre le repaire de la Sorcière. Ses compagnons devaient *forcément* être en harmonie avec sa propre humeur, se tenir fin prêts à produire ensemble la musique du succès partagé.

Leur réaction la laissait donc passablement perplexe. Elle vit alors une Salay manifestement préoccupée la rejoindre en courant. Le traitement du docteur Ulaam avait de toute évidence fonctionné, mais la jeune femme espérait que la timonière n'ait pas hérité de quelques orteils surnuméraires au passage.

« Quoi ? s'enquit Tress, qui sentait redéferler en elle une vague d'effroi. Qu'est-ce qu'il y a ? »

La timonière la conduisit dans la cale du navire – où je me trouvais assis, enchaîné, occupé à penser jovialement à des sujets de conversation aussi intéressants que la politique, la religion et les opinions ouvertement racistes de votre oncle. Je cultivais mes ruminations de mauvais goût parmi ce qui subsistait des réserves de nourriture du bateau. Des stocks *dangereusement* faibles, désormais, vu que j'avais joyeusement balancé le reste – en secret – par-dessus bord au cours des deux derniers jours.

« On l'a attrapé, expliqua Salay, avec trois cruches d'eau. Il s'apprêtait à les jeter par le hublot arrière du premier pont – l'endroit depuis lequel, apparemment, il se débarrasse de nos réserves depuis des jours. »

Tress lâcha un gémissement. « C'est quoi l'étendue des dégâts ?

— Il y a encore beaucoup d'eau, répondit Salay. Mais moins de la moitié de notre bouffe. À peu près assez pour nous permettre de rejoindre la mer Verdoyante, si nous faisions demi-tour maintenant. Et capitaine… nous n'avons vu qu'à deux reprises des oiseaux voler au-dessus de la Pourpre, et la mer de Minuit en est complètement dépourvue. On ne trouvera rien à becqueter dans le coin. »

Je fis alors l'objet de l'attention générale.

« J'ai dû jeter les cruches, expliquai-je, parce que la nourriture se sent seule au fond de la mer. Et puis, Tress, qu'est-ce que ton oncle pense des mouettes qui lui prennent le fruit de son travail ou ses sandwichs ? »

Tress considéra les officiers rassemblés là, puis tous se tournèrent vers Ulaam, attendant de lui qu'il ait une réponse à leur proposer. Un peu bêtement, ils le supposaient capable de saisir le réseau complexe de motivations, loyautés et autres échecs historiques qui constituaient la toile toujours changeante de ma psyché.

« Il est, fit le médecin, bien trop stupide pour avoir décidé de faire ça de sa propre initiative. Regardez : ceux qu'il allait jeter sont marqués à la craie ! »

Bon, d'accord. Un point pour Ulaam, j'imagine.

« Le rat m'a dit, leur lançai-je, que ma mission était absolument *vitale*. Et secrète, avec ça. Alors, s'il vous plaît, n'en parlez pas à Tress. »

Peu après, celle-ci rejoignit Huck dans ses quartiers – les anciens, qu'elle lui avait attribués. Sa propre cabine. Certes, il n'y avait pas d'argent ici, mais peu de rats pouvaient se targuer de jouir d'un tel confort. Il était assis là, à dresser une liste de tous les chapeaux qu'elle possédait. Liste sur laquelle n'était inscrit qu'un seul article pour l'instant, mais bon, c'était un valet du genre optimiste. Et puis, il était si nerveux qu'il avait besoin de faire quelque chose pour passer le temps.

Il lui lança un regard. « Le test avec les spores de minuit a-t-il fonctionné ? s'enquit-il, laissant tomber le crayon pour se précipiter vers elle. Je serais bien venu avec toi pour y assister. *J'aurais dû.* Mais… ce n'est pas là quelque chose qu'un valet est *obligé* de faire, si ? Se retrouver entouré de spores de minuit ? Elles me donnent des frissons, Tress.

— Je… » Elle ne savait pas quoi dire. C'est là une affliction que je n'ai jamais expérimentée, mais j'ai entendu dire qu'elle pouvait être franchement débilitante.

« Tress ? J'ai l'impression que tu devrais être tout excitée. Enthousiaste, peut-être. *Soulagée*, en tout cas. Et pourtant…

— J'ai découvert, dit-elle, que nos réserves de nourriture étaient effroyablement basses. Sans trop que je sache comment, nous avons perdu le compte de ce qui nous restait. Apparemment… on en aurait juste assez pour renaviguer jusqu'à la mer Verdoyante – si nous faisions demi-tour immédiatement.

— Oh ! s'exclama le rongeur. Eh bien, ce sont là d'affreuses nouvelles, mais je suppose qu'avec tous les événements récents, ce n'est guère surprenant que quelque chose soit passé entre les mailles du filet ! Nous devons mettre les voiles pour la mer Verdoyante, nous réapprovisionner, puis… » Il s'interrompit, ayant croisé le regard de la jeune femme. Et parut comme se flétrir. « Hoid a parlé, pas vrai ?

— Tu es remarquablement doué pour interpréter les émotions humaines, dit-elle. Pour un rat.

— Ma foi, les émotions sont des émotions, hein ? Peu importe l'espèce. Peur, inquiétude, anxiété…

— Trahison ? proposa-t-elle. Cette émotion est-elle la même pour les humains que pour les rats ?

— Pour autant que je sache, fit-il, dans un filet de voix. Je suis désolé, Tress. Je ne peux pas te laisser aller affronter la Sorcière. Ça m'est *impossible*. Pour ton propre bien, tu comprends… »

Ah, ces mots…

Ces mots, je les ai entendus. Je les ai *prononcés*. Des mots qui proclament, avec une arrogance effrontée : « Je ne te crois pas capable de prendre tout seul tes décisions. » Des mots censés adoucir le choc, mais qui, au contraire, superposent de la condescendance à la douleur préexistante. Comme de la terre sur un cadavre.

Oh, oui. J'ai *dit* ces mots. À seize autres personnes, pour être précis.

« Ça me blesse que tu ne me fasses pas confiance, Huck. Mais tu sais, ça me fait *encore* plus mal de ne plus pouvoir me fier à toi, désormais…

— Je comprends, dit-il. Tu mérites mieux. »

Elle lui trouva une cage. Cela lui semblait… approprié qu'il retrouve pareil habitat, et Corneille en avait deux d'une taille adéquate, dans lesquelles elle gardait des oiseaux messagers.

Cela lui brisait le cœur de laisser Huck à l'intérieur, blotti contre les barreaux, refusant de la regarder en face. Mais la jeune femme avait un équipage à protéger, et le risque lui semblait trop grand que le rongeur ne fasse quelque chose d'encore plus radical pour les arrêter. En l'état, elle maîtrisait tout juste sa frustration. Ils étaient si proches de leur destination. Et maintenant, ils allaient devoir retraverser l'intégralité de la Pourpre pour pouvoir refaire des réserves.

Par les lunes… avaient-ils seulement les *moyens* de se réapprovisionner ? Comment allait-elle payer cet équipage ? Allaient-ils poursuivre leurs activités de pirates ? Et si elle parvenait bel et bien à retrouver Charlie, que se passerait-il alors ? Dissoudrait-elle l'équipage ? Confierait-elle le navire à Salay, pour ensuite rentrer chez elle ? Se concentrer sur sa quête lui avait permis, jusqu'à présent, de remettre ces questions à plus tard. Les problèmes de paie perdaient de leur caractère… urgent quand on s'attendait à se faire capturer d'un jour à l'autre – et transformer en ouistiti.

Ces pensées pesaient sur elle lorsqu'elle ouvrit la porte – pour découvrir un bon paquet de Dougs patiemment postés à l'extérieur.

Tress les connaissait tous personnellement, à présent. Celle qui se tenait devant les autres, sa casquette en main, était une femme amène qui lui avait expliqué un jour qu'à ses yeux les oiseaux étaient les âmes des morts, veillant sur les marins pendant qu'ils naviguaient. L'épisode avait été… embarrassant, Tress leur ayant servi de la tourte au pigeon ce soir-là ; la Doug s'était bornée à éclater de rire, avant de lui dire que c'*était* là une façon de donner un coup de main.

Chacun d'eux avait développé ce genre d'excentricités. Des personnalités, des rêves, des existences. Les êtres humains sont pareils aux littoraux des continents. Plus on les regarde de près, plus on découvre de détails, et ce jusqu'à l'infini. Si je ne pratiquais pas le triage narratif, vous passeriez toute la semaine ici, à m'écouter vous raconter qu'un jour une Doug s'était tellement pochardée qu'elle s'était réveillée dans la peau d'une reine.

Ce jour-là, heureusement pour nous, ils agirent de concert – et au service de l'histoire. Parce qu'ils avaient *quelque chose* à dire à Tress.

« Ne renonçons pas, capitaine, dit la meneuse des Dougs. Si vous n'y voyez pas d'inconvénient, capitaine. Continuons à naviguer, et allons sauver l'homme que vous aimez.

— Mais… la nourriture, fit la jeune femme.

— Pardon, capitaine, intervint un autre Doug, mais nous pouvons manger de la verdoyante pendant quelque temps.

— Exact, enchérit un troisième. Si ça vous aide, on peut bouffer des mauvaises herbes pendant une ou deux semaines.

— Attendez, fit alors Tress. Vous pouvez *manger* des lianes verdoyantes ? »

Les Dougs furent choqués de découvrir qu'elle ne le savait pas. Et peut-être que vous aussi, puisque ce fait a été mentionné un peu plus tôt dans notre histoire, en préfiguration de la suite. Sauf que Tress avait été distraite pendant cette conversation, et l'information lui était passée par-dessus la tête. Sans compter que bien peu d'insulaires avaient besoin de savoir que les lianes étaient techniquement comestibles. Parce que, sur les îles, on trouvait tellement d'aliments de meilleure qualité à faire pousser avec beaucoup moins de danger – à supposer que l'on ait accès à de la terre ou à des cuves à compost.

Même sa famille, si pauvre qu'elle ait été, avait toujours eu de la nourriture normale à manger. Quoi qu'il en soit, on pouvait *bel et bien* se sustenter avec des lianes verdoyantes, à condition qu'elles aient atteint leur pleine maturité – un processus qui nécessitait de les faire tremper toute une journée. Elles vous prodiguaient alors quelques calories et autres nutriments. Faites ça trop longtemps sans apport de protéines, et vous finirez par le payer – mais les lianes et les réserves qui leur restaient *devaient* leur permettre d'atteindre l'île de la Sorcière et d'en revenir.

Huck regardait ses pieds derrière elle. Il prenait conscience que, au bout du compte, sa trahison n'avait servi à rien.

« Merci, lança Tress aux Dougs.

— Capitaine, dit celle qui se trouvait devant, nous avons passé *un mois* à manger la bouffe de Fort. Et puis vous avez commencé à cuisiner des dîners qui n'avaient pas le goût d'un truc raclé au fond d'une chaussure et… bref, on peut survivre à un peu de verdoyante.

— En outre, ajouta un autre, ça vaut la peine de continuer. Après ça, on sera les seuls pirates à avoir dérobé quelque chose à la Sorcière *en personne* ! »

L'EXPERT EN MODE MALMENÉE

57

En parlant de ça.

Tress savait qu'il y avait une faille dans ses plans. En fait, il y avait énormément plus de failles dans ses plans que de certitudes. Par exemple, elle ne pouvait être sûre d'avoir correctement deviné l'emplacement de l'île. Et même si tel était le cas, il n'y avait aucune garantie que leurs plans fonctionnent. Peut-être n'allait-elle même pas parvenir à franchir les défenses de la Sorcière.

Tous ces problèmes, cependant, passaient après le plus épineux. Qui rôdait telle une ombre sous l'océan. Jusqu'à présent, la jeune femme s'était concentrée sur le simple fait d'atteindre l'île, puis de pénétrer dans la tour.

Mais *ensuite* ?

Comment, par les lunes, allait-elle retrouver, puis secourir Charlie ? Comment Tress allait-elle faire pour vaincre la Sorcière ? Miser sur la discrétion ne lui semblait guère judicieux. Leur plan impliquait de tirer au canon sur les serviteurs métalliques qui gardaient la plage. Cela ferait un sacré bruit, et ça attirerait certainement l'attention.

Comment Tress, après avoir fait autant de bruit, allait-elle secrètement accéder à la tour pour…

Pour que Huck lui en ouvre les portes.

Sa confiance vacilla. Bon, elle vacillait depuis des jours – ce qui n'était guère surprenant, vu la fragilité de ses fondations. Sauf qu'à présent elle menaçait de *s'effondrer*. Leurs plans reposaient sur la capacité de Huck à les faire entrer dans la tour. Ce qui n'était manifestement plus une option, désormais.

Cette question la rendait malade, mais aucune solution ne se révéla à elle au cours des jours suivants. Le bâtiment navigua inexorablement vers la terrible Lune de Minuit, jusqu'à ce qu'il ait atteint la frontière. L'endroit où les spores se mêlaient, telle une cicatrice suppurante noire sur un côté. Tel un membre ayant subi une nécrose complète.

Des spores noires, qui s'étendaient à l'infini. Tress l'observait depuis la plage arrière, anormalement calme – alors que les Dougs se figeaient, et que même les voiles semblaient retenir leur souffle. Ils l'avaient donc atteinte, finalement : la mer de Minuit.

Salay se tourna vers Tress.

« Mouillez l'ancre, timonière, lui lança la jeune femme. Il fait presque nuit. Je préférerais éviter de sillonner cette mer dans l'obscurité.

— D'accord, fit Salay.

— Double la garde ce soir, suggéra Tress. Je n'ai aucune envie d'être prise par surprise – que ce soit par la pluie ou par quelque chose d'autre qui surgirait de ces ténèbres. »

La timonière hocha la tête, visiblement mal à l'aise.

Tress s'apprêta à descendre dans sa cabine, mais marqua une pause. « Salay. Tu as déjà entendu parler de quelqu'un qui l'aurait sillonnée avec succès ?

— Le Roi Verdoyant ne cesse d'y envoyer des flottes pour essayer de capturer la Sorcière. Certains navires survivent bel et bien à la mer Pourpre. C'est juste une question de chance, après tout. Je n'ai jamais entendu dire que qui que ce soit soit revenu de la mer de Minuit, en revanche. Ils pénètrent dans ses spores, et se retrouvent presque immédiatement attaqués par de sombres créations composées d'immondes spores. »

Tress frissonna. Se pensait-elle vraiment capable d'accomplir ce que ces marins compétents avaient échoué à faire ? Qu'est-ce qu'elle avait en tête ? Pourquoi se trouvait-elle ici, en premier lieu ? Elle n'était qu'un *simulacre* de capitaine, une pâle imitation.

Certes, la jeune femme ne s'accordait pas assez de crédit – s'il vous plaît, prenez un air surpris –, car elle avait déjà fait un sacré bout de chemin, tout bien considéré. Et il est vrai que de nombreux membres de la cour royale n'avaient pas réussi à survivre à leur première rencontre avec la mer de Minuit. Mais bon, vous en avez déjà croisé au moins un : le bel homme du début de l'histoire, doté de la mâchoire – et de l'intelligence – d'un buste de marbre. Et donc, vous savez peut-être qu'ils n'ont pas placé la barre très haut.

Quoi qu'il en soit, Tress se sentit soudainement saturée de doutes en son for intérieur. Elle ne se rendit pas dans ses nouveaux quartiers, mais fila en bas, dans le couloir jadis familier du pont intermédiaire. En passant devant son ancienne cabine, la jeune femme se retrouva *nostalgique* des deux semaines écoulées. Des jours qu'elle avait passés bien installée, à se renseigner sur les spores tout en écoutant les bruits de pas réconfortants au-dessus de sa tête. Des bruits si *rassurants*. Aléatoires, mais d'une certaine manière toujours rythmés. Des temps ébauchant une chanson que tout l'équipage connaissait, et interprétait ensemble.

C'était *elle* qui tenait la barre, à présent. Celle en qui tout le monde avait confiance, c'était *elle*.

Elle se retrouva bientôt devant le bureau du docteur Ulaam, qui lui cria d'entrer après quelques coups à la porte. Tress le découvrit occupé à inspecter sa main, à laquelle avait poussé un sixième doigt. La jeune femme soupira de soulagement. *Enfin*, un spectacle normal, familier.

« Tress ! lui lança-t-il tout en essayant de retirer une bague du doigt surnuméraire. Je me réjouis de ta visite ! As-tu reconsidéré mon offre généreuse ?

— Merci, mais non. Je suis plutôt… attachée à tous mes orteils.

— Comme tout le monde, ma chère. Ce qui explique pourquoi le Père a inventé les scalpels. Mais dis-moi, tu m'as l'air bien désemparée. Viens, assieds-toi. Je vais faire bouillir de l'eau. » Pendant qu'elle s'installait, il utilisa un dispositif étrange qui fonctionnait comme une plaque chauffante, mais sans feu ni spores pour l'attiser. Il posa une bouilloire dessus, puis se retourna pour dévisager Tress, appuyé contre le plan de travail, ses doigts grisâtres entrelacés devant lui. « Parle, je t'en prie.

— Ulaam, je ne peux pas vaincre la Sorcière.

— Non, *bien sûr* que non.

— Tous les autres s'attendent à ce que j'y parvienne. Et… je suis de plus en plus terrifiée à l'idée de les décevoir.

— Oh, je vois. Bon, je peux t'aider avec cette anxiété, mmmh ? Sans même devoir te donner un sédatif. Tu n'as pas besoin de t'inquiéter.

— Pas besoin ? répéta-t-elle. Vraiment ?

— Oui. Tu vois, en réalité, *personne* ne s'attend à ce que tu aies le dessus sur la Sorcière. Je crois qu'ils se préparent tous à mourir. Aussi ne les décevras-tu pas, mon enfant, quand elle finira inévitablement par tuer tout l'équipage ! »

Elle gémit.

« C'était une blague, lui fit-il remarquer. Je doute qu'elle soit *capable* de me tuer – et même dans le cas contraire, elle ne pourrait certainement pas tuer Hoid, même dans son état actuel. Donc, elle se bornera sans doute à exterminer une bonne partie de l'équipage. »

Un vertige envahit aussitôt la jeune femme.

Ulaam, il convient de le noter, n'est pas du genre à rester patiemment au chevet de ses malades – au risque de me répéter, son peuple a… perdu quelque chose lorsqu'il a cessé d'être obligé d'imiter de vrais humains. Je peux sincèrement affirmer que, sans ce fardeau, ils sont tous devenus de plus en plus *eux-mêmes* au fil des décennies.

Cela dit, Ulaam est indubitablement le meilleur médecin que j'aie jamais croisé. Si vous êtes d'une nature stressée, mais que vous avez besoin de son aide, je vous suggère de lui demander de se coudre la bouche avant sa consultation. Il trouvera sans doute l'idée assez originale pour la tester.

Ce jour-là, cependant, il eut conscience d'en avoir trop dit. Même Ulaam, une créature dotée des talents empathiques d'un émeu en colère, parvenait de temps à autre à se rendre compte quand quelqu'un était en détresse émotionnelle.

« Mon enfant, dit-il. Je…

— Comment avez-vous pu ? lui lança Tress. Comment pouvez-vous vous borner à rester là, sans rien faire pour lui ? C'est *quoi* votre problème, à la fin ?

— Oh ! Mmh… Ha, ha. Eh bien, pas besoin de m'arracher la tête à coups de dents. J'ai plusieurs scies à cet effet juste ic…

— Blaguer n'arrange *rien*, Ulaam ! » cracha-t-elle tout en se levant.

Ce n'était pas une blague, cela dit. Le médecin en possédait *bel et bien* trois. Il laissa la jeune femme faire les cent pas pendant un petit moment, et quand la bouilloire commença à siffler, il se garda bien d'aller la récupérer.

Alors même qu'elle arpentait la cabine, un élément lui restait en tête. Le médecin avait refait allusion à Hoid. Le mousse baveux. Ulaam était une créature dotée d'étranges pouvoirs, mais il *me* voyait comme quelqu'un de plus puissant encore.

Ce n'était pas la première fois qu'il disait un truc pareil. Mais cela frappa vraiment la jeune femme, cette fois.

Finalement, elle prit une interminable inspiration. Puis : « Je n'aurais pas dû vous aboyer dessus, murmura-t-elle. Vous m'avez été d'une grande aide ces dernières semaines, Ulaam, en me disant des choses que rien ne vous obligeait à me dévoiler. Je n'aurais pas dû vous reprocher de ne pas en faire davantage. Je… Je ne comprends pas ce qui ne va pas chez moi. Jamais je ne me serais comportée ainsi, avant tout ça.

— M'est avis, répliqua le médecin, que tout va bien de ton côté. Peut-être que tu *devrais* m'aboyer dessus plus souvent. Il m'arrive parfois d'oublier ce qu'on m'a expliqué sur le stress que subissent les mortels.

— N'empêche, vous avez raison, dit-elle tout en retournant de l'autre côté de la petite cabine. Nous *allons* mourir. Cette quête est une folie ! Quand j'étais la *seule* à risquer ma vie pour Charlie, c'était déjà bien assez grave comme ça. Je ne peux pas forcer les autres à en faire autant.

— Tu ne les forces à *rien*, Tress. » Il se leva enfin et commença à préparer le thé. « Tu as vu leur démarche, ces jours-ci ? Leur port de tête ? Ils savent qu'ils sont en partie responsables des meurtres que Corneille a commis.

« Toi, tu ne les tyrannises pas. Tu leur offres une chance de récupérer leur humanité. Ils *veulent* essayer de sauver ton ami. Ils *veulent* se prouver que, même s'ils ne sont peut-être pas des hommes et des femmes valeureux de premier choix, ils possèdent au moins une variété de seconde main. »

Il se retourna pour lui tendre une tasse, puis d'un geste lui désigna le siège. C'était une belle tasse – en étain, mais présentant tous les signes d'un usage fréquent, et dont la poignée brillait sous la caresse des doigts. Dans un soupir, la jeune femme accepta les deux, laissant néanmoins le thé de côté le temps qu'il refroidisse. « Écoutez, dit-elle, même Huck était prêt à agir contre moi. Peut-être devrais-je en tirer toutes les conséquences. Mais même dans le cas contraire, je ne peux plus me servir de lui pour pénétrer dans la tour, désormais. Notre mission est donc *déjà* un fiasco.

— Tu as toujours l'Essence de Minuit, répliqua Ulaam. Tu peux peut-être créer une créature capable de se faufiler à l'intérieur et de déverrouiller la porte.

— La tour est recouverte d'argent, dit Tress. Il me serait donc impossible de la toucher en tant que créature de Minuit. À en croire Huck, tout du moins. J'ignore si c'est la vérité, ou ce qu'il faut croire de sa part, mais de toute façon nous avons un plus gros problème. Je ne peux pas battre la Sorcière, Ulaam. Elle *va* être au courant de mon arrivée.

— M'est avis qu'elle le sait déjà, lui fit remarquer le chirurgien. De ce que *moi* je sais à son propos, elle est sans doute impatiente de découvrir comment tu vas faire face à ses défenses.

— Serait-il… possible de tellement l'impressionner par nos actes qu'elle se décide à relâcher Charlie ?

— Cela m'étonnerait fort. Le mieux que tu puisses espérer, c'est qu'elle te trouve amusante et te renvoie avec une malédiction particulièrement créative.

— Il n'y a donc aucun espoir.

— Eh bien… » fit Ulaam.

Tress leva les yeux.

« Je suis censé rester neutre, vois-tu, face aux actions de certains individus dans le genre de la Sorcière. Mais il y a quelqu'un qui ne suit jamais ces règles. Il se trouve à bord de ce navire. Et il porte un slip à paillettes rouge vif.

— Hoid, dit-elle. Vous avez laissé entendre qu'il n'était… pas ce que je pensais. Est-il en réalité quelque chose de plus *puissant* que la Sorcière ?

— Ma foi, ces trucs-là sont bougrement difficiles à apprécier. Mais je dirais que oui. J'aimerais que vous tous, sur ce navire, puissiez connaître le vrai Hoid. Aussi amusant que cela a pu être d'observer son incarnation actuelle dans toute sa splendeur, il est en temps normal *très* différent de la personne que vous connaissez.

— Et cette personne est moins… embarrassante ?

— Euh, plutôt *davantage*, de manière générale. Mais aussi très doué pour certaines choses. S'il y a une seule personne sur cette planète qui soit en mesure de vaincre la Sorcière sans que tout le monde le paie de sa vie, c'est lui. Je ne plaisante pas, Tress, pas plus que je n'exagère. Quand il en a envie, il y a fort peu de personnes dans tout le Cosmère capables d'influencer autant les événements que notre cher ami affublé de sous-vêtements… inconvenants. »

Sachez que je portais ce slip *avant* la malédiction, et que j'assume complètement mon achat.

Cela donna en tout cas à Tress matière à réfléchir. Puis elle finit par goûter son thé, ce qui suffit à attester de sa bravoure. Personnellement, je ne bois jamais rien de ce qu'Ulaam me donne sans avoir au préalable vérifié ce que ça faisait aux plantes d'intérieur.

« S'il est à ce point puissant, dit-elle, comment la Sorcière a-t-elle fini par le maudire ?

— Je n'en ai aucune idée, répondit le chirurgien. Mais ce n'est pas *à ce point* surprenant. Si compétent soit-il, Tress, il dépasse souvent les bornes – d'une manière ou d'une autre. Peu importe la puissance d'une personne : si elle s'estime un peu *supérieure* à ce qu'elle est en réalité, cela laisse de la marge pour d'énormes erreurs. Mmmmh ? »

Ouais, il n'avait pas tort, sur ce coup-là.

« Quoi qu'il en soit, reprit le médecin, je pense que, dans ce cas, ce qui lui est arrivé n'avait rien d'un accident. Si je devais parier de l'argent – ou plus précieux encore, ma collection d'ongles préférée –, je risquerais l'hypothèse qu'il s'est fait maudire délibérément. Et qu'à présent il a plus de mal que prévu à se tirer d'affaire.

— Pourquoi ? s'enquit Tress. Pourquoi se ferait-il maudire *délibérément* ?

— C'est là une question que je n'ai pas réussi à trancher. »

Tress était sceptique. Sauf que, en l'occurrence, Ulaam avait (malheureusement) raison. En toute honnêteté, je m'attendais à avoir laissé tout ça derrière moi, à l'heure qu'il était. Cela s'avérait… plus difficile que je ne l'avais anticipé.

Par chance, je n'en étais plus si loin. *Vraiment* pas loin. Parce qu'à ce moment-là Tress trouva pile-poil l'idée qu'il nous fallait pour débloquer la situation.

« Et donc… fit-elle. Peut-être que je n'ai *pas* à vaincre la Sorcière. Peut-être qu'il me faut simplement trouver un moyen de convaincre *Hoid* de le faire.

— Peut-être. Oui, peut-être, en effet. »

La jeune femme prit congé, puis retourna tranquillement dans ses quartiers. Pour extraire des profondeurs de son lit sa collection de tasses. Cela faisait si longtemps qu'elle ne les avait pas admirées. La Tress qui les appréciait n'avait pas changé, c'était juste… qu'elle avait moins de temps que jadis à leur consacrer. De fait, elle ne se servait plus que du grand modèle en métal, ces derniers temps. Celui qui ne se briserait pas s'il tombait de la table quand le navire faisait une embardée.

N'empêche, elle les sortit, une par une, et les disposa sur le plan de travail, ne sortant qu'en dernier celles que Charlie lui avait envoyées. Tress s'intéressa tout particulièrement à celle qui était décorée d'un papillon au-dessus de l'océan. Initialement, elle avait supposé que ce lépidoptère avait dû être forcé à affronter une situation aussi terrible. Pourquoi, sinon, aurait-il pris le risque de survoler des spores ?

Elle le voyait différemment, à présent. Peut-être était-ce simplement un papillon qui savait ce qu'il voulait, et qui était prêt à tout pour essayer de l'obtenir, quels que soient les obstacles qui se mettraient sur sa route.

Ce n'était pas un papillon suicidaire. Il était simplement… *déterminé*.

La jeune femme rangea les autres tasses, mais garda celle-ci par-devers elle, ainsi que la chope en étain. C'étaient ses deux préférées. L'une, un symbole de détermination. L'autre, un objet pratique, aussi lourd que solide – presque une arme.

Je suis, songea-t-elle, *ces deux tasses*. Un côté utilitaire, un côté rêveur. Tellement opposés. Et pourtant, les deux remplissaient la même fonction. Remarquable.

Ce papillon, cependant, était parti seul explorer l'océan. Il n'avait pas avec lui tout un équipage qui risquait de mourir. Tress prit une longue inspiration, attacha ses cheveux en arrière, puis attrapa ses deux tasses et sortit d'un pas raide sur le pont.

« Salay, lança-t-elle à la timonière, j'ai changé d'avis. Je veux que tu descendes la chaloupe. Je vais partir sillonner la mer de Minuit. Seule. »

LE MONSTRE

58

Les objections étaient… colossales.

« Seule ? répéta Salay. Capitaine, quelle lune vous a donné une idée aussi saugrenue ?

— Je vais t'accompagner, dit Ann. Je peux te protéger. J'ai six pistolets sur moi, et quatre yeux pour viser maintenant ! »

Même Laggart, qui rôdait à l'arrière du groupe d'officiers, semblait préoccupé.

Fort se borna à lever son ardoise. **Pourquoi ?** demanda-t-il.

« Je veux tenter l'expérience avec l'Essence de Minuit, expliqua Tress. Voir si je peux bel et bien contrôler ou détruire les monstres – parce que, dans le cas contraire, on n'ira pas plus loin et tout ce débat est stérile. Je vais essayer seule, car rien ne justifie que vous m'accompagniez. Il n'y a… rien que vous puissiez faire pour m'aider.

Salay croisa les bras. « Je pense que c'est une mauvaise idée, capitaine. Je refuse de vous laisser sillonner seule une autre mer.

— Ne suis-je pas justement votre capitaine ? La décision me revient, non ?

— Absolument, répondit la timonière. Mais ce n'est pas une bonne idée. »

L'ironie est un concept étrange. J'entends plus précisément par là sa définition classique : celle d'un choix conduisant à un résultat opposé à celui escompté. De nombreux grammairiens déploreront l'emploi abusif quasi constant de ce mot – qui n'a d'égal que la façon dont certaines personnes l'utilisent littéralement. (L'usage qu'ils en font s'avère, de fait, ironique.)

Je ne suis pas de ceux qui s'offusquent du mésusage des mots. Je préfère quand ils changent de sens. L'imprécision de notre langue est une caractéristique ; rien ne représente mieux le fait superlatif de l'existence humaine : que nos propres émotions – voire nos âmes – sont *elles-mêmes* imprécises. Nos mots, tout comme nos cœurs, sont des armes encore chaudes de la forge, qui s'attribuent de nouvelles formes chaque fois que nous les brandissons.

N'empêche, l'ironie n'en reste pas moins un concept intrigant. Elle n'existe que là où nous voulons la trouver car, pour obtenir une *véritable* ironie, tout est dans l'attente. L'ironie doit être *remarquée* pour exister. Nous la créons à partir de rien lorsque nous tombons dessus Mais contrairement à d'autres réalisations humaines, comme l'art, l'ironie consiste à créer de la *tragédie*.

C'est un renversement. Une mise en place, puis un effondrement.

Une parfaite pointe d'ironie est une bien belle chose.

Et donc, profitez du spectacle…

« Je ne peux pas me résoudre à vous imposer de nouvelles épreuves, dit Tress. La suite, je vais donc devoir m'en charger seule. »

Salay soupira doucement – le genre de soupir qu'on lâche quand on s'efforce de ne pas crier, mais qu'il faut donner quelque chose à faire à ses poumons. Puis fit signe à la jeune femme de la suivre. « Est-ce qu'on peut discuter un moment en privé, capitaine ? »

Tress hocha la tête, et toutes deux s'éloignèrent.

« J'ai une autre proposition, dit alors la timonière. On pousse *Le Chant de la Corneille* sur quelques milles, puis on longe un moment la frontière. Histoire d'essayer d'attirer un de ces monstres. Après quoi on le piège avec des spores verdoyantes et on le hisse à bord. Ensuite, on bat en retraite jusqu'à la Pourpre, et on prend notre temps pour faire des expériences dessus.

— Trop dangereux, fit Tress.

— Plus dangereux que d'y aller *seule* ?

— Trop dangereux, se corrigea la jeune femme, pour *vous tous*. C'est là quelque chose que je *dois* accomplir, mais il m'est impossible de vous laisser continuer à prendre autant de risques.

— Capitaine, répliqua Salay d'une voix moins péremptoire. Tress. Ma vie entière a changé à ton retour de l'antre du dragon. J'ai cherché mon père pendant… tellement longtemps. J'ai si longtemps *espéré* que l'espoir a commencé à s'étioler. Tout ce que je faisais, c'était uniquement par peur de le laisser s'éteindre complètement.

« Il est revenu à la vie, désormais. Ressuscité par tout ce que tu as accompli. Mon père est *vivant*. Et je sais où il se trouve. Je *dois* survivre à ce qui va suivre pour pouvoir le rejoindre.

— Alors, vas-y, murmura Tress. Il faut que tu *vives* pour le sauver. Tu ne peux pas prendre de risques.

— J'ai besoin d'un bon équipage pour traverser ces mers, répliqua Salay.

— Il n'est pas bon, celui-là ?

— Si, jadis. Et il peut le redevenir. Mais Tress, tu sais ce que ça fait à l'âme d'un marin de servir quelqu'un dans le genre de Corneille ? On se construit une croûte noire. Comme des toasts, laissés trop longtemps dans le four. » D'un signe de tête, elle désigna l'équipage rassemblé sur le pont. Il était… *hanté*. « Il y a plusieurs raisons qui m'ont décidée à te mettre à notre tête. L'une d'elles, c'est que je pense que tu feras une bonne capitaine. Mais ils ont aussi besoin d'un chef capable de les remettre sur la bonne voie. Quelqu'un qui a résisté aux injonctions de Corneille. Ils ont besoin de *toi*. »

Tress hocha la tête, comprenant un peu mieux. Si Salay prenait les commandes, ce serait un peu comme une équipe qui demanderait un temps mort pour réévaluer sa stratégie. Confier le vaisseau à Tress revenait plutôt à démolir le stade pour en construire un nouveau.

« Depuis ton arrivée à bord de ce navire, reprit la timonière, tu n'as rien fait d'autre que d'essayer de nous protéger et de nous aider. L'équipage le sait. Ils te suivront. Moi aussi je te suivrai. Mais je ne peux pas encore sauver mon père. Je ne peux pas encore… *me* sauver. Pas avant de *vous* avoir aidés, toi et l'équipage. Et donc, je te le demande : laisse-moi t'aider dans l'immédiat.

— Pourquoi demander ? s'enquit Tress. Pourquoi ne pas *exiger* ? »

Salay secoua la tête. « Nous nous sommes mutinés contre Corneille. On ne peut pas se permettre de laisser croire que ce genre de comportement relève d'une quelconque normalité. Il faut qu'on fasse comprendre à tout le monde que désobéir à Corneille relevait de *l'exceptionnel.*

« Et par conséquent, on va te suivre. Exactement. Les officiers et moi, on va servir de modèles aux autres, parce qu'on sait que dans le cas contraire… eh bien, c'est là que les choses peuvent vraiment mal tourner à bord d'un navire. Quand les exceptions deviennent des *habitudes*. Donc, si tu nous dis de te laisser gérer ça toute seule, Tress, on te *laissera* faire. Parce que c'est notre devoir. »

Elle gratifia la jeune femme d'un de ces regards pleins d'insinuations.

Ça ne fonctionne jamais aussi bien qu'on l'imagine.

Parce que Tress n'avait retenu qu'une partie de la leçon – celle qui l'arrangeait. Celle qui parlait d'aider l'équipage. De le protéger. Aussi mit-elle les bouchées doubles.

« Merci, Salay. Et maintenant, prépare-moi la chaloupe, s'il te plaît. Je vais partir seule sur la mer de Minuit pour tester mes théories sur le contrôle des monstres qui la sillonnent. »

Cette fois le soupir s'accompagna d'un grognement à peine contenu, comme si la timonière avait avalé quelque chose d'énervé – et de poilu.

En parlant de ça…

Tress retourna dans sa cabine récupérer son chapeau avant d'aller mener à bien ses expériences. Une voix s'adressa alors à elle depuis le coin de la pièce.

« Emmène-moi », dit Huck.

Tress se figea, puis se tourna vers sa cage.

« Je t'ai entendu parler. Laisse-moi t'accompagner, insista-t-il. Dans la cage, si nécessaire. Mais *emmène-moi avec toi*, Tress. Sur ce bateau. Tu risques fort d'avoir besoin de moi. »

Elle faillit l'envoyer balader. Mais quelque chose dans sa voix… son timbre, peut-être. Elle mit son chapeau, hésita un moment, puis se décida. Elle attrapa en partant sa cage par la poignée, puis retourna à grands pas sur le pont.

Et c'est ainsi que, peu après, Tress se retrouva dans une barque. Au beau milieu de la mer de Minuit. Uniquement flanquée d'un rat en cage, d'un tonnelet d'eau, et de deux tasses en liberté. Il était temps de découvrir si elle pouvait franchir la première ligne de défense de la Sorcière. De découvrir s'il lui était possible de venir à bout des terribles monstres de goudron qui parcouraient ces eaux. Ce fut là un moment tendu, dramatique – auquel, malheureusement, lesdits monstres oublièrent d'assister.

Sans nul doute allaient-ils se pointer d'un moment à l'autre.

La jeune femme continuait à dériver seule dans toute cette obscurité. La mer était *chaude*, tant le soleil *tapait* sur sa surface. D'une certaine manière, elle lui semblait encore plus étrangère que la mer Pourpre. Tress aurait pu croire que les spores noires lui seraient plus familières. Le monde plongé dans le noir pendant environ la moitié de la journée, tous les jours. C'était une couleur *naturelle*.

Et pourtant, assise là comme elle l'était, la jeune femme avait l'impression que sa petite embarcation était en quelque sorte comme suspendue dans le vide. Un vaste néant. Même les bruits générés par l'ébullition, qui faisait onduler les spores, n'avaient rien de réconfortant. Ils sonnaient faux, ici. Dans cette nuit continuelle. Sur cette étendue vorace qui dévorait jusqu'à la lumière du soleil.

Celui-ci se couchait, de toute façon. Tress lança un regard presque nostalgique dans son dos – alors qu'elle ne ramait que depuis une bonne heure. Ses bras brûlants ne manquaient pas de le lui rappeler.

Le Chant de la Corneille n'était même plus visible, pas davantage que la mer Pourpre. Elle était seule, ici. À l'exception de Huck, blotti dans sa cage, silencieux et terrifié – c'était pourtant à sa demande qu'elle l'avait emmené. Histoire de passer le temps,

Tress essaya d'écrire un peu dans son carnet. Sauf qu'elle était trop inquiète, trop *distraite* pour y parvenir. Et pas seulement à cause de l'Essence de Minuit, mais aussi en raison de la proximité des spores. Qui bouillonnaient tout contre la coque de son embarcation.

La jeune femme tenta de lever les yeux vers le ciel, mais le soleil disparut alors derrière la lune à l'horizon. La Lune de Minuit, pareille à un trou dans la réalité.

Aussi attendit-elle. Il existe bien peu de choses pires qu'un moment stressant – et pourtant vide. Le temps libre que l'on ne peut exploiter d'aucune façon vous donne toujours l'impression que la nature elle-même se moque de vous.

Finalement, néanmoins, Tress repéra du mouvement.

L'Essence de Minuit s'était approchée dangereusement près d'elle, sans se faire remarquer. Peut-être était-ce dû au fait qu'elle était noire sur noir, mais il n'en demeurait pas moins que sa capacité à se déplacer dans les spores l'avait évidemment aidée à se dissimuler. Une fois qu'elle l'eut repérée, la jeune femme n'eut aucun mal à la suivre, car elle reflétait la lumière de sa lampe, comme de l'huile.

Tress en eut le souffle coupé. Elle cessa de s'inquiéter des spores pour se concentrer sur l'horreur en approche. Quel genre d'entité se mouvait à travers les spores ? Se baignait *dedans* ? Ou… nageait ? Était-ce le bon terme ?

Tress avait beau connaître ce mot, que Charlie avait utilisé dans une de ses histoires, elle n'en trouvait pas moins l'idée remarquable. Ainsi donc, il existait des endroits où il y avait tellement d'eau qu'on pouvait en être recouvert au point de ne plus avoir pied ? Ne finirait-on pas par couler – et par se noyer ?

Peu importait le mot juste : cette créature s'y employait. À vos yeux, l'Essence de Minuit évoquerait plus ou moins une sorte d'anguille ou de serpent de mer, peut-être moitié moins long que *Le Chant de la Corneille*. Sauf que vous, vous venez d'un monde où des choses vivent dans l'eau ; cette idée était totalement étrangère à Tress, aussi trouvait-elle les mouvements de la bête contre nature, déconcertants. Une épine dorsale n'aurait pas dû bouger de cette façon, comme un morceau de corde – avec des contours souples qui se *pliaient*.

La créature décrivait des cercles autour de la chaloupe, à la manière d'un prédateur. D'un prédateur *perplexe*.

Pourquoi cette humaine se trouvait-elle là, seule, à bord d'un petit bateau ? Vous réagiriez pareil si vous vous promeniez dans les bois et que vous tombiez sur un steak bien chaud en train de refroidir sur une souche. Quel genre de ruse était-ce là ?

Aujourd'hui encore, il m'est impossible de déterminer avec certitude si l'Essence de Minuit est vivante ou non. Le lien de Luhel s'avère… étrange, pour le moins. Histoire de rester dans le contexte de ce récit, néanmoins, imaginez que la chose occupée à frôler furtivement son bateau *était* fonctionnellement consciente d'elle-même. Qu'au minimum, on lui avait donné un ensemble spécifique de fonctions qui se rapprochaient de la vie.

Elle savait donc se montrer *prudente*. Ce qui donna à Tress l'occasion dont elle avait besoin. D'une main tremblante, elle tendit le bras pour effleurer la créature à l'un de ses passages.

C'était là un geste, du point de vue de la chose, profondément troublant. Ce monstre fantasmagorique, de conception maléfique, imprégné d'une haine pour toute vie, avait passé son existence à traquer des navires, puis à se faire pousser des jambes pour se glisser à bord et consommer tous ceux qui s'y trouvaient. Quand des humains le voyaient, ils produisaient diverses sortes de bruits – qui tous, néanmoins, s'achevaient par un gargouillis de douleur. Le son d'un travail bien fait, d'une existence épanouie.

Les gens le craignaient. Ils ne tendaient pas la main pour le toucher. C'était peu ou prou comme si un salami se levait pour essayer de sauter dans votre bouche. Il ne s'agit pas ici de savoir si vous appréciez ou non un bon salami, mais vous devriez *au moins* faire un effort pour le bouffer.

Et puis, il y avait aussi la question du contrôle mental.

Tress avait tout misé sur sa capacité à reproduire ce qu'elle avait accompli précédemment – et à prendre le contrôle de cette chose.

Il s'agissait là d'un plan moins boiteux que vous ne pourriez le penser. Voyez-vous, il y avait trop de terrain à couvrir pour que la Sorcière puisse prêter attention à chaque créature individuellement. Elle les fabriquait par fournées, puis les envoyait au large avec des ordres à suivre, ne gardant sur eux qu'un contrôle approximatif. De fait, si elle avait essayé de diriger *activement* toutes ces choses, même elle aurait subi une prompte déshydratation qui n'aurait pas manqué de la tuer.

En outre, les créatures avaient juste assez de conscience de soi pour prendre des décisions. Pour *choisir*. C'est là une caractéristique dangereuse à intégrer à vos sous-fifres itinérants, mais là encore, la Sorcière n'avait pas vraiment le choix. Elle *devait* les doter de ce degré d'autonomie, sous peine de les découvrir incapables d'accomplir la tâche pour laquelle elle les avait conçues.

Donc, oui. Le plan de Tress *aurait pu* fonctionner.

Si elle avait été germeuse depuis plus de deux semaines.

Tress essaya d'en prendre le contrôle comme elle l'avait fait auparavant, en pressant son esprit contre le sien. La chose émergea des spores, s'écartant de sa main tout en fixant sur elle des yeux de minuit. Une question apparut sous son crâne, comme si… l'Essence *voulait* quelque chose. Tress tenta de lui offrir de l'eau en lieu et place de celle fournie par la Sorcière.

La chose la rabroua. La Sorcière, bien entendu, était consciente de cette possibilité. Elle comprenait la faiblesse inhérente à ses créations. Et elle les avait conçues, via des mécanismes complexes, pour qu'elles identifient toute tentative de contrôle extérieur. Comme je l'ai laissé entendre, un germeur *très* doué aurait pu imposer sa propre volonté. Tress était tenace, talentueuse, et manifestement déterminée. Mais elle n'en restait pas moins une débutante en la matière.

Contrairement à la Sorcière, il convient de le noter.

La chose se cabra, toute sifflante, la bouche ouverte – anticipant le festin à venir. Tress se jeta au fond du bateau, terrifiée.

Une petite voix aiguë prit alors la parole.

« Stop », dit Huck. Pour ensuite poursuivre, d'une voix réticente : « Conduis-nous à ta maîtresse. J'ai… libre passage. »

La créature inclina la tête, les commandes complexes qui la guidaient convergeant vers le propriétaire de cette voix. Qui appartenait à l'un de ceux qu'elle avait pour instructions de ne pas dévorer. L'un de ceux qu'elle devait au contraire rapporter à son maître, quand celui-ci le lui ordonnait.

Huck le rat était retourné à l'endroit où il avait été créé, conformément aux instructions de la Sorcière.

LE PRISONNIER

59

Le lendemain matin, Tress atteignit l'île de la Sorcière.

Elle avait été autorisée à boire et à utiliser les sanitaires (un pot de chambre) sur la petite barque. À part cela, cependant, elle avait passé le voyage prisonnière des anneaux de l'Essence de Minuit. Immobile. Deux créatures similaires avaient émergé des spores pour pousser le bateau, incroyablement vite, jusqu'à sa destination.

Les demandes d'explication qu'elle avait réclamées à Huck, à propos de ce qu'il avait fait, ou du comportement des créatures en sa présence, étaient restées sans réponses. Mais Tress avait ses propres hypothèses.

Ce fut ainsi qu'après un incroyable voyage la jeune femme allait enfin mettre le pied sur l'île de la Sorcière. Et la trouver plus petite que ce qu'elle avait imaginé. Il s'agit là d'un point notable, celle d'où venait Tress étant déjà petite selon les standards de la plupart des mondes. Sa surprise pouvait donc se comparer à celle d'un enfant de quatre ans qui vous ferait remarquer : « Tu sais, je m'attendais à ce que tu sois plus mûr. »

Comme les mers de spores sont dépourvues des fins silicates résultant des processus digestifs ichtyologiques qui raffinent le corail (oui, vos plages préférées sont des crottes de poisson), l'île de la Sorcière se résumait à un amas de rochers quelconques émergeant des spores. En l'occurrence, le skerry de pierres gris ardoise arborait une forme singulièrement circulaire, et faisait peut-être deux cents mètres de large.

Quelques arbres s'efforçaient d'embellir le paysage – en vain, à la fois parce qu'il n'y en avait pas assez, et parce qu'ils n'étaient pas de la bonne essence. De fait, il s'agissait de végétaux grêles, noueux, dont seule l'extrémité des branches accueillait quelques touffes de feuilles. Comme s'ils ne connaissaient le concept d'« arbre » que par description – et qu'ils faisaient de leur mieux, tout bien considéré.

Tress avait passé le voyage à alterner entre détester Huck et *se* détester. Avec une préférence manifeste pour sa propre personne. Maintenant, elle se tenait là, prisonnière des anneaux de l'Essence de Minuit, à regarder craintivement l'île grandir. L'Essence de Minuit, il convient de le noter, ressemblait désormais moins à une anguille qu'à un amas de lianes verdoyantes.

La ligne d'argent qui courait le long de la coque de l'embarcation laissait des spores mortes dans son sillage, spores que la mer ne tardait pas à engloutir. La créature prenait bien soin de ne pas toucher l'argent, mais – ainsi que Tress l'avait remarqué lorsqu'elle voyait à travers les yeux du rongeur fait d'Essence de Minuit –, elle pouvait s'en approcher sans finir annihilée.

Elle avait déverrouillé la cage de Huck, qui se tenait assis sur l'une des planches, près de l'avant du petit bateau. Les deux créatures de Minuit continuaient à pousser ce dernier, accompagnées par un bruissement de spores.

« Tu es déjà venu ici, dit Tress, exprimant ainsi à voix haute ses conjectures. Toute cette histoire d'avoir grandi dans une communauté de rats, ce n'étaient que des mensonges, pas vrai ?

— Oui, murmura Huck.

— Tu lui appartiens, fit la jeune femme. Tu es un *familier* de la Sorcière, ou quelque chose dans le genre. Tu lui as *toujours* appartenu.

— Oui », admit-il, encore plus doucement.

Chaque réponse la frappait comme une flèche – du genre barbelé, qui faisait évidemment mal en pénétrant dans les chairs, mais qui les *déchirait* en en sortant. Ces projectiles vous donnent envie de les laisser en place, de déambuler avec des blessures qui ne pourront jamais guérir, par peur de la douleur *encore* plus grande qui vous envahirait si vous vous avisiez de les retirer.

N'empêche : la douleur que cela lui causait la forçait à admettre quelque chose. Huck avait fait tout son possible – à part abandonner le navire au port – pour l'empêcher d'arriver jusqu'ici. Pour la protéger de la Sorcière.

Il avait menti, certes, mais de toute évidence la Sorcière le terrifiait. Tress ne pouvait pas trop lui reprocher sa façon d'agir, maintenant qu'elle l'avait sans le vouloir ramené ici. Mais rien ne l'empêchait de *s'en* vouloir…

Elle aurait dû se montrer plus maligne, trouver un autre plan. Peut-être aurait-elle dû suivre le conseil de Salay, et laisser l'équipage l'aider à résoudre son problème ? Tress vacilla à cette pensée. Au bord d'un précipice.

Le changement possède un aspect illusoire. On fait comme si les grands changements dépendaient de décisions uniques, de moments singuliers. Et tel est effectivement le cas. Sauf que derrière ces choix s'élève une *montagne* de décisions plus petites. On n'obtient pas d'avalanche sans une montagne de neige, même si elle débute par la chute d'une seule plaque.

N'ignorez pas les montagnes de minutes qui s'entassent derrière les décisions importantes. C'était précisément ce qui arrivait à Tress, en cet instant. Elle n'en avait pas encore pris pleinement conscience, mais la lueur perçait à l'horizon.

Les monstres de Minuit manœuvraient le bateau d'une manière étrange à proximité de l'île, et Tress – malgré les liens qui la retenaient – ne tarda pas à découvrir pourquoi. De longues lignes de pierre acérée striaient la mer en ces lieux, tels des bancs de sable munis des dents. La Sorcière avait choisi son île délibérément ; l'approche de l'endroit s'avérait exceptionnellement traîtresse. Des rochers dissimulés jouant le rôle de mines saillaient à peine des spores bouillonnantes, ce qui les rendait peu ou prou invisibles.

Atteindre l'île était donc presque impossible. Alors même que l'embarcation effectuait une série de manœuvres expertes – réalisées par des monstres guidés par quelque don magique –, Tress sentit son estomac se nouer. C'était là une protection dont ils n'avaient pas eu connaissance. Huck ne leur en avait pas parlé, peut-être en raison d'intentions malveillantes. (Il avait simplement *oublié*, en réalité, mais ce n'est pas la question.)

Si *Le Chant de la Corneille* était arrivé et avait essayé d'accéder à l'île, sa coque aurait certainement fini déchiquetée – et les spores n'auraient pas manqué de le faire sombrer. Leur mission était en fait vouée à l'échec depuis le début.

Finalement, leur petit bateau – une tache de couleur solitaire, qui rasait le sommet du vide – navigua jusqu'au rivage. Tress put alors distinguer la légion d'hommes de métal doré disposés en rangs autour de la tour de la Sorcière. Ils étaient tous équipés de lances et de boucliers. La jeune femme parvenait presque à les imaginer comme des humains en armure, dont le plastron serait abaissé. Si seulement ils n'étaient pas restés si *anormalement* immobiles.

À part les arbres solitaires et les cent hommes métalliques, la seule attraction des lieux était la tour proprement dite. Celle-ci, contrairement à la taille de l'île, était bien plus grande que ce à quoi Tress s'était attendue. Large et haute, avec un sommet en pointe – la jeune femme était trop… modeste pour dire à voix haute à quoi l'ouvrage ressemblait. Moi, bien sûr, je ne sais pas ce que ça fait d'être modeste – et donc, quand je mentionnai ce qu'il m'évoquait, la Sorcière me demanda si j'aimerais me retrouver avec un grand symbole yonique sur le front.

Tress avait espéré trouver un moyen quelconque de prendre la fuite une fois que le bateau aurait accosté, mais la créature la maintenait fermement enveloppée, la soulevant et la portant devant elle pendant que Huck sautait du bateau. Une fois sur le sol de pierre, il se tourna vers la jeune femme. C'était la première fois qu'il la fixait directement depuis qu'ils étaient montés à bord de la petite embarcation.

En réponse, elle le foudroya du regard. Il se flétrit *visiblement*, telle une liane privée d'eau. Pour ensuite se redresser, néanmoins, comme s'il avait pris quelque décision. « Oui. Oui, c'est ça, dit-il. Ne pas faire du tout ce qu'elle a demandé… »

Il jeta un coup d'œil au monstre, puis repartit en hâte sans laisser à Tress le temps de le tancer davantage. Les hommes métalliques les laissèrent passer – ils semblaient comme endormis dans l'immédiat, se dit Tress. De simples statues.

La tour ne tarda pas à attirer son attention. C'était un spectacle impressionnant – il y avait là davantage d'argent en un seul endroit qu'elle n'en avait vu de toute son existence. Il y en avait tellement, en fait, que cela détruisait les spores à une vitesse incroyable. Une protection parfaite contre les germeurs ennemis.

Il y avait une porte sur le côté de la tour – elle aussi en argent, apparemment. Une fois devant, Huck se redressa de toute sa hauteur, et lança d'une voix forte : « Ainsi qu'on me l'a ordonné, je suis revenu avec un captif à livrer à la Sorcière. Porte magique, s'il te plaît, ouvre-toi ! Euh, on m'a dit que… »

Ladite porte s'ouvrit comme par magie.

« D'accord, fit-il. Parfait. » Il entra précipitamment, baissa les yeux sur son propre corps, puis se tourna vers Tress. L'air de ne pas trop savoir ce qui allait se passer ensuite.

Le monstre de Minuit – qui ressemblait à un énorme mille-pattes avec les tentacules qui lui servaient de pieds – lâcha alors Tress et la poussa à l'intérieur de la tour. Il ne pouvait pas la suivre, à cause de l'argent. Aussi lui jeta-t-il quelque chose à la place. Ses tasses. Celle en étain, et l'autre, avec le papillon. Il les avait apportées, bien sûr – parce qu'il les avait trouvées dans le bateau, et ignorait si elles étaient importantes ou non.

Sitôt que Tress eut franchi la porte, après avoir tant bien que mal rattrapé ses tasses, celle-ci se referma. L'enfermant à l'intérieur, et ne lui laissant qu'un seul choix.

Continuer. Et rencontrer sa destinée.

LA SORCIÈRE

60

Tress prit un instant pour se réorienter, prenant une profonde inspiration, se frottant les bras pour s'affranchir du contact de l'étrange créature de Minuit. Elle songea à attraper Huck, mais celui-ci avait pris ses pattes à son cou : il était déjà en train de faire l'ascension d'une volée de marches, au loin – en utilisant le marchepied qui faisait office de rampe, en l'occurrence.

La jeune femme resta pour l'heure immobile. Elle était entrée dans un couloir entièrement métallique, uniquement décoré par un tapis rouge sur toute sa longueur, comme une langue. Il était damasquiné de symboles qu'une personne ayant beaucoup voyagé aurait reconnus comme d'origine aonique, mais qui, aux yeux de Tress, ressemblaient simplement à une espèce de rune ésotérique. Ce qui, de fait, n'était pas si loin de la réalité.

Les murs – au lieu d'être ornés de tableaux ou de tapisseries – accueillaient plusieurs panneaux qui lui rappelaient l'ardoise d'écriture de Fort. Bon, nombre de conteurs décriraient un tel couloir avec des mots comme *froid*, ou *aseptisé*. Cela s'explique surtout par des associations passées. Les lumières d'un blanc pur intégrées au plafond – qu'un filtre en plastique venait tamiser – pourraient vous évoquer un immeuble de bureaux, tandis que les finitions métalliques dénuées de tout ornement rappellent peut-être la salle d'opération d'un hôpital.

De l'avis de Tress, cette pièce n'était pas froide. Elle n'était pas… *stoïque*, ni morne, ni austère – ou tout autre mot susceptible de décrire un politicien à son procès après qu'il se fut échappé de la benne à ordures.

« C'est magnifique, murmura-t-elle. Si propre, si… radieux. Exactement comme j'imagine la vie après la mort. »

Ses paroles résonnèrent dans le couloir. Finalement, elle prit une longue inspiration. Tress se trouvait là. Elle n'était pas morte. Peut-être… peut-être allait-elle réussir à trouver un moyen de secourir Charlie. Malgré tout. En définitive, c'était *cet endroit-là* qui constituait son objectif depuis le tout début de son périple.

Ainsi donc, rassemblant ce qui lui restait de détermination, elle se mit en mouvement et entreprit de monter l'escalier. Une porte s'ouvrit toute seule à son sommet, en glissant de façon latérale. Car la Sorcière avait des idées très précises sur l'apparence que devait arborer l'intérieur d'un vaisseau de ce genre.

Tress découvrit alors une grande pièce circulaire, avec des portes sur les côtés. L'endroit avait l'air habité, décoré du genre d'objets qui mettraient la pagaille si la Sorcière devait partir précipitamment. Des meubles, des étagères. Sur le sol, là aussi en métal, était gravée une carte de la planète – et, malgré les lumières industrielles, la Sorcière avait réussi à donner une atmosphère douillette à ces lieux.

Elle-même était assise à son bureau non loin des étagères, un chat blanc au poil soyeux dans les bras, à s'affairer sur son ordinateur portable. Oh, pardon, je veux dire son « ardoise de contrôle magique », qui lui permettait de surveiller ce qui se passait à l'extérieur, ainsi que de jouer à l'occasion à un jeu de cartes mystique, histoire de passer le temps.

Sa peau luisait. Émanait d'elle une effervescence argentée. Elle avait peut-être la cinquantaine – du moins était-ce son âge lorsqu'elle avait cessé de vieillir – et elle avait parcouru un long chemin depuis l'enveloppe flétrie qu'elle était jadis. Petite, un peu ronde, elle aimait attacher ses cheveux en chignon (par commodité) et abhorrait le maquillage. Je veux dire, moi aussi je pourrais me le permettre, si je *luisais* littéralement. Son engeance avait tendance à préférer les vêtements et autres détails qui ne venaient pas déparer leur nature… lumineuse.

Bien que se trouvant très, très loin de chez elle, la Sorcière était extrêmement puissante. Elle pivota sur son siège tout en posant son ardoise mystique sur la table, puis chassa son chat de ses genoux. Sitôt après avoir atterri par terre, le félin examina Huck – qui se recroquevilla sur le bureau. La Sorcière tendit un doigt, et l'animal sortit en se faufilant par la porte, après être passé devant Tress.

La jeune femme ne lui prêta guère attention, hypnotisée qu'elle était par les divers écrans de contrôle posés sur le bureau. L'un d'eux affichait une vue du couloir par lequel elle était entrée. Plusieurs autres exhibaient des images de l'île – mais sur l'un d'eux on pouvait voir le pont du *Chant de la Corneille*.

« Ah ! » lança la Sorcière tout en se levant. Elle jeta un coup d'œil à Huck, qui se fit *encore* plus petit. « Ainsi donc, la voilà. Ton offrande. En toute franchise, je ne suis guère impressionnée. Elle m'a l'air un peu maigrichonne. Et ces cheveux ! Gamine, je sais que ta planète est plutôt insignifiante, mais ton peuple a quand même dû inventer la brosse à cheveux. »

Tress déglutit. À ses yeux, cette femme ressemblait à une déesse. À cause de sa peau rayonnante, sans doute. Ça vous aide vraiment à poser le cadre, pour une première impression. Cela fait à présent des siècles que j'envie ce look – pour tout vous dire, j'ai même essayé de l'adopter.

Ce qui, en fait, est le fin mot de toute cette histoire. Mais je m'avance un peu.

Tress maîtrisa son effroi et rafistola son plan délabré. Elle se redressa, s'accrochant à ses tasses pour se donner de la force, et parla : « Sorcière ! Vous avez fait prisonnier quelqu'un que j'aime. Je suis venue exiger son retour.

— *Exiger* ? répéta-t-elle. Qu'est-ce qui te fait croire que tu peux exiger quoi que ce soit de moi ?

— Le fait, proclama la jeune femme, que je vous ai vaincue.

— Vaincue ? s'étonna la Sorcière, amusée, en jetant un coup d'œil à Huck.

— J'ai traversé votre océan, dit Tress, j'ai débarqué sur votre île, j'ai franchi votre armée de métal et je suis parvenue à pénétrer dans votre repaire. J'ai surmonté les quatre épreuves que vous m'avez imposées, de manière à me retrouver en votre présence.

— Ha ! Mes quatre épreuves ? J'adore ça. Tu as bien écouté Hoid, toi. Dis-moi, comment va Ulaam ?

— Euh… » Tress regarda Huck, qui se tordait les pattes. « Il va… bien, madame. Il a l'air heureux à bord du *Chant*, en tout cas.

— Tout ce temps, fit-elle, et il n'est jamais passé me voir. Prudent de sa part, j'imagine. Il sait que je garde en réserve une cuve d'acide rien que pour lui. C'est l'une des seules façons de leur régler définitivement leur compte, tu sais. Ça, ou un bon feu. »

La Sorcière déambulait au centre de la pièce circulaire, parcourant la carte du monde gravée sur le sol. Les gens originaires d'un autre monde appelaient cet endroit Lumar, une assez bonne traduction du nom qu'on retrouve dans plusieurs langues indigènes. Tress n'avait jamais vu de carte aussi détaillée mais, étant donné le nombre de choses qu'il lui fallait actuellement assimiler, elle préféra ne pas s'y attarder.

La Sorcière vint se poster droit devant elle. De toute évidence, une altercation physique ne lui faisait pas peur.

« Et donc, reprit la jeune femme, je vous ai vaincue… »

Son interlocutrice sourit de toutes ses dents. « Tu pensais *vraiment* que ça allait marcher, ma chère ? Se faire capturer délibérément, pour franchir mes défenses ? »

Tress déglutit, puis se rabattit sur son idée de secours : « Je… euh… Je veux faire un échange avec vous. J'ai un pistolet de détresse. Il tire des balles qui génèrent des explosions de spores.

— Oui, j'ai vu ça », répliqua la Sorcière, tout en lui désignant d'un geste ses écrans de contrôle. L'un d'eux affichait encore *Le Chant de la Corneille* – et l'image vacillait, s'agitait… et il y avait des doigts sur le côté…

L'ardoise de Fort, s'avisa alors Tress. *C'est ce que montre son ardoise, tournée vers l'extérieur. La Sorcière s'en servait pour nous espionner.*

Tel était bien le cas. Si j'avais eu toute ma tête, j'aurais compris depuis longtemps que les protocoles de sécurité étaient désactivés par défaut sur ces appareils. Ce qui permettait de les pirater assez facilement. La Sorcière nous avait observés tout ce temps, sauf pendant la courte période où Fort s'était retrouvé sans ardoise. Elle avait moins surveillé *Le Chant de la Corneille* après le départ de Tress, mais elle faisait le point de temps à autre pour garder un œil sur moi.

« Mon pistolet, poursuivit Tress. C'est un concept de mon invention, totalement inconnu dans le reste des mers. Je veux vous en donner les plans. En échange du retour de Charlie, l'homme que j'aime.

— Tu penses vraiment qu'avec toute la technologie avancée à ma disposition, je serais intéressée par ton pistolet à spores ? Un type d'arme qui a *déjà* vu le jour sur plusieurs des mers de cette planète, mais qui n'est simplement pas encore arrivé jusqu'à ton océan ? »

La détermination de Tress s'était déjà effritée. À présent elle s'effondrait complètement. La jeune femme se tourna vers Huck, qui – étrangement – leva vers elle une patte fermée en un petit poing. Pour *l'encourager*.

Il se jouait quelque chose d'autre ici, comprit alors la jeune femme. Quelque chose qu'elle n'avait pas saisi. Elle commença à passer mentalement en revue les événements qui l'avaient menée à cet instant. Huck était parvenu à obtenir du monstre de Minuit qu'il la conduise sur l'île. La Sorcière semblait intriguée par Tress et par son équipage. Ils *méritaient* son attention. Pourquoi ?

Hoid, se dit-elle. *Hoid est capable de la vaincre. Ce qui explique pourquoi elle le garde sous surveillance.*

Mais alors, quelle place Huck occupait-il dans ce tableau ? Et pourquoi la Sorcière bavardait-elle avec Tress, au lieu de simplement l'enfermer ?

La jeune femme ne savait pas trop à quoi s'attendre, jusque-là. À une confrontation avec la Sorcière, certes, mais pas à une conversation polie, en tout cas. Cela la laissait pour le moins interdite.

La Sorcière fit volte-face, pour ensuite retourner à son bureau. « Eh bien, mon enfant, je n'ai pas besoin de ta technologie – mais tu m'intrigues. Seslo, déverrouille la salle de détention, s'il te plaît.

— Comme il vous plaira », répliqua une voix monocorde. C'était l'esprit qui habitait ces lieux, voyez-vous, assujetti à la volonté de sa propriétaire. Oui, comme les esprits parlants qui hantent les vaisseaux que vous avez vus atterrir sur votre planète.

L'une des portes latérales émit un déclic, puis s'ouvrit. Dans la pièce d'à côté se trouvait Charlie.

Qui avait l'air un peu… ébréché. Il portait l'un de ses costumes officiels, celui que Tress l'avait vu revêtir lors des apparitions publiques que lui imposait son père, mais froissé et déchiré à divers endroits. À part ça, le garçon était exactement comme dans son souvenir, avec des cheveux mal coiffés et un large sourire.

« Je savais que tu viendrais, dit-il tout en se précipitant sur elle. Je le savais ! Oh, Tress. Tu m'as sauvé ! »

Les émotions de la jeune femme étaient… compliquées, en cet instant. Comme cette corde qu'on est sûr d'avoir rangée soigneusement, mais qui donne l'impression, quand on la ressort, d'avoir été utilisée pour inventer de nouveaux types théoriques de nœuds courbant l'espace-temps.

C'était Charlie. Le voir là, devant elle, c'était… incroyable. Bonheur, soulagement, allégresse, jubilation, enthousiasme, gratitude – oui, Tress ressentait tout cela en même temps. Toutes les émotions auxquelles vous pouvez vous attendre étaient bel et bien là, et pour cause.

Mais la jeune femme ressentait également une tristesse qu'elle ne parvenait pas à s'expliquer. (On va y venir.) Ainsi qu'une certaine confusion. Et de la suspicion. Son périple était-il terminé ? Allait-elle *réellement* obtenir ce qu'elle voulait ?

« Je vais te l'échanger, dit la Sorcière. Contre ces deux tasses.

— Quoi, vraiment ? s'enquit Tress.

— Vraiment. Laisse-les simplement sur l'étagère qui se trouve près de la porte.

— Est-il… ensorcelé d'une quelconque manière ?

— Oh, ça. C'est vrai que j'ai un rôle à jouer, hein ? Hum…

Sous l'ampoule scintillante
D'une bouffée puissante
Je fais en sorte
De briser ce sort.

Quelle barbare ! Elle fait ça uniquement pour m'agacer.

C'était là exactement le genre de chose que Tress s'attendait à entendre, pourtant. Des inepties ésotériques – réconfortantes par leur simple dimension mystique. Charlie porta une main à sa tête, puis se pencha pour gratifier la jeune femme d'un bref baiser.

Ce qui eut pour effet d'embrouiller un peu plus encore les émotions de Tress.

« Tu vois, petit rat, dit la Sorcière. Je te l'avais dit, pas vrai ? »

Huck, sur le bureau, inclina la tête.

« Dis-le, poursuivit-elle. *Dis-le*, Rat.

— Vous aviez raison », murmura-t-il, d'une voix presque inaudible. Il sauta du bureau, atterrit par terre, puis disparut.

Tress empoigna ses émotions, les ramena à la raison d'une bonne gifle, puis les força à se tenir en ligne ordonnée. Le temps viendrait de s'occuper de ça plus tard. Pour le moment, elle devait prendre une décision.

Il était temps de filer. Elle attrapa Charlie par la main, posa ses deux tasses sur l'étagère que la Sorcière lui avait désignée, puis se hâta de sortir et de s'engager dans l'escalier.

Le garçon se laissa faire sans sourciller – entamant un récit plutôt ennuyeux de ses jours de captivité, que je vais bien me garder de répéter ici. D'autant qu'il passa rapidement à d'autres sujets. « Oh, Tress, dit-il. Ça ne va pas être génial de retourner sur le Rocher et de retrouver nos vies normales ? De renouer avec les tartes, le lavage de vitres et le jardinage ? »

Ce fut ici – juste en bas des marches, alors qu'elle écoutait cette litanie de questions – que Tress sentit déferler en elle une terrible vague de tristesse. Qui se battait salement, voyez-vous, comme la tristesse a coutume de le faire. S'attaquant aux reins. Ou au cœur.

Charlie n'avait pas l'air d'avoir changé d'un iota. Ce dont la jeune femme se réjouissait. Elle avait craint que sa captivité ne lui ait laissé des séquelles mentales. Or, il était là, aussi guilleret et enthousiaste que d'ordinaire. Il aurait pu donner des leçons à des chiots en matière d'enthousiasme. Ce bon vieux Charlie. Toujours le même.

Contrairement à elle.

Tress avait *tellement* changé depuis son départ du Rocher. Elle ne… s'intéressait plus aux tartes, au lavage de vitres ni même aux tasses de la même façon. À présent, c'étaient les *spores* – et leur usage potentiel – qui lui tenaient à cœur. Mais aussi la navigation, et son équipage.

Tout cela… Tout cela signifiait qu'elle ne pouvait pas redevenir la même personne. Elle avait été, voyez-vous, *marquée*.

L'ironie. Nous y voilà ! Le voyage même qu'elle avait entrepris pour trouver ce qu'elle cherchait l'avait transformée en une personne *incapable*, désormais, de profiter de cette victoire. Tress fixa Charlie droit dans les yeux, et elle sentit ses émotions s'écarter – pour s'incliner devant sa mélancolie grandissante. Et la couronner reine.

À ce moment-là, alors que Charlie se trouvait juste devant elle, Tress pensait à quelqu'un d'autre. À quelqu'un dont elle n'aurait pas dû se soucier, en théorie. C'est là une chose sur laquelle on se trompe trop souvent, dans les histoires. On fait comme si l'amour était rationnel, comme si on pouvait simplement en voir les rouages, les motivations.

Charlie sourit. Un sourire si familier. Si *charliesque*…

Elle refusa de mordre à l'hameçon. Ce sourire, il… dépassait les bornes. Parce qu'elle *connaissait* Charlie.

Tress fit volte-face et remonta en hâte les marches, pour se retrouver presque aussitôt dans la pièce principale – au grand dam de la Sorcière, qui était en train de s'installer sur son siège. Pleine d'une bravade *électrique*, la jeune femme s'écria : « Ce *n*'est *pas* Charlie. »

La Sorcière hésita.

« Vous aimez tourmenter les gens, dit Tress en s'avançant vers la Sorcière. Vous leur jetez les pires malédictions que vous pouvez imaginer, *adaptées* à l'individu et à ses douleurs. Vous ne gardiez pas Charlie emprisonné ici.

— Et qu'est-ce que j'ai fait de lui, à ton avis ?

— Vous l'avez transformé en rat. »

Ah ! *Enfin.*

L'HOMME

61

Tress continuait à avancer, un pas après l'autre, vers la Sorcière. « Chaque fois que j'ai essayé de forcer Huck à parler de cet endroit, ou de vous, il s'est mis à bégayer. À chercher ses mots. Parce qu'un sort l'empêchait de dire ce qui m'aurait fait comprendre que c'était Charlie – mais *maudit.*

— Si tel est le cas, répliqua la Sorcière, alors comment aurait-il pu ne serait-ce que t'évoquer mes défenses ? Or, je sais qu'il t'en a parlé. Je sais *beaucoup* de choses, mon enfant. »

La jeune femme s'arrêta, et ses yeux s'écarquillèrent. « Parce que, quand il m'en a parlé… il essayait de me convaincre de garder mes distances… » Elle se concentra sur la Sorcière. « Parce que ma venue ici est le *seul* moyen de briser sa malédiction, pas vrai ? Par les lunes ! Vous l'avez maudit, et vous lui avez dit que la seule façon de la briser était de m'amener ici, à votre merci ! Voilà pourquoi il a tout essayé pour m'en empêcher. Parce que… parce qu'il m'aime. »

Un lourd silence s'abattit sur la pièce, à l'exception d'un son : un reniflement.

Tress s'approcha du bureau, pour y trouver, caché derrière, Huck le rat. Il la considéra, les yeux rouges. Contrairement au double qu'on avait essayé de lui refourguer, il était dans un sale état. Tout tremblant, en pleurs, roulé en boule.

La jeune femme s'agenouilla. « Charlie…

— Je suis désolé, murmura-t-il. Je ne voulais pas lui donner raison. Elle m'a dit que je finirais par te conduire ici, de sorte qu'elle puisse… jouer avec toi. J'ai essayé de ne pas suivre sa prophétie, mais je suis stupide, Tress. Stupide et bon à rien. Tu mérites tellement mieux. Regarde tout ce que tu as accompli, alors que moi je n'ai même pas réussi à te protéger…

— Oh, Charlie. » Elle attrapa le rat, et entreprit de le bercer. Le pauvre tremblait, paupières serrées.

Le bureau roula sur le côté, répondant à une requête désinvolte de la Sorcière. Qui se tenait à présent au beau milieu de la pièce. Le faux Charlie avait rejoint la porte, et la Fulgiflamme s'était dissipée, révélant une créature qui ne ressemblait que superficiellement à un humain – un reptilien, avec des yeux d'un jaune doré et un sourire carnassier.

L'hypothèse la plus probable, c'était qu'elle voulait infiltrer quelqu'un à bord du *Chant de la Corneille* pour s'occuper de moi de façon plus… permanente. Étant donné, j'imagine, qu'elle commençait à s'inquiéter un peu à propos de notre petit pari. Et du fait que quelqu'un d'aussi proche de moi ait été capable de pénétrer dans sa forteresse, même en tant que prisonnier.

La Sorcière n'affichait aucune de ces émotions, se bornant à se débarrasser de son air aimable. Ses yeux devinrent durs – on aurait dit deux pierres. Ses lèvres se résumaient à une fine ligne, à présent. Elle n'appréciait guère que Tress ne se soit pas laissé abuser par ce subterfuge. Et puis, quelque chose d'autre la dérangeait – quelque chose que vous trouvez peut-être évident. Sans quoi tout vous sera révélé sous peu.

Tress n'avait nullement conscience de tout cela en cet instant. Elle tenait tendrement Charlie le rat dans ses bras. Il avait bel et bien essayé de lui révéler le pot aux roses, à plusieurs reprises. Lorsqu'il s'était découvert incapable de lui dire qu'il s'appelait Charlie, il avait essayé Chuck. Mais la malédiction ne l'avait laissé prononcer qu'un bien étrange « Huck ».

« Charlie, murmura la jeune femme. Tu m'as envoyé des tasses. »

Il la regarda. « C'était il y a une éternité, Tress.

— Je les adore. En particulier celle avec le papillon qui vole au-dessus de la mer. Il est comme nous, Charlie : il part pour des endroits qu'on n'a jamais songé à aller visiter. Et celle en étain. Là encore, c'est notre portrait craché, Charlie – nous qui sommes plus forts et plus… *simples* que nous avons le droit de l'être.

— Sauf que la Sorcière nous a à sa merci, répliqua-t-il. Tous les deux – à cause de moi. Elle m'a dit… que le seul moyen de retrouver ma liberté était de lui amener la personne que j'aimais, puis de la lui donner à maudire. Elle a dit qu'elle m'obligerait à regarder. Par les lunes, c'était tellement atroce de te regarder naviguer toujours plus près. J'aurais dû me jeter par-dessus bord. Comme ça tu n'aurais jamais appris comment entrer ic… »

Il s'interrompit, Tress venant de le soulever devant elle, au niveau de ses yeux. « Charlie, murmura-t-elle. C'est ce que je *voulais*.

— Je…

— Tu te souviens de ce que tu m'as dit ? Avant qu'on se sépare ?

— Toujours, chuchota-t-il. Toujours… ce que tu veux.

— Et ça, c'est ce que je veux, dit-elle. Être avec toi. »

Il croisa son regard, et y trouva assez de force pour deux. Puis sa tête s'inclina. Et la même idée leur traversa l'esprit en même temps.

« Charlie, reprit-elle. Si le moyen de briser ta malédiction était d'amener la personne que tu aimes à la Sorcière… alors, pourquoi es-tu toujours un rat ? Est-ce parce que… tu aimes quelqu'un d'autre ?

— Non ! s'exclama-t-il. Il n'y a que toi. Mais…

— C'est parce que, intervint la Sorcière derrière eux, je ne t'ai pas *encore* maudite. Son tourment ne peut prendre fin que s'il te conduit à moi dans ce but *précis*. »

Tress se leva, Charlie installé dans sa paume, et se tourna vers leur tourmenteuse – qui semblait être devenue une autre personne. Une même forme. Une âme différente. Plus la moindre allégresse.

Uniquement un monstre froid. Certains érudits affirment que lorsqu'on devient immortel – à l'instar de la Sorcière, ou de moi-même –, notre âme se voit remplacée par quelque chose de nouveau. Comme le processus de fossilisation.

Dans son cas, en lieu et place d'une âme, cette femme avait de la glace. Que son cœur s'employait à garder parfaitement gelée.

Face à pareil spectacle, Charlie – qui lui-même avait changé, jour après jour, au cours de ce voyage – reprit la parole : « Vous avez tort, dit-il doucement. Je suis toujours un rat, et j'en resterai un. Parce que, pour que ma malédiction soit brisée, je dois vous l'amener en échange de ma liberté. En arrivant dans cette tour, j'ai compris que ce n'est pas ce que j'avais fait. Je ne l'ai pas amenée ici, Sorcière, pour l'échanger contre autre chose. Ni pour que vous la maudissiez. Mais pour vous *vaincre*.

— Remarquable, fit la Sorcière. Je ne t'ai pas donné l'intelligence d'un rat, mais tu sembles l'avoir adoptée de bon gré. Je ne peux pas être vaincue par… »

Une lumière rouge apparut alors sur son bureau.

Puis plusieurs sur le mur. Et d'autres encore. La Sorcière fit volte-face, surprise, pour ordonner à l'âme de son bâtiment de lui montrer ce qui avait déclenché ses alarmes. Un grand écran fit aussitôt son apparition dans les airs à côté d'un mur ; y était affiché un imposant vaisseau, occupé à fendre les spores de minuit bouillonnantes.

Au risque de me répéter, elle ne s'était pas montrée assez attentive. Sans quoi elle aurait vu venir ce qui l'attendait.

Parce que *Le Chant de la Corneille* était arrivé.

LE CHASSEUR

62

Comment ?

Revenons un jour en arrière. À l'équipage, qui attendait le retour de Tress – saine et sauve, si possible. Un Doug posté au sommet du mât principal était parvenu à la voir – grâce à une longue-vue – se faire enlever. Il s'était empressé de redescendre pour en informer les autres.

Ce qui avait mis l'équipage dans le pétrin. Que faire ? Ils ne pouvaient pas partir en chasse sur la mer de Minuit, pas vrai ? Les monstres qui avaient mis la main sur Tress n'auraient pas manqué de leur faire subir le même sort. Peut-être auraient-ils dû faire demi-tour, et essayer de rejoindre les spores moins dangereuses de la Pourpre. C'est ce que Tress aurait certainement voulu.

Au lieu de quoi ils avaient tenu une réunion de crise. Et une solution avait été proposée. Par Fort.

C'était pour lui une chance de revendiquer le titre de plus grand chasseur que son peuple ait jamais connu. Une chance de traquer des monstres constitués de spores de minuit. Les autres avaient écouté son plan, pour ensuite aller l'exposer aux Dougs. L'équipage avait voté en sa faveur à l'unanimité, sauf Laggart.

Aussi s'étaient-ils engagés sur la mer de Minuit. Un quart d'heure plus tard, les premiers monstres de Minuit avaient fait leur apparition – trois créatures qui avaient rampé sur le pont, complètement invulnérables aux armes normales, en quête de corps chauds et de sang à déguster. De liquide, d'eau. De mort.

Au lieu de quoi ils s'étaient retrouvés face à un colosse, posté au centre du pont et entouré de barriques d'eau. Chacune surplombée d'un baril de spores suspendu là au moyen d'une corde.

Bienvenue, avait-il écrit à l'intention des trois monstres – Ann prononçant les mots à haute voix au cas où les créatures ne sauraient pas lire. **J'ai une sacrée affaire à vous proposer, aujourd'hui.**

Les choses avaient repris leur progression, dans sa direction. En réaction, le quartier-maître s'était employé à détacher un des barils.

Attention, les avait-il averties, alors même que des Dougs en faisaient autant de leur côté. **On va donner toute cette eau aux autres spores, sans rien vous laisser, si vous vous avisez de jouer au plus malin.**

Les monstres de Minuit s'étaient aussitôt immobilisés. Ils n'avaient pas besoin de mots, étant capables de *sentir* ce qu'une personne disait ou voulait dire. Leur essence s'était tendue vers les humains, en quête du lien de Luhel. Ce que Fort leur avait dit s'était… *inscrit* en eux, à un certain niveau.

Ils communiquaient entre eux via des mouvements de leurs tentacules. Et Fort… eh bien, il les *comprenait*. Non pas parce qu'il connaissait un autre langage des signes – mais *à cause* dudit lien. Ces monstres voulaient de l'eau. Mais il y avait à bord du navire des sources de sang, qui feraient aussi bien l'affaire.

Je vous avertis, leur avait-il lancé tout en désignant d'un geste le reste de l'équipage, qui s'était rassemblé avec des armes à l'arrière du bâtiment. **Si vous ne vous arrêtez pas, ils vont se jeter par-dessus bord et nourrir les spores de l'eau que leur corps contient. D'autres spores. Pas VOUS.**

Il était enfin parvenu à se faire *pleinement* comprendre par les créatures de Minuit. C'était là un dilemme. Tellement d'eau. Mais… si elles ne prenaient pas garde… l'eau irait intégralement à quelqu'un d'autre.

Fort avait plongé sa main dans l'un des barils d'eau, puis fait des signes de l'autre – des signes que les monstres avaient compris, grâce au lien de Luhel.

Tout cela peut vous revenir, avait-il ajouté. **Tout cela, rien que pour vous trois.**

« Comment ? avaient-ils rétorqué. Que nous faut-il faire pour pouvoir manger et boire, et prospérer, et boire et boire et boire ? »

Protégez-nous, avait répondu Fort, **tant que nous naviguerons sur cette mer.**

Au risque de me répéter, utiliser des créatures magiques conscientes d'elles-mêmes comme gardes présente une faille. C'était là un procédé efficace, qui permettait à la Sorcière d'en envoyer patrouiller un grand nombre. Mais elle ne pouvait pas leur accorder beaucoup d'attention.

Sauf que les éthers de Minuit sont des entités insatiables. Et que *l'échange* est inhérent à leur nature même. Obéir à un humain contre de l'eau, et une forme. Ce qui les rend très… réceptives à quelqu'un qui comprend les mécanismes de la magie – et qui a le sens de la bonne affaire.

Ainsi donc, en utilisant les coordonnées que Tress m'avait arrachées, l'équipage du *Chant de la Corneille* avait atteint l'île à peine une demi-heure après elle. Prêt à sauver son capitaine.

Ce qui lui fournit l'exacte distraction dont elle avait besoin à ce moment précis. Car la Sorcière, en ayant l'attention détournée par ces nouveaux arrivants, allait devoir réveiller ses défenses. Elle commença à beugler des ordres – négligeant temporairement Tress et Charlie.

« Ils sont venus pour moi, dit la jeune femme. Ces beaux idiots. Ils auraient dû garder leurs distances !

— Tout comme toi-même tu aurais dû le faire ? répliqua Charlie. Plutôt que de venir à ma rescousse ? »

Elle se tourna vers lui – il était assis dans sa paume, les larmes aux yeux. Et à cet instant, l'avalanche se mit en branle. Tress comprit alors que c'était elle, l'idiote. Non pas pour être venue sauver

Charlie, mais pour avoir essayé d'empêcher d'autres personnes de suivre pareillement leur cœur.

« Il faut qu'on fasse quelque chose, chuchota-t-elle. Il faut que je les mette en garde contre les rochers nichés sous les spores. Il doit y avoir un moyen de leur parler. »

L'un comme l'autre regardèrent alors le bureau de la Sorcière – en particulier, l'« ardoise magique » qui affichait l'image générée par celle de Fort. Pendant que la Sorcière réveillait ses armées, Tress et Charlie attrapèrent l'appareil et entreprirent de l'étudier. S'efforçant de comprendre comment le faire fonctionner.

« Euh, fit Charlie, ardoise ? Peux-tu, s'il te plaît, nous laisser parler aux gens que tu nous montres ?

— Vidéoconférence activée ! » s'exclama le dispositif, heureux de pouvoir se rendre utile.

Fort, qui tenait sa propre ardoise, se leva de son siège. Il avait passé toute la nuit à boire de l'eau et à alimenter – via un lien de Luhel – les trois monstres de Minuit. Aussi se sentait-il à la fois fatigué et un peu bizarre, ayant été capable de boire plusieurs barils sans pour autant s'être rassasié.

N'empêche : leur arrivée l'avait rendu plus alerte, et il avait envoyé les monstres de Minuit – à présent entièrement sous son contrôle grâce au renforcement du lien – nager plus loin pour combattre ceux de leurs semblables qui avaient essayé de monter à bord du navire. Les siens remportaient toujours ces affrontements, bien sûr, étant donné qu'ils disposaient de bien plus d'eau pour se reconstituer de nouveaux membres à partir des spores qui les entouraient s'ils se faisaient blesser.

Quoi qu'il en soit, il eut un moment de répit. Et parvint à incliner la tête, sourcils froncés, alors que l'arrière de son ardoise – là où s'affichait d'ordinaire ce que les gens lui disaient – montrait à présent Tress et un rat, blottis près de la caméra qui les jouxtait.

« Fort ? fit Tress. Vous pouvez nous voir ? »

Les mots défilaient toujours sur l'écran à son intention – obscurcissant un peu certains détails, mais rien de bien méchant.

Absolument ! tapa-t-il, ses mots apparaissant sous les leurs mais de l'autre côté, comme dans une fenêtre de discussion. Il fit signe aux autres de les rejoindre ; Ann et Salay arrivèrent un instant plus tard – et moi-même je vins participer aux… réjouissances, piqué par la curiosité.

« Capitaine ? demanda Salay. Capitaine ! Vous allez bien ?

— Nous sommes dans la tour, chuchota Tress. Comment avez-vous fait pour survivre aux spores ? Non, peu importe pour l'instant. Vous m'expliquerez plus tard. Salay, tu dois faire attention. La mer est pleine de rochers sous les spores, dans le coin. Et ils sont extrêmement traîtres !

— Capitaine, fit la timonière, vous pouvez compter sur moi. Merci.

— Vous n'auriez pas dû venir ici, dit Tress. Si vous essayez de franchir ces rochers, vous allez couler. »

Tous trois froncèrent les sourcils. Puis Salay se borna à demander : « Vous nous ordonnez de faire demi-tour ? »

Était-ce le cas ?

Pouvait-elle se le permettre ?

Allait-elle *oser* le faire ?

En cet instant précis, une décision fut prise. La pierre qui déclenche l'avalanche. Le changement qui pointait depuis un certain temps déjà.

« Non, chuchota Tress. S'il vous plaît, aidez-moi. »

Large sourire général. Personnellement, je me grattai la tête. Parce que l'endroit où se trouvait Tress, visible juste derrière elle, avait quelque chose qui m'était familier.

« On va s'en sortir, dit Salay. Nous arrivons.

— Ne prenez pas de risques inconsidérés ! leur lança Tress.

— Capitaine, dit Ann, nous allons vous sauver. Parce que vous le méritez. Rappelez-vous : un jour, vous m'avez dit quelque chose qui m'a fait voir le monde d'une façon complètement *nouvelle*.

— À savoir ? s'enquit Tress.

— "Tiens, essaie ces lunettes." »

Ann, écrivit Fort. **C'était presque aussi mauvais qu'une blague de Hoid.**

« Sauf que ce n'est pas une simple blague, répliqua-t-elle en tapotant lesdites lunettes. C'est la vérité. Je *vois* un nouveau monde. Un monde où nous ne sommes plus des condamnés. Un monde où nous avons un avenir.

— À présent, tu sais que je ne suis pas un Masque du Roi, dit Tress. Je ne peux pas lui demander de nous accorder son pardon.

— On trouvera un autre moyen, répliqua Ann en regardant les autres, qui acquiescèrent d'un signe de tête. Parce qu'une fois qu'on aura réussi à trouver la Sorcière et à nous enfuir… eh bien, si nous parvenons à faire ça, nous serons capables d'accomplir *n'importe quoi.* »

Tous trois se tournèrent vers la jeune femme. Qui se sentit bouleversée. Par leur loyauté, par son propre empressement (enfin) à accepter de l'aide. Par…

Attendez.

Dans l'avalanche d'émotions qui déferlait en elle, quelque chose se démarquait. La façon dont moi, Hoid, j'essayais d'utiliser ma langue pour me curer le nez.

Ses pensées étaient une curiosité, pourrait-on dire.

Une révélation, je dirais.

« Hoid, dit Tress. Hoid ne pouvait pas m'indiquer le chemin menant à la Sorcière. Il nous a fallu *deviner* sa localisation en lui montrant du doigt d'autres lieux que celui-ci. Tous ceux-là, il pouvait en parler… »

Et ? écrivit Fort.

« Et j'ai cru que c'était uniquement parce qu'il ne pouvait pas parler de sa malédiction, poursuivit-elle. Sauf que le remède à la malédiction de Charlie impliquait qu'il retourne sur l'île de la Sorcière. Si Hoid ne pouvait pas nous montrer le chemin – pas *intentionnellement*, du moins –, alors peut-être que le remède à sa malédiction supposait que lui aussi vienne ici… »

Elle regarda le sol.

Une carte du monde…

Tu dois me conduire sur ta planète, Tress.

« Oui… chuchota Charlie. Ce n'est qu'*une fois* que tu as découvert ce qui lui était arrivé que Hoid a pu nous parler de sa malédiction. Il aurait dû être capable d'évoquer sans problème la Sorcière et son île. Mais s'il en était incapable ? J'en conclus que ça l'aurait aidé à *briser* sa malédiction. La solution, pour lui, doit impliquer de retourner dans la tour de la Sorcière. De passer ses épreuves… Tress, ça tient debout ! »

Elle revint aux autres, les yeux écarquillés. « Vous devez l'amener ici. Dans cette pièce.

— Le mousse ? demanda Ann, sourcils froncés.

— Capitaine ? fit Salay. Vous êtes sûre ?

— Oui, répondit Tress. S'il vous plaît. Amenez-le-moi. Je sais que ça ne va pas être facile, mais *s'il vous plaît.*

— Ma foi, si c'est un ordre…

— Ne le faites pas parce que je vous l'ordonne, répliqua la jeune femme. Faites-le parce que vous me faites *confiance.* »

Ses compagnons hochèrent la tête. Ils lui faisaient confiance. Ce qui était une bonne chose, la Sorcière ayant remarqué ce à quoi elle était occupée. Les yeux écarquillés de fureur, la femme aboya un ordre – et l'appareil de communication s'éteignit aussitôt. Après quoi elle brandit ses mains vers le haut, ses doigts laissant derrière eux des traînées de lumière – signe qu'elle était en train de dessiner de puissantes runes dans l'air. Lorsqu'elle les eut terminées – d'un ample geste –, une explosion de lumière en jaillit et traversa la pièce, plaquant littéralement Tress contre le mur.

Deux tasses tombèrent de leur perchoir, dans un raffut de tous les diables. L'une se brisa – celle ornée d'un papillon. L'autre rebondit, au prix d'une nouvelle bosse.

La Sorcière retourna à sa tâche, à savoir mobiliser ses armées. Charlie – que Tress avait lâché lorsqu'elle avait percuté le mur – se releva et se précipita sur elle, pour escalader ses vêtements. Il tenta de la libérer en grignotant les lignes de lumière qui la retenaient. Ce qui fonctionna à peu près aussi mal que vous pouvez l'imaginer.

« Charlie », murmura Tress.

Il leva les yeux vers elle, frustré par la résistance de ces lignes lumineuses. « Je… Je suis désolé, Tress. Tu ne peux pas compter sur moi. Je suis inutile. Encore un échec pour moi. Je…

— Charlie, le coupa-t-elle, il y a quelque chose que je voulais te dire. J'aurais préféré pouvoir te l'avouer plus tôt, mais je vais le faire maintenant – même si c'est sans doute le pire moment pour ça. Je t'aime.

— Je ressens la même chose, répliqua-t-il. Moi aussi je t'aime.

— Super. Ça aurait été franchement gênant, si tel n'avait pas été le cas. » Elle se débattit, puis regarda sur l'écran *Le Chant de la Corneille* naviguer en direction de l'île. « S'il te plaît, Charlie. Je déteste m'imposer aux gens, mais même s'ils parviennent à franchir les défenses de la Sorcière, ils n'arriveront jamais à entrer dans la tour pour nous sauver. »

La prise de conscience le frappa comme un poing. « Je… Je peux leur ouvrir la porte, Tress. *Ça*, je peux y arriver.

— Si ça ne te dérange pas trop… »

Oui, elle avait changé. Mais même les grands événements de la vie ne nous changent qu'un peu à la fois, et elle était toujours Tress.

Charlie se tourna vers la porte ouverte de la pièce ; le chat de la Sorcière rôdait sur les marches qui menaient à la porte extérieure.

« Ça serait sans doute trop effrayant pour Huck le rat, dit-il. Mais peut-être que Charlie le jardinier peut se révéler d'une autre trempe. » Avant de partir voir si tel était le cas, il se blottit un instant contre la joue de la jeune femme. « Merci, lui lança-t-il – plus doucement. D'être venue à ma rescousse. J'aurais aimé pouvoir te le dire plus tôt. »

Après quoi il bondit sur le sol pour entamer sa quête.

63

LA PILOTE

La Sorcière était contrariée.
Pas en colère. Pas encore.
Pas même effrayée. Pas encore.

Contrariée, surtout. Et, il faut l'admettre, un peu inquiète.

Elle m'avait cru sous contrôle. Même lorsque j'avais commencé à traverser la mer Pourpre, elle surveillait mes faits et gestes – non pas parce qu'elle craignait que j'atteigne sa tour, mais parce qu'elle *appréciait* de me voir… dérangé. Peut-être pensait-elle que j'allais finir au fond de l'océan, et espérait-elle tirer un immense plaisir de ce spectacle.

Sauf que, sans trop savoir comment, j'étais arrivé jusque-là. Je ne pouvais certainement pas franchir ses défenses, pas à bord d'un bateau ordinaire. N'empêche : jamais elle n'aurait imaginé que je parvienne à traverser la Pourpre, ou à sillonner la mer de Minuit. Elle me soupçonnait d'avoir été, malgré mes énormes entraves, le facteur ayant permis au navire de survivre à ces dangers. Mais quelque chose lui échappait. Mon véritable avantage n'a jamais été mon intelligence hors du commun.

Mais bien ma capacité à dénicher les bonnes personnes, et à ne plus les lâcher.

Pour l'instant, je m'accrochais au bastingage du *Chant de la Corneille* – sur le pont arrière, près du poste de la timonière. J'avais chouré le minuscule chapeau de pirate de Huck, estimant qu'il ne le méritait pas. Ce qui, à strictement parler, était faux. Pouvez-vous vraiment en vouloir à un pirate de vous poignarder dans le dos ?

Il ne ressemblait à rien, sur mon crâne – d'autant que je devais l'attacher avec une barrette, bien entendu. Je souriais de toutes mes dents à ce moment-là, le vent dans les cheveux, les yeux écarquillés – parce que je me disais qu'ainsi ils avaient une chance de sécher, ce qui m'aurait permis d'arrêter de cligner des yeux.

Salay manœuvra entre les rochers. Elle hurla des ordres aux Dougs, qui faisaient des miracles avec les voiles. La Sorcière avait une confiance absolue en ses défenses. Elle était certaine que personne ne pourrait se faufiler entre les rochers pour atteindre son île.

C'était sans compter sur les talents de la timonière. Qui naviguait avec la dernière lettre de son père dans sa poche, sachant que, si elle mourait sur ces « eaux », il resterait à jamais prisonnier de ses dettes. Qui venait de se découvrir un nouveau but dans l'existence. Qui avait parié sur Tress – un choix lui ayant permis de maintenir leur équipage en vie.

Cette femme tenait actuellement tant de vies entre ses mains, mais elle refusait de céder. Priez pour croiser une nana pareille au moins une fois dans votre vie. Puis priez pour vous écarter de son chemin avant qu'il ne soit trop tard.

S'accrochant au gouvernail malgré les gémissements du bois, sa volonté s'opposant à celle des spores, elle faisait passer le navire entre les rochers. Sans sourciller. Ce que je trouvais… impressionnant, doux euphémisme.

« Pourquoi ! s'exclama Ann, qui se tenait à la rampe pour s'aider à me rejoindre en haut des marches. Hoid, pourquoi Tress a-t-elle cette idée étrange que tu peux la sauver ?

— Sans doute, criai-je par-dessus le vent et les spores, parce que je viens de me rendre compte que je devrais me mettre à la peinture ! Et que mon talent va effrayer la Sorcière !

— Tu es *tellement* exaspérant !

— N'importe quoi, répliquai-je. Ta cabine, Ann ! M'est avis qu'elle aurait bien besoin d'un petit quelque chose pour l'embellir. Si des arbres ne conviennent pas, peut-être des peintures de chiens affublés de chapeaux. Oh ! » Je fixai sur elle des yeux écarquillés, des embruns de spores noires venant de s'écraser à côté de moi – le vaisseau était en train d'effectuer un virage quasi impossible. « Oh, je viens d'avoir une idée *géniale*. Je pourrais peindre mes créations sur du *velours*.

— Pourquoi, par les fesses de la Lune Verdoyante, ferais-tu une chose pareille ?

— Pour leur donner de la texture quand tu les lèches, évidemment. Vraiment, Ann, tu devrais réfléchir davantage avant de poser des questions aussi stupides. »

Et elle aurait dû faire preuve d'un peu plus de bon sens. Elle ne posait peut-être pas une question stupide, mais vu la personne à laquelle elle la posait, ça revenait peu ou prou au même.

Salay n'entendit même pas la conversation, tant elle s'était enfermée dans sa zone de concentration. Dans la tour, la Sorcière s'arrêta même un instant de donner des ordres pour regarder le navire se faufiler entre les rochers – il ne *cessait* de se rapprocher. Un voilier est une chose étrange à contrôler : je suis sûr que certains d'entre vous le savent. Plutôt que le gouverner, on se retrouve souvent à *suivre* les vagues, les vents et les courants. On a besoin de vitesse pour manœuvrer, mais le mouvement est toujours *à la fois* votre ennemi et votre allié. Trop peu, et vous ne parviendrez pas à achever vos virages. Trop, et vous finissez par embrasser les rochers.

Ce jour-là, cependant, le navire ne semblait pas obéir aux vagues, au vent, aux spores ou même aux hauts-fonds. Il obéissait à *Salay*, et l'espace d'un court moment *transcendant*, nous eûmes tous l'impression de ne pas nous trouver du tout à bord d'un bateau. Mais de surfer sur sa volonté rendue *manifeste*, d'esquiver les rochers de quelques centimètres, de parfois s'incliner tellement que je nous voyais déjà chavirer. Salay semblait savoir d'instinct où se trouvaient ces rochers, en se fondant sur la façon dont s'agitaient les spores. Et elle se consacrait à sa tâche sans quitter un instant la proue des yeux, concentrée sur son objectif.

À la stupéfaction de la Sorcière, voire à sa *sidération*, nous franchîmes bel et bien les rochers pour atteindre la petite baie de l'île. Elle secoua la tête, passant de l'agacement à une véritable inquiétude. Derrière elle, Lacy – son chat – ne cessait de feuler et de bondir un peu partout, ce qui poussa le malheureux Charlie à se cacher. Il retenta sa chance, mais le félin ne semblait pas d'humeur à abandonner sa chasse.

La Sorcière donna un nouvel ordre, et ses hommes métalliques se mirent en mouvement, prêts à se battre. Nul doute qu'ils allaient mettre fin à cette farce. Depuis toujours ils constituaient sa meilleure ligne de défense.

« Maître-canonnière ! lança Salay à bord du vaisseau. Préparez les armes ! »

Elle parlait là d'Ann – qui se précipita à l'avant du vaisseau, où se trouvait son canon. Car, à présent, l'opportunité se présentait à elle. De faire ses preuves, d'une manière ou d'une autre, dopée qu'elle était par ses lunettes.

Enfin, on lui offrait sa chance. Elle s'était entraînée ces derniers jours – suffisamment pour s'inquiéter. Elle ne semblait plus être surnaturellement mauvaise avec un canon, mais cela ne la rendait pas excellente pour autant. Elle était vraiment, *vraiment* inquiète à ce propos. D'autant que, malgré les années qu'elle avait passées à rêver de ce jour, tout se résumait soudainement à *elle*.

Sur le rivage, les hommes métalliques progressaient en rangs, réagissant immédiatement aux ordres de la Sorcière. De la couleur du laiton poli, mesurant chacun deux mètres de haut et équipés de lances à la pointe étincelante, ils formaient un spectacle intimidant. Leurs instructions (soigneusement transmises par la Sorcière lorsqu'elle leur avait Insufflé la vie) étaient aussi complexes que consciencieuses, méticuleuses.

Ils faisaient de bien meilleurs serviteurs que les éclaireurs d'Essence de Minuit. Pendant qu'ils étaient de garde, ils formaient une barrière qui empêchait toute sorte de débarquement. Même depuis le pont, une tige de mise à feu humide en main, Ann pouvait comprendre pourquoi les forces du roi n'avaient jamais eu la moindre chance contre eux. Les balles de mousquet leur rebondissaient dessus ; quant aux boulets de canon… eh bien, sans doute seraient-ils parvenus à faire tomber une de ces créatures, voire à la cabosser un peu. Mais elle ne tarderait certainement pas à se relever.

Sauf que c'était sans compter sur les trouvailles de Tress. Elles allaient fonctionner. La main d'Ann tremblait quand même lorsqu'elle enfonça la tige de mise à feu dans le canon, faisant jaillir un boulet dans le ciel. Les hommes métalliques ne bronchèrent même pas. En partie parce que le projectile loupa largement sa cible – percutant un arbre, rebondissant sur les pierres, puis disparaissant dans les spores un peu plus loin.

Transpirant abondamment à cause du stress, Ann chargea un nouveau boulet de canon – sans se retourner pour regarder l'équipage. Elle savait ce que ses camarades pensaient : ses problèmes ne s'étaient pas résumés à sa *vue*. Il y avait *autre chose* qui n'allait pas chez elle.

Et elle avait raison.

Mais ce n'était pas de la malchance, ou quelque malédiction mystique. C'était quelque chose de bien plus banal, mais de tout aussi pernicieux. Ann ne ratait pas ses tirs uniquement parce qu'elle avait une mauvaise vue. C'était plutôt une question de *dynamique négative*.

Il existe dans la vie une force opposée à l'avalanche que Tress ressentait. Il y a *toujours* une opposition, voyez-vous. Une Poussée pour chaque Traction, comme a coutume de le dire un vieil adversaire à moi. Parfois, les moments qui composent notre existence s'accumulent jusqu'à devenir une force irrésistible qui nous oblige à changer. En d'autres occasions, par contre, ils forment simplement une montagne impossible à gravir.

Tout le monde rate des tirs de temps à autre. Mais si on finit par vous *identifier* comme la personne qui rate – si vous *intériorisez* cela comme un état de fait – eh bien, soudain chaque échec devient une preuve supplémentaire. Alors que chaque tir au but sera ignoré. Au bout du compte, vous devenez Ann : le bras tremblant, de la sueur qui coule sur votre visage, en proie aux griffes invisibles – mais parfaitement réelles – de la prophétie autoréalisatrice. Puis vous commencez à rater, non pas parce que vous visez mal, ou que votre vue est mauvaise, mais parce que votre bras tremble et que de la sueur coule sur votre visage.

Et parce que rater est ce qui vous définit.

Redoutant ce qu'elle avait aimé jadis, Ann rapprocha la tige du flanc du canon. Une voix calme l'interrompit alors :

« Ne tirez pas, matelot », lui lança Laggart, une main sur l'étai pour garder l'équilibre et scrutant le rivage.

Ann hésita.

« Trois degrés vers la poupe et un vers le haut, matelot », ajouta-t-il d'une voix calme, ferme.

Elle n'hésita qu'un instant, puis entreprit de suivre ses indications. Le navire continuait à osciller entre les vagues peu profondes de la baie, se déplaçant le long de la plage.

« Attendez, fit Laggart, alors même qu'elle commençait à insérer la tige de tir. Attendez… FEU ! »

Une explosion de spores et de force projeta au loin le boulet de canon. Comme elle l'avait imaginé, il percuta un des hommes métalliques en pleine poitrine, ce qui le fit tomber sans pour autant le détruire. Les lianes qui poussèrent ensuite, en revanche, emprisonnèrent tous les hommes métalliques situés à proximité.

Ce qui ne manqua pas de les déconcerter – tandis qu'à bord du navire, Ann faisait un pas vers sa propre montagne, pour la découvrir beaucoup plus petite que ce à quoi elle s'était attendue.

« Rechargez et réajustez, dit Laggart.

— Rechargement et réajustement, monsieur ! s'exclama Ann, œuvrant avec une efficacité qui aurait impressionné n'importe quel officier de marine.

— Deux degrés vers le haut, dit Laggart.

— Deux degrés vers le haut ! répéta-t-elle. Et un vers bâbord !

— Hé, fit un Laggart surpris. Et un vers bâbord. Et maintenant, attends. Attends…

— Feu ! » s'écria Ann exactement en même temps que lui.

Ce tir aussi s'avéra parfaitement précis, frappant un autre groupe d'hommes métalliques.

« Rechargement et réajustement, monsieur ! » s'écria-t-elle sans laisser à Laggart le temps de lui en donner l'ordre. Le tir suivant ne tarda pas, doux euphémisme. La jeune femme se tourna alors vers le maître-canonnier, le souffle court.

« Un sacré bon tir, fit-il avec un hochement de tête appréciateur. *Sacrément* bon, assistante-canonnière. »

Et là-bas, au sommet de sa montagne, Ann se demanda à quel point elle semblait soudain minuscule.

LE HÉROS

64

Dans la tour, Tress était toujours captive. C'était humiliant, certes, mais également… gratifiant, en quelque sorte ? En ce sens où c'était ce qu'elle avait souhaité.
Depuis l'instant où elle avait quitté le Rocher, la jeune femme avait anticipé un échec cuisant. Elle était partie non pas parce qu'elle pensait réussir, mais parce que quelqu'un devait s'y coller. Et même si bien des choses étaient allées de travers durant sa quête, elle était toujours parvenue, d'une manière ou d'une autre, à les tourner à son avantage.

Elle avait trouvé ses succès répétés presque indécents de facilité. De la même manière que, si vous n'arrêtez pas d'obtenir des six aux dés, vous commencez à vous demander si lesdits dés ne seraient pas un peu pipés. Échouer ici, se faire capturer, immobiliser – incapable d'aider qui que ce soit…

Eh bien, ça ne la rendait pas particulièrement *heureuse*. Mais une partie de son être ressentait *bel et bien* du soulagement. Ce qui devait arriver avait fini par arriver. Tress n'était pas un Masque du Roi, ou même (loin de là) un pirate. Elle était une laveuse de vitres. Avec des cheveux qui avaient vraiment besoin d'être attachés, parce que, présentement, elle arrivait à peine à voir à travers. Malheureusement, la Sorcière avait bloqué ses mains dans ces bandes de lumière incandescente, qui la plaquaient contre le mur.

Malgré sa tignasse, cependant, elle parvenait à voir l'agacement de la Sorcière face à ses troupes complètement immobilisées par les canons. Ça, ce n'était pas *censé* arriver. Elle avait conçu ces hommes pour qu'ils résistent aux tirs de canon. Elle les avait conçus *inarrêtables*. Ils pouvaient même progresser dans l'océan, et disposaient de grappins qui leur permettaient de grimper à bord des navires – souvent en les transperçant d'abord par en dessous, histoire de trouer leur coque.

À peu près aucune arme disponible dans une culture préindustrielle ne pouvait leur faire de mal. Ils étaient terrifiants, destructeurs, *mortels*.

Ils ne savaient pas franchement comment réagir à ces lianes, en revanche.

Même un artefact semi-conscient comme un soldat Éveillé dépend des instructions qu'il reçoit. Ils se révèlent bien plus polyvalents qu'un programme informatique traditionnel, mais ne sont pas non plus pleinement vivants. Et ceux-là, confrontés à des lianes qui les retenaient sur place, se retrouvaient… déconcertés.

Leurs instructions leur disaient de ne pas avoir peur des armes brandies par des intrus. Aussi s'efforçaient-ils encore d'avancer. Les boulets de canon continuaient cependant d'exploser autour d'eux, faisant jaillir des lianes un peu partout. Une fois immobilisés, les hommes métalliques avaient pour consigne d'appeler du renfort – une ligne de programmation valable, en temps normal.

Dans ce cas, néanmoins, cela eut pour effet de plonger le groupe entier dans un total chaos. Ils tentaient alternativement de marcher sur le navire, puis de se libérer les uns les autres – pour ensuite se figer, incapables de décider quoi faire puisque ni l'un ni l'autre n'était possible.

En bref, les boulets fonctionnaient.

Bénies soient les lunes, ils *fonctionnaient*.

Malgré sa situation, Tress ne pouvait s'empêcher de sourire en voyant *ses* créations neutraliser une légion entière d'ennemis supposés inarrêtables.

Charlie remonta le long de sa jambe, s'accrochant à son pantalon de peur de finir entre les griffes du chat occupé à lui tourner autour. Il était à bout de souffle. « J'ai… quelques problèmes avec le félin…

— Tout va bien, Charlie, lui dit Tress, sans cesser de regarder les tirs de canon.

— Hé, fit-il, ne pleure pas. Il y a une loi maritime contre ça.

— Désolée, dit-elle alors même qu'explosait un autre boulet, et que des lianes se déployaient telle quelque hybridation impie entre une pieuvre et un sac d'herbe tondue. C'est juste que… je trouve ça vraiment magnifique. »

Peu après, l'équipage passait en courant devant les troupes immobilisées sur le rivage – Fort menant la charge, en me portant au-dessus de sa tête. D'une manière digne, on va dire…

Sauf que si Charlie n'ouvrait pas la porte, ils allaient se retrouver piégés à l'extérieur de la tour. Et l'histoire s'arrêterait là.

Tress se tourna vers Charlie. « Je suis désolée. Qu'en fin de compte on se soit fait capturer. Mais bon, c'est un peu ce qu'on avait prévu, pas vrai ? »

Il opina du chef. « Certes, dit-il, mais je me souviens d'une autre partie de cette conversation. À propos d'une armure scintillante.

— Je doute fort qu'on fabrique des armures pour rats, Charlie. »

Celui-ci repéra alors quelque chose par terre. Ses yeux se plissèrent. « Distrais-la », dit-il. Pour ensuite rassembler chaque once de courage qui lui restait – ce qui ne faisait pas beaucoup, mais quand on a un si petit corps, la dose de courage (comme l'alcool) est plus importante que ce qu'on croit.

Charlie se libéra d'un bond. Le chat lui donna immédiatement la chasse, le rattrapant alors même qu'il se précipitait sur un objet posé par terre à proximité des escaliers.

Une grande chope en étain.

La Sorcière concentrait son attention sur les défenses de la tour, naturellement. Elle aurait fort bien pu comprendre ce qui se passait si Tress n'avait pas obéi à l'injonction de Charlie.

« Sorcière, dit-elle. Vous connaissez l'histoire de la belle jouvencelle qui se fait capturer ?

— Tu penses à ton destin ? répliqua la Sorcière, jamais la dernière pour infliger un peu de souffrance. Tu penses à tout le chemin que tu as parcouru, pour finir enchaînée ?

— Oui, confirma Tress. Et à la réflexion… ma foi, ce n'est pas si mal, au bout du compte.

— *Pas si mal* ! répéta la Sorcière, qui entreprit de la rejoindre, ignorant le bruit de ferraille derrière elle – comme si quelque chose de métallique dévalait les marches. Ma chère, tu es *impuissante* ! Tu voulais sauver l'homme que tu aimes, mais te voilà incapable de te sauver toi-même ! Tu te prenais pour une pirate puissante et, pourtant, te voilà ici. Au terme de ta quête. Pareille à toute fille à la fin de n'importe quelle histoire. En attente de quelque sauveur. »

Arrêt sur image.

Imaginez ça : Charlie le rat, tournoyant dans les airs à l'intérieur d'une tasse en étain, rebondissant de marche en marche. Sous les yeux d'un chat perplexe, qui avait donné le coup de patte à l'origine de sa dégringolade.

Fort, Ann, Salay – en train d'atteindre la tour, le premier me tenant bien haut dans les airs.

Tress. Attachée par des liens lumineux. Plaquée contre le mur.

Confiante.

« Ces histoires omettent toujours quelque chose, dit-elle. Ce n'est vraiment pas un problème, que quelqu'un ait besoin d'être sauvé. Tout le monde a besoin d'aide à un moment ou à un autre. C'est difficile d'être la personne qui cause des ennuis, mais le fait est que ça arrive à *tout le monde*. Et comment pourrions-nous aider qui que ce soit, si personne n'avait jamais besoin d'aide ?

— Et toi ? fit la Sorcière en commençant à dessiner des runes dans l'air. Tu vas te choper une sacrée malédiction, c'est moi qui te le dis. Je gardais celle-ci pour cette occasion *spéciale*. Tu vas passer les prochaines décennies dans la *misère*, mon enfant. »

Une petite voix leur parvint alors du couloir en contrebas. « Porte magique, s'il te plaît, ouvre-toi !

— La partie que ces histoires omettent, reprit Tress alors même que les runes de la Sorcière formaient une espèce de mur chatoyant, c'est tout ce qui arrive avant. Voyez-vous, j'ai découvert que c'était *normal* d'avoir besoin d'aide. Tant qu'on a vécu son existence comme quelqu'un qui *mérite* d'être secouru. »

La Sorcière lança sa malédiction – une explosion de lumière et d'énergie censée envelopper Tress et la transformer. Au lieu de quoi les runes volèrent en éclats dans un feu d'artifice aveuglant. Emplissant la pièce d'une énergie blanche qui occulta momentanément toute sensation possible.

Lorsqu'elle se fut estompée, je me tenais là, entre Tress et la Sorcière – avec les officiers principaux du *Chant de la Corneille* derrière moi et un petit rat sur mon épaule –, mes mains jointes devant moi, ayant créé un bouclier de lumière Investi pour abriter

Tress. Il était composé d'aons. Que je pouvais dessiner, à présent. Vous expliquer les processus à l'œuvre risquerait de vous barber. Les résultats, en revanche, étaient spectaculaires.

Je portais une chemise à fleurs boutonnée, un short bien trop court et des sandales.

Avec des chaussettes.

« Bonjour, Riina, lui lançai-je. J'espère que ces dernières années ont été à la hauteur de ta beauté. »

Bouche bée, elle laissa retomber ses bras.

« Oui, poursuivis-je – tout en désignant d'un geste les vêtements que je portais. Cette tenue est affreuse, j'en ai parfaitement conscience. Tout comme je sais qu'on ne devrait jamais parler politique lors d'un dîner avec sa belle-famille. Et sache, ma chère, que tu es la preuve vivante qu'on n'a pas besoin d'avoir le moindre sens de l'humour pour être un *vrai clown*. »

Une intense lueur palpitait sous ma peau. *Enfin*.

Il s'avère que, pour faire fonctionner ces pouvoirs particuliers, il ne suffisait pas de simuler un Lien. Il vous fallait une invitation – et une acceptation – dans un groupe très sélect. Par chance, j'étais tombé sur quelqu'un d'assez intelligent pour faire partie dudit groupe, d'assez stupide pour jouer avec eux, et d'assez sadique pour échanger son adhésion contre l'opportunité de me voir maudit.

« Va au diable », grommela-t-elle.

Ma malédiction était brisée. Mes sens, restaurés. Et Riina *aussi* pouvait s'en rendre compte, aussi facilement que moi.

J'avais gagné.

« Excellent travail, mousse, dit Tress – toujours collée au mur. On va devoir te donner une promotion, après ça.

— Et donc… on a gagné ? demanda Salay. Hoid, tu es… euh… tu es *quoi*, exactement ?

— Le terme "sorcier" fera l'affaire, j'imagine, lui répondis-je. J'ai gagné notre pari.

— Attends, lança Charlie depuis son épaule. Ce n'était vraiment que ça – un pari ? Tu l'as laissée te maudire pour un simple *pari* ?

— S'il te plaît, rétorquai-je. Qu'est-ce qu'il y avait de *simple* dans ce qu'on vient d'accomplir ? »

La Sorcière agita la main, faisant tomber Tress du mur. « Pars, dit-elle. Avant que je ne change d'avis. »

Fort aida la jeune femme à retrouver son équilibre ; elle le remercia d'un hochement de tête, pour ensuite se tourner vers la Sorcière. « Pour commencer, dit-elle, mettez fin à la malédiction de Charlie.

— Cela m'est impossible. Je ne peux briser une malédiction que si les conditions sont remplies. En l'état, je ne peux rien faire. »

Tress se tourna alors vers moi. Il existait des moyens d'y parvenir, mais ils dépassaient sans doute les capacités de la Sorcière. Aussi opinai-je du chef. Riina ne lui avait pas menti.

La jeune femme prit une longue inspiration, puis revint à la Sorcière, son visage pareil à de l'acier. « On reste là, dit-elle. Pas vous.

— *Pardon* ?

— Vous avez maudit des gens qui voulaient simplement vous parler, dit Tress. Vous avez fait des prisonniers, dévalisé des marchands et détruit des flottes. Vous êtes un *fléau* pour cette mer. Pour cette planète. » Elle se redressa, en partie pour intimider la partie d'elle-même que sa propre audace ne manquait pas de choquer. « J'exige que vous quittiez ce monde. Partez, et ne revenez jamais.

— Oh, *s'il te plaît*, fit la Sorcière. Tu te prends pour qui, d'exiger quoi que ce soit de *moi* ? »

En réaction, Salay et Fort braquèrent sur elle leurs pistolets. Ann parvint je ne sais pas trop comment à en sortir trois d'un coup. Quant à Charlie, il lâcha un grognement – pas très intimidant, mais ça lui faisait du bien de participer.

Tress, pour sa part, ne s'embarrassa pas d'une arme. Elle me donna un coup de coude. « Mousse, me lança-t-elle, *zigouillez*-la, ou quelque chose dans le genre.

— Tu es *vraiment* en train de me donner des ordres ? murmurai-je à son intention.

— Tu fais partie de mon équipage, non ? » Mais au moins eut-elle la décence d'en rougir.

Je lâchai un soupir et, obéissant, m'avançai en levant les mains. Je croisai le regard de la Sorcière, et sus ce qu'elle avait en tête. Comme la plupart des individus de son engeance, elle était très douée pour ce que nous appelons les projections risques/récompenses. Si elle était venue sur cette planète, c'était parce que rien ne pouvait l'y menacer. Après quoi, elle avait découvert qu'un dragon vivait ici. Et puis j'étais arrivé à mon tour...

Elle aurait sans doute eu les moyens de me battre. De me lancer une nouvelle malédiction. Mais *peut-être pas*. Même si elle n'avait qu'une chance sur cinq de perdre face à moi, on ne vivait pas très longtemps en prenant de tels risques. Et Riina avait vécu très, *très* longtemps.

Peu après, nous nous retrouvâmes tous sur le pont du *Chant de la Corneille*, à regarder s'éloigner un point scintillant dans le ciel. La tour avait disparu, emportant sa Sorcière avec elle.

Je produis cet effet sur les gens. Fréquentez-moi un peu trop longtemps, et vous finirez *inévitablement* par envier ceux qui n'ont jamais croisé ma route.

Les Dougs derrière nous se mirent à applaudir et à crier de joie. Fort apporta un breuvage tout à fait merveilleux, qu'il gardait pour une occasion de ce genre. Ann décida que leurs canons avaient besoin de noms, au grand dam de Laggart. Salay fourra une main dans sa poche, où se trouvait la lettre de son père, et endura momentanément toute cette joie. Elle s'autorisa même à profiter des réjouissances.

Tress s'approcha de moi, Charlie posé sur sa main. Il était toujours un rat. « Y aurait-il... quoi que ce soit que tu puisses faire ? me demanda-t-elle. Un moyen quelconque de briser la malédiction. » Tous deux fixaient sur moi des yeux remplis d'espoir.

« Je ne peux pas annuler la malédiction, lui répondis-je. Pas avec ma maîtrise des arts actuelle. Personne n'en est capable.

— Ah, fit Charlie.

— Mais peut-être, ajoutai-je en inspectant les runes que je parvenais à distinguer autour de lui, puis-je en modifier un peu les paramètres… »

ÉPILOGUE

Cinq mois plus tard, un navire se présenta devant le Rocher – qui n'était pas un rocher. Ledit navire heurta un peu les quais à son arrivée, en raison de l'inexpérience de son nouvel apprenti timonier. Le père de Salay tourna vers sa fille un visage dépité, mais celle-ci se borna à sourire et lui donna quelques conseils.

Le bateau en question n'était pas *Le Chant de la Corneille*. L'équipage avait décidé qu'un nouveau départ les aiderait à refaire leur vie, et puis la capitaine avait émis le souhait d'avoir quelques cabines supplémentaires. Ainsi donc, après avoir obtenu leur pardon, ils avaient vendu leur vieux rafiot pour en acheter un autre. Avec un nom tout neuf.

La capitaine fit bientôt son apparition sur le pont du *Deux Tasses*, affublée d'une longue veste de capitaine et d'un chapeau à plume. Elle adressa quelques signes de la main aux barreurs – Fort ayant servi de professeur à l'équipage. Pour d'innombrables raisons, il est très pratique de communiquer ainsi à bord d'un navire – ça vous permet d'échanger avec les marins postés sur le gréement, ou simplement de transmettre des informations sans avoir besoin de hurler pour couvrir les sons produits par les spores ou le vent. En l'occurrence, elle félicitait l'assistant-barreur de son premier accostage réussi. Nonobstant les collisions.

Après quoi Tress alla se poster devant le bastingage et entreprit de siroter le contenu de sa tasse. Ornée d'un papillon, celle-ci avait manifestement été recollée après avoir été brisée en plusieurs morceaux.

Peu lui importaient ces cicatrices. Des éclats, des bosses ou même des fêlures narraient une *histoire*. Et la jeune femme appréciait particulièrement celle que racontait cette tasse.

Le contremaître et l'inspecteur de quai vinrent remplir leur office, et Salay ne tarda pas à leur présenter rien de moins qu'un décret *royal*. Qui détaillait le statut spécial de ce vaisseau. Apparemment, le fait d'avoir triomphé seuls de la Sorcière avait valu à Tress et à l'équipage un peu plus qu'un simple pardon. Y était également abordée la question de leur droit exclusif à commercer sur la mer Pourpre et celle de Minuit, ouvrant de nouvelles opportunités avec des mers jadis éloignées. Chaque personne à bord allait devenir, en l'espace de quelques années, extraordinairement riche. Mais bon, ils n'étaient encore que des Dougs à l'époque où je les ai fréquentés.

Le roi, bien sûr, assurait qu'il avait toujours escompté que cela se produise – et qu'il avait cru en Charlie, ainsi qu'en l'épouse qu'il s'était choisie, depuis le tout début. Si cela sonne comme de l'hypocrisie à vos oreilles, sachez que nous préférons appeler cela de la *politique*.

Pendant que le contremaître et l'inspecteur relisaient le décret, Charlie finit par faire son apparition sur le pont.

À nouveau pleinement humain.

Sa malédiction le contraignait à amener à la Sorcière la personne qu'il aimait le plus, pour qu'elle soit elle-même maudite, en échange de sa liberté. Mes modifications lui permirent, à la place, de ramener *chez elle* la personne aimée et, d'être *initié*, en échange de sa liberté. Une bien bonne rime, même pas bancale.

Tress avait quitté leur cabine à la demande de Charlie, de sorte qu'il puisse se transformer en privé. Il en sortait maintenant d'un pas décidé, le poème qu'il lui avait écrit dans une main, un sourire stupide aux lèvres.

Elle l'adorait, celui-là.

Il ne portait en outre qu'un minuscule chapeau de pirate. Lorsqu'il l'eut rejointe, la jeune femme se pencha à son oreille. « Mon amour, murmura-t-elle, des vêtements. Les humains portent des *vêtements*. »

Il baissa les yeux. « Je vais mettre un certain temps à m'y réhabituer, manifestement. Euh… désolé. »

Oui, ils formaient un couple, désormais. L'un comme l'autre avaient été changés par leurs voyages respectifs – mais de façon *complémentaire*. Tress avait gardé ses titres de capitaine et de germeuse de bord, tandis que le garçon s'était révélé être un valet extrêmement compétent, un conteur et musicien de bord acceptable – un homme fort complet, assurément.

Au prix de quelques astuces, il n'était pas si barbant que ça, finalement. Sous le sceau du secret, je vous dirai que vous ne l'êtes pas non plus. Quiconque vous dit le contraire essaie de vous dévaloriser. Ne les croyez pas. Ils savent qu'ils ne peuvent pas s'offrir votre présence, autrement.

Les membres de l'équipage commencèrent à descendre du navire, ravis d'aller prendre un peu de bon temps à terre, même sur le Rocher. Tous firent une apparition – à l'exception de Laggart, actuellement aux fers pour avoir déclenché une bagarre de bar lors de leur escale précédente.

Vous serez ravis d'apprendre – étant donné que j'ai suivi les aventures de l'équipage au fil des ans – que même lui a fini par évoluer un peu. Au lieu de suivre la tradition familiale consistant à être un désagréable oiseau de malheur jusqu'à soi-même se faire tuer, on dirait bien qu'il est en passe de faire… eh bien, en gros n'importe quoi d'autre.

Pendant que Charlie s'habillait, Tress s'employa à lire son poème – la strophe qui avait brisé la malédiction.

Poème qui n'est destiné qu'à elle seule. Désolé.

En levant les yeux, elle repéra quelque chose d'exaltant : ses parents, qui dévalaient la pente en direction des docks, suivis de son petit frère. Depuis son départ, sa mère avait passé l'essentiel de ses nuits cette année-là à observer la mer en quête du moindre signe, et même les quelques lettres que Tress était parvenue à leur envoyer n'avaient pas réussi à la convaincre qu'elle allait revenir. Aucun d'eux ne l'avait cru, jusqu'à ce qu'ils la voient apparaître là.

Tress descendit sur le quai, au sol de pierre jadis familier – noir et salé. Bizarre, à quel point cet endroit lui semblait étranger. Comment quelque chose pouvait-il paraître à la fois familier *et* étranger ? Mais quand sa famille l'enlaça, elle trouva cela délicieusement familier. Et nullement étranger.

Ils avaient apporté leurs bagages. Et leur cabine était prête. Alors même qu'elle les conduisait vers le navire, l'arrivée du duc vint interrompre leur déambulation. Il avait le visage rouge. L'expression renfrognée – la même que d'habitude, à croire qu'il n'en avait qu'une, décidément. Car s'il faut un sourire différent pour chaque occasion, on peut se contenter d'une seule grimace.

« C'est quoi, *ça* ? s'exclama-t-il en frappant le décret qu'il tenait dans sa main. Qu'as-tu fait ?

— J'ai sauvé votre fils. Le vrai. Pas la mâchoire sur pattes doté d'un vocabulaire de six mots.

— Qu'est-ce que tu as fait à *l'île* – c'est *ça* qui m'intéresse ! s'exclama le duc, tout en lui désignant d'un geste l'écrit royal. N'importe qui peut partir, s'il le souhaite ? Bientôt, l'île sera complètement dépeuplée.

— Lisez la suite », répliqua-t-elle en buvant une gorgée de son thé, avant de repartir – sans l'attendre.

Il dut s'y prendre à plusieurs reprises pour bien saisir de quoi il retournait. Le roi avait proclamé qu'une généreuse allocation serait versée à toute personne qui accepterait de vivre et de travailler sur le Rocher pendant vingt ans. Si vous avez la chance d'obtenir un emploi sur l'îlot de Diggen, vous prendrez votre retraite doté d'un pécule considérable.

Mais attention : les postes là-bas sont difficiles à décrocher, ces derniers temps. Personne ne veut partir. La bière est excellente, la compagnie agréable, et le salaire… eh bien, il compense le reste.

Tress retourna sur le pont de son navire, pour y trouver un Charlie enfin vêtu. D'un signe de tête, elle lui désigna son père posté sur les quais. « Tu veux lui dire bonjour ?

— Non, merci. Tu lui as laissé la lettre de Mère ? »

(La duchesse, il convient de le noter, avait quitté l'île – et, plus important encore, son époux – plusieurs mois auparavant. Il faut reconnaître qu'abandonner son fils unique à une mort certaine n'est pas le meilleur chemin vers un mariage réussi.)

« Elle est dans la pile, répondit Tress. Il finira par tomber dessus, s'il se donne la peine de continuer à lire. Oh, regarde. Il fait à nouveau la tête.

— La vie est plus facile pour lui ainsi, expliqua Charlie. Comme ça, il lui suffit de toujours arborer la même expression. » Il l'entoura de ses bras et posa sa tête sur son épaule. « Ça va être pénible de ne plus avoir de poils, mais les autres avantages vont certainement compenser cette perte.

— Je me demande, fit-elle tout en posant sa main sur celle du garçon, s'il existe une loi maritime interdisant à une capitaine de sortir avec son valet. Qu'est-ce que vont dire les gens ?

— Ils vont dire : quel homme chanceux, celui-là », répliqua-t-il doucement.

Ils ne restèrent pas longtemps. Juste assez pour faire le plein de provisions, et pour permettre à Tress de remercier à nouveau ceux qui l'avaient aidée à s'échapper bien des mois plus tôt.

Et puis le navire partit sillonner l'océan avec à son bord une jeune femme et un rat.

Le rongeur, en réalité, n'était pas vraiment un rat. À plus d'un titre.

La fille, comme vous l'avez peut-être découvert, n'en était pas vraiment une. Sur bien des aspects elle était devenue une *femme*, malgré son âge.

L'océan, en revanche, ressemblait exactement à que vous avez en tête. Pour peu que vous l'imaginiez émeraude, composé de spores, et porteur de possibilités infinies.

FIN

Post-scriptum

Cette campagne Kickstarter, j'en suis certain, va devenir un moment décisif dans ma carrière. Ça me fait donc bizarre de me remémorer l'atmosphère d'humilité qui la baignait à ses débuts.

Comme d'habitude en ce qui me concerne, ce livre est né d'un mash-up de quelques idées. Les histoires naissent de points de friction entre plusieurs pensées, telles des montagnes soulevées par des mouvements tectoniques. La première idée, pour celui-ci, est sans doute évidente : je voulais écrire une histoire complète racontée du point de vue de Hoid.

Un jour, je vais écrire sa propre histoire, et je voulais me familiariser avec sa voix. Même si ladite voix (la façon dont il raconte le récit que vous venez de lire) ne sera sans doute pas celle que je choisirai à ce moment-là – j'aurai besoin de quelque chose de plus brut, de moins fantaisiste. Toujours est-il que je souhaitais commencer par un roman qui donnerait l'impression d'être narré par notre bon Hoid – une version intégrale de textes comme « La Voie errante » ou « Le Chien et le Dragon ».

Je savais donc que cet ouvrage aurait un pied dans un espace fantaisiste. Je ne voulais pas d'un conte de fées, mais visais quelque chose… d'adjacent. L'idée n'était néanmoins pas d'obtenir un résultat trop enfantin. Je souhaitais quelque chose que mes fans apprécieraient : un conte de fées pour adultes, en quelque sorte. Chemin faisant, je me suis donc retrouvé à repenser à l'incroyable roman de William Goldman, *Princesse Bride* (1987). Qui, parmi mes lectures, se rapproche le plus du ton que je tâchais d'atteindre. (Je pourrais aussi citer *De bons présages* (1990), de feu sir Terry Pratchett et Neil Gaiman, un autre très bon exemple de ce que je voulais accomplir.

J'ai montré l'adaptation cinématographique de *Princesse Bride* à ma famille pendant le confinement lié au Covid-19. Sans savoir que je finirais par écrire ce livre, à l'époque ; je n'avais même pas vraiment ça à l'esprit, à ce moment-là. J'avais juste quelques idées derrière la tête – comme ça m'arrive souvent. Des idées qui mettent en général des années ou des décennies à mûrir.

Le long-métrage supporte merveilleusement bien le poids des années, bien sûr, même si un élément m'a toujours dérangé : la princesse dont le livre comme le film portent le nom… ne fait finalement pas grand-chose dans l'histoire. Mon épouse, Emily, l'a remarqué elle aussi, et après l'avoir visionné elle nous a dit quelque chose du genre : « Qu'est-ce que cette histoire aurait donné si Bouton-d'or était partie à la recherche de Westley, au lieu d'accepter immédiatement sa mort ? »

Et c'était là ma *graine*. L'idée qui a commencé à germer et à pousser dans mon cerveau tel un éther verdoyant.

Oh, je devrais parler des éthers. Cela faisait des années que je réfléchissais à un monde peuplé de gens qui naviguaient sur des océans composés de quelque chose qui n'était pas de l'eau. (Mon esprit malade n'arrête pas de revenir à cette image d'océans non liquides.) J'ai commencé par des personnages qui se bornaient à *surfer* dessus, tirés par des cerfs-volants. Ça ne fonctionnait pas – mais c'est là que je me suis souvenu du processus de fluidisation : le phénomène par lequel le sable se comporte comme un liquide quand il est mû par un courant d'air ascendant. Ce qui m'a conduit à mes océans.

Mais pour un élément de *worldbuilding* aussi central, il me fallait quelque chose de plus… pertinent qu'une simple substitution. S'il existe des océans de spores, mais que celles-ci se comportent exactement comme de l'eau, alors à quoi bon ? C'est une image cool – et parfois je trouve ça suffisant. Mais je voulais quelque chose qui affecte *vraiment* l'histoire.

Aussi ai-je repris une idée que j'avais eue il y a environ vingt-cinq ans : un groupe d'éléments primordiaux connus sous le nom d'éthers. J'avais déjà mentionné leur existence dans le Cosmère ; quelques mentions et autres *easters eggs* les concernant apparaissent dans d'autres romans situés dans cet univers. Ça me semblait être le bon moment pour les introduire plus… officiellement, eux et leur potentiel explosif. Nous aurons l'occasion d'en reparler davantage à l'avenir, car en réalité ils ne sont pas originaires de la planète de Tress.

L'idée d'océans composés de spores réagissant dangereusement à l'eau m'a donné l'accroche parfaite dont j'avais besoin pour le cadre de cet ouvrage. Ainsi donc je me retrouvais avec trois ingrédients. Un système de magie, capable d'évoquer tout un décor. Un ton – une histoire racontée par Hoid. Et une intrigue : une quête entreprise pour sauver un être cher qui avait disparu en mer.

Mais quid du personnage ? Eh bien, dans ce cas, j'ai fait à peu près comme d'habitude. J'ai commencé à écrire. Histoire d'en savoir plus sur cette jeune femme. J'aime beaucoup découvrir mes personnages, et construire mon histoire autour de leurs choix.

Sans doute n'aurais-je pas dû faire ce que j'ai fait, à savoir commencer à écrire ce bouquin en secret. Sans en parler à personne, allant même jusqu'à sauvegarder les fichiers dans quelque recoin caché du cloud, là où même mon équipe ne pouvait pas les dénicher. Parce que je voulais nous réserver quelque chose, à mon épouse et à moi. Quelque chose que je pourrais partager avec elle, sans me soucier de délais ou d'attentes. Je voulais juste *écrire*, sans contraintes commerciales ni pression des fans. Découvrir où l'histoire m'emmenait, et *construire* quelque chose – comme je le faisais il y a longtemps, à l'époque où je n'avais pas autant… d'obligations.

Je l'ai gardé caché pendant presque deux ans, inaccessible à tous sauf à Emily. Mais à présent vous y avez accès, vous aussi. J'espère que vous avez apprécié le voyage et que vous vous joindrez à moi pour les trois prochains projets, qui sont tous uniques chacun à leur manière.

Brandon SANDERSON

PAPIER À BASE DE FIBRES CERTIFIÉES

Le Livre de Poche s'engage pour l'environnement en réduisant l'empreinte carbone de ses livres. Celle de cet exemplaire est de :
1,1 kg éq. CO_2
Rendez-vous sur www.livredepoche-durable.fr

Composition réalisée par PCA

Achevé d'imprimer en décembre 2022 en Espagne par
Rodesa
Dépôt légal 1re publication : janvier 2023
LIBRAIRIE GÉNÉRALE FRANÇAISE
21, rue du Montparnasse – 75298 Paris Cedex 06

65/9171/0